HEYNE

Das Buch

Dreitausend Jahre in der Zukunft haben die Menschen mit Hilfe zweier außerirdischer Völker, der Kantaki und der Horgh, zahllose Planeten besiedelt. Doch die Galaxis wird von einer weiteren geheimnisvollen Spezies bedroht, den Temporalen, die durch Zeitmanipulation das Universum kollabieren lassen wollen. Nach dem beinahe tausend Jahre dauernden, äußerst verlustreichen »Zeitkrieg« gelingt es, die Temporalen in der Vergangenheit zu isolieren, und im Laufe der folgenden Jahrhunderte erleben die großen Wirtschaftskonglomerate, das Konsortium und die Allianz, eine neue Blüte, die jedoch bald zu militärischen Konfrontationen führt.

Valdorian, der zukünftige Führer des Konsortiums, verliebt sich in Lidia DiKastro, Studentin der Xeno-Archäologie, und will sie heiraten. Lidia jedoch kann Valdorians Machtbesessenheit nur wenig abgewinnen. Sie entdeckt, dass sie die Gabe besitzt, ein Kantaki-Raumschiff zu steuern, und schlägt die Pilotenlaufbahn ein, die mit großen Entbehrungen verbunden ist. Valdorian setzt alle Hebel in Bewegung, um sie wieder zu finden. Und merkt dabei nicht, dass er manipuliert wird – von den Temporalen, die einen erneuten Angriff auf das Raum-Zeit-Gefüge planen ...

Der Autor

Andreas Brandhorst, 1956 im norddeutschen Sielhorst geboren, schrieb bereits in jungen Jahren phantastische Erzählungen für deutsche Verlage. Es folgten zahlreiche Heftromane – unter anderem für die legendäre Terranauten-Serie – sowie Fantasy- und Science-Fiction-Taschenbücher. »Diamant« ist der erste in einer Reihe von Romanen, die im Kantaki-Universum angesiedelt sind. Brandhorst lebt als freier Autor und Übersetzer in Norditalien.

Mehr Informationen zu Autor und Werk unter: www.kantaki.de

Andreas Brandhorst

DIAMANT

Roman

Originalausgabe

WILHELM HEYNE VERLAG
MÜNCHEN

FSC
Mix
Produktgruppe aus vorbildlich
bewirtschafteten Wäldern und
anderen kontrollierten Herkünften

Zert.-Nr. SGS-COC-1940
www.fsc.org
© 1996 Forest Stewardship Council

Verlagsgruppe Random House FSC-DEU-0100
Das für dieses Buch verwendete FSC-zertifizierte Papier
München Super liefert Mochenwangen.

4. Auflage

Redaktion: Rainer Michael Rahn
Copyright © 2004 by Andreas Brandhorst
Copyright © 2004 dieser Ausgabe
by Wilhelm Heyne Verlag, München
in der Verlagsgruppe Random House GmbH
www.heyne.de
Printed in Germany 2008
Innenillustrationen: Georg Joergens
Titelbild: David Hardy
Umschlaggestaltung: Nele Schütz Design, München
Satz: Schaber, Satz- und Datentechnik, Wels
Druck und Bindung: GGP Media GmbH, Pößneck

ISBN 978-3-453-87901-0

Für Duilia

Mutter Krirs Schiff

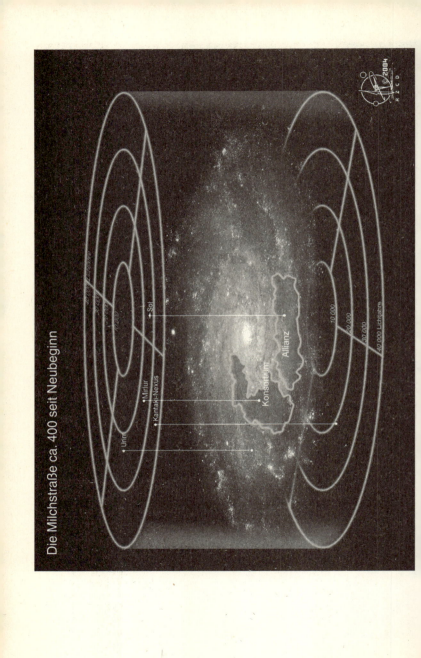

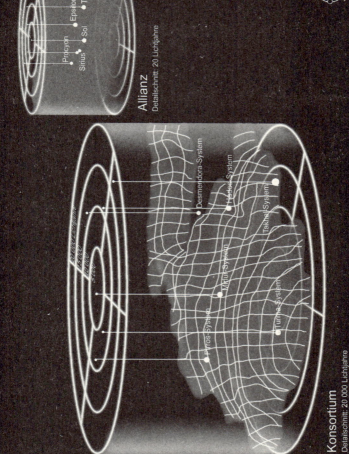

Sol-System
17. September 2075

Prolog

Mutter Rrirk stakte in den Pilotendom, den Raum, der das Zentrum der hyperdimensionalen Struktur ihres Schiffes bildete. Flüsternde und raunende Stimmen begleiteten sie, kamen sowohl von den vielen Segmenten des Schiffes, durch die Bindungskräfte existenzieller Harmonie zusammengehalten, als auch aus dem Transraum und seinen zahllosen Fäden, die sich zwischen allem Existierendem spannten. Die beiden multiplen Augen der Kantaki, bestehend aus jeweils tausenden von kleinen Sehorganen, fügten dem ständigen Wispern der Datenstimmen visuelle Eindrücke hinzu. Mutter Rrirk sah ihren Piloten im Sessel auf dem Podium, in der Mitte des Raums: ein Taruf, der dürre Körper wie gläsern, das Gesicht ohne Augen; pustelartige Rezeptoren bildeten einen Wulstbogen, der von der einen Seite des Kopfes zur anderen reichte und akustische sowie elektromagnetische Signale empfing. Seit fast vierzehn Großzyklen stand Chsantahi in ihren Diensten und lenkte das Schiff mit seiner Gabe durch den Transraum, verband es immer mit den richtigen Fäden. Bei einem so guten Piloten stellte die nichtlineare Zeit keine Gefahr dar.

»Wir haben volles Funktionspotenzial«, meldete einer der beiden Akuhaschi an den Konsolen, die vor den gewölbten Wänden aus dem Boden ragten. Über ihnen gewährten Projektionslinsen Ausblick in den Transraum.

»Ich weiß«, klickte Mutter Rrirk. Sie spürte es ganz deutlich: Ihr Schiff fühlte sich wohl. Mit langen, mehrgelenkigen Beinen ging die alte Kantaki durch den Pilotendom und nahm dabei wesentlich mehr wahr als die beiden Akuhaschi. Sie sah Chsantahis mentale Welt, Traumbilder und Visionen von der Heimatwelt des Taruf, von Wünschen, die ein feines Gespinst im Unterbewusstsein bildeten. Sie sah auch die Verbindung zwischen seinem Selbst und dem Transraum, den Kontakt mit dem Faden, der ihr Schiff zu einem ganz bestimmten Sonnensystem führte, das sie schon einmal besucht hatte, vor etwa zwanzig Großzyklen. Wenn Mutter Rrirk ihr eigenes Ich auch nur ein wenig erweiterte, spürte sie die beruhigende, erhabene Präsenz des Geistes, der Materie geworden war und die Großen Kosmischen Zeitalter durchlebte, um zu lernen und zu erfahren. Ihren Sinnen boten sich noch viele andere Dinge dar, von deren Existenz normaldimensionale Geschöpfe wie die Akuhaschi oder auch Chsantahi nichts ahnten, die aber integrale Bestandteile des sehr komplexen Kantaki-Universums waren: die in der nichtlinearen Zeit pulsierende Energie; die feinen Trennlinien zwischen dem Tatsächlichen und dem Möglichen; die quantengeometrischen Strukturen der Hyperzeit jenseits des gewöhnlichen Zeitstroms; das subtile, fragile Netz der Kausalität, das die Basisstrukturen der Zeit durchzog und um der Kontinuität willen nicht verändert werden durfte – der Sakrale Kodex enthielt ein entsprechendes Verbot.

Noch bevor Mutter Rrirk die Mitte des Pilotendoms erreichte, fand der Übergang statt. Ihr Schiff verließ den Transraum, glitt zurück in das von gewöhnlicher Raum-Zeit dominierte Kontinuum, und seine Stimmen veränderten sich, sangen ein anderes Lied. Die vielen Projektionslinsen an den hohen Wänden zeigten das Zielsystem, eine ferne Sonne mit neun Planeten, vier von ihnen mit Ringen, einer mit besonders auffälligen. Eine Detritusschale umgab das Sonnensystem, und das Kantaki-Schiff, ebenso schwarz wie das

All, glitt hindurch und näherte sich dem äußersten Planeten, einem eingefangenen Irrläufer.

Bisher hatte sich Chsantahi im Pilotensitz kaum bewegt, aber jetzt setzte er sich auf. »Wir sind da«, sagte er schlicht.

»Du hast wieder einmal gute Dienste geleistet«, klickte die Kantaki.

»Ich danke Ihnen, Mutter Rrirk«, erwiderte der Taruf. Ein Schatten schien durch seinen Leib zu kriechen und trübte die Transparenz, Hinweis darauf, wie sehr er das Lob der Kantaki zu schätzen wusste.

»Ich glaube, diesmal sind wir zum richtigen Zeitpunkt gekommen«, sagte einer der beiden Akuhaschi. »Die bei unserem letzten Besuch beobachtete Spezies hat sich weiterentwickelt und das Kontaktniveau erreicht. Wir empfangen die Daten der zurückgelassenen Sonden und werten sie aus.«

Zwanzig Großzyklen – für die Bewohner des dritten Planeten entsprach diese Zeit etwa zweitausend Orbitalperioden. Aber nicht nur auf dem dritten Satelliten dieser Sonne gab es Leben, sondern auch auf – beziehungsweise in – einigen Monden der Gasriesen. Leben, so wusste Mutter Rrirk, existierte überall dort, wo es die physikalischen Umstände nicht ganz und gar ausschlossen.

»Die Sonden haben Relikte der La-Kimesch gefunden«, sagte einer der beiden Akuhaschi. Im Gegensatz zu dem anderen trug er einen Direal, der ihn direkt mit den wichtigsten Bordsystemen des Schiffes verband. Die vielen darin integrierten Elaborationsknoten und Analysemodule ermöglichten ihm eine schnelle Datenkorrelation.

»Das ist kaum eine Überraschung«, klickte Mutter Rrirk. Sie verharrte neben den fünf Stufen, die zum Pilotensessel emporführten, blickte zu den Linsen und dachte dabei an das Partnervolk der Kantaki, das vor etwa zweihundertzwanzigtausend Großzyklen ausgestorben war. Die La-Kimesch hatten viele Sonnensysteme der Galaxis besucht. »Sind es aktive oder passive Relikte?«

»Ausnahmslos passive«, erwiderte der Akuhaschi. Er drehte kurz den Kopf und sah Mutter Rrirk aus seinen beiden schwarzen Augenschlitzen an, die das verschrumpelt wirkende Gesicht vertikal durchzogen. »Ein Horgh-Schiff war hier«, fügte er hinzu.

»Wann?«

»Vor einem halben Großzyklus. Es hat die Signale der Sonden empfangen und unseren Prioritätsanspruch anerkannt.«

Das geschah nicht immer, wusste Mutter Rrirk. Manchmal ignorierten die Horgh entsprechende Signale und boten geeigneten Kulturen ihre Transportdienste an, trotz eines etablierten Prioritätsanspruchs der Kantaki. In diesem Fall hatte das betreffende Sippenoberhaupt die Situation vermutlich nicht für profitabel genug gehalten, um einen Konflikt mit den Großen Fünf der Kantaki zu riskieren.

»Wir haben alle Daten empfangen und ausgewertet«, berichtete der andere Akuhaschi.

»Ich nehme sie entgegen.« Die alte Kantaki öffnete ihr Selbst dem Schiff, und erneut veränderte sich sein Gesang, wurde zu einer erzählenden Stimme. Bilder strömten in ihr Bewusstsein, Bilder, deren Bedeutung sie umgehend erfasste. Eine fremde Kultur, ein Volk, das sich »Menschen« nannte, vom Wissen nicht durchdrungen wie die Kantaki, nur gestreift, sanft berührt, noch ohne wahre Erkenntnis. Die Beobachter im All – die bei ihrem letzten Besuch zurückgelassenen Sonden – hatten den Werdegang der Bewohner des dritten Planeten aufgezeichnet. Kriege und Aggressivität bestimmten einen großen Teil ihrer Geschichte, und die Ereignisse der jüngsten Vergangenheit bildeten da keine Ausnahme. Vor zwei Orbitalperioden war ein Asteroid auf den dritten Planeten, die Erde, gestürzt, das Werk einer Gruppe, die der so genannte »Erleuchtete« um sich geschart hatte, ein Mensch namens Jonas Jacob Hudson. Die Neuen Illuminaten, wie sich die Anhänger dieser Sekte nannten, hatten eine größere Religionsgemeinschaft, die so genannten Moslems und eine ihrer Untergruppen, die »Islamisten«, auslöschen wollen, aber es war nicht zu der geplanten lokal begrenzten Katastrophe gekommen, sondern zu einer globalen.

»Die Augen des Schiffes sehen etwas«, sagte Chsantahi und deutete zu den Projektionslinsen, obgleich er selbst auf eine visuelle Wahrnehmung verzichten musste.

Auch Mutter Rrirk sah, ohne zu sehen – sie nahm den zusätzlichen Datenstrom in sich auf, noch während die beiden Akuhaschi die Kontrollen der Konsolen bedienten. Mit den Augen des Schiffes blickte sie ins All und beobachtete ein einfaches interplanetares Raumschiff, ausgestattet mit primitiver Technik, natürlich ohne die Möglichkeit, interstellare Entfernungen in kurzer Zeit zurückzulegen – in dieser Hinsicht hatten die Kantaki und Horgh ein galaktisches Monopol. Und nur wenige Geschöpfe ertrugen die Schockwellen, die Horgh-Schiffe bei ihren Sprüngen durch die Raum-Zeit verursachten.

»Es sind Flüchtlinge«, sagte Mutter Rrirk, als sie die neuesten Informationen mit den aufgezeichneten Daten in Verbindung setzte. »Der ›Erleuchtete‹ und mehr als tausend seiner Anhänger fliehen vor dem Zorn der Menschen, die den Fall von ›Gottes Hammer‹ überlebten – so nannten die Neuen Illuminaten den Asteroiden.«

Der Pilot vollführte eine bestätigende Geste und lauschte dem leisen Zirpen einer speziellen Datenstimme, die allein zu ihm sprach. Er bekam die gleichen Informationen wie Mutter Rrirk, konnte sie allerdings nicht annähernd so schnell verarbeiten.

»Sie haben ein gewöhnliches interplanetares Raumschiff zu einem Generationenschiff umgebaut und wollen damit das Sonnensystem verlassen, in der Hoffnung, dass ihre Nachfahren irgendwann einen bewohnbaren Planeten finden«, klickte Mutter Rrirk. »Mir scheint, dies sind unsere ersten Kunden.«

»Die Katastrophe auf dem dritten Planeten liegt erst zwei Jahre zurück«, sagte Chsantahi und lauschte dem Zirpen, selbst während er sprach. »Viele Menschen sind dabei ums Leben gekommen. Glauben Sie, die Überlebenden sind jetzt an interstellaren Reisen interessiert? Und wollen Sie ausgerechnet den Verursachern der Katastrophe helfen?«

»Höre ich da Unverständnis in deiner Stimme, Chsantahi, nach all den Zyklen?«, erwiderte Mutter Rrirk. »Schuld, Unschuld … Solche Dinge spielen für uns keine Rolle, solange der Sakrale Kodex davon unberührt bleibt. Wir Kantaki sind weder Ankläger noch Richter. Wie du weißt, haben wir schon vor langer Zeit gelernt, nicht zu urteilen. Was an einem Ort richtig ist, kann an einem anderen falsch sein. Der Kodex hingegen ist ehern.«

»Ich bitte um Entschuldigung, ehrwürdige Mutter.«

»Du brauchst dich nicht zu entschuldigen, Chsantahi. Ich kenne dich. Ich weiß, wie du denkst und fühlst. Und ich verstehe dich.« Das Klicken der alten Kantaki klang humorvoll. »Ich bin sicher, dass es auf der Erde viele Menschen gibt, die gerade unter den derzeitigen Umständen bereit wären, alles hinter sich zurückzulassen und auf anderen Welten ein neues Leben zu beginnen. Und was den Menschen betrifft, der sich für erleuchtet hält …«

Mutter Rrirk wandte sich an die beiden Akuhaschi. »Können wir mit den Menschen an Bord des Schiffes dort draußen sprechen?«

»Ja«, antwortete der Akuhaschi mit dem Direal. »Wir sind in der Lage, Signale zu senden, die von ihren Kommunikationsapparaturen verarbeitet werden können. Und sprachliche Probleme dürfte es nicht geben. Die von den Sonden aufgezeichneten Daten bieten ausreichend Material für die Linguatoren.«

»Stell eine Verbindung her.«

Mutter Rrirk wartete geduldig, während die beiden Akuhaschi Vorbereitungen für den ersten direkten Kontakt zwischen Menschen und Kantaki trafen. Als Pilot war Chsantahi außerhalb des Zeitstroms alt geworden, genoss relative Unsterblichkeit und hatte oft genug Gelegenheit gehabt, sich an

Erstkontakte dieser Art zu gewöhnen. Trotzdem reagierte er manchmal mit Unruhe, so wie in diesem Fall. Mutter Rrirk aber war viel, viel älter als er, und sie sah die Dinge aus einem anderen Blickwinkel, aus einer kosmischen Perspektive. Ihr ging es um Stabilität, und jedes Volk, das der interstellaren Gemeinschaft hinzugefügt wurde, vergrößerte die kosmische Stabilität, solange es den Sakralen Kodex beachtete. *Das ist unsere Aufgabe,* dachte sie und erinnerte sich an den Wissenstraum, den sie noch vor ihrer Geburt geträumt hatte, vor dem Schlüpfen. *Wir schaffen Stabilität, damit das Vierte Kosmische Zeitalter länger dauert, bevor mit dem Fünften der Zyklus sich schließt. Der Geist, der Materie wurde, soll möglichst viel lernen und erfahren können, bevor sich der Kreis schließt. Daneben verblasst alles andere zu Bedeutungslosigkeit.*

Das Kantaki-Schiff ließ den neunten Planeten des Sonnensystems hinter sich zurück, und wie ein schwarzer Berg im All näherte es sich dem Zylinder der Flüchtlinge. Die Linsen an den Wänden des Pilotendoms zeigten sowohl das fremde Schiff als auch verschiedene Planeten des Systems. Das Gesicht eines Menschen erschien in einer Projektionslinse, blass und wie blutleer, die Stirn feucht, die Augen groß.

»Wir sind die Kantaki«, klickte Mutter Rrirk und hörte, wie die Linguatoren ihre Worte übersetzten. »Wir bieten euch unsere Dienste an.«

»Was?«, brachte der Mensch hervor. Andere Geräusche untermalten seine Worte: aufgeregte Stimmen im Hintergrund, außerdem ein seltsames, rhythmisches Heulen. »Wie ... ich verstehe nicht ...«

»Ich weiß, wer du bist, Jonas Jacob Hudson. Ich weiß, für wen du dich hältst. Und ich weiß auch, was du getan hast. Du bist auf der Flucht vor dem Zorn jener, die ›Gottes Hammer‹ überlebten. In diesem Sonnensystem gibt es keinen sicheren Ort für dich und deine Begleiter, mit eurem Schiff würdet ihr ...« Mutter Rrirk zögerte kurz und lauschte den immer noch flüsternden Datenstimmen. »Ihr würdet Jahrzehntausende eurer Zeitrechnung brauchen, um das nächste Sonnensystem zu erreichen. Mein Schiff hingegen ist schnell genug, um euch innerhalb weniger ... Stunden oder Tage zu einer Welt zu bringen, die eine neue Heimat für euch sein könnte.«

Argwohn erschien in den Augen des Mannes. »Warum sollten Sie uns helfen wollen?«

Ein anderes Raunen teilte Mutter Rrirk mehr von dem Menschen mit, als die Projektionslinse verriet. Es erzählte von einer Person mit Charisma und dem Feuer eines fanatischen Eifers, das nie erlöschen würde, nur immer heftiger brannte, bis es die Seele verschlang und allein Asche übrig blieb.

»Wir verlangen einen Preis«, erwiderte Mutter Rrirk. »Ihr müsst uns für den Transport bezahlen.«

Der Mensch kniff die Augen zusammen. »Und welche Bezahlung erwarten Sie von uns?«

»Von dir, Jonas Jacob Hudson, erwarte ich eine Träne aufrechten Kummers. Dafür bringe ich dich und die anderen zu einem Planeten, auf dem ihr euch niederlassen könnt. Du hast eine eurer Stunden Zeit, um darüber nachzudenken. Ich kehre zurück.«

Die alte Kantaki bedeutete den Akuhaschi, die Verbindung zu unterbrechen.

»Eine Träne aufrechten Kummers«, wiederholte Chsantahi nachdenklich. »Vielleicht ist das ein zu hoher Preis für diesen Menschen. Und was soll der Konversionsfonds der Kantaki mit einer menschlichen Träne anfangen?«

»Nichts«, gestand Mutter Rrirk. »Aber es kommt nicht *immer* auf den Wert des Preises an. Die Wirtschaft meines Volkes kann auch die eine oder andere Gratispassage überleben. Flieg mein Schiff zur Erde, Chsantahi, damit wir auch dort unsere Dienste anbieten können. Wir bringen die Menschen zu den Sternen. Und sie werden dafür bezahlen, mit Dingen, die der Konversionsfonds durchaus verwenden kann.« Die alte Kantaki hob eines ihrer vorderen Glieder und deutete damit auf eine besonders große Projektionslinse, die den Zylinder der Flüchtlinge zeigte. »In einer ›Stunde‹ sind wir wieder hier und nehmen den Preis in Empfang. Für *ihn* gibt es sicher keinen höheren.«

Dreitausend Jahre

und einen
Zeitkrieg später...

Orinja
2. Planet des Takhal-Systems
Einflussbereich des Konsortiums
Januar 421 SN · linear

1

Die heftige Explosion ließ sogar im Aussichtsbereich den Boden erzittern.

Rungard Avar Valdorian blickte durch die transparente Wand der Kuppel und sah den Lichtblitz am Ende der Verarbeitungsanlagen; die miteinander verbundenen Gebäude und automatischen Module zogen sich wie eine Schlange aus Stahl, Elektronik und speziellen Synthomassen über den heißen, rotbraunen Boden der Scholle. Das ferne Flackern spiegelte sich in seinem Gesicht wider, als er beobachtete, wie es zu einem Kollaps der Sicherheitsfelder kam und mehrere Gebäude barsten. Wenige Sekunden später erreichte ihn das Donnern, durch die dicke Wand der Kuppel gedämpft, und es schien das Zittern des Bodens zu verstärken.

Er dachte an die bevorstehenden Verhandlungen und hob den Kommunikationsservo vor die Lippen. »Thalsen?«

Der Sicherheitschef von Orinja meldete sich sofort. »Ein Bombenanschlag, Primus. Ich empfehle Ihnen, den Schutzraum aufzusuchen. Unsere Sicherheitskräfte befinden sich bereits im Einsatz.«

»Meine Anwesenheit sollte geheim bleiben«, sagte Valdorian kühl.

»Ich weiß, Primus.« Ein Hauch von Nervosität erklang in der Stimme des Sicherheitschefs. »Es steht noch nicht fest, dass sich der Anschlag gegen Sie richtet. Vielleicht handelt es sich um einen einfachen Sabotageakt.«

Valdorian wusste es besser. Im Lauf der Jahrzehnte hatte er einen sechsten Sinn dafür entwickelt.

Er wandte sich von der transparenten Wand ab und verließ die Kuppel, eilte durch den stillen, privaten Bereich der Minenstadt und erreichte kurze Zeit später den Schutzraum. Türen aus massiver Stahlkeramik schlossen sich hinter ihm; hinzu kamen Schirmfelder, von autarken Generatoren erzeugt. Dieser Raum konnte sogar einer nuklearen Explosion standhalten, und Valdorian bezweifelte, ob die Attentäter über solche Waffen verfügten. Aber es gab andere, subtilere Methoden, um zu manipulieren, zu zerstören und zu töten.

Valdorian trat in die Mitte des großen, runden Raums, näherte sich einer schlichten Konsole, die neben einer einladend wirkenden Sitzgruppe stand. Er berührte die Kontrollen, dämpfte das Licht und aktivierte die Projektoren. Dreidimensionale Darstellungen erschienen an den gewölbten Wänden, wie Fenster, die Ausblick gewährten auf das Geschehen in verschiedenen Bereichen der Minenstadt und anderen Regionen des Planeten. Er sah brennende Korridore dort, wo die Bombe explodiert war, zerfetzte Installationen, halb geschmolzene Kraftfeldgeneratoren, die losen Kabelstränge unterbrochener Distributionssysteme. Unverletzte Arbeiter liefen umher, holten Ausrüstungen und versuchten, den Rettungsgruppen zu helfen. Es ging vor allem darum, Atemmasken zu verteilen, nicht nur um sich vor den dichten Rauchschwaden zu schützen; an mehreren Stellen waren die Sicherheitsfelder kollabiert, und dadurch konnte Orinjas giftige Atmosphäre in die Minenstadt eindringen.

Andere Informationsfenster zeigten Valdorian die restlichen Minenstädte, die weiterhin ungestört die Metallseen unter der heißen Oberfläche des Planeten anzapften. Ein Projektionsbereich präsentierte ihm den Raumhafen auf der Hauptscholle, nicht weit von Orinjas Verwaltungszentrum entfernt. Mehrere interplanetare Schiffe standen dort, umwogt von rotbraunen Dunstschwaden, außerdem ein zwiebelförmiger Springer der Horgh und das aus vielen Einzelsegmenten bestehende Kantaki-Schiff, mit dem er nach Orinja gekommen war. Inkognito. Nur wenige Personen wussten, dass er sich hier aufhielt. Offenbar waren es trotzdem zu viele.

Valdorian fragte sich, ob wieder die Allianz dahinter steckte. Aus irgendeinem Grund hatte sie seit einiger Zeit ihre Aktivitäten – die offenen ebenso wie die verdeckten – gegen das Konsortium verstärkt.

Aber hier, siebenundachtzig Lichtjahre tief in unserem Einflussbereich?, dachte er und fragte sich, ob sie es vielleicht mit einem nichtlinearen Anschlag zu tun hatten. Derartige Aktionen konnten sehr unangenehm werden.

»Status Sigma«, ertönte die Stimme einer Frau, von Linguaprozessoren moduliert, aus den Lautsprechern des Schutzraums. »Status Sigma. Primus inter Pares, Sie werden gebeten, sich mit Ihrem Individualschild zu schützen. Viren- und Mikronautenfilter sind aktiviert.«

Status Sigma – das bedeutete mittlere Alarmstufe. Valdorian runzelte die Stirn, als er der Aufforderung der Stimme nachkam, die ihn mit seinem offiziellen Titel angesprochen hatte. Was auch immer dort draußen geschah, es beschränkte sich nicht nur auf einen Bombenanschlag. Valdorian fühlte seine Vermutungen bestätigt – man hatte es auf ihn abgesehen.

Er nahm neben der Konsole Platz, wartete und beobachtete weiterhin die Darstellungen der Info-Fenster an den Wänden. Sorge spürte er keine. Solche Krisen kamen und gingen. Valdorian glaubte, auf alles – oder *fast* alles – vorbereitet zu sein. Den Gegnern des Konsortiums gelang es nur selten, seinen Einfallsreichtum in Hinsicht auf Hinterhältigkeit und List sowie den Schutz der eigenen Person zu übertreffen.

»Status Omega«, erklang es aus den Lautsprechern. »Status Omega. Höchste Alarmstufe. Primus inter Pares, Sie werden gebeten ...«

Von einem Augenblick zum anderen herrschte Stille.

Valdorian wusste, dass er sein immer startbereites Rettungsboot innerhalb von fünfzehn Sekunden erreichen konnte, und auf dem Weg dorthin gab es sieben voneinander unabhängige Waffensysteme, die sich gegen einen eventuellen Gegner einsetzen ließen. Wer auch immer in die Minenstadt eingedrungen war – er konnte kaum hoffen, mit dem Leben davonzukommen.

Der Kom-Servo summte.

»Wir haben ihn erwischt, Primus«, sagte Gord Thalsen. »Die Explosion war nur ein Ablenkungsmanöver.«

»Ein Attentäter?«, fragte Valdorian.

»Ja«, bestätigte der Sicherheitschef. »Ziemlich gut ausgerüstet. Andernfalls wäre er nicht so weit gekommen.«

Valdorian blickte zu den dreidimensionalen Darstellungen empor. Einige von ihnen zeigten noch immer Feuer und Chaos, Rauchschwaden, zerstörte Geräteblöcke und den Funkenregen von Kurzschlüssen. In Schutzanzüge gekleidete Angehörige der verschiedenen Einsatzgruppen versuchten, neue Siegel zu improvisieren, um Orinjas giftige Atmosphäre von den anderen Bereichen der Minenstadt fern zu halten.

Ein Info-Fenster gab Auskunft über Verluste und Schäden: hundertachtzehn Tote, unter ihnen neunzehn metallurgische Spezialisten, deren Ausbildung viel Geld gekostet hatte; dreihunderteinundzwanzig Verletzte, neunundsiebzig von ihnen schwer; geschätzter Sachschaden: vierundachtzig Millionen Transtel; geschätzter Produktionsausfall: zweihundert Millionen Transtel.

Unmutsfalten bildeten sich in Valdorians Stirn.

»Bringen Sie ihn hierher«, sagte er.

»Primus?«

»Den Attentäter. Ich möchte mit ihm reden«, fügte Valdorian hinzu. »Und geben Sie Jonathan Bescheid.«

»In Ordnung, Primus.«

Stille herrschte im Schutzraum, während die Bilder in den Info-Fenstern an den gewölbten Wänden wechselten. Valdorian sah, dass es den Einsatzgruppen gelang, die Situation unter Kontrolle zu bringen. Eingeblendete Daten wiesen darauf hin, dass der Sicherheitsstatus zum Standardniveau zurückkehrte. Die Gefahr war gebannt.

Mit einem leisen Surren öffnete sich die Tür. Gord Thalsen kam herein, begleitet von zwei bewaffneten Gardisten, Valdorians persönlichem Sekretär Jonathan Fentur und einem Mann, den der Primus jetzt zum ersten Mal sah. Er wirkte jung, nicht älter als dreißig Standardjahre, hatte schwarzes Haar, dunkle Augen und eine gerade Nase. Ein blutiger Striemen reichte über die linke Wange, die seltsam substanzlos zu sein schien. Der junge Mann trug einen Chamäleonanzug, weshalb seine Gestalt nur dann Konturen bekam, wenn er sich bewegte. Das besondere Material der Kleidung passte sich dem Hintergrund an, machte ihren Träger fast unsichtbar.

Valdorian winkte knapp, und die beiden Gardisten blieben an der Tür zurück. Thalsen führte den jungen Mann näher, an dessen Handgelenken das rote Band einer energetischen Fessel glühte.

Valdorian erhob sich und richtete einen fragenden Blick auf den Sicherheitschef von Orinja. Thalsen war mittelgroß, hager und kahlköpfig. In seinem Gesicht deutete etwas auf einen Mann hin, der sich große Mühe gegeben und viele Opfer gebracht hatte, um das zu werden, was er jetzt war. Trotz der strengen Sicherheitsmaßnahmen hatte er den Bombenanschlag nicht verhindern können, und das ließ ihn um seine Stellung fürchten.

»Wir haben ihn inzwischen identifiziert«, sagte Thalsen. »Er heißt Arik Dokkar und ist der zweite Sohn von Enbert Dokkar.«

»Ich verstehe.« Enbert Dokkar, Oberhaupt der Allianz. Es gab also mehr als nur einen vagen Zusammenhang.

»Die Explosion diente der Ablenkung«, fuhr Thalsen fort. »Sie sollte unsere Kräfte binden und ihm Gelegenheit geben, den Schutzraum zu erreichen. Er scheint gut ausgebildet zu sein, und seine Ausrüstung ist bemerkenswert.«

Er griff nach dem rechten Arm des Gefangenen und berührte eine bestimmte Stelle am Handgelenk. Spitze, rasiermesserscharfe Stahlklauen zuckten aus den Fingern, und der Daumen verwandelte sich in einen Mini-Hefok.

»Er ist praktisch ein lebendes Arsenal«, sagte Thalsen. »Sein Körper weist neun unterschiedlich strukturierte Bio-Servi auf, was ihm Gelegenheit gibt, die verschiedensten elektronischen Systeme direkt zu manipulieren. Darüber hinaus ist er Träger von drei genetisch manipulierten Virenstämmen, die alle tödlich wirken. Wir haben sie natürlich isoliert und unschädlich gemacht. Er wollte Sie mit seinen Waffen töten oder mit einer tödlichen Krankheit infizieren.«

Valdorian sah den jungen Mann an. »Warum?«

In Ariks Augen blitzte es. »Früher oder später erwischen wir Sie!«, stieß er hervor. »Was mir nicht gelungen ist ... ein anderer wird Erfolg haben.«

»Warum?«, wiederholte Valdorian ruhig und musterte Arik Dokkar. Zorn und Hass brannten in dem jungen Mann, das sah er ganz deutlich.

»Dandari«, zischte Arik. »Haben Sie das etwa vergessen?«

»Dandari?«

»Meine Mutter und meine beiden Brüder starben dort.« Ariks Hände zitterten. Die Stahlklauen und der Laser waren wieder in der Hand verschwunden. »Sie sind dafür verantwortlich!«

Abrupt riss sich der junge Mann los, stürzte auf Valdorian zu, hob beide Arme ...

Die metallenen Klauen kamen wieder zum Vorschein, zielten auf Valdorians Kehle – und trafen auf die energetische Barriere des nach wie vor aktiven Individualschilds. Eine halbe Sekunde später wurde Arik von Thalsen zurückgerissen. Die beiden Gardisten, die eben noch an der Tür gestanden hatten, erreichten den Gefangenen im Bruchteil eines Augenblicks und richteten ihre Resonatoren auf ihn.

»Dandari ...«, murmelte Valdorian unbeeindruckt.

»Ein Planetoid der Allianz«, flüsterte ihm der Sekretär zu.

Jonathan Fentur beugte sich näher. »Im Kintau-System. Er enthielt ein logistisches Zentrum von strategischer Bedeutung. Eine unserer Kampfgruppen hat ihn vor vier Monaten mithilfe eines Planetenfressers vernichtet. Wir wussten nicht, dass sich Enbert Dokkars Frau sowie sein Primus und dritter Sohn dort aufhielten. Es ging uns nur darum, dem Hegemonie-Streben der Allianz im Hartman-Sektor Einhalt zu gebieten. Eine routinemäßige Eindämmungsmaßnahme.«

»Seit vier Monaten haben die feindlichen Aktivitäten der Allianz zugenommen.«

»Jetzt wissen wir warum«, sagte Jonathan leise. »Ich werde weitere Nachforschungen anstellen.«

Valdorian nickte und wandte sich wieder an den Gefangenen.

»Das ist der Grund?«, fragte er. »Sie wollten Ihre Mutter und Ihre beiden Brüder rächen? *Gefühle* haben Sie dazu veranlasst, sich zum Attentäter ausbilden zu lassen und hierher zu kommen?«

»Wir erwischen Sie«, sagte Arik. »Mein Vater hat es geschworen.«

Eine Fehde, dachte Valdorian. *Wie dumm. Wenn es ums interstellare Geschäft – und damit um Macht – geht, darf man sich nicht mit Emotionen belasten.*

»Und jetzt lassen Sie mich ruhig erschießen«, fügte Arik herausfordernd hinzu. »Ich habe mit dem Leben abgeschlossen, bevor ich hierher kam.«

Erneut musterte Valdorian den jungen Mann und überlegte.

»Sie können gehen«, sagte er nach einigen Sekunden.

Arik sah ihn groß an.

»Primus, ich ...«, begann Thalsen.

Valdorian unterbrach ihn, indem er die Hand hob. »Bringen Sie Arik Dokkar in den Bereich der Minenstadt, der keinen Zugangsbeschränkungen unterliegt«, wies er die Gardisten an. Und zu dem jungen Mann: »Ich erwarte von Ihnen, dass Sie Orinja innerhalb von drei Tagen verlassen.«

Arik blickte mehrmals zurück, während ihn die Gardisten zur Tür führten. Offenbar war er maßlos verblüfft über Valdorians Nachsicht.

Dem Sicherheitchef erging es ähnlich.

»Mit Verlaub, Primus ... Ich halte das für einen Fehler.«

»Überwachen Sie ihn während der nächsten Tage«, sagte Valdorian leise. »Stellen Sie fest, mit wem er spricht, mit wem er Kontakt aufnimmt, welche Datenbanken er abfragt und welche Kom-Servi er benutzt. Wir müssen herausfinden, woher die Allianz von meiner Präsenz auf Orinja wusste. Die Verhandlungen, die morgen hier stattfinden sollen, sind streng geheim, doch irgendwo muss etwas durchgesickert sein. Eliminieren Sie Arik, wenn Sie alle notwendigen Informationen bekommen haben. Wer mir nach dem Leben trachtet, bezahlt dafür mit dem Tod – daran wird sich auch in Zukunft nichts ändern. Und noch etwas. Sie haben die Virenstämme des Attentäters neutralisiert, aber vielleicht lässt sich noch etwas mit ihnen anfangen. Derartige biologische Waffen können recht nützlich sein.«

»Ich kümmere mich darum.« Gord Thalsen drehte sich um und eilte zur Tür, während noch immer Bilder über die Wände des Schutzraums flackerten.

Valdorian deaktivierte den Individualschild, trat einen Schritt vor und ... schwankte. Er fühlte sich von plötzlicher Schwäche erfasst.

»Jonathan ...«

Der Sekretär war sofort an seiner Seite.

»Ich ...« Ariks Viren fielen ihm ein. War es dem Attentäter doch gelungen, ihn damit zu infizieren? »Rufen Sie Dr. Connor ...«

Dann wurde es schwarz vor seinen Augen.

Valdorian blickte aus dem Fenster der Bibliothek. Am Ende der langen stählernen Schlange der Minenstadt brannten noch immer Feuer – kleine, in der Ferne aufflackernde Flammenzungen –, aber sie stellten jetzt keine Gefahr mehr für die Verarbeitungsanlagen dar. Neue Siegel und Schirmfelder schützten die Aggregate und Habitate. Valdorian sah über die weite Scholle und nutzte den Zoom-Effekt des Fensters, um das rotbraune Wogen ferner Stürme zu beobachten. Orinja war eine lebensfeindliche Welt, wüst, ungestüm und eigentlich noch immer ungezähmt. Deshalb gefiel sie ihm so sehr. Deshalb hatte er vor mehreren Jahren eines der logistischen Zentren des Konsortiums hierher verlegt. Dieser Planet erinnerte ihn an etwas in seiner Jugend, an kochende, brodelnde Vitalität, an die Kraft des Lebens, in direkter Nachbarschaft des Todes. Ein gutes Beispiel, fand er. Leben und Tod waren sich immer sehr nahe, doch manchmal erforderte es drastische Ereignisse, um diese Tatsache zu verdeutlichen. *Von einem Augenblick zum anderen ist alles ganz anders,* dachte Valdorian und spürte eine sonderbare Leere in seinem Inneren, ein emotionales Vakuum, das gefüllt werden wollte, mit Worten vielleicht, oder auch mit Taten. Sein Blick kehrte zurück, und er sah sein Spiegelbild in der transparenten Stahlkeramik: das Gesicht schmal, die relativ großen Augen grau, ebenso grau wie das kurze Haar. Falten reichten über Stirn und Wangen, bildeten kleine Täler in den Augenwinkeln. Es war das Gesicht eines Fremden, das ihm entgegensah, und gleichzeitig das einer vertrauten, intimen Person. Sechzig Jahre alt schien der Mann im Glas zu sein, aber dieser Eindruck täuschte. Valdorian war hundertsiebenundvierzig Jahre alt. *Siebenundachtzig Jahre sind gestohlen,* dachte er. *Oder geborgt. Aber von wem geborgt?*

»Sind Sie sicher?«, fragte er, ohne sich umzudrehen. Er musterte auch weiterhin den Mann in der spiegelnden Fläche, jenen Fremden, der auch ein guter Freund war.

»Es gibt keinen Zweifel«, antwortete Dr. Connor, sein Leibarzt. »Sie haben noch ein Jahr, höchstens zwei.«

Die Leere blieb in Valdorian, wartete noch immer darauf, dass etwas sie füllte.

»Ihr Schwächeanfall war nicht nur ein Anzeichen dafür, dass die gegenwärtige Revitalisierungsphase zu Ende geht«, fuhr Connor fort, als Valdorian schwieg. »Er wurde auch von einem fortschreitenden genetischen Zerfall verursacht, der sich nicht mehr vollständig reparieren lässt. Sie haben vierunddreißig Resurrektionen hinter sich, Primus. Das hat seinen Preis.«

»Und jetzt werde ich zur Kasse gebeten?« Es klang bitterer, als Valdorian beabsichtigt hatte.

»Sie sind hundertsiebenundvierzig Jahre alt, Primus. Außer Ihnen gibt es nur wenige Personen, die – selbst mithilfe biologischer Revitalisierungen – so alt geworden sind. Hinzu kommt, dass Sie sich mehr abverlangt haben, als viele andere Menschen. Sie leben für Ihre Arbeit; die Arbeit *ist* Ihr Leben. Was Ihre Frage betrifft: Ja, früher oder später muss man dafür bezahlen.«

Valdorian drehte sich um und sah Reginald Connor an. Der Arzt war klein und dick, wirkte eher wie jemand, den man in der Küche eines guten Restaurants erwartete. Aber es gab keinen besseren Arzt als ihn. Er war ein wandelndes medizinisches Archiv, was er nicht zuletzt den Datenbanken mehrerer Implantate verdankte, die direkt mit seinem Gehirn gekoppelt waren und über einen Bio-Servo auch mit externen Info-Diensten verbunden werden konnten.

»Weitere Resurrektionen hätten keinen Sinn?«, fragte Valdorian, obgleich er die Antwort kannte. Sie hatten bereits darüber gesprochen, nach der jüngsten Behandlung.

»Nein. Durch eine oder zwei Maximal-Behandlungen könnten wir dafür sorgen, dass Ihnen noch ein Jahr mit der gewohnten Spannkraft bleibt. Es werden zwei Jahre, wenn Sie auf eine maximale Revitalisierung verzichten und sich schonen.«

»Das würde Schwäche bedeuten«, sagte Valdorian. »Ich müsste mich in den Ruhestand zurückziehen und die Leitung des Konsortiums jemand anders überlassen.«

»Das hätten Sie schon längst tun sollen, Primus«, erwiderte Connor frei heraus. Mit einem anachronistisch wirkenden Taschentuch wischte er sich Schweiß von der Stirn. Dieses

Bewegungsmuster wiederholte er oft, selbst dann, wenn er nicht schwitzte.

Aber es gibt noch so viel zu tun, dachte Valdorian. *So viel zu erledigen. Es ist einfach nicht fair, dass mir nur noch so wenig Zeit bleibt.*

»Das Leben ist nicht immer fair«, sagte Connor, als hätte er seine Gedanken gelesen. Nach kurzem Zögern fügte er hinzu: »Wenn Sie bereit wären, einen Teil Ihres Körpers durch semibiologische Komponenten zu ersetzen ...«

»Sie wissen, was ich davon halte«, sagte Valdorian eisig. Er hob den linken Arm und streifte den Ärmel zurück. Ein kleiner Bio-Servo zeigte sich am Unterarm. »Das hier genügt mir völlig. Ich möchte ein Mensch bleiben und nicht zu einem halben Roboter werden.«

Connor seufzte. »Ich kenne Sie jetzt seit dreißig Jahren, und während dieser Zeit sind Sie immer sturer geworden. Ich kann wohl kaum hoffen, dass sich dieser Trend irgendwann umkehrt.«

Valdorian sah wieder aus dem Fenster und schwieg.

»Das ist noch nicht alles«, sagte der Arzt.

»Es kommt noch schlimmer?«

»Die zunehmende genetische Destabilisierung verursacht eine beschleunigte Alterung und kann sich auch auf den Geist auswirken.«

»Demenz?«

»Nicht unbedingt. Aber es könnte zu ... Verwirrung kommen, dazu, dass Sie immer mehr den Bezug zur Realität verlieren.«

Für Valdorian klang Connors Stimme wie die eines Richters, der ein schreckliches Urteil sprach. Nein, das stimmte nicht ganz. Richter sprachen üblicherweise Urteile, die ihm genehm waren.

»Mit anderen Worten: Ich werde langsam den Verstand verlieren.«

»Nicht unbedingt. Es gibt gewisse Behandlungsmöglichkeiten, die das Unvermeidliche bis ganz zum Schluss hinauszögern. Ich kenne da ein ausgezeichnetes Institut auf Konrur. Dort ist man spezialisiert auf solche Fälle und ...«

Für Valdorian schien Connors Stimme leiser zu werden und in der Ferne zu verklingen. *... die das Unvermeidliche bis ganz zum Schluss hinauszögern.* Worte, die bis vor einer knappen Stunde völlig unsinnig gewesen waren, zumindest soweit es ihn betraf.

»Ziehen Sie sich in den Ruhestand zurück, Dorian. Warten Sie nicht, bis man Sie zum Rücktritt zwingt. Oder gar entmündigt. Wenn Ihre beiden Söhne davon erfahren ...«

Dorian. Die anderen Worte hörte Valdorian kaum. Nur wenige Personen in seinem langen Leben hatten ihn jemals so genannt, unter ihnen ...

»Bitte gehen Sie.«

»Primus ...«

Valdorian drehte sich erneut um und richtete einen durchdringenden Blick auf seinen Leibarzt, der sich erneut mit dem Taschentuch Schweiß von der Stirn wischte – vielleicht nur imaginären, denn in der Bibliothek war es recht kühl.

»Gehen Sie.«

Der kleine, dicke Mann eilte hinaus. Jonathan folgte ihm zur Tür, was Valdorian mit einem gewissen Erstaunen zur Kenntnis nahm – er hatte ihn überhaupt nicht bemerkt. Das gehörte zu den besonderen Fähigkeiten seines persönlichen Sekretärs: Er fiel nicht auf. Wenn er unbewegt blieb und schwieg, schien er Teil seiner Umgebung zu werden und regelrecht mit ihr zu verschmelzen.

»Falls Sie etwas brauchen, Primus ...«

»Ich möchte nur allein sein.«

Und dann war er allein.

Die Stille schien Substanz zu gewinnen, wie Wasser, das Bewegungen hemmt. Hinzu kam, dass der dicke Teppich das Geräusch der Schritte schluckte, als Valdorian wie in Trance einen Fuß vor den anderen setzte. Der Raum war groß und mehr als nur eine Bibliothek. Er enthielt einzigartige Kunstschätze, seit er vor Jahren ein logistisches Zentrum des Konsortiums hierher verlegt hatte. An bestimmten Stellen angebrachte Spiegel sorgten für eine sehr raffinierte Verteilung des Lichts, das aus ovalen Fenstern in Decke und Wänden fiel, und das matte Glühen indirekter Beleuchtung schuf Schatten nur an bestimmten Stellen. Alles diente dazu, die sublime Schönheit der Kunst hervorzuheben: Gemälde, abstrakte und surrealistische, von Künstlern vieler Welten, aber auch das Licht- und Farbenspiel von Impressionisten, fast in der Art von Monet und Renoir; Skulpturen, die Verwegenheit in Form und Struktur zum Ausdruck brachten, aus Kristall, Marmor oder künstlichen, semibiologischen Substanzen bestanden; andere Dinge, die sich keiner der üblichen Kategorien zuordnen ließen, teilweise auf das künstlerische Schaffen fremder Völker zurückgingen. Zwei oder drei Artefakte stammten aus Ruinen der legendären Xurr, und es stand keineswegs fest, ob es sich dabei wirklich um Kunstobjekte handelte – vielleicht waren es in Wirklichkeit Teile von Apparaten oder Dinge, die eher profanen Zwecken gedient hatten. Valdorian hatte sie vor allem wegen ihrer ästhetischen Ausstrahlung zu schätzen gewusst.

Dass die an diesem Ort zusammengetragenen Kunstschätze tatsächlich ein Schatz waren, kümmerte Valdorian kaum. Es spielte eine weitaus größere Rolle für ihn, was sie repräsentierten: ein Leben ohne Kompromisse. Das hatte immer für ihn im Vordergrund gestanden: das Bestreben, so zu leben, wie er es wollte, ohne Zugeständnisse an Umstände oder Personen. Die Macht als *Primus inter Pares* des Konsortiums war in diesem Zusammenhang nur ein Mittel zum Zweck, ein Schlüssel für die Tür, durch die man Selbstverwirklichung erreichen konnte.

Aber die Bücher bildeten natürlich den zentralen Bestandteil der Bibliothek. Sie füllten Nischen, die den Eindruck erweckten, aus natürlichem Felsgestein herausgemeißelt zu sein. Sie standen in Regalen aus Edelholz und ruhten zwischen den ausgestreckten Armen von Statuen, die Teil der Wand zu sein schienen. Hunderte, tausende, und die meisten von ihnen warteten darauf, Geschichten zu erzählen, von Ereignissen und Schicksalen zu berichten.

Valdorian erinnerte sich plötzlich daran, früher viel gelesen zu haben. Früher ... jener andere Mann, der er einmal gewesen war.

Dorian ...

Diese drei Silben, vor wenigen Minuten ausgesprochen von Reginald Connor, weckten Erinnerungen, die lange verschüttet gewesen waren.

Noch immer bewegte er sich wie in Trance, aber die sonderbare Leere in seinem Inneren begann sich zu füllen. Womit – das ließ sich noch nicht feststellen. Auf dem weichen Teppich setzte er einen Fuß vor den anderen, schritt an Lesesesseln und kleinen Tischen vorbei, an Vasen und großen, üppigen Pflanzen. Sein Blick blieb auf die Bücher gerichtet, und schließlich verharrte er, griff nach einem ganz bestimmten Band.

Natürlich handelte es sich nicht um ein echtes Buch, sondern um eine pseudoreale Reproduktion, aber es wirkte täuschend echt – man konnte sogar darin blättern. Der Titel lautete *Reflexionen*, und der Text stammte von dem denebianischen Philosophen Horan.

Valdorian öffnete das Pseudo-Buch an einer markierten Stelle, und sein Blick fiel sofort auf die von einem blinkenden Pfeil gekennzeichnete Passage.

»Und wenn das Leben nichts weiter ist als ein Traum?«, las er leise. »Vielleicht bringt der Tod das Erwachen ...«

Er zitterte innerlich und schlug das Buch an einer anderen, ebenfalls markierten Stelle auf.

»Es gibt nicht einen Weg des Lebens, sondern deren tausend, und wir müssen wählen, uns immer wieder für eine Richtung entscheiden. Manchmal fehlt uns der Mut, und dann wählen wir die Abzweigung des geringsten Risikos. Manchmal erkennen wir schon nach kurzer Zeit, die falsche Richtung eingeschlagen zu haben, aber die Wege des Lebens sind

Einbahnstraßen, auf denen man nicht umkehren kann. Sie führen immer nur nach vorn, nie zurück. Eine getroffene Entscheidung schließt alle anderen aus ...«

Das Bild vor Valdorians Augen verschwamm, und er sah volle Lippen, die diese Worte sprachen, ihnen einen fast melodischen Klang gaben. Die Stimme kam aus der gleichen Vergangenheit wie der Name Dorian, aus einer anderen Welt, einem anderen Leben.

Er stellte das Buch an seinen Platz zurück – es war nicht das Exemplar, das Lidia ihm damals geschenkt hatte, denn das existierte längst nicht mehr, war in einer Kristallhöhle verbrannt –, durchquerte die Bibliothek mit längeren, entschlosseneren Schritten und ging zum Schreibtisch in der hinteren Ecke.

Die dortigen Wandfächer enthielten einen Gegenstand, der einmal eine ganz besondere Bedeutung für ihn gehabt hatte. Vor dem betreffenden Segment zeigte sich das vage Schimmern eines Sicherheitsfelds, und einige Sekunden lang befürchtete Valdorian, die Zugangssequenz vergessen zu haben – jenes Objekt hatte er seit vielen Jahren nicht mehr in der Hand gehalten. Dann fiel der Kode ihm wieder ein. Die Sensorfelder eines Kontrollservos summten unter seinen Fingern, und das Schimmern verschwand.

Zitternde Finger tasteten nach einer kleinen Schatulle, öffneten sie und entnahmen ihr einen Kristall. Ein pseudoreales Licht entstand, glitt wie eine Miniatursonne um ihn herum und ließ die einzelnen Facetten glitzern. Ein normaler Diamant war kostbar genug, aber in diesem Fall handelte es sich um einen kognitiven Kristall, Teil eines Paars. Die Stimme eines Tarufs kam aus der Vergangenheit ...

»Dies ist etwas Spezielles: zwei Diamanten von der Taruf-Welt Ksid. Sie gehören zusammen.«

»Warum?«

»Es sind semivitale kognitive Kristalle, durch eine empathische Brücke miteinander verbunden. Wie groß auch immer die Entfernung zwischen ihnen ist, die Verbindung bleibt

37

bestehen. Allerdings schwächt sie sich immer mehr ab, wenn die Diamanten über längere Zeit hinweg voneinander getrennt bleiben. Nähe hingegen erneuert die Brücke zwischen ihnen. Wenn Sie mir diese Bemerkung gestatten: das ideale Geschenk für ein junges Paar, das nach einem konkreten Symbol für seine Beziehung sucht. Der Preis ...«

»... spielt keine Rolle ...«

Valdorian, der *alte* Valdorian, betrachtete den Kristall, konzentrierte sich und glaubte, ein vages Flüstern zu hören, wie fernen Wind. Viel zu lange waren die beiden Diamanten voneinander getrennt gewesen. Aber vielleicht ...

Dem gleichen Wandfach entnahm Valdorian ein kleines Gerät, das nach einem Kom-Modul aussah. Er hob den ebenfalls von Ksid stammenden empathischen Amplifikator ans Ohr, empfing jedoch nur das geistige Äquivalent weißen Rauschens. Nach einigen Sekunden ließ er den Amplifikator wieder sinken und dachte daran, dass er ihn nicht nur dazu verwendet hatte, die empathischen Signale des anderen Kristalls zu verstärken, um sie besser zu verstehen. Er legte den Diamanten in die Schatulle, stellte sie zusammen mit dem Amplifikator ins Wandfach zurück und reaktivierte das Sicherheitsfeld.

Zwei Lebenswege, die sich kurz berührt und dann in verschiedene Richtungen geführt hatten ...

Lidia DiKastro war zur Pilotin in den Diensten der Kantaki geworden und Valdorian zum Nachfolger seines Vaters, erst zum Leiter der Valdorian-Unternehmensgruppe, dann auch zum Primus inter Pares und damit zum Oberhaupt des Konsortiums.

Dorian, flüsterten Lidias Lippen, und ihre großen Augen glänzten, wie eine Mischung aus Smaragd und Lapislazuli. Valdorian glaubte, nur die Hand ausstrecken zu müssen, um das Erinnerungsbild zu berühren und ihm Substanz zu geben, um Lidia aus der fernen Vergangenheit in die Gegenwart zu rufen.

Lidia. Die Kantaki ...

Inmitten der Erinnerung keimte ein anderer Gedanke und wuchs zu einer Idee heran, an der sich Valdorian festklammerte. Plötzlich war die Leere in ihm nicht mehr leer, das unruhige Vibrieren ließ nach. Valdorians alte Entschlossenheit kehrte zurück, und er atmete tief durch, wurde wieder Herr über sich selbst. Es war ein sehr angenehmes Gefühl, das ihm Selbstsicherheit und Kraft gab – Kraft aus einem Vorrat, der allmählich zur Neige ging, wie er wusste.

Er holte seinen Kom-Servo hervor und aktivierte ihn.

»Jonathan?«

Sein Sekretär antwortete fast sofort. »Primus?«

»Bitte kommen Sie zur Bibliothek.«

Hinter Valdorians faltiger Stirn jagte ein Gedanke den anderen, während er Strategien erwog und Möglichkeiten sondierte. Seit vielen Jahren war er daran gewöhnt, selbst wichtige Entscheidungen innerhalb weniger Sekunden zu treffen, und von dieser Fähigkeit machte er auch jetzt Gebrauch.

Als Jonathan Fentur eintrat, musterte Valdorian ihn mit neuer Aufmerksamkeit. Sein Sekretär trug eine dunkelgraue Kombination aus Hose und Jacke, Kleidung, wie man sie sich gewöhnlicher kaum vorstellen konnte, und alles an ihm wirkte durchschnittlich: Statur und Körperbau, das kurze, aschblonde Haar, die graugrünen Augen, die weder zu krumme noch zu gerade Nase, die weder zu dünnen noch zu dicken Lippen. Er sah aus wie fünfzig, hatte aber schon einige Resurrektionen hinter sich und war in Wirklichkeit siebenundneunzig.

Ihm bleiben noch fünfzig Jahre, dachte Valdorian.

»Sie wollten mich sprechen, Primus?«

»Ja, Jonathan.« *Eine Chance,* flüsterte es in ihm. *Es gibt noch eine Chance.* »Ich möchte mit einem Kantaki reden, so schnell wie möglich. Arrangieren Sie alles.«

Im Wandfach hinter dem Sicherheitsfeld, in der Schatulle, flackerte es tief im Inneren des Diamanten. Niemand bemerkte etwas, aber ein winziges Zeitquant hatte seine Struktur verändert.

Tintiran
3. Planet des Mirlur-Systems
Zentraler Sektor des Konsortiums
August 300 SN · linear

2

Die Sonne Mirlur kroch hinter dem Horizont hervor, als die Kantaki-Kapseln vom Himmel fielen. Mit großer Geschwindigkeit kamen sie herab, kleinere Ausgaben der großen Kolosse, ebenfalls schwarz und asymmetrisch, aus zahlreichen Modulen zusammengesetzt.

»Dies ist ein großer Tag für Tintiran«, ertönte eine Stimme aus den Lautsprechern. Sie gehörte dem Vorsitzenden des Demokratischen Konzils von Tintiran, der angeblich den Planeten regierte. Der junge Rungard Avar Valdorian wusste es besser: Die wahre Macht lag bei seinem Vater, Hovan Aldritt Valdorian. »Heute am 23. Juli 300 Seit Neubeginn überwindet unsere Heimatwelt die letzten Folgen des tausendjährigen Zeitkriegs. Heute wird die letzte Anomalie auf Tintiran nach monatelangen Vorbereitungen in die gewöhnliche Raum-Zeit reintegriert, was wir den Kantaki verdanken. Dadurch gehört der Planet wieder ganz allein uns.«

Die schwarzen Kapseln der Kantaki wurden abrupt langsamer, als sie sich der Oberfläche näherten, und schwebten an der großen Ambientalblase vorbei, die das Festkomitee am Rand des Lochs geschaffen hatte. Das Loch – es hatte nie einen anderen Namen getragen: eine riesige Öffnung im Leib des Planeten, anderthalb Kilometer tief und zehn Kilometer breit. Fast fünfzehn Jahrhunderte lang hatten hier im hohen Norden von Tintiran, in der »Große Trockenheit« genannten

Region, archäologische Untersuchungen stattgefunden. Nach dem ersten Fund eines Artefakts der La-Kimesch hatten sich Wissenschaftler von vielen Welten Schicht um Schicht in die Tiefe gegraben und nach und nach etwas freigelegt, das einst, vor etwa zweiundzwanzig Millionen Jahren, ein urbaner Komplex gewesen zu sein schien. Doch kurze Zeit nach Beginn des Zeitkriegs vor mehr als anderthalb Jahrtausenden hatte sich herausgestellt, dass die »Stadt« der La-Kimesch – wenn es wirklich eine Stadt war – ein Zeitportal der Temporalen enthielt, das es dem Feind gestattete, einen Angriff aus der Vergangenheit zu führen. Die Invasion der Temporalen hatte natürlich das Ende für die Ausgrabungsarbeiten bedeutet, und jetzt stand ein neuer Anfang bevor. Die Forscher konnten es gar nicht abwarten, wieder mit der Arbeit zu beginnen. *Und mein Vater nutzt die gute Gelegenheit, um sein öffentliches Renommee zu stärken,* dachte Valdorian.

Unten im Loch, über den fraktalen Artefakten der La-Kimesch, schienen grauweiße Nebelschwaden zu wogen. Aber es war kein gewöhnlicher Dunst. Die Schwaden bestanden aus kondensierender und wieder verdampfender Zeit, hatte Valdorian in einem Bericht gelesen, ohne es zu verstehen – diese Dinge interessierten ihn kaum. Nicht weit von der Ambientalblase entfernt, in deren Innerem angenehme Temperaturen herrschten, strich kalter Wind über das hinweg, was von der einstigen wissenschaftlichen Siedlung übrig geblieben war. Die Bauten waren schon damals aus widerstandsfähiger Synthomasse und Stahlkeramik errichtet worden; trotzdem zeigten sich nur noch Gerippe dort, wo einst stabile, massive Gebäude gestanden hatten. Valdorian erinnerte sich, dass der Bericht auch einen Zwischenfall mit »temporaler Akzeleration« während des Kampfes gegen die Temporalen erwähnt hatte. In der Forschungssiedlung war die Zeit plötzlich millionenfach schneller vergangen: Während außerhalb nur wenige Sekunden verstrichen, vergingen im Inneren Jahrzehntausende. Nur einige bleiche Knochen erinnerten an die damaligen Archäologen.

Valdorian blickte auf seinen Chrono-Servo und fragte sich, wie lange diese langweilige Zeremonie noch dauerte.

Von seinem hohen Platz auf dem Podium aus, das allein Magnaten und ranghohen Souveränen und Autarken vorbehalten war, blickte er ins Loch und beobachtete, wie die Zeitmechaniker der Kantaki von Bord ihrer Kapseln aus aktiv wurden. Vor fast dreihundert Jahren hatten sie das Zeitportal der Temporalen geschlossen, und jetzt gaben sie den energetischen Siegeln, die seit drei Jahrhunderten die Anomalie blockierten, eine neue Struktur. Energiefinger gingen von den schwarzen Kapseln aus, tasteten über die matt leuchtenden Siegel hinweg und schienen sich im Dunst kondensierender und verdampfender Zeit zu verlieren. Ein sonderbares Geräusch erklang dabei, ein dumpfes Brummen wie von einem riesigen, erwachenden Insekt. Es kroch an den steilen Hängen des Loches empor, erreichte die Ambientalblase und durchdrang sie, machte sich als eine vage Vibration in den Podien bemerkbar.

Valdorians Blick glitt über die Gesichter der Beobachter, fand in ihnen meist Staunen und Hoffnung. Nur hier und dort entdeckte er Skepsis oder sogar Schatten von Ärger, halb verborgen und nur schwer zu erkennen. Der Gesichtsausdruck seines Vaters blieb neutral und verriet nichts, aber Valdorian wusste, was er von den Kantaki und ihrem Monopol bei der überlichtschnellen Raumfahrt hielt. Er glaubte, dass dies nur eine Schau war, von den Kantaki in Szene gesetzt, um die Zuschauer – Menschen und Repräsentanten anderer Völker – zu beeindrucken. Und um auf ihre Überlegenheit hinzuweisen.

Valdorians Blick wanderte weiter, über die anderen Podien am Rande des Lochs, über die erwartungsvollen Mienen der Wissenschaftler. Zum Publikum zählten auch eine offizielle Delegation der Akademie der Wissenschaften und schönen Künste von Tintiran – unter ihrer Ägide sollten die Ausgrabungen fortgesetzt werden – sowie Dutzende von Studenten, viele von ihnen Subalterne, die ihr Studium mit

Stiftungsgeldern der Valdorian-Unternehmensgruppe finanzierten. In ihrer Mitte ...

Er sah zwei Augen, und dort verharrte Valdorians Blick, plötzlich gefangen in Smaragdgrün und Lapislazuliblau. Die junge Frau war ihm schon einmal aufgefallen, vor wenigen Tagen in der Akademie: eine Nonkonformistin, die sich nicht um die ungeschriebenen Regeln scherte und alle Studienbereiche betrat, auch jene, in denen sich die Söhne und Töchter der Magnaten und hohen Souveränen trafen. Hochgezogenen Brauen und strengen Blicken schenkte sie keine Beachtung. Ein seltsames Verhalten für Valdorian, der sich in einer Welt bewegte, die ihm überall mit Respekt begegnete und seinen Wünschen gerecht zu werden versuchte, noch bevor er sie in Worte fasste. Ja, seltsam, aber auch ... interessant.

Die Augen dominierten das perfekte, von schwarzem Haar umrahmte Gesicht, erzählten stumm von einer anderen Welt, die Valdorian nur von außen kannte: eine Welt der Abhängigkeiten, eine Welt, deren Bewohner sich oft dem Gebot der Notwendigkeit beugen mussten. Die junge Frau, deren Namen er nicht kannte und die wie er an der Akademie studierte, bemerkte seinen Blick und erwiderte ihn. Vielleicht lag es an dem sonderbaren Brummen, das aus dem Loch mit den La-Kimesch-Fraktalen und der Anomalie kam, einem Brummen, das eine hypnotische Wirkung zu entfalten schien, dass Valdorian plötzlich dachte: *Ich will sie haben.* Und das war, so wusste er, überhaupt kein Problem. Keine Frau wies ihn ab, wenn sie erfuhr, dass er der Erbe der Valdorian-Unternehmensgruppe war, Rungard Avar Valdorian der Neunzehnte.

Das Brummen schwoll an, wurde zu einem Klimpern, als unten im Loch einige zweiundzwanzig Millionen Jahre alte Fraktalbauten der La-Kimesch zerbrachen – nicht exakt kompensierte Zeitkondensate ließen sie bersten. Ein Raunen ging durchs Publikum, aber Valdorian fand auch dies langweilig. Zu solchen Zwischenfällen kam es bei fast allen Reintegrationen. Entweder wollten die Kantaki dadurch alles noch eindrucksvoller wirken lassen, oder die Ausrichtung der temporalen Ströme war so komplex, dass selbst ihre besten Zeitmechaniker keine absolut präzise Kontrolle ausüben konnten.

Valdorian sah noch immer die grünblauen Augen, das Gesicht, eingefroren in einem Moment plötzlichen Verlangens. Er lächelte, und die Frau, die respektlose Nonkonformistin, erwiderte das Lächeln. *Ich will dich,* dachte Valdorian. *Und ich werde dich bekommen.*

Valdorian sehnte das Ende der Reintegration herbei, auf deren Einzelheiten er kaum mehr achtete. Immer wieder versuchte er, den Blick jener Frau einzufangen, aber deren Aufmerksamkeit schien jetzt ganz von den Kantaki-Kapseln in Anspruch genommen zu werden.

Fast eine Stunde später waren die temporalen Schwaden tief unten im Loch verschwunden, und die Kantaki-Kapseln stiegen empor. Auf dem Rednerpodium trat ein Akuhaschi an die Seite des Konzilsvorsitzenden, und die Lautsprecher des Kommunikationsservos verkündeten seine schlichte Botschaft. »Die Reintegration der Anomalie ist abgeschlossen.«

Applaus erklang, und dann ergriff erneut der Vorsitzende des Demokratischen Konzils das Wort. In zehn Minuten brachte er es fertig, den Kantaki fünfmal zu danken, bevor er den Kom-Servo schließlich Hovan Aldritt Valdorian überließ. Sein Sohn wandte den Blick lange genug von der jungen Frau auf dem anderen Podium ab, um zu beobachten, wie sein Vater hoch aufgerichtet dastand, gleichzeitig würdevoll und entspannt, voller Autorität. Auch er dankte den Kantaki, der Form halber, wie der junge Valdorian wusste, und er schloss seine kurze Ansprache mit den Worten:

»Heute beginnt ein neues Forschungsprojekt dort, wo die Ausgrabungen vor zu vielen Jahren unterbrochen werden mussten. Wir haben die Möglichkeit, hier auf Tintiran mehr über die La-Kimesch zu erfahren, und die Valdorian-Unternehmensgruppe wird das neue Projekt mit fünfzig Millionen Transtel unterstützen.« Hovan Aldritt Valdorian hob wie bescheiden die Hände, als neuerlicher Applaus erklang. »Das ist noch nicht alles. Um zu zeigen, für wie wichtig ich die Xenoarchäologie halte, gewähre ich hiermit hundert subalternen Studenten der xenoarchäologischen Fakultät an der Akademie in Bellavista ein volles Stipendium.«

Diesmal war der Applaus noch lauter, und der junge Valdorian klatschte ebenfalls, obwohl er wusste: Sein Vater verschenkte nichts. Mit den Stipendien waren zukünftige Arbeitsverträge für von der Valdorian-Unternehmensgruppe kontrollierte wissenschaftliche Institute verbunden. Er würde die ursprünglichen Investitionen doppelt und dreifach zurückbekommen.

Hovan Aldritt Valdorian hob die Arme. »Hiermit übergebe ich ›das Loch‹ der wissenschaftlichen Gemeinschaft von Tintiran«, sagte er, und neuerlicher Beifall ertönte.

Die Ambientalblase veränderte sich. An einer Stelle, am Rand des Lochs, stülpte sie sich nach vorn und bildete eine Art Tunnel, begrenzt von matt glühender Energie. Er führte zu einer großen Plattform mit Dutzenden von Levitatorscheiben.

Männer und Frauen verließen die Podien, und viele von ihnen gingen zur Plattform, ganz offensichtlich mit der Absicht, ins Loch hinabzufliegen und sich die Artefakte der La-Kimesch aus der Nähe anzusehen. Auch der junge Valdorian verließ seinen Platz, schritt durch die Menge und hielt nach der jungen Frau mit den grünblauen Augen Ausschau. Er kam an zwei Neuen Menschen vorbei, die mit dem Akuhaschi sprachen, der den erfolgreichen Abschluss der Reintegration verkündet hatte. Sie benutzten nicht etwa InterLingua für die Verständigung, sondern schienen auf Akuha miteinander zu sprechen. Valdorian führte keinen Linguator bei sich, aber das Gespräch interessierte ihn ohnehin nicht. Sein Blick verweilte kurz bei den beiden Genveränderten, die offenbar von einer der Extremwelten in der Konföderation der Neuen Menschen stammten. Ihre blaugrüne Haut schien aus Hornplättchen zu bestehen, und die Bewegungen brachten nicht nur Kraft zum Ausdruck, sondern auch eine besondere Agilität, die auf flexible Gelenke hindeutete. Valdorian schauderte innerlich, ließ sich aber nichts anmerken. Er verabscheute derartige genetische Veränderungen und versuchte, möglichst wenige Bio-Servi zu benutzen – irgendetwas an ihnen widerte ihn an. Es war eine Phobie, ihre Ursachen so tief in seinem Unterbewusstsein verborgen, dass sie sich Ergründungsversuchen entzog. Die Neuen Menschen, so erinnerte er sich, hatten während des Zeitkriegs wertvolle Dienste geleistet, da sie aus irgendeinem Grund von den Temporalen nicht telepathisch manipuliert werden konnten. Einige von ihnen waren sogar imstande gewesen, getarnte Temporale zu erkennen. Sie hatten den Kantaki und Feyn dabei geholfen, den Sieg über die Feinde aus der Vergangenheit zu erringen, aber das machte sie für Valdorian nicht sympathischer.

Erstaunlicherweise fand er die junge Frau bei einer der Syntho-Maschinen im Büfettbereich. Sie trank aromatisierten Korallentee – und sie war allein. Eine bessere Gelegenheit konnte er sich kaum erhoffen.

Mit einem selbstbewussten Lächeln trat er auf sie zu. »Ich hätte gedacht, dass Sie mit einer der Levitatorscheiben auf dem Weg ins Loch sind.«

»Ich warte lieber, bis der erste Ansturm vorüber ist«, erwiderte die junge Frau. Sie sah ihn an, und erneut glaubte Valdorian, in ihrem Blick etwas Magisches zu spüren. Er kitzelte wie eine Feder in seinem Inneren, weckte neues Begehren.

»Wir könnten meinen Levitatorwagen nehmen. Er ist viel bequemer als eine der Scheiben.«

»Wir kennen uns nicht«, stellte die junge Frau fest, und ihre Lippen formten die Andeutung eines Lächelns.

»Ich bin Rungard Avar Valdorian der Neunzehnte«, sagte Valdorian selbstsicher, sich des Gewichts seiner Worte bewusst und ihrer Wirkung gewiss.

»Ich heiße Lidia«, sagte die Nonkonformistin ungerührt.

»Lidia DiKastro. Und ich bin die Erste, soweit ich weiß. Was Ihren Namen betrifft ... Er ist mir zu lang. Ich glaube, ich nenne Sie ... Dorian.«

Valdorian steuerte den Levitatorwagen aus der Ambientalblase hinaus und am Rand des Loches entlang, vorbei an der wissenschaftlichen Siedlung, die Opfer einer temporalen Akzeleration geworden war. Dahinter ließ er ihn ins Loch kippen, fernab der Levitatorscheiben, die von der Plattform aus in die Tiefe sanken, den Artefakten der La-Kimesch entgegen. Noch immer schwebten einige Kantaki-Kapseln weit über der reintegrierten Anomalie, wie um sich zu vergewissern, dass tatsächlich keine Gefahr mehr aus der Vergangenheit drohte.

Unsicherheit hatte einen großen Teil von Valdorians Selbstbewusstsein ersetzt, und ein solches Empfinden war ihm ganz und gar nicht vertraut. Es war Lidia mit einigen wenigen Worten gelungen, alle Erwartungen Valdorians – all das, was er für selbstverständlich gehalten hatte – infrage zu stellen. *Dorian.* So hatte ihn bisher niemand genannt. Und sie war nicht beeindruckt gewesen. *Vielleicht hat sie es nur nicht gezeigt,* dachte er, während er die Kontrollen des Navigationsservos bediente und mit wachsender Verzweiflung – auch das ein ganz neues Gefühl – nach Worten suchte, die geeignet waren, das immer unangenehmer werdende Schweigen zu beenden. *Ich bin der Sohn eines Magnaten, und sie ist eine einfache Nonkonformistin. Sie* muss *beeindruckt sein.*

Es war Lidia, die das Schweigen beendete. »Studieren Sie Xenoarchäologie, Dorian?«

Valdorian spürte ihren Blick, warm, nein, heiß, so heiß, dass er zu schwitzen begann.

»Nein, ich ... ich studiere interstellare Ökonomie.« Plötzlich sah er eine zweite Chance. Vielleicht hatte ihr der Name nichts gesagt, auch wenn das sehr unwahrscheinlich war. »Ich werde einmal die Nachfolge meines Vaters antreten.«

Erneut blieb die erhoffte Reaktion aus, und wieder trat

eine Stille ein, die Valdorian schon nach wenigen Sekunden als belastend empfand. Er steuerte den Levitatorwagen an den Terrassen vorbei, die an den Wänden des Loches in einer weiten Spirale nach unten führten. An einigen Stellen zeigten sich die dunklen Öffnungen von Stollen. Hunderte von Metern hohe Fraktalsäulen ragten vom Boden des Loches auf, einige von ihnen mehrere Dutzend Meter dick, andere dünn, zerbrechlich wirkend, und doch Jahrmillionen alt.

Erneut brach Lidia das Schweigen. »Alles deutet darauf hin, dass die galaktische Hochkultur der La-Kimesch Jahrmillionen Bestand hatte«, sagte sie und sah aus dem Fenster. »Fast fünfzigtausend Planeten sollen sie besiedelt haben, und vielen anderen statteten sie Besuche ab. Sie waren ein Partnervolk der Kantaki. Und dann starben sie plötzlich aus, innerhalb kurzer Zeit. Ein ganzes Volk ging innerhalb weniger Jahrzehnte zugrunde. Warum?«

Valdorian glaubte plötzlich, dass sie eine Antwort von ihm erwartete.

»Tut mir Leid, ich weiß es nicht.«

»Niemand weiß es«, sagte Lidia. »Vielleicht gibt es einen Zusammenhang mit den Temporalen. Immerhin öffnete sich hier eines ihrer Zeitportale.«

Valdorian hörte ihre Worte – und hörte sie doch nicht. Er war viel zu sehr mit sich selbst beschäftigt, mit der Frage, wie er dieser Frau imponieren und von ihr die Bewunderung erhalten konnte, die er von anderen Frauen kannte. Sie sprach weiter, aber er hörte gar nicht richtig hin, lenkte den Wagen tiefer und versuchte dabei, zu seiner normalen Selbstsicherheit zurückzufinden.

»Hören Sie mir überhaupt zu?« Wieder ruhte der sonderbar *heiße* Blick auf ihm.

»Was? Ja, natürlich.«

»Dort.« Lidia hob die Hand und zeigte nach draußen. »Landen Sie dort drüben. Beim Schloss.«

Es blieb Valdorian ein Rätsel, was die Xenoarchäologen veranlasst hatte, das Gebilde »Schloss« zu nennen. Es war asymmetrisch wie ein Kantaki-Schiff, bestand aus zahllosen Säulen, Spindeln und Zylindern. Zwischen ihnen bildeten Stege ein sehr fragil anmutendes Gespinst, wie grauweiße Spinnweben aus Kristall.

Valdorian landete den Levitatorwagen, und eine knappe Minute später standen sie vor dem »Schloss«, das mindestens hundert Meter weit vor ihnen aufragte. Valdorian hatte auf eine Jacke verzichtet und fröstelte – oben in der Ambientalblase war es warm gewesen. Der jungen Frau schien die Kälte nichts auszumachen.

»Ich bin gespannt, ob es stimmt«, sagte Lidia mit einem kurzen Lächeln und trat zur nächsten Säule, die zwar kein Licht von der Sonne Mirlur empfing – so weit im Norden von Tintiran verirrten sich nur selten Sonnenstrahlen bis zum Boden des anderthalb Kilometer tiefen Lochs –, aber trotzdem in einem ockerfarbenen Ton zu glühen schien. Bei genauerem Hinsehen stellte er fest, dass die Säulen aus kleinen Einzelteilen bestanden, die sich fugenlos zu größeren Komponenten zusammenfügten, die ihre Muster wiederholten. Zumindest das wusste er von den La-Kimesch: Ihre Architektur verwendete fraktale Muster, die sich im mikroskopischen Bereich ebenso wiederholten wie im makroskopischen. Vielleicht hatten sie damit Harmonie zum Ausdruck bringen wollen. Valdorian schob den Gedanken beiseite, denn eigentlich interessierten ihn diese Dinge überhaupt nicht.

Lidia berührte die Säule mit der Fingerspitze, und einige Sekunden lang geschah gar nichts. Dann ging eine seltsame, wellenförmige Bewegung durch die Säule, breitete sich von dort durchs ganze »Schloss« aus und erfasste auch das weißgraue Gespinst. Ein Ton erklang, zart und subtil, flüsterte über die Spindeln und Zylinder hinweg. Lidia lächelte erfreut und berührte eine andere Stelle. Nach einer Verzögerung von einigen Sekunden wiederholte sich das Bewegungsmuster, und ein anderer Ton erklang.

»Ich habe davon gelesen«, sagte sie. »Die Archäologen haben es damals in ihren Berichten erwähnt. Wer weiß? Vielleicht ist dieses ›Schloss‹ einst ein Musikinstrument der La-Kimesch gewesen.«

Levitatorscheiben schwebten näher, brachten Besucher und Ehrengäste. Valdorian befürchtete, nicht mehr lange mit Lidia allein sein zu können. »Befassen Sie sich damit in Ihren Studien?«, fragte er, um irgendetwas zu sagen, während er noch immer damit beschäftigt war, seine Gedanken und Gefühle zu sortieren. »Mit den La-Kimesch?«

Wieder gab Lidia eine Antwort, die ihn erstaunte; das schien ihre Spezialität zu sein. »Nein. Eigentlich interessieren sie mich nur am Rande.« Sie drehte sich um. »Dort drüben befand sich das Zeitportal.«

Übrig geblieben von dem Portal war ein schwarzer Fleck im Inneren eines glockenartigen Gebildes, das den Eindruck erweckte, bei der geringsten Berührung bersten zu können. Es schien aus Glas oder den sonderbaren Kristallen der La-Kimesch zu bestehen, und der schwarze Fleck darin, der etwa drei Meter durchmaß ... Er sah aus wie etwas, das aus der Struktur des Raums herausgeschnitten war, ein von *leerer Leere* erfülltes Nichts, wenn das einen Sinn ergab. Lidia ging darauf zu, vorbei an einigen inzwischen gelandeten Levitatorscheiben; an diesem Ort, der jahrhundertelang einsam und verlassen gewesen war, wimmelte es plötzlich von Neugierigen.

Valdorian folgte der jungen Frau, noch immer innerlich aufgewühlt. »Von hier aus führte ein Tunnel in die Vergangenheit, in die Zeit der Geschöpfe, die wir die ›Temporalen‹ nennen«, sagte sie. »Ist das nicht faszinierend?« Sie blieb vor der Glocke stehen und berührte sie, doch diesmal blieb alles still.

»Äh, ja«, sagte Valdorian.

Lidia drehte sich um. »Sie finden das alles langweilig, nicht wahr?«

»Nein, ich ...« Er gab sich alle Mühe, seine Verunsicherung zu verbergen. Lidias ruhige Gelassenheit und ihre manchmal fast offensive Art schufen in ihm ein absurdes Gefühl von

Wehrlosigkeit. Er, der es gewohnt war, die Situation zu kontrollieren, und zwar in allen ihren Aspekten, wurde mit immer neuen Variablen konfrontiert, die sich nicht nur seiner Kontrolle entzogen, sondern sich auch noch über ihn lustig zu machen schienen. »Ich befasse mich nicht sehr oft mit solchen Dingen.«

»Zeit, Dorian«, sagte Lidia. »Ich finde die Beschäftigung damit faszinierend. Die Temporalen benutzten die Zeit wie ein Werkzeug, und die Kantaki stehen außerhalb des gewöhnlichen Zeitstroms, einer der Gründe dafür, warum sie mich so sehr interessieren. Vielleicht ...« Sie zögerte kurz. »Man hat Gabenlatenz bei mir festgestellt.«

»Gabenlatenz?«

»Vielleicht wäre ich imstande, eine Kantaki-Pilotin zu werden.«

Valdorian öffnete den Mund und klappte ihn eine halbe Sekunde später wieder zu. Dies war wohl kaum der geeignete Zeitpunkt für einen Hinweis darauf, was er von den Kantaki und ihrem Monopol hielt.

»Um zu Ihrer früheren Frage zurückzukehren, Dorian ...« Lidia wandte sich von der Glocke ab und ließ ihren Blick über die anderen Bauwerke der La-Kimesch schweifen. »Nein, in meinen Studien geht es nicht in erster Linie um die La-Kimesch. Den Schwerpunkt meines xenoarchäologischen Studiums bilden die Xurr, die ich noch weitaus interessanter finde als die La-Kimesch, obwohl ihre Kultur viel jünger ist.«

»Die Xurr kamen aus dem galaktischen Kern und verschwanden vor gut zehntausend Jahren«, sagte Valdorian. *Daran* erinnerte er sich.

»Ja.« Lidia schenkte ihm erneut eines jener Lächeln, die so hintergründig und voller Tiefe zu sein schienen, aber auch voller Ironie. »Ein Volk, das ebenfalls interstellare Raumfahrt betrieb und einen dritten Weg fand, eine Alternative zu den Sprungschiffen der Horgh und den Transraum-Reisen der Kantaki. Aber das ist nicht das eigentlich Faszinierende an ihnen. Sie verwendeten eine organische Technik und waren mit lebenden Raumschiffen unterwegs. Das macht sie zu einem echten Unikum.« Sie schlang kurz die Arme um ihren Oberkörper. »Ich schlage vor, wir kehren jetzt zurück. Mir wird langsam kalt.«

Im Levitatorwagen, auf dem Weg nach oben, suchte Valdorian einmal mehr nach Worten, die für Lidia fesselnd und beeindruckend klangen; doch auch diesmal wurde er Opfer einer Stille, die wie ein schweres Gewicht auf ihm lastete und die letzten Reste des vertrauten und bis dahin unerschütterlichen Selbstbewusstseins unter sich zermalmte.

»Ich kann Sie nach Bellavista zurückfliegen«, sagte er schließlich, als sie sich der Ambientalblase am Rand des Loches näherten.

»Danke, aber ich bin mit Freunden hier. Wir kehren gemeinsam zurück.«

Valdorian landete den Wagen und hörte, wie das Summen der Levitatoren verklang. Sie saßen nebeneinander und warteten auf ... Valdorian wusste nicht, worauf. Er begriff nur, dass er hier und jetzt an einem Scheideweg stand, auf den er nicht vorbereitet war.

»Äh ...«, sagte er und kam sich unendlich dumm vor. »Sehen wir uns wieder?«

Wieder lächelte Lidia. »Sind Sie bereit dazuzulernen, Dorian?«

Valdorian zögerte. »Ich denke schon.«

»Dann sehen wir uns wieder.«

Im Null

Mit dem Sporn hatten Kantaki und Feyn am Ende des tausendjährigen Zeitkriegs den Sieg über die Temporalen errungen und sie in die Vergangenheit zurückgeworfen.

Im Null saßen sie fest, in einer vom Rest des Universums getrennten Sphäre, umgeben von einem Schild, der sie daran hinderte, das Null zu verlassen und durch die temporalen Schächte in die Zukunft zurückzuklettern. Auf Munghar, der Heimatwelt der Kantaki, hielten Zeitwächter nach Versuchen der Temporalen Ausschau, blockierte, aber noch nicht vollständig in die gewöhnliche Raum-Zeit reintegrierte Anomalien für neue Angriffe zu nutzen. Die Kantaki wussten, dass sie in ihrer Wachsamkeit nicht nachlassen durften. Zu groß war die Gefahr einer direkten Verbindung zwischen den Temporalen und dem Abissalen, den das Konziliat seit einer Ewigkeit zu neutralisieren versuchte, seit dem Ersten Kosmischen Zeitalter.

Die Temporalen warteten im Null, in ihrer Stadt Äon und an Bord der Zeitschiffe. Sie warteten auf eine neue Chance. Ihre Observanten blickten durch winzige Risse und Fugen im Schild in die zukünftigen Epochen des Universums, und die Suggestoren nahmen Einfluss, vorsichtig und behutsam, um nicht den Argwohn der Zeitwächter auf Munghar zu wecken.

Es gab Personen in der Zukunft, die ihnen halfen, einige wenige, und durch sie konnten Ansatzpunkte gewonnen und erweitert werden.

Und es gab Personen, die ahnungslos die Gedanken und Gefühle der Suggestoren aus der Vergangenheit empfingen. Hier und dort gewannen Zeitquanten neue Strukturen, und dadurch änderten sich Wahrscheinlichkeitsmuster.

Die Temporalen gaben nicht auf. Durch die Ritzen im Schild nahmen sie subtilen Einfluss und versuchten, die Ereignisse in eine bestimmte Richtung zu lenken ...

Orinja
Januar 421 SN · linear

3

Es war recht weit bis zur Hauptscholle von Orinja, und nur mit Mühe widerstand Valdorian der Versuchung, die Geschwindigkeit zu erhöhen. Er starrte auf die Kontrollen des Levitatorwagens, der in einer Höhe von fast tausend Metern über Magmaseen hinwegglitt und durch heiße braungelbe Wolken flog.

Zeit, dachte er. *Genau da liegt das Problem.* Er versuchte, ruhig und rational zu bleiben, sich mit konzentrierten Überlegungen auf das Gespräch mit dem Kantaki vorzubereiten. Zu viel hing davon ab. *Ein Kantaki, der darüber entscheidet, ob ich leben darf oder sterben muss?* Zorn regte sich in Valdorian, und er bemühte sich sofort, ihn zu verdrängen. Der alten Abhängigkeit von den Kantaki – sie kontrollierten die interstellare Raumfahrt, soweit es den Transport von Personen betraf – gesellte sich jetzt eine sehr persönliche hinzu. *Zeit.* Darum ging es. Wenn es ihm gelang, der Zeit ein Schnippchen zu schlagen, so entkam er dem Tod. Und dazu brauchte er die Hilfe der Kantaki. Vor mehr als vierhundert Jahren, während der Epoche des Chaos nach dem tausendjährigen Zeitkrieg, hatten sie das Gefüge der Raum-Zeit repariert und viele der Anomalien beseitigt, die während der Endphase des Kampfes gegen die Temporalen entstanden waren. Die Kantaki wussten, was es mit der Zeit auf sich hatte, und sie konnten sie *verändern.*

Mehrere Indikatoren auf der Navigationskonsole vor Valdorian blinkten, und als er nicht auf die Warnung reagierte, änderte der Sicherheitsservo den Kurs. Durch eine Lücke zwischen den Wolken unter dem Levitatorwagen sah Valdorian über dem halbflüssigen Felsgestein ein Wabern, das nicht auf heiße Luft zurückging. Es stammte von einer temporalen Anomalie, die vor vielen Jahren isoliert, aber nicht beseitigt worden war, was bedeutete, dass sich ihr Einfluss auf den Planeten beschränkte: eine stationäre Deformation der Raum-Zeit, die auf Reintegration wartete. Auf der Prioritätenliste der Kantaki stand sie vermutlich tief unten. Es gab insgesamt dreizehn auf Orinja, sonderbarerweise mehr als auf den meisten anderen Welten.

Der Levitatorwagen wich der Anomalie in einem weiten Bogen aus, und Valdorian blickte durchs Fenster, beobachtete das Wabern und glaubte, vage Bilder darin zu erkennen, vielleicht aus der Vergangenheit oder Zukunft.

Kurze Zeit später kam weiter vorn die Hauptscholle in Sicht. Als er sich dem dortigen Verwaltungszentrum und dem Raumhafen näherte, dachte Valdorian kurz an die Möglichkeit eines weiteren Anschlags, schob sie aber als sehr unwahrscheinlich beiseite. Nur Jonathan, ein Akuhaschi und der Kantaki wussten, dass er mit diesem Levitatorwagen hierher unterwegs war.

Jenseits des ausgedehnten Verwaltungszentrums auf der Hauptscholle ragte ein schwarzer Berg in den heißen Himmel, ein dunkler asymmetrischer Koloss, bestehend aus hunderten von Segmenten: das Kantaki-Schiff, mit dem Valdorian nach Orinja gekommen war. Der Levitatorwagen hielt genau darauf zu und passierte die Transportblase mit den Passagierkapseln und Frachtmodulen. Der Kommunikationsservo sendete Identifizierungssignale, und in einem der vielen Segmente bildete sich eine Öffnung, groß genug, um den Wagen passieren zu lassen. Wenige Sekunden später setzte er auf, und das Summen der Levitatoren verklang.

Ein Akuhaschi wartete draußen, gekleidet in einen einfachen violetten und grünen Umhang. Seine fünfzehn Zentimeter langen vertikalen Augenschlitze reflektierten das matte Licht, das aus einigen langsam über die Decke kriechenden Leuchtkörpern kam.

»Vater Groh ist bereit, Sie zu empfangen«, sagte der Akuhaschi in fast akzentfreiem InterLingua. »Bitte begleiten Sie mich.«

Der Akuhaschi trat zur Wand, die sich teilweise einfach aufzulösen schien. Dahinter erstreckte sich ein größerer und sehr hoher Raum, der Valdorian erstaunte, da er sich nicht an ein entsprechendes Segment neben dem erinnerte, das seinen Levitatorwagen aufgenommen hatte. Schilderungen Lidias fielen ihm ein, von multidimensionalen Räumen, die innen größer waren als außen. Die Kantaki lebten nicht nur abseits des normalen Zeitstroms, sondern auch außerhalb der gewöhnlichen Dimensionen. Die hyperlineare Struktur der Dinge, die ihre Existenz bestimmten und mit denen sie sich umgaben, war für das linear denkende menschliche Gehirn kaum begreiflich und nur schwer wahrnehmbar. Und doch gab es Menschen, die sich – wie damals Lidia – wünschten, in einer derart bizarren Umgebung zu leben und die Schiffe der Kantaki durch den Transraum zu steuern.

Die Luft in dem größeren Raum schien eine andere Konsistenz zu haben, denn Valdorian spürte einen sanften Widerstand, der sich allen seinen Bewegungen entgegensetzte. Vage Schatten glitten im Halbdunkel hin und her, verschmolzen mit Wänden und Decke, kehrten zurück und *durchdrangen* ihn, ohne dass er etwas fühlte, abgesehen von einer wachsenden Nervosität. Er begriff plötzlich, dass er hier und jetzt an einem Ort stand, der sich außerhalb des normalen Zeitstroms befand und nicht – wie die Transportblase – Teil des Menschen vertrauten Kontinuums war.

Der Akuhaschi gab einige klickende Laute von sich, die sein Linguator nicht übersetzte, und trat durch die Öffnung in der Wand, die sich hinter ihm wieder mit fester Substanz füllte.

»Hallo?«, fragte Valdorian unsicher.

Vor ihm in der fast grenzenlos wirkenden Dunkelheit schwoll einer der Schatten langsam an und gewann Konturen. Valdorian sah ein Geschöpf, das ein ganzes Stück größer war als er selbst und ihn an eine Gottesanbeterin erinnerte. Bei jeder Bewegung der langen, dürren Gliedmaßen huschten Leuchterscheinungen über den insektoiden Körper des Kantaki, wie von einer Fluoreszenz in der Luft. Ein dreieckiger Kopf ruhte auf einem langen, ledrigen Hals, und zwei multiple Augen, bestehend aus tausenden von kleinen Sehorganen, wölbten sich über die rechte und linke Gesichtshälfte. Valdorian hatte Bilder von Kantaki gesehen, aber jetzt stand er zum ersten Mal einem gegenüber und spürte etwas, das Bilder nicht vermitteln konnten und sich nur schwer definieren ließ, vielleicht so etwas wie Erhabenheit.

»Sind Sie Vater Groh?«

Das Geschöpf kam noch etwas näher, löste sich ganz aus dem Halbdunkel, und Valdorian bemerkte fetzenartige Gebilde, die am zentralen Leib und an den Gliedmaßen hingen. Kleidung? Schmuck?

Es klickte, und ein Linguator übersetzte.

»Und du bist Rungard Avar Valdorian.«

»Ich bin der Primus inter Pares des Konsortiums«, fügte Valdorian hinzu.

Vater Groh hob zwei in Greifzangen endende Gliedmaßen und senkte sie wieder. »Menschen schmücken sich gern mit Titeln.«

Valdorian spürte, wie Ärger in ihm erwachte, der gleiche Ärger, der auch seinen Vater erfüllt hatte. Ärger über das Monopol der Kantaki und die Abhängigkeit von ihnen.

»Ich bin gekommen, um eine Bitte an Sie zu richten, Vater Groh.«

»Und ich bin hier, um dich anzuhören, Valdorian«, klickte der Kantaki.

»Ich ...« Valdorian suchte nach geeigneten Worten und kämpfte gegen ein völlig unvertrautes Unterlegenheitsgefühl an, das Öl ins Feuer seines Ärgers zu gießen drohte. »Ich habe ein langes Leben hinter mir und ...«

»Dein Leben wäre nur eine Sekunde in der Existenz eines Kantaki.«

Valdorian atmete tief durch. Er war nicht daran gewöhnt, dass man ihn unterbrach.

»Ich bin krank«, sagte er. »Unheilbar krank. Mein Körper lässt mich im Stich. Ich muss bald sterben.«

Wieder erklang die klickende Stimme des Kantaki. »Leben und Tod gehören zusammen. Selbst wir Kantaki müssen einmal sterben.«

Etwas in Valdorian zerriss und hinderte ihn daran, mit diplomatischem Geschick auf sein Ziel zuzusteuern. Vielleicht lag es daran, dass er noch immer unter Schock stand.

»Nach dem Krieg gegen die Temporalen haben Sie an vielen Stellen die Raum-Zeit repariert«, sagte er und sprach schneller als sonst. »Sie wissen, was es mit der Zeit auf sich hat. Sie können sie Ihren Wünschen anpassen. Bitte helfen Sie mir.«

Vater Groh schob sich etwas näher und blickte auf den Menschen hinab. »Was erwartest du von mir?«, fragte er, und diesmal klang seine klickende Stimme etwas anders.

»Bringen Sie mich zu einer ...« Valdorian griff nach dem ersten Wort, das ihm einfiel. »Zu einer Zeitschleife. Oder etwas in der Art. Lassen Sie die Zeit rückwärts laufen, für meinen Körper. Nicht für den Geist, nicht für mein Selbst, nicht für meine Erinnerungen. Nur für den Körper. Geben Sie mir zusätzliche Zeit für mein Leben.«

Der Kantaki schwieg, und Valdorian spürte, wie sich um ihn herum Dinge veränderten. Die Luft schien sich noch weiter zu verdichten, und er gewann den Eindruck, dass es kühler wurde.

»Um deinen Wunsch zu erfüllen, müsste ich gegen den Sakralen Kodex verstoßen«, klickte Vater Groh schließlich. »Zeitmanipulationen sind streng verboten. Aus gutem Grund.«

Zum Teufel mit dem Sakralen Kodex, dachte Valdorian

zornig. »Aber es ist möglich, nicht wahr? Es gibt solche Zeitschleifen? Gewissermaßen ... negative Zeit?«

»Die Temporalen haben die Zeit benutzt wie ein Werkzeug, ohne zu ahnen, dass sie selbst nur Werkzeuge waren. Wer die Zeit manipuliert, vergeht sich an der Realität. So etwas darf nicht geschehen.«

»Aber ich will *leben!*«, entfuhr es Valdorian.

Der Kantaki hob eines seiner vorderen Gliedmaßen und streckte es dem Menschen entgegen, der erschrocken zurückwich – aber nur einen Schritt weit, denn plötzlich hatte er eine Wand des dunklen Raums im Rücken, obwohl ihn eben noch einige Meter davon getrennt hatten. Vater Grohs Arm – oder eines seiner Beine – berührte Valdorian an der Stirn. »Ja, ich sehe, dass dein Leben zu Ende geht, aber was ist das Schicksal eines Individuums, wenn es um das ganze Universum geht? Das vierte der fünf Großen Kosmischen Zeitalter ...«

»Ersparen Sie mir diesen Unfug!«, bellte Valdorian. »Vielleicht beeindrucken Sie die Piloten und andere leichtgläubige Narren mit Ihrem pseudophilosophischen Unsinn, aber mich nicht! Ich will *leben,* verdammt, und Sie können mir helfen!« Er atmete schwer, von der eigenen Unbeherrschtheit verblüfft und in Verlegenheit gebracht. »Ich kann dafür bezahlen«, fügte er rasch hinzu. »Jede Summe, die Sie verlangen. Nennen Sie mir den Preis für hundert zusätzliche Jahre.«

»Kantaki manipulieren die Zeit nicht«, klickte Vater Groh und zog die Gliedmaße zurück. Der lange, ledrige Hals schwang von einer Seite zur anderen, und gleichzeitig neigte sich der dreieckige Kopf von rechts nach links. Es sah nach den unkontrollierten Bewegungen eines Berauschten aus, und geisterhaftes Fluoreszieren umgab den Kantaki. »Wir schützen sie. Wir schützen und bewahren die Realität, so wie wir es vor, während und nach dem Zeitkrieg getan haben. Die Wünsche einer einzelnen Person spielen keine Rolle, Valdorian, der du glaubst, mit Geld alles kaufen zu können. Es gibt Dinge, von denen du nichts weißt und die viel wichtiger sind als du. Wer die Zeit manipuliert, gefährdet die Stabilität des Seins, und solch ein Vorgehen wird bestraft, weil es gegen den Sakralen Kodex verstößt.«

»Wer gibt Ihnen das Recht, anderen Völkern Ihren verdammten Kodex aufzuzwingen?«

»Wir zwingen niemandem etwas auf. Wir bieten unsere Dienste an, doch wer unsere Regeln missachtet, muss auf diese Dienste verzichten.«

»Was bedeutet, dass die entsprechenden Welten isoliert sind. Ihre Bewohner können keine anderen Sonnensysteme mehr erreichen. Sie unterbrechen selbst die Kommunikationsverbindungen durch den Transraum.«

»Wer unsere Dienste in Anspruch nimmt, muss den Sakralen Kodex beachten.« Der Hals neigte sich nach vorn und unten, brachte den dreieckigen Kopf näher an Valdorian heran. Das Fluoreszieren flackerte auch über die beiden multiplen Augen hinweg, wie ein sonderbares Elmsfeuer. »Das gilt für alle und jeden. Auch für dich, Valdorian.« Der Kopf kam noch näher, und Valdorian nahm einen eigentümlichen Geruch wahr, wie von einem uralten Baum. Der Geruch der Zeit? »Auch für dich. Vergiss das nie. Ich sehe Dinge in dir, Valdorian, Dinge, die mir nicht gefallen. Ich sehe Absichten und Pläne, die du überdenken solltest. Sei gewarnt. Der Sakrale Kodex ist unantastbar, und wer gegen ihn verstößt, muss die Konsequenzen tragen.« Der Kopf wich fort. »Geh jetzt. Nutze die dir verbleibende Zeit, um Ordnung zu schaffen in dir selbst.«

Und damit verschwand der Kantaki. Er verschmolz mit der Dunkelheit in der rückwärtigen Hälfte des Raumes, schien sich in den Schatten aufzulösen. Wieder verflüchtigte sich ein Teil der Wand, und Valdorian kehrte in den Raum zurück, in dem sein Levitatorwagen auf ihn wartete. Er stieg ein, nahm an den Kontrollen Platz, saß einige Sekunden lang reglos da und merkte, dass er die Fäuste geballt hatte.

»Ich bitte um Kursdaten«, ertönte die synthetische Stimme des Navigationsservos.

»Zurück«, sagte Valdorian leise. »Bring mich dorthin, wo wir hergekommen sind.«

Was hat der Kantaki wirklich in mir gesehen?, dachte er, als der Levitatorwagen über das Verwaltungszentrum von Orinja hinwegflog. Er stellte sich ein Konsortium vor, dessen Welten isoliert waren, die nicht einmal mehr untereinander kommunizieren konnten – eine Schreckensvision. Vater Grohs Warnung war eindeutig und unmissverständlich gewesen. Er hatte Absichten erwähnt, Pläne ...

»Kommunikation«, sagte er laut.

»Bereitschaft«, meldete sich der Kom-Servo.

»Zeichne folgende Nachricht für Cordoban auf und lass sie so bald wie möglich per Transverbindung übermitteln. Beginn: Projekt Doppel-M und alle damit in Zusammenhang stehenden Aktivitäten sofort einstellen. Die K wissen vielleicht Bescheid. Ende. Füge der Nachricht meine Identifizierungssequenz hinzu und verschlüssele sie.«

»Bestätigung«, sagte der Kommunikationsservo.

Wieder stellte Valdorian fest, dass er die Fäuste geballt hatte, und wieder versuchte er ganz bewusst, sich zu entspannen. Die Kantaki hatten die Möglichkeit, ihm zu helfen, aber sie weigerten sich, beriefen sich dabei auf ihren Kodex. Damit blieb ihm nur eine Alternative.

Lidia.

»Kommunikation.«

»Bereitschaft.«

»Verbinde mich mit Jonathan.«

Wenige Sekunden später erschien das Gesicht seines Sekretärs auf einem Display.

»Teilen Sie Dr. Connor mit, dass ich mich entschieden habe, Jonathan. Für ein Jahr mit der alten Kraft. Er soll alles Notwendige vorbereiten. Was die für morgen geplanten geheimen Verhandlungen betrifft – sie werden auf unbestimmte Zeit verschoben. Nennen Sie als Grund den Anschlag.«

Die Verhandlungen mit Vertretern der anderen Interessengruppen und Unternehmen des Konsortiums hatten Valdorians Position in Hinsicht auf die nächste Primus-Wahl stärken sollen, aber damit wollte er sich jetzt nicht befassen. Etwas anderes war nun viel wichtiger geworden.

»Außerdem möchte ich, dass Sie eine Person für mich finden.«

Jonathan wartete stumm, die dünnen Finger an den Kontrollen eines kleinen Infonauten.

»Eine Frau namens Lidia DiKastro«, fügte Valdorian hinzu. »Sie hat am 19. Juli 301 mit ihrer Ausbildung zur Kantaki-Pilotin begonnen. Vor hundertzwanzig Jahren.«

Jonathan wölbte eine Braue.

»Ich weiß, dass Kantaki-Piloten schwer zu lokalisieren sind. Außerdem ist viel Zeit verstrichen. Aber uns stehen gewisse Möglichkeiten zur Verfügung, nicht wahr?«

Der Sekretär nickte.

»Die Kosten spielen keine Rolle«, betonte Valdorian. »Finden Sie Lidia. Und setzen Sie sich mit dem Raumhafen in Verbindung. Wir werden Orinja morgen verlassen.«

»Wohin möchten Sie fliegen, Primus?«, fragte Jonathan.

»Nach Tintiran«, sagte Valdorian.

Tintiran
August 300 SN · linear

4

»Meiner Ansicht nach war Horan einer der wichtigsten Philosophen der letzten Jahrhunderte«, sagte Valdorian und folgte Lidia durch einen langen Gang der riesigen Bibliothek. Hier lagerte alles, was mit Informationen zu tun hatte: echte Bücher ebenso wie pseudoreale, außerdem Speichermodule aller Arten, Datenbanken zu jedem denkbaren Wissensgebiet. Wenn dieser riesige Saal mit einer Stimme ausgestattet gewesen wäre, so hätte er *Wissen* geflüstert. Er gehörte zur Akademie der Wissenschaften und schönen Künste von Tintiran, einem der besten Bildungsinstitute im von Menschen besiedelten All, war mehr als fünfhundert Meter lang und fast zweihundert breit.

»Ist, Dorian, *ist*«, erwiderte Lidia. Sie ging vor ihm, und er konnte seinen Blick nicht von ihr lösen. Die junge Frau trug eine einfache rote Bluse und einen schlichten schwarzen Rock, aber irgendwie gelang es dieser schmucklosen Kleidung, ihre Schönheit zu betonen. Das lockige schwarze Haar reichte ihr bis auf die Schultern und wogte, als sie ging, dem Wegweiser vor ihr folgte. »Er lebt noch. Haben Sie viel von ihm gelesen, Dorian?«

Er hörte vor allem den melodischen Klang ihrer Stimme und musste sich konzentrieren, um die Worte zu verstehen und ihre Bedeutung zu erfassen.

»Ziemlich ... viel«, sagte er, während sein Blick über ihren verlängerten Rücken glitt, den Rundungen folgte, die sich unter dem Rock abzeichneten, dann über die wohlgeformten Beine wanderte. *Perfekt,* dachte er. *Sie ist perfekt.* »Von Entscheidung und Lebenswegen und so weiter. Alles sehr tiefsinnig.« Er stellte sie sich im Bett vor, in seinen Armen, achtete kaum auf die Umgebung. Sie befanden sich in der zweiten von insgesamt sieben Etagen und näherten sich der archäologischen Sektion, wenn er die Zeichen richtig deutete – hier befanden sich weniger Studenten.

Lidia blieb stehen und drehte sich zu ihm um. Der vor ihr schwebende Wegweiser verharrte und blinkte geduldig.

»Grün ist die Farbe des Universums«, sagte sie. »Blau trinkt den Sinn aus aller Hoffnung, während Rot den Himmel der Seele färbt.«

»Wie bitte?«

»Horan in *Die Farben der Welt*«, sagte Lidia in einem gespielt dozierenden Tonfall. »Er hat seine lichten und dunklen Momente. Manche Leute halten ihn für verrückt, andere für einen rhetorisch geschickten Scharlatan. Ich finde ihn wunderbar. Genie und Wahnsinn liegen eben dicht beieinander.« Sie schmunzelte. »Sie sollten ihn wirklich einmal lesen und ihn nicht nur benutzen, um zu versuchen, eine Brücke zwischen uns zu bauen.«

»Ich ...« Valdorian spürte, wie er errötete, und plötzlich kam er sich vor wie ein pubertärer Jugendlicher. *Lieber Himmel, ich bin siebenundzwanzig!* Aber manchmal fühlte er sich der zwei Jahre jüngeren Lidia gegenüber schrecklich unreif.

Zum Glück bemerkte sie seine roten Wangen nicht, denn sie hatte sich abgewandt und folgte wieder dem Wegweiser, der sie zur Xurr-Abteilung der archäologischen Sektion brachte. Nicht nur Horan faszinierte Lidia, wie Valdorian inzwischen wusste, sondern auch die Xurr. Und die Kantaki-Navigation. Eine seltsame Mischung, fand er.

Der pfeilförmige Wegweiser führte Lidia in eine der schmalen Passagen, die vom Hauptgang abzweigten, und hier hielt sich außer ihnen niemand auf. Valdorian glaubte eine gute

Gelegenheit gekommen, aber er wusste nicht, wie er sie nutzen sollte. Andere Frauen hatte er im Sturm erobert – etwas in ihm vergaß nicht, dass seine Herkunft dabei eine gewisse Rolle spielte –, ohne auch nur ein einziges Mal in Verlegenheit zu geraten. Aber kaum stand er Lidia gegenüber, löste sich ein Teil seiner Selbstsicherheit einfach auf. Irgendetwas an ihr hielt ihm einen Spiegel vor, in dem er Eitelkeit und auch Arroganz sah, und das gefiel ihm nicht. Gleichzeitig fühlte er sich ebenso von ihr angezogen wie Eisen von einem Magneten.

»Hier ist es«, sagte Lidia zufrieden und griff nach dem pseudorealen Buch unter dem blinkenden Wegweiser, der daraufhin verschwand. »Hofeners Bericht über die Ausgrabungen auf Guraki – dort fand man die ersten Ruinen der Xurr, das berühmte Labyrinth. Auch damit sollten Sie sich einmal befassen, Dorian.« Das fast schelmisch wirkende Schmunzeln wiederholte sich. »Vielleicht lernen Sie etwas dazu.«

Valdorian konnte sich nicht mehr beherrschen. Sie waren allein in dieser schmalen Passage; niemand sah sie. Er trat näher, schlang die Arme um Lidia und beugte sich vor, um sie zu küssen ...

Und plötzlich waren seine Arme leer.

Lidia entzog sich ihm, agil wie eine Schlange, schien sich dabei halb zu verflüssigen und Valdorians Händen überhaupt keinen Halt zu bieten. Fast von einem Augenblick zum anderen stand sie neben ihm und hob einen mahnenden Zeigefinger. »Haben Sie es sich so leicht wie bei den anderen vorgestellt?«, fragte sie und lächelte erneut. »Nein, mein lieber Dorian, Sie müssen sich schon etwas mehr bemühen.« Die letzten Worte klangen seltsam, gleichzeitig amüsiert und auch ... hoffnungsvoll?

Lidia klemmte sich das Pseudo-Buch unter den einen Arm und hakte sich mit dem anderen bei Valdorian ein. »Kommen Sie, lassen Sie uns zurückkehren.« Sie gingen einige Schritte. »Sie haben noch viel zu lernen«, murmelte sie leise, wie zu sich selbst, aber er hörte die Worte.

September 300 SN · linear

Das Lagerfeuer brannte am Strand. Flammen züngelten, auf der einen Seite das Meer, auf der anderen der Dschungel. Es war ein magischer Moment: Die tagaktiven Tiere zogen sich zur Ruhe zurück, und die nachtaktiven erwachten. Für einige wenige Minuten herrschte Stille im dichten Urwald, der den größten Teil der äquatorialen Landmasse von Tintiran bedeckte, und das gab der Stimme des Meeres Gelegenheit zu einem Monolog. Valdorian und Lidia saßen am Lagerfeuer, und das leise Knistern des verbrennenden Holzes verschmolz mit dem viel lauteren, mal leiser mal lauter werdenden Rauschen des Meeres.

»Ich frage mich, warum man es ›Scharlachrotes Meer‹ nennt«, sagte Valdorian. »Für mich sieht es aus wie flüssiger Rosenquarz.«

Am fernen Horizont versank die Sonne Mirlur in den Fluten des Ozeans, und am Himmel erschienen die ersten Sterne. Der Dschungel auf der anderen Seite des breiten, weißen Strands verwandelte sich; üppiges Grün metamorphierte zu einer dunklen Wand, die noch immer schwieg.

Lidia holte ein Buch aus ihrer Tasche. »Bevor es zu dunkel wird ...«

»Was ist das?«

»Horan«, erwiderte die junge Frau, und ihre Lippen formten erneut jenes Lächeln, das sowohl leisen Spott als auch Heiterkeit und feminine Eleganz zum Ausdruck brachte. Valdorian hätte es stundenlang betrachten können. »Erinnern Sie sich? ›Meiner Ansicht nach war Horan einer der wichtigsten Philosophen der letzten Jahrhunderte.‹«

Valdorian schnitt eine Grimasse. »Ziehen Sie mich nur auf.«

»Dieses Buch heißt *Reflexionen*, und ich halte es für ein Meisterwerk.« Lidia öffnete es an einer markierten Stelle, und der dicht neben ihr sitzende Valdorian stellte fest, dass es sich um ein reales Buch handelte, aus echtem Papier. »Es gibt nicht einen Weg des Lebens, sondern deren tausend, und wir müssen wählen, uns immer wieder für eine Richtung entscheiden.«

Sie klappte das Buch zu und reichte es ihm. Er nahm es entgegen wie einen Gegenstand, an dem er sich die Hände verbrennen konnte.

»Ich schenke es Ihnen.«

»Danke, aber ich ...«

»Es verpflichtet Sie zu nichts, Dorian«, fügte Lidia hinzu und lächelte erneut. Dann sah sie zu den Sternen empor. Es erschienen immer mehr, denn hier, unweit des Äquators, wurde der Himmel schnell dunkel. »Darum geht es. Um Lebenswege, um Wege *durchs* Leben. Man muss wählen, sich entscheiden, und jede Entscheidung klammert eine andere aus, verstehen Si?«

Valdorian zögerte, denn er wusste nicht genau, ob er verstand. In seinem bisherigen Leben war er an keiner Stelle gezwungen gewesen, eine einzige wichtige Entscheidung zu treffen. Er bekam, was er wollte – normalerweise –, und das genügte ihm. Was konnte man *mehr* verlangen?

»Wollten wir nicht dem Rauschen des Meeres zuhören und uns entspannen?«, fragte er hilflos. »Deshalb sind wir doch hierher gekommen, oder?« Er blickte zum luxuriösen Aquawagen, der nicht weit entfernt am Strand auf sie wartete; er gehörte seiner Familie.

»Was Sie so unter ›Entspannung‹ verstehen, mein lieber Dorian«, erwiderte Lidia und richtete dabei den Zeigefinger auf ihn. Dann hob sie den Blick und sah zu den Sternen empor, während im Dschungel hinter ihnen erste zirpende und krächzende Stimmen erklangen. Der magische Moment war vorbei, aber dafür spürte Valdorian, dass etwas anderes begann.

»Stellen Sie sich jeden einzelnen Stern als einen Lebensweg vor«, sagte Lidia, und ihre Stimme klang jetzt sehr nachdenklich. »Man wählt einen und nimmt sich dadurch die Möglichkeit, die anderen kennen zu lernen und zu erforschen. Das stimmt mich traurig.«

»Warum?«

»Weil es so viel zu entdecken gibt. Jede gelebte, erfahrene Möglichkeit bedeutet, dass tausend andere Möglichkeiten nicht gelebt und erfahren werden können.«

Valdorian sah Lidias Profil im Schein der Flammen, der sich in ihren großen Augen widerspiegelte, dort seinerseits Feuer zu entzünden schien. Ihre ätherische Schönheit berührte etwas in seinem Inneren, dort, wo er bisher immer allein gewesen war.

Lidia zog die Beine an und schlang die Arme darum. »Es gibt Myriaden Welten da draußen, und ich möchte sie alle sehen. Deshalb habe ich an eine Ausbildung zur Kantaki-Pilotin gedacht. Dann könnte ich von Stern zu Stern fliegen und sie alle sehen. Vorausgesetzt natürlich, ich habe die Gabe.«

»Aber Sie interessieren sich auch für Archäologie«, sagte Valdorian.

»Erscheint Ihnen das seltsam?« Lidia lachte leise. »Glauben Sie, das eine schließt das andere aus? Als Pilotin könnte ich viele Planeten erreichen und weitere Hinterlassenschaften der Xurr finden.« Sie drehte den Kopf und sah ihn an. »Das meinte ich vorhin mit den Entscheidungen. Und auch mit den Welten. Wer eine sieht, muss auf alle anderen verzichten, bis er auf der Straße des Lebens an eine neue Abzweigung gerät und wieder wählen kann. Für Kantaki-Piloten ist die Straße des Lebens besonders lang, davon haben Sie sicher gehört, nicht wahr?«

Valdorian nickte. Die Piloten der Kantaki genossen relative Unsterblichkeit, was mit den so genannten Fäden und der linearen und nichtlinearen Zeit in Zusammenhang stand. Er verstand nicht, warum jemand etwas so Abstraktes attraktiv finden konnte. Ihm war die konkrete Welt lieber, die er anfassen konnte, die ihm in jeder Hinsicht festen Halt bot. Eine Welt, in der er selbst dominierte und sich nicht irgendwelchen fremden Regeln unterwerfen musste.

»Ohne die Kantaki wären wir besser dran«, sagte er.

Lidia maß ihn mit einem erstaunten Blick. »Wie kommen Sie denn darauf? Sie haben die Menschen zu den Sternen gebracht!«

»Und dafür lassen sie sich gut bezahlen.« Valdorian bedauerte es, dieses Thema angeschnitten zu haben; nun sah er keinen eleganten Ausweg. »Sie kontrollieren die interstellare Raumfahrt.«

»Die Horgh …«

»Die Horgh transportieren nur Fracht und sind an bestimmte Routen gebunden, an ihre ›Sprungkorridore‹. Sie erreichen nicht alle Welten. Und es gibt nur wenige Lebensformen, die die Schockwellen ihrer Sprünge aushalten. Nein, die Kantaki sind die wahren Herren des Weltalls. Sie bestimmen, wer wohin reisen darf. Und wer gegen ihre Gesetze verstößt …«

»Sie meinen den Sakralen Kodex.«

»Ja. Wer dagegen verstößt, der wird isoliert. Es sollen ganz Welten, sogar ganze Sonnensysteme isoliert worden sein. Keine interstellaren Flüge mehr, keine interstellaren Kommunikationsverbindungen.«

Lidia nickte langsam. »Ja, davon habe ich ebenfalls gehört. Der Sakrale Kodex verbietet es, Energie aus der nichtlinearen Zeit zu gewinnen und Experimente mit der Zeit anzustellen, sie zu manipulieren …«

»Na so ein Zufall«, sagte Valdorian und lachte spöttisch. »Mit der Energie aus der nichtlinearen Zeit wäre es uns vielleicht möglich, eigene überlichtschnelle Raumschiffe zu bauen. Wenn ich mich recht entsinne, hat man während der Zweiten Dynastie entsprechende Grundlagenforschung betrieben. Man entwickelte Hawking-Reaktoren …«

»Der Zeitkrieg hat uns allen deutlich gezeigt, wie gefährlich temporale Manipulationen sind«, sagte Lidia. »Der Sakrale Kodex …«

»Ist nichts weiter als ein Haufen Unsinn, dazu bestimmt, der Dominanz der Kantaki eine philosophische Grundlage zu geben. Wer an einen solchen Unfug glaubt …«

»*Ich* glaube daran.«

Valdorian begriff, in welche schwierige Situation er sich manövriert hatte. Das Buch in seinen Händen schien nicht nur heiß, sondern plötzlich auch tonnenschwer zu sein. »Sie kennen den Kodex ja gar nicht richtig. Sie sind keine Kantaki-Pilotin.«

»Aber vielleicht *könnte* ich eine werden. Vor vier Jahren hat man bei mir Gabenlatenz festgestellt.«

Valdorians Mund klappte auf, wieder zu und noch einmal auf. »Aber die Kantaki ... Sie können doch nicht im Ernst ...«

Lidia blickte übers Meer zum fernen Horizont. »Ich weiß, dass viele Magnaten und Autarke den Kantaki skeptisch gegenüberstehen, in erster Linie deshalb, weil sie für Passagen durch den Transraum bezahlen müssen und die interstellare Raumfahrt nicht selbst kontrollieren. Darum geht es Ihnen letztendlich: um Kontrolle.«

Du könntest zu uns gehören, dachte Valdorian, und nur in der Privatsphäre seiner Gedanken wagte er es, Lidia zu duzen. Das Du war ein kostbares Wort und blieb sehr intimen Momenten vorbehalten. Andererseits: Die Kantaki scherten sich nicht darum; sie duzten alle anderen, nach Valdorians Ansicht Hinweis auf ein arrogantes Überlegenheitsgefühl. *Du, kaum mehr als eine Subalterne, Tochter von Künstlern – du könntest zu einer Magnatin werden.* Dieses Flüstern in seinem Inneren erschreckte ihn, denn es bot einen Hinweis darauf, dass tief in ihm eine Entwicklung begonnen hatte, derer er sich noch gar nicht richtig bewusst geworden war.

»Aber die Kantaki haben es den Menschen ermöglicht, zahlreiche Planeten zu besiedeln. Und zusammen mit den Feyn haben sie viele Menschenwelten von der Herrschaft der Temporalen befreit.«

»Aus eigenem Interesse«, erwiderte Valdorian, obwohl ein Teil von ihm lieber schweigen wollte. »Solange die Temporalen über uns herrschten, konnten die Kantaki kein Geld mit uns verdienen.«

»Haben Sie das von Ihrem Vater gehört?«

Der mitleidige Tonfall ließ Valdorian erröten, und er hoffte, dass Lidia es nicht bemerkte. »Mein Vater hat damit nichts zu tun«, sagte er, obwohl Hovan Aldritt kaum eine Gelegenheit ausließ, die Kantaki zu kritisieren. »Es ist meine eigene Meinung.«

Lidia schwieg, und Unbehagen erfasste Valdorian. Er fühlte sich mitten in einer Situation, über die er nicht die geringste Kontrolle ausüben konnte, und das war für ihn völlig ungewohnt. Kontrolle über das, was ihn umgab, gehörte zu seinem Leben. Lidia hatte Recht: Kontrolle *war* ihm wichtig.

Jenseits des vom Feuer erhellten Bereichs verdichtete sich die Dunkelheit, und weitere Stimmen erklangen im nahen Dschungel. Unruhe gesellte sich Valdorians Unbehagen hinzu. Plötzlich fühlte er sich zu sehr den Elementen ausgesetzt, zu weit entfernt von Tintirans Hauptstadt Bellavista und dem Sicherheit bietenden Firmensitz seiner Familie. Wenn sein Vater gewusst hätte, wo er sich aufhielt, noch dazu ohne eine Leibgarde ...

»Kantaki-Pilotin, Xurr-Archäologin oder etwas anderes ... Das Problem ist, dass wir uns *jetzt* entscheiden müssen«, sagte sie, und es klang wieder sehr nachdenklich. »Ohne genau zu wissen, was uns erwartet. Es wäre viel einfacher, aus der Zukunft die Weichen zu stellen. Dann könnte man Fehler vermeiden. Fehler«, wiederholte sie leise und sah zu den Sternen auf. »Die gilt es zu vermeiden. Wir haben nur dieses eine Leben und müssen das Beste daraus machen.«

Valdorian legte das schwere, heiße Buch beiseite und fragte sich, ob er versuchen sollte, Lidia zu umarmen. Bei anderen Frauen mangelte es ihm nicht am Gefühl für den richtigen Moment, aber bei Lidia blieb immer ein Rest von Hilflosigkeit.

»Und Sie, Dorian?«, fragte sie. »Wie stellen Sie sich Ihre Zukunft vor?«

»Ich werde die Nachfolge meines Vaters antreten«, antwortete Valdorian sofort.

»Und dann sind Sie der ... Siebzehnte? Rungard Avar Valdorian der Siebzehnte. Klingt nicht nach einem Magnaten, sondern nach einem Monarchen. Einem Dynasten.«

Der leise Spott ärgerte Valdorian ein wenig, auch wegen Lidias niedriger Herkunft. Ihr Vater war Schriftsteller, ihre Mutter Pianistin – Menschen ohne nennenswerten Einfluss auf das interstellare Geschehen.

»Der Neunzehnte. Und mit Monarchie oder den Dynastien hat das nichts zu tun.«

Offenbar hatten seine Wort recht scharf geklungen, denn Lidia sagte sanft: »Entschuldigen Sie, Dorian, ich wollte Sie nicht kränken. Nun, haben Sie nie einen anderen Lebensweg in Erwägung gezogen?«

»Mein Vater erwartet von mir, dass ich die Leitung der Valdorian-Unternehmensgruppe übernehme.«

»Das erwartet er von Ihnen? Und ist es auch das, was Sie wollen?«

Die Frage erstaunte Valdorian. Er hatte seine Zukunft immer klar vor sich gesehen, ohne jemals zu zweifeln.

»Natürlich. Ich werde große Verantwortung tragen und über enorme Ressourcen verfügen. Die Familie Valdorian gehört zu den reichsten und mächtigsten des Konsortiums. Vielleicht stellen wir sogar einmal den Primus inter Pares.« Irgendwo tief in seinem Inneren flüsterte eine Stimme. Er verstand nicht alle ihre Worte, aber sie schien darauf hinzuweisen, dass er bei gewissen anderen Frauen gerade deswegen so großen Erfolg hatte – der Status seiner Familie spielte dabei eine erhebliche Rolle. »Ich werde mein Leben so gestalten können, wie es mir gefällt, ohne Kompromisse.«

»Was ist mit Glück?«

»Glück?«

»Glauben Sie, als Nachfolger Ihres Vaters glücklich zu werden?«

Das war wieder eine der seltsamen Fragen, die Lidia so oft stellte. Sie schienen zunächst völlig sinnlos zu sein, doch wenn man begann, genauer darüber nachzudenken, öffneten sich ungeahnte Tiefen. Warum musste sie alles in Zweifel ziehen? Warum konnte sie nicht so sein wie andere Frauen?

»Gibt es ein größeres Glück, als sich jeden Wunsch im Leben erfüllen zu können?«, erwiderte er und fand diese Gegenfrage sehr intelligent. »Meine Familie ist reich genug ...«

»Geht es Ihnen wirklich nur darum?«

Auf einmal war ihm Lidia ganz nahe, obwohl er gar keine Bewegung wahrgenommen hatte. Nur wenige Zentimeter trennten ihre Gesichter voneinander, und als Valdorian in ihre Augen sah, glaubte er, in eine andere Welt einzutauchen, in ein völlig fremdes Universum, in dem sich die Bedeutungen verschoben und andere, unvertraute Dinge wichtig wurden.

Irgendwie trafen sich ihre Lippen, und aus einem Reflex heraus schlang Valdorian die Arme um Lidia. Zum ersten Mal küssten sie sich voller Leidenschaft, und er glaubte zu versinken.

Umarmt blieben sie sitzen und blickten übers Meer in die Nacht, während neben ihnen die Flammen des Lagerfeuers züngelten.

»Sie lernen allmählich«, sagte Lidia nach einer Weile und wieder wie zu sich selbst.

Oktober 300 SN · linear

»Hier gibt es nichts«, sagte Lidia und sah sich um.

Valdorian lächelte. »Warten Sie ab. Ich habe Ihnen eine Überraschung versprochen. Und Sie werden überrascht sein, das versichere ich Ihnen.«

Wind blähte das aus bunten Dreiecken bestehende Segel, und der Katamaran aus leichter Synthomasse glitt übers Scharlachrote Meer. Es erstreckte sich um sie herum bis zum Horizont und darüber hinaus, unter einem fast wolkenlosen Himmel, wirkte auf Valdorian erneut wie flüssiger Rosenquarz. Von Inseln oder dem Festland war weit und breit nichts zu sehen. Lidia saß auf der Plattform zwischen den beiden Rümpfen, sehr knapp bekleidet. Ihr lockiges schwarzes Haar wehte im Wind, als sie den Kopf nach hinten neigte und die Wärme des Sonnenscheins genoss. Sie wirkte völlig unbesorgt, und auch das bewunderte Valdorian an ihr: Was auch immer geschah, wo auch immer sie sich befand – sie erweckte immer den Eindruck, dass sie nichts aus der Ruhe brachte. *Aber ich* werde *dich aus der Ruhe bringen,* dachte Valdorian voller Vorfreude. Diesmal war er sich seiner Sache sicher. Am liebsten hätte er Lidia erzählt, was sie erwartete, aber dann wäre es natürlich keine Überraschung mehr gewesen.

Er blickte auf die Anzeigen des Navigationsservos, nickte, holte das Segel ein und setzte den Trägheitsanker, der in Verbindung mit dem Navigationssystem dafür sorgte, dass der Katamaran seine gegenwärtige Position hielt. Dann warf er Lidia ein kleines Bündel zu und griff nach einem zweiten.

Sie entnahm dem Bündel eine Atemmaske, eine Sauerstoffpatrone und zwei Schwimmflossen.

»Sie wollen tauchen?«

»Ja. Die Patrone reicht für zwei Stunden, aber Hin- und Rückweg nehmen nicht mehr als dreißig Minuten in Anspruch.«

»Na schön.«

Valdorian beobachtete, wie Lidia ihre kleinen Füße in die Flossen schob und die Maske überstreifte – sie bedeckte das ganze Gesicht. Er folgte ihrem Beispiel, winkte und sprang.

Eine Sekunde später umschloss ihn das warme Wasser des tropischen Meers.

Lidia erwies sich als geschickte Taucherin, was Valdorian aus irgendeinem Grund nicht erstaunte. Viele Dinge, die ihn zunächst Mühe kosteten und die er erlernen musste, schienen ihr ganz leicht zu fallen. Sie blieb dicht bei ihm, als er tiefer tauchte, einem Schatten entgegen, der sich knapp zehn Meter unter ihnen abzeichnete: der Gipfel eines maritimen Bergs. Ein Schwarm glitzernder Kupferfische wich ihnen aus, als sie den Gipfel passierten und am Hang entlangglitten. Das Felsgestein des Berges, der vom Boden des Meeres fast bis zur Oberfläche reichte, verbarg sich unter einer im Lauf von Jahrtausenden gewachsenen Kruste aus Muscheln, den Gehäusen krebsartiger Geschöpfe und anemonenartigen Gewächsen, die hier und dort große Büschel bildeten. Valdorian blickte aufs Display des kleinen Geräts, das er am linken Handgelenk trug, ihm nicht nur Auskunft über Zeit und Tiefe gab, sondern auch auf den richtigen Weg hinwies – es empfing die Signale des Peilsenders, den er zurückgelassen hatte.

Nur acht Minuten waren verstrichen, als er den Spalt in der Flanke des Berges fand. Dunkelheit erwartete ihn dort. Valdorian tastete über den Rand des Spalts, fand das Schaltmodul fast sofort und aktivierte es.

Lichter glühten in dem kurvenreichen Tunnel, der vom Spalt aus tiefer in den Berg führte. Valdorian blickte sich kurz um, gab Lidia ein Zeichen und schwamm hinein.

Knapp drei Minuten lang folgten sie dem Verlauf des nach unten führenden Tunnels, im matten Schein von chemoelektrischen Leuchtkörpern, die in mehr oder weniger regelmäßigen Abständen an den Wänden angebracht waren. Dann ging es plötzlich nach oben, und kurz darauf erreichten sie die Wasseroberfläche eines kleinen Sees im hohlen Inneren des Bergs.

Valdorian kletterte ans felsige Ufer, reichte Lidia die Hand und zog sie nach oben. Sie nahm die Atemmaske ab, schüttelte das nasse Haar nach hinten und sah sich um.

»Eine Höhle«, sagte sie.

Leuchtkörper umgaben den kleinen See, aber ihr Licht reichte nicht weit. Vage zeichneten sich die Dorne von Stalaktiten an der hohen Decke ab.

Lidia richtete einen fragenden Blick auf Valdorian – offenbar vermutete sie, dass dies nicht die Überraschung war, die er ihr versprochen hatte.

Er beschloss, ihr einen ersten Leckerbissen zu präsentieren.

»Sehen Sie, hier.« Valdorian führte sie zu einer Felswand, die bemerkenswert glatt wirkte, wie geschliffen. Eine beim ersten Besuch zurückgelassene Ausrüstungstasche lag in der Nähe, und er entnahm ihr eine kleine Lampe. Damit leuchtete er auf eine bestimmte Stelle der Wand.

Schriftzeichen zeigten sich im Licht, seltsam verschnörkelte Symbole, ihrerseits zu größeren Metasymbolen angeordnet.

»Hieroglyphen der Xurr«, sagte Lidia langsam und strich mit den Fingerkuppen darüber hinweg. »Soll das heißen, hier in diesem Berg im Meer ...«

»Ja«, sagte Valdorian und lächelte.

Lidia fröstelte plötzlich und rieb sich die Arme. »Mir ist kalt.«

»Kommen Sie. Ich habe ein Ambientalfeld vorbereitet.«

Er führte sie fort vom kleinen See, vorbei an einigen Stalagmiten und durch einen weiteren Tunnel. Dort waren die chemoelektrischen Leuchtelemente kleiner; aus der Ferne gesehen wirkten sie wie Sterne in der Dunkelheit. Die Wände wiesen gleichmäßige Strukturen auf, die kaum natürlichen Ursprungs sein konnten. Valdorian stellte zufrieden fest, dass Lidias Interesse erwachte – der besondere Glanz in ihren Augen bot einen deutlichen Hinweis, als sie weitere Hieroglyphen sah.

Du wirst staunen, dachte er und erlaubte sich in Gedanken einmal mehr das herrlich intime Du. Das Prickeln der Vorfreude wurde heftiger in ihm. Zwanzig Wissenschaftler und Experten der Valdorian-Unternehmensgruppe hatten in seinem Auftrag fast einen Monat lang gearbeitet, um diese Überraschung zu ermöglichen. *Dies hat mich ein Vermögen gekostet, aber es dürfte jeden einzelnen Transtel wert sein.*

Nach einigen Dutzend Metern verbreiterte sich der Tunnel, und schließlich wichen die Wände ganz zurück. Etwas in der Dunkelheit vor ihnen deutete auf Weite und Tiefe hin.

Valdorian deutete auf einen energetischen Schleier, der sich mit einem Hauch Violett vor dem dunklen Hintergrund abzeichnete. »Dort.«

Im Inneren des Kraftfelds herrschte eine Temperatur von angenehmen fünfundzwanzig Grad. Eine Decke lag bereit, auf einer dünnen Matratze; die Behälter daneben enthielten verschiedene Getränke und kulinarische Spezialitäten.

»Ein Picknick?«, fragte Lidia. »In einer dunklen Höhle?« Es klang fast enttäuscht.

Valdorian griff nach einem kleinen Gerät, das mehrere Schaltflächen aufwies. »Sind Sie so weit?«

Sie nickte wortlos.

Er drückte eine Taste.

Es wurde hell. Das Licht zahlreicher Leuchtkörper und sorgfältig platzierter Scheinwerfer fiel auf große Ansammlungen von Kristallen, die pflanzenartige Stauden bildeten und den Eindruck erweckten, der fast hundert Meter hohen Decke entgegenzuwachsen. Die Kristalle schienen das Licht zu verstärken, glitzerten und schimmerten, funkelten rot wie Rubin, blau wie Amethyst und grün wie Smaragd, der gleiche Ton wie in Lidias Augen.

Lidia drehte sich um die eigene Achse. »Es ist wunderschön.«

»Und was halten Sie hiervon?« Valdorian drückte eine andere Taste.

Ein weiterer Scheinwerfer schickte Licht durch die riesige Höhle, und es fiel auf eine Kristallwand, die bisher im Schatten verborgen gewesen war. Das Ambientalfeld grenzte an sie.

Eine kleine Gestalt zeichnete sich ab, umschlossen vom Kristall.

Lidias Mund formte ein stummes O, als sie näher trat und die Hände nach der Gestalt ausstreckte. Ihre Finger berührten den farblosen, glasartigen Kristall. Wenn man das Geschöpf aus einer Entfernung von mehreren Metern sah, so erinnerte es an einen menschlichen Embryo, doch aus der

Nähe betrachtet sah es aus wie ein überirdisches Wesen, wie eine Kreatur, die aus dem Reich der Fabeln und Märchen kam. Es vereinte Merkmale von Feen und Elfen in sich, von Gnomen und Kobolden, und gleichzeitig war es doch völlig anders. Es wirkte dünn und zart, wie ein noch nicht für die Geburt bereites Kind, und das puppenartige Gesicht mit den geschlossenen Augen brachte eine sonderbare Sehnsucht zum Ausdruck. *Ich möchte leben,* schien es zu sagen. *Ich ruhe hier in diesem Kristall, aber ich möchte so gern leben …* Filigrane Schwingen ragten aus dem Rücken und waren wie im Flug ausgebreitet. Winzige Hände schienen zu winken. Eine Aura aus Eleganz und Liebreiz umgab das Geschöpf, das seit Äonen im Kristall eingeschlossen war und sich den Wunsch nach Leben nie hatte erfüllen können.

»Eine Xurr-Larve«, brachte Lidia hervor. Ihre Fingerkuppen folgten den Konturen des Körpers. »Bisher sind nur sechs bekannt. Dies ist die siebte.«

»Sie gehört Ihnen«, sagte Valdorian.

Lidia wandte sich von der Kristallwand ab, kam näher und musterte Valdorian. Überraschung und Freude zeigten sich in ihren Zügen, und zum ersten Mal auch so etwas wie Unsicherheit.

»Warum?«, fragte sie.

»Ich wollte mich an Ihrer Freude erfreuen«, sagte Valdorian und meinte es ernst. Die Genugtuung darüber, dass ihm die Überraschung gelungen war, ließ ihn strahlen.

Sie sah ihn weiterhin an, und der Glanz in ihren Augen veränderte sich. »Sie *haben* dazugelernt«, murmelte sie nach einigen Sekunden und küsste ihn.

Kurze Zeit später lagen sie auf der Decke und liebten sich zum ersten Mal, umgeben von hoch aufragenden Kristallen.

Im Transraum
Auf dem Weg nach Tintiran
Januar 421 SN · linear

5

»Wir haben einen Spion identifiziert.« Jonathan Fentur trat neben Valdorian, der an einem großen Aussichtsfenster der Passagierkapsel stand. »Er befindet sich im vorderen Bereich der Transportblase. Ein Taruf. Zwischen ihm und Arik Dokkar kam es auf Orinja zu einem Kontakt.«

»Besteht Gefahr?«, fragte Valdorian, ohne den Kopf zu drehen. Er blickte nach draußen, in die Blase und in den Transraum. Vorn zeigte sich der massige Schatten des großen Kantaki-Schiffes, das den Eindruck erweckte, aus vielen Einzelteilen wie aufs Geratewohl zusammengesetzt zu sein. Zylinder, Stangen und Röhren ragten aus der dunklen, asymmetrischen Hauptmasse des Schiffes, das die Transportblase hinter sich herzog: ein filigranes Gebilde aus Kraftfeldern und Monofaser-Leinen, die aussahen wie Spinnfäden. An diesen Fäden, wie im Netz der Spinne gefangene Insekten, klebten Passagierkapseln, Frachtmodule, Habitate und Containergruppen, untereinander durch halbtransparente Tunnel verbunden. Jenseits der Transportblase erstreckte sich der Transraum, eine Dimension zwischen den Dimensionen, wie Lidia einmal gesagt hatte, erinnerte sich Valdorian. Die Sterne blieben sichtbar und zeigten eine scheinbare Bewegung, aber gelegentlich schoben sich sonderbare Schleier vor sie, wie die Schwingen von gewaltigen Geschöpfen, die dort draußen in der ewigen Nacht flogen.

»Keine unmittelbare«, antwortete Jonathan. »Wir behalten ihn im Auge. Ich rate davon ab, ihn zu eliminieren, Primus. Wir sind inkognito unterwegs, und die Kantaki könnten sehr ungehalten reagieren, wenn in einem Bereich, in dem ihre Regeln gelten, jemand ermordet wird.«

»Was haben sie diesmal verlangt?«

Ein kurzes Lächeln huschte über die Lippen des immer so unauffällig wirkenden Sekretärs. »Tausend Transtel pro Person. Und einen Tropfen Tau von Orinja.«

»Die Kantaki wollten einen Tropfen Tau? Und ausgerechnet von Orinja?«

»Ja«, bestätigte Jonathan. »Wir haben einen Ort gefunden, auf der großen Scholle am Nordpol ...«

Valdorian winkte ab und schüttelte den Kopf. Man wusste nie genau, was die Kantaki als Bezahlung für den Transit in ihrer Transportblase verlangten. Manchmal begnügten sie sich mit Transtel; bei anderen Gelegenheiten ließen sie sich mit Poesie, Geschichten, einem Lächeln oder mit Substanzen bezahlen, die eigentlich wertlos, aber doch sehr exotisch waren. Wie Tau von Orinja.

Kaum jemand verstand die Kantaki. *Aber Lidia hat sich für sie entschieden,* dachte Valdorian. *Vor hundertzwanzig Jahren. Sie ist irgendwo dort draußen und fliegt ein Kantaki-Schiff. Wenn sie immer die richtigen Fäden gefunden hat und in der linearen Zeit geblieben ist.*

Mit geradezu gnadenloser Klarheit begriff er, dass sie seine einzige Chance war. Die Kantaki wollten ihm nicht helfen, aber Lidia ...

Er blickte noch immer nach draußen, sah aber weder das Gespinst der Transportblase noch die sonderbaren Schemen im Transraum jenseits davon, sondern sich selbst, wieder ein Spiegelbild im Fenster, so wie im Fenster der Bibliothek, in der Minenstadt auf Orinja. Eine von Dr. Connor durchgeführte Intensivbehandlung hatte seine Kräfte erneuert, die Uhr in den Zellen seines Körpers einmal mehr überlistet und zurückgestellt, aber nicht um Jahre, sondern nur um einige Monate. Noch eine weitere solche Behandlung, und dann war Schluss. Dann setzte eine rapide Alterung ein, die schließlich unweigerlich zum Tod führte. Valdorian fühlte sich frisch und ausgeruht, doch das Spiegelbild in der Scheibe des Aussichtsfensters zeigte ihm einen Fremden: die Haut bläulich, das Haar rot, die Augen schwarz. Er machte nicht gern Gebrauch vom Bio-Servo in seinem linken Unterarm, aber manchmal ließ sich sein Nutzen nicht leugnen, zum Beispiel wenn es um Tarnung ging. Man verband sich mit einem geeigneten Gerät und programmierte eine neue biologische Matrix, die ein anderes Erscheinungsbild bewirkte. Natürlich musste man vorsichtig sein, so vorsichtig wie mit einer Kerberos-Droge, die mehr schaden als nutzen konnte.

»Haben Sie Cordoban verständigt?«, fragte Valdorian.

»Ja«, bestätigte Jonathan, der ebenfalls anders aussah. »Auch er ist unterwegs nach Tintiran.«

»Was den Spion betrifft ...« Valdorian wandte sich vom Fenster ab und sah an seinem Sekretär vorbei durch den Aussichtsraum der Passagierkapsel. »Arbeitet er für die Allianz?«

»Angesichts seines Kontakts mit Arik Dokkar dürfte das sehr wahrscheinlich sein.«

»Unternehmen Sie nichts gegen ihn. Beobachten Sie ihn nur und geben Sie mir Bescheid, wenn er irgendetwas unternimmt.«

»In Ordnung.« Jonathan Fentur nickte knapp, schritt fort und schien nach einigen Metern einfach zu verschwinden.

Valdorian ging durch den nur matt erhellten Aussichtsraum und sah sich dabei unauffällig um. Niemand schenkte ihm mehr als nur beiläufige Aufmerksamkeit – wie er es erwartet hatte. Er war ein ganz gewöhnlicher Reisender, kein Tourist, wie seine Kleidung deutlich machte, sondern ein Geschäftsmann, ein Autarker, kein Magnat, vermutlich mit der Absicht unterwegs, auf irgendeinem Planeten neue geschäftliche Vereinbarungen zu treffen. Die Anonymität beruhigte ihn, aber gleichzeitig fand er es ärgerlich, dass er tief im Raumgebiet des Konsortiums solche Sicherheitsmaßnahmen ergreifen musste. Inzwischen war ihm klar, warum sich die feindlichen Aktivitäten der Allianz während der letzten Monate so verstärkt hatten, und trotz der jüngsten Veränderungen seiner persönlichen Perspektive durfte er diesen Aspekt der Realität nicht aus den Augen verlieren. Die Verhandlungen mit den Partnern des Konsortiums waren für unbestimmt Zeit verschoben, was ihm Zeit gab, alle notwendigen Schritte einzuleiten. Deshalb musste er mit Cordoban sprechen, dem Strategen des Konsortiums. Es galt, etwas gegen die Allianz zu unternehmen, um sie an weiteren Aktionen wie der auf Orinja zu hindern.

Orinja ...

Ihm kam ein Gedanke, und er ging schneller, lenkte seine Schritte in Richtung einer der persönlichen Nischen, die direkt an den Aussichtsraum grenzten. Dort konnte man träumen – mehrere Schnittstellen erlaubten Zugriff auf tausende von Anderswelten –, erotische Wonnen genießen oder sich von medizinischen Mikronauten untersuchen lassen. Es war nicht einmal eine Injektion nötig: Die Mikroroboter waren so klein, dass sie durch die Poren in den Körper eindrangen, um dort nach Krankheitserregern, Geschwülsten oder Strukturveränderungen Ausschau zu halten, wie sie manchmal von Resurrektionen verursacht wurden.

Valdorian steckte seinen Identer in den Abtaster, worauf ein seiner Meinung nach viel zu hoher Betrag für die Benutzung des Alkoven abgebucht wurde. Dann trat er ein und sah, wie sich hinter ihm ein milchiges Energiefeld im Zugang bildete – es gewährte Blick in den Aussichtsraum, aber niemand konnte hereinsehen. Er gab sich nicht damit zufrieden und stellte einen speziellen Privatgaranten auf den kleinen Tisch. Das kleine Gerät schützte ihn vor allen externen Sondierungssignalen und würde ihn sofort warnen, wenn jemand versuchte, die Datenströme der Servi oder Kom-Verbindungen zu sabotieren.

Er nahm an der Konsole Platz und aktivierte sie. Wieder schob er den Identer in einen Abtaster, um seine Zahlungsfähigkeit zu bestätigen. Natürlich war der Mikroservo der Karte nicht auf Rungard Avar Valdorian programmiert, sondern einen gewissen Theo Bisanz, einen Mann mit bläulicher Haut, rotem Haar und schwarzen Augen.

»Bereitschaft«, meldete der Datenservo.

»Ich wünsche eine Transverbindung mit Orinja«, sagte Valdorian.

»Gesprächspartner?«

»Gord Thalsen.« Er fügte die Daten seiner Identifizierungssequenz hinzu.

Es dauerte nicht lange, bis der kahlköpfige Thalsen auf dem Bildschirm erschien.

»Wer sind Sie?«, fragte er. »Ich ...«

»Abgeschirmte Verbindung«, sagte Valdorian. »Alpha Alpha Neunzehn.«

Der Gesichtsausdruck des Sicherheitschefs von Orinja veränderte sich auf subtile Weise; seine Überraschung verwandelte sich in vage Sorge. Einige kurze Interferenzen zerfaserten das Bild der Transverbindung, das sich dann sofort wieder stabilisierte.

»Sind Sie es wirklich, Primus?«

»Ich habe mein Erscheinungsbild verändert. Der Grund dafür dürfte Ihnen klar sein.« Valdorian sah auf die Anzeigen des kleinen Privatgaranten – alles in Ordnung. »Hat sich bei Ihren Ermittlungen etwas ergeben?«

»Meine Leute haben Arik Dokkar nicht eine Sekunde lang aus den Augen verloren«, sagte Gord Thalsen sofort. Sein Gesicht verfärbte sich ein wenig – vermutlich ein Anzeichen von Nervosität. »Nach anfänglicher Überraschung über die unverhoffte Freiheit hat er versucht, seine Spuren zu verwischen, was ihm natürlich nicht gelang. Wir haben mehrere Kontaktpersonen identifiziert und eine Bestätigung dafür erhalten, dass die Viren und speziellen Waffensysteme aus den Entwicklungslaboratorien der Allianz stammen.«

»Was ist mit Dokkar?«, fragte Valdorian.

»Er fiel vor wenigen Stunden einem Unfall zum Opfer.«

Die Miene des Sicherheitschefs von Orinja veränderte sich nicht, aber Valdorian wusste sehr wohl, was es mit dem »Unfall« auf sich hatte.

»Gut. Überwachen Sie auch die Kontaktpersonen. Vermutlich gehören sie zu einem subversiven Netz, das die Strategen der Allianz aufgebaut haben, um unsere wichtigsten Aktivitäten zu überwachen. Vielleicht können wir zusätzliche Informationen gewinnen.«

»In Ordnung, Primus.«

»Wir müssen mit weiteren Aktionen der Allianz rechnen«, fügte Valdorian ernst hinzu. »Erst recht, wenn Enbert Dokkar vom Tod seines zweiten Sohns erfährt. Er wird nicht an einen Unfall glauben. Weisen Sie Ihre Leute darauf hin, dass die Situation besondere Wachsamkeit erfordert. Es könnte zu gezielten Sabotageakten kommen, mit dem Ziel, unser ökonomisches Potenzial zu schwächen.« Der auf Orinja angerichtete Schaden, erinnerte er sich, war schlimm genug.

»Verstehe, Primus. Wir werden auf der Hut sein.«

»Gibt es sonst noch etwas?«

»Ja«, sagte Thalsen. »Ich habe es nicht für so wichtig gehalten, um Ihnen eine Dringlichkeitsmitteilung zu schicken ...«

»Schon gut.«

»Ich hätte es in dem ausführlichen Bericht erwähnt, den ich derzeit vorbereite«, betonte Thalsen, der vielleicht noch immer eine Degradierung oder Schlimmeres befürchtete. »Einer Ihrer beiden Söhne hat sich vor wenigen Stunden mit mir in Verbindung gesetzt. Benjamin.«

Benjamin, Valdorians Ältester. Neunundvierzig Jahre alt und ein Sohn, auf den kein Vater stolz sein konnte. Seine Studien hatte er nie sehr ernst genommen, sich dafür mehr den Freuden des Lebens gewidmet. Ein Hedonist, aber ohne jeden philosophischen Hintergrund. Benjamin versuchte immer, allen Hindernissen aus dem Weg zu gehen, und wenn er einmal auf Probleme stieß, die er nicht vermeiden konnte, so ließ er sie von anderen lösen. Er war maßlos in seinen Ansprüchen, verlangte alles und gab nichts. Hinzu kamen ein ausgeprägter Opportunismus und Machtgier; alles zusammen ergab eine sehr gefährliche Mischung. Der acht Jahre jüngere Rion hingegen war ein Technokrat, ein vor allem rational denkender Mann, der mangelndes Talent durch harte Arbeit auszugleichen versuchte, was ihm auch gelang. Er verlor nie ein Ziel aus den Augen – in dieser Hinsicht ähnelte er seinem Vater sehr –, neigte aber manchmal zu einer eher bürokratischen Perspektive. Er brauchte ein Gerüst aus Regeln und Prinzipien, um sich daran festzuhalten, in einem Kosmos, der oft keine Regeln und Prinzipien respektieren wollte. Im Gegensatz zu Benjamin und Valdorian unterhielt Rion regelmäßige Kontakte zu seiner Mutter Madeleine, von der Valdorian seit mehr als zwanzig Jahren geschieden war. Fast dreißig Jahre lang hatte ihre Ehe gedauert – nur wenige Paare verbrachten so viel Zeit miteinander. Und doch hatte der Name Madeleine für Valdorian weitaus weniger Bedeutung als ein anderer, von dem ihn hundertzwanzig Jahre trennten.

»Er fragte, wie es Ihnen geht, und dabei klang er besorgt«, fuhr Gord Thalsen fort. »Als er von mir hörte, dass Sie den Anschlag überlebt haben, wirkte er verwirrt – seine Frage schien sich nicht auf den Zwischenfall mit Arik Dokkar zu beziehen.«

Valdorian starrte auf den Bildschirm, und aus den Augenwinkeln beobachtete er die unveränderten Anzeigen des Privatgaranten. Hinter dem milchigen Energiefeld im Zugang der persönlichen Nische bewegten sich schattenhafte Gestalten vor dem Hintergrund der Aussichtsfenster. Nichts deutete auf Gefahr hin, aber trotzdem spürte Valdorian, wie sich Unbehagen in ihm ausbreitete.

»Primus?«

»Ich bin inkognito auf Orinja gewesen«, sagte Valdorian langsam. Er sah Thalsens Gesicht auf dem Schirm, aber sein Blick reichte in die Ferne irgendwo jenseits der Transverbindung. »Benjamin hätte eigentlich nicht wissen dürfen, dass ich mich in der Minenstadt aufhielt.«

»Arik Dokkar wusste davon.«

»Weil die Allianz über ein sehr gut funktionierendes Spionagenetz verfügt«, erwiderte Valdorian nachdenklich. *Das wir so schnell wie möglich zerschlagen müssen,* fügte er in Gedanken hinzu und dachte in diesem Zusammenhang an die bevorstehende Begegnung mit Cordoban. »Nun, ich danke Ihnen, Thalsen. Übermitteln Sie mir so bald wie möglich einen detaillierten Bericht.«

»Ja, Primus.«

»Und ...« Valdorian zögerte. Seltsame Worte fanden einen Weg über seine Lippen. »Ich danke Ihnen. Sie haben gute Arbeit geleistet.«

Überraschung leuchtete im Gesicht des Sicherheitschefs von Orinja auf, dann Freude. »Danke, Primus. Sie bekommen den Bericht in Kürze.«

Valdorian nickte, berührte ein Schaltelement der Konsole und unterbrach die Transverbindung. Thalsen verschwand vom Bildschirm, und ein Bereitschaftssymbol erschien. Valdorian betrachtete das Kantaki-Zeichen, ohne es bewusst wahrzunehmen. Wann hatte er zum letzten Mal jemanden gelobt? Vor zehn Jahren? Vor fünfzig? *Es könnte dazu kommen, dass Sie den Bezug zur Realität verlieren,* flüsterte eine Stimme, die aus der nahen Vergangenheit kam und Connor gehörte. Aber eine Veränderung so kurz nach der Resurrektion, die ihm seine Kraft zurückgegeben hatte?

Seine Gedanken kehrten zu Benjamin zurück. *Er hat gewusst, dass ich mich auf Orinja befand,* dachte Valdorian, woraus sich nur ein Schluss ziehen ließ: Benjamin verfügte über ein eigenes Netz aus Spitzeln. Doch der zweite Punkt war noch wichtiger. Die Frage, wie es seinem Vater ging, hatte sich nicht auf den Anschlag bezogen und konnte nur eines bedeuten: Er wusste von der zunehmenden genetischen Destabilisierung, die in einem Jahr zum Tod seines Vaters führen würde. Wie konnte er davon erfahren haben? Von Connor bestimmt nicht; Valdorian glaubte, sich auf seinen Leibarzt verlassen zu können. Jonathan kam ebenfalls nicht infrage. Aber irgendwo war etwas durchgesickert, und wenn Benjamin geschickt vorging, sich an das Consistorium des Konsortiums wandte ... Connor hatte ihn davor gewarnt, dass man ihn zum Rücktritt zwingen, ihn vielleicht sogar entmündigen konnte. So etwas durfte Valdorian nicht zulassen. Gerade jetzt brauchte er alle Mittel des Konsortiums, um das letzte Ziel in seinem Leben zu erreichen.

»Bereitschaft«, erinnerte ihn die Stimme des Datenservos.

Valdorian blinzelte, sah auf den Bildschirm und stellte fest, dass für die Transverbindung mit Thalsen fünfzigtausend Transtel von seinem Identer abgebucht worden waren – ein exorbitanter Betrag. Er streckte die Hände nach den Schaltflächen aus, um zu protestieren, überlegte es sich dann aber anders. Solche Proteste nützten nichts. Die Kantaki konnten die Preise für ihre Dienstleistungen ganz nach Belieben festsetzen. Wer nicht bereit war, sie zu zahlen, musste eben auf Reisen durch den Transraum oder auf Transverbindungen verzichten. *Ein sehr lohnendes Monopol,* dachte Valdorian und spürte, wie sich erneut Ärger in ihm regte.

Seine Gedanken bewegten sich in eine andere Richtung. Er griff in eine Tasche am Gürtel, die zwei spezielle Gegenstände enthielt. Die Hand kam mit einer Schatulle wieder zum Vorschein, und als er sie öffnete, funkelte der Kristall. Valdorian hatte den kognitiven Diamanten von Orinja mitgenommen, ebenso den Amplifikator. Nach einigen Sekunden ließ er die Schatulle wieder in der Tasche verschwinden, holte das nach einem gewöhnlichen Kom-Modul aussehende Gerät hervor und hob es ans Ohr. Wieder hörte er nur das mentale Äquivalent von weißem Rauschen. Die beiden Diamanten waren zu lange voneinander getrennt gewesen; das hatte die empathische Brücke zwischen ihnen geschwächt. Trotzdem regte sich etwas in ihm, wie ein behutsames Kratzen am Kern seines Selbst, und er fühlte sich in seiner Entschlossenheit bestärkt, Lidia zu finden.

Valdorian fügte den Amplifikator der Schatulle in der Gürteltasche hinzu.

»Informationsanfrage«, sagte er, überlegte kurz und wählte seine Worte mit besonderer Sorgfalt. »Ich bitte um Auskunft über Lidia DiKastro, eine Kantaki-Pilotin.«

Das Bereitschaftssymbol verschwand vom Bildschirm, und Valdorian fühlte, wie eine Hoffnung in ihm erwachte, deren Intensität ihn überraschte. Er wusste auf einer rein rationalen Ebene, dass sie seine einzige Hoffnung darstellte, aber es gab auch eine überraschend starke emotionale Komponente.

Sekunden verstrichen, und der Schirm blieb dunkel.

»Informationsanfrage«, wiederholte Valdorian. »Ich ...«

Ein Akuhaschi erschien auf dem Display des Datenservos. Das Geschöpf trug einen Direal, der es mit den wichtigsten Bordsystemen des Kantaki-Schiffes verband, ausgestattet mit Dutzenden von Elaborationsknoten, separaten Schnittstellen und Analysemodulen. Die beiden mehr als fünfzehn Zentimeter langen, schlitzförmigen Augen waren kohleschwarz. Tiefe Falten durchzogen das verschrumpelte Gesicht, wie Schluchten in einer öden Felslandschaft. Die Akuhaschi, so wusste Valdorian, waren Bedienstete der Kantaki, fungierten gewissermaßen als Mittler zwischen ihnen und den Angehörigen aller anderen Völker. Es hieß, dass sie in einer Art symbiotischen Beziehung mit ihnen lebten.

»Sind Sie ein Konfident, Theo Bisanz?«

Eine Erinnerung wurde in Valdorian wach. Lidias Gesicht erschien vor seinem inneren Auge. Ihre großen Augen sahen ihn an, und ihre Lippen bewegten sich. *»Sie könnten mein Begleiter sein, mein Konfident. Sie könnten mich begleiten auf der Reise durch die Ewigkeit ...«*

»Nein«, sagte Valdorian. »Nein, ich bin kein Konfident.«

Es glitzerte in den vertikalen Augen des Akuhaschi. »Dann sehe ich mich nicht imstande, Ihnen die gewünschte Auskunft zu erteilen. Die Piloten unterstehen dem Sakralen Kodex der Kantaki. Ihre Privatsphäre ist unantastbar.« Die Stimme war tief, kaum mehr als ein Brummen. Anzeigen leuchteten an dem Direal, und das Geschöpf schien einer Stimme zu lauschen, die Valdorian nicht hören konnte.

»Ich bin bereit, viel Geld für Informationen über Lidia DiKastro zu bezahlen.«

»Sie überschätzen die Bedeutung von Geld für die Kantaki. Bitte verzichten Sie auf weitere Informationsanfragen dieser Art.«

Das Bereitschaftssymbol kehrte auf den Schirm zurück.

Enttäuschung ersetzte die Hoffnung in Valdorian, als er den Identer aus dem Abtaster zog und einsteckte. Nach kurzem Zögern deaktivierte er den Privatgaranten und ließ das kleine Gerät in der Jackentasche verschwinden. Er stand auf und trat auf das Kraftfeld zu, dessen milchige Schleier sich vor ihm auflösten.

Als er die Nische verließ, bemerkte er aus den Augenwinkeln einen Taruf und blieb abrupt stehen. Der Humanoide stand direkt neben einem Megainformationszylinder des Aussichtsraums, halb verborgen im Schatten zwischen zwei erhellten Bereichen, die mit eindrucksvollen Darstellungen für Anderswelten warben. Seine Kleidung wirkte auf Valdorian wie eine Mischung aus Kutte, Overall und Kleid, und wo sie den Körper unbedeckt ließ, zeigten sich dürre Gliedmaßen mit transparenter, wie gläserner Haut, unter der die Blutgefäße wie Kabelstränge aussahen. Das schmale Gesicht des Taruf erschien nach menschlichen Maßstäben seltsam leer, denn es fehlten Augen. Er orientierte sich mithilfe von Signalen, einer Mischung aus Ultraschall- und Radarimpulsen. Empfangen wurden diese Signale von pustelartigen Rezeptoren, die in Form eines Wulstbogens von der einen Seite des Kopfes zur anderen reichten, mitten durchs Gesicht.

Der Taruf gab durch nichts zu erkennen, Valdorians Präsenz zu bemerken. Seine Aufmerksamkeit galt einem Datenwürfel, den er in seinen dünnen Fingern hielt und immer wieder drehte.

Valdorian seufzte innerlich und dachte daran, dass Jonathan ihn bestimmt verständigt hätte, wenn der Allianz-Spion in diesen Teil der Transportblase vorgedrungen wäre. Er setzte sich wieder in Bewegung, durchquerte erneut den

Aussichtsraum, trat an eines der großen Fenster und blickte hinaus in den Transraum.

Irgendwo dort draußen befand sich Tintiran, der Planet mit dem Scharlachroten Meer. Dort hatte er Lidia kennen gelernt und sie verloren.

Tintiran · Januar 421 SN · linear

Valdorian folgte dem Verlauf des Weges, der über die Hügelkuppe zum Mausoleum führte. Feiner Kies knirschte unter seinen Schuhen, als er an Säulen vorbeiging, die zahlreiche Schutzsysteme beherbergten und mit der Sicherheitszentrale in Bellavista verbunden waren, der Hauptstadt von Tintiran. An diesem Ort brauchte er keine Gefahren zu befürchten. Auf der einen Seite der Hügelkette erstreckte sich das Scharlachrote Meer unter einem fast wolkenlosen Himmel, auf der anderen die Stadt an der Bucht mit ihren überwiegend weißen Gebäuden, umringt vom Grün des tropischen Waldes. Große Levitatorhotels schmiegten sich an die Felsen der Klippen, ohne die Ästhetik der Landschaft zu stören, und Touristen vieler Welten – Subalterne, Autarke, Souveräne und Nonkonformisten – verbrachten dort einen mehrwöchigen Urlaub. Neben einer Schatten spendenden Baumgruppe blieb Valdorian kurz stehen, blickte übers Meer und erinnerte sich an die Fahrt mit einem Katamaran. Das Meer sah genauso aus wie damals, ein unveränderlicher Gigant, der doch in einem ständigen Wandel begriffen war.

Im Mausoleum erwartete ihn angenehme Kühle und eine Stille mit historischer Tiefe. Valdorian wusste, dass ihn verborgene Sensoren beobachteten und sondierten, aber er fühlte sich völlig allein, getrennt vom Rest Tintirans und dem ganzen Universum. Mit langsamen Schritten näherte er sich dem Obelisken in der Mitte des Mausoleums, dem Symbol des *Begrenzten Seins*. Er bestand aus weißem Marmor, wie auch die Säulen am Weg und die Außenmauern des Mausoleums, geschaffen von einem Bildhauer vor fast fünfhundert Jahren, noch während der Epoche des Chaos nach dem Zeitkrieg. Der erste Valdorian hatte den Obelisken in Auftrag gegeben, um ein Zeichen des Nichtglaubens zu setzen, wie um den Atheismus in den Rang einer Religion zu erheben. Das *Begrenzte Sein*, das Wissen um die verstreichende Zeit und die Vergänglichkeit, auch und vor allem der eigenen Existenz. Die Symbole im Obelisken betonten die Bedeutung des Lebens im Vergleich mit dem Nichts, das der Tod brachte.

»Aber wenn das Leben nur ein Traum ist …«, flüsterte Valdorian, während er mit den Fingerkuppen über die Zeichen strich. »Kommt dann mit dem Tod das Erwachen?«

Es blieb still. Wenn die Toten eine Antwort wussten, so gaben sie sie nicht preis.

In den Ecken des Raums glühte das – keineswegs sakrale, sondern nukleare – Licht ewiger Kerzen und warf seinen Schein auf Wandmalereien. Sie sollten dem Hauptraum des Mausoleums etwas Kathedralenartiges geben, aber Valdorian fand sie fast kitschig. Szenen des Lebens, die das Leben selbst betonten, das Diesseits dem Nichts gegenüberstellten, das mit dem Tod kam. Quasireligiöse Bilder, die doch die Religion negierten. Er las einen Schriftzug: »Das Fleisch ist vergänglich, aber die Taten des Fleisches können von Dauer sein.« Hier ein Hauch von Hedonismus, dort eine Prise atheistischer Quasi-Religiosität. Zum ersten Mal erkannte Valdorian den profanen und sogar banalen Aspekt des Bauwerks, das mehr als ein halbes Jahrtausend alt war und für die Familie Valdorian eine wichtige Rolle gespielt hatte.

Er wandte sich vom Obelisken und den Malereien ab, schritt durch einen breiten Gang, ebenfalls von »ewigen« Kerzen erhellt, ging dann eine kurze Treppe hinunter und erreichte die Gruft mit den Sarkophagen. Geschickt angeordnete Spiegel erweckten den Eindruck, dass es Dutzende waren, in einzelnen Nischen aufgestellt, aber in Wirklichkeit gab es nur achtzehn. Langsam ging Valdorian an den Alkoven entlang und lauschte dabei dem Geräusch der eigenen Schritte, das hohl von den gewölbten Wänden widerklang. Am achtzehnten Sarkophag, dem letzten, blieb er stehen und sah auf das Schild, das den Namen seines Vaters trug: Hovan Aldritt Valdorian, geboren 17.04.240 SN, gestorben 23.09.315 SN. Er war einem Unfall zum Opfer gefallen, im Alter von nur fünfundsiebzig Jahren. Einige Sekunden lang blieb Valdorian reglos stehen. Dann beugte er sich vor und berührte den Sarkophag. Sofort entstand ein dreidimensionales Projektionsfeld darüber und zeigte ausgewählte Szenen aus dem Leben des Verstorben. Valdorian sah sich selbst, als drei oder vier Jahre alten Jungen in Begleitung seines Vaters, eines hochgewachsenen Mannes mit großen grauen Augen, die sein Sohn von ihm geerbt hatte. Er beobachtete seinen Vater bei Besprechungen, an Bord eines Segelboots auf dem Scharlachroten Meer, im Kreis der Familie. Die aufgezeichnete Stimme des Toten drang aus einem verborgenen Lautsprecher und weckte Erinnerungen in Valdorian. Während der Kindheit und Jugend war sein Vater eine Gestalt gewesen, die nur gelegentlich eine wichtige Rolle im Leben des jungen Rungard Avar gespielt hatte, denn die meiste Zeit über war Valdorian der Achtzehnte auf Reisen gewesen, um neue geschäftliche Vereinbarungen mit anderen Unternehmen und Welten zu treffen. Er hatte sich darauf konzentriert, den Einfluss der eigenen Unternehmensgruppe und dann auch des Konsortiums auszuweiten; für seine Familie konnte er kaum Zeit erübrigen. Für den neunzehnten Valdorian war aus dem unbekannten Vater zunächst eine autoritäre Figur geworden, die ihm den ersten echten Konflikt in seinem Leben bescherte. Später dann hatte er gelernt, seinen Vater zu verstehen und sogar zu bewundern.

Valdorian berührte den Sarkophag erneut, woraufhin die dreidimensionalen Bilder verschwanden. Stille breitete sich wieder in der Gruft aus, und er hörte das eigene schwere Atmen. Damals, bei dem Streit, war es um Lidia gegangen ...

Und jetzt lag sein Vater hier, seit hundertsechs Jahren, als Teil des Nichts, das immer auf der Lauer lag, um Träume und Hoffnungen zu verschlingen, wie ein unersättliches Ungeheuer, dem niemand entrinnen konnte.

Etwas in Valdorian erbebte, als ihm diese Gedanken durch den Kopf gingen. Abrupt wandte er sich vom Sarkophag seines Vaters ab, und die nächsten Schritte führten ihn zu einer leeren Nische. Er starrte in den Alkoven und begriff plötzlich, dass er den Ort sah, der zur letzten Ruhestätte des neunzehnten Valdorian werden sollte.

Jäher Schwindel erfasste ihn, und er taumelte, stieß erst gegen einen Spiegel und dann an die Wand, dicht neben einer ewigen Kerze, deren Licht ihn plötzlich zu verspotten schien. Er hob die Hand zur Kehle und hatte das Gefühl, nicht mehr ausreichend Luft zu bekommen. Ein zweiter Schwächeanfall so kurz nach dem auf Orinja, noch dazu nach einer extensiven Resurrektion? *Der eigene Körper wird mir zum Feind,* dachte Valdorian. Oder lag es an den Erinnerungen, die Chaos in ihm schufen, mit tausend Stimmen sprachen und von nicht genutzten Möglichkeiten flüsterten?

Er drehte sich um, wankte durch die Gruft und stieg die Treppe hoch. Als er den Hauptraum erreichte, klärten sich seine Gedanken, und er hörte das Summen des Kom-Servos.

Er holte das kleine Gerät hervor und öffnete einen Kanal. »Ja?«

»Cordoban ist eingetroffen, Primus«, teilte ihm sein Sekretär Jonathan mit.

»Er soll alles vorbereiten. Ich bin unterwegs.« Valdorian unterbrach die Verbindung und steckte den Kommunikationsservo wieder ein. Nach einem letzten Blick auf den Obelisken, Symbol des *Begrenzten Seins*, wandte er sich um und verließ das Mausoleum.

Als Valdorian Cordoban sah, fühlte er sich auf drastische Weise an seinen Abscheu biotechnischen Erweiterungen gegenüber erinnert. Der Mann war eine echte Monstrosität. Im

Lauf der letzten dreißig Jahre hatte er so viele Servokomponenten, Datenbankmodule, Schnittstellen und elektronische Erweiterungen in seinen Körper integrieren lassen, dass er wie ein Cyborg aussah, wie eine Mischung aus Mensch und Maschine. Das »Haar« auf dem Kopf bestand aus Mikronautenknoten und symbiotischen Fasern, die durch einen der Photosynthese ähnelnden, aber wesentlich effizienteren Vorgang dem Licht Energie entnahmen und sie dem Körper zur Verfügung stellten. Es hieß, dass Cordoban nur eine Mahlzeit am Tag zu sich nahm und mit sehr wenig Schlaf auskam. Er war auf der fernen, von der Allianz kontrollierten Erde geboren, vor vierundsechzig Jahren, auf der Iberischen Halbinsel, aber nichts an ihm erinnerte an einen Spanier. Mit der kalkweißen Haut und dem hohlwangigen Gesicht sah der rationale, emotionslose Cordoban trotz seiner relativ jungen Jahre wie ein lebender Toter aus, nicht von einem verrückten Arzt zum Leben erweckt, sondern von einem wahnsinnigen Kybernetiker erschaffen. Dutzende von Servo-Schnittstellen zeigten sich an Armen und Hals; Höcker unter dem ärmellosen, kittelartigen Umhang und der Hose des Mannes wiesen auf Geräte hin. Die braunen Augen wirkten überraschend menschlich, aber ihr Blick war so kalt wie Gletschereis. Valdorian fragte sich, ob dieser Mann jemals etwas empfand.

Sie trafen sich im Vorzimmer des Projektionsraums, und Cordoban streckte die Hand aus. Es blieb Valdorian nichts anderes übrig, als sie zu ergreifen. Manchmal ekelte er sich regelrecht vor diesem seltsamen Mann, aber er respektierte ihn auch als jemanden, der dem Konsortium enorme Fortschritte ermöglicht hatte. Er war ein meisterhafter Stratege, der nichts dem Zufall überließ.

Cordobans Hand war so kalt wie sein Blick.

»Ich grüße Sie«, sagte er mit einer Stimme, die erstaunlich melodisch klang. Die Mikronauten auf seinem Kopf bewegten sich wie die eigenständigen Wesen, die sie waren – wenn man Nanomaschinen »Wesen« nennen durfte. »Jonathan hat mir von dem Anschlag auf Orinja und auch Ihrer persönlichen Situation berichtet. Es tut mir Leid.«

Die Worte brachten nicht einmal einen Hauch Anteilnahme zum Ausdruck. Cordoban sprach so, als nannte er das Ergebnis einer sorgfältig durchgeführten Analyse.

»Schon gut«, sagte Valdorian. Ihm fiel etwas ein. »Was ist mit Doppel-M?«

In Cordobans Gesicht veränderte sich etwas, und vielleicht kam so etwas wie Neugier zum Vorschein. »Ich habe mich mit Kerberos in Verbindung gesetzt und das Projekt auf Eis gelegt. Glauben Sie wirklich, dass die Kantaki etwas davon erfahren haben?«

»Beim Gespräch mit Vater Groh auf Orinja ... Es kam zu einem physischen Kontakt, und ich weiß nicht, was der Kantaki in mir wahrgenommen hat. Er warnte mich davor, gegen den Sakralen Kodex zu verstoßen.« Valdorian schob die Erinnerungen daran beiseite. »Nun, ist alles bereit?«

»Ja«, erwiderte Cordoban und wandte sich der Tür des Projektionsraums zu, doch dann zögerte er. »Die Planungen müssen den Umstand berücksichtigen, dass Sie in spätestens einem Jahr das Konsortium nicht mehr leiten. Es gilt, rechzeitig einen Nachfolger aufzubauen.«

Es klang neutral. Cordoban traf einfach nur eine Feststellung, in der Emotionen, welcher Art auch immer, keinen Platz hatten. Trotzdem – oder vielleicht gerade deshalb – fühlte sich Valdorian von den Worten getroffen. Für den Strategen des Konsortiums war sein Tod etwas, das bereits feststand, ein Fakt, von dem ihn nur ein gewisser Zeitraum trennte.

»Es war ein Fehler, die auf Orinja geplanten Verhandlungen zu verschieben, wenn Sie mir diese Kritik gestatten«, fuhr Cordoban fort. »Gerade nach dem Attentat hätten Sie Ihre Position festigen können. Beim Arkanado-Kartell ist man recht ungehalten, denn dort hat man beabsichtigt, einen eigenen Kandidaten für die nächste Primus-Wahl zu lancieren.«

Valdorian schwieg. Nach dem Besuch im Mausoleum musste er erst noch sein inneres Gleichgewicht wieder finden.

»Nun, der Krieg wird das Konsortium zusammenschweißen«, sagte Cordoban. »Selbst wenn Arkanado auf einem eigenen Kandidaten besteht – die anderen Unternehmen werden das Kartell überstimmen, um der Einheit und Kontinuität willen. Es ist der alte Trick: Bei inneren Schwierigkeiten suche man sich einen externen Feind.«

»Krieg?«, wiederholte Valdorian.

»Einzelne Aktionen gegen die Allianz genügen nicht mehr, um ihre Expansion einzudämmen. Arik Dokkars Tod dürfte den Ausschlag geben. Enbert Dokkar ist nicht dumm. Er lässt sich nicht allein von Hass und Rachsucht leiten, sondern setzt diese Empfindungen als eine Art Motor ein. Er wird seine emotionale Reaktion als Mittel zum Zweck nutzen, um seinen alten Plan in die Tat umzusetzen und zu versuchen, das Konsortium zu übernehmen.«

»Sie scheinen seine Gefühle gut zu verstehen«, sagte Valdorian und spürte, wie sich nach und nach vertraute Ruhe in ihm ausbreitete. Auch er selbst dachte in strategischen Bahnen, wenn auch nicht in dem Ausmaß wie Cordoban. Auch er traf seine Entscheidungen auf einer rationalen Basis – zumindest war das bisher immer der Fall gewesen.

»Sie kennen mich, Primus«, erwiderte Cordoban. In seinen braunen Augen zeigte sich keine Regung. »Ich sehe die Dinge so, wie sie sind, nicht durch einen emotionalen Filter, der ein Zerrbild der Wirklichkeit schafft. Ich weiß, welche Rolle Gefühle spielen und wie sehr sie Einfluss nehmen auf das Verhalten von Menschen und Angehörigen anderer Völker. Daher bin ich sehr wohl imstande, sie zu verstehen und bei meinen Planungen zu berücksichtigen.«

Er betätigte den Öffner, und die Tür glitt beiseite. Valdorian folgte dem Strategen in den großen, runden und schwarzen Projektionsraum. Er erinnerte sich an seinen ersten Aufenthalt an diesem Ort, vor vielen Jahren. Damals hatte ihn Übelkeit erfasst nach den ersten Schritten in die vermeintliche Leere, die keinen Halt zu bieten schien. Heute wusste er, was ihn erwartete.

Cordoban trat zu einer der Konsolen, die in Form rechteckiger Blöcke anderthalb Meter weit an den Wänden aufragten und ebenfalls schwarz waren. Er griff unter seinen Kittel, holte ein Kabel hervor und verband es mit den Kontrollsystemen der Konsole.

Es schien noch dunkler zu werden, so als saugte etwas die letzten Photonen aus dem Raum. Der Boden unter Valdorians Füßen blieb fest und stabil, aber gleichzeitig schien er zu verschwinden und mit der Schwärze des Projektionsraums zu verschmelzen.

»Dies ist die aktuelle ökonomisch-politische Situation«, sagte der einige Meter entfernt stehende Cordoban. Seine Stimme kam aus dem Nichts, doch dann zeigte sich seine Gestalt als ein vager Schemen im Licht der projizierten Galaxis.

Valdorian drehte den Kopf und blickte auf die Darstellung der Milchstraße, die vor und über ihm schwebte, sich langsam drehte, ein gewaltiges Feuerrad aus mehr als hundert Milliarden Sternen. Das Rad neigte sich und kam näher; ein Spiralarm rückte in den Vordergrund und zeigte unterschiedlich gefärbte Bereiche. Valdorian kannte diese Art der Projektion bereits.

»Der blaue Bereich kennzeichnet das Konsortium«, erklärte Cordoban. Das Blau erstreckte sich hauptsächlich dort, wo der Spiralarm aus der zentralen Masse der Galaxis reichte. »Fast sechshundert Sonnensysteme mit zweitausend Ressourcen-Planeten und siebenhundertneunzehn bewohnten Welten, verwaltet von siebenundachtzig Großkonzernen, die ihrerseits aus tausenden von einzelnen Unternehmen bestehen. Seit ich vor sechsundzwanzig Jahren die Nachfolge von Hendriks angetreten habe, ist das Konsortium um mehr als zwanzig Prozent gewachsen.«

Valdorian glaubte, fast so etwas wie Stolz in Cordobans Stimme zu hören.

Ein roter Bereich pulsierte langsam, wie ein deformes Herz im Spiralarm. Er reichte von der Mitte des Arms bis fast zu seinem Ende, war aber nicht homogen, sondern an vielen Stellen zerfasert.

»Das ist die Allianz«, fuhr Cordoban fort. »Inzwischen fast so groß wie das Konsortium. Während der letzten beiden Jahrzehnte hat sie ein besonders rasantes Wachstum erlebt, nicht zuletzt aufgrund einer sehr aggressiven Expansionspolitik. Die Allianz hat den psychologischen Vorteil, dass die Erde, Ursprungswelt der Menschheit, zu ihrem interstellaren Territorium gehört. Enbert Dokkar nutzt diesen Vorteil gut, indem er unter anderem auf seine angebliche Absicht hinweist, die Menschheit zu einen. Solche Behauptungen sind natürlich Unsinn. Angesichts der ungeheuren kulturellen Vielfalt auf den vielen von Menschen besiedelten Welten wäre es absurd, ein einheitliches Staatengebilde anzustreben, mit welcher Struktur auch immer. Außerdem legen die meisten Kolonien viel zu großen Wert auf ihre politische Unabhängigkeit. In ökonomischer Hinsicht sieht die Sache natürlich ganz anders aus.«

Über, unter und neben der Milchstraße bildeten sich dreidimensionale Informationsfenster, die Auskunft gaben über wirtschaftliche Verflechtungen, Import und Export, Handelsverbindungen, finanzielle Transferkanäle, Rohstoffe, Produktionsraten, Verkehr und so weiter.

»In den meisten Fällen existiert die politische Souveränität nur noch als Fassade«, kam Cordobans Stimme aus der Dunkelheit. »Tatsächlicher Machtfaktor auf den einzelnen Welten sind die lokalen Unternehmensgruppen, die sich auf interplanetarer und interstellarer Ebene zu wirtschaftlichen Bündnissen zusammenschließen, wie Konsortium und Allianz.«

Bei den »Fransen« der Allianz, zwischen ihrem Territorium und dem des Konsortiums und auch am Rand des Spiralarms, pulsierten andere Farben, die auf kleinere Einflussgebiete hindeuteten: Hegemonie, Koalition, Entente, Kongregation und einige kleinere Gruppen, die im interstellaren Maßstab kaum von Bedeutung waren. Hinzu kamen einige Dutzend

Sonnensysteme mit sozialistischen, planwirtschaftlichen Systemen, die ihre Kontakte mit den kapitalistischen Welten auf ein notwendiges Minimum beschränkten. Außerdem gab es spiritualistische Kolonien, den Islamischen Bund, den Anarchischen Block, Träumerwelten, deren Bewohner künstliche Realitäten der tatsächlichen Wirklichkeit vorzogen, die Enklaven der Entsager, wo man versuchte, mit möglichst wenig Technik auszukommen, die Extremwelten der Neuen Menschen, wo man alle Möglichkeiten der Gentechnik ausnutzte, und andere Planeten, deren Bewohner versuchten, auf ihre eigene Fasson selig zu werden. Das war die Situation im Großen und Ganzen – soweit es die lineare Zeit betraf. Die nichtlinearen Pseudorealitäten boten eine andere Form der Unendlichkeit, unbegrenzte Möglichkeiten, ebenso erschreckend wie faszinierend.

»Es ist ein sehr komplexes System«, fuhr Cordoban fort. »Und wenn man es aus einem logistischen Blickwinkel betrachtet, wird es noch viel komplizierter.« Der Stratege zögerte kurz, und Valdorian hörte das leise Summen von Servomechanismen im Körper des kleinen Mannes. »Unsere Bestrebungen, eine Antriebstechnik zu entwickeln, die überlichtschnelle Geschwindigkeiten ermöglicht, sind bisher leider ohne Erfolg geblieben. Wir bleiben auf die Kantaki und Horgh angewiesen, und daraus ergeben sich eine Reihe von Problemen, wie Sie sehr wohl wissen, Primus. Mit den Sprungschiffen der Horgh können wir zwar militärisches Gerät transportieren, aber keine Truppen – die Schockwellen wären eine viel zu starke Belastung für die Soldaten und würden ihre Kampffähigkeit stark beeinträchtigen. Die Kantaki verlangen manchmal sehr seltsame Preise für Passagen im Inneren der Transportblasen ihrer Schiffe, und außerdem müssen wir ihren Sakralen Kodex berücksichtigen, der ebenfalls sehr sonderbar sein kann.«

Ein Netz aus silbrig schimmernden Linien stülpte sich über die Milchstraße und durchdrang sie überall, nicht nur in den Spiralarmen, sondern auch im dichten Kern.

»Das sind die uns bekannten Schifffahrtslinien der Kantaki und Horgh«, sagte Cordoban. »Es könnten noch mehr sein. Man munkelt auch von Verbindungen zur Großen und Kleinen Magellanschen Wolke und sogar zum Andromedanebel. Aber die Reisezeiten wären enorm ...«

Nicht für einen Kantaki-Piloten, dachte Valdorian und erinnerte sich erneut an Lidia. Aus den Tiefen der Vergangenheit flüsterte ihre Stimme. Er lauschte ihr eine Zeit lang, bemühte sich dann, ins Hier und Heute zurückzukehren und sich auf Cordobans Ausführungen zu konzentrieren.

»Ich habe dies alles bei meinen Planungen berücksichtigt und dem Szenario die jüngsten Ereignisse sowie ihre wahrscheinlichsten Auswirkungen hinzugefügt«, sagte der Stratege. »Das Ergebnis lautet: Ein Krieg ist nicht nur unvermeidlich, sondern löst auch unsere Probleme.«

»Ein Krieg ...«, wiederholte Valdorian langsam. Angriffe auf einzelne Fabrikanlagen oder ganze Kolonien – das war eine Sache. Aber ein Krieg über interstellare Entfernungen hinweg, ein Konflikt, der Dutzende, vielleicht sogar hunderte von Welten betraf ...

»Die Allianz betreibt die gleiche Expansionspolitik wie wir«, erläuterte Cordoban. »Auch sie setzt auf Wachstum, und Wachstum bedeutet Ausdehnung. Hinzu kommt jetzt eine ausgeprägte persönliche Komponente, die Enbert Dokkar und Sie betrifft. Selbst wenn wir auf offensive Maßnahmen verzichten würden: Die Entwicklung der vergangenen Jahre und vor allem der letzten Monate zeigt, dass die feindliche Aktivität der Allianz stark zugenommen hat. Wenn wir nichts unternehmen, müssen wir in Kürze mit massiven Schlägen erst gegen unsere Außenposten und dann gegen unsere wichtigsten Industriewelten rechnen.«

Der Spiralarm rückte noch etwas näher. Das silbrig glänzende Routennetz der Kantaki- und Horgh-Schiffe verschwand, und andere Linie wurden eingeblendet. Sie wuchsen aus dem Gebiet der Allianz und bohrten sich wie dünne Lanzen ins interstellare Territorium des Konsortiums. Es blitzte, erst an einzelnen Stellen, dann an vielen, und das Blau begann zu schrumpfen, während sich das Rot ausdehnte, über den Zwischenbereich hinaus.

»Das ist die wahrscheinlichste Entwicklung für die nächsten drei Jahre, wenn wir uns auf die Verteidigung beschränken«, sagte Cordoban kühl. »Ich habe bei den Berechnungen die wichtigsten Faktoren berücksichtigt: Produktionspotenzial, Stationierung von Truppen, militärische Basen, Mobilisierungskapazität und dergleichen mehr. Die Einzelheiten kann ich Ihnen in einem ausführlichen Bericht nennen.«

Die pseudorealen Informationsfenster zeigten entsprechende Datenkolonnen, und Valdorian nickte. Er hatte gelernt, Cordoban zu vertrauen.

»Was schlagen Sie vor?«, fragte er.

»Dies«, erwiderte Cordoban, und wieder veränderten sich die Darstellungen. Die roten und blauen Bereiche kehrten zu ihrer ursprünglichen Größe zurück, und diesmal gingen die Angriffslinien vom Blau aus. Es waren mindestens dreimal so viele wie vorher; zahlreiche Blitze im Territorium der Allianz zuckten auf.

Neue Datenkolonnen glitten durch die Info-Fenster: Anzahl und Größe von Kampfgruppen, Ausrüstungsmaterial, Nachschub, Ziele, Besatzungskontingente, Umstellung eines Teils der Industrie auf Kriegswirtschaft, Finanzierung.

»Ein Großangriff, der die wichtigsten Industriezentren des Gegners ausschaltet«, sagte Cordoban. »Massiv genug, um ihn an einer gut organisierten Offensive zu hindern. Anschließend folgen Operationen, die den Verwaltungszentren gelten. Wenn Sie mir die Möglichkeit dazu geben, wird die Allianz in zehn Monaten kein ernst zu nehmender Konkurrent mehr sein. Sie werden es noch erleben.«

Sie werden es noch erleben, hallte es durch Valdorians Innenwelt. Ein weiterer Hinweis darauf, dass seine Tage gezählt waren, dass der letzte, endgültige Countdown seines Lebens lief und ihn mit jeder verstreichenden Sekunde dem Ende näher brachte. Vor einigen Wochen hätte ihm ein solcher Triumph über die Allianz viel bedeutet, aber jetzt verschoben sich seine Prioritäten immer mehr. Manchmal glaubte er zu erwachen, aus einem Schlaf, der Jahrzehnte gedauert hatte, um mit den Augen des Alters zum ersten Mal die wahre Natur der Dinge zu sehen. Valdorian spürte, dass dieser Prozess gerade erst begann, und er war neugierig darauf, wohin er führte.

»Der Krieg wird uns viel Geld kosten, zumindest zu Anfang«, sagte Cordoban, und Valdorian begriff plötzlich, was dem Leben jenes Mannes Sinn und Inhalt gab. Der kühle, rationale, emotionslose Cordoban lebte allein für die Planung, für den Triumph der Intelligenz über die Problematik einer bestimmten Situation. Er bewertete und analysierte, setzte sich ein Ziel und fand dann einen Weg, es zu erreichen. Je weniger Fehler seine Planungen enthielten, desto mehr Zufriedenheit bezog er daraus. Nur darum ging es ihm. Es erschien Valdorian absurd wenig. »Aber später stehen uns die wichtigsten Ressourcen-Welten der Allianz zu Verfügung«, fügte Cordoban hinzu. »Ich habe Dossiers für die anderen Mitglieder des Konsortiums angefertigt, um sie von der Notwendigkeit des Krieges zu überzeugen und darauf hinzuweisen, dass es sich letztendlich um eine sehr profitable Investition handelt. Ich glaube nicht, dass wir bei unseren Partnern auf großen Widerstand stoßen. Selbst das Arkanado-Kartell wird die Notwendigkeit solcher Maßnahmen gegen die Allianz einsehen. Was Sie persönlich betrifft, Primus: Sie können Ihre Macht konsolidieren und Ihrem Nachfolger ein geeintes, starkes Konsortium übergeben.«

Die Milchstraße verschwand, und die Dunkelheit in der Projektionskammer wich mattem Licht. Cordoban löste das Kabel von der Konsole.

Valdorian blickte nachdenklich ins Leere.

»Primus?«

»Kümmern Sie sich um alles«, sagte Valdorian, ohne sich anmerken zu lassen, welche Unruhe die letzten Worte des Strategen in ihm geschaffen hatten.

»Ich habe also Ihre Genehmigung?«

»Ja.« Diese Antwort stammte von jenem Valdorian, der das Konsortium jahrzehntelang geleitet hatte. Dieser Valdorian begriff, dass es eigentlich keine andere Möglichkeit gab, wenn das Konsortium weiter wachsen wollte, dass der Krieg gegen die Allianz tatsächlich eine lohnende Investition war. Wenn er gewonnen werden konnte. Und davon ging das strategische Genie Cordobans aus. »Ergreifen Sie alle erforderlichen Maßnahmen. Wann kann der Angriff erfolgen?«

»In zwei Wochen.«

»So schnell?«

»Ich habe immer großen Wert auf die Kampfbereitschaft unserer Streitkräfte gelegt.«

»Und das Spionagenetz des Gegners?«, fragte Valdorian, als er zu Tür ging. Er erinnerte sich an den Taruf in der Transportblase des Kantaki-Schiffes, das ihn nach Tintiran gebracht hatte.

»Meine Leute werden in den nächsten Tagen alle uns bekannten Informanten der Allianz aus dem Verkehr ziehen.«

»Könnte Enbert Dokkar dadurch nicht misstrauisch werden?«

Die Tür öffnete sich, und Valdorian trat ins Vorzimmer. Sein Sekretär wartete dort auf ihn.

»Nein«, erwiderte Cordoban. »Er wird glauben, dass es sich um eine heftige Reaktion auf die letzten Anschläge handelt.«

Etwas im Gesicht seines Sekretärs weckte Valdorians Aufmerksamkeit, eine sonderbare Mischung aus Genugtuung, Freude und auch Besorgnis.

»Jonathan?«

»Die Kantaki geben keine Auskunft über ihre Piloten, aber ich habe trotzdem eine Spur gefunden. Von Lidia DiKastro.«

Jähe Hoffnung erfüllte Valdorian. »Wo?«

»Aus den Informationen, die Sie mir gegeben haben, geht hervor, dass sich Lidia DiKastro früher sehr für die Xurr interessierte und sich fast zu einem xenoarchäologischen

Studium entschlossen hätte, um sich eingehend mit ihnen zu befassen. Nun, ich habe herausgefunden, dass vor etwa drei Wochen eine Kantaki-Pilotin die Xurr-Ruinen auf Guraki besuchte.«

Vor nur drei Wochen! Nach mehr als einem Jahrhundert ...

Einige Sekunden lang stand Valdorian wie erstarrt da, erfüllt von Hoffnung, Furcht und anderen Emotionen, die er nicht identifizieren konnte, und er erlebte eine neuerliche drastische Verschiebung seiner Perspektive. Einige Dinge verloren an Bedeutung, andere wurden wichtiger.

»Danke«, sagte er dann, und es klang wirklich dankbar. »Bitte sorgen Sie dafür, dass ich mich so schnell wie möglich auf den Weg machen kann.«

Jonathan und Cordoban wechselten einen Blick.

»Primus ...«, begann der Stratege.

»Sie haben Ihre Anweisungen«, sagte Valdorian und klang dabei fast ebenso kühl wie Cordoban. »Dies betrifft Sie nicht.«

Und damit ging er fort.

Tintiran
1. Juli 301 SN · linear

6

»Ich hätte Sie ins beste Restaurant von Bellavista führen können«, sagte Valdorian. »Ins *Zwölf Wellen*. Subalterne können es sich nicht leisten, dort zu essen, und auch die meisten Nonkonformisten nicht. Normalerweise muss man dort einen Tisch Wochen zuvor reservieren lassen, aber ich habe gute Beziehungen. Oder die Panoramakuppeln in der Tiefsee. Haben Sie jemals in einer Tiefe von sechstausend Metern Delikatessen genossen und dabei im Licht gut platzierter Scheinwerfer die seltsamsten Bewohner des Scharlachroten Meeres beobachtet? Dies hier ...« Er vollführte eine Geste, die der Umgebung galt. »... ist so *gewöhnlich*.«

»Eben«, erwiderte Lidia mit fester Stimme. »Deshalb sind wir hier.«

Sie gingen über die breite Uferpromenade von Bellavista, nur wenige Meter vom Ufer des Meeres entfernt. Hunderte von Touristen schlenderten hier im warmen Schein der untergehenden Sonne oder saßen auf Bänken und genossen die Aussicht. Auf der anderen Seite der breiten Grünstreifen, die den felsigen Uferbereich mit der Promenade von der Stadt trennten, summte der Levitatorverkehr in den Flugkorridoren.

»Dies ist die normale Realität, Dorian«, fuhr Lidia fort, und Valdorian glaubte, im melodischen Klang ihrer Stimme einen Hauch Kummer zu hören. »Sehen Sie sich die Menschen an, die hier ihren Urlaub verbringen. Oder die Subalternen dort, die Fischer.« Sie deutete auf zwei Levitatorkutter, die in den nahen Hafen einliefen, mit frisch gefangenem Fisch an Bord. Es gab nach wie vor viele Personen, die echte Lebensmittel synthetischen vorzogen, und die Fischrestaurants von Bellavista galten als erstklassig. »Haben Sie sich jemals gefragt, wie die Subalternen und Nonkonformisten leben, mit welchen Hoffnungen und Wünschen, mit welchen Ansprüchen? Sie müssen tagtäglich Kompromisse schließen mit dem Rest des Universums. Bei ihnen zählt nicht das, was sie wollen; sie müssen sich mit dem begnügen, was Umwelt und Situation zulassen, ob es ihnen gefällt oder nicht. Zum Beispiel die Fischer. Ihr Leben hängt vom täglichen Fang ab. Oder die Kunsthandwerker in der Stadt; sie brauchen die Touristen als Kunden. Sie alle sind Teil einer Realität, die sie nicht ändern können, der sie sich anpassen müssen.«

»Ich könnte Ihnen mehr bieten als sie alle zusammen«, sagte Valdorian, und etwas in Lidias Gesicht wies ihn darauf hin, dass er die falsche Antwort gegeben hatte.

»Ich weiß. Und ich weiß auch, dass Sie es gut meinen.« Lidia seufzte, griff nach seiner Hand und führte ihn zu einem kleinen Promenadenrestaurant, das für Valdorian wie eine Mischung aus Bistro und Imbisstube aussah. Dort nahmen sie an einem Ecktisch Platz, mit freiem Blick übers Scharlachrote Meer. Die Sonne berührte den Horizont, schien das Wasser in Blut zu verwandeln. Oben kreisten einige tintiranische Möwen und pfiffen. »Aber ist Ihnen jemals in den Sinn gekommen, dass es manchen Menschen nicht oder nicht nur um solche Dinge geht? Was für Sie wichtig ist, Dorian, hat für andere Personen vielleicht nicht die gleiche Bedeutung.«

»Horan?«, fragte Valdorian und lächelte schief.

»Auch andere Philosophen haben sehr viel darüber geschrieben. Sie sollten sich mehr Zeit nehmen, darüber zu lesen.«

Der Kellner kam. »Hallo, Lidia«, sagte er und lächelte. »Das Übliche?«

Sie erwiderte das Lächeln. »Ja, einen Feuerbecher für mich. Und Sie, Dorian? Nichts Alkoholisches, nehme ich an?«

»Alkohol beeinträchtigt die Funktionsweise des Gehirns«, sagte er ernst. »Ich habe nie verstanden, warum manche Leute solchen Gefallen daran finden, Alkohol zu trinken.«

»In Maßen hat er durchaus etwas für sich.« Lidia lachte leise und schüttelte den Kopf. »Es gibt noch immer einige Dinge, die Sie lernen können, Dorian.« Und zum Kellner: »Einen Feuerkelch und einen Fruchtsaft.«

»Kommt sofort«, erwiderte der junge Mann. »Sehen wir uns morgen, Lidia?«

»Ich denke schon.«

Der Kellner ging fort.

»Sie kennen ihn?«, fragte Valdorian überrascht. »Und Sie treffen sich mit ihm?«

Lidia lachte, beugte sich dann vor und berührte seine Hand. »Er ist ein Studienkollege, der sich hier ein wenig Geld verdient. Morgen findet eine interessante Vorlesung über die Xurr statt, und wir werden sie beide besuchen.« Sie sah ihm tief in die Augen. »Sie sind doch nicht etwa eifersüchtig, oder?«

»Nein, natürlich nicht«, erwiderte Valdorian ein wenig zu schnell. Eifersüchtig? Auf einen einfachen subalternen Studenten, der arbeiten musste, weil er nicht genug Geld hatte? Absurd. Solche Personen *bedeuteten* nichts. Und das galt auch für alle anderen Bewohner der »Normalität«, der gegenüber sich Lidia manchmal auf sonderbare Weise verpflichtet fühlte. Sie waren nichts weiter als Statisten auf der großen kosmischen Bühne des Geschehens. Was auch immer sie in ihrem Leben entschieden – sie *bewirkten* nichts. Warum begriff Lidia nicht die letztendliche Bedeutungslosigkeit dieser Individuen? Valdorian hingegen ... Wenn er die Nachfolge seines Vaters antrat, würden sich seine Entscheidungen auf all diese Leute auswirken, auf die Umstände, die ihr Leben bestimmten. *Ich kann ihr alles bieten,* dachte er. *Irgendwann wird sie es zu schätzen wissen.*

Dieser Gedanke ließ ihn lächeln, und ihn störte auch nicht der freundschaftliche Blick, den Lidia mit dem Kellner wechselte, als er die Getränke brachte. Valdorian bekam seinen Fruchtsaft und sie ihren Feuerkelch – ein hohes Glas, gefüllt mit roter Flüssigkeit, fast so rot wie das Meer; kleine Flammen züngelten auf der Oberfläche, schrumpften schnell und verschwanden, als der größte Teil des verdunstenden Alkohols verbrannt war.

Er nippte daran, bemerkte dann die Datenfolien und Bücher, die Lidia auf den Tisch gelegt hatte. Er deutete aufs oberste.

»Das ist das vierte Buch über die Kantaki, das Sie lesen«, sagte er. »Interessieren sie Sie mehr als die Xurr?«

»Die Xurr sind tot«, erwiderte Lidia, trank einen Schluck und nickte anerkennend. »Die Kantaki leben und brauchen Navigatoren, Piloten für ihre Schiffe. Ich ...« Sie zögerte kurz. »Ich möchte prüfen lassen, ob ich die Gabe in ausreichendem Maß besitze.«

»Die Gabe?«, wiederholte Valdorian erstaunt.

»Vor vier Jahren hat man bei mir Gabenlatenz festgestellt. Ich habe Ihnen davon erzählt, erinnern Sie sich? Kennen Sie das Navigationssystem der Kantaki?«, fügte Lidia mit einer Aufregung hinzu, die Valdorian seltsam fand.

»Ich habe das eine oder andere gehört«, sagte er.

»Es ist sehr komplex«, erklärte Lidia. »Die Kantaki könnten ihre Schiffe auch selbst fliegen, aber sie nehmen Piloten in ihre Dienste, um der Meditation im Sakrium mehr Zeit widmen zu können. Das ist ein Ort ohne Zeit und Raum, im so genannten Plurial, das alle Universen enthält.« Lidia sah die Verwirrung in Valdorians Gesicht. »Was den Piloten betrifft ... Mit seiner Gabe verbindet er das Schiff im Transraum mit den richtigen Fäden. Alle Planeten und Sonnen des Universums, alle Himmelskörper, ganz gleich wie nah und wie fern, sind durch hyperdimensionale Fäden verbunden, die sich ständig verändern. Diese Fadengebilde reichen nicht nur durch den Raum, sondern auch durch die Zeit, durch die lineare ebenso wie durch die nichtlineare.«

Valdorian nickte. Er musste sich zwingen, ruhig zuzuhören und nicht erneut darauf hinzuweisen, was er von den Kantaki und ihrem Monopol hielt.

»Die Gabe ermöglicht es dem Piloten, sich in dem Fadengewirr zu orientieren und genau die Fäden zu finden, die zum Ziel führen«, setzte Lidia ihren Vortrag fort. »Das ist grob vereinfacht, trifft es aber im Wesentlichen.« Sie lächelte. »Verwechseln Sie diese Fäden übrigens nicht mit Strings – das ist etwas ganz anderes. Wenn einem Kantaki-Piloten aus irgendeinem Grund ein Fehler unterläuft, wenn er es an der notwendigen Konzentration mangeln lässt, so könnte das Schiff in eine nichtlineare Realität geraten, in eine andere Zeit, in einen anderen Kosmos, vielleicht in ein leeres, totes Universum. Es gibt Geschichten darüber. Gelegentlich soll so etwas tatsächlich passiert sein. Und offenbar ist die Rückkehr in die lineare Wirklichkeit sehr problematisch.«

»Und Sie möchten Ihre latente Gabe prüfen lassen?«, fragte Valdorian. »Warum?«

Lidia hob den Kopf und blickte zum Himmel. Die Sonne war inzwischen hinter dem Horizont versunken, und die ersten Sterne erschienen am Himmel. Laternen leuchteten an der Promenade, und gedämpfte Musik erklang. Bellavista, die Bewohner der Stadt und die vielen Touristen bereiteten sich auf den Abend und die Nacht vor.

»Stellen Sie sich vor, dort oben unterwegs zu sein, ein Schiff von Stern zu Stern zu steuern«, sagte Lidia. »Tausend Welten zu sehen, die Wunder des Alls ... Stellen Sie sich vor, ein Leben des Staunens zu führen, die Unendlichkeit zu erfahren, die Ewigkeit zu berühren ... Für die Kantaki und ihre Piloten vergeht die Zeit anders. Bei den Flügen durch den Transraum befinden sie sich außerhalb des gewöhnlichen Zeitstroms, im Gegensatz zum Inhalt der Transportblasen.

Ich hätte viel, viel Zeit, um die Mysterien des Seins zu erforschen.«

Valdorian sah sie an, bewunderte ihre Schönheit und verstand die Worte nicht. Das Leben, das Lidia beschrieb, erschien ihm ohne Reiz, leer. Was konnte jemand bewirken, der ein Raumschiff steuerte? Hatte ein Pilot die Freiheit, Entscheidungen zu treffen und sie in die Tat umzusetzen? Konnte er planen und seine Pläne verwirklichen? Gab es für ihn die Möglichkeit, Zeichen zu setzen und sich alle seine Wünsche zu erfüllen?

»Wir müssen wählen«, sagte Lidia leise und wie verträumt. »Diesen Lebensweg oder eine Alternative, diesen Pfad in die Zukunft oder einen anderen.«

»Die Xurr.« Die Worte platzten fast aus Valdorian heraus. »Sie haben sich immer sehr dafür interessiert. Ich könnte eine archäologische Expedition finanzieren ...«

Lidia griff erneut nach seiner Hand und lächelte. »Ein Kantaki-Pilot sieht viel mehr Welten als Xenoarchäologen oder gewöhnliche Reisende. Vielleicht bekäme ich Gelegenheit, die Heimatwelt der Xurr zu finden und alle ihre Rätsel zu lösen.« Sie gab diesen Worten einen scherzhaften Klang, der Valdorian sofort hoffen ließ, dass sie es nicht ernst meinte.

Eine Zeit lang sprachen sie über andere Dinge, über das Studium an der Akademie, über neue Ausstellungen in der Stadt, über das Meer und den Wind. Solche Gespräche liebte Valdorian, denn sie vertrieben den Ernst und schufen eine kleine, private Welt, die nur Lidia und ihn enthielt. *Irgendwann wird sie diese Welt zu schätzen wissen,* dachte er erneut. *Sie wird die Unsinnigkeit ihrer Träume einsehen.*

Später schlossen sie sich den Touristen an, die durch Bellavista schlenderten, vorbei an erleuchteten Springbrunnen, pseudorealen Statuen, in Mustern gepflanzten Blumen und natürlich zahlreichen Präsentationsnischen, die Waren und Dienstleistungen anboten, damit viele Neugierige anlockten.

Valdorian wusste inzwischen, dass Lidia großen Wert legte auf diese Art von »Normalität«, die ihm manchmal wie ein Ausflug in die Wildnis erschien, in eine anarchische, gefährliche Welt, vor der ihn sein Vater immer wieder gewarnt hatte. Von geschäftlichen Konkurrenten und Rivalen beauftragte Attentäter verbargen sich vielleicht irgendwo in der Menge und warteten auf eine günstige Gelegenheit. Oder Entführer, die ihn verschleppen wollten, um viel Geld zu erpressen. Oder Irre, die einfach nur darauf hofften, aus der Anonymität aufzutauchen und sich einen Namen zu machen. Oder politische Wirrköpfe. Narren und Verrückte gab es genug. Valdorian hatte darauf verzichtet, sich von seinen Leibwächtern begleiten zu lassen, und wenn sein Vater davon erfuhr, musste er mit scharfer Kritik rechnen. Aber Lidia wäre verärgert gewesen von der ständigen, wenn auch diskreten Präsenz einer Eskorte.

Valdorian sah sich so unauffällig wie möglich um. Eigentlich erstaunte es ihn ein wenig, dass man ihn nicht erkannte. Doch sein Bild erschien nicht annähernd so oft in den Medien wie das seines Vaters; vielleicht lag es auch daran, dass man ihn nicht in einer solchen Umgebung erwartete, Hand in Hand mit einer jungen Frau. An dahinschlendernden Pärchen mangelte es nicht; sie gehörten praktisch zum Stadtbild.

»Fühlen Sie sich verfolgt?«, fragte Lidia amüsiert. »Sie sollten sich an einen Psychiater wenden, Dorian. Sie sind ein klarer Fall von Paranoia.«

»Wenn man an Paranoia leidet, bedeutet das noch lange nicht, dass es dafür keinen Anlass gibt«, erwiderte er.

Lidia lächelte kurz und blickte dann wieder in die Präsentationsnische des Geschäfts, vor dem sie stehen geblieben waren. Schmuckstücke glitzerten hinter der transparenten Stahlkeramik und einem farblosen energetischen Vorhang. Geschickt installierte Lampen hoben die teure Schönheit von Edelsteinen, Perlen, filigranem Gold und Silber hervor. Dreidimensionale Projektionen bewegten sich zwischen den

Auslagen und trugen dazu bei, dem Betrachter einen Eindruck von ätherischer Pracht zu vermitteln.

Lidias Blick galt zwei großen Diamanten, die in einem pseudorealen Blütenkelch ruhten und glitzerten, als loderten tausend Sonnen in ihnen. Der Juwelier hatte klugerweise darauf verzichtet, ein Preisschild hinzuzufügen. Valdorian schätzte sie auf jeweils mindestens hundert Karat.

»Gefallen sie Ihnen?«

»Oh, sie sind sehr hübsch. Sehen Sie nur, wie sie glitzern!«

»Wenn Sie das Paar möchten ...«

»Meine Güte, nein!« Lidia richtete wieder einen jener seltsamen Blicke auf ihn. »Sicher kosten die beiden Steine ein Vermögen. Und außerdem: Glauben Sie nicht, dass man Dinge auch schön finden kann, ohne sie zu kaufen und zu besitzen?«

Sie griff nach Valdorians Hand und zog ihn mit sich, zu einer Terrasse, die Aussicht gewährte auf den unteren Teil von Bellavista und das jetzt dunkle Meer. Das rhythmische Rauschen der ans Ufer rollenden Wellen klang wie der Atem eines schlafenden Riesen.

Ein Pärchen saß auf einer Bank am rechten Rand der Terasse, und Lidia wählte die Bank auf der linken Seite, dicht neben einem Busch, dessen Blüten sich für die Nacht geschlossen hatten, aber immer noch einen aromatischen Duft verströmten. Valdorian schlang den Arm um sie, und Lidia schmiegte sich an ihn. Sie blickten aufs Meer hinaus, beide in Gedanken versunken.

Valdorian überlegte, ob er sie jetzt fragen sollte, entschied sich dann aber dagegen. Es war wichtig, genau den richtigen Moment zu wählen und eine Situation abzuwarten, auf der nicht der Schatten anderer Träume und Hoffnungen lag. Außerdem hatte er eine Idee.

Valdorian lächelte, während er Lidia an sich drückte.

7. Juli 301 SN · linear

»Hast du den Verstand verloren, Rungard?«

Valdorian hatte mit dieser Reaktion gerechnet und seufzte innerlich. »Nein, Vater, ich meine es ernst. Ich möchte sie heiraten. Ich habe an einen Ehekontrakt von zehn Jahren gedacht, und ich bitte Sie um Ihre Einwilligung.«

Hovan Aldritt Valdorian der Achtzehnte saß auf einem der vielen Podien in seinem »Arbeitszimmer«, das einen ganzen Flügel der großen Villa beanspruchte, die von Levitatoren getragen am Hang der Hügelkette hinter Bellavista schwebte, umgeben von tropischen Pflanzen. Der saalartige Raum hatte die Atmosphäre eines Sanktuariums und wirkte wie ein Thronsaal, mit Valdorians Vater als König. Einundsechzig Jahre war er alt, aber eine Resurrektion ließ ihn jünger aussehen. Nur einige wenige graue Strähnen zeigten sich im dunklen Haar, und der Blick der großen grauen Augen war immer sehr aufmerksam, manchmal auch durchdringend. Das hagere Gesicht brachte Intelligenz und Selbstbewusstsein zum Ausdruck, außerdem eine kühle Entschlossenheit, die im Verlauf der letzten Jahre immer deutlicher geworden war. Valdorian erinnerte sich kaum daran, wann er zum letzten Mal ein längeres Gespräch mit seinem Vater geführt hatte. Hovan Aldritt ging ganz in seiner Arbeit auf und bemühte sich seit Jahren darum, der Valdorian-Unternehmensgruppe zu einer Vorrangstellung im Konsortium zu verhelfen.

Bilder hingen an den hohen Wänden, keine pseudorealen Darstellungen, sondern echte Gemälde. Hinter dem Konsolenpodium, auf dem Hovan Aldritt saß, blickten die strengen, würdevollen Mienen ihrer Vorfahren auf sie herab, als wollten sie die Leistungen ihrer Nachfahren prüfen.

Hovan Aldritt löste ein Kabel, das ihn mit den Datenservi verbunden hatte, stand auf und trat die Stufen des Podiums hinunter. Sein Sohn wartete unten, neben einer Topfpflanze, die fast bis zu der mit komplexen Stuckarbeiten geschmückten Decke reichte und das Licht empfing, das durch ein nahes, breites Fenster fiel.

»Lidia DiKastro, eine Nonkonformistin«, sagte Hovan Aldritt wie nachdenklich. »Zwei Jahre älter als du. Ihre Mutter ist Pianistin, ihr Vater Schriftsteller. Zwei Künstler, und keine sonderlich erfolgreichen, soweit ich weiß. Zumindest genießen sie keinen interstellaren Ruf.«

»Sie ist die richtige Frau für mich«, sagte Rungard Avar Valdorian der Neunzehnte.

»Glaubst du?« Sein Vater sah ihm in die Augen. »Du meinst es *tatsächlich* ernst, nicht wahr?«

Valdorian nickte und spürte, wie ein Kloß in seinem Hals zu wachsen begann. Er hatte seine ganze innere Kraft für dieses unvermeidliche Gespräch zusammengenommen, doch jetzt drohte ihn der Mut zu verlassen. Der Blick seines Vaters schien bis ins Zentrum seiner Seele zu reichen.

»Ja«, sagte er nur.

Hovan Aldritt musterte ihn einige Sekunden lang, und ein Hauch von Unmut huschte dabei über sein Gesicht.

»Wir haben eine Aufgabe«, sagte er schließlich. »Wir sind unseren Vorfahren verpflichtet. Wir tragen Verantwortung.«

»Ich weiß, Vater«, sagte Valdorian rasch. »Es liegt mir fern, mich vor meinen Pflichten zu drücken. Ich weiß, was mich erwartet, und ich freue mich darauf. Es käme mir nie in den Sinn, mich für einen anderen Lebensweg zu entscheiden.« Das entsprach voll und ganz der Wahrheit. »Aber das ändert nichts daran, dass Lidia die richtig Frau für mich ist. Mit ihr an meiner Seite könnte ich es weit bringen.«

Er versuchte, dem Blick seines Vaters standzuhalten, aber es gelang ihm nicht. Nach einige Sekunden senkte er den Kopf, enttäuscht von sich selbst und der eigenen Schwäche.

Hovan Aldritt legte die Hände auf den Rücken und wanderte durch den Saal, vorbei an anderen Podien mit Servi, Sitzecken, Pflanzen und Kunstwerken aller Art. Ein echter Rembrandt befand sich darunter – »Die Blendung Simsons« aus dem Jahre 1636 der alten Zeitrechnung. Die Porträts zeigten wichtige Persönlichkeiten aus naher und ferner Vergangenheit, viele von ihnen Monarchen, aber auch wichtige Geschäftsleute wie zum Beispiel Jonas Henry »Bill« Gates.

»Eines Tages werden wir die Kontrolle über das Konsortium haben«, sagte Hovan Aldritt und kehrte zu seinem Sohn zurück, die Hände noch immer auf dem Rücken. Er wirkte wie ein nachdenklicher Professor, der ein wenig unzufrieden war mit einem seiner Studenten. »Darauf arbeite ich hin. Um dieses Ziel zu erreichen, müssen Bündnisse geschlossen werden. Das habe ich dir mehrmals erklärt.«

»Ja, Vater. Ich verstehe, was Sie meinen.«

»Es gibt Hinweise darauf, dass die Ursprünge unserer Familie bis in die Zeit der Ersten Dynastie zurückreichen.« Hovan Aldritt deutete auf ein entsprechendes Porträt. »Wie haben die Dynasten ihre Macht ausgeweitet? Hauptsächlich durch Kriege. Und wie haben sie Bündnisse geschlossen, um ihre Macht zu sichern? In vielen Fällen durch Ehen.«

»Vater …«

»Du kannst jede Frau haben, die du willst, Rungard. Das ist überhaupt kein Problem. Und ich versichere dir, dass dir kaum eine Frau die kalte Schulter zeigen wird. Die Faszination der Macht ist für viele von ihnen unwiderstehlich. Aber eine Ehe bedeutet Verpflichtung. Wenn du die richtige Frau zu deiner Ehepartnerin wählst, so stehen dir zusätzliche Ressourcen zur Verfügung, um die Valdorian-Unternehmensgruppe wachsen zu lassen. Bei einer Ehe muss der Kopf entscheiden, Rungard, nicht das Herz. Nimm nur die Konzerngruppe *New Human Design*. Die Gen-Technik hat sich zu einem sehr wichtigen Wirtschaftsfaktor entwickelt, und ich bin sicher, dass ihre Bedeutung noch weiter zunimmt. NHD wird an Einfluss gewinnen. Ich bin bestrebt, gute Beziehungen mit dem Aufsichtsratsvorsitzenden herzustellen, und zufälligerweise hat er eine Tochter in deinem Alter …«

Hat er schon alles arrangiert?, dachte Valdorian erschrocken.

»Ich möchte Lidia heiraten, Vater«, sagte er nicht ohne Nachdruck.

»Höre ich da Trotz?«, fragte Hovan Aldritt scharf. »Hat dir jene Frau so sehr den Kopf verdreht, dass du es an Respekt deinem Vater gegenüber mangeln lässt?«

»Nein, natürlich nicht. Bitte entschuldigen Sie.«

»Komm.«

Hovan Aldritt Valdorian führte seinen Sohn durch die Fenstertür auf den breiten Balkon. Ein Servo reagierte auf sie und das Licht, fuhr automatisch eine Markise aus, die Schatten spendete. Unten erstreckte sich die Stadt an der Bucht, und das Scharlachrote Meer glitzerte im Licht der hoch am Himmel stehenden Sonne. Am Rand von Bellavista bemerkte Rungard Avar Valdorian den Gebäudekomplex der Akademie, weiß wie Kalk. *Dort ist Lidia*, dachte er und sah ihr Gesicht vor seinem inneren Auge – es gab ihm neuen Mut.

»Setz dich«, sagte Hovan Aldritt und deutete auf einen kleinen Tisch mit mehreren Stühlen.

Valdorian nahm Platz.

Der kleine Tisch diente als Sockel für ein Schachbrett aus Edelholz, mit Figuren aus Kristall.

»Wer sind wir, im Vergleich mit diesen Figuren?«, fragte Hovan Aldritt. »Bauern? Maximal zwei Felder weit können sie vorstoßen, und eigentlich haben sie nur strategische Bedeutung. Oft werden sie geopfert, um anderen Figuren entscheidende Vorstöße zu ermöglichen. Mit wem würdest du uns vergleichen, Rungard? Mit Läufern oder Springern? Mit dem Turm?«

»Die Dame«, sagte Valdorian. »Auf dem kosmischen Schachbrett sind wir die Dame. Sie hat die meisten Möglichkeiten.«

»Glaubst du?« Verärgert stieß sein Vater die Figuren um. »Du irrst dich, Rungard. Du hast noch immer nicht verstanden. Wir befinden uns gar nicht auf dem Schachbrett – wir stellen die Figuren auf und bestimmen die Spielregeln. Das unterscheidet uns von allen anderen. Und deine Lidia ...« Er nahm einen Bauern und stellte ihn auf ein Feld. »Sie ist nichts weiter als dies. Eine einfache Figur, die ein anderer hin und her schiebt. Sie kann ihr Schicksal nicht selbst bestimmen und muss den Umständen gehorchen. Die Dynamik der Situation, in der sie sich befindet, bestimmt ihr Leben. Wir aber bestimmen unser Leben selbst, Rungard. Du brauchst eine angemessene Partnerin an deiner Seite, eine Frau, die versteht, was es bedeutet, an der Spitze einer gewaltigen Wirtschaftsmacht zu stehen und die Existenz zahlloser anderer Menschen zu bestimmen. Du kannst nicht gleichzeitig eine Figur auf dem Schachbrett sein und Schach spielen.«

Hovan Aldritt erhob sich. »Ich habe nichts gegen deine Beziehung mit Lidia, aber als Ehefrau kommt sie nicht für dich infrage. Früher oder später wird dir das klar.«

Mit diesen Worten ging er zur Fenstertür.

Valdorian holte tief Luft.

»Vater?«

Der hochgewachsene Mann blieb stehen, das Gesicht verschlossen.

»Ich möchte sie heiraten, Vater. Ich bitte Sie um Ihre Erlaubnis.«

»Ich verweigere sie dir«, sagte Hovan Aldritt. »Und ich erwarte von dir, dass du dich meinen Wünschen fügst.«

Er verließ den Balkon, und hinter ihm schloss sich die Fenstertür mit einem leisen Seufzen.

Valdorian blieb stumm sitzen und merkte erst nach einer Weile, dass er die Fäuste geballt hatte.

Auf dem Weg nach draußen kam Valdorian am Blauen Salon vorbei. Die Tür stand offen, und am Fenster des im dynastischen Stil eingerichteten Zimmers stand seine Mutter. Sie drehte sich um, als sie seine Schritte hörte, trat langsam auf ihn zu, griff kurz nach seiner Hand und ließ sie sofort wieder los. Sie schien in eine Aura der Trauer gehüllt zu sein, und Valdorian fragte sich plötzlich, wie sie die letzten Jahre verbracht hatte. Stand auch sie, wie sein Vater, außerhalb des Schachbretts? Oder gehörte sie zu den Figuren, die von Hovan Aldritt Valdorian hin und her geschoben wurden?

»Manche Entscheidungen sind sehr schwer«, sagte seine Mutter leise. »Aber sie müssen getroffen werden.« Damit wandte sie sich ab, kehrte in den Blauen Salon zurück und sah wieder aus dem Fenster.

Valdorian verließ die Villa und fragte sich, was seine Mutter gemeint hatte.

Als er über den Weg schritt, der zu den Levitatorfahrzeugen führte, erneuerte er seine Entschlossenheit. Er kannte seinen Weg in die Zukunft und wollte, dass Lidia ihn begleitete, auch gegen den Willen seines Vaters.

Ein Teil von ihm fand es erstaunlich, dass er bereit war, für Lidia den Zorn seines Vaters zu riskieren. Er horchte in sich hinein, lauschte den Stimmen seiner Gefühle und fand Bestätigung: Sie bedeutete ihm enorm viel, vielleicht sogar noch mehr, als er sich eingestand. Er wusste nicht, ob es »Liebe« war, und ihm lag auch gar nichts an einer derartigen emotionalen Definition. Ihm genügte die Erkenntnis, dass er mit ihr zusammen sein wollte.

Kurze Zeit später saß er in einem Levitatorwagen und flog nach Bellavista, mit der Absicht, dort etwas zu kaufen.

16. Juli 301 SN · linear

»Die Xurr kamen aus dem galaktischen Kern«, sagte die Reiseführerin, die fast zwei Dutzend Touristen durch die xenoarchäologische Ausstellung in Bellavista führte. »Vor etwa hunderttausend Jahren. Aber erstaunlicherweise breiteten sie sich nicht über den ganzen Spiralarm aus, obwohl sie zweifellos die Möglichkeit dazu hatten. Soweit wir bisher wissen, beschränkte sich ihr Siedlungsgebiet auf einige wenige Welten, und dort auf einige wenige urbane Komplexe. Alles deutet darauf hin, dass die Xurr nicht sehr zahlreich, aber extrem langlebig, vielleicht sogar relativ unsterblich waren.«

Die Touristen folgten der Reiseführerin so treu und loyal wie ein Schwarm Bienen ihrer Königin, vorbei an den Vitrinen und Projektionsbereichen. Lidia und Valdorian wahrten einen gewissen Abstand und betrachteten ebenfalls die Ausstellungsstücke. In vielen Fällen handelte es sich um dreidimensionale Aufnahmen von Ausgrabungen auf anderen Planeten. Ein Bild zeigte Hofener auf Guraki, neben einer Säule mit Hieroglyphen. Die Reiseführerin deutete darauf. »Die Bedeutung der Xurr-Zeichen ist bis heute unbekannt. Leider wurde noch nicht das Äquivalent eines Steins von Rosette gefunden, der damals die Entzifferung der ägyptische Hieroglyphen ermöglichte.«

»Das stimmt nicht ganz«, flüsterte Lidia Valdorian zu. »Es gibt mehrere Deutungsversuche. Hofener hat in dieser Hinsicht gute Grundlagenarbeit geleistet.«

»Sie ist keine Archäologin, sondern Reiseführerin«, erwiderte Valdorian ebenso leise und fügte hinzu: »Die Larve, die ich Ihnen geschenkt habe, wäre hier eine enorme Attraktion.«

Lidia nickte. »O ja. Vielleicht stelle ich sie dem Kurator zur Verfügung. Nachdem ich sie mir ein letztes Mal im Kristall angesehen habe.«

Drei weitere Male hatten sie die Höhle im Meer aufgesucht, um dort die Xurr-Larve zu bewundern. Lidia konnte sich einfach nicht dazu durchringen, sie aus der Kristallwand entfernen und von Fachleuten untersuchen zu lassen, damit sie anschließend in einem Museum gezeigt werden konnte. »Was auch immer mit ihr geschähe«, hatte Lidia bei einer Gelegenheit gesagt. »Die besondere Schönheit dieses Augenblicks, festgehalten im Kristall, wäre für immer zerstört.«

Valdorian freute sich, dass Lidia wieder Interesse an den Xurr zeigte. Es erneuerte seine Hoffnung, dass sie vernünftig geworden war und aufgehört hatte, sich Träumen hinzugeben. So reizvoll Träume auch sein mochten, ihnen fehlte die Bedeutung der Realität.

Er tastete in der Tasche nach dem Päckchen und fühlte Aufregung, als er es berührte.

»Vor zehntausend Jahren verschwanden die Xurr«, fuhr die Reiseführerin fort. »Man vermutet, dass sie ausstarben. Sie hinterließen nur wenig, und dafür gibt es einen guten Grund: Als einzige uns bekannte intelligente Spezies beschritten sie einen nichttechnischen Entwicklungsweg. Ihre Raumschiffe, Datenservi und so weiter waren semiorganischer Natur und enthielten nur wenige Komponenten, die unseren Vorstellungen von ›Technik‹ gerecht werden. Die organischen Teile lösten sich innerhalb kurzer Zeit auf, und übrig blieben Dinge, die sehr rätselhaft sind und sich kaum deuten lassen.«

»Das ist grob vereinfacht«, sagte Lidia.

Valdorian zuckte mit den Schultern. »Reiseführer sind eben keine Xenoarchäologen. Sollen wir nach draußen gehen? Wir können uns den Rest später ansehen, wenn diese Gruppe fort ist.«

Lidia nickte, und sie verließen die Ausstellung, die in einer Abteilung des historischen Museums von Bellavista eingerichtet worden war. Draußen auf dem Hof gab es einen Pavillon, und ein Kiosk daneben bot Getränke an. Valdorian holte zwei Gläser mit eisgekühltem Korallentee, und sie nahmen an einem Ecktisch Platz.

In Lidias Gesicht bemerkte er etwas, das ihm während der vergangenen Tage mehrmals aufgefallen war, eine gewisse Nachdenklichkeit, die Distanz schuf und ihn daran gehindert hatte, die entscheidende Frage zu stellen. Doch heute wollte er nicht unverrichteter Dinge heimkehren.

Als er sie ansah, war er einmal mehr von ihrer Schönheit beeindruckt. Diese Augen! Smaragd und Lapislazuli ... Manchmal glaubte er, in sie hineinzufallen, wie in zwei Tore, die ihm Zugang erlaubten in eine ganz andere Welt. Lidia dominierte sein Denken und Empfinden in einem Maße, das ihn manchmal erschreckte, die meiste Zeit über jedoch mit Wohlbehagen erfüllte.

Lidia wandte den Blick von ihm ab, sah über den Hof hinweg zur fernen Uferpromenade. In ihrem Gesicht veränderte sich etwas, das in einem abgelegenen Winkel von Valdorians Selbst Unbehagen schuf und eine erste Alarmglocke läuten ließ, ganz leise. Er achtete nicht darauf und war viel zu sehr damit beschäftigt, Mut zu sammeln.

»Ich muss Ihnen etwas sagen«, begannen sie gleichzeitig. Sie lachten beide.

»Sie zuerst«, sagte Valdorian, fast erleichtert darüber, die entscheidenden Worte noch nicht formulieren zu müssen.

»Nein, Sie«, erwiderte Lidia. Sie griff nach ihrem Glas, trank einen Schluck Korallentee, sah ihn an und wartete.

Jetzt oder nie, dachte Valdorian und gab sich einen inneren Ruck.

Er holte das Päckchen hervor und reichte es Lidia. »Das ist für Sie?«

»Ein Geschenk?«

»Ja.«

»Dorian ...«

»Öffnen Sie es. Nur zu.«

Lidia zögerte, löste das in Blumenform geknüpfte Band, strich behutsam das Papier beiseite und fand eine kleine Schatulle. Sie hob kurz den Blick und sah Valdorian an, bevor sie den Deckel hochklappte – und nach Luft schnappte.

Zwei Diamanten glitzerten und funkelten auf dem Samtkissen im Inneren der Schatulle.

»Sind Sie verrückt geworden, Dorian?«, entfuhr es Lidia. »Das sind die Diamanten aus dem Laden. Ich erinnere mich. Bestimmt haben sie ein Vermögen gekostet. Ich habe Ihnen doch gesagt, dass ich keine teuren Geschenke möchte.«

»Diese Diamanten sind ein ganz besonderes Geschenk, Lidia«, sagte Valdorian. Er sprach langsam und versuchte, seinen Worten Gewicht zu geben. Die Aufregung prickelte fast unerträglich intensiv in ihm, aber er freute sich auch darüber, dass der Moment endlich gekommen war. »Es sind semivitale kognitive Kristalle von Ksid. Zwischen ihnen besteht eine empathische Brücke. So wie diese beiden Kristalle miteinander verbunden sind ...« Er nahm einen von ihnen für sich selbst. »... so sollen auch wir miteinander verbunden sein. Hiermit biete ich Ihnen einen Ehekontrakt an. Ich möchte, dass Sie meine Frau werden, für mindestens zehn Jahre.«

Er sah in Lidias Gesicht, bemerkte dort schockierte Verwunderung und noch etwas anderes, das die Alarmglocke in seinem Inneren lauter läuten ließ. »Ich kann Ihnen mehr bieten als sonst jemand, Lidia. Ich kann Ihnen jeden Wunsch erfüllen, und das sind keine leeren Worte. Ich werde Ihnen zeigen, was es heißt, ein Leben zu führen, das keine Kompromisse kennt.«

Lidia starrte stumm auf den einen in der Schatulle verbliebenen Diamanten und wirkte blasser als noch vor wenigen Sekunden.

»Ein Ehekontrakt«, wiederholte Valdorian unsicher. »Zehn Jahre. Mindestens.«

Stille.

»Lidia?«

»Dorian, ich ...« Sie suchte nach den richtigen Worten. »Ich wollte es Ihnen schon seit Tagen sagen, aber ich habe es einfach nicht über mich gebracht. Ich ... ich habe mich prüfen lassen.«

»Was?«

»Meine Gabe. Erinnern Sie sich? Wir haben darüber gesprochen, vor gut zwei Wochen. In bin zur Sakralen Pagode der Kantaki gegangen, hier in Bellavista, und dort habe ich einige Prüfungen abgelegt, um festzustellen, ob ich Pilotin werden könnte.«

Lidias Gesicht veränderte sich auf subtile Weise. Ein Hauch von Enthusiasmus kehrte zurück.

»Die Gabe ist in mir ausreichend stark, Dorian!«, sagte sie

mit Nachdruck. »Ich kann ein Kantaki-Schiff fliegen, nach einer angemessenen Ausbildung. Damit wird mein größter Wunsch wahr.«

»Ihr größter Wunsch ...«

»Ja. Ich hätte Zeit, unendlich viel Zeit, und ich könnte tausend Welten sehen!«

»Lidia ...«

Sie griff nach seinen Händen. »Jeder von uns muss seinen Lebensweg selbst wählen. Denken Sie an Horan. Denken Sie an sein Buch *Reflexionen*, das ich Ihnen geschenkt habe. Jeder von uns muss entscheiden, welchen Weg in die Zukunft er beschreiten will. Ich habe eine solche Entscheidung getroffen, Dorian.«

»Ohne mich.« Es klang bitter.

»Es ist mein Leben, Dorian, nicht Ihrs. Und wissen Sie was? Es braucht nicht das Ende für uns zu bedeuten. Ganz im Gegenteil. Sie könnten mein Begleiter sein, mein Konfident. Sie könnten mich begleiten auf der Reise durch die Ewigkeit. Wissen Sie, ein Kantaki-Pilot steht außerhalb des Zeitstroms und beginnt mit einer Reise in die Zukunft, die ihn immer mehr den Kontakt zur Gegenwart verlieren lässt. Deshalb ist es jedem Piloten erlaubt, einen Begleiter mitzunehmen. Die Kantaki nennen diese Person Konfident.«

»Sie erwarten *was* von mir?« Valdorian konnte es kaum fassen. Kamen diese Worte wirklich von der Frau, die er so sehr begehrte?

»Wir könnten zusammen sein, auf dem Weg durch die Galaxis und vielleicht sogar darüber hinaus. Vielleicht fliegen wir eines Tages zu den Magellanschen Wolken. Oder sogar bis zum Andromedanebel. Zeit haben wir genug. Sie würden die relative Unsterblichkeit mit mir teilen.«

Valdorian stellte fest, dass Lidia noch immer seine Hände hielt. Er zog sie langsam zurück und betrachtete sie so, als wären Male an ihnen zurückgeblieben.

»Ich soll all das aufgeben, was meine Familie in den letzten Jahrhunderten erreicht hat?« Er lauschte dem Klang der eigenen Worte, als handelte es sich dabei um ein Theorem des Absurden. »Mein Vater strebt die Position des Primus inter Pares im Konsortium an, und ich bin sicher, dass er sie erreichen wird. Ich könnte dann seine Nachfolge antreten, wenn wir bei den Wahlen geschickt vorgehen. Haben Sie eine Vorstellung davon, wie viel Macht und Reichtum das bedeutet? In der Pilotenkanzel eines Kantaki-Schiffes hätte ich nichts!«

»Sie hätten mich«, sagte Lidia sanft.

Valdorian starrte sie ungläubig an. Warum war sie so unvernünftig? Warum begriff sie nicht, dass sein Weg der bessere war?

»Ich habe Sie, hier, jetzt, ich meine ...« Valdorian zweifelte nicht eine Sekunde lang daran, Recht zu haben, aber ihm fielen einfach nicht die richtigen Worte ein, um es zu beweisen. »Seien Sie doch vernünftig, Lidia. Sie könnten alles haben. *Alles!*« Er breitete hilflos die Arme aus. »An meiner Seite könnten Sie eine wahre Königin sein, der man jeden Wunsch von den Lippen abliest.«

»In den letzten Monaten haben Sie viel gelernt, Dorian«, sagte Lidia leise. »Aber eines verstehen Sie noch immer nicht. Ich *gehöre* Ihnen nicht. Sie können mich nicht so in Ihr Leben einplanen, als wäre ich etwas, das sich *Ihren* Wünschen fügen muss.«

»Lidia, bitte.« Wieder suchte Valdorian nach Worten. »Nehmen Sie doch Vernunft an. Jede andere Frau wäre glücklich, ein solches Angebot zu bekommen. Ich meine ... Wegen Ihnen habe ich mich sogar mit meinem Vater gestritten!«

Der Glanz in Lidias Augen veränderte sich, und sie nahm ebenfalls die Hände zurück. »Meine Ausbildung beginnt in drei Tagen, Dorian. Sie könnten mein Konfident sein. Ich würde mich sehr freuen.«

»Mehr haben Sie dazu nicht zu sagen?« Valdorian sprang auf und spürte, dass er am ganzen Leib bebte. Der Stuhl kippte nach hinten und fiel um. »Wie können Sie mir das antun? Nach allem, was zwischen uns gewesen ist. Wie können Sie mir so etwas antun?«

Er ertrug es einfach nicht länger, drehte sich abrupt um und ging mit langen Schritten fort.

Lichter brannten in der Kristallhöhle, aber Valdorian achtete nicht auf die schimmernde, glitzernde Schönheit, die ihn an diesem Ort umgab, knapp dreißig Meter unter der Meeresoberfläche, in jener Höhle, in der Lidia und er sich zum ersten Mal geliebt hatten. Stattdessen starrte er in die Flammen eines kleinen Feuers, das er vor wenigen Minuten angezündet hatte. Ein Buch brannte, ein Buch aus echtem Papier. Die Glut fraß sich gerade durch den Titel auf dem Rücken: *Reflexionen* von Horan.

Zusammen mit dem Buch verbrannte ein Traum.

In der rechten Hand hielt Valdorian eine Flasche, hob sie an die Lippen und trank. Die hochprozentige Flüssigkeit – billiger Korallenschnaps, in irgendeinem Laden von Bellavista gekauft – brannte in seiner Kehle. Nie zuvor in seinem Leben hatte er getrunken, und eigentlich wusste er gar nicht, warum er die Flasche gekauft hatte, bevor er hierher gekommen war. Der Alkohol wirkte schnell und dämpfte den Schmerz in seinem Inneren. Aber nicht genug. Noch ein Schluck war nötig. Und noch einer.

»Warum?«, fragte er die Stille. Er saß im Inneren des Ambientalfelds, vor der Kühle der Höhle geschützt, und mit den Fingerkuppen strich er über die Decke, auf der sie sich geliebt hatten. Der Zeigefinger wanderte hin und her, folgte den Konturen eines imaginären Körpers.

»Verdammt!«, stieß Valdorian hervor, als plötzlicher Zorn in ihm emporquoll. Der Alkohol riss innere Barrieren ein. »Was bildest du dir eigentlich ein?« Es war kein intimes Du, sondern eines der Verachtung. »Wie kannst du es wagen, mir so etwas anzutun? Wie kannst du es wagen, mein Angebot *nicht* anzunehmen? Für wen hältst du dich, verdammt? Ich bin Rungard Avar Valdorian! Hast du gehört?« Er stand auf, wankte und trank erneut. »Eines Tages werde ich die Valdorian-Unternehmensgruppe leiten, und vielleicht sogar das Konsortium. Und wer bist du? Nichts bist du! Nicht einmal ein Bauer auf dem großen Schachbrett des Lebens. Du hättest an meiner Seite sein können, um mit mir zusammen die Figuren aufzustellen.«

Er hob den Kopf und sah die Xurr-Larve, die er Lidia geschenkt hatte. Die ätherische Schönheit des zarten, überirdischen Geschöpfs, das aus dem Reich der Märchen in diese Welt gewechselt zu sein schien, um durch eine Laune des Schicksals im Kristall zu erstarren, ließ den Zorn in Valdorian noch heftiger brodeln. Er fühlte sich verhöhnt und verspottet vom Liebreiz jenes Wesens, das Lidia so sehr entzückt hatte.

Er trank noch einen Schluck, holte aus und warf die Flasche. Sie prallte von der Kristallwand ab, hinterließ nur einen kleinen Kratzer in ihr und fiel einige Meter entfernt zu Boden.

Valdorian heulte vor Wut, taumelte zur wasserdichten Tasche, die er mitgenommen hatte und einen hochenergetischen Emissionsfokussierer enthielt, einen Hefok. Sein Vater bestand darauf, dass er immer bewaffnet war, und meistens beherzigte er seinen Rat.

Das Fauchen der Waffe hallte laut durch die Höhle, und hochkonzentrierte Energie verdampfte Kristall. Schließlich tastete sie auch nach der Xurr-Larve und verbrannte sie innerhalb weniger Sekunden zu Asche.

Valdorian ließ den Hefok sinken. Der Zorn verschwand aus ihm, aber er wich nicht etwa Genugtuung, sondern Leere. Er konnte sich nicht mehr auf den Beinen halten und sank auf die Decke. Der Alkohol ließ ihn innerhalb weniger Sekunden einschlafen.

Später, tief im Betäubungsschlaf, rollte er sich auf die Seite und zog die Beine an, bis die Knie fast an die Brust stießen. Die Hände ballte er zu Fäusten, hob sie an den Mund. In dieser Stellung sah er aus wie ein übergroßer Fötus.

17. Juli 301 SN · linear

»Vater?«

Hovan Aldritt Valdorian saß im Grünen Zimmer der Villa, hinter einem Schreibtisch, dessen grünes Edelholz aus dem Dschungel von Tintiran stammte. Vor ihm glühte die pseudoreale Darstellung eines Teils der Milchstraße mit den vielen von Menschen besiedelten Welten.

»Wir stehen erst am Anfang«, sagte Hovan Aldritt. »Dies ist nur ein Spiralarm der Galaxis, die Milliarden Sterne enthält. Und diese Galaxis ist nur eine von Milliarden.« Er berührte die Sensorflächen eines Kontrollgeräts, und die dreidimensionale Darstellung schwoll an. Rubinrote Linien verbanden die Sterne miteinander und bildeten ein spinnenartiges Netz in der ganzen Milchstraße: die Routen der Kantaki und Horgh. »Eines Tages wird es unseren Wissenschaftlern und Ingenieuren gelingen, einen eigenen überlichtschnellen Antrieb zu entwickeln. Dann sind wir nicht mehr abhängig von den Kantaki oder gar den Horgh. *Dann* beginnt unsere eigentliche Expansion. Die Xurr haben damals bewiesen, dass es auf dem Gebiet der überlichtschnellen Raumfahrt Alternativen gibt. Wir werden ebenfalls eine finden.« Er wandte den Blick von der pseudorealen Darstellung ab und sah zu seinem Sohn. »Wir sind die Protagonisten dieses Geschehens. Wir folgen nicht dem Weg, sondern bestimmen, in welche Richtung er führt.«

Rungard Avar Valdorian litt an Kopfschmerzen. Er hatte die Höhle im Meer erst vor einer Stunde verlassen, nach einem mehrstündigen Schlaf. Sein Vater sprach von einem Weg, und er begriff, dass er selbst an einem Scheideweg stand.

Hier und heute, an diesem Ort und zu diesem Zeitpunkt, musste – und wollte – er eine Entscheidung treffen, die den Rest seines Lebens bestimmte. Anschließend gab es kein Zurück.

Ein Teil von ihm bedauerte, dass die Entscheidung vor

allem auf Trotz und Zorn basierte, weniger auf rationalen Überlegungen.

»Ich habe über das nachgedacht, was Sie mir gesagt haben«, sagte Valdorian und trat langsam zum Schreibtisch, dessen Grün ihn an Lidias Augen erinnerte. »Sie haben Recht, Vater. Ich bin ebenso wie Sie unseren Vorfahren verpflichtet. Wir müssen weiterführen, was sie begannen.«

»Es freut mich, das von dir zu hören«, erwiderte Hovan Aldritt. Er stand auf, kam hinter dem Schreibtisch hervor und blieb vor seinem Sohn stehen. »Du bist also zur Einsicht gekommen.«

»Ja, Vater«, sagte Valdorian, und der Trotz in ihm trieb ihn noch ein Stück weiter. »Ich habe die Beziehungen zu Lidia DiKastro abgebrochen.«

Damit waren sie ausgesprochen, die entscheidenden Worte. Der Atem, der ihnen Klang gegeben hatte, wurde zu einem Sturm, der ein ganzes Leben veränderte, die Dinge in neue Perspektiven rückte.

Der erste Schritt war getan; weitere würden folgen und ihn immer weiter von dem Leben entfernen, das möglich gewesen wäre.

Sein Vater legte ihm die Hand auf die Schulter. »Ich bin sehr stolz auf dich.« Er sah auf die Uhr. »Ich muss jetzt zu einer Besprechung, aber nachher setzen wir dieses Gespräch fort. Ich möchte dich mehr als bisher an der Leitung unserer Unternehmensgruppe beteiligen.« Damit ging er fort.

Valdorian blieb allein im Grünen Zimmer zurück und blickte zum Schreibtisch, über dem noch immer die Projektion glühte. Stille senkte sich herab, wie ein schweres Gewicht, das ihn zu zermalmen drohte. Er gab dem Alkohol die Schuld und erneuerte seine Entschlossenheit, nie wieder einen Tropfen zu trinken.

Etwas hinderte Valdorian daran, sich zu bewegen. Wie erstarrt stand er da, den Blick auf pseudoreale Sterne gerichtet.

»Es tut mir so Leid«, ertönte eine sanfte Stimme hinter ihm.

Valdorian drehte sich um und sah seine Mutter, die im Eingang des grünen Zimmers stand. Kummer und Anteilnahme zeigten sich in ihrem Gesicht, das ihm gleichzeitig vertraut und fremd war.

»Personen sind wichtiger als Dinge«, sagte seine Mutter. »Ich habe das zu spät begriffen.«

Valdorian fragte sich nicht, woher sie Bescheid wusste. Ihre Präsenz verwandelte den Zorn in Trauer, und plötzlich spürte er, wie ihm Tränen über die Wangen rannen.

Seine Mutter umarmte ihn, und er weinte, zum letzten Mal in seinem Leben.

19. Juli 301 SN · linear

Im Inneren schien die Sakrale Pagode größer zu sein als draußen, und Lidia DiKastro gewann erneut den Eindruck von *Fremdartigkeit*. Die Kantaki waren *anders*. Sie lebten in einer Hyperdimension mit mehr Richtungen, als menschliche Sinne direkt wahrnehmen konnten, in einer Raum-Zeit, deren Struktur sie zum Teil selbst bestimmten. Vielleicht, so spekulierte Lidia, existierten sie teilweise im Transraum, durch den ihre Schiffe flogen. Während der Prüfungen hatte sie eine Art Gefühl für die Hyperdimension bekommen, weiteres Zeichen ihrer Begabung, und als sie nun ihr Selbst öffnete, nahm sie Weite und Tiefe wahr, obwohl sie durch einen schmalen Korridor ging, begleitet von einem Akuhaschi. An den dunklen Wänden zeigten sich Reliefs aus Symbolen – einige von ihnen kannte Lidia bereits, die anderen würde sie bald kennen lernen, während ihrer Ausbildung. Hier und dort glühten mobile Leuchtkörper an der Decke und den Wänden, und ihre Anordnung vermittelte subtile Botschaften, die Lidia noch nicht verstand. Sie wusste, dass die Kantaki nichts dem Zufall überließen. Bei der Gestaltung ihrer Umwelt und der Konstruktion ihrer Gebäude achteten sie auf jedes Detail, betteten alle Einzelheiten ein in ihren Sakralen Kodex, der weitaus mehr darstellte als nur eine Sammlung von Vorschriften und Prinzipien. Er hatte die Bedeutung einer Philosophie, einer Religion. Lidia erinnerte sich an einen Philosophen von der Erde, der über die Kantaki geschrieben hatte: »Sie haben es nicht nötig, an Gott zu *glauben*. Sie *wissen*, dass Gott existiert.«

Der Flur schien endlos zu sein, und schon vor einer ganzen Weile waren sie an der Tür vorbeigegangen, die zu den Testalkoven führte, wo man Pilotenanwärter auf ihre Gabe hin prüfte. Die Textur der Umgebung veränderte sich allmählich, spürte Lidia. Das Gefühl von Weite und Tiefe wich einer besonderen Intensität. Weiter vorn, dort, wo der Korridor im konturlosen Schwarz zu verschwinden schien, verdichtete sich eine Präsenz, die im Hier wurzelte, jedoch über die üblichen Dimensionen von Raum und Zeit hinausging. Lidia nahm eine Erhabenheit wahr, die fast einer religiösen Erfahrung gleichkam und sie mit Ehrfurcht erfüllte. Sie glaubte zu schrumpfen und an Bedeutung zu verlieren, während um sie herum alles größer und wichtiger wurde.

Der Korridor endete nicht im Nichts, sondern vor einer ebenfalls mit Symbolen verzierten schwarzen Tür. Darüber glühte ein Leuchtstreifen, und sein Licht fiel auf den Akuhaschi, der sich Lidia zuwandte; es glitzerte in seinen dunklen Augenschlitzen. Bewegung kam in das verschrumpelte Gesicht, und Lidia glaubte, ein Lächeln darin zu erkennen.

»Sind Sie bereit?«, fragte der Akuhaschi.

»Ja, das bin ich«, sagte Lidia.

»Ein neues Leben beginnt jetzt für Sie«, verkündete der Akuhaschi feierlich. »Sie lassen Ihr altes Selbst hier zurück, ein neues wartet dort auf Sie.« Er deutete auf die Tür. »Sie werden wachsen und viel mehr werden, als Sie jetzt sind.«

Lidia nickte.

Der Akuhaschi zögerte. »Sie haben keinen Konfidenten?«

Ein Hauch von Trauer tastete nach Lidia, aber sie schob dieses Empfinden entschlossen beiseite. Sie hatte ihre Wahl getroffen.

»Nein«, sagte sie. »Ich bin allein.«

Der Akuhaschi deutete auf die Tür, und sie schwang nach innen auf, ohne dass er sie berührte. »Gehen Sie«, sagte er und deutete eine Verbeugung an. »Ich wünsche Ihnen Zufriedenheit auf Ihrem Weg.«

»Danke«, erwiderte Lidia und trat durch die offene Tür, die sich hinter ihr lautlos schloss.

Das Gefühl der Präsenz wurde zu einer Gewissheit, die Substanz gewann. Vor ihr, in der Mitte des Raums, wartete ein Kantaki auf sie.

Die Gestalt war nur undeutlich zu erkennen, blieb ein Schemen in dem halbdunklen Raum. Dinge ragten aus den Wänden und der Decke, wie verdreht wirkende Objekte hier, Zylinder und stachelartige Gebilde dort. Die Beschaffenheit des Raums erinnerte an die der Kantaki-Schiffe: Es fehlte Symmetrie, aber trotzdem deutete etwas auf eine ausgewogene Struktur mit einem inneren Gleichgewicht hin.

Lichter glühten im Raum auf, wie frei schwebende Sterne, und ihr Schein drängte die Schatten ein wenig zurück. Die Gestalt in der Mitte entfaltete sich, und ein sonderbares Klicken ging von ihr aus.

»Komm näher«, ertönte es ruhig aus einem Lautsprecher, und Lidia begriff, dass die Aufforderung von dem Kantaki stammte. Sie kam ihr nach und trat näher an das Wesen heran.

Es erinnerte sie an eine Gottesanbeterin, aber diesem ersten Eindruck fügten sich sofort weitere hinzu und schufen ein komplexeres, vollständigeres Bild. Die langen, dünnen Gliedmaßen wirkten insektenartig, ebenso wie der dreieckige Kopf, der auf einem dünnen, ledrigen Hals ruhte. Zwei multiple Augen wölbten sich über die rechte und linke Gesichtshälfte, bestehend aus tausenden von kleinen Sehorganen. An einigen Stellen bedeckten silbrig glänzende Stoffteile den dürren Leib, Kleidungsstücke vielleicht, oder Schmuck. Wenn sich der Kantaki bewegte, zeigte sich in seiner unmittelbaren Nähe eine schimmernde Fluoreszenz.

Ein dürrer Arm streckte sich Lidia entgegen und berührten sie sanft an der Wange. Sie erzitterte innerlich, und das Gefühl der Erhabenheit verstärkte sich, dominierte den größten Teil ihrer emotionalen Welt. Sie glaubte zu spüren, wie der Kantaki in ihre Seele blickte, und ihm schien zu gefallen, was er dort sah.

Wieder klickte es.

»Du hast die Gabe«, erklang es aus dem Lautsprecher. »Heute beginnt deine Ausbildung, Lidia DiKastro. Wähle einen Namen, den du als Pilotin tragen wirst.«

Lidia griff in die Tasche ihres Hosenrocks, tastete nach der kleinen Schatulle und erinnerte sich. Sie hatte den Diamanten eingesteckt, nachdem Valdorian voller Zorn gegangen war, mit der Absicht, ihn später zurückzugeben. Sie durchschaute Valdorian. Der überaus teure Kristall stellte ganz offensichtlich den Versuch da, sie zu kaufen, und das durfte sie nicht zulassen. Dass Dorian nach all den Monaten noch immer glaubte, sie auf diese Weise für sich gewinnen zu können, hatte sie erst verärgert und dann Mitleid in ihr geweckt. Er war und blieb ein Gefangener der Welt, in der er aufgewachsen war, obwohl er glaubte, diese Welt zu kontrollieren. Vielleicht war es dieses Mitleid, das schließlich den Ausschlag gegeben und sie dazu bewogen hatte, den Diamanten zu behalten. Es war keine leichte Entscheidung gewesen, denn sie hielt nichts von teuren Geschenken. Aber der Stein verkörperte mehr als nur die Absicht, sie zu kaufen. Er symbolisierte auch den echten, aufrichtig gemeinten Versuch, eine Brücke zwischen ihnen zu bauen, und *das* konnte Lidia akzeptieren. Sie wusste, dass es in dem verwöhnten, egoistischen, selbstgefälligen und oft auch arroganten Valdorian den Keim eines anderen Mannes gab, eines besseren Dorian, der nur auf die Gelegenheit wartete, sich entfalten zu können, und sie wollte glauben, dass der

Diamant ein Geschenk jenes Mannes war. *Deshalb* hatte sie ihn behalten. Und weil er etwas symbolisierte: das, was hätte sein können, die andere Straße des Lebens. Ihr gefiel der Gedanke, dass etwas von jenem anderen Weg sie auf dem begleitete, der jetzt für sie begann.

»Diamant«, sagte sie. »Von jetzt an heiße ich Diamant.«

Im Null

Agorax stand in einem kuppelförmigen Observationszentrum über den Beobachtungstunneln – strahlenförmig gingen sie von der Wabenstadt aus, deren Asymmetrie paradoxerweise an Kantaki-Schiffe erinnerte. Hinter der Metropole namens Äon, die sich durch mehrere Zeitströme erstreckte und gleichzeitig in der Zeit gefangen war, isoliert im Null vom Rest des Universums – sowohl von seiner Zeit als auch von den anderen Dimensionen –, reihten sich die Schiffe der Zeitflotte wie die Perlen einer Kette aneinander. Sie verloren sich schließlich im grauen Dunst kondensierender Zeit an der Peripherie des Null. Die schwarzen Giganten einiger Kantaki-Schiffe leisteten ihnen Gesellschaft, Schiffe der Renegaten, die die Temporalen im Krieg unterstützt hatten. Sie alle warteten, auf eine Gelegenheit, auf eine neue Chance.

»Niemand übertrifft uns, wenn es darum geht, Geduld zu haben, nicht wahr, Agorax?«

Der Suggestor drehte sich um. »Das stimmt«, bestätigte er. »Aber manchmal wünsche ich mir trotzdem, die Ereignisse ein wenig beschleunigen zu können.« Die Tentakelfinger seiner Hände formten ein komplexes Bewegungsmuster, eine Geste des Respekts. »Bitte entschuldigen Sie, Pergamon. Ich habe Sie nicht kommen hören.«

Pergamon zählte zu den Säkularen, zum Zirkel der Sieben,

der über die Geschicke Äons und der Zeitflotte entschied. Wie die anderen sechs war er unsterblich, was nicht bedeutete, dass er den Tod nicht zu fürchten brauchte. Gewalt konnte das Leben eines Säkularen beenden, und nur dann wurde ein neuer Unsterblicher geboren. In der ganzen langen Geschichte der Eternen, wie sich die Temporalen nannten, war das nur elfmal geschehen.

»Schon gut. Nun, mir scheint, als Suggestor sind Sie genau damit beschäftigt. Sie versuchen, die Ereignisse in bestimmte Richtungen zu lenken, und dadurch bringen Sie die Entwicklung voran.«

Pergamons Hals war besonders dünn und knorrig, und die silbernen Schuppen, die den Rest seines Leibs bedeckten, hatten einen Teil ihres einstigen Glanzes verloren. Der Säkulare war alt, aber der Alterungsprozess seines Körpers hatte schon vor langer Zeit – Zeit, wie seltsam, diesen Begriff hier im Null zu verwenden – aufgehört. Agorax musterte ihn und fragte sich, warum Pergamon hierher gekommen war. Die Angehörigen des Zirkels verließen Äon nur selten. Er blickte in die großen schwarzen Augen, die das faltige, V-förmige Gesicht dominierten, und versuchte vergeblich, das Leuchten in ihnen zu deuten.

»Das ist richtig«, erwiderte Agorax unverbindlich.

Pergamon schritt durch das Beobachtungszentrum, dessen Wände an vielen Stellen völlig transparent waren. Während er langsam einen Fuß vor den anderen setzte, blickte er hinaus, nicht zur Wabenstadt, sondern zu den Beobachtungstunneln. Hunderte gingen von Äon aus und reichten ins Grau des Null, wie Adern, in denen aber kein Blut floss, sondern Informationen. Die Kantaki und Feyn hatten alle temporalen Türen und Pforten geschlossen, alle Zeitportale blockiert. Es konnten keine Transfers durch die Zeiten des Universums mehr stattfinden – Äon und die Zeitflotte saßen im Null fest, und mit ihnen die Eternen in der Stadt und an Bord der Schiffe. Aber die Beobachtungstunnel gestatteten es den Observanten, in die verschiedenen Epochen des Universums zu sehen und jene Entscheidungspunkte zu erkennen, an denen ein einziges manipuliertes Zeitquant akkumulierende Veränderungen bewirken konnte. Wenn sie solche Punkte fanden, begannen Suggestoren wie Agorax damit, Einfluss zu nehmen. Sie trugen große Verantwortung ...

»Sie tragen große Verantwortung«, sagte Pergamon, als hätte er Agorax' Gedanken gelesen, und vielleicht war das tatsächlich der Fall. »Sie bahnen uns allen einen Weg zurück.«

»Wir sind vorsichtig«, entgegnete Agorax und fragte sich erneut nach dem Grund für den Besuch des Säkularen.

»Die Wächter auf Munghar halten ständig Ausschau«, betonte Pergamon. Er bewegte sich noch immer, und die sich überlappenden Schuppen an seinem Leib knisterten leise. »Sie dürfen keinen Verdacht schöpfen.«

»Sie sind wachsam, aber sie ahnen nichts.«

Pergamon blieb stehen, den Blick noch immer nach draußen gerichtet. »Geduld, Agorax. Darauf kommt es an. Wir müssen geduldig sein. Falscher Eifer könnte unsere letzte Chance ruinieren.«

»Das ist mir klar.« Agorax zögerte und beschloss dann, ganz offen zu fragen. »Warum sind Sie hierher gekommen, Säkularer?«

Pergamon drehte sich um. »Weil ich etwas ... fühle. Nennen Sie es Intuition. Wie ist die gegenwärtige Lage?«

Agorax winkte kurz, und eine der im großen Raum schwebenden Kontrolleinheiten flog auf ihn zu. Die Tentakelfinger einer Hand glitten über Schaltelemente, und sofort veränderten sich die Wände des Beobachtungszentrums. Hunderte von Darstellungsbereichen bildeten sich und zeigten, was die Observanten am Rand des Null sahen: die komplexen Strukturen der Zeit, hier stark und fest, dort schwach und zerbrechlich. Keine der schwachen Stellen war groß genug, damit ein Eterner sie passieren konnte, von der Zeitflotte ganz zu schweigen. Nur kleine Dinge konnten in die Zukunft geschickt werden, zum Beispiel die Gedanken eines Suggestors.

Agorax betätigte weitere Kontrollen und fügte den komplexen Zeitstrukturen Wahrscheinlichkeitsmuster hinzu. Daraufhin wurde das Entwicklungspotenzial der einzelnen Stellen sichtbar. In den meisten Fällen war es sehr niedrig.

Ein Signal erklang, und eine andere Kontrolleinheit schwebte Agorax entgegen. Ein Schaltelement auf ihr glühte heller als die anderen.

»Mit Ihrer Erlaubnis, Säkularer ...«

Pergamon vollführte eine zustimmende Geste. »Natürlich.«

Agorax berührte das glühende Element, und direkt vor ihm entstand ein energetisches Auge, das ihn mit einem ganz bestimmten Beobachtungstunnel verband. Der dortige Observant wandte sich ihm zu.

»Wir haben einen Kontakt.«

Agorax konzentrierte sich. »Ich bin bereit.«

Das energetische Auge wuchs, nahm ihn auf und erlaubte es seinen Gedanken, den Kontakt zu berühren. Ein Teil seines Selbst wurde in einen Korridor projiziert, der durch die Zeit führte, in die Zukunft, den Gedanken und Gefühlen eines Tarufs entgegen. Agorax hatte viele solcher Kontakte hinter sich – Personen in verschiedenen Zeiten, in tausenden von Galaxien –, aber immer gelang es ihm, sich sofort an alle individuellen Einzelheiten zu erinnern.

Der Taruf befand sich in einem kleinen Zimmer, dessen Wände einmal Teil eines Zeitportals gewesen waren.

»Er ist hier gewesen«, sagte er aufgeregt. »Valdorian.«

Valdorian. Eine Person mit Macht. Ein Ansatzpunkt. Agorax sah das entsprechende Kausalitätsgespinst, das bereits mehrere subtile Veränderungen erfahren hatte. Manipulierte Empfindungen gaben den Ereignismustern eine gewisse Tendenz. Direkte, unmittelbare Einflussnahme war unmöglich, aber manchmal genügte es, eine Entwicklung etwas wahrscheinlicher zu machen als eine andere.

»Er hat die beiden kognitiven Diamanten gekauft«, fügte der Taruf hinzu.

»Das ist gut«, sagte Agorax und erkannte das neue Potenzial. Ein weiterer Schritt in die gewünschte Richtung. »Halte dich bereit. Vielleicht kehrt er zurück.«

»Selbstverständlich.«

Agorax gab dem Taruf die Belohnung, die er sich erhoffte, indem er tiefe Zufriedenheit und Glück suggerierte, sein Ich in Ekstase badete und gleichzeitig die Wurzeln der mentalen Abhängigkeit tiefer werden ließ. Der Taruf würde auch weiterhin ein treuer Diener bleiben. Leider gab es nur wenige Direktkontakte wie ihn, ermöglicht durch Komponenten von Zeitportalen, die vor dem Kollaps in Sicherheit gebracht worden waren.

Der Suggestor zog sich aus dem energetischen Auge zurück, das sich daraufhin schloss.

Das betreffende Darstellungsfeld an der Wand veränderte sich, zeigte eine höhere Wahrscheinlichkeit.

»Interessant«, kommentierte Pergamon. »Die Intuition hat mich nicht getäuscht. *Deshalb* bin ich gekommen.« Er trat näher zur Wand und betrachtete die Wahrscheinlichkeitsmuster. »Das sieht viel versprechend aus. Jener Mensch ... Es gibt eine Beziehung zwischen ihm und einer Kantaki-Pilotin.«

Agorax erinnerte sich, obwohl es ein Kontakt von tausenden war. »Das Ergebnis vieler kleiner Veränderungen im Kausalitätsgespinst. Die beiden Diamanten werden uns die Möglichkeit geben, größeren Einfluss auszuüben als bisher.«

Pergamon hob die Hand und deutete zum entsprechenden Darstellungsbereich. »Ich sehe dort einen Keim.«

»Einen schlafenden Keim, betäubt von einer Konziliantin. Es gibt noch andere ...« Agorax betätigte die Schaltelemente der ersten Kontrolleinheit, und einige Darstellungsfelder wölbten sich vor. »Aber bei ihnen sind die Wahrscheinlichkeitsmuster nicht so gut ausgeprägt.«

Er hob die Hand, und es begann auf dieser zu glühen. Ein Diamant entstand und funkelte im kalten Licht der Zeit.

»Einer von ihnen wird den Ruf hören, früher oder später«, sagte Agorax. »Und beide haben Einfluss in ihrer Welt.« Aus dem Diamanten wurde ein kleiner Keil, halbdurchsichtig und so silbrig glänzend wie die Schuppen eines Eternen: ein Zeitschlüssel. Dann verschwand der Kristall.

Pergamon kehrte durch den großen Beobachtungsraum zurück, und Agorax ließ die vielen Darstellungsfenster von den Wänden verschwinden.

Der Säkulare blieb vor Agorax stehen. »Dies *ist* viel versprechend. Bitte kümmern Sie sich selbst darum, Agorax. Es darf nicht der geringste Fehler passieren.«

»Wie Sie wünschen«, bestätigte Agorax und wusste, dass ihm gerade große Ehre widerfahren war.

Guraki
Desmendora-System
Februar 421 SN · linear

7

Die Truppen des Konsortiums hatten Guraki übernommen, eine der unabhängigen Welten zwischen den ökonomischen Bündnisblöcken. Container in der Transportblase des gerade gelandeten Kantaki-Schiffes öffneten sich, und Soldaten kamen aus ihnen hervor, dutzende, hunderte, Verstärkung für die Truppen, die vor ihnen mit den anderen Kantaki-Schiffen eingetroffen waren. Mehr als zwanzig von diesen standen auf dem weiten Start- und Landefeld des Raumhafens von Gateway, der einzigen größeren Stadt auf Guraki – nie zuvor hatte Valdorian so viele an einem Ort gesehen.

»Es wird den anderen unabhängigen Welten nicht gefallen, dass wir Guraki übernehmen«, sagte Jonathan skeptisch.

»Und wenn schon«, erwiderte Cordoban. »Aus irgendeinem Grund ist Guraki ein wichtiger Verkehrsknotenpunkt für die Kantaki. Von hier aus lassen sich die zentralen Bereiche der Allianz innerhalb weniger Tage erreichen. Guraki wird zu einem Sprungbrett für uns.«

Valdorian fragte sich, ob Cordoban auch ohne seinen Beschluss, hierher zu fliegen, Truppen nach Guraki geschickt hätte. Vielleicht. Aber vielleicht auch nicht. Möglicherweise nutzte er einfach nur die gute Gelegenheit, dem komplizierten Mosaik seiner Kriegspläne ein weiteres Stück hinzuzufügen.

Der kleine Chefstratege des Konsortiums trug einen sehr komplexen Servo-Anzug, der ihm bis zu Kinn und Ohren reichte, die elektronischen Komponenten seines Körpers mit externen Systemen verband. Valdorian wusste, dass er über eine permanente Transverbindung Daten von anderen Planeten empfing; auf diese Weise behielt er einen guten Überblick über die allgemeine Situation.

Soldaten liefen an ihnen vorbei zu dem Gebäudekomplex am Rand des Start- und Landebereichs. Nichts ahnende gewöhnliche Reisende wichen ihnen verwundert aus und beobachteten das Geschehen verblüfft. Hier zeigten sich besorgte Gesichter; dort wurden vereinzelt protestierende Stimmen laut.

In Schutzschirme gehüllte Gefechtsplattformen surrten auf Levitatorkissen über sie hinweg, zur Stadt jenseits des Raumhafens und in Richtung des Ambientalfelds, das die Hochebene von Gateway vor den häufigen Schneestürmen in dieser Region Gurakis schützte.

»Es gibt ein kleines Widerstandsnest in einem der nahen Täler«, erklärte Cordoban. »Es dauert sicher nicht lange, bis wir alles unter Kontrolle haben.«

Valdorian nickte knapp und ging weiter in Richtung Terminal. Das vage Flimmern eines aktivierten Individualschilds umgab ihn; Jonathan und Cordoban hatten sich auf die gleiche Weise geschützt.

Jenseits des Ambientalfelds sah Valdorian eine weiße Landschaft aus Schnee und Eis. Er fröstelte und glaubte fast, die Kälte der Gletscher zu spüren, die einen großen Teil des Planeten bedeckten. Aber das war natürlich Unsinn. Die Heizfäden in seiner dicken Kleidung schufen angenehme Wärme.

Im Inneren des Terminals herrschte längst Ordnung. Soldaten hatten an strategischen Positionen Aufstellung bezogen und die lokalen Ordnungskräfte entwaffnet. Reisende standen in den Abfertigungszonen und Wartebereichen. Sie bewahrten Ruhe, als Offiziere ihnen erklärten, dass niemand von ihnen etwas zu befürchten habe und der normale Reisebetrieb bald wiederaufgenommen werden könne.

Viele Blicke trafen Valdorian, als er und seine beiden Begleiter durch die Halle schritten. Hier und dort schien ihn jemand zu erkennen, aber das spielte jetzt keine Rolle mehr. Cordoban hatte ihm zwar empfohlen, sein Aussehen zu verändern, aber Valdorian erinnerte sich an einen Hinweis von Dr. Reginald Connor. Derartige Tarnungen verbrauchten »genetische Energie«, wie er es nannte. Anders ausgedrückt: Wenn er sich ein anderes Aussehen gab, verringerte er damit die Zeit, die ihm noch blieb. Zeit und Kraft wurden zu einer überaus wertvollen Ressource, mit der es vorsichtig umzugehen galt.

Kurze Zeit später betraten sie das Büro des Administrators, in dem zwei Soldaten auf sie warteten. Sie trugen Kampfanzüge mit Helmen, und ihre Gesichter waren halb hinter den Datenvisieren verborgen, die ihnen als taktisches Display dienten.

»Sie können gehen«, wandte sich Valdorian an die beiden Soldaten, die das Büro sofort verließen.

»Ich protestiere!«, keifte ein kleiner Mann hinter dem Schreibtisch, der in der Mitte des schmucklosen Zimmers stand. »Wenn der Erste Bürger davon erfährt ...«

»Wenn Sie Ihren Posten behalten möchten, sollten Sie still sein und sich darauf beschränken, meine Fragen zu beantworten, Subalterner«, sagte Valdorian. Er sprach ruhig, aber etwas in seiner Stimme wies unmissverständlich auf Autorität hin.

Der kleine Mann holte tief Luft, zögerte, atmete dann wieder aus und klappte den Mund zu. Er war aufgestanden, sank nun in einen Sessel zurück, der zu groß für ihn wirkte, und starrte die Neuankömmlinge an. Valdorian sah kurz aus dem Fenster hinter ihm. Das Büro befand sich im rückwärtigen Teil des Terminals, an das ein breiter Parkplatz mit Dutzenden von abgestellten Levitatorwagen grenzte. Dahinter erstreckte sich Gateway, Hauptstadt von Guraki, obwohl hier von einer »Stadt« eigentlich nicht die Rede sein konnte. Bellavista auf Tintiran war zwanzigmal so groß. Nur etwa zehntausend Personen wohnten permanent in den maximal drei- oder vierstöckigen Gebäuden, über denen sich eine Habitatkuppel spannte, die vor den häufigen Schneestürmen schützte. Zu beiden Seiten dieser Kuppel bestand die Landschaft hauptsächlich aus zerklüfteten Eisgraten, über die ewiger Wind hinwegheulte. Auf Guraki gab es keine nennenswerte Industrie, und auch der Dienstleistungssektor spielte kaum eine Rolle. Die Bedeutung dieses Planeten ging vor allem auf die Xurr-Funde zurück, auf das von Hofener entdeckte Labyrinth und die vielen anderen Anlagen.

Vorn auf dem Schreibtisch stand ein Schild mit dem Namen des Verwalters: Joffrey Jefferson. Valdorian musterte den Mann: schütteres Haar, ein schmales Gesicht, unauffällige Kleidung. Es fehlten nur die Ärmelschoner. Ein typischer Subalterner.

»Sub Jefferson ...«, sagte Valdorian, und seine Lippen deuteten ein kurzes Lächeln an, das die Augen aussparte. »Ich wette, Ihre Freunde nennen Sie Joffy.«

Der Verwalter schluckte und nickte.

»Nun, Sub Jefferson, die Sache ist ganz einfach. Von heute an ist Guraki keine unabhängige Welt mehr, sondern gehört zum Konsortium.«

»Aber ...«

Valdorian hob warnend den Zeigefinger. Aus dem Augenwinkel sah er, dass Cordoban in eine Ecke des Zimmers getreten war und vor sich hin murmelte – vermutlich nahm er Berichte von seinen Truppen entgegen und erteilte ihnen Anweisungen. Jonathan Fentur stand geduldig neben der Tür.

»Keine Sorge, für Sie ändert sich dadurch kaum etwas. Wenn Sie klug sind. Und Sie sind doch ein kluger Mann, nicht wahr, Sub Jefferson?«

Der Verwalter überlegte und nickte dann.

»Sie werden Ihre Anweisungen bis auf weiteres nur noch

von mir, meinen beiden Begleitern hier und den Soldaten dort draußen entgegennehmen. Ich erwarte von Ihnen, dass Sie uns dabei helfen, eventuelle logistische Probleme schnell zu lösen. Ist das klar?«

Jefferson nickte erneut, ganz offensichtlich eingeschüchtert.

»Gut. Die Offiziere werden Ihnen alles Notwendige erklären. Was ich zunächst von Ihnen wissen möchte ...« Valdorian deutete auf den Datenservo. »Hier werden doch alle Reisenden registriert, nicht wahr?«

»Ja, alle.«

»Und Sie speichern die Daten?«

»Ja.«

»Für wie lange?«

»Wir löschen sie nie«, sagte Jefferson. »Immerhin mangelt es nicht an Speicherplatz, und man weiß nie, wann man die jeweiligen Informationen einmal braucht.«

»Ausgezeichnet. Vor einigen Wochen, Anfang Januar dieses Jahres, kam eine gewisse Lidia DiKastro hierher.« Valdorian nickte in Richtung Datenservo. »Sehen Sie nach, was über Sie gespeichert ist.«

Jefferson beugte sich vor. »Informationsanfrage.«

»Bereitschaft«, erklang eine synthetische Stimme.

»Liste alle Daten auf, die über Lidia DiKastro gespeichert sind.« Er buchstabierte den Namen, und Valdorian nickte bestätigend.

Ein oder zwei Sekunden lang summte der Datenservo.

»Negativ«, hieß es dann. »Es sind keine Daten vorhanden.«

Valdorian wandte sich erstaunt zu Jonathan Fentur um. Sein Sekretär trat vor.

»Lidia DiKastro ist eine Kantaki-Pilotin«, teilte er dem Verwalter mit.

»Oh.« Erstaunen erschien im Gesicht des Subalternen und verschwand sofort wieder. Er gab sich jetzt unterwürfig, wollte unbedingt zu Diensten sein. »Das erklärt, warum hier keine Daten gespeichert sind. Kantaki-Piloten werden bei der Einreise nicht kontrolliert.«

»Sie hat die Xurr-Ruinen besucht«, sagte Jonathan Fentur. »Dort wurde sie registriert. Nicht unter ihrem Namen, sondern als Kantaki-Pilotin.«

Valdorian dachte zum ersten Mal an die Möglichkeit, dass nicht Lidia, sondern eine andere Pilotin der Kantaki die Xurr-Ruinen besucht hatte.

Der Verwalter nickte. »Bevor Besucher das Labyrinth betreten, bekommen sie eine Identifikationsscheibe, und dazu ist eine Registrierung durch den dortigen Datenservo nötig. Eine Sicherheitsmaßnahme«, fügte er hinzu, als er Valdorians fragenden Blick bemerkte. »Immer wieder verirren sich Leute im Labyrinth, und die ID-Scheiben sollen gewährleisten, das man sie alle wieder findet.«

Die Tür schwang auf, und ein Offizier kam herein. »Hier ist jemand, der unbedingt zu Ihnen möchte.«

Ein Mann in mittleren Jahren betrat das Büro, wie Jonathan und Valdorian in einen Thermoanzug gekleidet. Er war mittelgroß, hatte hellbraunes Haar, und auf den blassen Wangen zeigten sich einige rote Flecken, deutliches Zeichen von Erregung. Doch das Gesicht blieb leer, eine Maske, und in den Augen erkannte Valdorian Intelligenz. Am Hals zeigte sich das Tätowierungsmuster eines Autarken. Tätowierungen dieser Art waren während der Ersten und Zweiten Dynastie üblich gewesen, vor dem Zeitkrieg, aber auf manchen Welten wurden diese Traditionen noch gepflegt.

»Ich bin Byron Gallhorn, Erster Bürger von Guraki«, stellte sich der Neuankömmling vor. »Primus inter Pares, ich muss offiziell gegen die Präsenz Ihrer Truppen protestieren.«

»Nennen Sie mich einfach Primus«, sagte Valdorian. »Wir sind hier, um Ihnen Wohlstand zu bringen. Von jetzt an sind Sie Teil des Konsortiums, einer großen Gemeinschaft mit vielen Ressourcen, die auch Ihnen zur Verfügung stehen.«

Gallhorn musterte Valdorian und schien sich zu fragen, ob die Worte spöttisch oder ernst gemeint waren.

»Sie haben Verhandlungen mit der Allianz geführt, nicht wahr?«, fügte Valdorian hinzu.

»Als unabhängige Welt können wir unsere Verhandlungspartner frei wählen.« Gallhorns Gesicht blieb maskenhaft. Nur die Flecken auf den Wangen verrieten ihn. Er war intelligent genug, um zu begreifen, dass nicht nur die Zukunft von Guraki auf dem Spiel stand, sondern auch seine eigene.

»Einige Gesandte der Allianz haben beschlossen, Widerstand zu leisten.« Valdorian deutete kurz auf Cordoban, der noch immer leise Gespräche mit seinen Truppen führte und dem Geschehen im Büro des Verwalters überhaupt keine Beachtung zu schenken schien. »Offenbar werden sie von Gruppen Ihrer Garde unterstützt. Kam die Anweisung von Ihnen?«

»Nein, Primus inter Pares.«

»Primus«, wiederholte Valdorian und glaubte, dass der Erste Bürger die Wahrheit sagte. Er deutete zur Tür. »Sie können uns begleiten. Wir wollten dieses Büro gerade verlassen.« Er sah zum Verwalter des Raumhafens, der noch immer sehr eingeschüchtert wirkte. »Wir haben uns doch verstanden, oder?«

Joffrey Jefferson, von seinen Freunden Joffy genannt, nickte hastig.

Sie verließen den Terminal durch den Ausgang, der den Angestellten vorbehalten blieb. Valdorian und Byron Gallhorn gingen voraus, gefolgt von Jonathan und auch Cordoban, wie der Primus erstaunt feststellte. Er hatte von seinem Chefstrategen erwartet, dass er bei den Truppen blieb, aber vielleicht glaubte Cordoban, dass seine Präsenz dort nicht unbedingt erforderlich war. Wie auch immer: Bestimmt gab es einen rationalen Grund dafür, denn allein davon ließ sich Cordoban leiten.

Draußen waren Soldaten mit Gefechtsplattformen unterwegs in Richtung Gateway. Andere Uniformierte standen an bestimmten Stellen, um den Verkehr zu regeln und zu überwachen. Alles lief völlig glatt, wie hundertmal geprobt. Nirgends kam es zu Zwischenfällen.

»Haben Sie einen Levitator?«, fragte Valdorian den Ersten Bürger.

Gallhorn deutete zum Parkplatz.

Zwar brauchten sie nur zwei Dutzend Meter zurückzulegen, aber die Kälte wurde schon nach wenigen Schritten unangenehm – offenbar gab es in diesem Bereich kein schützendes Ambientalfeld. Am Levitatorwagen angekommen sah der Erste Bürger Valdorian fragend an, und der Primus deutete auf den Fahrersitz. Wenige Sekunden später saßen die vier Männer im Inneren des Fahrzeugs, und erneut richtete Gallhorn einen fragenden Blick auf den neben ihm sitzenden Valdorian, der seinen Individualschild inzwischen deaktiviert hatte, ebenso wie Jonathan und Cordoban; die energetischen Emissionen hätten die Bordsysteme des Levitatorwagens gestört.

»Wir möchten zum Labyrinth.«

»Normalerweise bringen Touristen, die sich das Labyrinth ansehen wollen, keine Truppen mit, die den ganzen Planeten besetzen.« Gallhorn startete das Triebwerk, und mit einem leisen, kaum hörbaren Summen stieg der Levitatorwagen auf. »Eine seltsame Methode, das Eintrittsgeld zu sparen.«

Der Levitatorwagen ließ den Raumhafen hinter sich zurück und flog zur Habitatkuppel. Die patrouillierenden Gefechtsplattformen schenkten ihm keine Beachtung – Cordoban hatte den Soldaten vermutlich mitgeteilt, wer sich an Bord befand. Kurze Zeit später passierte der Wagen eine energetische Schleuse in der transparenten Barriere, in einer Höhe von etwa zwanzig Metern – der Levitatorwagen wurde ein wenig langsamer, als er durch den flirrenden Energievorhang glitt. Anschließend flog er über die Häuser einer Hauptstadt hinweg, die eher wie ein verschlafenes Provinznest wirkte.

»Wir sind für niemanden eine Gefahr«, sagte Byron Gallhorn wie im Selbstgespräch. »Wir sind auch für niemanden ein geschäftlicher Konkurrent. Wir leben hauptsächlich von den Touristen, die wegen der Xurr-Hinterlassenschaften hierher kommen.« Er sah kurz zur Seite und schien sich vergewissern zu wollen, dass Valdorian zuhörte. »Die Menschen, die damals hierher kamen, vor mehr als dreihundert Jahren, träumten von einem anderen Leben. Und von ihrer Unabhängigkeit.«

»Ihre Unabhängigkeit war eine Illusion«, erwiderte Valdorian kühl. »Guraki ist nie autark gewesen und muss viele Dinge von anderen Welten importieren.«

»Mit Unabhängigkeit meine ich die Möglichkeit für die Bewohner dieses Planeten, ihr Schicksal selbst zu bestimmen.«

»Diese Möglichkeit hatten sie nie«, sagte Valdorian und erinnerte sich an die Gespräche, die er mit seinem Vater geführt hatte. »Was auch immer sich die Bewohner dieser Welt wünschen, was auch immer sie sich erhoffen: Sie bleiben abhängig von der ökonomisch-politischen Situation in diesem Teil der Galaxis. Sie bestimmt ihr Leben.«

»Und Sie bestimmen die Situation?«, fragte Byron Gallhorn. Bitterkeit erklang in seiner Stimme.

»Ich sorge dafür, dass sich die Dinge in die richtige Richtung entwickeln.«

»In die von Ihnen gewünschte Richtung.«

Valdorian musterte den Ersten Bürger von der Seite her und sah seinen ursprünglichen Eindruck bestätigt. Gallhorn war intelligent. Er gehörte zu den Menschen, die nachdachten und bestrebt waren, hinter die Fassaden zu sehen.

»Ich schaffe freie Bahn fürs Geschäft«, sagte er. »Und damit sorge ich dafür, dass sich das menschliche Wesen entfalten kann. Der Mensch war immer bestrebt, mit Dingen zu handeln, Geld zu verdienen und reich zu werden. Manchmal stößt er dabei auf Hindernisse. Ich bemühe mich, solche Hindernisse aus dem Weg zu räumen.«

Gallhorn sah ihn kurz an, und in seinen Augen bemerkte Valdorian etwas, das ihn an Lidia erinnerte. Dieses Etwas ließ sich schwer identifizieren, eine Mischung aus Mitleid, Enttäuschung und Ärger.

»Ihre Einschätzung der menschlichen Natur ist recht einseitig«, erwiderte Gallhorn. »Es *gibt* Menschen, die anders denken. Wie dem auch sei: Hier bei uns gibt es keine ›Hindernisse‹. Sie hätten Ihre Soldaten zu Hause lassen können.«

Valdorian wies nicht darauf hin, welche Rolle Guraki für ihn persönlich und für den Vorstoß in den Einflussbereich der Allianz spielte.

»Seien Sie realistisch, Autarker Gallhorn«, sagte er stattdessen. »Akzeptieren Sie die neue Situation, denn ich garantiere Ihnen: Sie können nichts an ihr ändern. Ich biete Ihnen an, als planetarer Administrator für das Konsortium zu arbeiten. Ich gebe Ihnen die Möglichkeit, Erster Bürger zu bleiben und auch weiterhin die Interessen Ihres Volkes wahrzunehmen.«

Bewegung kam in Gallhorns starres Gesicht, und widerstreitende Empfindungen zeigten sich, bevor die maskenhafte Ausdruckslosigkeit zurückkehrte. Doch wieder verrieten ihn die Flecken auf den Wangen.

Unterdessen glitt der Wagen auf seinem Levitationskissen zu einem Gebäude im Zentrum von Gateway. Das Bauwerk wirkte wie ein schlichter Tempel mit gläsernen Seitenwänden: Eine runde, etwa dreißig Meter durchmessende Dachplatte ruhte auf zehn oder mehr Säulen.

»Ich habe alles vorbereitet«, erklang Cordobans Stimme aus dem Fond. »Man erwartet uns.«

Gallhorn landete neben einigen anderen Levitatorwagen, und das Summen des Triebwerks verklang. Er zögerte und starrte auf die Anzeigen.

»Lassen Sie mich darüber nachdenken«, sagte er.

»Nehmen Sie sich nicht zu viel Zeit. Ich habe nicht vor, lange auf Guraki zu bleiben.«

Valdorian öffnete die Tür, stieg aus und spürte erneut Kälte.

Die Temperatur im Inneren der Habitatkuppel schien nur unwesentlich über der außerhalb davon zu liegen. Sie schützte vor Unwettern, bot aber keine angenehme Wärme.

Auf der anderen Seite der Stadt sank ein großes Kantaki-Raumschiff vom Himmel, begleitet vom Gespinst einer Transportblase, die nicht nur Passagierkapseln und Frachtmodule enthielt, sondern auch Container mit weiteren Soldaten und Ausrüstungsmaterial. Dumpfe Vibrationen gingen von dem Schiff aus, durchdrangen die Habitatkuppel und ließen die Luft erzittern.

Der Levitatorwagen stieg nicht auf, und Valdorian spürte Gallhorns nachdenklichen Blick im Rücken, als er das tempelartige Gebäude betrat. Cordoban ging voraus und sprach kurz mit den Soldaten, die offenbar auf sie gewartet hatten.

»Die Touristen sind in ihre Hotels zurückgeschickt worden«, sagte der Stratege. »Es befinden sich noch einige Gruppen im Labyrinth, aber sie sind derzeit auf dem Rückweg nach oben.«

Valdorian nickte und näherte sich den Lifts, wo einige nervöse Bedienstete standen. Sie trugen Thermoanzüge, aber abgesehen davon erinnerten sie ihn an den Verwalter des Raumhafens. Es waren Subalterne, an immer gleiche Abläufe in ihrem Alltag gewöhnt. Veränderungen verunsicherten sie.

»Wie viele Personen sind unten?«, fragte Valdorian einen von ihnen.

»Etwa hundert«, antwortete der Mann. »Wir haben sofort mit der Räumung begonnen, als wir die Anweisung erhielten.« Bei den letzten Worten wies er auf die Soldaten.

Cordoban schaltete seinen Individualschild ein, bevor er die Transportkapsel eines Lifts betrat. Valdorian folgte seinem Beispiel, zögerte dann und stellte erst jetzt fest, dass der Boden aus Eis bestand.

Jonathan bemerkte seinen Blick und holte einen Infonauten hervor. Seine Hände steckten in dünnen Handschuhen, Erweiterungen des Thermoanzugs. »Das Labyrinth befindet sich in einer Tiefe von mehr als dreitausend Metern unter diesem Eismantel.«

Zusammen mit seinem Sekretär betrat Valdorian die Transportkapsel und sah Cordoban an. »Sie begleiten uns nach unten?«

Der Stratege betätigte eine Taste des Kontrollfelds an der Wand. Die Tür glitt zu, nahm ihnen die Sicht auf die Soldaten und Bediensteten. Eine Sekunde später setzte sich die Transportkapsel in Bewegung und sank in die Tiefe.

Cordoban deutete nach oben. »Derzeit werde ich dort nicht gebraucht. Außerdem stehe ich mit den Truppen in Verbindung.« Er hob die rechte Hand zu einem kleinen Kom-Implantat am Ohr. »Der Widerstand in einem der nahen Täler ist fast gebrochen. Wir haben Guraki unter Kontrolle.«

Warum kommt er mit?, dachte Valdorian, während die Transportkapsel durch den Schacht im Eis sank. *Will er mich im Auge behalten?* An Cordobans Loyalität zweifelte er ebenso wenig wie an der Jonathans, aber er war nicht so dumm, dem Strategen ohne jeden Vorbehalt zu vertrauen. Cordoban wusste um die genetische Instabilität, die das Leben des Primus in etwa elf Monaten beenden würde, wenn kein Wunder geschah, und dieser Umstand wurde zu einer neuen Konstanten in den Gleichungen, auf denen seine Planungen basierten.

Diese Gedanken bereiteten Valdorian Unbehagen. Um sich davon abzulenken, sah er Jonathan an und deutete auf den Infonauten.

»Guraki ist eine Welt mit zyklischem Klima«, sagte der Sekretär und berührte Schaltflächen des kleinen Datenservos. »Etwa alle fünfundvierzig- bis fünfzigtausend Jahre kommt es zu einer Eiszeit, und dann bleibt nur ein schmaler Streifen entlang des Äquators von Eis und Schnee verschont. Das gegenwärtige Glazial begann vor zehntausend Jahren, und die während der letzten dreihundert Jahre aufgezeichneten meteorologischen Daten deuten darauf hin, dass es allmählich zu Ende geht. Aber es wird noch einige tausend Jahre dauern, bis die Gletscher zurückweichen.«

Das leise Summen der Transportkapsel untermalte Jonathans Worte. Wieder tippte er auf eine Schaltfläche, und der Text auf dem Display des Infonauten wechselte.

»Interessanterweise begann die letzte Eiszeit, als die Xurr verschwanden«, fuhr der Sekretär fort. »Guraki muss eine wichtige Welt für sie gewesen sein, denn bei wissenschaftlichen Bohrungen während der ursprünglichen Besiedelungsphase vor gut dreihundert Jahren fand man die Reste von mehreren großen Städten, was erstaunlich ist, da sich die Xurr bei ihren Kolonien meist nur auf wenige urbane Komplexe beschränkten.«

Etwas berührte Valdorians Seele, wie ein Windhauch aus der Vergangenheit. Er hörte erneut Lidias Worte, die sie vor hundertzwanzig Jahren gesprochen hatte, in der Ausstellung des historischen Museums von Bellavista.

»Das Eis kam schnell und begrub die Städte unter sich, was dazu führte, dass die organischen Komponenten nicht zerfielen«, sagte Jonathan. »Dadurch wird Guraki einzigartig für die Xenoarchäologie. Auf allen anderen Welten mit Xurr-Artefakten blieben nur die anorganischen Bestandteile übrig, aber hier auf Guraki bietet sich Gelegenheit, einen besseren Eindruck von Architektur und Technik der Xurr zu gewinnen. Nun, leider machten die ersten Siedler einen Fehler. Sie legten zwar die im Eis erstarrten Städte der Xurr frei, aber sie versäumten es, die organischen Bestandteile angemessen zu konservieren. Als der Zerfall begann, war es bereits zu spät. Er konnte nicht mehr aufgehalten, nur noch in eine Mumifizierung umgewandelt werden.«

»Wir sind da«, sagte Cordoban, und im gleichen Augenblick öffnete sich die Lifttür.

Der Empfangsbereich war eine große, aus dem Eis gehauene Höhle, mehr als drei Kilometer unterhalb von Gateway. Andere Lifte in der Nähe summten und brachten besorgte Touristen zurück nach oben. Soldaten standen in der Nähe, die Waffen lässig in den Armen – sie befürchteten nicht, hier auf Widerstand zu stoßen. Lampen brannten an der weiß-blauen gewölbten Decke, und mehrere Öffnungen zeigten sich in den Wänden. Die größte von ihnen führte zum nahen Labyrinth, die kleineren zu anderen Bereichen mit Hinterlassenschaften der Xurr.

Valdorian trat aus dem Lift und ging an der schrumpfenden Touristengruppe vorbei zum Dienstleistungsbereich, der etwa die Hälfte der großen Höhle beanspruchte und aus mehreren offenen Büros und Geschäften bestand, die Andenken und dergleichen anboten. Dort erwartete ihn eine etwa fünfzig Jahre alte, ernst dreinblickende Frau mit dunklem Haar, gekleidet in einen schlichten Thermoanzug. Offenbar erkannte sie Valdorian, denn sie sagte: »Man hat mir mitgeteilt, dass Sie hierher unterwegs sind. Ich bin Korinna Davass, Leiterin des hiesigen Touristenzentrums. Wie kann ich Ihnen zu Diensten sein?« Sie sprach ruhig und in einem neutralen Tonfall.

»Vor einigen Wochen kam eine Kantaki-Pilotin hierher, um sich das Labyrinth anzusehen. Wie ich hörte, werden hier alle Besucher aus Sicherheitsgründen registriert.«

»Das stimmt«, bestätigte Davass. »Es kommt immer wieder vor, dass sich Touristen im Labyrinth verirren. Sie erhalten von uns ID-Scheiben, deren Signale angepeilt werden können. Auf diese Weise stellen wir sicher, dass niemand verloren geht.«

»Ich möchte die damals aufgezeichneten Daten sehen.«

Korinna Davass fragte nicht, warum sich der Primus inter Pares des Konsortiums für eine Kantaki-Pilotin interessierte. Sie führte ihn in eines der kleinen Büros, nahm dort an einem bereits aktivierten Datenservo Platz und berührte ein Sensorfeld.

»Bereitschaft«, ertönte es.

»Ich benötige Angaben über eine Kantaki-Pilotin, die vor einigen Wochen hierher kam, um sich das Labyrinth anzusehen«, sagte Davass ruhig.

»Bestätigung«, erklang die synthetische Stimme des Datenservos. »Personendatei vom 3. Januar 421 SN, 10:41 Uhr lokale Zeit. Kantaki-Pilotin. Name: Diamant.«

Valdorian fühlte sich von neuerlicher Enttäuschung heimgesucht, als er den Namen hörte, doch dann erschien ein Bild auf dem Display des Datenservos und zeigte ihm ... Lidia.

Ein oder zwei Sekunden war er völlig fassungslos. Die synthetische Stimme nannte weitere Daten, aber er hörte gar nicht mehr zu, konzentrierte seine ganze Wahrnehmung auf das zweidimensionale Bild. Lidia, kein Zweifel. Und das Verblüffende war: Trotz der vergangenen mehr als hundert Jahre hatte sie sich kaum verändert. Noch immer reichte ihr lockiges schwarzes Haar bis auf die Schultern, und die Augen wiesen den vertrauten Glanz von Smaragd und Lapislazuli auf. Sie erweckte den Eindruck, nicht mehr als drei oder vier Jahre gealtert zu sein. *Sie steht außerhalb des Zeitstroms,* dachte Valdorian

Er streckte die Hand nach dem Bild aus, als könnte er Lidia berühren.

»Das ist sie«, sagte er mit rauer Stimme. Er räusperte sich. »Wie lange war sie auf Guraki? Und wohin hat sie die Reise fortgesetzt?«

»Primus, oben geschieht etwas.« Cordoban neigte den Kopf zur Seite und lauschte einer Stimme aus dem Kom-Implantat.

»Weitere Daten über die Pilotin namens Diamant«, sagte Korinna Davass. Das Bild verschwand vom Projektionsfeld des Datenservos, und mehrere Datenkolonnen wanderten vertikal übers Display.

Diamant, dachte Valdorian und erinnerte sich an den schrecklichen Augenblick, als ihm klar geworden war, dass sich Lidia DiKastro gegen ihn entschieden hatte. Vor dem inneren Auge sah er noch einmal, wie sie die Schatulle mit dem Diamanten öffnete.

»Mit dem letzten Kantaki-Schiff sind mehrere Personen

eingetroffen, die Prioritätsstatus für sich beanspruchen, Primus«, sagte Cordoban. »Einer meiner Offizier ist gerade dabei, eine Überprüfung vorzunehmen ...«

Valdorian hörte nur mit halbem Ohr hin und sah auf die Datenkolonnen.

»Die Pilotin namens Diamant blieb drei Tage auf Guraki und verbrachte insgesamt sechsundzwanzig Stunden und einunddreißig Minuten im Labyrinth«, sagte Davass. »Es ist nicht bekannt, wohin sie die Reise fortsetzte.« Sie sah vom Display auf. »Aber es sollte sich relativ leicht feststellen lassen. Startende Kantaki-Schiffe geben ihre Route an, und die Datenservi des Raumhafens müssten Informationen darüber enthalten, welche Schiffe am 6. Januar 421 SN wohin gestartet sind.«

»Die Verbindung ist unterbrochen.« Cordobans Hände huschten über die Module seines Servo-Anzugs. »Ich empfange keine Kom-Signale mehr, auch nicht über die Transverbindung. Jemand hat oben ein Schirmfeld errichtet. Ich empfehle unverzüglich defensive Maßnahmen.«

Valdorian reagierte aus einem Reflex heraus: Mit der linken Hand schaltete er seinen Individualschild auf volle Energie, mit der rechten griff er nach dem Hefok in der Tasche des Thermoanzugs. Er bekam keine Gelegenheit, ihn zu ziehen.

Draußen in der Empfangshöhle öffnete sich die Tür einer von oben kommenden Transportkapsel. Der schwarze Zylinder einer Bombe kippte heraus und explodierte.

Erschrockene Stille verwandelte sich in Chaos.

Es krachte, und die Faust eines Titanen schien auf die Höhle herabzuschmettern. Die Druckwelle der Explosion pulverisierte das Eis in der Nähe und ließ es etwas weiter entfernt zerbersten. Valdorian beobachtete, wie die letzten Touristen, die vor einem anderen Lift gewartet hatten, an die Wand geschleudert und dann von zahlreichen Eissplittern regelrecht zerfetzt wurden. Die einige Meter weiter entfernt stehenden Soldaten hatten ebenfalls keine Chance:

Die Wucht der Explosion und das berstende Eis zermalmten sie.

Plötzlich merkte Valdorian, dass er flog – er hatte keinen festen Boden mehr unter den Füßen. Er fühlte sich fast angenehm leicht, und dieses Empfinden stand in einem sonderbaren, absurden Kontrast zur Realität der Situation. Er stieß gegen etwas und hörte, wie das leise Brummen des Individualschilds zu einem wütenden Fauchen wurde. Dann wich der Lichtblitz der Explosion einer Dunkelheit, die auch Valdorians Gedanken erfasste.

Tintiran
14. August 301 SN · linear

8

Der Raum erstreckte sich in der Hyperdimension der Kantaki, vielleicht teilweise im Transraum. Lidia DiKastro hatte noch immer keine klare Vorstellung davon gewonnen, aber inzwischen wunderte sie sich nicht mehr darüber, dass man in der von außen gesehen etwa fünfhundert Quadratmeter großen Sakralen Pagode der Kantaki in Bellavista stundenlang unterwegs sein und dabei viele Kilometer zurücklegen konnte. In ihrem Inneren gab es viel mehr Platz, als die Außenmauern erkennen ließen. Die normalen räumlichen Dimensionen verschoben sich dort, und das galt auch für die vierte Dimension, die Zeit. In der Pagode spürte Lidia, dass sie am Ufer des Zeitstroms stand, in dem der ganze gewaltige Rest des Existierenden von der Vergangenheit in die Zukunft schwamm, dabei immer nur für einen *flüchtigen Moment* die Gegenwart berührte.

In diesem Raum – dem Lehrzimmer, wie sie ihn nannte – verstärkte sich dieser Eindruck, und sie wusste inzwischen, dass derartige Empfindungen im Pilotendom eines Kantaki-Schiffes am deutlichsten und intensivsten sein würden. Der Raum schien einfach strukturiert und schlicht eingerichtet zu sein, aber Licht und Schatten bildeten komplexe Muster, gaben dem Zimmer mehr Tiefe und subtile Bedeutung. Abstrakte Bilder zeigten sich an den glatten Wänden, halb in der Dunkelheit verborgen, und die Decke war eine bizarre Landschaft aus Zylindern, Zacken, Winkeln und Kanten.

Fünf Schüler saßen auf Stühlen an kleinen Tischen, etwa zwei Meter vor einem langen, rechteckigen Obsidianblock, der das Licht der wenigen Lampen aufzusaugen schien. Fünf – diese Zahl spielte für die Kantaki eine besondere Rolle, ebenso wie das Bestreben, den Zufall aus allem auszuklammern, ihn höchstens als göttliche Bestimmung zuzulassen. Inzwischen kannte Lidia die anderen vier Schüler ihrer Klasse. Die stille Cora, schüchtern und in sich gekehrt. Die Gordt-Zwillinge, Joan und Juri, beide zukünftige Piloten und Konfidenten des jeweils anderen; sie bildeten einen eigenen, unabhängigen empathischen Kosmos und hofften, im Transraum zu einem Metaselbst zu werden, einem Überich, das ihre Seelen zu einer neuen Person verschmelzen ließ. Und Feydor, der überaus religiöse Feydor, der seinen ganz persönlichen Gott suchte, das schlagende Herz des Universums. Eine interessante Mischung, fand Lidia, auch wenn das Metaphysische ihrer Meinung nach hier zu stark vertreten war.

»In den vergangenen drei Wochen haben Sie viel gelernt«, sagte der Akuhaschi hinter dem Obsidianblock. Er hieß Hrrlgrid – alle sprachen den komplizierten Namen wie »Rillgrid« aus – und stand so, dass der matte Lichtschein einer Lampe direkt auf sein verschrumpeltes Gesicht fiel, sich in den dunklen, vertikalen Augenschlitzen widerspiegelte. »Die Gabe wird Ihnen langsam vertraut. Sie erkennen sie jetzt als etwas, das zu Ihnen gehört, ein integraler Bestandteil Ihrer Existenz ist. Sie wissen auch, wie Sie Ihre Gabe berühren können, um sie zu öffnen und in die externe Welt zu projizieren.«

»Wann können wir mit ihr zum ersten Mal nach den Fäden im Transraum tasten?«, fragte Juri Gordt aufgeregt.

»Wie lange wird die Ausbildung dauern?«, fügte Joan Gordt eine Sekunde später hinzu.

Hrrlgrids Lippen deuteten ein Lächeln an, das im verschrumpelten Gesicht des Akuhaschi irgendwie seltsam und fehl am Platz wirkte.

»Manchmal dauert sie nur fünf Wochen«, antwortete er. »Manchmal aber auch fünfzig Jahre.«

Da war sie wieder, die Fünf. Lidia beschloss, sich bei Gelegenheit eingehender damit zu fassen. Sie wollte mehr über die Kantaki erfahren, sie verstehen.

»Wovon hängt es ab?«, fragte Feydor, die Augen groß, die Stimme voller Demut.

»Davon, wie schnell Sie lernen, wie stark Ihre Gabe ist. Und wie sich der Sakrale Kodex entwickelt.«

Auch das war ein Aspekt der Kantaki-Kultur, der Lidia immer mehr faszinierte. Beim Sakralen Kodex, der das Verhalten der Kantaki bestimmte, handelte es sich nicht um etwas Starres und Unveränderliches, sondern um flexible Richtlinien, die jederzeit an neue Situationen angepasst werden konnten. Oft sprachen die Lehrer so davon wie von einer lebendigen, sich entwickelnden Entität, der die Kantaki mit Zuneigung, Achtung und Respekt begegneten. Aber er enthielt auch eherne, unveränderliche Regeln wie zum Beispiel das Verbot, in irgendeiner Form die Zeit zu manipulieren. Welches Durcheinander solche Manipulationen bewirken konnten, hatte die Menschheit vor Jahrhunderten während des tausendjährigen Zeitkriegs unter der Herrschaft der Temporalen erfahren.

»Heute möchte ich Ihnen etwas zeigen«, sagte Hrrlgrid. »Etwas, das sowohl mit dem Kodex in Zusammenhang steht als auch mit den Fäden, denen Sie im Transraum begegnen werden.«

Der Akuhaschi griff hinter den Obsidianblock und holte einen grauen, mit Silberarbeiten verzierten Kasten hervor. Er öffnete ihn, entnahm ihm fünf schwarze, unterschiedlich große Steine und legte sie in einer bestimmten Reihenfolge auf den Obsidian.

»Dies sind die Steine mit den Heiligen Worten der Kantaki«, sagte Hrrlgrid. »Jeder Stein trägt einhundertelf, und insgesamt sind es fünfhundertfünfundfünfzig, dreimal die eins und dreimal die fünf.«

Feydors Gesicht, so stellte Lidia fest, brachte eine solche Ehrfurcht zum Ausdruck, als hätte er gerade eine göttliche Offenbarung erfahren. Die Gordt-Zwillinge wirkten neugierig. In Coras Zügen hingegen zeigte sich vager Kummer, wie so oft.

»Natürlich sind es nicht die Originale, sondern Kopien«, fuhr Hrrlgrid fort. »Ihr gewöhnliches Selbst sieht nur die Symbole der Heiligen Worte, ohne den Sinn in ihnen zu erkennen. Aber mit der Gabe sollten Sie imstande sein, zumindest einen Teil der Botschaft zu empfangen, die uns aus ferner Vergangenheit erreicht. Bitte kommen Sie nacheinander nach vorn und berühren Sie die Steine.«

Die beiden Gordt-Zwillinge machten den Anfang und berührten die Steine gemeinsam. Im subtilen Spiel aus Licht und Schatten beobachtete Lidia, wie sich ihre Gesichter veränderten, aber dann senkten Joan und Juri den Kopf – das ganze Ausmaß der mimischen Veränderung blieb Lidia verborgen. Nach den Zwillingen trat Feydor zum Obsidianblock und tastete nach den Steinen. Er hatte sie kaum berührt, als er zu zittern begann. Nach nur zwei oder drei Sekunden ließ er sie wieder los, wankte fort und blieb im Schatten stehen, mit dem Gesicht zur Wand.

Cora bedachte ihn mit einem unsicheren Blick, als sie aufstand und ebenfalls zum Obsidianblock ging. Sie zögerte kurz, bevor sie die Hand hob und den Steinen entgegenstreckte. Der Kontakt schien bei ihr zunächst gar nichts zu bewirken, doch dann sah Lidia, wie Kummer und Scheu aus den Zügen der jungen Frau verschwanden. Ihr Gesicht glättete sich wie eine Decke, die zuvor kraus gewesen war und nicht ihre ganze Schönheit hatte zeigen können. Cora wandte sich vom Obsidianblock ab, und ihre Lippen formten ein Lächeln, als sie wieder Platz nahm.

»Und jetzt Sie, Diamant«, sagte Hrrlgrid ruhig.

Lidia stand auf, ging an Cora und den Gordt-Zwillingen

vorbei zum schwarzen Block. Dort blieb sie stehen und sah kurz zu Feydor, der noch immer im Schatten stand.

»Was ist geschehen?«, fragte sie leise.

»Sie haben die Stimmen der Steine gehört«, erwiderte der Akuhaschi. »Jeder auf seine Weise.« Und er vollführte eine einladende Geste.

Lidia zögerte nur kurz, streckte die Hand nach einem der fünf Steine aus und berührte ihn.

Alles veränderte sich.

Sie stand am Hang eines Hügels, in einer Welt, die ihre Farben verloren hatte – es zeigten sich nur verschiedene Schattierungen von Grau. Ein bleifarbener Himmel wölbte sich über diesem unbekannten Ort, und blattlose Bäume, wie Gerippe, duckten sich unter den Böen eines Sturms. Seltsamerweise bewegte er nur Lidias Haar und strich ihr wie sanft über die Haut. Sie blickte zurück zur merkmallosen grauen Ebene, die in unbestimmter Entfernung mit dem grauen Himmel verschmolz, setzte dann einen Fuß vor den anderen und ging den Hang empor, zum Pavillon auf der Kuppe. Über ihm wehte eine Fahne, vom Wind halb zerrissen, und ihr Weiß war eine Anomalie in dieser grauen Welt. Zwei Personen saßen in dem Pavillon, ein Mann und eine Frau, und auch sie blieben ohne Farbe, graue Gestalten, sturmumtost, auf einem grauen Hügel, der aus einer grauen Ebene ragte.

Lidia ging weiter und näherte sich dem Pavillon, hörte dabei die wütende Stimme des Sturms, der sie nur streichelte, sie ebenso unbehelligt ließ wie die beiden Personen im Pavillon. Als sie bis auf einige Meter herangekommen war, blickten die beiden Gestalten in ihre Richtung, und Lidia erkannte sie.

»Mutter!«, rief sie. »Vater!«

Wenn Roald DiKastro und Carmellina Diaz die Stimme ihrer Tochter hörten, so reagierten sie nicht darauf. Sie wandten sich wieder einander zu und setzten ihr Gespräch fort.

»Ich denke oft an sie«, sagte Carmellina.

»Sie hat ihre Entscheidung getroffen«, erwiderte Roald. »Das müssen wir akzeptieren.«

»Aber war es die richtige Entscheidung?«

»Das wird die Zukunft zeigen.«

»Aber dann könnte es zu spät sein.«

»Wir alle machen Fehler und lernen aus ihnen.«

»Sie hätte ihn heiraten können.«

»Wen meinst du?«, fragte Roald. Als ob er es nicht wüsste.

»Ihren Dorian. Er hätte ihr jeden Wunsch erfüllen können.«

»Aber wäre sie glücklich geworden?«

Wieder drehten Roald und Carmellina DiKastro den Kopf, sahen ihre Tochter an. »Hat sie die richtige Entscheidung getroffen?«, fragte Carmellina noch einmal.

Lidia trat einen Schritt näher ...

... und stand am Rand einer Schlucht – eine gewaltige Kerbe im Fels der Welt, wie mit einem riesigen Messer geschnitten, und unergründlich tief. Lidia blieb unmittelbar vor dem Abgrund stehen, sah unten, hunderte von Metern tiefer, keinen Boden, sondern Dunstschwaden, die alles verhüllten. Hier oben wehte der gleiche zornige Wind wie beim grauen Hügel, aber erneut blieb Lidia nahezu unberührt von ihm. Er störte nicht, war wie eine sanfte Liebkosung und zupfte nur an ihrem Haar. Sie musste die andere Seite der Schlucht erreichen, daran zweifelte sie nicht eine Sekunde, und der einzige Weg führte über eine alte, heftig schwankende Hängebrücke. Seile knarrten, Holz knirschte, als der Wind an der Brücke zerrte.

Einige Dutzend Meter trennten Lidia von der anderen Seite. Vorsichtig trat sie auf das erste Brett und hätte fast das Gleichgewicht verloren, bevor sie sich an den Seilen rechts und links festhalten konnte. Langsam setzte sie einen Fuß vor den anderen und achtete darauf, immer nur eine Hand von den Seilen zu lösen. Ihr Gewicht verlieh der Brücke kaum Stabilität. Sie blieb ein Spielzeug des Sturms, der jetzt stärker wurde, wie verärgert darüber, dass ihm ein schwacher Mensch die Stirn bot. Er heulte lauter, doch nach wie vor bewahrte *etwas* Lidia vor der vollen Wucht der Böen. Für die alte Hängebrücke gab es keinen solchen Schutz. Sie schwankte heftiger, schaukelte von einer Seite zur anderen, und dann gab eines der Seile nach. Es war der Beginn einer Kettenreaktion, denn die anderen Seile und Stricke konnten mit der zusätzlichen Belastung nicht fertig werden. Sie rissen ebenfalls.

Lidia fiel.

Aber sonderbarerweise regte sich keine Angst in ihr, als sie den Dunstschwaden tief unten entgegenstürzte. Das Heulen des Sturms blieb über ihr zurück, wich erst einer sonderbaren Stille und dann einem leisen, rhythmischen Geräusch, das nach fernem Seufzen klang. Als sie weiter fiel, von Dunst umschmiegt, entfaltete sich das Seufzen und offenbarte eine akustische Struktur, die aus zahlreichen Stimmen bestand. Lidia hörte sie, und mit dem geistigen Auge sah sie die Struktur, eine Form aus Tönen. Sie zählte die Stimmen nicht, aber sie wusste genau, dass es insgesamt fünfhundertfünfundfünfzig waren, dreimal die eins und dreimal die fünf. Sie sangen, sprachen und flüsterten, aber ihre Worte blieben undeutlich. Lidia versuchte, sich zu konzentrieren, um sie zu verstehen, denn sie fühlte, dass die Worte wichtig waren. Schließlich lichteten sich die Dunstschwaden, und sie ...

... stand auf einer Weise, einer grünen Wiese. Einige Meter vor ihr war ein kleines Mädchen in die Hocke gegangen und pflückte bunte Blumen. Es hatte das gleiche krause schwarze Haar wie sie.

»Ich habe auf dich gewartet, Lidia«, sagte das Mädchen. »Ich wusste, dass du kommen würdest.«

»Aida?«, fragte Lidia, und Fassungslosigkeit bahnte sich einen Weg durch die metaphysische Ruhe, die ihren inneren Kosmos bestimmte.

Das Mädchen stand auf und drehte sich um. Ja, es war

Aida, Lidias Schwester, vor vielen Jahren durch einen Unfall ums Leben gekommen.

»Gefallen dir die Blumen?«, fragte Aida mit der glockenhellen Stimme, an die sich Lidia erinnerte.

»Sie sind … schön«, sagte Lidia und sah das schmale Gesicht mit den großen Augen, umrahmt vom schwarzen Haar. Als Siebenjährige war Aida gestorben. Eine Laune des Schicksals hatte ihr die Möglichkeit genommen, ihr Leben zu leben, das eigene Potenzial zu erkennen und zu entfalten, Träume zu haben, zu hoffen, zu lachen, glücklich zu sein.

Aida senkte den Kopf. »Ich hätte nicht auf den Felsen am Wasser klettern sollen«, sagte sie, und es klang traurig. »An den schlüpfrigen Stellen kann man leicht abrutschen.«

»Aida …« Lidia hätte ihre kleine Schwester am liebsten in die Arme geschlossen und nie wieder losgelassen. Aber etwas hinderte sie daran. Sie konnte sich bewegen, war nicht gelähmt, doch ein rätselhafter Teil von ihr selbst entschied, stehen zu bleiben und sich Aida nicht weiter zu nähern.

»Du … wusstest, dass ich hierher kommen würde?«

»Ja«, bestätigte das Mädchen. »Ich habe hier auf dich gewartet, um dir den Weg zu weisen.«

»Den Weg?«

»Ja.« Aida hob den Kopf und streckte die Hand aus.

Die Wiese war geschrumpft, hing in einem Nichts, das weder Farbe noch Gestalt hatte. Direkt vor dem Mädchen begann ein Pfad, ein braunes Band aus festgetretener Erde, das durchs Grün der Wiese reichte und sich dort fortsetzte, wo sie aufhörte. Dieses Band erstreckte sich durch die Leere und endete an einer Tür, einem hölzernen Portal. Neben dem Portal kauerte jemand auf einem Boden, der gar keine erkennbare Substanz hatte, das Gesicht unter einer Kapuze verborgen, die Hand wie um Almosen bettelnd ausgestreckt.

»Siehst du? Diesen Weg wollte ich dir zeigen. Und jetzt muss ich gehen. Gib gut auf dich Acht, Schwester.« Aida winkte fröhlich und lief mit ihren Blumen fort, über den

Rand der Wiese hinweg ins Nichts. Sie wurde immer kleiner, bis sie in der Leere verschwand.

Lidia sah ihr nach und spürte einen Kummer, der ihr zwar keine Tränen in die Augen trieb, aber Herz und Seele belastete. Schließlich drehte sie sich um und folgte mit langsamen Schritten dem Verlauf des Weges, den Aida ihr gezeigt hatte. Die Wiese blieb hinter ihr zurück, und es knirschte leise unter ihren Schuhen. Sie näherte sich dem hölzernen Portal im Nichts und dem links neben ihr hockenden Bettler. Als sie ihn fast erreicht hatte, hob er den Kopf, und die Kapuze rutschte zurück, zeigte das Gesicht eines uralten Mannes.

»Siehst du, was du angerichtet hast?«, fragte der Greis mit zittriger Stimme. »Du bist für dies verantwortlich.«

Wie seltsam, das Du von ihm – es deutete auf etwas hin, zu dem es nie gekommen war, auf die besondere Intimsphäre eines gemeinsamen Lebens.

»Dorian?«

»Wir hätten miteinander glücklich sein können. Durch deine Weigerung, mich zu heiraten, bin ich unglücklich geworden. Du bist schuld an dem, was ich jetzt bin.«

»Es ist nie meine Aufgabe gewesen, dich glücklich zu machen, Dorian. Jeder von uns muss selbst den Weg zum Glück finden, und niemand kann verlangen, dass ihm ein anderer dabei hilft.«

»Du bist schuld«, beharrte der Greis. »Ich habe dir einen Ehekontrakt über zehn Jahre angeboten, und du hast abgelehnt. Für die Folgen, die sich daraus ergaben, trägst du die Verantwortung.«

»O nein, Dorian.« Lidia schüttelte den Kopf. »Da tust du Ursache und Wirkung Gewalt an. Hier gibt es keine logische Kausalität. Wir sind Menschen, Dorian, keine Dinge. Hast du das noch immer nicht begriffen?« Sie ging in die Hocke und sah dem alten Valdorian tief in die wässrig-grauen Augen. »Jeder von uns ist des eigenen Glückes Schmied, und niemand hat die Pflicht, einen anderen glücklich zu machen. Wenn so etwas geschieht, erfährt der Betreffende ein großes Privileg, und dann spricht man von Liebe. Aber niemand kann *Anspruch* darauf erheben, so wie du es versucht hast.«

Lidia lauschte dem Klang der eigenen Worte und fühlte sich von ihnen bestätigt. Es existierten nach wie vor Zweifel in ihr, und ein Teil ihres Selbst verzichtete nicht auf Phantasievorstellungen von einem gemeinsamen Leben mit Dorian – absolute Gewissheit gab es nie. Aber die Stimme der Unsicherheit wurde leiser und war dadurch leichter zu ertragen.

Sie richtete sich auf.

Der Greis streckte ihr die Hand entgegen. »Es ist noch nicht zu spät. Du kannst wieder gutmachen, was du mir angetan hast. Gib mir Glück. Geh nicht durch die Tür.«

Die Tür ...

Lidia betrachtete sie und versuchte, einen emotionalen Eindruck von ihr zu gewinnen. Ein Portal aus Holz, mitten im Nichts. Der Verstand erkannte die metaphorische Bedeutung, und das Gefühl bestätigte diesen Eindruck: Wenn sie das Portal durchschritt, so ließ sie etwas Altes hinter sich zurück und begann etwas Neues.

»Es ist noch nicht zu spät«, wiederholte der Greis. »Gib mir das Glück, das du mir vorenthalten hast.«

»Jeder von uns muss seinen Weg selbst wählen«, sagte Lidia sanft. »Du hättest mein Konfident sein können. Leb wohl, Dorian.«

Sie trat zur Tür.

»Nein!«, keifte der Greis. »Bleib hier und sieh mich an. Sieh nur, was aus mir geworden ist. Und du bist schuld daran!«

Lidia öffnete die Tür im Nichts, trat hindurch ...

... und fand sich vor dem schwarzen Obsidianblock des Lehrzimmers wieder. Hrrlgrid sah sie an, und in seinen schwarzen Augenschlitzen zeigte sich ein Glanz, der nicht allein vom reflektierten Licht stammen konnte.

167

»Sie haben die Stimmen gehört, nicht wahr?«, fragte er leise.

Lidia schwankte und hielt sich am Rand des Obsidianblocks fest. »Ja«, bestätigte sie. »Und noch mehr.«

15. August 301 SN · linear

»Sie alle haben die Stimmen der Steine gehört«, sagte die Betreuerin Rita. »Jeder von Ihnen auf eine eigene Art und Weise. Möchten Sie davon erzählen?«

Sie saßen im Kreis, auf der Kuppe eines Hügels, der einen weiten Blick über Bellavista gewährte. Das Scharlachrote Meer glitzerte im Sonnenschein.

»Es war ... seltsam«, sagte Joan Gordt. Sie hatte kurzes, aschblondes Haar und ein schmales Gesicht, ebenso wie ihr Zwillingsbruder Juri. Ihre braunen Augen blickten in die Ferne. Die Gordt-Zwillinge waren jung, gerade erst achtzehn Standardjahre alt, aber ein Teil der Unreife, die Lidia noch am vergangenen Tag in ihren Gesichtern gesehen hatte, war verschwunden. »Ja, ich habe die Stimmen gehört, und sie schienen vom Anfang der Zeit zu stammen. Sie zeigten mir, dass ich ... ich selbst bin.« Bei diesen Worten warf sie Juri einen scheuen Blick zu. »Ich bin Joan.«

»Ich verstehe«, sagte die Betreuerin. Rita hatte langes, feuerrotes Haar und ein sanftes Wesen, das einen auffallenden Kontrast dazu bildete. Lidia schätzte sie auf etwa fünfzig Standardjahre. »Sie haben nichts verloren, sondern etwas hinzugewonnen. Die besondere Beziehung zwischen Ihnen beiden hat durch die Erkenntnis Ihrer Individualität nicht nachgelassen, sondern ist gewachsen. Sie möchten ein starkes Wir sein, aber Sie dürfen dabei nicht vergessen, dass Sie einzelne Personen sind.«

Die Gordt-Zwillinge hielten sich an den Händen und nickten.

Lidia wusste natürlich, worum es bei diesen Gruppengesprächen ging: Die Schüler sollten sich gegenseitig bei der Selbsterkenntnis helfen. Aber an diesem Tag wäre sie lieber allein gewesen. Sie drehte den Kopf und blickte zum Meer, stellte sich vor, über den Strand zu wandern, allein mit ihren Gedanken. Ihr Blick glitt weiter, zu den Hängen der anderen Hügel, aber die Valdorian-Villa war von hier aus nicht zu sehen.

»Und Sie, Cora?«, fragte die Betreuerin. Sie benutzte die ursprünglichen Namen der Schüler, nicht ihre Pilotennamen.

Auch die schüchterne, in sich gekehrte Cora hatte sich verändert. Ihr Gesicht wirkte nicht mehr ganz so verschlossen wie zuvor, und manchmal deuteten ihre Lippen ein zaghaftes Lächeln an. Lidia schätzte sie auf Anfang zwanzig, einige Jahre jünger als sie. Glattes blondes Haar reichte ihr bis auf die Schultern, und bis zum vergangenen Tag hatte sich in den großen blauen Augen immer ein Schatten von Kummer gezeigt. Aber durch den Kontakt mit den Steinen und den Heiligen Worten der Kantaki war es zu einem Wandel gekommen.

»Ich habe Liebe gefunden«, sagte Cora leise. Es klang fast wie ein Seufzen. »Die Steine haben mir gezeigt, dass es möglich ist, mich zu lieben.«

Diese Worte weckten Lidias Interesse. Sie musterte Cora und hielt vergeblich nach besonderen Merkmalen Ausschau, die auf genetische Manipulation hinwiesen. Sie hatte gehört, dass Cora zu den Neuen Menschen gehörte – viele von ihnen waren an die besonderen Bedingungen von Extremwelten angepasst –, aber die junge Frau wirkte völlig normal, abgesehen vielleicht von ihrer überdurchschnittlichen Schönheit.

»Haben Sie daran gezweifelt?«, fragte Rita. »Dachten Sie, man könnte Sie nicht lieben?«

Einige Sekunden lang schien Cora mit sich selbst zu ringen und mied dabei die Blicke der anderen Schüler.

»Ich bin ein Klon«, sagte sie schließlich. »Ich habe keine Eltern und bin nicht in einer Familie aufgewachsen.«

Joan Gordt griff nach ihrer Hand. »Wir mögen dich«, sagte sie und wählte ganz bewusst das Du. »Du gehörst zu uns. Wir sind deine Familie.«

»Niemand wird eine größere Familie haben als Sie«, sagte Rita. »Die Kantaki-Piloten sind eine große Gemeinschaft.«

Cora nickte. »Davon haben mir die Stimmen erzählt. Sie zeigten mir eine Welt der Liebe.«

Sie berichtete von ihren Erlebnissen, schilderte Visionen und Begegnungen. Lidia hörte fasziniert zu. Die Steine, so begriff sie plötzlich, hatten ihnen allen einen Spiegel vorgehalten, in dem sie sich selbst sahen, den innersten Kern des eigenen Wesens, die dort verborgenen Wünsche und Hoffnungen.

Cora beendete ihre Schilderungen, und die Gordt-Zwillinge umarmten sie. Auch Lidia spürte Zuneigung, aber irgendetwas veranlasste sie, ruhig sitzen zu bleiben. Ein Leben ohne Liebe – wie schrecklich. Wie traurig und leer. Anteilnahme regte sich in ihr, gleichzeitig aber auch Argwohn. Plötzlich vermutete sie Metaphern und Symbole hinter allen Ereignissen und Beobachtungen der letzten Tage und Wochen, stellte die Realität des Hier und Heute infrage. *Träume ich?*, dachte sie. *Ist dies alles eine Reise durch meine Innenwelt?* Sie sah sich um, blickte zur Sonne hoch, deren Licht durch die Zweige einiger Schatten spendender Bäume fiel, sah erneut über Bellavista hinweg zum Scharlachroten Meer und versuchte dabei, ihre Gedanken zu ordnen. Der sanfte Wind fühlte sich real an, und sie saß auf festem Boden, aber Lidias Argwohn blieb; sie zweifelte an der Wirklichkeit, hielt es für möglich, dass sie nur Schein war, eine Fassade, die ihr Vertrautes vorgaukelte und hinter der sich ein fremder *Zweck* verbarg. *Berühre ich noch immer die Steine?*, überlegte sie. *Ist dies eine weitere Vision?*

Cora lächelte und saß dicht neben Joan, als sich Rita an Feydor wandte. »Und Sie?«

Feydor war einige Jahre älter als Lidia und stammte von Schanhall, einem hauptsächlich von christlichen Fundamentalisten bewohnten Planeten, der zum lockeren Bund der spiritualistischen Welten gehörte und vor fast dreitausend Jahren vom »Erleuchteten« und seinen Anhängern besiedelt worden war, den ersten interstellaren Kolonisten der Menschheit. Seit drei Jahren reiste Feydor von einem Planeten zum nächsten und hatte auch den Islamischen Bund besucht, immer auf der Suche nach seinem Gott, den er »schlagendes Herz des Universums« nannte. Religiosität und Frömmigkeit bildeten den inneren Motor, der ihn sein ganzes Leben lang angetrieben hatte. Die Entdeckung der Gabe erlaubte es ihm, bei seiner Suche eine neue Richtung einzuschlagen. Auf Feydors Kopf zeigte sich dünner Haarflaum, und in seinem Gesicht fiel eine krumme Nase auf. Offenbar bevorzugte er Kleidung, die eine Nummer zu groß war, und wenn er sprach, erklang fast immer Demut in seiner Stimme.

»Ich habe Gott gesehen«, sagte Feydor leise. »Ich habe ihn tatsächlich gesehen. Aber ... er sah anders aus, als ich dachte.«

»Nicht immer stimmt die Realität mit unseren Erwartungen überein«, erwiderte Rita. Sie wartete einige Sekunden, um Feydor Gelegenheit zu geben, noch etwas hinzuzufügen. Als er schwieg, wandte sich Rita an Lidia. »Und Sie? Was haben Sie gesehen?«

»Mich selbst, glaube ich«, erwiderte Lidia, von der eigenen Antwort und ihrem hohen Wahrheitsgehalt erstaunt. »Ich bin meinen Eltern begegnet und meiner kleinen Schwester, die als Siebenjährige durch einen Unfall ums Leben kam. Aber ich glaube, ich habe vor allem mich selbst gesehen.« *Mich selbst und meine Unsicherheit,* dachte sie.

Die Betreuerin sah sie an und schien alles perfekt zu verstehen.

Lidia begann zu erzählen, und das Widerstreben schwand rasch. Als die Worte aus ihr herausströmten, wurde ihr klar, wie sehr sich gewünscht hatte, mit jemandem über alles zu sprechen, über Dorian und die schwierige Wahl. Tief in ihr regte sich der Verdacht, dass Rita diese Gelegenheit extra für sie geschaffen hatte, um ihr die Möglichkeit zu geben, sich von einer schweren emotionalen Bürde zu befreien. Wenn das stimmte, so war sie ihr dankbar dafür.

Fast zehn Minuten lang sprach sie, und jedes Wort verringerte die Last, die sie in sich getragen hatte. Tränen brannten zum Schluss in ihren Augen, und durch ihren feuchten Schleier sah sie, wie Cora an sie heranrückte und sie umarmte, jene Cora, die befürchtet hatte, dass man sie nicht lieben konnte.

Xandor · 4. Planet des Mirlur-Systems
Zentraler Sektor des Konsortiums
7. September 301 SN · linear

»Wie geht es ihm?«, fragte Lidia und sah aus dem Fenster zum See.

»Nicht sehr gut«, kam die Stimme ihrer Mutter aus der nahen Küche. Sie bereitete das Abendessen vor, mit echten Lebensmitteln, keinen synthetischen. Das war typisch für Lidias Eltern. Sie zählten zu den Nonkonformisten auf Xandor, und wo es die Umstände zuließen, verzichteten sie ganz bewusst auf moderne Technik wie zum Beispiel Syntho-Geräte, die aus organischem Basismaterial innerhalb weniger Minuten fertige Speisen schufen. Dass sie die Hauptstadt Fernandez verlassen und sich an diesem abgelegenen Ort niedergelassen hatten, bot einen weiteren Hinweis auf ihre Lebensphilosophie, die das Einfache, Überschaubare dem Komplexen vorzog. »Er kann nicht mehr schreiben. Manchmal zwingt er sich dazu, aber die Resultate reichen nicht annähernd an seine früheren Romane heran.« Carmellina Diaz blickte durch die Tür. »Lass dir bitte nichts anmerken. Dadurch würde es für ihn noch schlimmer.«

»Nein, natürlich nicht.«

Roald DiKastro saß unten im kleinen Bootshaus am Ufer des zugefrorenen Sees. Auf dem Weg, der zwischen den

Bäumen am Hang hinabführte, zeigten sich seine Fußabdrücke im Schnee. Rauch kräuselte aus dem Schornstein des Bootshauses – Roald hatte ein Feuer im Kamin angezündet.

»Kommt ihr zurecht?«, fragte Lidia in plötzlicher Sorge und sah noch immer nach draußen, zum verschneiten Bootshaus und dem Eis des Sees.

»Oh, wir brauchen nicht viel.« Töpfe klapperten in der Küche. »Seine letzten Bücher verkaufen sich noch immer, und ich kann gelegentlich bei Konzerten auftreten. Hinzu kommt mein Gehalt vom Konservatorium. Hilfst du mir bei den Bohnen?«

»Ja, natürlich.«

Lidia wandte sich vom Fenster ab und betrat die Küche des kleinen Hauses, das aus Stein und Synthomasse bestand, sich im Wald an den Hang schmiegte. Im Sommer war es hier recht hübsch; manchmal wurde das Wasser des Sees sogar warm genug, dass man darin baden konnte. Aber der Sommer dauerte nicht lange auf Xandor, wich schnell einem endlosen Winter. Eigentlich hatte dieses Haus eine Art Refugium sein sollen, ein Zufluchtsort, der Schutz bot vor dem Stress des Alltags in der Hauptstadt Fernandez. Aber vor einigen Jahren hatte Roald begonnen, sich immer mehr aus dem Leben der Stadt hierher zurückzuziehen, und Carmellina opferte ihre eigenen beruflichen Möglichkeiten, um bei ihm zu bleiben, ihm mit ihrer Präsenz zu helfen. Inzwischen dauerte Roalds kreative Krise schon fast ein halbes Jahrzehnt, und ein Ende war nicht in Sicht.

Während Lidia die Bohnen schnitt – ein wenig ungeschickt, wie sie zugeben musste; sie war nicht an Küchenarbeit gewöhnt –, erzählte ihre Mutter von den Ereignissen der vergangenen Monate. Aus reiner Höflichkeit versuchte sie, aufmerksam zuzuhören, aber ihre Gedanken glitten immer wieder fort. Sie kannte die finanzielle Situation ihrer Eltern nicht genau, wusste die Hinweise aber zu deuten. Die Lage war ernst, und sie schien in letzter Zeit noch ernster geworden zu sein. Trotzdem hatten Roald und Carmellina ihre

Tochter nach Tintiran geschickt und sie dort studieren lassen. Lidia ahnte, welche Opfer sie dafür gebracht hatten, und Dankbarkeit erfüllte sie. Als sie die Bohnen geschnitten und in den Kochtopf gegeben hatte, umarmte sie ihre Mutter, und eine Zeit lang standen sie so da, eng umschlungen, ohne ein Wort zu sagen.

»Du bist gekommen, um dich zu verabschieden, nicht wahr?«, fragte Carmellina und wandte sich wieder dem Herd zu. Sie war fast sechzig, doch es zeigten sich keine grauen Strähnen in ihrem pechschwarzen Haar. Sie gehörte zu den Frauen, denen eine klassische Schönheit zu Eigen war – sie wurde älter, aber sie verlor dabei kaum etwas von ihrer weiblichen Eleganz.

»Ja.«

»Das dachte ich mir.« Und dann erzählte sie wieder von anderen Dingen, vielleicht um sich selbst abzulenken. Lidia gab Anekdoten von der Akademie auf Tintiran zum Besten, schilderte amüsante Zwischenfälle, die sie selbst und auch Studienkollegen betrafen. Sie lachten viel, und das war wichtig, denn das Lachen hielt den Kummer fern.

Kurze Zeit später kam Roald.

Lidia hörte, wie er vor der Tür mit den Füßen aufstampfte, damit sich der Schnee von den Stiefeln löste. Er trug einen dicken Wollpullover und eine einfach Leinenhose. Die Kälte hatte sein Gesicht gerötet.

Während der vergangenen Jahre war er älter geworden, viel älter, aber Lidia verbarg ihre erschrockene Verblüffung hinter einer Maske der Freude.

»Hast du endlich mal den Weg nach Hause gefunden?«, brummte Roald, doch seine Augen leuchteten, und hinzu kam ein Lächeln. Er umarmte seine Tochter, nahm dann am Tisch Platz. Lidia bemerkte seinen Bauchansatz, und auch das war neu – Roald hatte bisher immer großen Wert darauf gelegt, körperlich in Form zu bleiben. Sie empfing einen mahnenden Blick von ihrer Mutter und bestätigte ihn mit einem kaum merklichen Nicken.

»Ich habe mit einem neuen Roman begonnen«, sagte Roald während des Essens. »Es befindet sich alles hier drin.« Er tippte sich an die Stirn. »Ich brauche es nur noch aufzuschreiben.«

Lidia dachte an den Infonauten, den ihr Vater auf den kleinen Tisch im Flur gelegt hatte.

»Kommst du gut voran?«, fragte sie.

»Ich möchte sicher sein, genau die richtigen Worte zu finden«, erwiderte Roald. »Manchmal dauert das.«

Eine Resurrektion hätte ihm vermutlich geholfen, aber solche Behandlungen waren sehr teuer. Und vielleicht wäre selbst eine derartige Revitalisierung nicht imstande gewesen, den verbrauchten Vorrat an Kreativität zu erneuern.

»Dein neues Buch wird bestimmt ein großer Erfolg«, sagte Lidia und hoffte, dass es ehrlich klang.

»Ja.« Roald nickte und aß die von Lidia geschnittenen Bohnen. »Und du? Was macht dein Studium?«

Lidia hatte in ihren letzten Mitteilungen darauf hingewiesen. »Ich studiere nicht mehr«, sagte sie ruhig. »Ich habe mit der Ausbildung zur Kantaki-Pilotin begonnen.«

Ihr Vater musterte sie. »Bist du sicher, die richtige Entscheidung getroffen zu haben?«

Lidia erlebte ein sonderbares Déjà-vu-Gefühl und dachte an die Visionen während des Kontakts mit den fünf Kantaki-Steinen in der Pagode.

»Ja, das bin ich«, sagte sie.

»Was ist mit Dorian?«, fragte Carmellina. Sie war aufgestanden und brachte den Kaffee: drei kleine Tassen, gefüllt mit schwarzem, starkem Mokka.

Lidia trank einen Schluck und ließ sich Zeit mit der Antwort.

»Wir haben uns getrennt«, sagte sie schließlich. »Als wir erkannten, dass unsere Lebenswege in verschiedene Richtungen führen.«

Ihr Mutter war so taktvoll, das Thema zu wechseln. Später, während es draußen schneite, saßen sie im Wohnzimmer vor dem Kamin, blickten in die Flammen eines echten Feuers und tranken Glühwein, während Carmellina stimmungsvoll auf dem Klavier spielte. Lidias Vater las ein Buch, aber seine Aufmerksamkeit schien nicht ganz dem Text zu gelten, denn immer wieder griff er nach der Hand seiner Tochter, drückte sie kurz und ließ sie wieder los. Im Flur hatte Lidia einen kurzen Blick auf das Display des Infonauten geworfen und die mit »Inhalt« gekennzeichnete Schaltfläche berührt. Der neue Roman ihres Vaters hieß »Die Türme des Irgendwo«, und auf der ersten Seite stand: »Für Lidia.« Eine zweite Seite gab es nicht. Roald DiKastro hatte noch kein Wort geschrieben.

Lidia beobachtete die Flammen im Kamin, die mal größer und mal kleiner wurden, sich ständig veränderten und nie das gleiche Muster bildeten. Sie wusste, das auch *dieser Moment* einzigartig war und dass jeder Versuch, ihn festzuhalten, scheitern musste. Die Sekunden verstrichen, wurden zu Minuten, rannen ihr wie Sand durch die Hände. *Tick-tack,* flüsterte die mechanische Uhr im Flur, und jedes Ticken fügte dieses Stück Gegenwart der Vergangenheit hinzu. Schon bei den ersten Trainingsflügen mit Kantaki-Schiffen würde sie den normalen Zeitstrom verlassen, und dadurch wuchs die temporale Distanz zu allen Personen, die innerhalb des regulären Zeitkontinuums weiterlebten. Bestimmt bekam Lidia dann und wann Gelegenheit, ihre Eltern wiederzusehen, aber wie viel subjektive Zeit mochte dann für Carmellina und Roald vergangen sein? Dies war ein Abschied ganz besonderer Art, und deshalb versuchte Lidia, jede einzelne Sekunde bewusst zu erleben.

Ihre Mutter hatte das kleine Zimmer vorbereitet, an das sich Lidia aus ihrer Kindheit und Jugend erinnerte. Sie fand keine Ruhe in dem weichen, warmen Bett, drehte sich immer wieder von einer Seite zur anderen. Nach einer Weile stand sie auf, ging zum Fenster, schob die Gardinen beiseite und sah nach draußen. Es schneite nicht mehr, und das Licht der beiden kleinen Monde Xandors fiel auf eine Welt, die ein weißes Gewand trug. Dort unten am See gab es einen Felsen, über dessen eine Seite das Wasser eines Baches floss. Dort war Aida emporgeklettert, vor vielen Jahren. Sie hatte den Halt verloren, war mit dem Kopf gegen den Felsen geprallt, bewusstlos in den See gefallen und ertrunken. Ihr Grab befand sich dort unten, jetzt von Schnee bedeckt.

»Aida«, sagte Lidia leise, und ihre Fingerkuppen berührten die Scheibe. Aida hatte ihr den Weg gezeigt, über die Wiese und durchs Nichts, vorbei an dem Greis, der glaubte, Liebe *verlangen* zu können. Ihrer kleinen Schwester konnte sie vertrauen.

Lidia kehrte ins Bett zurück, und diesmal schlief sie sofort ein. Am nächsten Morgen verabschiedete sie sich von ihren Eltern und kehrte mit dem gemieteten Levitatorwagen nach Fernandez zurück. Dort ging sie an Bord eines Shuttles, der sie nach Tintiran brachte.

Zwei Tage später, am zehnten September, begann ihr erster Ausbildungsflug mit einem Kantaki-Schiff.

Guraki
Februar 421 SN · linear

9

Noch bevor Valdorian die Augen öffnete, spürte er Kälte, und seine rechte Hand setzte sich von ganz allein in Bewegung, tastete nach den Gürtelkontrollen des Thermoanzugs.

»Das sollten Sie besser lassen«, erklang eine Stimme, und Finger, kalte Finger, hinderten ihn daran, die Kontrollen zu erreichen.

Cordobans Stimme, ebenfalls kalt.

Valdorian hob die Lider und bemerkte Lichtschein, der von zwei chemisch betriebenen Laternen ausging. Für den Notfall bestimmte Lampen.

Die Explosion ...

Ein sonderbares Bild entstand vor seinem inneren Auge: das Gesicht der ernsten Korinna Davass, von Entsetzen gezeichnet.

»Was ist mit den anderen?«, fragte er und hörte den überraschend rauen Klang seiner Stimme.

»Alle tot«, sagte Cordoban, der im Halbdunkel hantierte, irgendwo hinter Valdorian. »Wir sind nur dank unserer Individualschilde mit dem Leben davongekommen.«

Jonathan brachte einen Becher. Valdorian setzte sich auf – er hatte auf einer dünnen, isolierenden Matratze gelegen –, griff dankbar danach und trank. Es war Wasser, ganz normales Wasser, aber es schmeckte köstlich.

Sie befanden sich in einem kleinen runden Raum, dessen Wände mehrere dunkle Tunnelöffnungen aufwiesen. An der einen Seite bemerkte Valdorian Regale mit kleinen Kisten. Aus einer von ihnen stammten die beiden Notlampen, aus einer anderen das kleine Heizgerät, mit dem Jonathan einen Brocken Eis geschmolzen hatte.

»Dies ist einer der Rettungsräume im Labyrinth«, erklärte der Sekretär. »Bestimmt für Besucher, die sich verirrt haben. Leider funktioniert der hiesige Kom-Servo nicht.«

»Entweder ist er defekt, oder das Schirmfeld, das an der Oberfläche installiert wurde, blockiert die Signale«, sagte Cordoban. »Wir sind auf uns allein gestellt.«

Valdorian schauderte. Die Kälte war sehr unangenehm. »Sie haben mich hierher getragen?«

»Getragen und gezogen, Primus.« Jonathan deutete auf den Becher. »Das Wasser ist nicht sterilisiert.«

»Was derzeit unsere geringste Sorge sein dürfte«, erklang Cordobans Stimme hinter Valdorian. »Der Energievorrat unserer Thermoanzüge reicht bei der gegenwärtigen Belastung noch für sechs Stunden. Wenn wir bis dahin keinen warmen Ort erreicht haben, erfrieren wir.«

Valdorian drehte sich um. Das Glühen der Chemo-Laternen machte Cordoban zu einem grotesken Wesen in einem Niemandsland zwischen Licht und Schatten. Der Chefstratege des Konsortiums hatte die halb zerfetzte obere Hälfte seines Thermoanzugs abgelegt; zum Vorschein kam ein dürrer, leichenhaft blasser Körper, in dem Dutzende von größeren und kleineren Geräten und Servi steckten. An einigen Stellen zeigten sich Risse in der Haut. Aus manchen von ihnen rann Blut, aus anderen eine ölige, farblose Flüssigkeit.

»Sie sind verletzt«, stellte Valdorian fest.

»Ja. Diese Risse hier spielen kaum eine Rolle, aber meine diagnostischen Module weisen auf mehrere innere Verletzungen hin, die behandelt werden müssen. Wie dem auch sei: Die Kälte macht mir weniger zu schaffen als Ihnen. Ich werde einige Stunden länger überleben.«

Cordoban sprach so nüchtern und sachlich, als beträfe ihn diese Sache überhaupt nicht.

»Mit einer solchen Entwicklung haben Sie nicht gerechnet«, sagte Valdorian mit einem Hauch Sarkasmus. »Für unsere derzeitige Situation gab es in Ihren Gleichungen keinen Platz.«

Cordoban zögerte und überlegte kurz. »Beim Entwicklungspotenzial komplexer Situationen existieren immer Variablen mit einem unbestimmbaren Wert.«

Er schloss die Risse – die Wunden – in der Haut mit einer farblosen Paste, griff dann nach mehreren Datenmodulen und verband sie mit den Servi an Brust und Bauch.

»Leider hatte ich keine Gelegenheit, mich genau über das Labyrinth zu informieren«, sagte Cordoban und streifte das zerrissene Oberteil des Thermoanzugs über. »Die Explosion hat den Empfangsbereich zerstört. Selbst wenn die unteren Bereiche der Liftschächte intakt geblieben sind, was ich bezweifle – wir haben keine Möglichkeit, uns durch die Trümmer zu graben.«

Der Stratege holte seinen Hefok hervor, überprüfte Einstellung und energetisches Niveau. Valdorian erinnerte sich an die Waffe, die er mitgenommen hatte – sie befand sich noch immer in der Tasche seines Thermoanzugs. Er griff hinein und berührte nicht nur sie, sondern auch noch zwei andere Objekte. Seltsam, er erinnerte sich gar nicht daran, Diamant und Amplifikator in die Tasche gesteckt zu haben.

»Die Probebohrung«, sagte Jonathan und verteilte die Proteinriegel eines Notpakets. Valdorian nahm einen zweiten Becher Wasser von ihm entgegen und trank dankbar. Das Brennen in seinem Hals ließ nach, und er fühlte sich besser.

»Ja«, bestätigte Cordoban, steckte die Proteinriegel ein und stand auf. Valdorian folgte seinem Beispiel. »Sie ist unsere einzige Chance.« Er griff nach einer der beiden Laternen; die andere nahm Jonathan, ebenso das kleine Heizgerät.

»Probebohrung?«, fragte Valdorian, als sie sich einer der

Tunnelöffnungen in den Wänden zuwandten. Sie war mit einem roten Symbol gekennzeichnet.

»Hier unten, unter dem Eis des Gletschers, erstrecken sich die Reste einer großen Xurr-Stadt, und das Labyrinth ist nur ein kleiner Teil davon. Auf der anderen Seite haben die Archäologen einen Schacht nach unten getrieben, um festzustellen, ob und wie weit sich die alte Metropole fortsetzt. Dort gibt es nicht nur einen einfachen Lift, mit dem wir nach oben gelangen können, sondern auch einen Datenservo. Ich vermute, dass das oben installierte Schirmfeld nicht so weit reicht. Mein Kom-Implantat ist beschädigt, aber das Terminal dort sollte mir Gelegenheit geben, mich mit den Truppen in Verbindung zu setzen und die Identität der Personen mit Prioritätsstatus festzustellen, die nach uns eingetroffen sind.«

»Glauben Sie, jene Leute stecken hinter der Bombe?«

»Ich gehe davon aus, dass ein Zusammenhang besteht«, erwiderte Cordoban. Er verharrte an der Tunnelöffnung und sah Valdorian an. »Nach der letzten Meldung waren die Widerstandsnester in der Nähe der Hauptstadt praktisch eliminiert. Ich halte es für unwahrscheinlich, dass Gesandte der Allianz für den Bombenanschlag verantwortlich sind.«

»Aber wer kommt sonst infrage?«, fragte Valdorian erstaunt.

»Ich schätze, darauf kann mir der Datenservo am Ende des Liftschachts dort eine Antwort geben.«

Sie traten in den Tunnel, und Valdorian folgte den beiden anderen Männern. Ihm war noch immer kalt, und er begrüßte die Möglichkeit, sich zu bewegen – obgleich er seine Schwäche spürte. Er musste sehr vorsichtig mit seinen Kräften umgehen, wenn er überleben wollte. Ausgerechnet an diesem Ort zu sterben, in den Resten einer fremden, semiorganischen Stadt, die zehn Jahrtausende überdauert hatte ... Diese Vorstellung erschien ihm so absurd, dass er sich weigerte, sie in Betracht zu ziehen.

Der Tunnel führte in weiten Kurven nach unten. In mehr oder weniger regelmäßigen Abständen zeigten sich rote Markierungen an den Wänden, die aus einer schwarzbraunen, ledrig wirkenden Substanz bestanden: Vor zehntausend Jahren war dies lebendes Gewebe gewesen und von den Xurr als Baumaterial verwendet worden; jetzt war es tot, da man es nicht rechtzeitig konserviert und dadurch der Mumifikation preisgegeben hatte. Hier und dort zeigten sich Löcher in dem ledrigen Etwas, wo sich vielleicht weitere organische Komponenten befunden hatten. An anderen Stellen bemerkte Valdorian pechschwarze Geräteblöcke in unterschiedlicher Größe, durch Faserstränge mit dem Gewebe verbunden. Ihr Zweck ließ sich nicht einmal erahnen. Mehrmals kamen sie an Tafeln vorbei, die integraler Bestandteil der Wände waren und die seltsam verschnörkelten Symbole der Xurr aufwiesen.

»Faszinierend«, sagte Jonathan an einer Abzweigung und leuchtete mit seiner Chemo-Lampe, während Cordoban Datenmodule wechselte und offenbar versuchte, sich zu orientieren. »Man könnte meinen, wir wären durch die Adern eines riesigen Lebewesens unterwegs.«

Irgendwo in der kalten Dunkelheit knirschte und knackte es.

»Was war das?«, fragte Valdorian und blickte in die Richtung, aus der sie gekommen waren. Der Lichtschein der Lampen reichte nur wenige Meter weit, und jenseits davon schien sich die Finsternis zu verdichten.

»Das Eis«, sagte Jonathan. »Wir befinden uns hier unter einem drei Kilometer dicken Gletscher. Man stelle sich den Druck vor ...«

»Hätte die Stadt der Xurr nicht von den Eismassen zerquetscht werden müssen?«, fragte Valdorian und starrte noch immer in die Dunkelheit.

Jonathan zuckte mit den Schultern. Valdorian bemerkte erst jetzt, dass auch sein Sekretär verletzt war. In der Jacke seines Thermoanzugs zeigten sich weniger Risse als in Cordobans Schutzanzug, aber sein Gesicht wies mehrere blutige Striemen auf. »Das müssen Sie einen Geologen fragen«, erwiderte er. »Mithilfe meines Infonauten hätte ich Ihnen vielleicht Auskunft geben können, aber er ging bei der Explosion zu Bruch.«

»Eine blaue Markierung ...« Cordoban wandte sich den Tunnelöffnungen der Abzweigung zu und hob die Lampe. »Wir müssen eine blaue Markierung finden.«

»Ich sehe keine«, sagte Jonathan, der ebenfalls Ausschau hielt.

Valdorian drehte sich um und hatte das unangenehme Gefühl, dass die Finsternis einige Meter hinter ihm Gestalten gebar. Er musste sich zwingen, keinen Blick über die Schulter zu werfen.

»Der blaue Weg führt an der Peripherie des Labyrinths entlang zur anderen Seite«, erklärte Cordoban. »Aber hier fehlen Markierungen.«

Die Kälte wurde sofort unangenehm, wenn man verharrte. Valdorian schlang die Arme um seinen Oberkörper; er schätzte die Temperatur auf etwa fünfundzwanzig Grad unter null. Aufgrund der Risse isolierte der Thermoanzug nicht mehr annähernd so gut wie vorher.

Cordoban holte ein kleines Sondierungsgerät hervor, blickte auf die Anzeigen und schüttelte es.

»Nun, verlieren wir nicht noch mehr Zeit«, sagte der Stratege schließlich. »Nach links.«

Sie duckten sich durch die Öffnung und setzten den Weg in einem größeren Tunnel fort. Auch hier lagen dünne, feste Kunststoffplatten auf dem eigentlichen Boden, um ihn zu schützen. Das Licht der beiden Chemo-Lampen strich über die lederartige Substanz der Wände, die von Furchen und Rillen durchzogen waren. Hier und dort gab es Risse, gefüllt mit Dunkelheit. Vielleicht erstreckten sich Räume oder andere Tunnel dahinter – Jonathan und Cordoban blieben nicht stehen, um hineinzuleuchten.

Zwar gingen sie mit langen, entschlossenen Schritten, aber die Bewegungen hielten die Kälte nicht von Valdorian fern. Sie kroch durch die Risse in dem Thermoanzug, fraß sich in seinen Leib und schuf Taubheit. Er spielte mit dem

Gedanken, die Gürtelkontrollen zu betätigen und mehr Energie in die Heizfäden des Anzugs zu leiten, entschied sich aber dagegen. Die Batterien mussten geschont werden, denn sie bedeuteten Leben.

Etwa eine halbe Stunde lang folgten sie dem Verlauf des Tunnels. Gelegentlich wiederholte sich das Knirschen und Knacken, das aus keiner bestimmten Richtung zu kommen schien, und wenn Valdorian den Kopf drehte, sah er Finsternis, die ihm in einem Abstand von einigen Metern folgte.

Dann kam es zu einer Veränderung.

Sie betraf nicht in dem Sinne die Umgebung, sondern die allgemeine Atmosphäre. Die Wände des Tunnels boten den gleichen Anblick: mumifiziertes organisches Gewebe, das nach knittrigem Leder aussah, hier und dort darin eingelassene Geräteblöcke und Tafeln mit Hieroglyphengruppen. Dennoch gewann Valdorian den Eindruck, dass sie eine unsichtbare Grenze passiert hatten und sich etwas näherten, das ihn mit Unbehagen erfüllte. Jonathan und Cordoban schienen es ebenfalls zu spüren, denn sie gingen langsamer, hoben die Chemo-Lampen und hielten Ausschau. Der Tunnel führte nach unten, knickte nach links ab ...

Hinter der Kurve lag die Leiche eines Mannes. Cordoban untersuchte sie, während Jonathan einen respektvollen Abstand wahrte.

»Kann sich die Explosion im Empfangsbereich auch hier ausgewirkt haben?«, fragte Valdorian leise.

»Das bezweifle ich«, erwiderte der Sekretär. »Selbst wenn sich die Druckwelle durch die Tunnel ausgebreitet hat – hier kann sie nicht stark genug gewesen sein, um jemanden zu töten. Außerdem haben wir hier sonst keine Schäden gesehen.«

»Dieser Mann ist keiner Druckwelle zum Opfer gefallen, sondern einem Hefok.« Cordoban drehte die Leiche auf den Rücken. Eine hässliche Brandwunde zeigte sich auf der Brust. »Jemand hat ihn erschossen. Vor etwa einer halben Stunde.«

Valdorian konnte nicht anders – einmal mehr wandte er

den Kopf, blickte in die Finsternis des Tunnels und glaubte beinahe Gestalten zu sehen, die sie verfolgten, in der Dunkelheit verborgen. *Fürchtest du dich vor den Geistern der Xurr?*, fragte die spöttische Stimme der Vernunft, und die Furcht flüsterte: *Jener Mann hat sich nicht selbst erschossen.*

Er tastete nach den Gürtelkontrollen. Cordoban bemerkte die Bewegung und schüttelte den Kopf.

»Wenn wir die Individualschilde aktivieren, erschöpft sich die Ladung der Batterien innerhalb weniger Minuten.« Er holte seine Waffe hervor, hielt sie in der rechten Hand und spähte in die Finsternis.

Ein leises Wimmern kam aus der Schwärze vor ihnen.

Vorsichtig gingen sie weiter. Jonathan und Valdorian nahmen ebenfalls ihre Waffen zur Hand, deren Metall sich noch kälter anfühlte als die Luft um sie herum. Nach einigen Metern fanden sie auf der linken Seite eine Öffnung, die in einen kleinen Raum führte. In seiner Mitte ragten mehrere nadelartige Gebilde aus schwarzem Metall empor, deren Zweck Spekulationen überlassen blieb, und dahinter, in einer Ecke, zeigten sich vage Konturen. Cordoban leuchtete, und das Wimmern wiederholte sich.

Eine Frau hockte dort, hinter weiteren Metalldornen, die Beine angezogen, die Arme um die Knie geschlungen, den Kopf gesenkt. Sie trug einen dicken Thermoanzug, bebte aber am ganzen Leib und sah nicht auf, als sich Cordoban näherte. Stattdessen versuchte sie, noch weiter in die Ecke zurückzuweichen.

»Bitte«, brachte die Frau hervor. »Bitte lassen Sie mich am Leben.«

Cordoban ließ die Waffe langsam sinken und leuchtete mit der Chemo-Lampe. »Ich habe nicht vor, Sie zu töten«, sagte er mit einer Gelassenheit, die die Frau aufblicken ließ. Ihr Gesicht war bleich, die Augen braun, das schulterlange Haar aschblond. Und doch: Ein oder zwei absurde Sekunden lang erinnerte sie Valdorian an Lidia, obwohl sie kaum Ähnlichkeit mit ihr hatte.

»Was ist geschehen?«, fragte Cordoban. Er steckte die Waffe ein, griff nach dem Arm der Frau und zog sie auf die Beine.

»Wir ... wir hörten die Aufforderung, das Labyrinth zu verlassen und zum Empfangsbereich zurückzukehren«, sagte die Frau. Ihr Blick huschte kurz zu Jonathan und Valdorian, glitt dann zur Öffnung, hinter der sich der Tunnel erstreckte. »Kurze Zeit später hörten wir ein Donnern in der Ferne. Es klang nach einer Explosion. Wir erreichten einen der Rettungsräume, aber der dortige Kom-Servo funktionierte nicht. Und dann ...«

Sie schauderte heftig.

»Ja?«, drängte Cordoban.

»Dann kam ... das Ding. Eine Maschine. Renno glaubte, dass man sie beauftragt hatte, nach Touristen zu suchen, aber ... das Ding *schoss* auf ihn!«

»Wie sah die Maschine aus?«

»Eine schwebende Kugel mit vielen Dornen.« Die Frau starrte ins Leere und sah dort offenbar Erinnerungsbilder. »Renno näherte sich ihr, und sie schoss auf ihn. Er ist tot! Ich habe hier in diesem Raum Zuflucht gesucht und ... und ...«

Sie sprach nicht weiter.

Cordoban wandte sich seinen beiden Begleitern zu. »Vermutlich eine Killerdrohne. Jemand wollte sicherstellen, dass hier unten niemand überlebt.«

»Sie hat überlebt«, erwiderte Valdorian und deutete auf die Frau.

»Vielleicht ist die Killerdrohne darauf programmiert, nur Männer zu erschießen«, vermutete Cordoban. »Ich nehme an, Sie sollten keine Möglichkeit erhalten, nach oben zurückzukehren, Primus.«

»Ich schlage vor, wir verlassen diesen Ort«, sagte Jonathan und trat zur Öffnung in der Wand. »Vielleicht ist die Drohne noch in der Nähe.«

»Kommen Sie«, forderte Cordoban die Frau auf und deutete zur Öffnung. Er hielt wieder den Hefok in der rechten Hand. »Gehen wir.«

Im Tunnel blieb sie neben Rennos Leiche stehen und starrte fassungslos darauf hinab. »Er hat doch niemandem etwas getan«, schluchzte sie leise. »Wir haben uns erst vor drei Monaten kennen gelernt. Renno ...«

Cordoban hob die Hand und bedeutete der Frau, still zu sein. Er hatte wieder das kleine Sondierungsgerät hervorgeholt und blickte auf die Anzeige.

»Energetische Aktivität«, stellte er fest. »In der Richtung, aus der wir gekommen sind.«

Valdorian hielt den Atem an und lauschte. Einige Sekunden lang herrschte Stille, dann vernahm er wieder ein Knacken, das diesmal von oben kam.

Und in der Finsternis des Tunnels surrte etwas, wie ein zorniges Insekt.

»Die Drohne!«, rief Cordoban. »Laufen Sie!«

Valdorian reagierte sofort, folgte Jonathan und Cordoban, die bereits einige Meter vor ihm durch den Tunnel sprinteten. Die Möglichkeit, an diesem Ort zu sterben, unter einem dreitausend Meter dicken Eismantel, in einer alten Stadt der Xurr, erschien ihm plötzlich nicht mehr so grotesk wie noch vor einer knappen Stunde. Neben ihm lief die Frau, ebenso wie er von Furcht angetrieben.

Fauchend raste ein Strahlblitz dicht über sie hinweg und bohrte sich in die Decke. Das mumifizierte Gewebe verdampfte, und das Eis darüber zerbarst. Splitter flogen umher, und es knirschte dumpf.

Das Surren der Drohne wurde lauter – sie kam näher.

Wieder fauchte es, und diesmal verfehlte der Strahl nicht sein Ziel, traf den Rücken der Frau. Valdorian sah, wie sie die Augen aufriss, wie ihr Mund ein überraschtes und entsetztes O formte. Dann fiel sie und blieb neben den Kunststoffplatten auf dem Boden des Tunnels liegen.

Valdorian versuchte, noch schneller zu laufen, aber die Schwäche in seinem Inneren breitete sich aus. Die rechte Hand flog zu den Gürtelkontrollen und schaltete den Individualschild ein – dies war nicht der geeignete Zeitpunkt,

Energie zu sparen. Eine halbe Sekunde später wurde er von einem Strahlblitz getroffen, der ihn nach vorn stieß. Valdorian taumelte, hätte fast das Gleichgewicht verloren und fing sich im letzten Augenblick. Weiter vorn beschrieb der Gang eine Kurve. Jonathan und Cordoban verschwanden hinter der Biegung, und mit ihnen das Licht der Chemo-Lampen. Valdorians Furcht gewann eine neue Qualität, galt nun mehr der Finsternis als dem Roboter, obwohl die Dunkelheit nicht töten konnte. Sie schien der Tod zu *sein*, leer, farblos, ohne Substanz, ein Nichts, in dem sich alles verlor. Er warf sich regelrecht durch die Kurve, auf der Flucht vor der Schwärze, die sich von hinten immer mehr herantastete und die viel konkretere Gefahr der Drohne verbarg, sah Cordoban, der an der gewölbten Wand kauerte, den Hefok im Anschlag, sah auch Jonathan, der einige Meter weiter vorn in die Hocke gegangen war, ebenfalls dicht an der Wand und mit einer schussbereiten Waffe in beiden Händen, er hörte das Surren, wie von einer Mücke dicht am Ohr, vernahm das Fauchen von Entladungen, spürte einen weiteren Stoß, der ihn an Jonathan vorbeitaumeln und dann fallen ließ ...

Zwei Handwaffen entluden sich, und unmittelbar darauf krachte eine Explosion. Ihr grelles Licht blendete Valdorian, und anschließend schien die Dunkelheit den Sieg über ihn zu erringen, denn er sah nichts mehr. Finsternis umgab ihn, eine undurchdringliche Schwärze, in der es immer lauter knirschte und knackte. Etwas gab nach. Etwas splitterte und riss. Das mumifizierte Gewebe des Bodens senkte sich, und Valdorian fiel. Seine Hände suchten nach Halt, berührten aber nur kaltes, glattes Eis. Er rutschte, langsam erst, dann immer schneller, durch eine Finsternis, die nichts preisgab. Das Knirschen und Knacken um ihn herum dauerte an – es klang so, als wäre der ganze gewaltige Gletscher in Bewegung geraten. Wenige Sekunden später verlor er den Kontakt mit dem Eis, stürzte durch schreckliche Leere und berührte dann ein elastisches und klebriges Etwas, an dem er sich festzuhalten versuchte. Aber es gab nach, so wie zuvor der Boden des Tunnels, durch die Explosion destabilisiert. Er fiel erneut, einige Meter tief, und landete auf etwas Weichem. Keuchend blieb er liegen, während um ihn herum Eisbrocken aufprallten.

Jemand hustete, und ein vager Lichtschein zeigte sich in der dunklen Welt.

»Primus?«, fragte Jonathan.

Valdorian wollte antworten, aber es wurde nur ein Krächzen daraus. Er räusperte sich und versuchte es noch einmal. »Ich bin hier.«

Aus dem vagen Lichtschein in der Finsternis wurde ein hin und her tanzendes Glühen. Dicht dahinter bewegte sich eine Gestalt, kletterte über Eisbrocken und Gewebefetzen hinweg. Weiter oben im Halbdunkel bemerkte Valdorian ein Netz, wie eine große Spinnwebe, und bei dem weichen Material, in dem er lag, schien es sich um organisches Gewebe zu handeln.

Das Glühen war jetzt so nahe, dass er Jonathans Gestalt dahinter erkennen konnte.

»Offenbar befinden wir uns außerhalb des Labyrinths«, sagte der Sekretär, als er Valdorian auf die Beine half. Einige weitere Schrammen zeigten sich in seinem Gesicht, aber abgesehen davon schien er den Sturz gut überstanden zu haben. »In einem bisher unerschlossenen Bereich der Stadt. Hier hat das Xurr-Gewebe seine ursprüngliche Beschaffenheit bewahrt. Erstaunlich.«

Valdorian fragte sich, wie man in einer derartigen Situation Interesse für die Xurr und ihre Hinterlassenschaften aufbringen konnte.

»Cordoban?«, fragte er in die Dunkelheit.

»Hier drüben«, erklang es aus der Finsternis. »Ich habe die Lampe verloren.«

Sie fanden den Strategen neben einem geborstenen Eisblock, der ebenfalls von der hohen Decke herabgefallen war und ihn nur knapp verfehlt hatte. Valdorian sah ölige Flüssigkeit, die aus einem breiten Riss des Thermoanzugs quoll. Eine neue Wunde. Oder eine der alten war aufgeplatzt.

»Was ist mit Ihren Batterien?«, fragte Cordoban.

Sie überprüften die Thermoanzüge.

»Sechs Prozent Ladung«, sagte Jonathan, und Valdorian nickte; bei ihm sah es ähnlich aus. »Die Individualschilde haben einen großen Teil der Restenergie verbraucht.«

»Uns bleibt höchstens noch eine Stunde«, teilte Cordoban seinen beiden Begleitern in einem sachlichen Tonfall mit. »Dann funktionieren die Heizelemente der Anzüge nicht mehr.«

Noch eine, vielleicht anderthalb Stunden, um den Liftschacht zu finden. Valdorian erzitterte innerlich, und es lag nicht an der Kälte. Hatte das Schicksal entschieden, ihn hier sterben und im Eis erstarren zu lassen, ihn wie die Xurr-Stadt der Nachwelt zu erhalten?

Sie befanden sich nicht in einem Tunnel, aber die genaue Größe des Raums blieb unklar, denn der Lichtschein von Jonathans Chemo-Lampe reichte nur wenige Meter weit. Die Welt jenseits davon bestand aus Schwärze. Die drei Männer verließen den Bereich des Netzes und der weichen Bodenmasse, schritten über einen Eiskeil, den der gewaltige Gletscher in diesen Teil der Xurr-Stadt hineingetrieben hatte. Oft kam dumpfes Knirschen aus der Dunkelheit, und manchmal spürte Valdorian leichte Erschütterungen im Boden.

»Ich fürchte, die Explosion der Drohne hat diesen Bereich des Eismantels destabilisiert.« Cordoban holte das Sondierungsgerät hervor, blickte aufs kleine Display, schüttelte den Kopf und steckte es wieder ein. »Erst die Bombe im Empfangsbereich, dann die Drohne ... Die beiden Druckwellen könnten im Eis zu fatalen Strukturrissen geführt haben.«

»Mit anderen Worten: Es wäre möglich, dass uns der Gletscher auf den Kopf fällt?« Jonathan hob die Lampe, aber ihr Licht reichte nicht bis zur Decke, glitt nur etwas weiter an der nahen Eiswand empor.

»Zumindest ein Teil von ihm«, erwiderte Cordoban. »Ein

Grund mehr zu versuchen, den Schacht der Probebohrung so schnell wie möglich zu erreichen.«

Während sie über den Eiskeil schritten, schien es immer kälter zu werden. Selbst die Bewegungen halfen jetzt nicht mehr. Valdorian spürte auf sehr unangenehme Weise, wie sich der Frost in seinen Leib fraß, und die Furcht vor dem drohenden Ende gewann eine neue Dimension. Zuerst war ihm die Möglichkeit, an diesem Ort zu sterben, absurd erschienen, dann als eine grässliche *Möglichkeit*; jetzt gewann diese Aussicht an Realität, wurde immer wahrscheinlicher. Hilfloser Zorn entflammte in ihm und vertrieb zumindest einen Teil der Kälte. Valdorian hielt ihn fest und versuchte nicht, dieses Empfinden aus sich zu verbannen, denn es gab ihm Kraft. Trotzige Entschlossenheit sorgte dafür, dass er weiterhin einen Fuß vor den anderen setzte. Er stellte sich vor, nach oben zurückzukehren und Vergeltung zu üben für Bombe und Drohne. Wer auch immer hinter dieser Sache steckte: Er sollte es bitter bereuen.

Aus dem Knacken wurde dumpfes Donnern, und das Eis unter Valdorian erzitterte. Jonathan blieb stehen und hob die Lampe. Eisstaub wogte in der kalten Luft.

»Offenbar sind hinter uns weitere Brocken heruntergefallen«, sagte Jonathan. An einigen Stellen zeigten sich Gewebeansammlungen im Eis, wie im Frost erstarrte Organe. Es knirschte, und Risse bildeten sich im Eiskeil.

»Los!«, rief Cordoban und stürmte voran, dichtauf gefolgt von Jonathan. Valdorian setzte sich schon allein deshalb in Bewegung, weil er fürchtete, von der Dunkelheit verschlungen zu werden. Hinter ihm gab organisches Gewebe mit einem Geräusch nach, das an zerreißende Tücher erinnerte, als tonnenschwere Eismassen Teile der alten Xurr-Stadt unter sich zermalmten. Dies war eine andere Art von Tod, noch schrecklicher als Erfrieren. Valdorian lief schneller, floh vor Eis und Finsternis, folgte dem matten Glühen der Chemo-Lampe – das plötzlich verschwand.

Eine Sekunde später verlor Valdorian den Halt und rutschte in die Tiefe. Das Licht erschien wieder, weiter vorn und in der Tiefe; er sah, dass es Cordoban und Jonathan wie ihm ergangen war. Das glatte Eis bot kaum Halt, und deshalb genügte die knappe Neigung des Hanges, die Männer immer schneller nach unten rutschen zu lassen. Glücklicherweise gab es nirgends Vorsprünge oder scharfe Kanten.

Nach mehreren Minuten endete die Rutschpartie an einer Wand, die aus dem vertrauten mumifizierten Gewebe bestand. Valdorian prallte dagegen, wie zuvor Cordoban und Jonathan, und die ledrige Substanz absorbierte seine kinetische Energie, wirkte wie ein Kissen. Einige Sekunden lang blieb er schnaufend liegen, kam dann wieder auf die Beine und stützte sich an der Wand ab. Jonathan stand zwei Meter entfernt an einem Riss und leuchtete, während Cordoban halb durch die Öffnung kletterte, die breit genug war, um sie passieren zu lassen.

»Ich sehe eine blaue Markierung.« Cordoban schob sich zurück. In seinem blassen Gesicht zeigte sich keine Freude, nur Zufriedenheit. »Wir sind am Rand des Labyrinths, und der Tunnel dort führt zum Schacht der Probebohrung.«

Erleichterung erfasste Valdorian, doch unmittelbar darauf wurde ihm ein neues Problem klar. »Die Frage ist nur: Wo befindet sich der Schacht von hier aus gesehen? Wenden wir uns in dem Tunnel nach links oder nach rechts?«

»Nach links«, sagte Cordoban.

»Nach rechts«, kam es gleichzeitig von Jonathans Lippen.

Sie kletterten durch den Riss und blieben unschlüssig stehen.

»Jonathan?«, fragte Valdorian.

»Es ist nur so ein Gefühl«, erwiderte der Sekretär.

»Cordoban?«

»Ich bin mir ziemlich sicher, dass wir uns auf der linken Seite des Labyrinths befinden. Dafür spricht auch der Umstand, dass wir von links kommen, aus einem noch nicht mumifizierten Bereich der Stadt, während sich das Gewebe hier ...« Cordoban deutete auf die Wände des Tunnels. »... verändert hat. Wenn wir uns nach links wenden, erreichen wir die dem Empfangsbereich gegenüberliegende Seite des Labyrinths, und dort befindet sich der Schacht der Probebohrung.«

Valdorian kannte den Strategen gut genug, um den besonderen Unterton in seiner Stimme zu hören. »Aber ganz sicher sind Sie nicht.«

»Nein, Primus.«

»Na schön.« Valdorian atmete tief durch. »Wir gehen nach rechts.«

Cordoban richtete einen Blick auf ihn, der vages Erstaunen zum Ausdruck brachte, nickte dann Jonathan zu und ging los.

Schon nach wenigen Schritten fühlte Valdorian eine Schwäche, die neue Sorge in ihm weckte. Er musste seine Kräfte schonen, wenn er überleben wollte, wenn er *lange genug* überleben wollte, um Lidia zu finden. Derartige Strapazen verkürzten die Zeit, die ihm noch blieb. Und wenn er jetzt die falsche Entscheidung getroffen hatte, wenn sich der Schacht nicht etwa in der Richtung befand, in der sie unterwegs waren, sondern in der anderen ...

Valdorian schüttelte diesen Gedanken ab, konzentrierte sich stattdessen auf seine Rache und stellte sich vor, wie er jene Leute bestrafen würde, die ihm nach dem Leben trachteten. Eine einfache Hinrichtung kam natürlich nicht infrage. Auch kein »Unfall« wie bei Arik Dokkar. Wer auch immer die Bombe in den Empfangsbereich und die Killerdrohne ins Labyrinth geschickt hatte – er sollte leiden. Infrage kam zum Beispiel ein drogeninduzierter Limbus. Oder der Einsatz spezieller Mikronauten, die organisches Gewebe benutzen konnten, um sich selbst zu reproduzieren. Es gab noch andere Möglichkeiten, und während der vergangenen Jahrzehnte hatte Valdorian gelegentlich von ihnen Gebrauch gemacht, nicht zum Vergnügen, sondern um seine politisch-ökonomischen Gegner und Rivalen innerhalb und außerhalb des Konsortiums abzuschrecken. Diesmal aber ging es ihm einfach nur um Rache. An diesen Gedanken klammerte er sich fest, als sie durch den Tunnel schritten, der kleiner war als die Tunnel im Labyrinth, dessen Wände aber aus der gleichen ledrigen Substanz bestanden, aus mumifiziertem Gewebe. Das Licht der Chemolampe glitt geisterhaft hin und her, hielt die Dunkelheit auf Distanz, und während Valdorian das Glühen beobachtete, schien die Finsternis anzuschwellen und näher zu kriechen, ein dunkles, gestaltloses Geschöpf, das nicht länger warten wollte, sich zum Sprung duckte ...

Das Licht der Chemo-Lampe flackerte und ging aus.

Valdorian blieb stehen und hielt unwillkürlich den Atem an, als sich kalte Angst wie eine Faust um sein Herz schloss und langsam zudrückte. Er rechnete jeden Augenblick damit, von irgendetwas gepackt und zerfetzt zu werden, und alles in ihm drängte danach, loszulaufen und zu fliehen. Aber die leiser gewordene Stimme der Vernunft riet ihm davon ab und wies darauf hin, dass die Finsternis überall war, dass er ihr nicht entkommen konnte.

»Die Lampe funktioniert nicht mehr«, sagte Jonathan überflüssigerweise. »Vermutlich wurde sie beim Sturz beschädigt.«

»Wenn wir jetzt an eine Abzweigung geraten, können wir nicht feststellen, welcher Weg die blaue Markierung aufweist.« Cordobans Stimme klang auch jetzt ruhig und wie unbeteiligt.

»Primus?«

»Ich ... bin hier«, brachte Valdorian hervor.

»Uns bleibt noch etwa eine halbe Stunde«, sagte Cordoban. »Gehen wir weiter.«

Die Dunkelheit machte alles schwieriger. Sie erfüllte ihn mit einer primordialen Furcht, und rationale Gedanken wollten sich vor einem solchen emotionalen Hintergrund kaum einstellen. Die Furcht ließ ihn stärker frösteln, stahl ihm immer mehr Kraft, legte ihm kleine Hindernisse in den Weg, damit er stolperte. Valdorian versuchte, an den Rachegedanken festzuhalten, aber irgendwann wurde es zu viel. Die Finsternis kroch in seine Innenwelt, in den Kosmos zwischen seinen Schläfen, und als es ihm gelang, einen Teil der Benommenheit abzustreifen, fand er sich zitternd vor Kälte auf dem Boden wieder.

»Primus?« Jonathans Stimme kam aus unmittelbarer Nähe; er hockte neben ihm.

»Ich bin ... so müde«, hauchte Valdorian.

»Wenn Sie schlafen, sterben Sie«, sagte Cordoban sachlich. Nach kurzem Zögern fügte er hinzu: »Die Batterien sind nahezu leer. Ich habe bereits darauf hingewiesen, dass ich die Kälte besser ertrage als Sie. Ich schlage vor, Sie warten hier. Ich laufe los und versuche, den Schacht zu finden. Wenn die dortigen Daten- und Kom-Servi funktionieren, kann ich dafür sorgen, dass innerhalb weniger Minuten Hilfe eintrifft.«

Valdorian schnappte mühsam nach Luft. Selbst das Atmen fiel ihm schwer. Die Kälte bereitete sich in ihm aus, raubte ihm den Rest von Kraft, lähmte Muskeln und Nerven.

»Primus?«, fragte Cordoban.

»In Ordnung«, krächzte Valdorian. »Wir ... warten hier auf Sie.«

Das Geräusch von Cordobans Schritten verhallte schnell, und anschließend schien die Dunkelheit eine neue Qualität zu gewinnen. Valdorian konnte kaum mehr einen klaren Gedanken fassen. Er saß an der Wand, den Rücken ans mumifizierte Gewebe gelehnt, und die von den Heizfäden des Thermoanzugs geschaffene Wärme wurde zu einer verblassenden Erinnerung. Er hörte, dass Jonathan zu ihm sprach, aber seine Worte blieben ohne Sinn in dieser schwarzen, kalten Welt. Mehrmals packten ihn Hände an den Schultern und rüttelten ihn, zogen ihn sogar auf die Beine, aber nach wenigen taumelnden Schritten sank Valdorian wieder zu Boden. Er fühlte sich von einem seltsamen Frieden erfasst, der Ruhe brachte. Das emotionale Chaos, das Verlangen nach Rache, seine Gefühle für Lidia, der Wunsch nach Überleben – das alles verschwand. Es blieb der Wunsch nach Schlaf. Immer verlockender wurde es, dem sanften Zerren der inneren Finsternis nachzugeben, Gedanken und Empfindungen forttreiben zu lassen und sich auszustrecken auf dem weichen Kissen des Vergessens. Nur ein wenig schlafen, um neue Kräfte zu sammeln, einige Minuten, mehr nicht. Dann wollte er aufstehen und weitergehen, in die Richtung, in die Cordoban gelaufen war.

Nein!

Valdorian zwang die Lider nach oben, was keinen Unterschied machte, da alles dunkel blieb, aber es wehrte einen Teil der Müdigkeit ab.

»Jonathan?«

»Ja, Primus?«, kam es aus der Finsternis. Die Stimme des Sekretärs klang brüchig.

»Wir müssen in Bewegung bleiben.« Valdorian wusste nicht, woher er die Kraft nahm, aber es gelang ihm aufzustehen. Er stützte sich an der Wand ab und hörte Bewegungen – Jonathan kam ebenfalls auf die Beine. »Wir haben noch eine Chance.«

»Ja, Primus.«

»Cordoban hat Recht. Wenn wir schlafen, sterben wir.«

Die beiden Männer wankten durch die Dunkelheit, und Valdorian konzentrierte sich auf jeden einzelnen Schritt, um nicht erneut der Versuchung zu erliegen, der Müdigkeit nachzugeben. Wieder half die Bewegung, zuerst, aber dann setzte sich die Kälte erneut durch. Irgendwann, nach Sekunden, Minuten oder Stunden, blieb Valdorian stehen, weil seine Füße tonnenschwer geworden waren. Er sank zu Boden, und Jonathan nahm neben ihm Platz, keuchte ebenso ausgelaugt wie er. Es gab keine Flucht vor der Kälte – sie triumphierte.

Valdorian schlief ein.

Später wusste er nicht zu sagen, wie lange er geschlafen hatte. Wieder packten ihn Hände an den Schultern und rüttelten ihn, aber sie gehörten nicht Jonathan, sondern einem anderen.

Valdorian öffnete die Augen und blinzelte im Licht heller

Lampen. Cordoban zog ihn auf die Beine, während sich zwei Soldaten um Jonathan kümmerten.

»Es war richtig von Ihnen, dem Gefühl Ihres Sekretärs zu vertrauen«, sagte Cordoban und wechselte die Batterie von Valdorians Thermoanzug. »Wenn Sie auf mich gehört hätten, wären wir jetzt tot. Ich habe herausgefunden, wem wir die Bombe und die Killerdrohne verdanken.«

Valdorian sah ihn stumm an.

»Ihrem Sohn Benjamin.«

Tintiran
10. September 301 SN
linear

10

Leichter Wind zupfte sanft am feuerroten Haar der Betreuerin Rita, als sie im Schatten des riesigen Raumschiffs stehen blieb.

»Ich wünsche Ihnen viel Glück, Diamant«, sagte sie und benutzte diesmal den Pilotennamen. »Heute werden Sie zum ersten Mal ein Kantaki-Schiff fliegen. Und wir ...« Ihre Lippen formten ein zartes Lächeln. »Vielleicht sehen wir uns nie wieder.«

»Ich danke Ihnen.« Lidia schüttelte ihr die Hand. »Für alles.«

Rita lächelte noch einmal, drehte sich dann um und ging in Richtung des zentralen Raumhafengebäudes. Lidia sah ihr kurz nach, dachte an Feydor und die anderen, blickte dann an dem gewaltigen Gebilde vor ihr empor. Das Raumschiff ragte wie ein Berg auf, grau und schwarz, bestand aus hunderten von einzelnen Segmenten, die wie von einem kubistischen Künstler zusammengesetzt wirkten. Man konnte sich kaum vorstellen, dass ein solches Gebilde fähig war, aufzusteigen und zu fliegen. *Und ich soll es steuern*, dachte Lidia voller Ehrfurcht.

Das Schiff ruhte auf mehreren schwarzen Dornen, die angesichts der kolossalen Masse lächerlich fragil wirkten. Dort waren die Schatten dichter als hier am Rand, und etwas bewegte sich zwischen ihnen.

Lidia trat näher. Sie hatte erwartet, von einem Akuhaschi in Empfang genommen zu werden, vielleicht sogar von einem Kantaki; stattdessen erwartete sie ein Mensch, ein Mann, dessen Alter sie auf über hundert Standardjahre schätzte.

Er trug einen etwas zu großen lindgrünen Overall mit Kantaki-Symbolen an der Brust und auf der Schulter, angeordnet zu kleinen Fünfergruppen. Falten bildeten ein komplexes Muster im schmalen Gesicht des Alten und formten tiefe Täler in der hohen Stirn. Das kurze graue Haar wirkte wie Flaum, und buschige weiße Brauen wölbten sich über den ebenfalls weißen Augen.

Der Mann war blind, und Lidia hielt vergeblich nach einer technischen Seehilfe oder einem Bio-Servo Ausschau.

»Bitte entschuldigen Sie«, sagte sie. »Man erwartet mich hier. Ich bin ...«

»Du bist Diamant«, sagte der Alte. »Ich bin Floyd.« Er streckte ihr die Hand entgegen.

Lidia griff überrascht danach. Floyd drückte kurz zu, ließ dann wieder los. »Kantaki-Piloten duzen sich«, sagte er.

»Sie ...«, begann Lidia verblüfft. »Du ...«

»Du bist erstaunt, weil ich blind bin, nicht wahr?« Es klang amüsiert. »Und doch sehe ich mehr als die meisten anderen Leute. Komm.«

Mit sicheren, zielstrebigen Schritten führte er Lidia zu einem der schwarzen Dorne, und als sie näher kamen, bildete sich eine Öffnung, wie eine Tür.

Doch an der betreffenden Stelle schien sich die Substanz des Dorns einfach aufzulösen. Floyd trat ohne zu zögern hinein, und Lidia folgte ihm. Sie spürte eine subtile Veränderung, vergleichbar mit der, die sie beim Durchschreiten des Portals der Sakralen Pagode in Bellavista wahrgenommen hatte.

»Du kannst stolz sein, dass man ausgerechnet dieses Schiff für dich ausgewählt hat«, sagte Floyd, als sich mattes Licht auf sie herabsenkte und sie behutsam nach oben trug.

Es war ein sehr angenehmes Gefühl, wie eine Umarmung. »Es gehört Mutter Krir. Sie ist eine der Großen Fünf. Du weißt doch, was es damit auf sich hat, oder?«

Lidia nickte. Dann erinnerte sie sich an Floyds Blindheit und sagte: »Ja.«

Bei den Großen Fünf handelte es sich um das Kantaki-Äquivalent eines Regierungsgremiums. Sie hüteten den Sakralen Kodex, und in dieser Funktion trafen sie Entscheidungen von fundamentaler Bedeutung für alle Kantaki. Aus den vielen Vorträgen des Akuhaschi Hrrlgrid wusste Lidia, dass die Kantaki in einer Gesellschaft lebten, die nach menschlichen Maßstäben anarchisch war. Nichts verpflichtete individuelle Kantaki, sich den Entscheidungen der Großen Fünf zu unterwerfen, aber sie alle achteten den Sakralen Kodex, der mehr für sie darstellte als eine existenzielle Philosophie – für die Kantaki war der Kodex eine spirituelle Kraft, die ihnen Leben gab, und ihrem Leben einen Sinn. Lidia hatte gerade erst damit begonnen, die komplizierten Zusammenhänge zu erahnen, und sie war entschlossen, mehr zu lernen und zu verstehen.

Sie erreichten einen Korridor, und dort setzte sie das Kraftfeld ab. Lidia spürte eine weitere Veränderung, stärker als die erste. Die Struktur der Raum-Zeit um sie herum erfuhr einen profunden Wandel, und damit einher ging Desorientierung. Der Korridor vor Lidia wurde länger und verdrehte sich korkenzieherartig – aus oben wurde unten, aus rechts wurde links. Die Wände blähten sich auf, und als sich Lidia bewegte, begannen sie zu pulsieren, im Rhythmus ihres Herzschlags, immer schneller ...

Floyd legte ihr die Hand auf die Schulter.

»Schließ die Augen«, sagte er, und sofort senkte sie die Lider. »Beim ersten Mal ist es mir nicht anders ergangen. Konzentrier dich auf die Gabe, so wie du es gelernt hast. Lass dich von ihr leiten. Hab Vertrauen.«

Lidia horchte in sich hinein und vernahm das vage Flüstern der Gabe, ein Raunen, das sie an die fernen Stimmen der Heiligen Worte erinnerte. Sie konzentrierte sich darauf, ließ das Wispern anschwellen, bis es laut in ihrer inneren Welt widerhallte, dann öffnete sie die Augen wieder.

Noch immer verschoben sich die Dimensionen, aber jetzt hatte dieser spezielle Aspekt ihrer Umgebung nichts Verwirrendes mehr für Lidia.

»Na bitte«, sagte Floyd so zufrieden, als hätte er den Vorgang in allen Einzelheiten beobachtet. »Es ist eigentlich ganz einfach.«

Sie schritten durch den Korridor, der erneut länger zu werden schien, aber diesmal fühlte sich Lidia als Teil dieses Vorgangs, der mit jeder verstreichenden Sekunde vertrauter wurde.

Sekunden ...

Wie in der Pagode gewann Lidia den Eindruck, am Ufer des Zeitstroms zu stehen und zu beobachten, wie alles aus der Vergangenheit in die Zukunft schwamm, durch den zeitlosen Moment der Gegenwart, durch die Illusion des *Jetzt*. Zusammen mit Floyd bewegte sich Lidia in einer von gewöhnlicher Zeit unberührten Welt, und erneut bemerkte sie die Sicherheit, mit der der Alte einen Fuß vor den anderen setzte.

»Wie findest du dich hier zurecht?«, fragte sie.

Floyd lachte leise. »Meine Augen sind zwar blind, aber ich sehe mit dem Geist. Du wirst bald verstehen, was ich meine.«

Sie setzten den Weg durch das Kantaki-Schiff fort, und Lidia versuchte, so viele Eindrücke wie möglich aufzunehmen. Sie kamen an summenden Aggregaten vorbei, die wie hoch aufragende Orgeln wirkten, an mehrere Stockwerke hohen Maschinenblöcken, die den hyperdimensionalen Raum im Inneren des Schiffes zu krümmen schienen. Akuhaschi arbeiteten an Servosystemen und prüften die Datenkolonnen auf Displays, die in einigen Sälen vom Boden bis zur Decke reichten. Auf einem der Bildschirme sah Lidia den Raumhafen, auf einem anderen Bellavista. Andere Darstellungsbereiche schwebten frei im Raum und zeigten komplexe Darstellungen des Alls.

»Um die technischen Einzelheiten des Schiffes brauchst du dich nicht zu kümmern«, sagte Floyd. »Deine Aufgabe besteht allein darin, es an den Fäden entlang zu steuern.«

»Und du?«, fragte Lidia, als ihr plötzlich etwas einfiel: Ein Kantaki-Schiff brauchte nur einen Piloten, nicht zwei.

»Du wirst meine Nachfolge antreten«, erwiderte Floyd ruhig. »Ich bin müde geworden.«

»Wie lange bist du schon Pilot?«

»Seit über dreihundert Jahren«, sagte Floyd, und Lidia hörte dabei eine gewisse Wehmut in seiner Stimme. »Mein erster Flug fand noch während der Epoche des Chaos nach dem Zeitkrieg statt. Ich konnte miterleben, wie die Kantaki zahlreiche Anomalien in die Raum-Zeit reintegrierten. An Bord einer Kantaki-Kapsel bin ich damals auf einem Planeten gewesen, der in der Zeit gefangen war.«

»Tylea?«

»Du hast davon gehört? Ja, Tylea, eine Welt der Mantai mit einer Kolonie der Menschen. Die Zeit verging dort so langsam, dass eine Sekunde auf Tylea fünf unserer Jahre dauerte – eine Auswirkung des Sporns, den die Kantaki und Feyn damals gegen die Temporalen einsetzten.«

»Seit über dreihundert Jahren ...«, wiederholte Lidia beeindruckt.

»Für uns Piloten vergeht die Zeit anders, Diamant. Ich war schon alt, als ich zum ersten Mal ein Kantaki-Schiff durchs All gesteuert habe – meine Gabe erwachte spät in mir. Du hast ein langes, langes Leben vor dir.«

Plötzlich blieb Floyd stehen, griff nach Lidias Arm und zog sie zur Wand.

»Was ist los?«, fragte sie.

»Warte ...«

Sie befanden sich in einem weiteren langen, halbdunklen Korridor, in dem Schatten sonderbare Muster formten. Manchmal schienen sich Dinge zu bewegen, die eigentlich stationär sein sollten, aber daran hatte sich Lidia inzwischen gewöhnt. Ein Schemen glitt beiseite, und dahinter entstand eine Öffnung in der Wand. Ein Kantaki trat in den Korridor.

»Das ist Mutter Krir«, flüsterte Floyd.

Lange, dünne Gliedmaßen trugen einen schmalen Leib, und wieder fühlte sich Lidia an eine Gottesanbeterin erinnert. Der ledrige Hals neigte sich zur Seite, und der Blick zweier multipler Augen richtete sich auf die beiden Menschen. Wie beim Kantaki in der Pagode bemerkte Lidia silbrig glänzende Stoffteile, und erneut fragte sie sich, ob es sich um Kleidungsstücke oder Schmuck handelte. Auch in diesem Fall begleitete eine eigentümliche Fluoreszenz jede Bewegung der Kantaki. Der dreieckige Kopf kam näher, und die Kiefer klickten.

»Ich begrüße dich an Bord meines Schiffes, Diamant«, ertönte es aus einem Linguator. Mutter Krir streckte einen dünnen Arm aus und berührte Lidia an der Wange. Für ein oder zwei Sekunden – wenn es hier einen Sinn hatte, diese zeitlichen Begriffe zu verwenden – spürte die junge Frau eine fremde Präsenz im Kern ihres Selbst, ein sanftes Etwas, das nicht etwa ihre Privatsphäre verletzte, sondern wie zärtlich ihre Seele streichelte. Wieder klickte es. »Ich bin sicher, wir werden gut zusammenarbeiten.« Bevor die Präsenz aus ihr wich, wiederholte sich das Gefühl der Zärtlichkeit. »Bleib immer dir selbst treu, Diamant.«

Krir drehte sich um und stakte durch den Korridor davon. Die einzelnen Schritte trugen sie schneller fort, als es eigentlich der Fall sein sollte, und es dauerte nicht lange, bis die Kantaki in den Schatten verschwand.

»Mutter Krir mag dich«, sagte Floyd. »Du bist an Bord des richtigen Schiffes.« Er neigte den Kopf ein wenig zur Seite und lauschte. »Hörst du das?«

Lidia vernahm ein dumpfes Summen, kaum mehr als eine Vibration im Boden unter ihren Füßen.

»Wir sind startbereit«, stellte Floyd fest und griff nach Lidias Hand. »Man erwartet uns im Dom.«

Der Pilotendom des Kantaki-Schiffes war ein kuppelförmiger Raum mit Dutzenden von buckelartigen Konsolen an den Wänden, die sich nach oben wölbten; die höchste Stelle der Decke befand sich mehr als zehn Meter über dem Podium in der Mitte des Raums. Zwei Akuhaschi schritten von einer Konsole zur anderen, überprüften die Anzeigen, betätigten Kontrollen und justierten die Bordsysteme. Lidia begleitete Floyd zum Podium, trat dort fünf Treppenstufen empor und blieb neben einem Sessel stehen, der mehr wie eine Liege aussah.

Floyd vollführte eine einladende Geste. »Nimm Platz.«

Lidia spürte, wie ihre Aufregung zunahm, als sie der Aufforderung nachkam. Der Sessel neigte sich nach hinten, kaum dass sie Platz genommen hatte, und sein weiches Material passte sich ihrem Körper an.

»Floyd, ich weiß wirklich nicht, ob ich bereit bin, ganz allein ...«

Der Alte beugte sich vor und berührte mit dem Zeigefinger ihre Lippen. »Wenn du nicht bereit wärst, hätte man dich nicht hierher geschickt. Hab Vertrauen zu dir selbst. Einmal ist immer das erste Mal. Leg die Hände in die Sensormulden.«

Lidia schob ihre Hände in die Mulden der Armlehnen und fühlte einen kühlen Kontakt an den Fingerkuppen. Ein Sensormodul kam aus der Kopflehne des Pilotensessels und verharrte an ihrer Stirn.

Floyd, der trotz seiner Blindheit ein klares Bild von der Umgebung hatte, gab den beiden Akuhaschi ein Zeichen. Einer von ihnen berührte Schaltelemente, und die Wände veränderten sich. Linsen schienen sich in ihnen zu öffnen, erweckten den Eindruck von Fenstern. Lidia sah den Raumhafen und die Stadt so, als befände sich der Pilotendom ganz oben auf dem Raumschiff und nicht tief in seinem Inneren.

»Bring uns nach oben«, sagte Floyd ruhig. »Bring uns ins All.«

Lidia öffnete den Mund – und schloss ihn wieder, als sie begriff, dass es nicht nötig war, nach dem Wie zu fragen. Sie *fühlte* es. Der Kontakt mit den Sensoren erweiterte ihr Bewusstsein, und die Gabe in ihr reagierte so darauf, wie es Hrrlgrid in der Pagode angekündigt hatte. Sie nahm das Schiff als eine Einheit wahr, wie einen riesigen künstlichen Organismus, zu dessen Gehirn sie wurde. Ihre Gedanken glitten durch die Nervenbahnen quantengeometrischer Verbindungen, wanderten durch die externen Synapsenkolonien der Datenservi, erkundeten die faszinierende Komplexität der Bordsysteme und lauschten den elektronischen Gesängen in zahlreichen Geräteblöcken und Aggregaten. Floyd hatte Recht. Sie brauchte nicht zu verstehen, wie jedes einzelne Detail funktionierte. Es reichte völlig aus, dass sie die Gesamtheit erfasste, und anschließend genügte ein Wunsch. *Nach oben,* dachte sie, und der dunkle Koloss stieg auf. Durch die »Fenster« an den gewölbten Wänden sah Lidia, wie der Raumhafen unter dem Kantaki-Schiff zurückfiel, ebenso schrumpfte wie die Stadt Bellavista. Innerhalb weniger Sekunden wurde aus dem Scharlachroten Meer Tintirans ein Tümpel, und dann verwandelte sich der Planet in eine bunte Perle, die in einem schwarzen Meer schwamm, dem Weltraum. Krirs schwarzes Schiff wurde eins mit der Nacht zwischen den Sternen, und nach wie vor gehorchte es Lidias Gedanken.

Sie spürte eine weitere Veränderung – nicht nur ihr Bewusstsein erweiterte sich, sondern auch ihre Sinne. Sie hörte, sah und fühlte mit den Sensoren des Schiffes, mit seinen Augen und Ohren, nahm die große Transportblase wahr, die es hinter sich her zog, darin Dutzende von Frachtmodulen und Passagierkapseln. Eine Hand berührte ihren Körper, der jetzt nicht nur aus lebendem Fleisch bestand, sondern auch aus Metall und Energie, brodelnder Energie, die von allen Seiten auf sie einströmte, sich in ihr konzentrierte, ohne sie zu verbrennen. Geballte Kraft stand ihr zur Verfügung und zitterte unter ihren mentalen Fingern, die sie formen, der sie Struktur, Gestalt und *Richtung* geben konnten.

Die Berührung durch die Hand wiederholte sich, und ein Teil der Ekstase ebbte ab, sodass Rationalität zurückkehren konnte.

»Nicht zu schnell«, mahnte Floyd. »Ganz ruhig. Fühl das Schiff wie deinen eigenen Körper, Diamant. Ich weiß, dass man beim ersten Mal von all den vielen Eindrücken überwältigt ist, o ja, ich erinnere mich daran, auch wenn dreihundert Jahre vergangen sind. Konzentrier dich darauf, das Schiff zu steuern. Schieb alle anderen Dinge zunächst beiseite.«

Lidia hörte ihn, nicht nur im Pilotendom, wo er auf dem Podium neben ihr stand, sondern auch in der Sphäre der kochenden Energie, die darauf wartete, von ihr geformt zu werden. »Es ist wundervoll«, flüsterte sie ergriffen.

Mit einem ihrer Augen – sie hatte jetzt tausende – sah sie sein Lächeln. Und plötzlich begriff sie den Hinweis darauf, er sähe mehr als die meisten anderen.

»Es ist erst der Anfang, Diamant. Die beiden Akuhaschi übermitteln dir jetzt die Navigationsdaten – bring uns in den Transraum.«

Lidia hielt an beidem fest, an der Ekstase ebenso wie an der Rationalität, und einen winzig kleinen Teil der Kraft benutzte sie, um sich zu konzentrieren. Sie bekam ein immer deutlicheres Gespür für das Schiff. Es fühlte sich nicht direkt wie ihr Körper an, eher wie ein Teil davon, wie ein Bein oder eine Zehe, die sie bewegen konnte, wenn sie wollte.

Myriaden von Daten strömten kreuz und quer durch das Schiff – es war die Sprache, in der sich die zahllosen Bordsysteme miteinander verständigten. Einer dieser Datenströme floss in Lidias Richtung, und sie öffnete ihr Selbst für ihn. Die vielen Übungen in der Pagode halfen ihr jetzt zu verstehen. Sie nahm die Navigationsdaten so entgegen wie einen Hinweis darauf, in welche Richtung sie sehen sollte.

»Ja, so ist es richtig«, lobte Floyd, dessen Hand noch immer an ihrem Arm ruhte. »Du kennst jetzt das Ziel. Bring uns dorthin, Diamant. Bring uns in den Transraum.«

Lidia atmete tief durch, bewegte die mentalen Finger und berührte damit ihre Gabe. Ihr Selbst dehnte sich aus, öffnete eine Tür zwischen den Dimensionen, und gleichzeitig spürte sie, wie das Triebwerk des Kantaki-Schiffes noch mehr Energie zur Verfügung stellte, eine Kraft, die kanalisiert werden wollte. Lidia zog die Tür zwischen den Dimensionen weit auf, nahm die Energie, das Brodeln und Kochen, schob sich selbst und das Schiff damit in den Transraum.

Diesmal waren die Eindrücke so fremdartig, dass sie zunächst nichts damit anfangen konnte. Sie glaubte sich in einem Zimmer voller Spinnweben, aber wenn sie sich in ihnen bewegte, zerrissen die filigranen Fäden nicht, sondern glitten beiseite und formten neue Muster. Von Floyds Präsenz geleitet, griff sie nach einem dieser Fäden, der sich ein wenig von den anderen zu unterscheiden schien. Sanft hielt sie ihn fest, und er wand sich hin und her, wie ein Geschöpf, das ihrem Griff entkommen wollte. Ihre Perspektive verschob sich, und sie sah, dass solche Fäden alles Existierende – alle Sonnen und Planeten, alle Moleküle und Atome – miteinander verbanden. Sie waren wie die *Substanz* des Raums und der Zeit. Und sie zeigten den Weg. Am Ende des Fadens, den Lidia in ihren geistigen Händen hielt, drehte sich eine ferne Welt um die eigene Achse: Archoxia, hundertfünfzig Lichtjahre entfernt, das Ziel dieses Fluges. Sie verband den Faden mit dem Schiff – die Gabe in ihr wusste genau, worauf es dabei ankam –, und Krirs Koloss glitt zufrieden durch den Transraum.

»Ausgezeichnet«, sagte Floyd. »Jetzt zeige ich dir etwas.«

Lidia fand sich auf einem hohen Turm wieder, direkt neben Floyd. »Wo ist das Schiff?«, fragte sie erschrocken, drehte sich um und hielt vergeblich nach dem dunklen Riesen Ausschau.

Floyd lachte leise. »Mach dir deswegen keine Sorgen, Diamant. Eine Zeit lang kommt das Schiff allein zurecht. Du wirst merken, wann es dich wieder braucht.« Er überlegte kurz. »Eigentlich seltsam, hier von ›Zeit‹ zu sprechen. Dieser Begriff hat so tiefe Wurzeln in unserer Sprache, dass wir nicht umhin können, ihn zu verwenden. Doch hier, an diesem Ort, hat er seine Bedeutung verloren. Wusstest du, dass es in der Sprache der Kantaki fünfundfünfzig verschiedene Ausdrücke für Zeit gibt? Und nicht einen einzigen für Krieg?«

Er breitete die Arme aus, und Lidia stellte fest, dass er keinen lindgrünen Overall mehr trug, sondern einen Umhang, der sie an eine Mönchskutte erinnerte. Das Kleidungsstück schien der Umgebung angemessen, denn sie spürte ... Erhabenheit. Vorsichtig trat sie zur Brüstung und blickte in die Tiefe. Der Turm wuchs aus dem Dunkel des Transraums, umgeben von den Fäden. Als sie den Kopf hob, sah sie, dass er sich über ihr fortsetzte, obgleich sie auf ihm stand.

»Die Umgebung ist Illusion«, sagte Floyd. »Etwas, das unseren gewöhnlichen Sinnen schmeichelt, die Vertrautes wahrnehmen wollen. Such aus, was dir am besten gefällt.«

Er bewegte die Hände, und die Umgebung veränderte sich. Lidia stand: im Hof eines Schlosses mit Mauern aus Sternen und Zinnen aus eingefangenen Kometen; auf einem Surfbrett, das über dimensionale Wellen glitt; auf einer von Blumen gesäumten Straße, die aus der Unendlichkeit in die Unendlichkeit führte, begleitet vom Zeitstrom in Form eines plätschernden Baches; an einem Fenster, die Gardinen vom Wind der Ewigkeit bewegt ...

Sie wählte die Straße. Neben ihr bückte sich Floyd, hob einen kleinen Stein auf und warf ihn in den Bach. Er lachte, und es klang nicht nach einem müden Alten, sondern nach dem vergnügten Lachen eines Heranwachsenden. Seine Augen blieben weiß und blind, aber trotzdem sah er alles mit der Klarheit jahrhundertelanger Erfahrung.

Dann wurde er wieder ernst. »Wir sind hier in einem Teil des Transraums, den die Kantaki ›Sakrium‹ nennen. Während des Transits schicken sie ihr Bewusstsein hierher, um zu meditieren. Darin scheinen sie den Sinn ihrer Existenz zu sehen. Sie leben, um nachzudenken, um neue Erkenntnisse zu gewinnen.«

»Sie suchen nach dem Sinn«, sagte Lidia leise.

»Oh, sie haben ihn gefunden. Aber trotzdem meditieren sie weiter. Seit Jahrtausenden. Und auch das ist ein zeitlicher Begriff, der mehr bedeutet als das, was er für uns zum Ausdruck bringt.« Floyd zuckte kurz mit den Schultern. »Vielleicht suchen die Kantaki jetzt nach dem Sinn des Sinns. Wenn jemand alle Antworten gefunden hat – ich schätze, dann kommt ein anderer und stellt eine neue Frage. Nun, was ich dir wirklich zeigen wollte, ist dies.«

Er hob die rechte Hand, und die Straße löste sich auf. Juwelenartiger Glanz erstrahlte um sie herum, ein Funkeln und Gleißen, das nicht blendete und von zahllosen kleineren und größeren Kugeln ausging. Sie bewegten sich wie schillernde Seifenblasen im Wind, und zwischen ihnen tanzten Lichter. Eine solche Pracht hatte Lidia nie zuvor in ihrem Leben gesehen, und sie blickte sich staunend um, nahm alles in sich auf.

»Dies ist das Plurial«, sagte Floyd, und jetzt erklang unverkennbare Ehrfurcht in seiner Stimme. »Jede einzelne Kugel ist ein Universum, und es gibt Milliarden und Abermilliarden davon. Man kann sie berühren. Nur zu, versuch es.«

Lidia streckte die Hände aus, griff vorsichtig nach einer der Kugeln, blickte in sie hinein und sah die Feuerräder von Galaxien.

Die Unendlichkeit zu berühren, die Ewigkeit ...

Lidia ließ die Kugel los, und daraufhin kehrte sie zu den anderen zurück, reihte sich ein in den bunten Tanz.

Floyd drückte ihre Hand. »Du hast deine Gabe früh entdeckt und bist jung. Hier, außerhalb der gewöhnlichen Zeit, erwartet dich ein wirklich langes Leben. Stell dir all die wundervollen Dinge vor, die du sehen und entdecken kannst ...«

Lidia spürte etwas, das über Ekstase hinausging, ein Glücksgefühl, das bis in die abgelegensten Winkel ihres

Selbst reichte, Herz und Seele erfüllte. Dies war die Erfüllung aller ihrer Wünsche, die absolute, definitive Bestätigung dafür, den richtigen Weg eingeschlagen zu haben. Gleichzeitig regte sich tief in ihr eine Trauer, die das Glücksgefühl nicht etwa beeinträchtigte oder infrage stellte, sondern durch den Kontrast noch deutlicher werden ließ. *Wenn du das hier sehen könntest, Dorian ...*, dachte sie. *Dann wüsstest du, dass du die falsche Entscheidung getroffen hast.*

Im Null

Die Wabenstadt Äon kam nie völlig zu Ruhe, aber es gab Phasen von geringerer Aktivität, und eine dieser Phasen nutzte der Suggestor Agorax, um die Genese aufzusuchen, einen speziellen Raum, der wie das Observationszentrum die Informationen der Beobachtungstunnel empfing und Entwicklungstendenzen zeigte. Andere Eterne befanden sich dort, in der Mehrzahl Observanten, und sie zeigten Gesten des Respekts, als sie Agorax bemerkten – offenbar wussten sie von dem neuen Status, den der Säkulare Pergamon ihm verliehen hatte.

In der Mitte des halbdunklen Raums schwebte eine Kugel und präsentierte ein auf den ersten Blick verwirrend anmutendes Durcheinander aus bunten Linien, Kringeln, Kreisen und geometrischen Formen. Agorax trat näher – die anderen Eternen machten ihm Platz – und betrachtete die Wahrscheinlichkeitsmuster mit den besonderen Augen der Intuition. Sie war wichtig, die Intuition. Man musste ein *Gespür* dafür haben, wie sich gewisse Dinge entwickeln konnten. Ein guter Suggestor brauchte diesen besonderen Sinn, um dort Einfluss zu nehmen, wo ein einzelnes Wirkungsquant viel ausrichten konnte.

Intuition war es, die ihn hierher geführt hatte, ein leises Prickeln der Aufregung, das ihm mitteilte: Hier *ist* etwas möglich. Er betrachtete die Muster, und während er ihre Bedeutung erfasste, schienen sie für ihn in Bewegung zu geraten. Die Aufregung wuchs in ihm, als er seine Hoffnungen bestätigt sah: Es gab eine Möglichkeit, fast direkten Einfluss zu nehmen, und zwar mithilfe einer Anomalie auf Kabäa, die die Kantaki noch nicht in die gewöhnliche Raum-Zeit reintegriert hatten. Und damit noch nicht genug: *Er selbst konnte dort aktiv werden,* eine Projektion von ihm – mehr als nur ein Gedanke, der durch einen Riss im Schild glitt, aber weniger als ein ganzes Selbst.

»Kabäa«, sagte er leise. »Komm nach Kabäa, Valdorian.«

Er verließ den Projektionsraum in der Wabenstadt, kehrte in die Beobachtungstunnel zurück und begann damit, bestimmte Ereignisstränge miteinander zu verknüpfen.

Guraki
Februar 421 SN · linear

11

»Wie lange dauert es noch?«, fragte Valdorian.

»Ich bin gleich fertig«, erwiderte der Chefarzt des Krankenhauses von Gateway – er hieß ausgerechnet Moribund.

Gekleidet in einen zitronengelben Patientenkittel lag Valdorian auf einem Bett, starrte zur weißen Decke hoch und versuchte, seine Gefühle unter Kontrolle zu halten.

Das Feuer des Zorns, das ihn unter dem dreitausend Meter dicken Eismantel gewärmt hatte, brannte noch immer in ihm.

Der Arzt blickte auf die Anzeigen der summenden Sondierungsgeräte und löste mehrere Sensoren von Valdorians Leib. »Während der nächsten Tage sollten Sie sich schonen. Ich habe alle Ihre Verletzungen behandelt, und unter normalen Umständen wäre die beschleunigte Rekonvaleszenz durch zellulare Stimulation kein Problem. Aber bei Ihnen ...« Moribund zögerte und suchte nach den richtigen Worten.

Valdorian schwang die Beine über den Rand des Bettes und setzte sich auf. Zwei Soldaten standen neben der Tür Wache. Ihre Kampfanzüge trugen die Insignien des Konsortiums – sie gehörten zu Cordobans Truppe.

»Äh, ich weiß nicht, wie ich es ausdrücken soll ...«, sagte der Arzt hilflos.

Valdorian musterte ihn kühl und sah die Sorge in Moribunds wässrig wirkenden graugrünen Augen.

»Ich weiß, dass mir nur noch ein knappes Jahr bleibt, nach einer weiteren maximalen Resurrektion«, sagte er mit scheinbarer Ruhe. »Genetische Destabilisierung.«

Das Gesicht des Chefarztes zeigte keine Anteilnahme, nur eine Sorge, die vermutlich ihm selbst galt. »Ich weiß nicht, wer diese Diagnose erstellt hat, aber sie ist richtig. Allerdings muss ich sie in einem Punkt korrigieren.«

Das weckte Valdorians Aufmerksamkeit.

»Ihnen bleibt kein knappes Jahr mehr«, sagte Moribund. »Sie haben höchstens noch sieben oder acht Monate, selbst unter Berücksichtigung der regenerativen Wirkung einer weiteren Maximal-Behandlung.«

Valdorian glaubte, nicht richtig gehört zu haben. »Wie bitte?«

»Sie dürfen sich nicht anstrengen«, fuhr der Arzt fort. »Physischer Stress wie der, den Sie gerade hinter sich haben, beschleunigt die genetische Destabilisierung.« Er wich bei diesen Worten langsam zur Tür zurück, als wollte er fliehen, bevor er zum Blitzableiter für Valdorians Zorn wurde. »Je mehr Belastungen Sie sich aussetzen, desto weniger Zeit bleibt Ihnen.«

Er erreichte die Tür und öffnete sie. »Die Behandlung ist abgeschlossen«, teilte er jemandem vor der Tür mit.

Byron Gallhorn, Erster Bürger von Guraki, kam herein, begleitet von Jonathan, der einen erstaunlich ausgeruhten Eindruck machte und, wie für ihn typisch, unauffällige Kleidung trug. Valdorian sah auf die Anzeige seines Chrono-Servos und nahm verblüfft zur Kenntnis, dass zwei Tage vergangen waren.

»Ich versichere Ihnen, dass weder ich noch irgendwelche Bürger von Guraki etwas mit dieser Sache zu tun haben«, sagte Gallhorn. Wie bei der ersten Begegnung zeigten sich rote Flecken an seinen Wangen.

»Wo ist Benjamin?«, fragte Valdorian und wandte sich an seinen Sekretär.

»Im Arresttrakt der hiesigen Sicherheitsstation«, antwortete Jonathan ruhig. »Cordoban hat dort auch sein provisorisches Hauptquartier aufgeschlagen.«

»Ist alles unter Kontrolle?«

»Ja, Primus. Der Erste Bürger hat inzwischen einen Kooperationsvertrag unterschrieben. Guraki ist jetzt Teil des Konsortiums.«

»Wie geht es ihm?«

»Primus?«

»Wie geht es Cordoban?«, fragte Valdorian und überraschte sich damit selbst.

»Er hat sich gut erholt. Einige seiner Implantate sind noch immer beschädigt; er will sie später ersetzen lassen.«

Er hat uns das Leben gerettet, dachte Valdorian, und sein Zorn loderte erneut auf. Er erhob sich. »Besorgen Sie mir ordentliche Kleidung. Ich möchte nicht in diesem lächerlichen Kittel herumlaufen.«

»Sofort, Primus.«

Jonathan verließ das Zimmer.

»Ich beglückwünsche Sie zu Ihrer Entscheidung, den Vertrag zu unterschreiben, Autarker Gallhorn«, sagte Valdorian. »Ich nehme an, der Anschlag auf mich und meine anschließende Rettung gaben den Ausschlag, nicht wahr?«

»Ich möchte Ihnen noch einmal versichern ...«

»Ich weiß. Sie haben nichts damit zu tun. Weder Sie noch andere Bewohner von Guraki.« Valdorian musterte Byron Gallhorn, und wieder sah er Intelligenz in seinem Gesicht. Der Erste Bürger von Guraki wollte Schaden von seiner Welt abwenden; dadurch wurde er zu einem guten Werkzeug für das Konsortium.

Valdorian wandte sich an den Arzt. »Sie können gehen, Dr. Moribund. Und ... danke.«

Der Chefarzt ging.

»Bitte warten Sie draußen«, wies Valdorian die beiden Soldaten an, die daraufhin ebenfalls das Zimmer verließen.

In einem zitronengelben Patientenkittel trat der Primus inter Pares des Konsortiums dem Mann gegenüber, den die

Bewohner von Guraki zu ihrem Oberhaupt gewählt hatten. Byron Gallhorn trug einen einfachen Anzug ohne irgendwelche Verzierungen.

»Sie bleiben Erster Bürger, Autarker Gallhorn«, sagte Valdorian. »In den Diensten des Konsortiums. Wenn Sie klug vorgehen, könnte dieser Welt eine Zeit des Aufschwungs und des Wohlstands bevorstehen.«

»Ich schätze, mir bleibt keine Wahl«, erwiderte Gallhorn offen.

»Da haben Sie völlig Recht«, sagte Valdorian mit der gleichen ehrlichen Offenheit. Ihre Blicke trafen sich, und nach einigen Sekunden senkte Byron Gallhorn den Kopf – er fügte sich.

Jonathan kehrte mit einem Thermoanzug zurück.

»Draußen ist es ziemlich kalt, und ich dachte ...«

»Ja, schon gut.« Valdorian streifte den Patientenkittel ab, zog den Thermoanzug und die Stiefel an, die sein Sekretär ebenfalls mitgebracht hatte.

»In einer Tasche des anderen Thermoanzugs habe ich das hier gefunden«, sagte Jonathan.

Er hob eine Schatulle und ein Gerät, das wie ein Kom-Modul aussah.

Etwas erzitterte in Valdorian, als er daran dachte, wie leicht er jene Gegenstände hätte verlieren können. Schon die *Möglichkeit* ihres Verlustes entsetzte ihn. Er nahm sie entgegen, und der physische Kontakt mit den beiden Objekten brachte Erleichterung.

Dann sah er in den Spiegel und erschrak. Während der vergangenen Tage schien er um Jahre gealtert zu sein. Die großen grauen Augen lagen tiefer in den Höhlen als vorher, und die Falten in der ungewöhnlich blassen Haut waren länger geworden. *Noch sieben oder acht Monate, mehr nicht,* erinnerte er sich.

Er atmete tief durch und drehte sich ruckartig um. »Autarker Gallhorn ... Bitte bringen Sie uns zur hiesigen Sicherheitsstation.«

Eine Wunde zeigte sich im Zentrum von Gateway: Das Gebäude, das Zugang gewährte zum Xurr-Labyrinth in mehr als dreitausend Meter Tiefe unter dem Eis, existierte nicht mehr. Die etwa dreißig Meter durchmessende Dachplatte war ebenso geborsten wie die Säulen, die sie getragen hatten.

»Es grenzt an ein Wunder, dass wir überlebt haben«, sagte Jonathan leise und blickte aus dem Fenster des Levitatorwagens.

»Ohne die Individualschilde gäbe es uns jetzt nicht mehr.« Valdorian saß vorn neben Byron Gallhorn, der den Wagen flog, und die eigenen Worte erinnerten ihn daran, wie schnell das Leben enden konnte. Diese Tatsache bekam immer mehr Gewicht für ihn, wurde zu einem bestimmenden Element in seinem Denken und Fühlen. Nach wie vor brodelte Zorn in ihm, aber ein Teil davon verwandelte sich in Entschlossenheit.

Jenseits der Habitatkuppel ging die Sonne unter. Diesmal heulte kein Wind über die kalte Landschaft aus Schnee und Eis, und der Sonnenuntergang ließ den Horizont blutrot erglühen. In der Stadt am Raumhafen gingen die ersten Lichter an. Es herrschte kaum Verkehr – Soldaten des Konsortiums waren an strategischen Positionen in Stellung gegangen und kontrollierten die wenigen Passanten.

Die zentrale Sicherheitsstation von Gateway befand sich in einem einstöckigen, rechteckigen Gebäude, über dessen Eingang das Emblem von Guraki hing. Zwei Soldaten in Kampfanzügen hielten rechts und links von der Tür Wache und grüßten militärisch, als Valdorian und seine beiden Begleiter eintraten.

Cordoban hatte den Wachraum in eine Art Einsatzzentrale verwandelt. Mehrere Datenservi summten leise vor sich hin, verbunden mit Kommunikationssystemen. Bildschirme zeigten verschiedene Bereiche der Stadt, den Raumhafen mit mehreren Kantaki-Schiffen und andere Regionen des Planeten. Dreidimensionale Projektionsfelder gewährten Blick auf

Kontrollstellen und patrouillierende Soldaten. Stimmen flüsterten aus Lautsprechern und gaben Situationsberichte. Cordoban stand im Zentrum dieses geordneten Chaos, über die in seinen Körper integrierten Schnittstellen mit den verschiedenen Servosystemen verbunden. Er trug einen schlichten grauen Overall, und Valdorian bemerkte, dass die Mikronautenknoten und symbiotischen Fasern auf seinem Kopf fehlten. Der Schädel war völlig kahl, zeigte hier und dort einige braune Flecken. Das Gesicht wirkte noch hohlwangiger, und die bleiche Haut schien auch den Rest von Farbe verloren zu haben.

Cordoban gab drei Offizieren seiner Truppe Anweisungen, und die Uniformierten eilten nach draußen, nachdem sie Valdorian gegrüßt hatten.

»Freut mich, dass es Ihnen besser geht, Primus«, sagte Cordoban in seinem kühlen, distanzierten Tonfall.

»Was ist mit Ihnen?« Valdorian deutete auf den Kopf des Strategen.

»Körperlich bin ich so weit in Ordnung«, erwiderte Cordoban. »Aber einige meiner Implantate sind beschädigt. Ich werde sie ersetzen, sobald ich Gelegenheit dazu finde.« Er sah von einem der Bildschirme auf. »Ich nehme an, Sie möchten zu ihm.«

Valdorian nickte. »Ja. Es besteht kein Zweifel, dass er dahinter steckt?«

»Nicht der geringste. Die Aussagen der Bediensteten sind eindeutig. Die Personen, die kurz nach uns mit einem Kantaki-Schiff eintrafen und Prioritätsstatus für sich beanspruchten, waren Ihr Sohn Benjamin und seine beiden Begleiter. Sie begaben sich auf direktem Wege zum Lifterminal, und einer von ihnen führte einen schwarzen Behälter mit sich.«

»Die Bombe«, sagte Valdorian leise.

»Ja. Nach der Explosion erklärte Benjamin Sie für tot und versuchte, die Kontrolle über meine Truppen zu übernehmen. Die lokale Administration leistete keinen Widerstand.«

»Was hätte ich tun sollen?«, warf Gallhorn ein.

»Benjamins Gruppe kam mit einem Frachtcontainer, der unter anderem einige Killerdrohnen enthielt. Wir haben alles sichergestellt.« Cordoban deutete zu einer Tür, die in einen anderen Teil des Gebäudes führte. »Dort geht es zum Arrestbereich. Das Sicherheitssystem ist auch auf Ihr verbales Muster programmiert.«

Valdorian streckte seine Hand aus. »Geben Sie mir eine Waffe.«

»Sie wollen doch nicht ...«, begann Jonathan. »Er ist Ihr *Sohn*.«

Valdorians Blick blieb auf Cordobans kalkweißes Gesicht gerichtet. Der Stratege zögerte nicht, griff in eine Tasche seines Overalls und holte einen kleinen Hefok hervor. Valdorian nahm ihn und ging zur Tür.

»Primus ...«

»Sie bleiben hier, Jonathan. Ich spreche allein mit ihm.«

Valdorian betrat den Arrestbereich.

Ein hell erleuchteter Flur erstreckte sich im rückwärtigen Teil des Traktes, und auf beiden Seiten gab es Türen aus grauer Stahlkeramik. Displays waren darin eingelassen und zeigten das Innere der Zellen. Es handelte sich um einfach eingerichtete Räume, die abgesehen von einigen Basisservi keinen nennenswerten Komfort boten. Die ersten vier Zellen waren leer, und in der fünften saßen zwei Männer. Einer von ihnen war ein gentechnisch veränderter Leibwächter, der nur aus Muskeln zu bestehen schien. Valdorian kannte solche Leute; sie waren enorm widerstandsfähig und trotz der Muskelmasse außerordentlich agil. Der andere Mann war klein und hager, vielleicht ein Planer wie Cordoban oder ein Sekretär wie Jonathan. Diese beiden Männer hatten Benjamin begleitet.

Valdorian spürte das kalte Metall des Hefoks in der rechten Hand, und gleichzeitig brannte der Zorn heißer in ihm. Aber er beherrschte sich, steckte die Waffe ein, trat zur nächsten Zelle und blickte aufs Display.

Benjamin kehrte ihm den Rücken zu, saß im Sessel vor einem Medienschirm und sah sich eine Show an, bei der leicht bekleidete Frauen im Mittelpunkt zu stehen schienen.

»Tür auf«, sagte Valdorian.

Der Kontrollservo identifizierte sein verbales Muster, und die Tür schwang auf.

Valdorian trat ein.

Benjamin wandte sich vom Bildschirm ab, erkannte seinen Vater und sprang auf.

»Himmel, was bin ich erleichtert, dass Sie leben!« Er eilte näher und schlang seine fleischigen Arme um Valdorian. »Ich habe mir solche Sorgen gemacht!«

»Erspar uns beiden diesen Unsinn.«

Benjamin wich zurück, gab sich erstaunt und verletzt. »Aber Vater ...«

Valdorian musterte seinen ältesten Sohn. Er trug maßgeschneiderte, teure Kleidung, eine Mischung aus Seide und Leder. Rubinsplitter glänzten an den Knöpfen der Jacke und des Hemds darunter. Ringe funkelten an den dicken Fingern der Hände, und wie Clips aussehende Miniaturprojektoren an den Ohrläppchen projizierten von Künstlern programmierte pseudoreale Zierbilder. Das Gesicht des neunundvierzig Jahre alten Benjamin wirkte aufgeschwemmt. Er hatte mindestens zwanzig Kilo Übergewicht, das Ergebnis einer Lebensweise, die vor allem auf Genuss ausgerichtet war.

»Ich bin nach Guraki gekommen, weil ich von Ihrer Krankheit erfahren habe und wusste, dass Sie hierher unterwegs waren«, sagte Benjamin in einem fast weinerlichen Tonfall. »Ich war sehr besorgt ...«

»So besorgt, dass du erst eine Bombe ins Labyrinth geschickt hast und dann auch noch eine Killerdrohne.«

»Wie ich hörte, kam es hier auf Guraki zu Widerstand gegen Ihre Truppen.« Benjamin klang noch immer gekränkt. »Dies war eine unabhängige Welt. Irgendjemand war offenbar verzweifelt genug, um Ihnen nach dem Leben zu trachten.«

Es blitzte in Valdorians Augen. »Du bist immer ein Versager gewesen, Benjamin«, sagte er kalt. »Von Kindesbeinen an hast du nach dem leichten Weg gesucht und deine Probleme von anderen Leuten lösen lassen. Der Sinn des Lebens bestand für dich aus Spaß und Genuss. Du hast alles bekommen; es gab kaum Grenzen für dich. Aber inzwischen genügt dir das nicht mehr, oder? Du willst nicht nur Reichtum, sondern auch Macht. *Meine* Macht. Und in deiner Maßlosigkeit lässt du dich sogar zu dem Versuch hinreißen, deinen eigenen Vater umzubringen.«

»Wie können Sie so etwas sagen?«, jammerte Benjamin, und sein Doppelkinn wackelte. Doch die Augen, das berechnende Glitzern darin, verrieten ihn. »Sie sind mein Vater. Ich liebe Sie doch!«

»Du liebst nur dich selbst.« Valdorians Blick durchbohrte seinen Sohn. »Du hast erfahren, dass mir nur noch wenig Zeit bleibt, aber für dich geht es mit mir nicht schnell genug zu Ende. Für das, was du getan hast, sollte ich dich auf der Stelle erschießen.«

Er hob den Hefok, betrachtete ihn wie nachdenklich und zielte dann auf seinen Sohn.

Benjamin wich erschrocken zurück und zitterte, während hinter ihm halbnackte Frauen auf dem Medienschirm tanzten.

Für Valdorians Ohren klang ihr Gesang viel zu schrill. Er trat zum Tisch, griff nach der Fernbedienung und deaktivierte den Bildschirm.

In der plötzlichen Stille klang Benjamins schweres Atmen seltsam laut.

»Das wagen Sie nicht!«, stieß Benjamin hervor. »Nicht einmal Sie sind imstande, Ihren eigenen Sohn zu töten.«

»Glaubst du? Ich brauche nur den Finger zu krümmen. Den Rest erledigt der Hefok.«

Benjamin hörte auf zu zittern und straffte die Schultern, schien dadurch einige Zentimeter größer zu werden. Die dreidimensionalen Zierbilder klimperten wie Ohrringe und bildeten violette Möbiusschleifen. »Nein«, sagte er, und die Furcht verschwand aus seinem aufgedunsenen Gesicht. Die Lippen formten ein dünnes Lächeln. »Sie werden mich nicht töten.«

Valdorian sah seinen Sohn an und wusste, dass er Recht hatte. Die Waffe in der rechten Hand wurde immer schwerer, und nach einigen Sekunden ließ er sie sinken. »Ich glaube, dass ich noch am Leben bin, ist Strafe genug für dich.«

»Aber Sie werden nicht mehr lange leben«, erwiderte Benjamin voller Genugtuung.

Es erstaunte Valdorian, wie gut er dem Zorn in seinem Inneren standhalten konnte. Benjamin zu töten – das wäre Schwäche gewesen. Und er wollte nicht schwach sein.

»Wenn du glaubst, mein Nachfolger zu werden, muss ich dich enttäuschen«, sagte er frostig. »Rion eignet sich dafür weitaus besser als du.«

»Sie haben ihn immer vorgezogen«, zischte Benjamin. Er ließ die Maske fallen, und sein Gesicht wurde zu einer hasserfüllten Fratze. »Er kam für Sie immer an erster Stelle.«

»Er hat etwas geleistet«, sagte Valdorian und schob den Hefok in die Tasche seines Thermoanzugs. »Er hat sich Mühe gegeben. Du bist nur ein erbärmlicher Parasit, ein Nichtsnutz, der jede Anstrengung scheut.« Er ging zur Tür. »Du wirst nie meinen Platz einnehmen – schlag dir das aus dem Kopf. Und das ist noch nicht alles. Ich enterbe dich. Wenn ich sterbe, bekommst du nicht einen einzigen Transtel. Wie gefällt dir das? Und ich weise Jonathan an, deine Konsortiumskonten zu sperren. Du kannst zur Abwechslung einmal versuchen, dir deinen Lebensunterhalt zu *verdienen*.«

Benjamins Gesicht lief rot an, aber er brachte keinen Ton hervor. Valdorian verließ die Zelle, verharrte im leeren Korridor und fühlte, wie der Zorn Leere wich. Er begriff, dass er gerade einen Sohn verloren hatte, und diese Erkenntnis schmerzte, trotz allem.

Im Wachraum richtete Jonathan einen besorgten Blick auf Valdorian.

»Keine Sorge, ich habe ihn nicht erschossen«, sagte dieser. »Aber er wird in Zukunft seinen ausschweifenden Lebensstil einschränken müssen.« Er teilte dem Sekretär mit, welche Entscheidungen er in Hinsicht auf Benjamin getroffen hatte.

»Ich kümmere mich darum«, erwiderte Jonathan.

»Was ist mit den beiden Begleitern Ihres Sohns?«, fragte Cordoban.

Valdorian überlegte kurz. »Sie haben sich gegen den Primus inter Pares des Konsortiums verschworen«, sagte er langsam und begegnete dabei dem Blick des Ersten Bürgers Byron Gallhorn. »Guraki ist jetzt eine Konsortiumswelt. Machen Sie ihnen den Prozess. Eine faire Verhandlung, die zeigt, dass wir Wert auf Gerechtigkeit legen.«

»Und die Ihre Gegner warnt«, sagte Gallhorn, ohne dem Blick auszuweichen.

Valdorian nickte. »Es kann nicht schaden, gewisse Signale zu setzen. Wenn ich jetzt noch einmal Ihre Dienste in Anspruch nehmen dürfte, Autarker Gallhorn ... Bitte fliegen Sie mich zum Raumhafen. Ich möchte herausfinden, welche Kantaki-Schiffe am 6. Januar Guraki mit welchem Ziel verlassen haben.«

Im Terminal des Raumhafens von Gateway bildeten Touristen lange Schlangen vor den Abfertigungsbereichen für die Ausreise. Leise, angenehm klingende Hintergrundmusik drang aus Lautsprechern und bildete einen sonderbaren Kontrast zu einer überwiegend von Nervosität und Besorgnis geprägten Atmosphäre. Soldaten patrouillierten in Dreiergruppen und kontrollierten die Reisenden – es konnte nicht ausgeschlossen werden, dass sich Agenten und Informanten der Allianz unter ihnen befanden.

Valdorian, Jonathan und Byron Gallhorn betraten das Büro des Verwalters.

Diesmal quiekte Joffrey Jefferson, von seinen Freunden Joffy genannt, keinen Protest, sondern eine hastige Begrüßung.

»Guten Tag, Primus inter Pares«, sagte er und stand sofort auf. »Wie kann ich Ihnen zu Diensten sein?«

»Nennen Sie mich Primus«, erwiderte Valdorian. »Wir sind doch Freunde, nicht wahr, Joffy?« Er legte dem kleinen Mann die Hand auf die Schulter.

»Äh ...«

»Ich brauche eine Auskunft von Ihnen, Joffy«, fuhr Valdorian fort. »Ich möchte wissen, welche Kantaki-Schiffe am 6. Januar dieses Jahres Guraki verlassen haben. Das müsste sich doch feststellen lassen, nicht wahr?«

»O ja«, erwiderte der Verwalter beflissen, kehrte hinter seinen Schreibtisch zurück und deutete auf den Datenservo. »Es ist alles hier drin gespeichert.«

»Sehen Sie nach.«

Jefferson nahm Platz. »Informationsanfrage.«

»Bereitschaft«, antwortete der Servo.

Hoffnung regte sich in Valdorian, begleitet von prickelnder Aufregung. Er trat etwas näher an den Schreibtisch heran, damit er den Bildschirm vor dem Verwalter sehen konnte.

»Welche Kantaki-Schiffe sind am 6. Januar 421 SN vom Gateway-Raumhafen gestartet?«

Die Antwort kam sofort, ohne merkliche zeitliche Verzögerung.

»Am genannten Tag ist nur ein Schiff gestartet«, erklang die Sprachprozessorstimme.

Jähe Freude erfasste Valdorian. Er warf Jonathan einen triumphierenden Blick zu und übersah die Besorgnis im Gesicht seines Sekretärs. Nur ein Schiff! Das bedeutete, sie brauchten nicht zwischen verschiedenen Zielen auszuwählen.

»Wohin flog es?«, fragte er den Verwalter.

Joffrey Jefferson wiederholte die Frage.

»Das am 6. Januar 421 SN gestartete Kantaki-Schiff flog nach Kabäa.«

Valdorian schwieg betroffen.

»Kabäa ist eine der Zentralwelten der Allianz«, sagte Jonathan. »Im System Epsilon Eridani. Von dort aus sind es nur noch etwas mehr als zehn Lichtjahre bis zur Erde.«

Cordoban befand sich noch immer in seinem provisorischen Hauptquartier, das er in der Sicherheitsstation von Gateway eingerichtet hatte, nahm dort Meldungen entgegen und erteilte Anweisungen. Als er Valdorians Anliegen hörte, starrte er ihn fast ungläubig an.

»Das ist Wahnsinn«, sagte er, und in seinem kühlen Tonfall klang es fast wie eine medizinische Diagnose.

»Allein käme ich – selbst getarnt – nicht bis zum System Epsilon Eridani«, erklärte Valdorian. Seine rechte Hand steckte in der Tasche des Thermoanzugs und schloss sich dort um die Schatulle. »Früher oder später würde ich bei einem Kontrollscan auffallen. Die Sicherheitsvorkehrungen im zentralen Bereich der Allianz sind sehr streng.«

»Das meine ich ja gerade«, bekräftigte Cordoban seinen Standpunkt. »Selbst wenn es uns gelänge, mit einer großen Streitmacht bis nach Kabäa vorzustoßen – wir kämen nicht einmal dazu, auf dem Planeten zu landen. Man würde uns bereits im Orbit abfangen. Ihr Plan lässt sich nicht durchführen.«

»Finden Sie einen Weg.« Valdorian wollte noch etwas hinzufügen, aber ein seltsames Unbehagen schwappte über ihn hinweg, gefolgt von einer Desorientierung, die ein oder zwei Sekunden andauerte und ihn taumeln ließ.

»Primus?«, fragte Jonathan besorgt.

»Haben Sie das ebenfalls gespürt?«, fragte Valdorian und atmete tief durch, um sich zu beruhigen.

»Ich habe *etwas* gespürt«, sagte der Sekretär. »Aber ...«

»Ein Sprungschiff der Horgh.« Cordoban deutete auf einen der Bildschirme. Er zeigte aus dem Blickwinkel eines

Satelliten, wie ein zwiebelförmiger Springer der Horgh in die Umlaufbahn schwenkte. »Wir haben die Schockwelle gespürt. Das Schiff bringt Ausrüstungsmaterial für unsere Truppen. Normalerweise kehren die Springer ein ganzes Stück vom Zielplaneten entfernt in den Normalraum zurück, aber ich habe die Horgh gebeten, auf einen längeren Anflug zu verzichten. Der Zeitfaktor spielt eine nicht unerhebliche Rolle. Es kommt darauf an, dass wir die Initiative behalten und der Allianz keine Gelegenheit geben zurückzuschlagen.«

»Finden Sie einen Weg«, wiederholte Valdorian. Wärme ging von der Schatulle aus, die Wärme des Diamanten. Vielleicht reagierte der kognitive Kristall darauf, dass die Entfernung zum anderen Diamanten schmolz. Valdorian fühlte sich in seiner Entscheidung bestätigt. »Ich muss unbedingt nach Kabäa. Allein schaffe ich es nicht bis dorthin, und deshalb müssen wir mit einer Streitmacht aufbrechen.«

»Das ist nicht rational«, stellte Cordoban kühl fest. »Sie lassen sich von Emotionen leiten, Primus.«

Das stimmt, dachte der alte Valdorian, doch das neue, sich noch immer verändernde Selbst wollte nicht auf die Stimme der Vergangenheit hören. Es klammerte sich an Hoffnung fest, auch wenn sie irrational sein mochte. Und außerdem gab es da noch etwas anderes in ihm, ein wortloses Raunen tief in seinem Inneren, ein subtiles Zerren, das sich mit Kabäa verband und seinen Ursprung im Diamanten zu haben schien, den er bei sich trug. Ein Flüstern, das ihn in seiner Entscheidung bestärkte und ihn drängte, sofort zu handeln, nicht zu warten, keine Zeit zu verlieren, der Stimme der Vorsicht, die es *auch* in ihm gab – und die Cordobans Einwände für berechtigt hielt –, keine Beachtung zu schenken.

»Als eine Zentralwelt der Allianz ist Kabäa militärisch bestens gesichert«, sagte Cordoban. »Ein Angriff im Herzen der Allianz würde zu hohen Verlusten führen, und selbst wenn er erfolgreich wäre: Die Truppen hätten keine Chance, sich auf Dauer zu halten. Wir könnten nicht einmal Verstärkung heranführen, denn Dokkars Soldaten würden uns sofort die Versorgungswege abschneiden.«

»Beweisen Sie Ihr strategisches Genie. Machen Sie den Vorstoß nach Kabäa zu einem Teil Ihrer Pläne. Sie haben eine Woche Zeit, um alle notwendigen Vorbereitungen zu treffen.«

»Eine Woche ist viel zu knapp, Primus!«

»Ich kann es mir nicht leisten, länger zu warten«, sagte Valdorian.

Aidon-Werften · Pirros-System
Zentraler Sektor des Konsortiums
28. Oktober 303 SN · linear

12

Gravitationsservi sorgten im Inneren des ausge-
höhlten Asteroiden für eine Schwerkraft, die sich für Valdorian fast wie die gewohnte anfühlte – er war nur ein wenig
leichter als sonst.

Das Consistorium des Konsortiums tagte.

Rungard Avar Valdorian nahm zum ersten Mal an den
Beratungen teil. Sein Vater hatte ihn mitgenommen, damit
er einen Eindruck von dem gewann, was ihn erwartete, und
damit er eine kleine Aufgabe für ihn übernahm. Er sollte
die anderen Mitglieder des Consistoriums im Auge behalten, ihre Reaktionen einschätzen und entsprechende Informationen über sie sammeln. Sie saßen, wie auch Valdorian,
in logenartigen Nischen, die ein wabenartiges Muster in
den braungrauen Felswänden bildeten, jede von ihnen mit
Daten- und Kommunikationsservi ausgestattet. Im oberen
Teil des Asteroiden hatten Resonatoren vor vielen Jahren
das Gestein aufgelöst, und transparente Stahlkeramik gewährte Ausblick aufs All. Valdorian sah Dutzende von
anderen Asteroiden, untereinander durch schlauchartige
Tunnel aus flexibler Synthomasse verbunden. Zwischen
und über ihnen schwebten die riesigen Gerüste der Werften, als Teil der Ringe, die Aidon umgaben. Der Planet –
eine Wasserwelt wie Aquaria, bewohnt von Neuen Menschen – reflektierte das Licht einer Sonne, die sich seit Jahr-

millionen immer weiter ausdehnte und bereits die inneren Planeten verschlungen hatte. Irgendwann würde sie auch die Umlaufbahn von Aidon erreichen, aber erst in einer Ewigkeit, nach menschlichen Maßstäben. Nicht einmal die außerhalb der Zeit stehenden Kantaki-Piloten würden das erleben.

Bei diesem Gedanken krampfte sich tief in Valdorian etwas zusammen. Rasch verdrängte er ihn und konzentrierte sich auf das Geschehen.

»... können wir mit der Entwicklung des Konsortiums zufrieden sein«, sagte der Primus inter Pares Hannibal Petricks. »Mit drei weiteren Sonnensystemen wurden Assoziationsverträge geschlossen. Unser wirtschaftliches Potenzial hat um 8,4 Prozent zugenommen, ein Wachstum, das die Allianz während des letzten Quartals nicht erzielt hat ...«

Hannibal Petricks war ein wohlbeleibter Mann in mittleren Jahren, wirkte sanft und gutmütig. Dieser Eindruck täuschte – darauf hatte Valdorians Vater deutlich hingewiesen. *Lass dich von ihm nicht hinters Licht führen,* hatte er ihm eingeschärft. *Hannibal ist ein hinterlistiger, schlauer Mistkerl, der über Leichen geht, um seine Ziele zu erreichen.*

Während der amtierende Primus inter Pares seinen Vortrag fortsetzte, glitt Valdorians Blick über die Nischen in den Felswänden, über die Magnaten der wichtigsten Unternehmungsgruppen, die das Konsortium bildeten. Männer und Frauen saßen dort, Personen, die das Schicksal von Milliarden Menschen auf zahlreichen Welten bestimmten. *Auch ich werde einmal dort sitzen,* dachte Valdorian. *Nicht hier, in einer Assistentenloge, sondern dort, wo die Entscheidungen getroffen werden. Und du könntest bei mir sein ...* Wieder glitten seine Gedanken in eine ganz bestimmte Richtung, und wieder musste er sich innerlich zur Ordnung rufen. Warum dachte er ausgerechnet jetzt an sie? Warum drängten sich ihm die Gedanken an sie auf?

Eine Stimme flüsterte in ihm, die gemeinsame Stimme der Spitzelservi, die mit dem Bio-Servo in seinem linken Unterarm verbunden waren. Er verabscheute es noch immer, sich mit irgendwelchen Apparaten zu verbinden, fühlte sich dadurch auf unangenehme Weise von Maschinen abhängig, aber er wusste auch, dass solche Verbindungen manchmal recht nützlich sein konnten. Und außerdem war es ihm wichtig, den Auftrag seines Vaters zu erfüllen. Die Spitzelservi – winzige Mikronauten-Kollektive in Valdorians Kleidung – beobachteten die Magnaten und auch ihre Assistenten, maßen Herzschlag und Atemrhythmus, werteten die Mimik aus und stellten all dies in Beziehung zu ihrer Rhetorik. Das Ergebnis: Lügen ließen sich von Wahrheit unterscheiden, nicht immer, aber doch sehr oft.

Nach dem Situationsbericht des Primus ergriff Valdorians Vater das Wort.

»Was ist mit unserem Projekt, eigene überlichtschnelle Raumschiffe zu entwickeln?« Hovan Aldritts Stimme hallte durch die Konferenzhöhle des Asteroiden, verstärkt von den Kommunikationsservi.

Hannibal Petricks, der sich in seiner Loge gesetzt hatte, stand wieder auf.

»Leider sind wir damit nicht weitergekommen«, erwiderte der Primus ruhig. »Die letzten Berichte der an dem Projekt beteiligten Wissenschaftler weisen darauf hin, dass die Energie eines der größten Problem darstellt. Mit unseren gegenwärtigen Reaktoren können wir einfach nicht genug Energie erzeugen, um Raumschiffen den Phasenübergang zu ermöglichen, der für einen Transfer in den Transraum nötig ist.«

»Es liegen Studien für alternative Energien vor«, sagte Valdorians Vater. »Sie basieren auf den Hawking-Generatoren und zeigen, dass es möglich wäre, die erforderliche Energie aus der nichtlinearen Zeit zu gewinnen.«

»Das verstieße gegen den Sakralen Kodex der Kantaki«, warf ein anderer Magnat ein.

Hovan Aldritt nickte, als hätte er mit einem solchen Hinweis gerechnet. »Früher oder später müssen wir uns entscheiden. Die Frage lautet: Wie lange wollen wir noch von den Kantaki abhängig bleiben?«

»Wunschdenken bringt uns nicht weiter«, sagte Hannibal Petricks. »Wir *sind* von den Kantaki abhängig, und wenn wir gegen ihren Sakralen Kodex verstoßen, müssen wir mit der vollständigen Isolation unserer Sonnensysteme rechnen.«

»Gerade deshalb sollten wir alles daransetzen, unabhängig zu werden. Ich schlag vor, weitere Mittel für entsprechende Forschungsprojekte zu bewilligen.« Hovan Aldritt hob die Hände, um seinen Worten Nachdruck zu verleihen. »Stellen Sie sich ein Konsortium mit eigenen überlichtschnellen Raumschiffen vor. Es brächte uns die Dominanz in diesem Spiralarm der Milchstraße. Die Profite ...«

Etwas veranlasste Valdorian den Kopf zu heben. Geschöpfe aus Metall und Synthomasse krabbelten über die Konstruktionsbahnen der Werftgerüste, spezielle Servi, die den Bau-Subalternen bei der Konstruktion interplanetarer Raumschiffe halfen; die nötigen Rohstoffe konnten im Überfluss aus den Asteroiden gewonnen werden. Die fertigen Schiffe erreichten im Inneren der Transportblasen von Kantaki-Schiffen andere Sonnensysteme und wurden dort verkauft. Es war ein einträgliches Geschäft, das die Aidon-Werften zu einem der wichtigsten Unternehmen im Konsortium gemacht hatte.

Ein Schatten glitt über die Werften in den Ringen von Aidon hinweg, ein großes, massives Etwas, das das Licht der Sterne verdunkelte. Der dunkle Titan schob sich vor den Planeten und zeigte dabei seine asymmetrische Form.

Ein Kantaki-Schiff.

Aber nicht irgendeines.

Valdorian begriff plötzlich, warum er während der letzten Stunden immer wieder an Lidia gedacht hatte. Der kognitive Kristall reagierte auf ihre Nähe – sie war die Pilotin jenes Schiffes.

Sie kommt meinetwegen, dachte Valdorian mit jäher Freude. *Sie hat endlich eingesehen, dass sie einen Fehler gemacht hat.*

Das schwarze Kantaki-Schiff schob sich langsam zwischen die Asteroiden, passte seine Geschwindigkeit an und kam zum relativen Stillstand. Die Transportblase hinter ihm wirkte wie ein großes Spinngewebe.

Von einem Augenblick zum anderen verlor der Datenstrom der Spitzelservi seine Bedeutung. Valdorian stand ruckartig auf und ignorierte die erstaunten Blicke der Assistenten in den anderen nahen Nischen. Er wandte sich von den Daten- und Kommunikationsservi ab, schritt zur Tür und hörte die Stimme seines Vaters, die allmählich leiser zu werden schien.

»... sollten wir auch unsere Bemühungen fortsetzen, die so genannten K-Geräte der Kantaki zu analysieren. Wir müssen jede Möglichkeit nutzen, den technologischen Rückstand aufzuholen.«

»Abgesehen von den Kantaki verfügen nur ihre Piloten und die Akuhaschi über K-Geräte«, sagte Hannibal Petricks, und eine vage Andeutung von Ärger vibrierte in seiner Stimme. »Man kann nicht einfach in einen Laden gehen und welche kaufen ...«

»Nein, das nicht. Aber es gibt ... gewisse Möglichkeiten, nicht wahr?«

Die Stimmen blieben hinter Valdorian zurück, als er die Nische verließ und sich die Tür mit einem leisen Zischen der hermetischen Siegel schloss. Er eilte durch den Korridor, voller Aufregung, ohne auf die Personen und mobilen Servi zu achten, denen er unterwegs begegnete. Die meisten von ihnen gehörten zur Sicherheitsabteilung der Aidon-Werften, andere waren Bedienstete – derzeit drehte sich hier alles um die Tagung des Consistoriums.

In seinem privaten Quartier, das an die größere Unterkunft seines Vaters grenzte, öffnete er sofort das Sicherheitsfach, entnahm ihm die kleine Schatulle, die ihn überallhin begleitete, und öffnete sie.

Der Diamant darin glühte.

Valdorian nahm ihn, und sofort bildete sich darüber eine

kleine leuchtende Kugel, die den semivitalen kognitiven Kristall und auch die Hand, die ihn hielt, umkreiste. Er vernahm ein mentales Raunen, vertraut und verlockend, aber viel zu leise, als dass er einzelne Worte hätte verstehen können. Manchmal formte es Bilder, und oft berichtete es von Gefühlen. Eine Brücke zwischen zwei Diamanten, zwischen zwei Personen.

»Lidia ...«, hauchte Valdorian. »Du bist gekommen«, fügte er hinzu und genoss dabei das herrlich intime Du.

Der Kom-Servo in seiner Tasche vibrierte. Er holte das Gerät hervor und aktivierte es. Ein kleines pseudoreales Feld zeigte die strenge Miene seines Vaters. »Warum bist du einfach so gegangen?«

»Bitte entschuldigen Sie«, sagte Valdorian. »Ich ... ich habe mich nicht besonders gut gefühlt. Vielleicht ... ist mit meinem Bio-Servo etwas nicht in Ordnung.« Er nutzte die Gelegenheit, die Verbindungen zu lösen. Der Datenstrom der Mikronauten-Kollektive wich angenehmer Stille.

Hovan Aldritt maß ihn mit einem sondierenden Blick. »Na schön. Ich erwarte dich so bald wie möglich zurück.«

»Ja, Vater.«

Valdorian deaktivierte den Kommunikationsservo und stellte fest, dass er die andere Hand um den Zwillingskristall geschlossen hatte. Er öffnete sie wieder und glaubte zu erkennen, dass das Glühen noch stärker geworden war. Sie befand sich in der Nähe. Valdorian lächelte, glücklich wie ein Kind, das das erhoffte Geschenk bekommen hat.

Er glaubte zu wissen, wo er Lidia finden konnte, steckte den Diamanten ein und machte sich auf den Weg.

Der Navigationsservo des Shuttles folgte dem Verlauf eines für menschliche Augen unsichtbaren Flugkorridors, der an den Werften vorbei durchs Asteroidengewirr führte. Viele der Felsbrocken drehten sich um die eigene Achse, wie in einem langsamen kosmischen Ballett, und der Shuttle glitt über sie hinweg, manchmal in einem Abstand von weniger als zehn Metern. Die größeren wiesen teilweise tiefe Einschnitte auf, und manchmal bemerkte Valdorian Bewegung in jenen Asteroidenschluchten. Subalterne arbeiteten dort, unterstützt von mobilen Servi, und bauten jene Rohstoffe ab, die in automatischen Fabriken weiterverarbeitet und schließlich für den Bau der interplanetaren Schiffe verwendet wurden.

Der schwarze Koloss des Kantaki-Schiffes schien vor Valdorian anzuschwellen, als er sich ihm näherte. Durch den Shuttle-Bug aus teilweiser transparenter Stahlkeramik beobachtete er Stangen und Zylinder, die wie Auswüchse aus der Hauptmasse des Schiffes ragten, das Lidia für die Kantaki durch den Transraum steuerte. *Seit mehr als zwei Jahren ist sie Pilotin.* Seit damals hatten sie sich nicht mehr gesehen, nur ... *gefühlt*, mithilfe der kognitiven Zwillingskristalle.

Tief unten glitzerten die Wasser von Aidon im blutroten Licht der aufgeblähten Sonne: eine Welt größer als Tintiran, ohne Kontinente und Inseln, ganz von Wasser bedeckt. Genveränderte Neue Menschen lebten dort im globalen Ozean, ausgestattet mit Kiemen, Flossen und stromlinienförmigen Schuppenkörpern. Valdorian schauderte innerlich. Er verstand nicht, warum sich manche Menschen durch genetische Manipulationen auf so drastische Weise verändern ließen. Ihm reichte der eine Bio-Servo.

Das Habitat und Verwaltungszentrum der Aidon-Werften war ein Hexagon mit einer Kantenlänge von fast einem Kilometer, doch neben dem dicht danebenen schwebenden Kantaki-Schiff wirkte es zwergenhaft. Valdorian wartete, bis sich das Kopplungsmodul des Shuttles mit einer der vielen Andockstellen verbunden hatte, verließ das kleine Raumschiff dann und eilte durch die Korridore des Hexagons. Seinen Kom-Servo ließ er ausgeschaltet; er wollte jetzt nicht gestört werden, erst recht nicht von seinem Vater.

Er glaubte, das Glühen des Zwillingskristalls in seiner Tasche zu fühlen. Und vielleicht bildete er sich das nicht nur ein – der Diamant schien wärmer geworden zu sein.

Er nahm eine der Levitatorscheiben und schwebte damit durch die Flugtunnel des Habitats, Teil eines summenden und surrenden Verkehrsstroms, der von zahlreichen Kontrollservi in den Tunnelwänden gesteuert wurde. Dass er ohne Eskorte unterwegs war, ohne Leibwächter, kümmerte ihn kaum. Während der Tagung des Consistoriums in Hannibal Petricks Aidon-Werften waren maximale Sicherheitsvorkehrungen innerhalb und außerhalb des Habitats getroffen worden.

Nach einigen Minuten erreichte er das Besucherzentrum an der oberen Peripherie des Hexagons, einen Bereich, den alle Auswärtigen passieren mussten, auch Kantaki-Piloten. Aus irgendeinem Grund wusste Valdorian, dass sich Lidia nicht an Bord des riesigen Kantaki-Schiffes befand – vielleicht wies ihn das Flüstern des Kristalls darauf hin. Sie war hierher gekommen ins Habitat; sie wartete auf ihn.

Das Prickeln der Aufregung wurde stärker, als Valdorian mit langen Schritten durchs Besucherzentrum eilte. Pseudoreale Projektionen, die mehr Platz und Tiefe vorgaukelten, teilten den großen Raum in Dutzende von einzelnen Sektionen mit Sitzecken, Informationsservi und kleinen Unterhaltungsmodulen. Valdorians Blickte huschte hin und her. Überall war Sicherheitspersonal präsent und fiel durch Unauffälligkeit auf. Er bemerkte auch einige Aidoni in mit Wasser gefüllten Ambientalblasen – sie benutzten spezielle Kom-Servi beim Gespräch mit Konstrukteuren von den Werften.

Und dann sah er *sie* durch den offenen Zugang eines Aussichtszimmers am Rand des Empfangsbereichs. Es gab mehr als zwanzig solcher Räume; in allen hielten sich mehrere Personen auf und genossen die Aussicht auf die Ringe von Aidon und die glitzernde Wasserwelt. Doch in jenem Aussichtsraum stand nur *sie* am breiten Panoramafenster, eine Kantaki-Pilotin, der man überall mit großem Respekt begegnete. Niemandem wäre es in den Sinn gekommen, sie in dem Zimmer zu stören.

Valdorian spürte, wie sein Herz schneller schlug, und er versuchte, seine aufgewühlten Gefühle unter Kontrolle zu bekommen. Wie so häufig in Lidias Nähe überfiel ihn etwas, das ihn verunsicherte und ärgerte.

Er betrat den Aussichtsraum, und seine linke Hand tastete ganz automatisch nach dem Kontrollfeld an der Seite. Hinter ihm entstand ein milchiges Kraftfeld, das eventuellen Beobachtern die Möglichkeit nahm, Einzelheiten im Inneren des Raums zu erkennen.

Valdorian suchte wie damals nach den richtigen Worten. »Mehr als zwei Jahre sind inzwischen vergangen«, sagte er schließlich.

Die junge Frau am Fenster drehte sich um. Lidia trug ihr lockiges schwarzes Haar noch immer schulterlang, und der Glanz ihrer großen grünblauen Augen faszinierte ihn wie damals. Sie trug weite Kleidung, in der ihre Figur nicht zur Geltung kam. Valdorian dachte daran, dass er die besten Designer damit beauftragen würde, Gewänder zu entwerfen, die die Ästhetik ihres Körpers angemessen zum Ausdruck brachten. Er würde ...

»Schön, Sie wiederzusehen, Dorian«, sagte Lidia. Sie trat einen Schritt auf ihn zu, und er einen auf sie, dann beugte er sich vor, um sie zu küssen. Aber sie drehte den Kopf zur Seite, und seine Lippen berührten ihre Wange.

»Sie ...« Diese verdammte Verlegenheit! »Sie haben es ebenfalls gespürt, nicht wahr?«

Lidia lächelte ihr sanftes, wissendes und manchmal so provozierendes Lächeln, als sie in den offenen Kragen ihres mit Kantaki-Symbolen geschmückten Overalls griff und den Diamanten hervorholte. Er ruhte in einer metallenen Einfassung, ebenfalls mit Kantaki-Symbolen verziert, und hing an einer Kette.

Valdorian nahm seinen zur Hand, und einige Sekunden lang betrachteten sie schweigend das Glühen der kognitiven Kristalle, beide von einem sonnenartigen Licht umkreist, das die Diamanten funkeln ließ.

»Sie sind noch immer miteinander verbunden«, sagte Valdorian. »*Wir* sind noch immer miteinander verbunden.«

»Sind wir das?« Lidia ließ ihren Diamanten wieder verschwinden und drehte sich zum breiten Panoramafenster um. Valdorian steckte seinen Zwillingskristall ebenfalls ein, trat an Lidias Seite vor dem Fenster und hörte dabei das ätherische Flüstern der beiden semivitalen Diamanten.

Die Wasserwelt Aidon schien mit dem Glitzern der Diamanten wetteifern und es übertreffen zu wollen. Zwei Asteroiden drifteten vorbei, sanft abgelenkt von Kraftfeldern; im Licht des Roten Riesen wirkten sie wie zwei Blutstropfen im All.

»Wir könnten es sein«, sagte Valdorian. »Es ist noch nicht zu spät.«

Er sah nicht den Wasserplaneten und seine Ringe jenseits des Fensters, sondern Lidias Spiegelbild und sein eigenes in der transparenten Stahlkeramik. So dicht neben ihr zu stehen ... Er begehrte sie. Er *wollte* sie, hier und jetzt. Er wollte, dass sie endlich einsah, dass sie sich vor zwei Jahren geirrt und die falsche Entscheidung getroffen hatte. Er wollte, dass sie sich für das Leid entschuldigte, das sie ihm beschert hatte.

»Ach, Dorian ...«, sagte Lidia leise, und es klang wie ein Seufzen. »Wir waren im Transraum unterwegs, als ich die Stimme des Diamanten hörte. Daraufhin bat ich Mutter Krir, den Transit hier zu unterbrechen. Ich habe nicht viel Zeit. Ich ... wollte einfach nur die Gelegenheit nutzen, Sie wiederzusehen.«

Valdorian versuchte, sich seine Enttäuschung nicht anmerken zu lassen. Lidia war *nicht* gekommen, um sich zu entschuldigen. Sie hatte *nicht* eingesehen, dass sie die falsche Entscheidung getroffen hatte. »Es ist noch nicht zu spät«, wiederholte er hilflos. »Sie können es sich anders überlegen.«

Daraufhin wandte sie sich ihm zu und musterte ihn mit einer Intensität, die sein inneres Gleichgewicht erschütterte.

»Ich habe meinen Weg vor fast zweieinhalb Jahren gewählt und bin zufrieden damit, Dorian.«

Valdorian sah sie groß an. »Aber ...«

»Haben Sie geglaubt, ich kehre reumütig zu Ihnen zurück, um Abbitte zu leisten für meinen Fehler?« Leiser, sanfter Spott erklang in dieser Frage.

»Nein«, log Valdorian. »Nein, ich ...«

Lidia griff nach seiner Hand, drückte sie kurz und ließ dann wieder los. Sie hatte sich verändert, spürte Valdorian, nicht äußerlich, sondern in ihrem Inneren. Sie war noch reifer geworden, ruhte noch mehr in sich selbst. Und sie rückte noch weiter von ihm fort.

»Ein Leben wie das Ihre könnte ich nie führen, Dorian.«

»Es ist ein Leben ohne Kompromisse.«

»Glauben Sie? Auch Sie sind an Regeln gebunden. Es sind nur andere als die, nach denen sich die vielen Menschen unter euch Magnaten richten müssen.«

»Ich könnte Ihnen jeden Wunsch erfüllen ...«

»Es geht mir nicht um *Dinge*, Dorian, begreifen Sie das denn nicht? Es geht mir auch nicht um *Macht*.« Lidia deutete aus dem Panoramafenster. Ihre Geste galt nicht den Werften, nicht Aidons Ringen und auch nicht der Wasserwelt, sondern den Sternen jenseits davon. »Was sind wir im Vergleich mit dem, was sich dort draußen befindet, Dorian? Milliarden von Sternen, Millionen von Welten, allein in dieser Galaxis. Welche Bedeutung hat eine Person, ein Planet oder das ganze Konsortium in einer solchen Größenordnung? Ich möchte staunen. Ich möchte Neues sehen und entdecken, immer wieder. Ich möchte lernen und wachsen. Erinnern Sie sich, dass ich den Wunsch erwähnt habe, die Ewigkeit zu berühren? Ich bin erst seit zwei Jahren Pilotin der Kantaki, und manchmal habe ich tatsächlich das Gefühl, die Ewigkeit berühren zu können. Wir stehen außerhalb des Zeitstroms und sind überall in der Galaxis unterwegs. Eine von uns, eine Pilotin namens Esmeralda, soll seit sechshundert Jahren Kantaki-Schiffe fliegen, in den Magellanschen

Wolken und sogar bei den intergalaktischen Sprungbrettern gewesen sein. Ich habe gerade erst mit diesem neuen Leben begonnen und möchte es fortsetzen.«

Lidias Blick glitt zu Valdorian zurück. »Darum geht es letztendlich. Um Zufriedenheit und Erfüllung. Jeder von uns versucht – oder sollte versuchen –, möglichst viel aus seinem Leben zu machen. Sie glauben, frei zu sein, Dorian, aber Sie tragen weitaus mehr Fesseln als ich.«

»Das ist doch Unsinn!«, entfuhr es Valdorian. Zorn entflammte in ihm.

»Ist es das?«, erwiderte Lidia fast traurig. Sie blickte auf die Anzeige des Chrono-Servos an der Wand. »Ich muss zurück an Bord des Schiffes ...«

»Wer trägt hier Fesseln?«

Lidia schüttelte den Kopf. »Sie verstehen nicht. Schade. Wirklich Schade. Dorian ...« Sie sah ihn aus ihren großen grünblauen Augen an. »Ich habe Ihnen angeboten, mein Konfident zu werden, und dieses Angebot gilt nach wie vor. Überlegen Sie gut, bevor Sie den Weg fortsetzen, den Sie eingeschlagen haben.«

»Sie verlangen von mir, auf alles zu verzichten?«

»Ich *verlange* überhaupt nichts von Ihnen. Ich biete Ihnen etwas an.« Lidia deutete erneut zum Fenster. »Die Wunder des Universums. Wir könnten sie gemeinsam erforschen, vielleicht tausend Jahre lang oder noch länger.« Ihr Blick verweilte für einige Sekunden in Valdorians Gesicht, und vielleicht sah sie dort einen Teil des Zorns, der in seinem Inneren brannte. »Ich habe ihn damals auf Tintiran in Ihnen gespürt, und ich glaube, dass er noch immer existiert: der Mann, den ich gern an meiner Seite wüsste. Aber wenn Sie weiter dem Weg folgen, auf dem Sie jetzt sind, wird jener Mann sterben.«

»Ach?«, entgegnete Valdorian mit ungewolltem Sarkasmus. »Und wer bleibt dann übrig?«

Lidias Züge verhärteten sich ein wenig. »Der Sohn des Magnaten, der glaubt, ihm gehöre die Welt. Oder alle Welten.«

Sie ging an Valdorian vorbei zur Tür, deaktivierte das Kraftfeld und sah noch einmal zurück. »Denken Sie darüber nach, Dorian. Tun Sie sich den Gefallen.«

Damit ging sie.

Valdorian blieb in dem Aussichtsraum zurück, und sein Blick folgte Lidia, bis sie außer Sicht geriet. Er drehte sich um und sah aus dem Fenster, zum Kantaki-Schiff.

Erst nach einigen Sekunden merkte er, dass er die Fäuste geballt hatte, und versuchte ganz bewusst, sich zu entspannen.

Verdammte Kantaki! Seine Gedanken schwammen in einem Meer aus Wut. *Ihr habt sie mir genommen!*

Nach einer Weile holte er den Diamanten hervor und betrachtete ihn im Schein der winzigen Lichtkugel, die ihn umkreiste.

Eine Idee nahm in ihm Gestalt an ...

Und wieder änderte sich ein Zeitquant, ein winziger Wandel in der allgemeinen Struktur des Seins, unbemerkt von den Zeitwächtern, die seit dem tausendjährigen Krieg auf Munghar wachten. Das modifizierte Quant fügte sich anderen hinzu, und nach und nach bildete sich ein Veränderungsagglomerat.

Tintiran · 7. November 303 SN · linear

In der Stadt Bellavista betrat Valdorian ein Geschäft, das er schon einmal besucht hatte, vor zweieinhalb Jahren. Ein Klimaservo sorgte für angenehme Kühle, und das indirekte Licht suggerierte Diskretion. Es befanden sich keine anderen Kunden im großen Ausstellungsraum, der sich durch die vielen Vitrinen und pseudorealen Darstellungen in ein Labyrinth verwandelte. Hier und dort hoben kleine Spots Besonderheiten hervor: Ringe, Diademe und Edelsteine von vielen Welten, aus Gold und Silber gefertigte Nachbildungen exotischer Geschöpfe, kleine Kunstwerke aus Taruf-Preziosen.

Es summte, und ein mobiler Servo in Gestalt eines etwa zwanzig Zentimeter großen libellenartigen Geschöpfs flog Valdorian entgegen.

»Sie wünschen?«, erklang eine synthetische Stimme.

Valdorian wusste, dass verborgene Kontrollservi in Wänden, Boden und Decke ihn die ganze Zeit über sondierten. Vermutlich hatten sie bereits seine Identität festgestellt. »Ich möchte den Inhaber sprechen.«

»Bitte haben Sie einen Augenblick Geduld.«

Der mobile Servo verharrte kurz vor Valdorians Gesicht, drehte sich dann, sauste auf einem Levitatorkissen fort und verschwand zwischen zwei matt glühenden pseudorealen Darstellungen.

Valdorian holte seinen Diamanten hervor und spürte die empathische Brücke, die ihn mit dem anderen Kristall verband – nach der Begegnung war sie stärker geworden. Er glaubte fast, einzelne Gefühle erkennen zu können: ruhige Zuversicht und, ja, Glück. Glücklich, ohne ihn?

»Ein kostbares Kleinod«, erklang eine Stimme. »Es gibt nur wenige so große kognitive Diamanten, und allein zwei von ihnen zeichneten sich durch eine solche makellose Pracht aus.«

Valdorian hob den Blick und sah einen Taruf. Er wusste nicht, ob es der gleiche Taruf war, der ihm die beiden Diamanten vor gut zwei Jahren verkauft hatte – für ihn sahen sie alle gleich aus.

»Erinnern Sie sich an mich?«

»Ich vergesse nie einen Kunden«, sagte der Taruf auf InterLingua. »Und wie könnte ich ausgerechnet einen *Valdorian*-Magnaten vergessen?« Die pustelartigen Rezeptoren im Wulstbogen, der von der einen Seite des Kopfes zur anderen reichte, schienen fast so zu glühen wie der Diamant in Valdorians Hand. Ultraschall- und Radarsignale vermittelten dem Taruf ein »Bild« seiner Umgebung. »Womit kann ich Ihnen diesmal zu Diensten sein.«

Die Idee fand zum ersten Mal Niederschlag in Worten. »Ist es möglich, die zwischen den beiden kognitiven Kristallen ausgetauschten empathischen Emanationen zu verstärken? Lässt sich auf diese Weise ... Einfluss nehmen?«

Der Taruf musterte ihn ohne Augen, und Valdorian empfand es als seltsam, in ein trotz des Wulstes leer wirkendes Gesicht zu sehen.

»Möchten Sie empfangene oder gesendete empathische Signale verstärken?«, fragte der Taruf, und aus irgendeinem Grund war Valdorian sicher, dass der Händler wusste, worum es ihm ging.

»Gesendete«, sagte er.

Erneut zögerte der Taruf kurz. »Dachten Sie an ... geistige Manipulation?«

Valdorian griff in eine Tasche und holte eine dünne Karte hervor. »Wissen Sie, was das ist?«

»Ein Identer.«

»Überprüfen Sie ihn.«

Der sehr dürre und wie gläsern wirkende Taruf gab einen gurrenden Laut von sich, und sofort kam der mobile Servo herangeflogen. Die Libelle schlug mit ihren irisierenden pseudorealen Flügeln und richtete einen Sondierungsstrahl auf den Identer, den der Taruf dicht vor sie hielt. Ein Projektionsfeld bildete sich neben dem Servo, gefüllt mit Zeichen, die Valdorian nicht zu deuten wusste.

»Ein neutraler Identer«, sagte der Taruf. »Mit fünfhunderttausend Transtel geladen. Ich ... verstehe.« Er wiederholte den gurrenden Laut und fügte dann hinzu: »Ich möchte nicht gestört werden.« Und zu Valdorian: »Bitte begleiten Sie mich.«

Sie verließen den Ausstellungsraum und gingen durch einen dunklen Korridor, in dem Valdorian kaum etwas sehen konnte. »Manchmal entwickeln sich Beziehungen nicht in die gewünschte Richtung«, sagte vor ihm der Taruf. »Abergläubische versuchen es noch heute mit Liebestränken. Aber es gibt wirkungsvollere Methoden.«

Ein blasser Sondierungsstrahl strich über sie beide hinweg, und mit einem leisen Summen öffnete sich eine schmale Tür. Dahinter erstreckte sich ein mittelgroßer Raum, in dem es nur wenig heller war als im Korridor. Valdorians Augen hatten sich inzwischen an die Düsternis gewöhnt, und sein Blick glitt über Stahlkeramikwände mit hunderten von Sicherheitsfächern.

Der Taruf trat in die Mitte des Raums. »Archiv«, sagte er.

Direkt vor ihm bildete sich ein pseudoreales Darstellungsfeld, und die Schriftzeichen darin ähnelten denen, die Valdorian zuvor im Projektionsfeld des mobilen Servos gesehen hatte.

»Mal sehen«, sagte der Taruf, und es erstaunte Valdorian, dass er von »sehen« sprach, obwohl ihm eine solche Wahrnehmung doch völlig fremd sein musste. Vielleicht gab es in Inter-Lingua kein angemessenes sprachliches Äquivalent. »Ah, ja …« Wieder gab er gurrende Töne von sich, und es klickte leise – eines der Sicherheitsfächer öffnete sich. Der Taruf entnahm ihm einen kleinen Gegenstand, der wie ein Kom-Modul aussah, und hob ihn, damit Valdorian ihn sehen konnte.

»Das ist ein empathischer Amplifikator von Ksid«, erklärte er. »Solche Geräte sind bei meinem Volk verboten. Was nicht bedeutet, dass kein Markt für sie existiert. Es gibt immer Personen, die gewissen Dingen ein wenig nachhelfen möchten. Ich empfehle Ihnen Diskretion.«

Valdorian nickte. »Die gleiche Empfehlung richte ich an Sie.«

»Oh, seien Sie unbesorgt. Meine Kunden sind mir viel zu wichtig.« Der Taruf hob noch einmal den neutralen Identer und ließ ihn dann in einer Tasche der Kleidung verschwinden, die seinen halb transparenten Körper an nur wenigen Stellen bedeckte.

Valdorian nahm den kleinen Apparat entgegen, drehte ihn hin und her. »Wie funktioniert er?«

»Er justiert sich automatisch auf die Emanationen des kognitiven Diamanten, den Sie bei sich tragen. Normalerweise handelt es sich dabei um sehr kleine Exemplare. Bei einem so großen wie dem Ihren dürfte es keine Justierungsprobleme geben. Wenn Sie sich dann auf die empathische Brücke zwischen den Zwillingskristallen konzentrieren, können Sie beim ... Empfänger bestimmte Gefühle verstärken. Wenn Sie sich daran gewöhnt haben, fällt es Ihnen ganz leicht. Heben Sie den Amplifikator ans Ohr.«

Valdorian kam der Aufforderung nach und hörte ein Rauschen, wie aus dem Inneren einer Muschel. Dann wurde aus dem Rauschen ein Raunen: Mehrere Stimmen flüsterten wortlos von Gefühlen und Empfindungen, kaum voneinander zu trennen. Und das Raunen veränderte sich, schien bestrebt zu sein, sich seinen eigenen Emotionen anzupassen.

Das Taruf-Gerät war nicht nur ein Amplifikator, sondern erlaubte auch empathische Projektionen.

Hoffnung entstand in Valdorian. Er ließ das Gerät sinken und steckte es ein. »Danke.«

»Ich bringe Sie zur Tür.«

Der Taruf blickte durch die breite Präsentationsscheibe hinaus und beobachtete, wie Valdorian in einen Levitatorwagen stieg und fortflog. Daraufhin drehte er sich um und gurrte: »Den Laden schließen.«

Der mobile Servo zirpte bestätigend, aber der Taruf achtete gar nicht darauf, verließ den Ausstellungsraum und eilte durch den Korridor, der nur für einen Menschen »dunkel« war. Von einem Emissionsorgan ständig ausgesandte Ultraschall- und Radarsignale reflektierten von nahen und fernen Objekten, und der Rezeptorwulst verarbeitete die Echos zu einem räumlichen Bild, das dem Gehirn des Tarufs weitaus mehr Informationen vermittelte als reines visuelles »Sehen«.

Seine hastigen Schritte führten ihn am Zugang des Zimmers mit den vielen Sicherheitsfächern vorbei zu einem anderen Raum, kleiner als der, in den er Valdorian geführt hatte, eigentlich nur eine Kammer. Mehrere energetische Siegel schirmten ihn ab, öffneten sich vor dem Taruf und schlossen sich hinter ihm, trennten ihn vollkommen von der Außenwelt – es gab keine Sondierungssignale, die die energetische Barriere durchdringen konnten.

Ein Kontrollservo reagierte auf die Präsenz des Tarufs und aktivierte die autarke Energieversorgung. Mitten in dem kleinen Raum, der bis eben völlig dunkel gewesen war, entstand ein kleines, vages Licht und wuchs, dehnte sich immer mehr aus, bis es das Zimmer ganz füllte. Der Taruf sah es nicht, aber er *fühlte* es, wie eine sanfte Berührung, die ihn mit wilder Vorfreude erfüllte. Er begann zu zittern, zwang sich zur Ruhe.

Auf menschliche Augen hätte das Licht seltsam kalt und irgendwie *unwirklich* gewirkt. Es war kein gewöhnliches Licht – es kam aus der Vergangenheit.

Das vage Licht tastete über die Wände des Zimmers, über spiegelartige Segmente, die nicht von Tintiran stammten, sondern von der Taruf-Welt Ksid, aus der Gorikon-Anomalie im Tal der Stürme, weit entfernt von den großen Himmelsstädten. Sie waren Teil eines Zeitportals gewesen.

Energiefäden krochen wie dünne Schlangen aus den Spiegeln, wanden sich mit leisem Knistern hin und her und glitten dorthin, wo das erste Licht entstanden war, in den Mittelpunkt der Kammer, wo inzwischen der Taruf stand. Er atmete schneller, als sich die glühenden Fäden in seinen wie gläsernen Leib bohrten, spürte dabei ein kurzes Brennen, das sich jedoch in seiner Aufregung verlor.

Ein Teil seines Bewusstseins wirbelte durch die Äonen.

»Ich habe Neuigkeiten«, sagte er.

Jemand hörte ihn im Null, in der Sphäre der Temporalen.

»Berichte«, flüsterte eine Stimme, und der Taruf erkannte sie sofort. Sie gehörte Agorax und versprach Glück.

Zwei große Augen, schwarz wie der Weltraum, blickten aus der Vergangenheit, in der sie seit dem verlorenen Krieg gefangen waren.

»Er war hier«, brachte der Taruf aufgeregt hervor.

»Er?«, raunte es tief unten im Abgrund der Ewigkeit.

»Valdorian. Er kam wegen des Amplifikators, wie vorgesehen. Alles deutet darauf hin, dass die Entwicklungsmuster die gewünschte Struktur bekommen. Und er ahnt nichts.«

»Das ist ausgezeichnet«, flüsterte Agorax. »Du hast eine Belohnung verdient.«

Der Taruf empfing Ekstase.

Im Null

Agorax nahm den Platz eines Observanten ein und ruhte am Ende des Beobachtungstunnels in einem Sicherheitsgerüst, das ihn vor dem Sog bewahrte. An diesem Ort, unmittelbar am Rand des Null, machte sich das Zerren des desintegrierenden Schildes bemerkbar, mit dem Kantaki und Feyn das Null umgeben hatten. Agorax blickte hinaus in das farblose Wabern, das jeden Eternen zerfetzt hätte, auch einen unsterblichen Säkularen. Er erinnerte sich an den temporalen Krieg, an dem er selbst teilgenommen hatte, an die direkte Kontrolle, die Suggestoren wie er auf Menschen und die Angehörigen anderer Völker ausgeübt hatten. Das war jetzt nicht mehr möglich. Durch Ritzen, Risse und Fugen mussten sie ihre Gedanken und Gefühle aus dieser tiefen Schlucht in der Zeit nach oben in die Zukunft schicken. Manchmal gelang es ihnen dadurch, *hier* ein Zeitquant zu ändern, damit *dort* etwas geschah – oder damit eine Ereignis*tendenz* entstand. Es war ein mühsamer Vorgang, oft von Fehlschlägen begleitet. Höhere Wahrscheinlichkeiten bedeuteten nicht automatisch, dass es zu den gewünschten Geschehnissen kam, und selbst wenn sich solche Erfolge erzielen ließen: Ein einziges Ereignis genügte nicht, um den Eternen zu gestatten, das Null zu verlassen. Ereignisse mussten aufeinander folgen und eine Kette bilden, so wie die Zeitschiffe hinter Äon; die Dinge mussten sich in eine bestimmte Richtung entwickeln.

Agorax blickte durch die Risse und Fugen, die seine Gedanken passieren ließen. Seine Aufmerksamkeit galt zwei Personen, beziehungsweise einer – die Pilotin blieb unerreichbar für ihn, wenn sie sich außerhalb des gewöhnlichen Zeitstroms in der Hyperdimension der Kantaki befand. Auf sie konnte er allein durch den Diamanten des Mannes Einfluss nehmen, der mit dem ihren in empathischer Verbindung stand. Ein Mann, der Macht hatte und über große Ressourcen verfügte. Und eine Frau in der Kantaki-Welt. Gab es eine bessere Konstellation? Wenn es gelang, das richtige Kausalitätsnetz zu knüpfen, die richtigen Ereignisstrukturen miteinander zu verbinden … Vielleicht konnten Valdorian und/oder die Pilotin dazu gebracht werden, ein Zeitportal zu öffnen. Möglicherweise gelang es ihnen sogar, den Keim zu wecken.

Der Suggestor spähte in die Zukunft, betrachtete Myriaden Wahrscheinlichkeiten und erkannte das ihnen zugrunde liegende Muster. Er sah die Stellen, die es miteinander zu verbinden galt, suchte nach geeigneten Werkzeugen. Es gab noch andere Geschöpfe in der Zukunft, die sein subliminales Flüstern empfingen, die seine Gedanken und Gefühle für ihre eigenen hielten und glaubten, frei zu handeln. Ihr Agieren schuf winzige Wellen auf dem Ozean der Ereignisse, aber manchmal genügten selbst kleine Auslöser, um große Wirkungen zu erzielen – es kam auf die jeweiligen Verknüpfungen an. Ein fallendes Blatt im Wald auf der einen Seite eines Planeten mochte auf der anderen Seite einen Wirbelsturm verursachen.

Und nie gab es nur eine Möglichkeit. Immer existierten zahllose Alternativen, aus denen es auszuwählen galt. Agorax blickte durch die Risse im Schild und schickte seine Gedanken in die Zukunft, während das Prickeln der Aufregung in ihm zunahm. Die beiden Diamanten, insbesondere der Valdorians, erwiesen sich als ein sehr wirkungsvolles Instrument. *Komm nach Kabäa*, flüsterten seine Gedanken in die Zukunft, ohne dass die Wächter auf Munghar etwas bemerkten. Bestimmte Ereignisstränge waren inzwischen miteinander verbunden, und dadurch stieg die Wahrscheinlichkeit. *Komm nach Kabäa …*

Kantaki-Nexus
Siebzehntausend Lichtjahre außer-
halb des von Menschen besiedelten
Bereichs der Milchstraße
16. November 303 SN · linear

13

Das fast dreißig Meter lange und ein Dutzend Meter hohe Panoramafenster gewährte einen atemberaubenden Blick auf die Milchstraße. Lidia trat noch etwas näher und fühlte sich versucht, Hände und Nase an die Scheibe aus transparentem Metall zu pressen. Wie ein gewaltiges Feuerrad schwebte die Galaxis im All, zum Greifen nahe und doch viele tausend Lichtjahre entfernt. Sie wirkte völlig bewegungslos, aber Lidia wusste natürlich, dass sie sich langsam um die eigene Achse drehte, um das Schwarze Loch in ihrem Mittelpunkt.

»Gefällt sie dir?«, fragte Floyd.

»Kannst du sie ebenfalls sehen?«

»Ja, mit diesem kleinen Apparat hier.« Er tippte auf die kleine Schreibe an seiner rechten Schläfe. »Aber nicht so wie du. Die Sehhilfe vermittelt nur einen vagen Eindruck von den Farben.«

Lidia nickte langsam und sah noch immer fasziniert aus dem Fenster.

Die Milchstraße war tatsächlich erstaunlich bunt. Sie hatte sie sich immer weiß vorgestellt, stattdessen präsentierte die Galaxis alle Farben des Spektrums.

»Ich erinnere mich daran, wie sie aussieht«, fügte Floyd hinzu. »Früher, als ich noch sehen konnte, hat sich ihre Pracht mir fest eingeprägt.«

»Sie ist wunderschön«, sagte Lidia. So viele Sonnen, so viele Welten. So viel zu sehen.

»Du hast Glück. Schon nach zwei Jahren als Pilotin siehst du deinen ersten Nexus. Ich musste dreißig Jahre auf meinen ersten warten, und in mehr als dreihundert Jahren konnte ich nur insgesamt sieben besuchen.«

Dieser Nexus war ein zwei Kilometer langer und dreihundert Meter dicker Zylinder, eine Raumstation der Kantaki – hier wurden ihre Schiffe gewartet und mit neuen Ausrüstungsmaterialien versorgt. Doch der Nexus diente auch und vor allem als Treffpunkt für die Kantaki, als eine Stätte sozialer Kontakte und Aktivitäten, über die Lidia kaum etwas wusste. Derartige Raumstationen gab es auch in den einzelnen Spiralarmen der Milchstraße, hatte sie von Floyd und anderen Piloten gehört, doch die meisten befanden sich im intergalaktischen Leerraum. Sie waren gewissermaßen Sprungbretter zu anderen Galaxien.

»Lass uns zum Nachrichtenzentrum gehen«, schlug Floyd vor. »Vielleicht warten dort Mitteilungen auf uns.«

Lidia nickte und wandte sich vom Panoramafenster ab. Sie schritten durch einen breiten Korridor, der ins Innere des Nexus führte und hell erleuchtet war, ein sicherer Hinweis darauf, dass er nur selten von den Kantaki benutzt wurde, die ein diffuses Halbdunkel bevorzugten. Auch hier kam es gelegentlich zu perspektivischen Verzerrungen, die darauf hinwiesen, dass der Zylinder innen größer war, als die äußeren Abmessungen vermuten ließen. Lidia hatte sich inzwischen längst daran gewöhnt und empfand dies nicht mehr als verwirrend.

Mitteilungen konnten Kantaki-Piloten fast nur in einem solchen Nexus erreichen, denn sie waren ständig unterwegs, noch dazu abseits des Zeitstroms, in einer Dimension zwischen den Dimensionen. Wer einem Piloten eine Nachricht schicken wollte, wandte sich an ein Kommunikationszentrum der Akuhaschi, und von dort aus wurde die Mitteilung durch das spezielle Kom-Netz der Kantaki zu den

Raumstationen weitergeleitet. Es spielte keine Rolle, welchen Nexus der Pilot, für den die Nachricht bestimmt war, erreichte. Sie wartete überall auf ihn, in jeder Raumstation, so als gäbe es zwischen ihnen Verbindungen, für die Zeit und Raum keine Rolle spielten.

Nach einigen Dutzend Metern führte der Korridor in einen großen offenen Bereich mit zahllosen exotischen Pflanzen von Welten, deren Namen Lidia nicht einmal kannte. Die üppig gedeihende und aromatisch duftende Flora bildete mehr oder minder große Ansammlungen in einem Hohlraum, der nach Lidias Schätzungen mindestens fünfhundert Meter durchmaß. Grünen Inseln gleich schwebten sie in Sektionen mit variabler Schwerkraft, wie kleine Gärten in einer großen, dreidimensionalen Parkanlage. Künstliche Sonnen, jeweils mit einem Durchmesser von mehreren Metern, glitten auf programmierten Flugbahnen umher, spendeten Licht für die Pflanzen und die vielen Besucher des Parks.

»Siehst du alles?«, fragte Lidia aus reiner Angewohnheit. An Bord von Mutter Krirs Schiff brauchte Floyd nicht einmal eine Sehhilfe; dort konnte er sich bestens orientieren. Und im Transraum sah er mehr, als ein gewöhnlicher Mensch jemals gesehen hätte. Doch in anderen Umgebungen gewann er nicht immer so gute Eindrücke von dem, was ihn umgab.

»Ja«, erwiderte der alte Floyd. Wie bei ihrer ersten Begegnung trug er einen lindgrünen Overall mit Kantaki-Symbolen an Brust und Schulter. Lidia hatte sich für eine bequeme Hose und einen Pulli entschieden. »Eine interessante Anlage.« Er reichte Lidia die Hand. »Komm.«

Gemeinsam traten sie einen Schritt vor, stießen sich ab und flogen in einer Zone sehr geringer Schwerkraft empor. Sie kamen an einer künstlichen Sonne vorbei, die kurz verharrte, um sie passieren zu lassen, und Lidia spürte, dass nicht nur Licht von ihr ausging, sondern auch angenehme Wärme. Hier und dort sah sie einige meditierende Akuhaschi, aber die meisten Besucher dieses Bereichs waren Kantaki-Piloten und ihre Konfidenten. Lidia sah sich staunend um.

Sie bemerkte nicht nur Menschen, sondern auch die Angehörigen anderer Völker, und manche von ihnen wirkten so fremdartig, dass sie ihren Blick gern länger auf sie gerichtet hätte, aber die Höflichkeit gebot, sie nicht anzustarren. Unter einem Baum, der sie an eine Strandkiefer erinnerte, sah sie sogar einen dreibeinigen Horgh. Nun, ein Horgh als Kantaki-Pilot hatte zweifellos Seltenheitswert.

Mitten in der großen Parkkaverne gab es den größten Garten, und dort war die Schwerkraft hoch genug, damit sie über die Pfade schlendern konnten, die an blühenden Stauden und Blumenarrangements vorbeiführten. Kleine Plätze mit Sitzgelegenheiten nicht nur für Menschen luden zum Verweilen ein. Lidia atmete tief durch, genoss den würzigen Duft und fühlte sich wohl.

Sie wanderten über einen der Wege, unter dem Blätterdach hoher Bäume, die dem Licht einer stationären künstlichen Sonne entgegenwuchsen. Als sie an einem der kleinen Ruheplätze vorbeikamen, erklang eine Stimme.

»Lidia?«

Erstaunt blieb sie stehen. Diesen Namen hatte sie zum letzten Mal vor zwei Jahren gehört – sie hieß jetzt Diamant.

Eine alte Frau, noch älter als der Greis Floyd, trat ihr entgegen. Ihr Haar war grau, das Gesicht eingefallen, die Augen braun. Ein komplexes Faltenmuster reichte von den Augenwinkeln über die Wangen zum Mund, und am Hals wirkte die Haut schlaff. Die Alte trug einen weiten Overall, wie ihn manche Piloten bevorzugten.

»Erkennst du mich nicht, Lidia?«

»Sind wir uns schon einmal begegnet?« Das Du von einer Fremden klang merkwürdig.

»Vor langer, langer Zeit«, sagte die Alte, und ihre Stimme klang dabei seltsam traurig. »Für mich sind mehr als fünfhundert Jahre vergangen, für dich nur zwei.«

»Aber ...«, begann Lidia und unterbrach sich, als sie in den braunen Augen der Alten etwas sah, das ihr vage vertraut erschien. »Joan?«, fragte sie ungläubig. »Joan Gordt?«

»Ja«, bestätigte die Alte, und auch ihr Lächeln war seltsam traurig.

»Aber wie ist das möglich?«, fragte Lidia fassungslos. Ganz deutlich erinnerte sie sich an die Ausbildungszeit auf Tintiran, an die anderen Schüler, an Cora, die beiden Gordt-Zwillinge und Feydor. Joan und Juri waren achtzehn Jahre jung gewesen.

Sie sah sich um. »Wo ist Juri?«

Der Kummer schuf zusätzliche Falten im Gesicht der Greisin.

»Er starb vor mehr als zehn Jahren, und ich glaube, es dauert jetzt nicht mehr lange, bis ich ihm folge. Vielleicht sehe ich ihn in der nächsten Welt wieder.« Bei diesen Worten flackerte Hoffnung in den Augen der Alten auf.

»Joan ...«

»Wir sind in die nichtlineare Zeit geraten.«

Das erklärte eine ganze Menge. Lidia wandte sich an ihren Begleiter. »Bitte entschuldige, Floyd. Wir sind gemeinsam zu Piloten ausgebildet worden.«

»Ich verstehe. Es klingt so, als hättet ihr euch das eine oder andere zu erzählen. Ich gehe voraus zum Nachrichtenzentrum, in Ordnung?«

Lidia nickte, sah Floyd kurz hinterher und begleitete die alte, die *uralte* Joan dann zum Ruheplatz. Dort nahmen sie an einem kleinen Tisch Platz, umgeben von Schlingpflanzen an einem bogenförmigen Spalier.

Joans Blick reichte in die Ferne, über die Kluft von Zeit und Raum hinweg. »Wir verbanden den falschen Faden mit dem Schiff«, begann sie. »Er fühlte sich *richtig* an, verstehst du? Oh, natürlich verstehst du. Du bist selbst Pilotin, wenn auch erst seit zwei Jahren. Und als wir den Faden mit Vater Mrohs Schiff verbunden hatten, konnten wir ihn nicht mehr davon lösen. Wir haben alles versucht.«

»Wann geschah das?«, fragte Lidia sanft und griff nach Joans faltiger Hand.

»Gut ein Jahr nach dem Ende unserer Ausbildung auf Tintiran. Ich erinnere mich noch genau an das Datum: Es war der 11. Oktober 302 SN. Und weiß du, warum ich mich so genau daran erinnere? Es war unser Geburtstag.«

Lidia drückte die Hand vorsichtig.

»Wir haben alles versucht«, wiederholte die greise Joan. »Vielleicht machten wir es dadurch sogar noch schlimmer. Damals fehlte uns die Erfahrung. Das Schiff blieb mit dem falschen Faden verbunden und folgte ihm in ein leeres, ödes Universum. Dort gab es längst keine Menschen mehr. Alles starb, der Rest des Lebens ebenso wie die Planeten und Sonnen. Eine solche Zukunft erwartet uns in einem Universum, das sich immer weiter und immer schneller ausdehnt. Die Entfernungen werden größer. Die Sonnen verbrauchen ihren nuklearen Brennstoff. Das Leuchten der Galaxien verblasst. Dunkelheit breitet sich aus, überall. Durch einen solchen Kosmos flogen wir, viele Jahre lang. Vater Mroh tröstete uns und betonte immer wieder, es sei nicht unsere Schuld.«

»Bestimmt hatte er Recht«, sagte Lidia voller Anteilnahme.

»Es gab nur wenige Fäden in jenem Universum, denn zwischen den sterbenden Welten existierten kaum mehr Verbindungen. Einmal saßen wir mehr als fünfzig Jahre lang auf einem Planeten fest, bis ihn schließlich einer der wenigen mobilen Fäden erreichte und uns die Möglichkeit gab, die Reise fortzusetzen. Vater Mroh starb etwa dreihundert Jahre nach unserem Wechsel in die nichtlineare Zeit. Er war noch nicht alt, jedenfalls nicht für einen Kantaki. Ich glaube, er ertrug die Einsamkeit nicht mehr. Selbst im Sakrium des Transraums gelang es ihm nicht, einen Kontakt mit anderen Kantaki herzustellen.«

»Ihr habt das Schiff ohne einen Kantaki an Bord geflogen?«, fragte Lidia.

Verschiedene Empfindungen zeigten sich in Joans Gesicht, und es fiel Lidia schwer, sie zu identifizieren. Trauer dominierte, hinzu kamen Melancholie und auch eine besondere Form von Sehnsucht.

»Viele Jahre lang«, sagte sie. »Wir steuerten ein leeres Schiff durch ein leeres Universum ...«

Joans Stimme verklang, und ihr Blick reichte ins Nichts. Lidia wartet geduldig.

»Während wir flogen«, fuhr die alte Joan schließlich fort, »immer auf der Suche nach einem richtigen Faden, befanden wir uns außerhalb des Zeitstroms und alterten nicht. Wir standen uns sehr nahe, weißt du? Juri und ich. Wir waren gleichzeitig Piloten und Konfidenten.«

»Ja, ich weiß«, sagte Lidia, ohne sicher zu sein, ob Joan sie hörte. Die Greisin sprach wie zu sich selbst.

»Wir wollten zu einer Art Überwesen werden, zu einer neuen Person, die aus uns beiden bestand und viel mehr war als die Summe von eins plus eins.« Der Schatten eines Lächelns huschte über Joans Lippen. »Das war natürlich Unsinn. Solche Wünsche sind das Ergebnis jugendlicher Unreife.«

Lidia schwieg weiter.

»Ja, wir flogen mit einem leeren Schiff, und im Lauf der Zeit wurden die Ressourcen an Bord immer knapper. In jenem leeren Kosmos gab es keinen Nexus für die Erneuerung unserer Vorräte. Wir mussten Planeten ansteuern und improvisieren. Die Akuhaschi an Bord halfen uns natürlich, aber nach Vater Mrohs Tod starben auch sie, einer nach dem anderen. Ihnen fehlte der Symbiose-Partner, und wahrscheinlich ertrugen auch sie die Einsamkeit nicht. Immer wieder geschah es, dass wir auf öden Welten festsaßen, weil es keine Fäden gab, denen wir hätten folgen können. Dir hat die Archäologie gefallen, nicht wahr? Für dich wären jene Planeten vielleicht interessant gewesen, denn manche von ihnen waren voller Ruinen, die an die Zeit des Lebens erinnerten. Des Lebens ...«

Joan hob den Kopf, und der Blick ihrer braunen Augen glitt durch die Parkkaverne des Nexus. Vermutlich galt er dem All jenseits der großen Raumstation.

»Was bedeutet das Leben, wenn es leer bleibt, wenn man

es nicht leben kann?«, fragte die alte Joan rhetorisch. »Auf den Welten ohne Fäden befanden wir uns im Strom der Zeit, der nichtlinearen Zeit, und er ließ uns altern wie alle Geschöpfe außerhalb der Kantaki-Dimensionen. Für Juri und mich bestand der neue Sinn des Lebens aus Warten. Viele Jahre lang warteten wir darauf, dass die Bewegungen in den Mustern des Transraums neue Fäden zu den Welten brachten, und wenn das geschah, brachen wir wieder auf und setzten die Suche nach einer Möglichkeit fort, ins Universum der linearen Zeit zurückzukehren.«

Wie schrecklich, dachte Lidia und versuchte sich vorzustellen, was Joan erlebt hatte. Ein halbes Jahrtausend auf diese Weise verbringen zu müssen ...

»Und dann starb Juri«, sagte Joan so leise, dass Lidia die Ohren spitzen musste, um sie zu verstehen. »Er starb bei dem Versuch, einen sich hin und her windenden Faden festzuhalten und ihn mit dem Schiff zu verbinden. Es gelang ihm nicht, aber sein Selbst ... Es klebte irgendwie an dem Faden fest und wurde mitgerissen. Ich habe seine Leiche auf einem namenlosen Planeten begraben.«

Tränen lösten sich aus den braunen Augen der Greisin, und Lidia rückte näher, schlang beide Arme um Joan. Sie hatte davon gehört, dass manche Piloten ihre Seele dem Transraum überantworteten, wenn sie glaubten, dass ihr langes Leben zu Ende ging. Aber Juri hatte seine Zwillingsschwester bestimmt nicht aus freiem Willen allein zurückgelassen.

»Fast zehn Jahre lang war ich allein mit dem Schiff unterwegs, nur begleitet von Erinnerungen«, sagte Joan. »Ich weiß nicht, wie ich es ausgehalten habe. Die Ärzte sprechen in diesem Zusammenhang von selektiver Apathie.«

Die Greisin schwieg, und Lidia hörte das Rascheln von Blättern, als künstlich erzeugter Wind durch die Parkkaverne strich. Eine der artifiziellen Sonnen trieb in der Nähe vorbei, und ihr Licht gab den Falten in Joans Gesicht noch mehr Tiefe.

»Und die Rückkehr?«, fragte Lidia. »Wie bist du zurückgekehrt?«

»Ich weiß es nicht«, erwiderte die Alte. »Ich habe geschlafen und hatte einen seltsamen Traum. Als ich erwachte, sah ich einen Faden, der sich von allen anderen unterschied. Ich verband ihn mit dem Schiff, und es flog hierher, in dieses Universum. Es sendete einen Notruf, und andere Schiffe kamen. Man brachte mich hierher.« Joan hatte den Kopf gesenkt und sah nun auf. In ihren braunen Augen veränderte sich etwas. »Man behandelt mich.«

»Du hast viel hinter dir«, sagte Lidia einfühlsam.

»Man behandelt mich hier.« Joan tippte sich an die Stirn. »Aber ich bin nicht verrückt. Das musst du mir glauben.«

»Natürlich glaube ich dir.«

»Ich habe ihn gesehen, den Abissalen.«

»Wen?«

»Den Abissalen. Hast du nie von ihm gehört, von seiner dunklen Macht?«

Lidia runzelte die Stirn und nickte langsam. Sie erinnerte sich daran, dass andere Kantaki-Piloten über ihn gesprochen hatten: über ein Wesen, wenn es ein Wesen war, das Realität fraß. Angeblich hatte es etwas mit dem Ende der La-Kimesch vor zweiundzwanzig Millionen Jahren zu tun.

»Ich habe ihn gesehen, in der dunklen, leeren Welt. Und ich habe auch *sie* gesehen, die Konziliantin KiTamarani.« Die Greisin seufzte. »Ich bin nicht verrückt«, betonte sie noch einmal. »Ich bin nur allein. Wenn doch Juri bei mir wäre ... Weißt du, dass er gestorben ist? Vor zehn Jahren ...«

»Diamant ...«

Lidia drehte den Kopf und sah Floyd an der Seite des Spaliers. Sie wusste nicht, wie lange er schon dort stand und wie viel er gehört hatte. In seinen blinden, weißen Augen zeigte sich nichts, aber etwas in seiner Haltung wies auf Mitgefühl hin.

»Es ist eine Nachricht für dich da«, sagte Floyd. »Eine Dringlichkeitsnachricht.«

Lidia sah Joan an. »Warte hier auf mich. Ich bin gleich zurück.«

Sie stand auf, verließ den Ruheplatz und durchquerte die Parkkaverne zusammen mit Floyd. »Von wem ist die Nachricht?«, fragte Lidia, während sie durch eine Null-G-Zone glitten.

»Das hat man mir nicht gesagt.«

Dorian? War es möglich, dass er bereits nach so kurzer Zeit versuchte, sich wieder mit ihr in Verbindung zu setzen?

Wenig später erreichten sie die gegenüberliegende Wand, und von dort aus führte ein kurzer Korridor zum Nachrichtenzentrum. Der Raum enthielt Dutzende von Datenservi, umgeben von Sitzen unterschiedlicher Größe und Form. Leise Stimmen erklangen hier und dort, gedämpft von diskreten Privatfeldern. Floyd führte Lidia zu einer Konsole mit für Menschen geeigneten Sitzen, und auf dem Weg dorthin bemerkte sie andere Piloten, unter ihnen einige Tarufi, Ganngan und Kariha. Doch sie schenkte ihnen kaum Beachtung. Ein Teil ihrer Gedanken weilte bei Joan und ihren Schilderungen, ein anderer beschäftigte sich mit dem möglichen Inhalt der Nachricht.

Einmal mehr bewies Floyd trotz seiner Blindheit ein erstaunliches Orientierungsvermögen. Er wich Hindernissen mühelos aus, trat an einem Stuhl vorbei, berührte dann ein Sensorfeld der Konsole und schob seinen Identer in den Abtaster. Lidia folgte seinem Beispiel, und der K-Datenservo identifizierte sie beide als Piloten von Mutter Krirs Schiff.

Lidia nahm vor dem Bildschirm Platz und sah aus dem Augenwinkel, dass Floyd fortgehen wollte. Sie hielt ihn am Arm fest. »Nein. Bitte bleib hier.«

Er zögerte kurz, nahm dann Platz.

Mit der Kuppe des Zeigefingers berührte sie das Kommunikationssymbol auf dem Schirm.

»Es ist eine Dringlichkeitsnachricht für Sie gespeichert, Diamant.«

»Abruf.«

Es erschien nicht etwa Valdorian auf dem Bildschirm, wie Lidia fast erwartet hatte, sondern ihre Mutter, Carmellina Diaz. Offenbar hatte sie die Mitteilung in einer Kom-Kabine aufgezeichnet, vermutlich in Fernandez.

»Ich weiß nicht, wann und wo dich diese Nachricht erreicht, Lidia«, sagte Carmellina. Ihre Stimme klang müde, und ein Schatten von Sorge lag auf ihrem Gesicht. »Wenn du diese Worte hörst ... Bitte komm nach Hause, so schnell wie möglich. Deinem Vater geht es nicht gut.«

Eine kalte Faust schien sich um Lidias Herz zu schließen.

»Ende der Nachricht«, verkündete die Stimme des Datenservos.

»Das ist alles?«, fragte Lidia.

»Ende der Nachricht«, ertönte es erneut.

»Wann wurde sie aufgezeichnet?«, fragte Floyd.

Der Datenservo reagierte nicht, und Lidia begriff, dass nur sie befugt war, derartige Informationen zu empfangen. Sie wiederholte Floyds Frage.

»Die Nachricht erreichte diesen Nexus am 18. Mai 303 SN Ihrer Zeitrechnung.«

»Vor fast einem halben Jahr!«, entfuhr es Lidia. »Wer weiß, was inzwischen geschehen ist.« Ihre Gedanken wirbelten durcheinander und widerstanden dem Versuch, Ordnung in sie zu bringen. »Antwort für den Absender: Ich bin unterwegs.«

Sie stand auf, und Floyd erhob sich ebenfalls. »Vielleicht ist alles in Ordnung. Immerhin hat deine Mutter keine zweite Nachricht geschickt.«

»Vielleicht glaubte sie, mich nicht erreichen zu können. Ich begreife nicht, wieso von der Transportblase eines Kantaki-Schiffes aus Kommunikationsverbindungen durch den Transraum möglich sind, während ein direkter Kontakt mit Piloten unmöglich ist.«

»Piloten müssen das Schiff fliegen«, sagte Floyd sanft. »Und das erfordert Konzentration. Ein Pilot muss darauf achten, immer den richtigen Faden zu wählen. Und außerdem ist das Innere eines Kantaki-Raumschiffs nicht Teil der gewöhnlichen Welt, wie du sehr wohl weißt, Diamant.«

»Ja, ja, du hast natürlich Recht.« Lidia rieb sich die Schläfen und versuchte, einen klaren Gedanken zu fassen. »Lass uns zurückkehren zu Joan. Sie braucht Zuspruch. Und anschließend suche ich mir ein Kantaki-Schiff, das nach Xandor im Mirlur-System fliegt.«

Floyd legte ihr den Arm um die Schultern. »Ich spreche mit Mutter Krir. Sie ist bestimmt bereit, dir zu helfen. Wir fliegen gemeinsam nach Xandor.«

Sie kehrte zum großen Garten in der Mitte der Parkkaverne zurück, zum Ruheplatz mit dem Spalier.

Doch Joan war nicht mehr da.

Xandor · 29. November 303 SN · linear

In dieser Region von Xandor war es ungewöhnlich mild für die Jahreszeit. Schnee zeigte sich nur an den Hängen der höheren Berge, nicht aber hier unten beim See, auf dem sich noch keine Eisschicht gebildet hatte. Grau und blau erstreckte sich das Wasser, fast unbewegt. Lidia erinnerte sich daran, wie gern ihr Vater geangelt hatte, mit einer ganz gewöhnlichen Angel, ohne technische Hilfsmittel. Durch und durch ein Nonkonformist. *Es hilft mir, meine Gedanken zu ordnen,* hörte sie Roalds Stimme aus der Vergangenheit.

Der Boden des Weges, der zwischen den Bäumen den Hang hinab zum Bootshaus führte, war weich, aber nicht schlammig; es bestand also keine Gefahr auszurutschen. Trotzdem ging Carmellina ganz langsam. Lidia blieb an der Seite ihrer Mutter, ging ebenfalls mit kleinen, wie zögernden Schritten. Floyd folgte in einem diskreten Abstand von einigen Metern und orientierte sich mithilfe einer Sehhilfe. Kleine Wellen plätscherten ans kiesige Ufer, und ihr Geräusch betonte die Stille am See.

Es kräuselte kein Rauch aus dem Schornstein des Bootshauses. Niemand saß darin am Kamin und schrieb.

»Es geschah vor drei Monaten«, sagte Carmellina, als sie am Bootshaus vorbeikamen. An dieser Stelle wandte sich der Weg nach links und führte am Ufer entlang. Sie folgten seinem Verlauf, und Lidias Mutter ging noch immer sehr langsam, so als fürchtete sie, das Ziel zu schnell zu erreichen. »Ich habe dir keine Nachricht geschickt, weil ich dich für unerreichbar hielt. Immerhin hatte ich keine Antwort auf die erste Mitteilung bekommen.«

»Hat er gelitten?«, fragte Lidia. Sie konnte es noch immer kaum glauben.

»Nein. Er schlief ein und wachte nicht wieder auf. Einen sanfteren Tod kann man sich kaum vorstellen. Ich glaube, mit der Kreativität ging auch sein Lebenswille verloren.«

»Wenn ich hier gewesen wäre ...«

Carmellina blieb stehen und sah ihre Tochter an. In den vergangenen beiden Jahren war sie sehr gealtert, fand Lidia. Noch immer haftete ihr eine klassische, ewige Schönheit an, aber ihr pechschwarzes Haar hatte seinen Glanz verloren, und das galt auch für die dunklen Augen. Es wohnte jetzt keine Freude mehr in ihnen, nur Kummer.

»Du hättest nichts ändern können«, sagte Carmellina mit fester Stimme. »Vielleicht wäre es für Roald sogar noch schlimmer gewesen. Er hätte versucht, sich dir gegenüber nichts anmerken zu lassen.«

Sie setzte sich wieder in Bewegung und ging mit etwas längeren Schritten. Floyd wahrte noch immer einen respektvollen Abstand.

Wenige Minuten später erreichten sie eine steile Stelle des Hangs, und Lidia sah einen vertrauten Felsen, über den das Wasser eines Baches hinwegfloss und sich in den See ergoss. Dort war ihre kleine Schwester Aida emporgeklettert, abgestürzt und ertrunken. Neben dem Felsen zweigte ein schmaler Pfad vom Weg ab und endete an einem kleinen, umzäunten Bereich. Zwei Gräber gab es dort, beide gleich groß, doch im einen ruhte die kleine Aida, seit vielen Jahren, und im anderen lag Roald DiKastro, seit drei Monaten. Blumen schmückten beide Gräber, und bald würde Schnee sie bedecken.

Nebeneinander standen Carmellina und Lidia vor der letzten Ruhestätte des Ehemannes und Vaters. Mit feuchten Augen blickten sie auf die Gedenktafel, und dann umarmten sich die beiden Frauen, ließen ihren Tränen freien Lauf.

Später, als die Sonne untergegangen war und die beiden kleinen Monde von Xandor über dem See leuchteten, saßen sie am Tisch in der Küche. Carmellina hatte darauf bestanden, eine Mahlzeit zuzubereiten, die hauptsächlich aus Gemüse bestand, und Floyd nutzte mehrmals die Gelegenheit, ihr kulinarisches Geschick zu loben. Sie nahm die schmeichelnden Worte mit einem dankbaren Lächeln entgegen.

»Was hast du jetzt vor?«, fragte Lidia schließlich, als sie nach dem Essen im Wohnzimmer Kaffee von Tintiran tranken. Ein wärmendes Feuer brannte im Kamin, so wie bei Lidias letztem Aufenthalt in diesem Haus.

»Ich habe eine Agentur damit beauftragt, das Haus zu verkaufen«, sagte Carmellina. »Ich kehre nach Fernandez zurück. Hier bin ich zu allein, umgeben nur von Erinnerungen.«

»Ich verstehe.« Lidia sah in die Flammen. »Wenn du möchtest, dass ich ...«

Carmellina gab ihrer Tochter keine Gelegenheit, den Satz zu beenden. »Nein. Ich möchte nicht, dass du zu mir kommst. Ich bin eine erwachsene Frau, weißt du. Ich komme auch allein zurecht und bin fest entschlossen, in Fernandez neue Kontakte zu knüpfen.« Sie lächelte auf ihre sanfte, nachsichtige Art. »Du hast dein eigenes Leben, und nur das eine, wie lang es auch dauern mag. Es wäre falsch von dir, es mir zu widmen.«

»Du hast viele Jahre lang für mich gelebt.«

»Wie jede Mutter für ihre Tochter. Und vielleicht hast auch du eines Tages einmal Kinder – dann wirst du besser verstehen, was ich meine.« Carmellina zögerte kurz, und ihr Blick folgte dem Lidias zu den Flammen. Das brennende Holz knisterte leise. »Hast du in den vergangenen zwei Jahren etwas von Dorian gehört?«

»Nein, nichts.«

Carmellina seufzte leise. »Vielleicht ist es auch besser so.« Sie stand auf und gab sich munter. »Was haltet ihr von ein bisschen Musik?«

»Eine ausgezeichnete Idee«, sagte Floyd. »Ihre Tochter hat Sie als großartige Pianistin beschrieben.«

»Oh, manchmal übertreibt Lidia.« Carmellina nahm am Klavier Platz, überlegte kurz und begann mit einer Mazurka von Chopin, komponiert vor dreitausend Jahren. Sie spielte lange an diesem Abend, mal traurige Stücke, mal fröhliche, während draußen Wind aufkam, über dem See auffrischte und um das Haus strich.

Schließlich wurde es Zeit für die Nachtruhe. Floyd bekam das Gästezimmer, und Lidia betrat nach zwei Jahren erneut das Zimmer ihrer Kindheit und Jugend, das ihr jetzt viel kleiner erschien als damals. Eine Zeit lang stand sie am Fenster und blickte auf den See hinaus, dessen Wellen nun kleine Schaumkronen trugen, beobachtete die dunklen Schemen der Bäume, die sich im Wind hin und her neigten. Als sie sich umdrehte, bemerkte sie einen Infonauten auf dem nahen Tisch. Lidia griff danach und schaltete das Gerät ein.

»Die Türme des Irgendwo«, las sie. Und auf der ersten Seite: »Für Lidia.« Mehr Text gab es nicht. Ihr Vater hatte bis zu seinem Tod keine einzige Zeile mehr geschrieben.

Während der Wind am Fenster flüsterte, Wolken das Licht der Sterne schluckten und Schnee brachten, schlief Lidia und träumte.

Es war ein seltsamer Traum, mit Bildern, die irgendwie fremd erschienen. Immer wieder sah sie sich selbst, in verschiedenen Szenarien, die immer von Sehnsucht geprägt waren. Sie sehnte sich nach Valdorian und hatte längst begriffen, die falsche Entscheidung getroffen zu haben. Sie wollte zurück, fort von den Kantaki und ihrer Hyperdimension abseits des Zeitstroms, zurück in die Welt des *Lebens*. Sie wollte das sein, was Valdorian ihr in Aussicht gestellt hatte, eine Königin, der man alle Wünsche erfüllte. Sie wollte glücklich sein an der Seite des Mannes, der einmal die Valdorian-Unternehmensgruppe leiten und vielleicht sogar zum Primus inter Pares des Konsortiums aufsteigen würde.

Sie suchte ihn, kehrte zu ihm zurück, in der Hoffnung, dass er ihr verzieh und noch immer bereit war, ihr einen Platz in seinem Leben einzuräumen. Sie sah ihm in die Augen, als sie sich entschuldigte. Und sie war überglücklich, als er sie in die Arme schloss.

Mitten in der Nacht erwachte Lidia, hörte das Raunen des Windes und dachte an die sonderbaren Bilder des Traums. »So ein Unsinn«, murmelte sie, als sie sich vorstellte, Mutter Krirs Schiff und die Wunder des Universums aufzugeben.

Sie drehte sich zur Seite, aber es dauerte eine Weile, bis die Unruhe aus ihr wich und sie erneut einschlief, ungestört von unwillkommenen Bildern.

Unter der abgelegten Kleidung auf dem nahen Stuhl glitzerte es im Diamanten.

Am nächsten Morgen begleitete Carmellina ihre Tochter zum Levitatorwagen. Während der Nacht war der erste Schnee gefallen, und eine dünne weiße Decke hatte sich auf alles gelegt, auch auf das Fahrzeug. Floyd verabschiedete sich höflich und begann dann damit, das kalte Weiß von den Fenstern des Wagens zu wischen. Ein energetischer Film auf den Scheiben hätte innerhalb von Sekunden für freie Sicht sorgen können, aber er wollte Lidia Gelegenheit geben, noch einige Worte mit ihrer Mutter zu wechseln.

Carmellina griff nach den Händen ihrer Tochter. »Sehen wir uns wieder?«

Ein oder zwei Sekunden lang fragte sich Lidia, ob sie eine

beruhigende Antwort geben sollte, doch dann entschied sie sich für die Wahrheit. »Ich weiß es nicht. Wir Kantaki-Piloten befinden uns oft außerhalb des gewöhnlichen Zeitstroms.«

»Ja, ich weiß. Du hast es mir erklärt. Lidia ...« Carmellina suchte nach den richtigen Worten. »Bitte versprich mir, dass du dich in keiner Weise schuldig fühlst. Du lebst *dein* Leben. Es gehört dir allein. Du hast ein Recht darauf, deinen eigenen Weg zu beschreiten. Mach dir keine Sorgen um mich. Versprichst du mir das?«

Lidia nickte, und dann umarmten sich die beiden Frauen noch ein letztes Mal.

Floyd saß bereits im Levitatorwagen und hatte das Triebwerk gestartet, als Lidia neben ihm Platz nahm.

Carmellina winkte. »Sei glücklich!«, rief sie ihrer Tochter zu, bevor sich die Tür schloss.

»Sei glücklich«, wiederholte Floyd leise, als er den Wagen in Richtung Raumhafen flog. Er hob die rechte Hand, berührte damit Lidias Wange und fühlte Feuchtigkeit. »Sei glücklich«, wiederholt er sanft. »Mutter Krir wartet auf uns.«

Tuthula
9. Mond des Gasriesen Prominent
Culcar-System
Peripherer Sektor des Konsortiums
März 421 SN · linear

14

Cordoban hatte immer wieder darauf hingewiesen, dass er mehr Zeit brauchte, um den Schlag gegen Kabäa vorzubereiten, und schließlich war Valdorian zu einem Zugeständnis bereit gewesen. Er gab dem Strategen des Konsortiums drei Wochen Zeit, um alle notwendigen Vorbereitungen zu treffen. Dadurch bekam er selbst Gelegenheit, sich um eine wichtige Angelegenheit zu kümmern, die erledigt werden musste. Die Ereignisse von Guraki deuteten darauf hin, dass gewisse Dinge Aufmerksamkeit erforderten.

Für die Dauer seines Aufenthalts hatte ihm der Sicherheitschef von Tuthula, Reweren Tanner, sein Büro zur Verfügung gestellt. Valdorian saß dort an einem breiten Schreibtisch, direkt am Fenster, durch das man über den Eispanzer des Mondes blicken konnte. Unter diesem Eis, das noch dicker war als der Gletscher auf Guraki, der das Xurr-Labyrinth bedeckte, befand sich ein globaler, hunderte von Kilometern tiefer Ozean mit primitiven Lebensformen, die sich in ewiger Dunkelheit entwickelt hatten. In vielerlei Hinsicht ähnelte Tuthula dem Jupitermond Europa im Sol-System, ein Mond so groß wie ein Planet, zusammen mit zahlreichen anderen im Orbit eines Giganten. Prominent dominierte den Himmel von Tuthula, und wenn man lange genug Ausschau hielt, konnte man brodelnde Bewegungen in den bunten Wolkenbändern erkennen.

Das Culcar-System war ein industrielles, logistisches und administratives Zentrum für die Randsektoren des Konsortiums. Der breite Asteroidengürtel und Prominents Monde enthielten jede Menge Rohstoffe für die Schwerindustrie. In den großen Orbitalwerften entstanden jedes Jahr Dutzende von interplanetaren Raumschiffen, die in andere Sonnensysteme exportiert wurden, zusammen mit Halbfertigprodukten für die Weiterverarbeitung in automatischen Fabriken, elektronischen Komponenten, Hochleistungs-Datenservi, Nanogeräten und vielen anderen Dingen, die auf hunderten von Welten gebraucht wurden. Die Wirtschaft des Culcar-Systems erzielte jährliche Zuwachsraten von bis zu zwanzig Prozent, und mit einem Anteil von fast siebzig Prozent war die Valdorian-Unternehmensgruppe Haupteigner. Die restlichen gut dreißig Prozent gehörten anderen Unternehmen des Konsortiums, unter ihnen auch das Arkanado-Kartell. Nach dem Sieg über die Allianz würde die Bedeutung des Culcar-Systems weiter zunehmen, denn dann standen viele neue Märkte offen, die sich noch dazu ganz in der Nähe befanden.

Valdorian begriff, dass er nicht an jener Zukunft teilhaben würde, zumindest nicht als Primus inter Pares. Cordoban hatte zehn Monate für den Krieg gegen die Allianz veranschlagt und ihm versprochen, dass er den letztendlichen Triumph des Konsortiums erleben würde. Aber ihm blieb kein knappes Jahr mehr, wie sie zunächst vermutet hatten, nur noch maximal sieben bis acht Monate. *Bis September oder Oktober,* dachte Valdorian. *Bis dahin muss ich Lidia gefunden haben.*

Er versuchte, diesen Gedanken abzuschütteln und sich wieder auf die Berichte zu konzentrieren, die Cordoban und Tanner für ihn zusammengestellt hatten. In ihnen war die Rede von Truppenbewegungen, Bereitstellungsräumen, der Rekrutierung weiterer Söldner, dem Transport von Waffen und Ausrüstungsmaterial mithilfe von Sprungschiffen der Horgh. Zahlen, nüchterne Zahlen. Sie bildeten eine komplexe Struktur, die sich für Personen wie Cordoban vielleicht durch eine spezielle, sonderbare Schönheit auszeichnete. Die Ästhetik von Strategie und Taktik, von perfekter Planung. Jede einzelne Zahl war wie ein Steinchen eines Mosaiks, das seine ganze Pracht nur dann zeigen konnte, wenn sich alle Einzelteile an ihrem Platz befanden. Doch es fiel Valdorian schwer, sich auf dieses »Mosaik« – auf das ganze Bild – zu konzentrieren. Er las von Planeten, die bereits erobert waren, von anderen Welten, auf denen noch gekämpft wurde, aber ihm fehlte dabei ein direkter Bezug zu den geschilderten Ereignissen.

Schließlich schob Valdorian die Berichte beiseite und blickte aus dem Fenster, ohne Tuthulas Eispanzer oder den Gasriesen Prominent wahrzunehmen. Noch etwas mehr als ein halbes Jahr ... Er spürte Veränderungen in sich, im Denken ebenso wie im Fühlen. Handelte es sich dabei um Auswirkungen der zunehmenden genetischen Destabilisierung? Verlor er allmählich den Bezug zur Realität, wie Connor angekündigt hatte? Oder gingen die neuen Gedanken und neuen Gefühle auf eine Verschiebung der Perspektive zurück, darauf, dass er innerlich einen Schritt zur Seite getreten war, um sich selbst zu sehen und nach dem Sinn eines hundertsiebenundvierzig Jahre langen Lebens zu fragen? Konnte jemand, der an geistiger Verwirrung litt, den eigenen Zustand diagnostizieren? Er fühlte den Beginn weiterer Veränderungen, die in den Tiefen des Unterbewusstseins wuchsen und sich dem wachen Ich erst dann präsentierten, wenn sie Gestalt und Reife gewonnen hatten. Es wurde immer deutlicher für ihn, dass er damals, vor hundertzwanzig Jahren, die falsche Entscheidung getroffen und dadurch einen Lebensweg beschritten hatte, der in die falsche Richtung führte. Ein Teil von ihm sträubte sich noch gegen diese Erkenntnis, aber ein anderer akzeptierte sie, so bitter sie auch sein mochte. Lidia hatte ihm angeboten, ihr Begleiter zu werden, ihr Konfident. Er wäre in der Lage gewesen, mit ihr zusammen durchs All zu reisen, jahrhunderte- oder gar jahrtausendelang. Aber dann hätte er auf alles andere verzichten müssen, auf Reichtum und Macht.

Es ist die Nähe des Todes, dachte Valdorian, als er nach draußen blickte und dabei seine Innenwelt erforschte. Der Tod relativierte alles. Er bedeutete das unwiderrufliche Ende der Existenz, wie der Obelisk im Mausoleum von Tintiran verdeutlichte. *Das Begrenzte Sein.* Valdorians achtzehn Vorgänger hatten ein ähnliches Leben geführt wie er selbst, doch im Augenblick des Todes, dem niemand entrinnen konnte, mussten sie auf all die Dinge verzichten, die sie zum Inhalt der eigenen Existenz gemacht hatten. Niemand von ihnen war imstande, Macht und Reichtum ins Jenseits mitzunehmen. Durch jene dunkle Tür schritt man nackt, ohne irgendetwas bei sich zu tragen. Wenn man die Dinge aus dieser Perspektive sah – welchen *Sinn* hatten Macht und Reichtum dann? Welchen Sinn hatte *irgendetwas*, wenn alles vergänglich war?

Valdorian wandte sich vom Fenster ab und begann mit einer unruhigen Wanderung durch Tanners Büro, wie auf der Flucht vor den eigenen Gedanken. Er ahnte, dass er auch deshalb mit der Suche nach Lidia begonnen hatte: um Antworten auf seine Fragen zu finden. Sie war nicht nur seine einzige Hoffnung, dem drohenden Ende zu entkommen und den Tod zu überlisten, der ihn in wenigen Monaten in Empfang nehmen wollte. Sie wurde immer mehr zu einem ganz persönlichen Orakel für ihn. Die Suche nach ihr lief auf das Bestreben hinaus, die Fehler der Vergangenheit zu korrigieren, und ein derartiger Versuch, so mahnte eine rationale Stimme in ihm, war von vornherein zum Scheitern verurteilt. Trotzdem hielt er daran fest, angetrieben von irrationaler Hoffnung und, vor allem, von Furcht vor dem Tod, vor dem Nichts, das ihm alles zu nehmen drohte.

Der Kommunikationsservo auf dem Schreibtisch summte, holte Valdorian ins Hier und Heute zurück.

»Ja?«, fragte er.

»Er ist da«, ertönte Jonathans Stimme aus dem Lautsprecher.

»Schicken Sie ihn zu mir.«

Valdorian blieb am Schreibtisch stehen und wandte sich der Tür zu. Sie schwang nach einigen Sekunden auf, und Rion kam herein.

»Es freut mich, dich wiederzusehen«, sagte er, lächelte und schüttelte Rion die Hand.

»Mich auch.« Rion erwiderte das Lächeln, aber auf Valdorian wirkte es ein wenig unsicher.

Vater und Sohn nahmen Platz, Rion vor dem Schreibtisch und Valdorian dahinter.

»Es tut mir Leid«, sagte Rion. »Ich meine Ihre ... Krankheit. Es hat sich herumgesprochen.«

Valdorian antwortete nicht sofort und musterte seinen Sohn. Sie waren sich zum letzten Mal vor einigen Monaten begegnet, aber nach der Konfrontation mit Benjamin sah Valdorian ihn aus einem neuen Blickwinkel. Mit seinen einundvierzig Jahren war Rion ein junger Mann, der den größten Teil seines bisherigen Lebens mit der Vorbereitung auf eine Führungsrolle im Konsortium verbracht hatte. Es zeigten sich keine grauen Strähnen in seinem aschblonden Haar, und nur in den Augenwinkeln ließen sich erste kleine Falten erkennen. Er trug dezente Kleidung; Zurückhaltung prägte sein allgemeines Gebaren. Wie sein Vater verzichtete er auf gentechnische und elektronische Erweiterungen seines Körpers; soweit Valdorian wusste, verfügte er noch nicht einmal über einen Bio-Servo. Rions tägliche Routine war wie ein sorgfältig ausgearbeiteter Plan, der nichts dem Zufall überließ. Das machte ihn sehr produktiv, aber kaum kreativ. Er ließ in seinem Leben wenig Platz für Neues, schien sich davon beinahe bedroht zu fühlen. Die gleichen Dinge wurden immer zur gleichen Zeit erledigt, mit maschinenhafter Regelmäßigkeit. Harte Arbeit schreckte ihn nicht, das hatte er mehrmals bewiesen. Und harte Arbeit wartete auf ihn.

»Und ich meine auch das mit Benjamin«, fügte Rion hinzu, als Valdorian ihn stumm musterte.

»Offenbar spricht sich viel herum«, sagte Valdorian, aber

er lächelte dabei – er mochte Rion, trotz seiner manchmal nahezu subalternen Art.

»Man erfährt viel, wenn man aufmerksam zuhört.«

»Benjamin war immer ein Nichtsnutz und Parasit.«

»Er ist Ihr Sohn und mein Bruder.«

»Ja, und er hat versucht, seinen eigenen Vater umzubringen, weil er dessen Platz einnehmen wollte. Bestimmt hätte er auch dich ermorden lassen, um zu verhindern, dass noch jemand Anspruch auf das Erbe erheben kann. Vermutlich hat er sich deshalb zu dem Anschlag auf Guraki entschlossen, weil er wusste, dass es keinen Sinn für ihn hatte, auf mein Ende zu warten. Ihm muss klar gewesen sein, dass ich nie bereit gewesen wäre, ihn meine Nachfolge antreten zu lassen.«

Rion versteifte sich ein wenig, stellte Valdorian fest.

»Vater ...«

»Ich habe dich hierher nach Tuthula gebeten, um dich zu meinem Nachfolger und Erben zu ernennen. Du wirst die Valdorian-Unternehmensgruppe leiten, und wenn wir es geschickt anstellen, wählt dich das Consistorium des Konsortiums zum nächsten Primus inter Pares. Jonathan hat alle notwendigen Dokumente vorbereitet; sie warten nur auf unsere Unterschrift.«

»Vielleicht sollten wir noch etwas damit warten, Vater«, sagte Rion. »Ich weiß nicht, ob ich einer so großen Verantwortung gerecht werden kann.«

»Du bist auf jeden Fall besser geeignet als Benjamin. Du verstehst es, hart zu arbeiten, und das ist der Schlüssel zum Erfolg.«

»Möglicherweise findet man ein Mittel gegen Ihre Krankheit ...«

»Es ist keine Krankheit. Zumindest nicht in dem Sinn. Ich bin mit zu vielen Resurrektionen vor dem Alter geflüchtet, und jetzt zahle ich den Preis dafür. Meine Güte, ich bin hundertsiebenundvierzig Jahre alt. Ich habe ein langes Leben hinter mir.« *Aber es ist nicht annähernd lang genug,* flüsterte die Stimme der Furcht vor dem Tod in Valdorian.

»Uns stehen genug Ressourcen zur Verfügung, um hunderte von medizinischen Experten nach einer Lösung für Ihr Problem suchen zu lassen.«

»Es gibt eine Lösung«, erwiderte Valdorian. »Sie heißt Lidia. Ich suche nach ihr. Aber für dich ändert sich dadurch nichts. Ob ich nun sterbe oder Lidia finde – du wirst in jedem Fall an meine Stelle treten, noch in diesem Jahr.«

»Meinen Sie Lidia DiKastro?«

Das überraschte Valdorian. »Du weißt von ihr?«

»Mutter hat mir einiges erzählt.«

»Madeleine hat dir von Lidia erzählt?«

»Ja. Sie ist hier.«

Der ersten Überraschung folgte die zweite, so schnell, dass Valdorian Mühe hatte, sie zu verarbeiten. »Wo?«

»In der Gästesuite.«

Valdorian zögerte kurz und stand dann auf. »Ich gehe zu ihr. Lass dir inzwischen von Jonathan die Dokumente zeigen und unterschreib sie.«

Damit verließ er das Büro.

Die Gästesuite der Sicherheitsstation auf Tuthula bestand aus drei großzügig eingerichteten Zimmern und einem Hygienetrakt, der neben den üblichen Dingen auch über eine Sauna verfügte und automatische Massagen anbot. Zwei der drei Zimmer konnten innerhalb weniger Minuten in Büros verwandelt werden, die über ein von den Kantaki installiertes Kom-Modul in einer hohen Umlaufbahn Prominents sogar Transverbindungen gestatteten. Der dritte Raum war ein fast hundert Quadratmeter großer Salon mit mehreren Sitzgruppen und einer kleinen pseudorealen Bibliothek. In der Mitte dieses Raums bildeten große, üppig wachsende Pflanzen eine grüne Oase im fokussierten Licht mehrerer Lampen. Valdorian glaubte zunächst, dass es sich um Projektionen handelte, aber die Gewächse schienen echt zu sein. Vielleicht sollten sie einen Kontrast zu der öden Eislandschaft Tuthulas bilden.

Unweit dieses grünen Zentrums saß Madeleine in einem Sessel und wartete. Sie stand auf, als Valdorian näher kam, streckte ihm die Hand entgegen.

»Wir haben uns lange nicht gesehen«, sagte sie ruhig.

Valdorian ergriff kurz ihre Hand.

»Ja, das stimmt. Wie geht es Ihnen?« Er hatte es nie fertig gebracht, sie zu duzen. Zwischen ihnen war es nie zu der Intimität gekommen, die er sich mit Lidia gewünscht hatte.

»Wie geht es *Ihnen?*«, fragte sie und setzte sich wieder.

Valdorian nahm auf der anderen Seite des Tisches Platz, Madeleine gegenüber.

»Ich nehme an, Sie wissen ebenso Bescheid wie Rion.«

»Gewisse Dinge ...«

»Sprechen sich herum, ja. Darauf hat auch Rion hingewiesen.« Valdorian musterte die Frau, mit der er fast dreißig Jahre verheiratet gewesen war. Wann hatte er sie zum letzten Mal gesehen? Vor fünf oder sechs Jahren? Es fiel ihm schwer, sich an die genaue Zeit zu erinnern, doch der Ort hatte sich seinem Gedächtnis eingeprägt: ein vom Konsortium veranstalteter Empfang, zu Ehren der Repräsentanten mehrerer unabhängiger Welten. Valdorian war damals bestrebt gewesen, neue Kontakte zu knüpfen und die Strategie der Expansion fortzusetzen, mit ökonomischen Mitteln. Und plötzlich hatte er Madeleine gegenübergestanden, ohne darauf vorbereitet zu sein. Deutlich erinnerte er sich an den Kummer in ihren Augen, an jene Art von stummer Trauer, die er auch bei seiner Mutter beobachtet hatte. Nein, vielleicht keine Trauer in dem Sinn, aber eine tiefe Melancholie, die alles trübte, selbst den hellsten Glanz, ein vager Schatten, der jeder Farbe einen Grauschleier gab. Diesen Kummer sah er auch jetzt, wie eine Aura, die Madeleine umgab. Sie war – Valdorian rechnete rasch nach – neunundsiebzig und sichtlich gealtert seit jener letzten Begegnung, obwohl auch sie sich in regelmäßigen Abständen Resurrektionen unterzog. Hier und dort waren kleine Falten in ihrem Gesicht tiefer und länger geworden, und die Haut unterhalb des Kinns wirkte nicht mehr ganz so straff. Sie hatte sich ihre Schlankheit bewahrt. Der Glanz ihrer nussbraunen Augen litt unter dem Schatten des Kummers, und das schien auch für das schwarze Haar zu gelten, das in langen Wellen über die Schultern hinwegreichte.

Schwarzes Haar, dachte Valdorian. *So schwarz wie Lidias.* Mit diesem Gedanken wiederholte sich, was er während ihrer Ehe häufig erlebt hatte. Wenn er Madeleine ansah, erinnerte er sich an Lidia und begann damit, Vergleiche anzustellen.

»Es geht mir ... den Umständen entsprechend«, sagte Valdorian vorsichtig. »Mir bleibt noch ein gutes halbes Jahr.«

»Es tut mir Leid, Rungard«, erwiderte Madeleine, und es kam von Herzen. »Es tut mir wirklich Leid.«

Das war ein wichtiger Unterschied: Sie hatte ihn nie Dorian genannt.

»Wenn ich Ihnen irgendwie helfen kann ...«

»Nein«, sagte Valdorian sofort. »Es gibt nur eine Person, die mir helfen kann.«

»Lidia.«

»Sie haben Rion von ihr erzählt.«

Madeleine hob wie erstaunt die Brauen. »Halten Sie das für falsch? Er ist kein Kind mehr. Er hat ein Recht darauf, Sie zu verstehen.«

»Und Sie meinen, er kann mich besser verstehen, wenn er von Lidia weiß?« Valdorian hörte den vorwurfsvollen, bitteren Klang in der eigenen Stimme und versuchte, seine Empfindungen unter Kontrolle zu halten.

Madeleine maß ihn mit einem Blick, der den Kern seines Selbst zu berühren schien.

»Lidia hat Ihr ganzes Leben bestimmt.«

Valdorian fühlte sich auf unangenehme Weise an die alten Diskussionen und Streitgespräche erinnert, an jene Auseinandersetzung, die ein Grund für die Scheidung gewesen war. »Das ist Unsinn, wie Sie sehr wohl wissen. Ich bin nie mit ihr verheiratet gewesen. Wir haben nie zusammengelebt.«

»Das spielt keine Rolle, Rungard. Sie haben sie geliebt. Und als Sie sie damals nicht bekommen konnten, haben Sie nach Ersatz gesucht: in Ihrer Arbeit für die Valdorian-Unternehmensgruppe und das Konsortium, in den ökonomischen Strategien, im Amt des Primus inter Pares, in mir ...«

»Das ist *Unsinn*.«

»Ich sollte Lidia ersetzen«, fuhr Madeleine ungerührt fort. Sie sprach sanft, aber in ihren Worten kam doch eine gewisse Härte zum Ausdruck. »Sie haben von Anfang an versucht, mich in jemand anders zu verwandeln, aber so etwas ist unmöglich. Ich bin Madeleine. Ich war nie jemand anders, und ich werde nie jemand anders sein.«

»Lassen Sie uns nicht dort weitermachen, wo wir vor zwanzig Jahren aufgehört haben.«

Madeleine musterte ihn einige Sekunden lang.

»Bitte entschuldigen Sie«, sagte sie dann. »Ich bin nicht hierher gekommen, um Vorwürfe gegen Sie zu erheben. Als Rion mir von Ihrer Nachricht und dem Flug zum Culcar-System erzählte ... Da beschloss ich mitzukommen. Um Ihnen zu sagen ... dass es mir Leid tut.«

»Machen Sie sich keine Sorgen. Ich habe Vorkehrungen getroffen. Ihnen wird auch weiterhin genug Geld zur Verfügung stehen, ob ich Lidia finde oder nicht.«

»Darum geht es mir nicht, Rungard.« Madeleine suchte nach den rechten Worten. »Ich meine ... Wir waren fast dreißig Jahre zusammen. Es *hat* etwas zwischen uns gegeben. Und jetzt ...«

»Haben Sie auch von Benjamin gehört?«, fragte Valdorian, um das Thema zu wechseln. Sein Unbehagen wuchs. Madeleine erinnerte ihn an zu viele Dinge, die er längst überwunden glaubte, aber immer noch in irgendeinem Winkel seiner inneren Welt konserviert hatte. Er fragte sich, warum er sich überhaupt auf dieses Gespräch mit ihr eingelassen hatte.

»Ja«, sagte Madeleine nach kurzem Zögern. »Benjamin war immer sehr ... schwierig. Vielleicht deshalb, weil er sich seinem Vater nicht gewachsen fühlte.«

Valdorian hörte einen weiteren Vorwurf. »Geben Sie mir auch daran die Schuld?«

»Rungard ... Es geht mir nicht darum, Ihnen für irgendetwas die Schuld zu geben.«

»Er hat versucht, mich umzubringen. Seinen eigenen Vater.«

»Ja, ich weiß. Ich habe Jonathan darauf angesprochen, und nach einigem Widerstreben nannte er mir die Einzelheiten.«

»Er ist enterbt. Mein privates Vermögen geht an Rion und an Sie. Zumindest der Teil davon, den ich bald nicht mehr brauche.«

»Glauben Sie wirklich, dass Ihnen die Suche nach Lidia helfen kann?«

Valdorian lauschte aufmerksam, hörte aber keinen Hinweis auf Spott in Madeleines Stimme. »Die *Suche* nach ihr nicht. Aber Lidia selbst ... Ja, sie kann mir helfen. Die Kantaki weigern sich, mir das zu geben, was ich am dringendsten brauche – Zeit –, und deshalb werde ich mich an Lidia wenden. Sie lehnt es bestimmt nicht ab, mir zu helfen. Sie lebt in der Kantaki-Welt und kann mir Zeit geben. Und außerdem ... Kantaki-Piloten verbringen den größten Teil ihres Lebens außerhalb des gewöhnlichen Zeitstroms. Und jeder Pilot darf einen Konfidenten mitnehmen.«

»Es sind hundertzwanzig Jahre vergangen, Rungard. Glauben Sie, dass Lidia die ganze Zeit auf Sie gewartet hat? Und selbst wenn das der Fall wäre: Sie sind jetzt alt. Halten Sie es für möglich, dass Lidia einen alten Mann wie Sie zu ihrem Partner macht?«

Valdorian starrte sie groß an, als Madeleines Lippen die Worte formulierten, die auch die Stimme des Zweifels in ihm flüsterte. *Hundertzwanzig Jahre sind vergangen,* dachte er und erinnerte sich an das wenige Wochen alte Bild Lidias, das er im Labyrinth von Guraki auf dem Bildschirm des Datenservos gesehen hatte. Sie war jung gewesen, kaum älter als damals. Und er wusste nicht, ob sie bereits einen Konfidenten hatte, einen anderen Mann, der ihr bei der Reise in die Zukunft Gesellschaft leistete.

Abrupt stand er auf. »Sind Sie deshalb hier? Um mich zu verspotten?«

Madeleine erhob sich ebenfalls, langsamer. »Nein, ich will Sie nicht verspotten, Rungard«, erwiderte sie, und der Schatten ihres Kummers verdichtete sich. »Ich wollte die Gelegenheit nutzen, mich von Ihnen zu verabschieden. Wer weiß, ob wir uns noch einmal begegnen, bevor ... Bevor geschieht, was auch immer geschehen mag. Ich wünschte, ich hätte Ihnen das geben können, wonach Sie immer gesucht haben. Ich habe Sie geliebt, aber Sie wollten immer jemand anders in mir sehen, eine andere Frau. Das Leben hätte für uns beide schöner sein können ...«

Der Kummer wurde greifbar, schien eine physische Qualität zu gewinnen, und ein Teil davon griff auf Valdorian über, ließ ihn innerlich schwerer werden. Sein Fluchtinstinkt erwachte und drängte ihn, diesen Ort zu verlassen, den Stimmen der Vergangenheit und des Zweifels zu entkommen.

»Ich habe Rion zu meinem Nachfolger ernannt und entsprechende Dokumente vorbereitet, die er gerade unterschreibt«, sagte Valdorian. »Er wird an meine Stelle treten. Ich ... ich muss jetzt gehen.«

Er drehte sich um und schritt zur Tür. Dort holte ihn noch einmal Madeleines Stimme ein.

»Sie führen Krieg.«

Valdorian blieb stehen und drehte sich halb um. »Es ließ sich nicht vermeiden. Manchmal ist so etwas notwendig.«

»Sagen Sie das jenen, die in den Kampfschiffen und auf den planetaren Schlachtfeldern sterben.«

»Sie verstehen das nicht.«

»Wissen Sie, wie oft Sie mir das gesagt haben?« Madeleine sprach noch immer sanft, aber ihre Melancholie zeigte sich in Augen und Worten. »Wie einfach für Sie, eine unangenehme Diskussion zu beenden. Sie sagen schlicht: Das verstehen Sie nicht.« Sie trat hinter dem Tisch hervor und näherte sich. »Krieg bedeutet Tod, Leid, Zerstörung und Elend. Tausende sterben dort draußen im All, weil Sie es so wollen, Rungard.«

»Ich habe diesen Krieg nicht gewollt. Die Allianz hat ihn mir aufgezwungen.«

»Sie hätten Verhandlungen führen können. Dieser Meinung ist man jedenfalls beim Arkanado-Kartell und einigen anderen großen Wirtschaftsblöcken, die zum Konsortium gehören.« Madeleine kam noch etwas näher, und in ihren Augen zeigte sich jetzt auch Mitgefühl. »Noch weiß man dort nichts von Ihrer ... Krankheit. Aber es dauert bestimmt nicht mehr lange, bis gewisse Leute davon erfahren, und dann heißt es vielleicht, dass Sie den Bezug zur Realität verloren und deshalb militärische Aktionen gegen die Allianz angeordnet haben. Sprechen Sie mit Enbert Dokkar. Treffen Sie eine Vereinbarung mit ihm. Vielleicht ist es möglich, den Krieg zu beenden, bevor er außer Kontrolle gerät.«

Wieder regte sich Valdorians Fluchtinstinkt. »Ich ... muss jetzt gehen.«

Er öffnete die Tür.

»Rungard ...«

Er zögerte ein letztes Mal.

»Was auch immer passieren mag ...«, sagte Madeleine. »Ich hoffe, du findest endlich, was du seit so vielen Jahren suchst.« Damit duzte sie ihn zum ersten und zum letzten Mal.

Im Transraum · Auf dem Weg nach Kabäa
März 421 SN · linear

»Sind Sie noch immer skeptisch?«, fragte Valdorian, als er den Kampfanzug anlegte.

»Die drei zusätzlichen Wochen haben mir Gelegenheit gegeben, alle logistischen Vorbereitungen zu treffen«, erwiderte Cordoban mit der für ihn typischen Kühle. »Dreiundzwanzig Kantaki-Schiffe sind im Anflug auf Kabäa und nähern sich dem Planeten aus verschiedenen Richtungen. Hinzu kommen dreizehn Sprungschiffe der Horgh, die Waffen und anderes Ausrüstungsmaterial transportieren. Wir greifen mit fast fünfzigtausend Soldaten, mehr als dreißig interplanetaren Kampfschiffen der Tiger-Klasse und sechzig Gefechtsshuttles der Wolf-Klasse an. Eine solche Streitmacht genügt, um Kabäa zu erobern. Wenn der Gegner nicht vorbereitet ist.«

»Enbert Dokkar rechnet bestimmt nicht damit, dass wir gegen eine der wichtigsten Welten der Allianz vorgehen.«

»Vorbereitungen für eine so groß angelegte Aktion bleiben nur selten geheim, Primus. In der Allianz dürfte man wissen, dass wir einen Angriff planen. Die Frage ist: Weiß man dort, dass wir es auf Kabäa abgesehen haben?«

Valdorian überprüfte die Siegel seines Kampfanzugs. Die beiden Männer befanden sich in einem der Ausrüstungsräume des Frachtmoduls, das zusammen mit Dutzenden von ähnlichen Modulen im Inneren der Transportblase einem Kantaki-Schiff durch den Transraum folgte. Den Akuhaschi gegenüber war »Fracht« deklariert worden, ohne die Soldaten und das Ausrüstungsmaterial zu erwähnen. Auch bei anderen Aktionen dieser Art hatte man den Bediensteten der Kantaki die Art der »Fracht« verschwiegen, obwohl sie deutlich wurde, wenn die Schiffe das Ziel erreichten. Erstaunlicherweise verstieß so etwas nicht gegen den Sakralen Kodex der Kantaki, wie man gegen Ende der Ersten Dynastie vor mehr als zweitausend Jahren festgestellt hatte.

Valdorian wandte sich kurz dem großen Bildschirm an der Wand zu. Er wirkte wie ein Fenster ins All, aber hier, tief im Inneren des wabenartig strukturierten Moduls konnte es gar keine derartigen Fenster geben. Vorn pflügte die dunkle, asymmetrische Masse des riesigen Kantaki-Schiffes durch den Transraum und zog die noch viel größere Transportblase aus Kraftfeldern und Monofaser-Leinen hinter sich her. An dem spinnwebartigen Gebilde klebten Frachtmodule, Containergruppen und Passagierkapseln, in denen niemand etwas von dem bevorstehenden Kampf um einen Planeten ahnte. Mit scheinbaren Bewegungen glitten Sterne dahin, und zwischen ihnen bemerkte Valdorian erneut seltsame Schatten, wie die Schemen von sonderbaren Geschöpfen, die zwischen den Sternen im Transraum flogen. Er streckte die Hand nach den Kontrollen des Bildschirms aus und veränderte die Einstellungen, wodurch die Perspektive wechselte. Sichtbar wurde eine orangefarbene Sonne vor dem Kantaki-Schiff, die langsam anschwoll.

»Das ist Epsilon Eridani«, sagte Cordoban. »Von dort aus sind es nur noch knapp elf Lichtjahre bis zur Erde.«

»Vermissen Sie sie?«, fragte Valdorian, und eigentlich erstaunte es ihn selbst, dass er eine derartige Frage stellte. Er begriff plötzlich, dass Cordoban und er fast nie über persönliche Dinge gesprochen hatten. Es war immer nur um Planungen gegangen, um Strategien.

»Die Erde?«

»Ja.«

»Ich erinnere mich kaum an sie«, sagte Cordoban und verband die verschiedenen Servi seines Körpers mit einem Kampfkorsett. Es sah aus, als würde er von einem spinnenartigen Ungetüm aus Metall und Syntho-Polymeren verschlungen werden. Der Stratege saß in einem Schalensitz, umgeben von Motoren, kompakten Generatoren, Akkumulatoren, speziellen Servo-, Waffen- und Sensorsystemen, Greifarmen und sechs Teleskopbeinen, die kontrollierte Bewegungen in jedem Gelände ermöglichten. Zu dem Kampfkorsett gehörte auch ein Levitator, aber der verbrauchte viel Energie und war nur für den Notfall bestimmt. »Meine Familie verließ Spanien und die Erde, noch bevor ich zehn Jahre alt war.«

»Würde es Ihnen gefallen, das Land Ihrer Geburt wiederzusehen?«

Cordoban überprüfte die Kontrollen. Motoren summten, und die Beine streckten sich – das stählerne Spinnenwesen richtete sich auf. Waffenläufe schwangen hin und her. Das vage Schimmern eines Schutzschilds wuchs und dehnte sich, umgab das Kampfkorsett wie mit einer filigranen Membran. Nach einigen Sekunden verschwand sie wieder, als Cordoban den Schutzschirm deaktivierte.

»Solange die Erde zur Allianz gehört, gibt es für mich keine Möglichkeit, ihr einen Besuch abzustatten.«

»Sie versprachen mir, dass dieser Krieg in kurzer Zeit gewonnen werden kann. Sind Sie von Ihren eigenen Planungen nicht mehr überzeugt?«

»Ein Angriff auf Kabäa gehört nicht zum ursprünglichen Plan, Primus«, erinnerte Cordoban das Oberhaupt des Konsortiums. »Viel hängt davon ab, ob wir im Epsilon-Eridani-System erfolgreich sind. Wenn es uns anschließend gelingt, rechtzeitig genug Nachschubwege zu schaffen, um weitere Truppen und noch mehr Ausrüstung herbeizuschaffen, haben wir eine gute Chance, den Krieg innerhalb weniger Monate zu gewinnen.«

»Eine Entscheidungsschlacht«, sagte Valdorian. »Gleich zu Anfang.«

»Darauf läuft es hinaus, ja.«

Cordoban fügte nicht hinzu, dass Valdorian die Verantwortung dafür trug.

»Die Dekompression beginnt in zehn Minuten«, sagte der Stratege stattdessen. »Wir sollten die Shuttles aufsuchen.«

Valdorian überprüfte die Waffen am Gürtel des Kampfanzugs, vergewisserte sich dann, dass die Innentasche seinen Identer und einen Privatgaranten enthielt. Seine Hand berührte auch die Schatulle mit dem Zwillingsdiamanten und den empathischen Verstärker. Beim Kontakt mit der Schatulle glaubte Valdorian, ein kurzes Flüstern zu hören, und er sah erstaunt zu Cordoban, der jedoch nichts bemerkt zu haben schien. *Bist du in der Nähe, Lidia?*, dachte er und versuchte dabei, sich auf den Diamanten zu konzentrieren. Doch das Flüstern wiederholte sich nicht.

Schließlich nickte Valdorian und folgte Cordoban durch

einen breiten Korridor, der zu den Hangars des Frachtmoduls führte. Unterwegs begegneten sie Offizieren, die wie Valdorian in Kampfanzüge gekleidet waren und ihn respektvoll grüßten. Zehntausende von Kämpfern, sowohl Söldner als auch Berufssoldaten der regulären Truppen des Konsortiums, trafen jetzt die letzten Vorbereitungen.

Bevor sie die Shuttles erreichten, kam ihnen Jonathan entgegen. Auch er trug einen Kampfanzug, in dem er allerdings eher seltsam aussah. Wenn Valdorian an seinen Sekretär dachte, stellte er ihn sich immer in schlichter Kleidung vor, aber nie mit einer Gefechtsausrüstung.

»Primus ...« Jonathan wirkte besorgt. »Ich habe gerade eine Transmeldung erhalten.« Er vergewisserte sich, dass niemand sonst in Hörweite war. »Guraki ist vernichtet. Die Allianz hat das Desmendora-System vor drei Tagen angegriffen und einen Planetenfresser gegen Guraki eingesetzt.«

Gesichter erschienen vor Valdorians innerem Auge: Joffrey Jefferson, von seinen Freunden Joffy genannt; Byron Gallhorn, Erster Bürger; Moribund, der Chefarzt des Krankenhauses von Gateway – sie alle waren zu Opfern des Krieges geworden.

»Vermutlich wollte die Allianz verhindern, dass wir von Guraki aus Vorstöße unternehmen«, sagte Cordoban. »Aber ein Planetenfresser ...«

Valdorian dachte ans Xurr-Labyrinth, an die noch unerforschten Bereiche der Stadt unter dem Gletscher – ihre Geheimnisse blieben für immer ungelüftet.

»Das ist noch nicht alles«, fuhr Jonathan fort und schnappte nach Luft; er schien gerannt zu sein. »Ihr Sohn Benjamin, Primus ... Er hat sich mit der Allianz verbündet.«

Das erklärte den Einsatz einer Waffe, die einen ganzen Planeten vernichten konnte – Benjamins Rache. Vielleicht hatte er sogar geglaubt, dass sich sein Vater noch auf Guraki befand.

Jäher Zorn erfüllte Valdorian, und plötzlich bedauerte er, bei ihrer letzten Begegnung nicht doch Gebrauch von dem

Hefok gemacht zu haben. Aber den eigenen Sohn zu erschießen ...

Früher hättest du keine Skrupel gehabt, dachte er.

»Es wird Zeit«, sagte Cordoban, und die Motoren des Kampfkorsetts summten, als er sich wieder in Bewegung setzte. »Es bleiben nur noch wenige Minuten bis zur Dekompression.« Wieder verzichtete er darauf, offene Kritik zu üben, vielleicht deshalb, weil sie logischerweise nichts mehr bewirken konnte.

Aber Valdorian wusste auch so, dass das Risiko des Angriffs auf Kabäa noch größer geworden war. Über welche Informationen verfügte Benjamin? Was hatte er Enbert Dokkar mitgeteilt?

»Kommen Sie«, sagte er zu Jonathan und marschierte ebenfalls los. Kurze Zeit später erreichten sie den Hangar mit ihren Shuttles. Cordoban ging an Bord des kleinen Raumschiffs, das extra für ihn vorbereitet worden war und ihm als Kommandozentrum diente – von dort aus wollte er den Kampf leiten, erst im Orbit von Kabäa und dann auch auf der Oberfläche des Planeten. Valdorian und sein Sekretär gingen an Bord eines anderen Shuttles. Der Primus nahm dort neben dem Piloten Platz, der ihm kurz zunickte, und stülpte sich die kapuzenartige Erweiterung des Kampfanzugs über den Kopf. Sofort versteifte sich das flexible Material; sein molekulares Gedächtnis verwandelte es in einen Helm. Valdorian schloss die Siegel, und die Displays am Visier wiesen darauf hin, dass alle Systeme perfekt funktionierten. Der Pilot aktivierte die Sicherheitsharnische der Sitze, und ein lauter werdendes Summen wies auf die Einsatzbereitschaft des Triebwerks hin. Der Bug des Shuttles schien transparent zu werden, als Bildschirme zum Leben erwachten und die nähere Umgebung zeigten.

Akustische Warnsignale erklangen im Frachtmodul, und dann begann die Dekompression. Anschließend klappte das Modul auf und öffnete seine Wabenstruktur.

»Das Kantaki-Schiff kehrt in den Normalraum zurück«,

sagte der Pilot, griff nach der hufeisenförmigen Steuereinheit und startete die Triebwerke des Shuttles.

Draußen in der Dunkelheit, die das Kantaki-Schiff umgab, waberte etwas, und die Schatten zwischen den Sternen verschwanden. Die Transportblase gab sie frei, und Valdorian sah, dass sich auch die anderen Frachtmodule geöffnet hatten. Überall starteten Shuttles und auch einige Kampfschiffe der Tiger-Klasse.

»Die anderen Kantaki-Schiffe treffen ebenfalls ein«, sagte der Pilot und deutete auf die Kontrollen. »Ebenso wie die Sprungschiffe der Horgh.«

Der zweite Hinweis erübrigte sich. Valdorian erlebte mehrere Momente der Desorientierung, hervorgerufen von den Schockwellen retransferierender Horgh-Schiffe. Cordoban hatte enorme organisatorische Arbeit geleistet: Die Schiffe mit den Truppen und dem Ausrüstungsmaterial des Konsortiums trafen fast gleichzeitig im Epsilon-Eridani-System ein, obwohl sie von unterschiedlich weit entfernten Welten kamen.

Die Nachtseite eines Planeten erschien, wie sternenbesetzt: Ausgedehnte Städte zeigten Myriaden winziger Lichter.

Plötzlich glühten rote Indikatoren auf den Konsolen vor dem Piloten und Valdorian.

Objekte schoben sich vor den Planeten und die geöffnete Transportblase des Kantaki-Schiffes: große Gefechtsplattformen, Abwehrsatelliten, interplanetare Kampfschiffe. Hier und dort blitzte es, als erste Hefok-Kanonen feuerten.

Tief in Valdorian krampfte sich etwas zusammen.

»Man hat uns erwartet!«, stieß der Pilot hervor.

Eine gewaltige Streitmacht der Allianz nahm die Angreifer des Konsortiums in Empfang.

Der Albtraum begann.

Im Transraum
An Bord von Mutter Krirs Schiff
3. Januar 304 SN
linear/nichtlinear

15

Ein Traum hielt Lidia gefangen, obwohl sie *wusste,* dass etwas in der realen Welt ihre Aufmerksamkeit erforderte. Zwei Stimmen riefen sie, beide voller Dringlichkeit, doch eine von ihnen hielt sie fest – Valdorians Stimme.

Sie standen auf einem der kleinen Plätze in Bellavista auf Tintiran, nicht weit vom Scharlachroten Meer entfernt. Leichter Wind kam auf, brachte angenehme Abkühlung und trug den salzigen Geruch des Ozeans durch die Stadt.

Durch die leere Stadt. Außer Lidia und Valdorian hielt sich niemand in Bellavista auf. Alles blieb still, abgesehen vom Flüstern des Winds.

Und abgesehen von der anderen Stimme, die in der Ferne rief. Eine Stimme, die Hilfe brauchte. Sie wurde allmählich leiser und schwächer ...

»Lassen Sie mich los«, sagte Lidia.

»Ich halte Sie nicht fest«, erwiderte Valdorian. »Es freut mich, dass Sie gekommen sind. Ich habe auf Sie gewartet.« Er streckte die Arme aus und lächelte.

»Ich bin nicht Ihretwegen gekommen. Ich ...« Aber das stimmte nicht, oder? Jetzt erinnerte sie sich wieder. Sehnsucht hatte sie hierher geführt, die Hoffnung auf ein anderes, ein neues Leben.

»Seien Sie unbesorgt«, sagte Valdorian. »Ich verzeihe Ihnen.« Und dann: »Komm, komm zu mir ...«

Lidia fühlte, wie sich ihre Beine von ganz allein in Bewegung setzten. Wenige Sekunden später stand sie dicht vor Valdorian, und er schloss die ausgestreckten Arme um sie. Sie war glücklich, so glücklich, es fühlte sich herrlich an, trotz der leeren Stadt, trotz der anderen Stimme, die sie rief, sie gehörte hierher, dies war der richtige Platz für …

Valdorian senkte den Kopf, um sie zu küssen …

Der ferne Ruf erklang erneut, ein letzter Aufschrei, der das Gespinst von Traum und Schlaf zerriss.

Valdorian hielt den Zwillingsdiamanten in der einen Hand und den Amplifikator in der anderen, zum Ohr gehoben, wie der Taruf es ihm gezeigt hatte. Er war kein Empath und erst recht kein Telepath, aber trotzdem ermöglichte ihm die »Brücke« zwischen den beiden kognitiven Kristallen Gefühle zu empfangen und zu übertragen. Er konzentrierte sich auf seine eigenen Empfindungen und auf die Emotionen, die er sich bei Lidia wünschte, und das Schimmern im Inneren seines Diamanten zeigte ihm, dass eine Verbindung bestand. Er lächelte, schloss die Augen. »Komm, komm zu mir …«

Doch etwas störte. Etwas schob sich zwischen ihn und seine projizierten Wünsche.

Er fluchte, ließ Diamant und Amplifikator sinken.

Eine Zeit lang starrte es ins Leere. Minuten verstrichen, ohne dass sich Valdorian rührte. Wie gelähmt saß er da, erfüllt von sonderbare Gedanken. Manche von ihnen erschienen ihm … fremd.

Schließlich, Stunden später, nach einem Schlaf mit offenen Augen, hob er Diamant und Amplifikator wieder und versuchte es noch einmal.

Veränderungen fügten sich Veränderungen hinzu. Einzelne Zeitquanten bekamen neue Strukturen. Entwicklungstendenzen bildeten und erweiterten sich …

Lidia erwachte und wusste sofort, dass etwas nicht stimmte. Das Schiff, wie ein Teil ihres Körpers, fühlte sich anders an.

Es verlor den Weg.

»Floyd?«, murmelte sie erstaunt, und dann begriff sie plötzlich, was geschah. Rasch schlug sie die Decke zurück, war mit einem Satz auf den Beinen und streifte die Kleidung über, die sie vor wenigen Stunden, zu Beginn ihrer Ruhephase, abgelegt hatte. »Floyd, Floyd«, murmelte sie immer wieder. »Nicht jetzt, nicht ausgerechnet jetzt ...«

Der Traum. Sie hatte seinen Ruf gehört und ihm nicht helfen können ...

Etwas ächzte tief im Inneren des Kantaki-Schiffes, als Lidia ihr schlichtes Quartier verließ, und es klang nach der Stimme eines Wesens, das Schmerzen litt. Ein seltsamer Gedanke ging Lidia durch den Kopf: *Fühlten die Xurr das, was in ihren organischen Raumschiffen vorging, wenn sie durchs All reisten? Fühlten sie ihre Schiffe so wie ein Kantaki-Pilot* sein *Schiff fühlen kann?*

Sie eilte durch dunkle Korridore, begleitet von zunehmenden Vibrationen, die das ganze große Raumschiff erfassten und die perspektivischen Verzerrungen verstärkten. Lidia achtete nicht auf das Schrumpfen und Anschwellen von Räumen, auf Gänge, die sich plötzlich wie Spiralen drehten. Inzwischen hatte sie gelernt, sich auf die gleiche Weise zu orientieren wie der blinde Floyd: mit dem »Auge des Geistes«, wie er es manchmal nannte, beziehungsweise mit dem Auge der Emotion. Lidia *fühlte* ihren Weg durch das dunkle Gewirr im Inneren des Kantaki-Schiffes.

Unterwegs begegnete sie mehreren aufgeregten Akuhaschi. »Ein Fehler in der Navigation!«, riefen sie. »Ein Fehler in der Navigation!« Dann eilten sie weiter durch die Schatten und Schemen, ausgerüstet mit Diagnosewerkzeugen, auf der Suche nach einem Fehler, den sie gar nicht beheben konnten.

Kurz darauf erreichte Lidia den Pilotendom, und dort sah sie ihre grässliche Vermutung bestätigt. Der alte Floyd saß in sich zusammengesunken im Sessel auf dem Podium, die Hände nicht mehr in den Sensormulden der Armlehnen.

Der Ernst der Lage war Lidia sofort klar, und sie erlebte ein seltsames Phänomen: Die Zeit in diesem Bereich abseits des normalen Zeitstroms schien sich für sie zu dehnen wie ein Gummiband. Um sie herum verlangsamte sich alles, während sie selbst in der ursprünglichen subjektiven Zeit verharrte, sich ganz normal bewegte. Während sie durch die Nichtzeit zum Podium schritt, beobachtete sie die Akuhaschi an den buckelartigen Konsolen, wo das Licht warnender Indikatoren erstarrte. Ihr Blick glitt an den gewölbten Wänden empor in den Transraum. Derzeit nahm sie die Fäden nur als vage, sich hin und her windende Linien im All wahr; sie musste mit den Augen des Schiffes verbunden sein, um sie klar zu erkennen und zu deuten. Aber sie *fühlte:* Mutter Krirs Schiff war nicht mehr mit einem Faden verbunden. Das große Raumschiff und die Transportblase mit den Passagierkapseln und Containern stürzte ungesteuert durch den Transraum und drohte, sich in der Hyperdimension zu verlieren. Die Situation erforderte das sofortige Eingreifen eines Piloten.

Als Lidia zum Sessel trat, kehrte das Gummiband der gedehnten Zeit zu seiner gewöhnlichen Form zurück.

Der alte, blinde Floyd, der doch so viel mehr gesehen hatte als andere Leute, lag tot im Sessel. Er war während des Transits gestorben, ruhig und friedlich, und dadurch hatte sich der Faden des Ziels vom Schiff gelöst. Lidia wusste, dass sie sich keine Zeit – nicht einmal gedehnte – für Trauer um Floyd nehmen durfte. Sie musste sofort handeln.

So behutsam wie möglich zog sie die Leiche aus dem Sessel; zwei Akuhaschi boten ihre Hilfe an, als sie schon fast fertig war. Dann nahm sie im Sessel Platz und legte die Hände in die Sensormulden.

Chaos wogte ihr entgegen, als sich ihre physische Existenz rasch erweiterte. Nichts war zu spüren von der Harmonie des Sakriums – das Schiff ähnelte einem kleinen Kind, das sich im Dunkeln verirrt hatte und nach seiner Mutter rief, dem Piloten. Lidia versuchte, ihre Gabe möglichst sanft zu entfalten und angesichts des heillosen Durcheinanders nicht in Panik zu geraten. Sie nahm die Datenströme der Sensoren und Datenservi entgegen, schuf daraus eine Art mentalen Sockel, der ihr Halt bot und zum Ausgangspunkt ihrer Orientierungsversuche wurde. Myriaden Fäden umgaben das durch den Transraum fliegende Kantaki-Schiff, Myriaden Schlangen, die zuckten, sich hin und her wanden, sprangen und krochen. Wo befand sich der Faden, den Floyd zu Beginn des Transits mit dem Schiff verbunden hatte, der Faden, der zum Zielplaneten Umkah führte?

Lidia tastete hinaus ins Chaos, während sie gleichzeitig spürte, wie die Akuhaschi die Bordsysteme des Schiffes und die strukturelle Integrität der Transportblase stabilisierten. Wo war der Faden, der richtige Faden? Welcher Weg führte nach Umkah? *Floyd, armer Floyd ... Ausgerechnet während des Transits.* Lidia schob diese Gedanken beiseite, sanft und behutsam, um sich nicht selbst Gewalt anzutun. In ihrer erweiterten Wahrnehmung wurde Mutter Krirs Schiff erneut zu einem Kind, das auf Hilfe hoffte, darauf, dass ihm jemand den Weg zeigte. Die Terabyte an Daten, die Lidia von den Sensoren und Servi empfing, verwandelten sich in Stimmungen und Regungen, mit denen Lidias Gabe besser umzugehen verstand als mit nackten Fakten. Versuchsweise griff sie nach ersten Fäden und *fühlte* die Verbindungsstrukturen, die Ziele. *Falsch, falsch. Dieser Faden führt zu einem Schwarzen Loch, der dort zu einem Roten Riesen, der sich anschickt, die inneren Planeten seines Sonnensystems zu verschlingen.* Lidia setzte die Suche fort, aber wohin auch immer sie ihre mentalen Hände ausstreckte, überall fand sie falsche Wege durch den Transraum: Neutronensterne, Dunkelwolken, ferne Galaxien und nahe Anomalien, tote Welten und weit entfernte Planeten mit exotischem Leben.

Erste Warnsignale erreichten Lidia. Das Schiff brauchte einen Weg, ein Ziel für den Flug durch den Transraum. Der blinde Transit konnte nicht mehr lange fortgesetzt werden, und wenn eine unkontrollierte Rückkehr in den Normalraum erfolgte, ließ sich nicht vorhersagen, *wo* der Kontra-transit stattfand – vielleicht im nuklearen Feuer einer Sonne. Lidias Gedanken glitten kurz zu den tausenden von Passagieren in der Transportblase, und das Gewicht der Verantwortung lastete schwer auf Herz und Seele. Dann verdrängte sie dieses Empfinden genauso wie vorher die Gedanken an Floyd. Sie musste sich ganz auf ihre Aufgabe konzentrieren.

Sie nahm ihre Kraft zusammen und erinnerte sich an all die Dinge, die sie auf Tintiran von Hrrlgrid und während der Flüge von Floyd gelernt hatte, griff mit diesem Wissen erneut in den Transraum und tastete nach den Fäden, die ohne Zahl und ohne Ende waren. Braune Zwerge, Dimensionsrisse, Singularitäten mit komprimierter Zeit und inflationärem Raum. Nichts passte, nichts stimmte. Die Zeit wurde knapp an diesem Ort ohne Zeit. Das Schiff brauchte Orientierung ...

Etwas Dunkles zog durch den Raum, dunkler als ein Kantaki-Schiff, dunkler als die leeren Universen ohne Sterne, ein Etwas, das aus der Jugend des Plurials kam, aus seiner Kindheit.

Der Abissale?

In einer anderen Zeit. Weit, weit vom Jetzt entfernt. Und doch ...

»Mehr Energie«, sagte Lidia laut, ohne in ihrer Konzentration nachzulassen. »Geben Sie mir mehr Energie.«

Die Akuhaschi im Pilotendom reagierten sofort, erhöhten das energetische Niveau der Reaktoren und leiteten mehr Energie in die Bordsysteme. Lidia spürte es in Form einer gesteigerten Vitalität im Körper des Schiffes, dessen Flug durch den Transraum sich stabilisierte. Trotzdem: Lidia wusste, dass sie nur eine kleine Atempause gewonnen hatte. Sie begriff die Aussichtslosigkeit der Suche nach dem Faden, der nach Umkah führt; er hatte sich längst in den hyperdimensionalen Gespinsten verloren. Sie brauchte ein alternatives Ziel, einen Faden, der zu einem geeigneten Planeten führte, einer Welt in der linearen Zeit und nach Möglichkeit innerhalb des von Menschen besiedelten Alls – sie durfte die Passagiere in der Transportkapsel nicht unberücksichtigt lassen.

Es klickte in ihrer Nähe, und dann ertönte eine Stimme. »Sei ganz ruhig, Kind. Ich trauere um Floyd, der mir gute Dienste geleistet hat, und ich trauere auch um dich, Diamant, denn der Übergang hätte sanfter sein sollen. Ich vertraue dir. Du wirst es schaffen.«

Lidia schloss die Augen und sah Mutter Krir, deren Erscheinungsbild sie jetzt nicht mehr so sehr an eine Gottesanbeterin erinnerte wie zu Anfang. Sie hatte inzwischen gelernt, viele subtile Unterschiede zu erkennen, und was noch wichtiger war: Ihr Blick ging längst über die äußere Erscheinung hinaus. Sie sah kein insektenhaftes Wesen, sondern eine weise, uralte Entität.

Mit neuer Entschlossenheit konzentrierte sie sich, ließ ihr Ich erneut zu einem Metaselbst anschwellen, das das ganze Schiff umfasste. Rasend schnell tastete sie nach den Fäden, prüfte einen, griff nach dem nächsten, prüfte wieder.

Das Gespinst, durch das Mutter Krirs Schiff im Transraum flog, wurde dünner. Lidia spürte deutlich, wie sich leere Stellen ausdehnten, wie die Dunkelheit des Nichts an den hellen Fäden nagte. *Ist es Joan und Juri so ergangen?*, dachte sie plötzlich, und jähe Furcht erfasste sie. *Sie gerieten in die nichtlineare Zeit ...*

»Ganz ruhig«, klickte Mutter Krir. »Sei ganz ruhig. Lass dich nicht ablenken. Du wirst es schaffen.«

Das Schiff ... Solange es sich im Transraum befand, wollte es mit einem Faden verbunden sein, der ihm ein Ziel gab. Ohne eine solche Verbindung wuchs seine Neigung, sich mit *irgendeinem* Faden zu verbinden, ohne auf die Entscheidung des Piloten zu warten, oder aber in den Normalraum zurückzukehren. Lidia erbat noch mehr Energie, um Mutter Krirs Schiff zu stabilisieren, und damit erreichten Triebwerk, Reaktoren und Bordsysteme die Grenzen der Belastbarkeit. Noch schneller sondierte und untersuchte sie die

Fäden, deren Zahl rapide schrumpfte. Aus unendlichen Möglichkeiten wurden endliche, und dann ...

Ein Planet, der sich *gut* anfühlte, nicht zu weit entfernt ...

In der Ferne flüsterte etwas, vielleicht die Stimme des Abissalen. Das Wispern erzählte von einem uralten Konflikt ...

Lidia gab dem Drängen des Schiffes nach, stellte eine Verbindung mit dem Faden her und spürte, wie sich die Flugrichtung änderte.

Ein erstes, noch sehr subtiles Zittern warnte Lidia, aber da war es bereits zu spät.

Die nichtlineare Zeit!, dachte sie erschrocken. *Der Faden führt in die nichtlineare Zeit!*

»Falsch, falsch!«, rief Lidia und presste die Hände fester in die Sensormulden, als könnte sie auf diese Weise einen noch innigeren Kontakt mit dem Schiff herstellen, obwohl es bereits Teil von ihr war. Sie versuchte, den Faden – den *falschen*, grässlichen, gefährlichen Faden – vom Schiff zu lösen, aber die zuckende Schlange gab es nicht mehr frei, nachdem sie ein Opfer gefunden hatte. Sie hielt das Kantaki-Schiff fest, zog es durch den Transraum, näher zum Ziel ...

Der Transit fand ein abruptes Ende, und Lidia riss entsetzt die Augen auf, als aus dem subtilen Zittern heftige Erschütterungen wurden, die das ganze Kantaki-Schiff und auch die Transportblase erfassten. Die Projektionslinsen an den gewölbten Wänden zeigten einen Planeten, der aussah wie eine für Menschen geeignete Welt: blaue Meere, große Kontinente, braun und grün, weiße Wolken, wie Schleier vor dem planetaren Antlitz. Alles wirkte normal, auch die ferne Sonne, die samtene Schwärze des Alls, die Sterne. Aber Lidia wusste, wie sehr dieser Eindruck täuschte. Die dimensionalen Strukturen waren nicht richtig.

Dies ist das falsche Universum, dachte sie, während das Kantaki-Schiff dem Planeten entgegenstürzte. *Es ist ein Kosmos der* Möglichkeiten, *eine Welt der Potenzialitäten.* Ein Universum, das nicht real war und doch zu der übergeordneten Realität gehörte, die man im Sakrium sehen konnte.

Dies war das Mündungsdelta des Zeitstroms, ein Bereich mit zahllosen unterschiedlichen Strömungen, Tümpeln und Sümpfen.

Die nichtlineare Zeit …

Alle Piloten fürchteten sich davor, denn nur selten gab es einen Weg zurück.

Lidia streckte ihre mentalen Arme aus und tastete verzweifelt nach einem Faden, nach irgendeinem Faden. Nur weg von hier – das Wohin spielte jetzt eine untergeordnete Rolle. Aber ganz gleich, wo die Hände ihrer Gabe suchten, sie berührten nichts, strichen immer wieder durch Leere. Einmal mehr erinnerte sich Lidia an Joan, an die alte, greise Joan, die so viele Jahre an Einsamkeit gelitten und den Abissalen gesehen hatte. Stand ihr ein ähnliches Schicksal bevor?

Das Schiff litt. Die Wahrnehmung des Metaselbst übersetzte die von den Sensoren übermittelten alarmierenden Daten in Schmerzen. Es kam zu einem energetischen Kollaps in den Bordsystemen, und Lidia begriff, dass der Schutz des Schiffes oberste Priorität hatte. Darauf konzentrierte sie sich nun, auf die Steuerung im Normalraum. Sie nahm die restliche Energie und leitete sie in das für interplanetare Flüge bestimmte Triebwerk.

Die Erschütterungen nahmen zu, als das Kantaki-Schiff mit viel zu hoher Geschwindigkeit durch die obersten Schichten der Atmosphäre raste. Lidia breitete metaphorische Schwingen aus – die Datenservi empfingen ihre Signale und aktivierten daraufhin die Manövriertriebwerke, um den Kurs des Schiffes zu ändern – und fühlte, wie das Schiff viel träger als sonst reagierte.

Die Transportblase platzte.

Lidia konnte es nicht verhindern.

Die große Blase, die das Kantaki-Schiff hinter sich her zog, war solchen Belastungen nicht gewachsen. Das Gespinst zerriss. Passagierkapseln und Frachtmodule lösten sich von den Monofaser-Leinen, trudelten fort. Die Reibungshitze beim Eintritt in die Atmosphäre verwandelte sie in kurzlebige Kometen.

Menschen starben. Und auch die Angehörigen anderer Völker. Mit ihnen endeten Hoffnungen und Träume.

Grauen kroch durch Lidias Denken und Fühlen.

Der Koloss des Kantaki-Schiffes schüttelte sich erneut, aber Lidias Schwingen bremsten ihn weiter ab, und die Erschütterungen wurden schwächer. Noch immer übermittelten die Sensoren Daten weit jenseits der Norm, doch Lidia spürte, dass sie das Schiff wieder unter Kontrolle bekam.

»Lande«, klickte Mutter Krir. »Bring uns zu einem sicheren Ort, an dem wir ausruhen und trauern können.«

Lidia flog wie ein Vogel, mit weit ausgebreiteten Flügeln, ließ sich vom Wind zu einem namenlosen Kontinent auf der namenlosen Welt tragen. Seltsame Dinge huschten unter ihr hinweg, aber sie schenkte ihnen keine Beachtung, denn wichtig war nur der Flug. Und die Landung. Die Landung, so flüsterte etwas in ihr, war sogar noch wichtiger. Sie musste weich aufsetzen, denn sonst brach sie sich den Fuß oder das Bein.

Nicht ich breche mir etwas, dachte sie. *Wenn wir zu hart aufsetzen, könnte das Schiff auseinander platzen.*

Die Sensoren fanden eine geeignete Stelle: flach und stabil genug, um die enorme Masse des Kantaki-Schiffes zu tragen. Lidia steuerte es dorthin und musste dabei zur Kenntnis nehmen, dass sich ihre mentale Welt zu trüben begann. Der Grund hieß Erschöpfung. Erst die Suche nach den Fäden, dann die Steuerung des Schiffes – es hatte sie viel Kraft gekostet.

Mutter Krir klickte. »Es ist nicht mehr weit, Kind«, sagte die Kantaki. »Du hast es gleich geschafft.«

Die flache, stabile Stelle auf der *falschen* Welt ... Lidia winkelte ihre Flügel an, stellte sie gegen den Wind, wurde langsamer und sank.

Der dunkle Koloss setzte auf, sanft wie ein Blatt.

Lidia öffnete die Augen, zog die Hände aus den Sensormulden und stand auf. Die Linsen an den gewölbten Wänden des Pilotendoms zeigten ihr den Planeten, eine Felslandschaft und ... eine Stadt.

Sie stand auf und taumelte.

»Ich habe versagt«, sagte Lidia. *Es ist alles meine Schuld*, dachte sie, und dann verlor sie das Bewusstsein.

Mutter Krir fing sie mit zwei langen, klauenartigen Gliedmaßen auf und wiegte sie sanft.

»Du hast nicht versagt, Diamant«, klickte sie und hielt die bewusstlose Pilotin schützend unter ihren Leib. »Du hast uns gerettet.«

Floyds Welt · nichtlinear

»Ich hätte dich gern woanders begraben, an einem angenehmeren Ort«, sagte Lidia und blinzelte im Wind. »Aber das Schicksal hat uns hierher geführt. Hier sollst du für immer ruhen, auf Floyds Welt.«

Lidia blickte auf das einfache Grab, auf die angehäuften Steine, unter denen die sterblichen Überreste Floyds ruhten, betrachtete das Schild mit dem Namen und einem Datum, das hier, an diesem Ort, überhaupt keine Bedeutung hatte. Sie hoffte, dass das Grab tief genug war, für den Fall, dass es auf diesem Planeten Aasfresser gab.

Sie stand auf, und ihr langer Umhang flatterte im böigen Wind, der hier am Rand der Wüste über die öde Felslandschaft pfiff.

»Brauchen Sie uns noch, Diamant?«, fragte einer der beiden Kantaki-Roboter, die die Leiche getragen und ihr beim Ausheben des Grabs geholfen hatten. Die Stimme klang erstaunlich melodisch.

»Nein«, sagte Lidia. »Kehrt zum Schiff zurück.«

Motoren surrten leise, und die beiden Roboter stakten auf dünnen, stählernen Beinen davon.

Die Pilotin drehte sich um.

Die asymmetrische Masse des Kantaki-Schiffes ragte wie ein finsteres Gebirge auf dem Plateau empor und schien bestrebt zu sein, das Firmament zu berühren, an dem eine heiße Sonne loderte. Der Wind ließ Lidia die Hitze kaum spüren, und außerdem stand sie im Schatten von Mutter Krirs Schiff. An der einen Seite hingen Reste der Transportblase, einige abgerissene Monofaser-Leinen, geborstene Stabilisatoren und halb verbrannte Gespinstelemente. Von den Passagierkapseln und Frachtmodulen war weit und breit nichts zu sehen. Wenn einige von ihnen die Reibungshitze beim Sturz durch die Atmosphäre überstanden hatten, so waren sie irgendwo zerschellt, hunderte oder tausende von Kilometern entfernt. Lidia gab sich keinen Illusionen hin: Von den Passagieren war sicher niemand am Leben geblieben. Nur die Personen an Bord des Kantaki-Schiffes hatten überlebt.

Vielleicht bin ich der einzige Mensch in diesem Universum, hier in der nichtlinearen Zeit, dachte sie voller Kummer. Sie lauschte mit der Gabe, hörte aber nur die Stimmen einiger weniger Fäden, und sie alle fühlten sich *falsch* an, so falsch wie der, der sie hierher gebracht hatte, zu Floyds Welt.

Lidia setzte sich in Bewegung, ging fort von Floyds Grab und tiefer hinein in den Schatten des Kantaki-Schiffes, das zum Glück unbeschädigt geblieben war. Einige mit Levitatoren ausgestattete Akuhaschi stiegen auf, um bestimmte Segmente des Schiffes zu untersuchen, aber sie würden kaum etwas finden, das repariert werden musste. Lidia wusste es, denn mithilfe der Sensoren hatte sie die vollständige Integrität des Schiffes *gefühlt*. Es erholte sich bereits vom energetischen Kollaps und wartete darauf, erneut ins All gebracht zu werden, in den Transraum und zurück in die lineare Zeit.

Einmal mehr dachte Lidia an die greise Joan und versuchte, ruhig zu bleiben, nicht der Panik nachzugeben, die irgendwo in ihr zu wachsen begann. *Und es ist alles meine*

Schuld, dachte sie. *Weil ich nicht rechtzeitig erwacht bin. Floyd hat mich um Hilfe gerufen, aber ich habe geschlafen.*

Sie sah zur Stadt hinter dem Kantaki-Schiff und versuchte, sich dadurch von bedrohlichen Gedanken abzulenken. Eine Stadt ... Oder ein gewaltiges Gebäude aus miteinander verkeilten Segmenten, gewissermaßen die urbane Version eines Kantaki-Kolosses. Safrangelb, altrosa und lavendelblau erstreckte sie sich in einem schmalen Tal, das den Wind kanalisierte, ihn noch heftiger werden ließ, zu einem Sturm. Lidia fragte sich, wer ausgerechnet dort eine Stadt errichtet hatte, geduckt unter den Böen, den Stimmen der Wüste. Und mitten in dieser Stadt, oder im Zentrum des Gebäudekomplexes, ragte eine Festung auf, eine Bastion so dunkel wie das Kantaki-Schiff.

Doch nichts regte sich dort, weder bei der Festung noch in der Stadt. Die schmalen Straßen waren leer; nirgends zeigten sich Fußgänger oder Fahrzeuge.

Lidia erinnerte sich an die relative Natur dieser irrealen Realität. Was sich ihren Augen darbot, musste nicht unbedingt tatsächlich existieren.

»Dies ist ein Universum der Möglichkeiten«, sagte sie, und sofort wurde das Pfeifen des Winds lauter, als wollte er keine andere Stimme neben sich dulden. »Trotzdem: Der Wunsch allein genügt nicht, um einen Faden zu finden.«

Sie ging weiter, erreichte kurz darauf den Rand der Stadt und das Ende des Schattens, der vom Kantaki-Schiff ausging. Die Sonne brannte heiß, und Lidia zog sich die Kapuze über den Kopf, um vor der Hitze und auch dem Wind geschützt zu sein.

Aber die Hitze kroch durch den Stoff des Umhangs, und der böige Wind wurde immer unangenehmer – sie musste sich ihm entgegenstemmen, als sie durch die schmalen Straßen der Stadt stapfte. Rechts und links neben ihr wuchsen skurrile Gebäude empor, wie steinerne Lebewesen, erstarrt in dem Versuch, sich zu umarmen. *Oder sich gegenseitig zu verschlingen,* dachte Lidia und schauderte innerlich. Dieser

Gedanke wurzelte in einem Empfinden, das immer deutlicher wurde. Das grelle Licht der heißen Sonne lag über der Stadt, trotzdem fühlte sie sich wie in Düsternis gehüllt an. Ihre Farben schienen einen Grauschleier zu tragen.

Das Heulen des Winds und die von ihm ausgeübte Kraft wurden schier unerträglich, und als Lidia einen offenen Zugang sah, nutzte sie die Chance, den Böen und dem Gleißen der Sonne zu entkommen. Sie trat durch den Eingang; sofort wurde die Stimme des Winds leiser, zu einem wie enttäuscht klingenden Flüstern, und die Hitze wich angenehmer Kühle. Lidia ging einige Schritte weiter und blieb dann stehen, um die Kapuze abzustreifen und ihren Augen Gelegenheit zu geben, sich ans Halbdunkel zu gewöhnen.

Stark gefiltertes Sonnenlicht fiel durch getönte Fenster in vielen verschiedenen Formen. Die Konturen von Einrichtungsgegenständen ragten aus der farblosen Düsternis, manche vertraut – Tische und Stühle –, andere völlig fremdartig und nicht zu identifizieren. Lidia ging weiter und versuchte, einen Eindruck von diesem Ort und den Personen zu gewinnen, die hier gelebt hatten. *Und vielleicht noch hier leben,* fügte sie in Gedanken hinzu.

Vor ihr bewegte sich etwas.

Lidia blieb abrupt stehen und blickte durch einen etwa zehn Meter langen Korridor, an dessen Ende eine Pendeltür leicht hin und her schwang. Furchte regte sich in ihr, und sie dachte erneut an den Abissalen, an die Dunkelheit, die sie im Plural ... nicht gesehen, sondern *gefühlt* hatte. Wer war der Abissale? Und der uralte Konflikt, von dem die ferne Stimme geflüstert hatte ...

Was hat Joan gesehen?

»Ist hier jemand?«, fragte sie und bedauerte, keinen Linguator mitgenommen zu haben. Aber sie hatte das Kantaki-Schiff nur verlassen, um Floyd zu begraben; ein Besuch der Stadt war zunächst nicht beabsichtigt gewesen.

Niemand antwortete ihr, doch sie hörte ein wortloses Flüstern, so als stünde jemand direkt hinter ihr. Sie warf einen

Blick über die Schulter und sah nicht etwa das Zimmer mit den vertrauten und fremdartigen Einrichtungsgegenständen, sondern eine graue Wand, bestehend aus einer Substanz so glatt wie polierte Stahlkeramik und so kalt wie Eis. Kälte ... trotz der heißen Sonne über der Stadt.

Lidia setzte einen Fuß vor den anderen, näherte sich der Pendeltür, lauschte dem Flüstern und versuchte, eine Botschaft zu verstehen. Aber es blieb bei dem wortlosen Raunen, das seinen Ursprung noch immer hinter ihr zu haben schien.

Als sie die Pendeltür erreichte, verharrte sie erneut und sah noch einmal in die Richtung, aus der sie gekommen war. Die graue Wand war ihr gefolgt und hatte den Korridor verschluckt, durch den sie gerade gegangen war – es gab keinen Weg zurück für sie.

Behutsam drückte Lidia die Pendeltür auf und betrat einen großen Raum, der ihr wie ein Ballsaal erschien. Der Boden bestand aus Fliesen in allen Farben des Spektrums, aber auch hier bemerkte sie einen sonderbaren Grauschleier. Lichter tanzten unter der hohen, aus einem holzartigen Material bestehenden Decke, schufen ständig in Veränderung begriffene Schattenmuster, die im Saal hin und her glitten.

Kristallene Tänzer standen auf den Fliesen, reglos und stumm, wie in einem zeitlosen Moment erstarrt.

Lidia näherte sich den Gestalten vorsichtig. Es waren Dutzende, und sie alle reichten ihr höchstens bis zum Kinn. Humanoide Geschöpfe, kleiner als Menschen, und mit einem Körper, der nicht aus Fleisch und Knochen bestand, sondern aus zahllosen schimmernden Kristallen, die ebenso ineinander verkeilt wirkten wie die Gebäude der Stadt. Die Fraktale der La-Kimesch fielen ihr ein. Jenes alte Volk, das vor zweiundzwanzig Millionen Jahren ausgestorben war, hatte große Muster im Kleinen wiederholt, und umgekehrt. Diese kristallenen Gestalten ... Waren es La-Kimesch?

Das Flüstern verklang, als Lidia an den ersten Fremden

herantrat und ihn aus der Nähe betrachtete. Auch das Gesicht bestand aus Kristallen, die keinen Hinweis darauf boten, wo sich Mund, Nase und Augen befanden – oder ob es so etwas überhaupt gab. Neugierig streckte Lidia die Hand aus und berührte die Gestalt.

Wieder gewann sie den Eindruck von eisiger Kälte, und es klirrte leise.

Dann zerbrach die Gestalt.

Dünne Frakturlinien gingen von der Stelle aus, die Lidia berührt hatte, wuchsen schnell und lösten die einzelnen Kristalle aus dem Verbund. Sie fielen zu Boden, bildeten einen glitzernden Haufen auf den bunten Fliesen.

Erschrocken wich Lidia zurück.

Wieder raunte es, aus allen Richtungen, mehrere Stimmen, untermalt von so leiser Musik, dass Lidia sich konzentrieren musste, um sie zu hören. Es war eine melancholische, traurige Melodie, die zur Atmosphäre von Gräue und Düsternis passte.

»Es ... es tut mir Leid«, sagte Lidia. »Ich wollte nicht ... Ich möchte niemandem Schaden zufügen.«

War die kristallene Gestalt eine Person gewesen, lebendig in einer anderen Dimension und in einer anderen Zeit? Oder handelte es sich um Statuen, von Künstlerhand geschaffen?

Auf der andere Seite des Saals bewegte sich etwas.

»Ich wollte nicht ... Ich meine, ich wusste nicht ...«, stotterte Lidia. Sie kam sich töricht und dumm vor angesichts einer Situation, die sie nicht verstand. Hatte sie wirklich mit einer Mischung aus Unachtsamkeit und Unkenntnis ein Lebewesen umgebracht? Alles in ihr sträubte sich dagegen, so etwas für möglich zu halten, denn es hätte eine schwere Bürde aus Schuld bedeutet.

Der Schatten auf der anderen Seite des Saals bewegte sich erneut, und diesmal sah Lidia ihn besser. Er beschränkte sich nicht auf zwei Dimensionen wie ein gewöhnlicher Schatten, sondern hatte deren drei. Eine dunkle Gestalt, ohne Kleidung und ohne Gesicht, einfach nur schwarz.

»Hallo, hören Sie mich?«, fragte Lidia laut, während im Hintergrund, irgendwo in der Ferne, noch immer die leise, traurige Musik erklang. Langsam ging sie über die Fliesen, vorbei an den kristallenen Humanoiden, darauf bedacht, keinen von ihnen zu berühren. Der Schein der mobilen Lichter unter der hohen Decke spiegelte sich auf zahllosen Facetten wider und schuf gelegentlich die Illusion von Bewegung. Während Lidia den Saal durchquerte, blieb ihr Blick auf den Schatten gerichtet, der reglos neben einem dunklen, offenen Torbogen verharrte. Nur einmal blickte sie kurz über die Schulter und stellte fest, dass ihr die graue Wand noch immer folgte und alles hinter ihr verschlang, auch die kristallenen Gestalten.

»Du hast mich gesucht, nicht wahr?«, flüsterte der Schatten.

»Wer ... sind Sie?«, fragte Lidia verwundert, als die letzten kristallenen Humanoiden hinter ihr zurückblieben. Nur noch wenige Meter trennten sie von dem Schatten. Sie blieb nicht stehen, ging weiter, streckte die Hand aus ...

Der Schatten stob davon, verschwand durch den Torbogen und verschmolz mit der dortigen Dunkelheit.

»Gib zu, dass du mich gesucht hast«, raunte es aus der Finsternis.

Lidia wusste nicht, was ihr seltsamer erschien: der Schatten selbst oder der Umstand, dass sie seine Worte verstand. Sie folgte ihm durch den Torbogen, und sofort veränderte sich die Struktur der Umgebung. Direkt vor ihr *entstand* ein Raum, ein zweiter Saal, noch größer als der, den sie gerade verlassen hatte. Sie befand sich auf einer hohen Empore und blickte in eine der größten Bibliotheken, die sie je gesehen hatte, angeordnet in konzentrischen Kreisen, mit einer kleinen Grünanlage in der Mitte. Den Durchmesser dieser Bibliothek schätzte sie auf mindestens einen Kilometer, und sie fragte sich, wo ein solches Gebäude in dem schmalen Tal am Rande des Plateaus Platz finden konnte. Aber vielleicht verhielt es sich mit den Gebäuden so wie mit den Bauwerken und Schiffen der Kantaki, die im Inneren größer waren, als es ihre äußeren Maße eigentlich zuließen.

»Du magst doch Bücher, nicht wahr, Lidia?«, fragte der Schatten und bereitete ihr damit eine weitere Überraschung. Es war Jahre her, seit sie zum letzten Mal ihren alten Namen gehört hatte. Und woher kannte der Schatten ihn?

Sie stellte die Frage. »Woher kennen Sie meinen Namen?«

»Oh, ich weiß viel über dich.« Der Schatten stand unten, in einem der Bibliotheksringe, fast fünfzig Meter entfernt, aber Lidia hatte den Eindruck, als stünde er direkt neben ihr. Seine Stimme war nicht mehr als ein Flüstern. »Ich weiß zum Beispiel, dass du dich für die Xurr interessierst. Möchtest du wissen, warum sie vor hunderttausend Jahren deiner Zeit aus dem galaktischen Kern kamen?«

Meiner Zeit, dachte sie, und ihre Beine bewegten sich von ganz allein, trugen sie eine breite Treppe hinab und zu jenem Ring, in dem der Schatten stand. Als sie sich ihm näherte, wich er fort, ohne sich zu bewegen – er schrumpfte in Richtung Hintergrund.

»Dort, das Buch auf dem Schemel, sieh es dir an«, raunte er.

Lidia ging an den Regalen entlang und glaubte dabei, noch andere flüsternde Stimmen zu hören. Es klang wie das Knistern von trockenem Laub, über das ein sanfter Herbstwind hinwegstrich: Jedes einzelne Buch, an dem sie vorbeikam, die Datenmodule, pseudorealen Tafeln und anderen Informationsträger – sie alle flüsterten mit einer eigenen Stimme, erzählten leise ihre Geschichten.

Lidia blieb am Schemel stehen und nahm das Buch, das aus einem papierartigen Material bestand und dadurch vertraut genug wirkte. »Der Exodus der Xurr«, las sie. »Von Kulmar Hofener.« In *ihrem* Universum hatte Hofener nie ein solches Buch geschrieben. Der Text zwischen diesen beiden Buchdeckeln stammte von einem Hofener aus einem anderen Kosmos.

Der Schatten stand einige Meter entfernt und schien Lidia anzusehen, obgleich sich keine Augen erkennen ließen.

Sie schlug das Buch an einer beliebigen Stelle auf und begann zu lesen.

»Inzwischen müssen wir davon ausgehen, dass die Xurr ihre Heimat, das galaktische Zentrum, nicht freiwillig verließen«, las sie fasziniert. »Sie flohen vor einer Gefahr, die sie ›Toukwan‹ nannten, was übersetzt so viel wie ›die Fehlgeleiteten‹ bedeutet.«

Lidia sah ungläubig auf. »Soll das heißen... In einem Universum, in einer parallelen Welt ... ist es Hofener gelungen, die Xurr-Hieroglyphen zu enträtseln?«

»Was ist so erstaunlich daran?«, erwiderte der Schatten mit seiner Flüsterstimme. »In einem unendlichen Universum mit unendlich vielen Paralleluniversen ist *alles* möglich. Irgendwo geschieht, was geschehen kann. Dieser Hofener fand ein Äquivalent des Steins von Rosette, und damit konnte er die Xurr-Zeichen übersetzen.«

Lidia hatte plötzlich das Gefühl, einen überaus kostbaren Schatz in den Händen zu halten. Sie starrte auf das Buch hinab, sah die Schrift, ohne zu lesen, hob dann wieder den Kopf und ließ den Blick über die Regale gleiten. Sie hatte beobachtet, wie der Raum *gewachsen* war, innerhalb eines Sekundenbruchteils, wie er sich schlagartig vor ihr erweitert hatte und nun weitaus mehr Platz einnahm, als die Stadt in dem schmalen Tal am Rand des Plateaus bieten konnte. Er war wie ein Universum im Inneren eines Universums, dazu imstande, sich endlos auszudehnen. Und das bedeutete ...

Ihr Staunen wuchs, und ein Teil davon verwandelte sich in Ehrfurcht.

»Diese Bibliothek ...«, hauchte sie. »Sie enthält alle Bücher, die geschrieben worden sind und geschrieben worden sein *könnten*, nicht wahr?«

»Du bist klug«, sagte der Schatten anerkennend. »Hier habe ich ein Buch, das dich noch mehr interessieren dürfte.« Die dunkle Gestalt legte es auf einen Stuhl, der aus dem Nichts erschien, und wich zurück.

Lidia trat neugierig näher. Als sie den Titel des Buches

und den Namen des Autors las, vergaß sie Hofener. Es war ein Roman. Der Titel lautete »Die Türme des Irgendwo«, und geschrieben hatte das Buch Roald DiKastro.

Lidia legte Hofeners Werk beiseite, griff nach dem Buch ihres Vaters, schlug es auf und blätterte. »Für Lidia«, las sie, und auf der nächsten Seite begann der Text des fast vierhundert Seiten langen Romans.

»Ja, er hat ihn geschrieben«, sagte der Schatten. »Irgendwo in der nichtlinearen Zeit. Hier gibt es viele solche Bücher.« Und er vollführte eine Geste, die der ganzen Bibliothek galt.

»Er hat ihn geschrieben«, wiederholte Lidia leise. Sie dachte an Xandor, an das Haus in den Bergen, unweit des Sees, und an das Bootshaus direkt an seinem Ufer, in dem ihr Vater so oft gesessen hatte, allein und seiner Kreativität beraubt. Sie stellte sich vor, wie er dort voller Eifer arbeitete und einem kleinen Datenservo seinen Text diktierte. Sie schloss die Augen, und daraufhin wurden die Erinnerungsbilder deutlicher, zeigten ihr den See im Sommer, blau, zum Baden einladend, und im Winter, verborgen unter Eis und Schnee.

Als sie die Augen wieder öffnete, war die Bibliothek verschwunden. Sie befand sich in einem großen, mit alten Möbeln aus massivem Holz eingerichteten Wohnzimmer. Geräte fehlten. Zwei große Sessel standen vor einem Kamin, in dem ein wärmendes Feuer brannte, zwischen ihnen ein kleiner Tisch mit einer dampfenden Tasse Tintiran-Kaffee und Roald DiKastros Buch, das Lidia nicht mehr in den Händen hielt.

»Mach es dir bequem«, sagte der Schatten. Er stand direkt vor dem Feuer im Kamin, aber der Schein der Flammen durchdrang ihn nicht. Mit einer einladende Geste deutete sie auf einen der Sessel. »Lies das Buch deines Vaters. Es interessiert dich doch, oder? Und hier hast du Zeit genug.« Den geflüsterten Worten folgte ein ebenso leises Lachen.

Lidia trat einen Schritt vor …

... und saß im Sessel, das aufgeschlagene Buch auf dem Schoß und die Tasse Kaffee in der Hand. Ein verlockender Duft berührte ihre Nase, und sie trank einen Schluck, setzte die Tasse dann ab. »Wer sind Sie?«, fragte sie den Schatten.

»Lies das Buch«, sagte die dunkle Gestalt und ging zur Tür. »Dein Vater hat es für dich geschrieben. ›Für Lidia‹.«

Der Schatten trat durch die Tür, die hinter ihr verschwand. Lidia sah sich um. Es gab keine andere Tür in dem großen Wohnzimmer, auch keine Fenster.

Trotzdem blieb sie ruhig und gelassen. Ohne einen Faden konnte sie nicht zu einem anderen Planeten gelangen. Sie befand sich noch immer auf Floyds Welt, in der bunten Stadt, nicht weit vom Schiff entfernt, in einem Kosmos der nichtlinearen Zeit. Wenn sie in eine kritische Situation geriet, wenn Gefahr drohte, konnte sie ihre Gabe benutzen und Mutter Krir verständigen. Der Kantaki standen ganz andere Ressourcen zur Verfügung als ihr, und sie konnte auf ihre Hilfe zählen.

Sie lehnte sich zurück, hob das Buch und begann zu lesen.

Lidia erwachte, als längst kein Feuer mehr brannte und der Kamin nur noch kalte Asche enthielt. Das Buch war ihr auf den Schoß gesunken, und sie erinnerte sich daran, es bis zur letzten Seite gelesen und dann eine Zeit lang nachdenklich ins Leere gestarrt zu haben. Es war ein guter Roman, geschrieben mit der vitalen Kreativität, die auch die früheren Werke ihres Vaters auszeichnete. Irgendwo, in irgendeinem Universum, gab es einen Roald DiKastro, der sich seinen schriftstellerischen Esprit bewahrt hatte und interessante Geschichten erzählte. Dieser Gedanke spendete Lidia Trost und nahm den Erinnerungen an das Grab beim See einen Teil der Trauer.

Sie stand auf und streckte sich. Wie lange hatte sie geschlafen? Lidia trug keinen Chrono-Servo, und im Schlaf verstrichene Zeit zu schätzen ... Vielleicht einige Stunden.

Sie fühlte sich ausgeruht nach den Strapazen des Transfers in die nichtlineare Zeit und Floyds Bestattung.

Und sie hatte Fragen, die Antworten verlangten.

Langsam ging Lidia durch das große Wohnzimmer mit den alten, stilvollen Möbeln, stellte dabei fest, dass die Wände noch immer keine Fenster oder Türen aufwiesen. Dass es nicht vollkommen finster war, verdankte sie sowohl einigen Lampen, von denen ein matter, angenehmer Schein ausging, als auch der Luft: Jedes einzelne Molekül schien zu glühen, wodurch die ganze Szene etwas Unwirkliches bekam.

»Dies ist eine Welt der Potenzialitäten«, sagte sie leise zu sich selbst. »Vielleicht hat das, was ich hier sehe und erfahre, eine ähnlich symbolische Bedeutung wie das, was ich damals auf Tintiran erlebt habe, beim Kontakt mit einem der fünf Steine ...«

Sie blieb ruhig und davon überzeugt, jederzeit auf die Hilfe von Mutter Krir zurückgreifen zu können. Eine konkrete Gefahr schien von der aktuellen Situation nicht auszugehen.

Lidia trat in die Mitte des Zimmers und stützte die Hände an die Hüften.

»Na schön«, sagte sie laut. »Wer bist du?«

Der Schatten kam durch die Tür, die plötzlich wieder existierte. »Hast du gut geschlafen, Lidia?«

Sie wollte sich diesmal nicht ablenken lassen. »Wer bist du?«, fragte sie. »Und was hat dies alles zu bedeuten?«

»Oh, ich bin du, und ich bin ich, und ich bin wir«, raunte die dunkle Gestalt. Sie veränderte sich, während sie diese Worte wisperte. Ein Gesicht erschien, und Lidia hatte zunächst das Gefühl, in einen Spiegel zu blicken. Doch dann wurde ihr Spiegelbild durch das vertraute Gesicht eines jungen Mannes ersetzt. »Dorian?« Die eine Hälfte des Männergesichts wurde transparent, ließ nun wieder Lidias Züge durchscheinen. Die beiden unterschiedlichen Gesichtshälften waren jetzt zu einer Einheit verschmolzen.

»Gib zu, dass du mich gesucht hast«, sagte der Schatten mit Valdorians Gesicht. Dies war nicht der Greis, den Lidia mithilfe des Steins gesehen hatte, sondern der junge, überhebliche, viel zu sehr von sich eingenommene und gleichzeitig schrecklich naive und unerfahrene Dorian.

»Ich nehme an, Sie sind eine Art Projektion meines Unterbewusstseins«, sagte Lidia.

»Glaubst du?«, erwiderte der Schatten und streckte die Hand aus. »Kann etwas aus deinem Unterbewusstsein Substanz haben?«

Vorsichtig berührte Lidia die Hand, und es wiederholte sich der Eindruck von Kälte, den sie zuvor bei dem kristallenen Humanoiden gewonnen hatte. Erschrocken zog sie die eigene Hand zurück und rechnete halb damit, dass auch der Schatten zerfiel. Aber er lächelte nur, mit dem Gesicht des jungen Valdorian, der irgendwo dort draußen lebte, in der linearen Zeit.

»Du hast mich gesucht, nicht wahr?«

»Hoffen Sie um Ihrer Selbstachtung willen auf ein Ja?«, entgegnete Lidia scharf. »Nein, ich habe Sie nicht gesucht, Dorian«, fuhr sie sanfter fort. »Wir haben uns beide entschieden, damals in Bellavista auf Tintiran. Sie haben Ihren Weg gewählt und ich den meinen.«

Valdorians Züge verhärteten sich. »Du bist dumm gewesen. Inzwischen hattest du Zeit genug, deinen Fehler einzusehen.«

»Ich habe meine Wahl getroffen.«

»Ist dir noch immer nicht klar, worauf du verzichtet hast?«, fragte Valdorian ungläubig. »Jeden Wunsch hätte ich dir erfüllen können. *Jeden.*«

»Auch den nach Glück? Hätten Sie mich glücklich machen können?«

Der Schatten winkte mit der rechten Hand, und das große Wohnzimmer verschwand. Von einem Augenblick zum anderen standen sie auf einer Wiese, umgeben von den hohen, jahrhundertealten Bäumen eines Parks. Kinder tollten herum. Hier und dort saßen Erwachsene auf ausgebreiteten Decken. »Das sind wir«, sagte die dunkle Gestalt und deutete auf ein Paar. Lidia sah sich selbst neben Valdorian: Sie sprachen miteinander und lachten. »Und das sind unsere Kinder.«

Eine sonderbare Trauer – die Trauer des Verzichts – erfasste Lidia, als ihr Blick zu den spielenden Kindern glitt.

»Ein Junge und ein Mädchen«, sagte der Schatten. »Leonard und Francy.«

Lidia erkannte sie sofort, denn die Ähnlichkeit war offensichtlich. Beide Kinder hatte ihr schwarzes Haar und ihre Züge. Es waren ihr Sohn und ihre Tochter ...

»Ist das kein Glück?«, fragte die dunkle Gestalt. »Die Mutter meiner Kinder hättest du sein können, und eine Königin noch dazu. Stattdessen bist du Kantaki-Pilotin geworden, ohne etwas zu besitzen, ohne irgendetwas *bewirken* zu können. Und jetzt bist du auch noch in der nichtlinearen Zeit gefangen.«

Aber ich habe die Ewigkeit berührt, dachte Lidia. *Und ich weiß, wie sich die Unendlichkeit anfühlt.*

Dann hörte sie noch einmal die letzten Worte des Schattens, wie ein mentales Echo, und Hoffnung erwachte in ihr.

»Können Sie mir den Weg in die lineare Zeit zurück zeigen?«

»Oh ...« Die dunkle Gestalt wandte sich von den spielenden Kindern ab und lächelte. »Wärst du dann bereit, meine Hand zu nehmen?« Sie hob ihre schwarze Hand. »Wärst du bereit, zu mir zurückzukehren?«

»*Können* Sie mir den Weg zeigen?«

Der Schatten winkte, und erneut änderte sich die Umgebung. Sie standen auf einer Plattform, die im All schwebte, irgendwo im intergalaktischen Leerraum. Es befanden sich keine Sterne in der Nähe; zu sehen waren nur ferne Galaxien.

Der Schatten zeichnete sich vage vor dem schwarzen Hintergrund ab, doch Valdorians Gesicht war deutlich zu erkennen. Seine Lippen formten erneut ein überhebliches Lächeln, als er beide Hände hob und sie so wölbte, als wollte er Wasser mit ihnen schöpfen. Aber sie enthielten keine Flüssigkeit, sondern ein zitterndes, glühendes Band.

»Ein Faden?«, hauchte Lidia.

»Ja«, bestätigte Valdorian. »Und der richtige. Der Faden, der dich wieder in die lineare Zeit bringen kann. Ich gebe ihn dir, wenn du mir versprichst, dass du zu mir zurückkehrst.«

»Wollen Sie mir nur helfen, wenn ich auf Ihre Wünsche eingehe? Andernfalls lassen Sie mich hier, in der Leere?«

Valdorians Stimme bekam einen fast flehentlichen Klang. »Ich bitte dich, Lidia. Lass mich nicht allein. Das kannst du mir nicht antun.« Die Arroganz kehrte zurück. »Wenn du dich weigerst, musst du alle Konsequenzen akzeptieren. Wenn du dich weigerst, trägst du die Schuld.«

»Die Schuld woran?«

»An allem.«

»Hör nicht auf ihn«, ertönte eine andere Stimme, die eines Kindes.

Lidia drehte sich um und sah Aida, ihre kleine Schwester, seit vielen Jahren tot. Das kleine Mädchen stand ebenfalls auf der Plattform im All und sah aus seinen großen Augen zu ihr auf. »Ich habe dir schon einmal den Weg gewiesen. Ich kann ihn dir erneut zeigen.«

Lidia seufzte schwer. Sie wusste, dass sie sich nicht wirklich im All befand – sie wäre längst an explosiver Dekompression gestorben –, und Valdorian existierte hier ebenso wenig wie Aida. Sie waren Gestalt gewordene Metaphern, und Lidia glaubte, die Symbolik zu verstehen.

»Nein«, sagte sie, und diese Antwort galt beiden, sowohl Valdorian als auch Aida. »Ich lasse mir von niemandem mehr den Weg zeigen. Ich muss ihn selbst finden.«

Entschlossen trat sie von der Plattform ...

... und fand sich in einem leeren Zimmer wieder. Auch hier schien jedes einzelne Molekül der Luft zu glühen, und dadurch entstand ein gespenstisches, irreales Licht.

Die Wände waren grau, und sie kamen mit einem dumpfen Knirschen näher.

»Schluss damit«, sagte Lidia laut. »Schluss mit dieser Vision.« *Wenn es wirklich eine Vision ist.*

309

Die grauen Wände kamen immer näher, und wieder spürte Lidia eine Kälte, die bestrebt zu sein schien, ihr alle Wärme aus dem Leib zu saugen.

Trotzig blieb sie stehen und schloss die Augen, nicht dazu bereit, Unruhe und Furcht nachzugeben. Eine Wand berührte sie ...

Sie öffnete die Augen und fand sich an Floyds Grab am Rand der Wüste wieder. Trauer bestimmte ihr Empfinden, als sie auf die Steine hinabsah und wieder das Pfeifen des Windes hörte. Sie hatte nicht nur einen guten Freund verloren.

»Leonard und Francy«, sagte sie leise, und der Wind trug die beiden Namen fort. Ein Sohn und eine Tochter, zwei Kinder, die auf der Wiese der Möglichkeit gespielt hatten und vielleicht tatsächlich irgendwo existierten, in einem der vielen Universen.

»Aber nicht hier«, sagte Lidia, drehte sich um und kehrte zum schwarzen Berg des Kantaki-Schiffes zurück, das kurze Zeit später aufstieg und Floyds Welt verließ.

Kabäa
4. Planet des Epsilon-Eridani-Systems
Zentraler Bereich der Allianz
März 421 SN · linear

16

Das Feuer von Tod und Vernichtung flackerte im All über der Nachtseite des Planeten. Blitze tasteten nach Gefechtsshuttles und Kampfschiffen. Die Bildschirme im wie transparent wirkenden Bug des Shuttles dienten auch als taktisches Display: Der Datenservo kennzeichnete die zahllosen Schiffe und Gefechtsplattformen, grün für Freund und rot für Feind.

Es gab mindestens dreimal so viele rote Punkte wie grüne.

»Man hat uns erwartet«, wiederholte der Pilot, als seine Finger über die Kontrollen huschten. Diesmal klangen die Worte nicht erschrocken und verblüfft, sondern zornig.

Valdorian starrte auf die taktischen Anzeigen und begriff sofort, dass der Angriff scheitern musste.

»Zurück!«, stieß er hervor, und seine Stimme klang seltsam dumpf im Inneren des Helms. »Bringen Sie uns zum Kantaki-Schiff zurück!«

Aus dem Summen des Triebwerks wurde ein Heulen, als der Pilot jäh den Kurs änderte und beschleunigte. Die Kompensatoren funktionierten einwandfrei und bewahrten die Insassen davor, von den enormen Andruckkräften zerquetscht zu werden.

Doch das Kantaki-Schiff, mit dem sie Kabäa erreicht hatten, zog sich von dem Planeten zurück, gefolgt von einer leeren Transportblase. Und die anderen Kantaki-Schiffe, die

Truppen und Kriegsmaterial im Schlepptau hatten, entfernten sich ebenfalls von Kabäa, anstatt mit dem Landeanflug zu beginnen. Sie rasten davon, viel schneller als der Shuttle, und wenige Sekunden später verschwanden sie im Transraum.

Valdorian vergeudete kaum einen Gedanken daran, sich nach dem Warum zu fragen. Sie saßen im Epsilon-Eridani-System fest, nur darauf kam es an. Und sie hatten es mit einem weit überlegenen Feind zu tun.

Einige tausend Kilometer entfernt, hoch über Kabäa, explodierten Passagierkapseln, als sie von destruktiver Energie erfasst wurden. Sie verfügten nicht über Schilde und hatten auch nicht das notwendige Triebwerkspotenzial für komplexe Ausweichmanöver. Container zerbarsten, von Hefok-Blitzen gestreift, und das Begleitpersonal in ihnen war plötzlich dem Vakuum des Alls ausgesetzt.

Valdorian beobachtete das Geschehen auf den Schirmen. Alles passierte mit gespenstischer Lautlosigkeit; die Leere des Alls übertrug keine Geräusche. Die stählernen, hundert Meter langen ovalen Leiber von Kampfschiffen der Tiger-Klasse schienen sich aufzublähen; dann zerplatzten sie in einem jähen Gleißen, das für einige Sekunden sogar das Licht der Sonne Epsilon Eridani überstrahlte. Gefechtsshuttles der Wolf-Klasse verbrannten in nuklearer Glut. Hier und dort tauchten Rettungsboote auf, wie Funken, die aus dem Feuer der Zerstörung stoben. Die Schwerkraft des Planeten fing sie ein, und sie fielen Kabäa entgegen.

Die gegnerische Streitmacht bildete ein dicht gespanntes Netz, und dieses Netz stülpte sich nun über die Angreifer.

Das Bild auf einem Schirm wechselte und zeigte Cordobans leichenhaftes Gesicht.

»Ich habe den Rückzug angeordnet«, sagte der Chefstratege des Konsortiums, und die kühle Ruhe seiner Stimme passte überhaupt nicht zu den Ereignissen. »Wir sammeln uns in den Ringen des siebten Planeten. Dort nützt dem Gegner seine überlegene Feuerkraft nichts.« Der Kom-Servo übertrug nicht nur Cordobans Stimme, sondern auch das wiederholte Fauchen von Hefok-Geschützen und das Summen der Motoren seines Kampfkorsetts.

»Die Kantaki-Schiffe sind in den Transit gegangen«, erwiderte Valdorian. Er brauchte nicht darauf hinzuweisen, dass die Kampfschiffe und Gefechtsshuttles nur über einen interplanetaren Antrieb verfügten. Ohne Kantaki-Schiffe hatte die Streitmacht des Konsortiums keine Möglichkeit, das Epsilon-Eridani-System zu verlassen.

Ein Shuttle wurde von einem Raketengeschoss getroffen und verwandelte sich in eine rotweiße Glutwolke. Wenige Sekunden später erfasste die energetische Druckwelle Valdorians kleines Schiff, ließ es heftig vibrieren.

»Wir müssen eine Flucht mit relativistischer Geschwindigkeit in Erwägung ziehen«, sagte Cordoban und löste erneut die Plasmakanone seines speziellen Gefechtsshuttles aus.

Valdorian berührte die Schaltflächen des Kopiloten, und in der taktischen Darstellung blinkte ein grüner Punkt: Cordobans Position. Sein Schiff gehörte zu einem Pulk, der sich aus dem roten Netz zu befreien versuchte. Einige Dutzend Abfangjäger der Allianz folgten ihm.

Bei der grünen Streitmacht ließ sich keine erkennbare Formation mehr feststellen. Alle Schiffe versuchten, sich vom Gegner zu lösen und in Sicherheit zu bringen. Aber ... es gab keine Sicherheit für sie.

Ihnen drohte völlige Auslöschung.

»Eine Alternative wäre die Kapitulation, und ich schätze, das kommt für uns nicht infrage, Primus«, fügte Cordoban kühl hinzu.

Sich dem Feind zu ergeben ... Für Valdorian hätte es den sicheren Tod bedeutet und für Enbert Dokkar den erhofften Triumph.

»Man würde uns hinrichten«, sagte Valdorian.

»Ja«, bestätigte Cordoban. »Eine öffentliche Exekution, per Transverbindung zu vielen anderen Welten übertragen.

Die Bestrafung derjenigen, die einen interstellaren Krieg begannen und hunderttausende in den Tod trieben.«

Valdorian konnte keinen Sarkasmus oder Vorwurf in Cordobans Stimme erkennen. Der Stratege beschränkte sich auf sachliche Feststellungen.

»Enbert Dokkar würde einen enormen Propagandaerfolg erzielen«, fuhr Cordoban fort. »Damit fiele es ihm noch leichter, den Sieg über das Konsortium zu erringen.«

Valdorian fühlte sich von der eisigen Hand der Realität berührt, als er begriff. »Der Krieg ist verloren.«

»Ich habe den Angriff auf Kabäa von Anfang an für einen Fehler gehalten, Primus«, sagte Cordoban, und wieder war es nur eine Feststellung. »Wenn Enbert Dokkar keinen gravierenden Fehler macht, und davon gehe ich aus ... Ja, ich fürchte, der Krieg ist verloren.« Ein akustisches Signal erklang, und Cordoban beugte sich in seinem Kampfkorsett vor, öffnete einen allgemeinen Kom-Kanal. »Rückzug. An alle: Rückzug zu den Ringen des siebten Planeten.« Er schaltete wieder auf den abgeschirmten Kanal um. »Dies ist vielleicht die letzte Gelegenheit, Ihnen etwas mitzuteilen, Primus. Es ist eine sehr seltsame Angelegenheit. Ich habe Besuch von Ihnen erhalten, in einem Shuttle über Ahaidon ...« Eine für Cordoban völlig untypische Unsicherheit erklang in diesen Worten.

»Was?«, fragte Valdorian verwundert.

»Ich bin ganz sicher, dass Sie es gewesen sind, aber gleichzeitig waren Sie es doch nicht. Es ging um das Projekt ...«

Cordoban verschwand vom Bildschirm, wich einem wirren Interferenzmuster. Gleichzeitig veränderte sich der Blinkrhythmus des grünen Punkts – er wurde heller und verschwand.

»Eine Fehlfunktion?«, fragte Valdorian, obwohl er es besser wusste.

»Nein«, erwiderte der Pilot. Der Mann war blass und versuchte, die Fassung zu wahren, während er die Navigationskontrollen bediente. »Das Schiff ist zerstört.«

Cordoban, seit fast dreißig Jahren Chefstratege des Konsortiums ... tot? Das erschien Valdorian unvorstellbar. Cordoban war ein fester Bestandteil seines Lebens, eine unverrückbare Stütze, eine Konstante in der Gleichung der Macht. Und doch ... Die kalte Hand der Realität berührte ihn noch immer und wies ihn deutlich darauf hin: Was um ihn herum geschah, dort draußen in der dunklen, kalten Nacht des Alls, war kein böser Traum, sondern bittere Wirklichkeit.

Weitere grüne Punkte glühten heller und verschwanden. Kampfschiffe und Gefechtsshuttles, vom Gegner zerstört. Aus dem roten Netz wurde ein Maul, das sich öffnete, um die Fliehenden vollständig zu verschlingen.

»Ihre Befehle, Primus?«, fragte der Pilot nervös.

Valdorian sah kurz zu Jonathan, der hinter ihm saß und ebenso blass war wie der Mann an den Navigationskontrollen.

»Primus?«, drängte der Pilot vorsichtig.

Bevor Valdorian ihm eine Anweisung erteilen konnte, ertönte ein akustisches Signal, das er kurz zuvor schon einmal gehört hatte, über die Kom-Verbindung mit Cordobans Shuttle.

»Wir sind in der Zielerfassung eines feindlichen Schiffes!«, stieß der Pilot hervor. Er riss die hufeisenförmige Steuereinheit zur Seite und zwang den Shuttle zu einer abrupten Kursänderung, was eine enorme Belastung für Kompensatoren und strukturelle Integrität bedeutete. Für eine halbe Sekunde gewann Valdorian den Eindruck, sehr viel schwerer zu werden, und er hörte wiederholtes Knacken im Rumpf des Shuttles. Die Bilder auf den Schirmen flackerten kurz, als Energie über den Schild tastete. Das kleine Schiff schüttelte sich heftig, und die Sicherheitsharnische verhinderten, dass die drei Männer aus ihren Sesseln geschleudert wurden.

»Zum siebten Planeten«, sagte Valdorian rasch.

Der Pilot kam nicht mehr dazu, die Anweisung auszuführen. Das akustische Warnsignal wiederholte sich, dann krachte es ohrenbetäubend. Valdorian verlor die Orientierung, konnte für einige lange Sekunden nicht mehr zwischen oben und unten, rechts und links unterscheiden. Es donnerte um ihn herum, aber es war ein sonderbares Donnern, das *dünner* zu werden und von ihm zurückzuweichen schien, dabei auch alle anderen Geräusche mitnahm, nur die nicht, die im Inneren des Helms aus dem kleinen Kom-Lautsprecher drangen.

Unmittelbar darauf spürte Valdorian, dass er schwebte. Nur die Gurte des Sicherheitsharnisches hielten ihn im Sitz. Er drehte den Kopf von einer Seite zur anderen und sah zunächst nichts weiter als Dunkelheit. Dann bemerkte er seltsame Lichteffekte und begriff: In der Außenhülle des Shuttles war ein breiter Riss entstanden, durch den er Sterne und ferne Explosionen erkennen konnte.

Kein einziges Bordsystem funktionierte mehr. Das kleine Raumschiff war energetisch tot.

Valdorian beugte sich zur Seite, zum Piloten, der völlig reglos in seinem Harnisch hing. Als er den Kopf des Mannes drehte, sah er die geborstene Helmscheibe. Die Augen des Piloten, grau wie die Valdorians, starrten ins Leere.

»Jonathan?«

Er löste die Gurte und achtete auf jede einzelne Bewegung, als er sich von der Konsole abstieß und umdrehte. Wenn eine scharfe Kante den Kampfanzug aufschlitze, brachte ihn das Vakuum innerhalb weniger Sekunden um. Vor so etwas gewährte der inzwischen längst aktivierte Individualschild keinen Schutz. Er hielt nur Energie und Objekte von ihm fern, die sich mit einer gewissen Geschwindigkeit bewegten.

Weiter hinten im Shuttle schien sich die Dunkelheit zu verdichten. Selbst das Licht der Sterne, Strahlblitze und Explosionen im All, das durch den breiten Riss des rotierenden Wracks fiel, reichte nicht aus, um mehr zu erkennen als nur einige vage Konturen. Erneut zwang sich Valdorian zu langsamen, vorsichtigen Bewegungen, obwohl alles in ihm zur Eile drängte. Er erreichte die nächste Sitzreihe, und dort

fand er seinen Sekretär, noch immer vom Sicherheitsharnisch umgeben. Er zog sich ein wenig tiefer und versuchte,
einen Blick durch die Helmscheibe zu werfen. Jonathan sah
ihn an, und seine Lippen bewegten sich, aber Valdorian hörte nichts. Er beugte sich vor, bis ein Klacken auf den Kontakt
der Helme hinwies.

»... kann mich nicht bewegen«, hörte er Jonathans leise
Stimme. »Ich sitze im Harnisch fest.«

Erst jetzt erinnerte sich Valdorian an die kleine, in den
Helm integrierte Lampe – ein deutlicher Hinweis darauf,
dass ihm die jüngsten Ereignisse einen Schock versetzt hatten. Mit einer knappen verbalen Anweisungen aktivierte er
sie.

Licht schnitt durch die Dunkelheit und fiel durchs Visier
in Jonathans Gesicht. Valdorians Sekretär kniff geblendet
die Augen zusammen.

»Nicken Sie, wenn Sie mich hören können«, sagte Valdorian, während sich die beiden Helme nicht mehr berührten.

Sein Sekretär reagierte nicht auf die Aufforderung.

Valdorian tastete nach den Gürtelkontrollen, fand das ge-
suchte Schaltelement und betätigte es. »Können Sie mich jetzt
hören?«

»Ja, Primus, danke«, ertönte es aus dem kleinen Lautsprecher im Inneren des Helms. »Mit dem Sicherheitsharnisch
stimmt etwas nicht. Ich kann mich nicht bewegen.«

Das Licht machte es wesentlich einfacher, die Kontrollen
zu finden. Valdorian löste die Gurte seines Sekretärs und
deaktivierte auch die Kraftfelder, die ihre Energie aus einer
Batterie bezogen, wenn die Bordsysteme ausfielen.

»Sind Sie verletzt?«, fragte Valdorian.

»Ich ... ich glaube nicht.« Jonathan bewegte Arme und
Beine.

Valdorian schob sich an ihm vorbei durch den kurzen
Mittelgang, erreichte die Luke und öffnete sie. Im Inneren
des Shuttles herrschte das gleiche Vakuum wie draußen im
All; er musste also keinen Druckausgleich herstellen.

Es blitzte noch immer in der Schwärze, aber der Kampfbereich schien sich verlagert haben, fort von dem Planeten, dessen Nachtseite sich unter dem Wrack des Shuttles wölbte. Die Schiffe des Konsortiums versuchten, Cordobans letzten Befehl zu befolgen und sich zum siebten Planeten zurückzuziehen, aber die Verteidiger des Epsilon-Eridani-Systems setzten sofort nach. Schatten verdunkelten gelegentlich die Sterne, Hinweise auf große und kleine Raumschiffe, die durchs All glitten.

»Man hat uns abgeschrieben«, sagte Valdorian. »Zum Glück.« Er wandte den Blick von der Schlacht ab, deren Ausgang feststand, sah stattdessen nach Kabäa. Das Licht von Städten glitzerte tief unten.

Jonathan gesellt sich an seine Seite und sah ebenfalls hinaus in die ewige Nacht. »Zum Glück?«, wiederholte er.

»Ein weiterer Treffer würde genügen, um den Shuttle zu desintegrieren, und uns mit ihm. Aber so haben wir noch eine Chance.«

»Glauben Sie, Primus?«, fragte Jonathan.

Ungeduldig unterdrückte Valdorian die letzten Nachwirkungen des Schocks und brachte die in einem fernen Winkel seines Selbst heulende Stimme der Verzweiflung mit einem mentalen Knebel zum Schweigen. Wer aufgab, verlor ganz sicher. Aber wer an Hoffnung festhielt und entsprechend handelte, konnte einen überraschenden Sieg erringen. Auch wenn die Umstände noch so ungünstig schienen.

»Ja, das glaube ich, Jonathan«, erwiderte er. »Ich *will* es glauben. Unsere Kampfanzüge verfügen über sehr leistungsfähige Individualschilde und Levitatoren. Damit sind wir in der Lage, die Reibungshitze beim Eintritt in die Atmosphäre zu überleben und auf dem Planeten zu landen.«

»Es ist eine Welt der Allianz«, gab Jonathan zu bedenken. »Man wird uns innerhalb kurzer Zeit finden und verhaften.«

»Ich habe nicht behauptet, dass unsere Chancen sehr groß sind«, erwiderte Valdorian und staunte über die Kühle in seiner Stimme. Er klang fast so ruhig und unbewegt wie Cordoban.

Erneut sah er zum Planeten. Es waren nur einige wenige Minuten verstrichen, aber Kabäa schien größer geworden zu sein – das Wrack des Shuttles fiel dem vierten Trabanten von Epsilon Eridani entgegen.

»Wenn wir auf dem Planeten landen und einen Raumhafen erreichen, wenn wir dort ein Kantaki-Schiff finden und an Bord gelangen ...«, sagte Valdorian. »Dann haben wir die Möglichkeit, dieses Sonnensystem zu verlassen und in den Einflussbereich des Konsortiums zurückzukehren.« Und auf dem Raumhafen konnte er vielleicht in Erfahrung bringen, wohin eine Kantaki-Pilotin namens Diamant von Kabäa aus geflogen war.

»Wenn Sie gestatten, Primus: Sie verwenden das Wort ›wenn‹ ziemlich oft.«

Valdorian sah zu Jonathan auf der anderen Seite der Luke, aber er konnte das Gesicht seines Sekretärs nicht erkennen. »Man darf nie den Mut verlieren«, sagte er, obwohl er genau wusste, dass die Aussichten denkbar schlecht standen.

Die Rotation des Wracks brachte erneut den Planeten in Sicht, und wieder schien er größer geworden zu sein. Es ließ sich nicht feststellen, wie viele Kilometer sie noch von der Atmosphäre trennten.

»Wir müssen den Shuttle verlassen«, sagte Valdorian. »Wenn er in die Atmosphäre eintritt, wird er verglühen; dann könnten Teile abgesprengt werden und sich in Geschosse verwandeln. Wenn das geschieht, sollten wir besser nicht in der Nähe sein.« Er hob die Hand und zeigte mit dem Daumen nach oben, eine Geste, die Jonathan wiederholte.

Dann beugte sich Valdorian durch die Luke und sprang ins All. Er stieß sich mit den Beinen ab, flog dem Planeten entgegen und beobachtete dabei, wie sich die Anzeigen der kleinen Helmdisplays veränderten. Alle Systeme des Kampfanzugs arbeiteten einwandfrei. Der Sauerstoffvorrat reichte für mehr als eine Stunde, und die Batterien enthielten genug Energie für den Individualschild und den Levitator.

Ein Blick zurück zeigte ihm das Ausmaß der Schäden am Shuttle. Das Triebwerksmodul schien halb geschmolzen und dann wieder erstarrt zu sein. Externe Antennen existierten nicht mehr, und an der einen Seite des kleinen Raumschiffes reichte eine Brandspur bis zum Riss im Cockpit. Der Shuttle drehte sich langsam um die eigene Achse, während er dem Planeten entgegenstürzte.

»Wir können von Glück sagen, dass der Shuttle nicht explodiert ist«, teilte Valdorian der Gestalt mit, die einige Dutzend Meter entfernt durchs All flog, auf dem gleichen Kurs wie er. Auch an Jonathans Helm glühte eine Lampe und erinnerte ihn an seine eigene. »Die Lampen sollten wir jetzt besser ausschalten. Sie nützen uns ohnehin nichts, und ich möchte keine visuelle Entdeckung durch irgendeinen Überwachungssatelliten riskieren.«

Jonathan bestätigte, und sein Licht verschwand. Daraufhin schien er mit dem All zu verschmelzen. Schon nach wenigen Sekunden hielt Valdorian vergeblich nach seinem Sekretär Ausschau und sah ihn nur noch in Form eines blinkenden Punktes auf einem Helmdisplay.

Ein leichtes Zerren weckte seine Aufmerksamkeit, und ein erstes, noch vages Glühen am Rand des Individualschilds wies darauf hin, dass sie die obersten Schichten der Atmosphäre erreichten.

Erneut blickte Valdorian zum Shuttle und bemerkte dort ein stärkeres Glühen, das von der ungeschützten Außenhülle stammte.

»Ich erhöhe das energetische Niveau meines Individualschilds«, sagte Valdorian und ging davon aus, dass Jonathan seinem Beispiel folgte. »Und wir sollten uns weiter vom Shuttle entfernen. Levitator auf Beschleunigung schalten. Stärke: null Komma fünf G. Dauer: zehn Sekunden. Melden Sie Bereitschaft.«

Valdorian bereitete die Beschleunigungsphase vor.

»Bereitschaft«, ertönte Jonathans Stimme aus dem Helm-
lautsprecher.

»Beschleunigung beginnt ... *jetzt.*«

Der Shuttle, zu einem glühenden Schatten geworden,
blieb schnell hinter ihnen zurück, und Valdorian empfand
den Beschleunigungsdruck als sehr angenehm. Er konzentrierte sich auf dieses Empfinden, um der Verzweiflung eine
weitere Niederlage beizubringen. An gewisse Dinge – seine
genetische Destabilisierung, die Suche nach Lidia, Cordobans Tod und die verlorene Schlacht, die vielleicht sogar
einen verlorenen Krieg bedeutete – wollte er jetzt nicht denken. Es kam darauf an zu überleben, irgendwie, und dann
das Epsilon-Eridani-System zu verlassen.

Das Zerren wurde stärker, und hinter der Wölbung von
Kabäa ging die Sonne auf. Die automatischen Filter im
Helmvisier reagierten sofort und bewirkten eine Polarisierung, trotzdem musste Valdorian die Augen zusammenknei-
fen.

Die Beschleunigungsphase endete abrupt, aber ihr folgte nicht ein Gefühl des Schwebens, sondern ein deutlicher
Eindruck von *Fliegen*, obgleich sich der Luftwiderstand im
Inneren des Individualschilds natürlich nicht bemerkbar
machte. Eine Aureole umgab Valdorian und gewann immer
mehr an Leuchtkraft, je dichter die Atmosphäre wurde. Er
hörte ein dumpfes Heulen, das Individualschild und Kampfanzug durchdrang. Mit einer weiteren verbalen Anweisung
schaltete er die elektromagnetischen Filter auf Automatik,
um seine Sinne vor einer sensorischen Datenflut zu schützen.

Dank der Polarisierung konnte Valdorian Einzelheiten auf
dem Planeten erkennen. Er bemerkte Inselgruppen, wie kleine grünbraune Flecken im weiten Blau, und der Anblick erinnerte ihn an einen anderen Ozean, an das Scharlachrote
Meer von Tintiran. Die Displays im Inneren des Helms zeigten ihm, dass er etwa mit zwanzigfacher Schallgeschwindigkeit flog. Ohne den energetischen Schild, der ihn umgab

und schützte, wäre er innerhalb eines Sekundenbruchteils durch die Reibungshitze verdampft. Für einen Bewohner des Planeten mussten sie wie zwei über den Himmel ziehende Meteore aussehen.

Dieser Gedanke weckte Besorgnis in Valdorian, und er fragte sich, ob man sie identifizieren, vielleicht sogar auf sie schießen würde. Doch die Anfangsphase der Schlacht im All hatte unmittelbar über Kabäa stattgefunden, und bestimmt gab es viele Wrackteile, die in die Atmosphäre des Planeten eintraten und in ihr verglühten. Man würde sie beide für weitere Trümmerstücke halten.

»Ist alles in Ordnung bei Ihnen?«, fragte Valdorian, aber es kam keine Stimme aus dem Kom-Lautsprecher, nur ein wirres Zischen und Fauchen, vermutlich aufgrund der Ionisierung der Luftmoleküle.

Der Ozean schien sich endlos auszudehnen, und einige Sekunden lang überlegte er, was geschehen würde, wenn sie im Wasser niedergingen, hunderte oder gar tausende Kilometer vom nächsten Festland und noch viel weiter vom nächsten Raumhafen entfernt. Die ernste, bittere Realität der Situation klopfte an die Tür von Valdorians Bewusstsein, doch er hielt sie ausgesperrt, klammerte sich stattdessen an einer Hoffnung fest, von der er wusste, dass sie zumindest teilweise irrational war. Er bedauerte jetzt, sich nicht besser über diesen Planeten informiert zu haben. Kabäa, eine der Zentralwelten der Allianz, etwa zwei Milliarden Bewohner. Eine Welt mit hoher industrieller Kapazität, aber auch großen Naturschutzgebieten. Mit der ökonomischen Struktur von Kabäa war Valdorian vertraut, nicht aber mit ihrem sozialen Gefüge, und von ihrer Geographie wusste er leider noch weniger. Solche Dinge hatten keine Rolle gespielt, denn er war sicher gewesen, die Schlacht zu gewinnen und anschließend einfach zum Raumhafen der Hauptstadt fliegen zu können.

Die Inseln wurden zahlreicher, und voraus erschien die Küste eines Kontinents. Wolken zogen vom Meer kommend über sie hinweg, hier vereinzelt und flockig, dort grau und wie zusammengeballt. Manchmal verwehrten sie den Blick aufs Festland, aber durch die Lücken zwischen ihnen sah Valdorian große Städte.

Blitze zuckten in den Gewitterwolken ausgedehnter, wirbelförmiger Tiefdruckgebiete. Valdorians Geschwindigkeit war noch immer recht hoch, etwa zehnmal höher als die des Schalls, und er beschloss, zunächst auf den Einsatz des Levitators zu verzichten. Ihm war nicht bekannt, wie heftig die Unwetter auf Kabäa werden konnten, und es wäre dumm gewesen, sich einem vermeidbaren Risiko auszusetzen.

Doch er driftete immer weiter auf die Gewitterzone zu. Blitze flackerten, erst tief unten, dann neben ihm, viel zu nah. Zwar stellten sie keine direkte Gefahr dar – der Individualschild schützte vor den elektrischen Entladungen –, aber sie konnten die Sensoren und Stabilisatoren des Kampfanzugs stören. Und wenn unter den gegebenen Umständen Systeme ausfielen, mochte sich daraus schnell eine kritische Situation ergeben.

Er versuchte noch einmal, eine Verbindung zu seinem Sekretär herzustellen. »Jonathan, hören Sie mich?«

Es knackte und knirschte im Lautsprecher des Kommunikationsservos. »Nicht sehr deutlich, Primus.«

Valdorian blickte auf die Helmdisplays und stellte fest, dass sich Jonathan noch immer in der Nähe befand, etwa zweihundert Meter entfernt.

Wieder zuckte ein Blitz durch die grauschwarzen Wolkenmassen, so hell, dass Valdorian für einige Sekunden geblendet war.

»Wir müssen versuchen, so schnell wie möglich zu landen, Jonathan. Verlieren Sie mich nicht aus den Augen.«

»Verstanden«, ertönte es aus dem Lautsprecher, begleitet von einem lauter werdenden Rauschen.

Valdorian griff nach der Kontrolleinheit an seinem Gürtel und aktivierte das Levitatormodul. Vorsichtig erhöhte er das energetische Niveau, konzentrierte sich dabei erneut auf die

Helmdisplays und stellte fest, dass die Geschwindigkeit rasch sank. In einer Höhe von zehn Kilometern hatte der Levitator seinen Sturz so weit abgebremst, dass er die Schallgeschwindigkeit unterschritt. Die Entfernung zu Jonathan wuchs ein wenig, aber nach wie vor bestand eine Synchronisationsverbindung zwischen den Datenservi der beiden Kampfanzüge.

Valdorian versuchte vergeblich, im Chaos des Unwetters irgendetwas zu erkennen. Die dunklen Wolken verwehrten den Blick auf die Oberfläche des Planeten, und das Gleißen der Blitze blendete immer wieder. Der Wind wurde heftiger, heulte dumpf durch den Individualschild, übertönte das Summen des Levitatormoduls. Valdorian warf einen Blick auf die Batterieanzeigen – noch fünfundvierzig Prozent Ladung. Er bediente die Gürtelkontrollen und sorgte dafür, dass die Flugbahn ein wenig steiler wurden.

»Jonathan?«

Keine Antwort.

»Wir verbrauchen zu viel Energie, Jonathan. Ich ...«

Ein Blitz flackerte in unmittelbarer Nähe, und aus einem Reflex heraus kniff Valdorian die Augen zu. Einen Moment später schien ihn die Pranke eines Riesen zu packen und durch die Wolken zu schleudern. Valdorian wusste nicht, ob der Individualschild für einen Sekundenbruchteil ausgefallen war; als er die Augen wieder öffnete, bemerkte er zwar das vage Glühen des Schildes, aber die Helmdisplays zeigten nichts mehr an, gaben keine Auskunft über eventuelle Fehlfunktionen.

»Jonathan?«

Der Lautsprecher blieb stumm. Es rauschte nicht einmal darin.

Wie viel Energie haben die Batterien noch?, dachte Valdorian.

Das Heulen des Sturms wurde lauter, trotz der Barriere des Individualschildes. Valdorian blickte in das Wogen des dunklen Wolkenmeers und zwang sich, trotz der grellen

Blitze die Augen geöffnet zu halten. Er versuchte, etwas zu erkennen, das eine Orientierung ermöglichte, aber es fiel ihm sogar schwer, oben und unten voneinander zu unterscheiden. Böen warfen ihn hin und her, veränderten immer wieder seine Flugbahn.

Und dann kam der Regen.

Er schien nicht aus einzelnen Tropfen zu bestehen, sondern aus einem gigantischen Sturzbach. Der Individualschild hielt die enormen Wassermassen von Valdorian fern, aber er gewann plötzlich den Eindruck, nicht mehr zu fliegen, sondern zu tauchen. Eine Erinnerung erwachte in ihm: Irgendwann, vor vielen Jahrzehnten, hatte er einmal von zyklischen Überschwemmungen in einer bestimmten Region von Kabäa gelesen, von tiefen Schluchten, die das betreffende Gebiet durchzogen, im Lauf der Jahrtausende von den Fluten ausgewaschen. Dort lebten keine Menschen, sondern ...

Der Individualschild versagte, und die Wassermassen des sintflutartigen Regens strömten nicht mehr einen halben Meter an Valdorian vorbei, sondern klatschten an Helm und Kampfanzug. Er fiel wie ein Stein der unter den dunklen Wolken verborgenen Oberfläche von Kabäa entgegen.

Wieder flackerte ein Blitz, gefolgt von einem Knall, der Valdorian fast das Trommelfell zerriss, und im kurzlebigen Licht zeichnete sich in der Tiefe etwas ab, das mehr Substanz hatte als die Wolken: schroffe Grate, steile Hänge, zerklüftete Felswände, mehr als tausend Meter hoch, zwischen ihnen Schluchten, in denen das Wasser des Regens reißende Ströme bildete.

Einer solchen Schlucht fiel Valdorian entgegen.

Er betätigte die Gürtelkontrollen, ohne Ergebnis – den Systemen des Kampfanzugs fehlte Energie. Der unkontrollierte Sturz dauerte an, und die Oberfläche von Kabäa gewann an Details, als die Wolken über Valdorian zurückblieben. Er breitete die Arme aus, in dem Versuch, Einfluss auf den Fall zu nehmen, und gleichzeitig wusste er: Wenn er mit dieser Geschwindigkeit aufprallte, war ihm der Tod gewiss, ganz gleich, ob er auf Wasser oder festen Boden traf.

Eine sonderbare Ruhe breitete sich in ihm aus, doch unter dieser Schicht, die bewussten Gedanken vorbehalten blieb, brodelten Zorn, Enttäuschung und Verzweiflung. Auf eine derartige Weise zu sterben ... Es erschien ihm absurd. Und dann wurde ihm klar, dass die Umstände des Todes eigentlich gar keine Rolle spielten – das Ende des Lebens, *seines* Lebens, war in jedem Fall absurd.

Ich will nicht sterben.

Eine der Schluchten nahm ihn auf.

Kaum zehn Meter von der Schluchtwand entfernt stürzte er in die Tiefe, den tosenden, schäumenden Wassermassen eines reißenden Stroms entgegen. Während Valdorian fiel, sah er seltsame knollenartige Objekte an der Felswand, wabenartig strukturiert, wie Dutzende von Metern durchmessende Wespennester.

Hier lebten keine Menschen, sondern die Kuakah, die Ureinwohner von Kabäa. Er versuchte, sich an sie zu erinnern, dachte dann daran, dass er dem Absurden eine weitere Absurdität hinzufügte. Angesichts des eigenen Todes kam der Frage, wer hier *lebte*, kaum Bedeutung zu.

Und dann riss ihn etwas aus der Luft, nicht weit über dem Donnern des Stroms, der zwischen den beiden Schluchtwänden zu kochen schien. Aus einem sanften Zerren wurde innerhalb von nur zwei oder drei Sekunden ein brutales Reißen – irgendetwas hielt ihn fest, nicht nur an einer Stelle, sondern an vielen. Der Kopf stieß an etwas Festes, so hart, dass das Visier splitterte. Regenwasser strömte ins Innere des Helms und füllte Valdorians Mund, als er nach Luft schnappen wollte.

Wie grotesk, dachte er. *In der Luft zu ertrinken ...*

Irgendwo donnerte es, wie das Grollen eines Gewitters, unendlich in die Länge gezogen. Einen seltsamen Kontrast dazu bildete ein Geräusch in der Nähe, ein leises Knistern, wie von Seide oder sprödem Papier.

»Er zu sich, er zu sich«, zirpte eine wie verzerrt klingende Stimme.

»Du meinst, er kommt zu sich, Klipp«, sagte jemand, unverkennbar die Stimme eines Menschen.

Valdorian öffnete die Augen. Er lag auf einer weichen Unterlage, umgeben von Wärme und künstlichem Licht. Nicht weit entfernt summten Energiezellen, und die Decke, die er fast drei Meter über sich sah, bestand aus Stahlkeramik.

Ein Gesicht erschien in seinem Blickfeld: ein Mann, etwa fünfzig Standardjahre alt, das Gesicht hohlwangig, mit vortretenden Jochbeinen, die Nase ein wenig schief, große grüngraue Augen. Das Haar war fransig und offenbar schon seit einer ganzen Weile nicht mehr geschnitten worden.

»Sie können von Glück sagen, dass die Kuakah ihre Netze gespannt haben. Andernfalls wären Sie in den Flutstrom gefallen.«

Valdorians Kehle brannte. »Durst«, brachte er hervor. »Ich habe Durst.«

»Eigentlich erstaunlich, wenn man bedenkt, wie viel Regenwasser Sie geschluckt haben, während Sie draußen im Netz hingen.«

Das Gesicht verschwand aus Valdorians Blickfeld, und kurz darauf kehrte der Mann mit einer Brüterflasche zurück, deren Inhalt sich selbst erneuerte. Valdorian nahm sie entgegen, setzte sich auf und trank gierig, spürte dabei eine Schwäche in sich, die nicht allein auf die jüngsten Ereignisse zurückging. Er erinnerte sich an Dr. Moribunds Warnung, sich physischem Stress auszusetzen – dadurch konnte sich sein Zustand schnell verschlechtern. Aber blieb ihm eine Wahl?

»Sie scheinen einiges hinter sich zu haben«, sagte der Mann. »Wird dort oben noch immer gekämpft?«

Sein Zeigefinger deutete zur Stahlkeramikdecke hoch, aber Valdorian vermutete, dass er das All meinte. Er nickte. »Wer sind Sie?«

»Ich bin Fredrik, Kustode der Anomalie.«

»Anomalie?«

Dünne Falten bildeten sich in Fredriks Stirn. »Soll das heißen, Sie haben nichts davon gehört? Aus welcher entlegenen Ecke von Kabäa kommen Sie?«

»Ich ...« Valdorian trank erneut, um einige Sekunden Zeit zu gewinnen; seine Gedanken rasten. »Ich stamme von Myrelion«, sagte er und nannte den Namen eines anderen Allianz-Planeten. »Meine Einheit wurde den hiesigen Truppen zugeteilt. Es hat uns im Orbit erwischt. Unser Schiff brach auseinander, und die meisten starben dabei.«

»Von Myrelion sind Sie? Nun, das erklärt Ihren sonderbaren Akzent. Die Anomalie ist ein Überbleibsel des Zeitkriegs, vielleicht das einzige noch existierende temporale Labyrinth. Die Kantaki haben uns versprochen, es so bald wie möglich in die normale Raum-Zeit zu reintegrieren. Bis das geschieht, bleibe ich Kustode der Anomalie, im Auftrag der Regierung von Kabäa«, fügte Fredrik mit dem Stolz eines Subalternen hinzu, der es »bis nach oben« geschafft hatte. Valdorian kannte solche Menschen. Für gewöhnlich nahmen sie ihre Aufgaben sehr ernst.

Das knisternde Geräusch, das Valdorian unmittelbar nach dem Erwachen gehört hatte, wiederholte sich. Er drehte den Kopf und sah ein Geschöpf, das kaum einen Meter groß und so zart gebaut war, dass es den Eindruck erweckte, bei einer falschen Bewegung zerbrechen zu können. Rosaroter Flaum säumte ein schmales, keilförmiges Gesicht, das verblüffend menschliche Züge aufwies und wie das eines kleinen Kindes wirkte. Am schmalen Körper verdichtete sich der Flaum zu kleinen Federn, die auch Arme und Beine bedeckten und am Rücken einen bunt schillernden Buckel bildeten, der auf zusammengefaltete Flügel hinwies.

»Er wach, er wach, er getrunken«, zirpte das Wesen und freute sich ganz offensichtlich.

»Wenn ich vorstellen darf ... Klipp, einer der hiesigen Kuakah. In gewisser Weise verdanken Sie ihm Ihr Leben, ihm und seinen Artgenossen. Klipp, das ist ...«

»Rungard«, sagte Valdorian. »Rungard von Myrelion.«

»Du hast es gehört, Klipp.«

Der Kuakah kam mit trippelnden Schritten näher und beugte sich vor, bis seine Nase die Valdorians berührte. Dann wich er zurück und hüpfte aufgeregt. »Ich den anderen sagen«, zirpte er in gebrochenem InterLingua. »Sich alle freuen, freuen!«

Das Wesen breitete bunt schimmernde Schwingen aus, stieg mit einem Flügelschlag auf, segelte elegant durch die Tür des Raums, in dem Valdorian erwacht war, und verschwand.

Direkt neben der Tür lagen zwei Kampfanzüge.

Valdorian fühlte Fredriks Blick auf sich ruhen und versuchte, sich nichts anmerken zu lassen, aber seine Gedanken rasten erneut. Hatte sich der Kustode die Kampfanzüge genauer angesehen? Konnte jemand wie er feststellen, dass sie nicht von den Truppen der Allianz stammten, sondern von denen des Konsortiums?

Und dann begriff er plötzlich, dass es *zwei* Kampfanzüge waren.

»Ich bin mit einem Kameraden abgestürzt ...«

»Er hat sich ebenfalls in einem der Netze verfangen und kam eine ganze Weile vor Ihnen zu sich. Wenn Sie sich kräftig genug fühlen ...«

Valdorian nickte, stand auf und merkte, dass er nur Unterwäsche trug.

»Kleidung liegt dort für Sie bereit«, sagte Fredrik. »Sie dürfte ein wenig zu groß für Sie sein, aber es ist besser als gar nichts.«

Valdorian streifte sie über: Hose und Hemd aus einem ihm unbekannten synthetischen Material, mit zu langen Beinen und zu langen Ärmeln, dann eine leicht gepolsterte Jacke. Er fühlte sich *nicht* kräftig – die Schwäche war wie ein tiefer Schlund, der unablässig Kraft verschlang –, aber er wollte einen Eindruck von der Situation gewinnen und mit Jonathan reden.

Wie sich herausstellte, war er in einem mobilen Ambientalmodul zu sich gekommen, einem Würfel aus Stahlkeramik, mit einer Kantenlänge von acht Metern, ausgestattet mit Levitatoren und verschiedenen Servi für Kommunikation, Datenverarbeitung und Messung. Das Modul stand in einer Höhle, die gerade hoch genug war, um es aufzunehmen.

»Hier unten gibt es viele solcher Höhlen«, sagte Fredrik. »Wie die Schluchten selbst aus dem weicheren Felsgestein gewaschen. Manchmal reicht das Wasser bis hierher empor und noch höher.«

Valdorian sah die Silhouette einer Gestalt im breiten Höhleneingang. »Jonathan?«

Sofort wurde ihm sein Fehler klar – vielleicht hatte sein Sekretär einen anderen Namen genannt.

Die Gestalt im Zugang der Höhle drehte sich um, und Valdorian trat mit einigen langen Schritten auf sie zu. »Ich heiße Rungard«, flüsterte er, bevor Fredrik zu ihm aufschloss. Jonathan nickte unmerklich.

Sein Sekretär legte ihm die Hand auf die Schulter. »Freut mich, dass du ebenfalls überlebt hast, Rungard, Waffenbruder«, sagte er. Die Anrede klang äußerst seltsam in Valdorians Ohren, doch Soldaten, die Seite an Seite kämpften, duzten sich natürlich.

Fredrik trat neben sie. »Sie können wirklich von Glück sagen«, betonte er noch einmal. »Wenn Sie zu einem anderen Zeitpunkt vom Himmel gefallen wären, hätte es Sie auch hier in der Schlucht erwischt. Sie verdanken Ihr Leben den Netzen der Kuakah.« Er deutete nach draußen.

Inzwischen hatte es aufgehört zu regnen, und die dunklen Wolken am Himmel lichteten sich allmählich, ließen durch einige Lücken das Licht von Epsilon Eridani passieren. Valdorian sah spinnenwebartige Netze, die in unterschiedlichen Höhen durch die Schlucht reichten und dort silbern glitzerten, wo das Sonnenlicht sie traf.

»Nun, Sie kommen von Myrelion, und deshalb ist Ihnen

das hier nicht vertraut«, sagte Fredrik, und Valdorian glaubte, bei diesen Worten einen subtilen Unterton in der Stimme des Mannes zu hören, der ihm nicht gefiel. Er wechselte einen unauffälligen Blick mit Jonathan und sah in den Augen seines Sekretärs die eigenen Annahmen bestätigt: Fredrik war intelligenter, als ihnen lieb sein konnte.

»Die Kuakah spannen ihre Netze kurz vor dem Großen Regen, weil ihnen danach nicht genug Zeit dafür bleibt. Sie fangen damit die so genannten Noadi, die nur unmittelbar nach dem zyklischen Regen fliegen. Sehen Sie nur!« Er streckte den Arm aus.

Valdorian trat einen weiteren Schritt vor, wahrte aber einen respektvollen Abstand zum Felsrand. Von dort ging es noch immer mehr als fünfzig Meter in die Tiefe, bis zum Flutwasser, das tosend und donnernd durch die Schlucht schoss. Links, hunderte von Metern entfernt, tauchte eine honiggelbe Wolke hinter einer Biegung auf, wuchs immer mehr und dehnte sich in der Schlucht aus. Als sie sich näherte, sah Valdorian, dass sie aus zahllosen winzigen Insektoiden bestand, und viele von ihnen verfingen sich in den Netzen.

»Wie Plankton«, sagte Jonathan leise. »Wie Plankton in der Luft.«

»Könnte man meinen, obwohl es Pterygoten sind, die sich sehr schnell bewegen«, erwiderte Fredrik und bewies ein für einen Subalternen erstaunliches Wissen, indem er hinzufügte: »Und unsere ›Wale‹ sind klein und haben Federn.«

Valdorian legte den Kopf in den Nacken und blickte nach oben, als er ein Zirpen und Zwitschern hörte, das immer mehr anschwoll und noch lauter wurde als das Donnern des Flutstroms. Dutzende von Kuakah kamen aus den wespennestartigen Knollen, die er bei seinem Sturz in die Schlucht gesehen hatte, breiteten ihre bunten Schwingen aus und segelten durch die gelbe Wolke.

»Für Klipp und die anderen sind die Noadi eine Köstlichkeit«, sagte Fredrik. »Mit ihren Netzen fangen sie genug Nahrung für Monate. Für uns Menschen aber können diese Tierchen recht lästig werden.«

Das merkte Valdorian, als die ersten Insektoiden heran waren. Der Hauptschwarm setzte den Flug durch die Schlucht fort, aber kleine Wolken beschlossen, die Höhlen zu erforschen. Winzige gelbe Wesen krochen in Ärmel, Hosenbeine und Nasenlöcher, landeten in Augen und Ohren, verursachten einen Juckreiz, der mit jeder verstreichenden Sekunde unangenehmer wurde.

»Treten Sie zurück«, sagte Frederik. Jonathan und Valdorian kamen seiner Aufforderung nach, und der Kustode holte ein kleines Gerät hervor, betätigte die Kontrollen. Ein Energievorhang entstand im Zugang der Höhle und hielt die Noadi von ihnen fern.

Frederik deutete zum Ambientalmodul, in dem Wärme, Licht und Komfort auf sie warteten.

»Lassen Sie uns dort Platz nehmen. Wenn der Schwarm vorbei ist und die Kuakah ihre Netze eingeholt haben, fliegen wir zur Station bei der Anomalie – sie ist nicht weit von hier entfernt. Von dort aus können Sie sich mit Ihren Kommandeuren in Verbindung setzen.« Er lächelte. »Es dauert nur zwei oder drei Stunden. Zeit genug, um über den Kampf im All zu sprechen. Und über Myrelion. Wissen Sie, ich bin einmal dort gewesen ...«

Er weiß Bescheid, dachte Valdorian, als die Levitatoren das mobile Ambientalmodul durch die Schlucht trugen, an tausend Metern hohen Felswänden empor. Es spannten sich keine Netze mehr in ihr; wer jetzt vom Himmel fiel, stürzte in den sicheren Tod.

Zusammen mit Jonathan saß er in dem Raum, der die Kontrollen für alle technischen Systeme enthielt, während das Ambientalmodul aufstieg und mit Lichtfingern über die jetzt dunklen Felswände tastete. Hier und dort glühte es in der Dunkelheit der Nacht: Von den Kuakah eingefangene Leuchtkäfer dienten den vogelartigen Geschöpfen als natürliche Lampen. Durch die Fenster sah Valdorian nicht nur die Nestknollen der Kuakah, sondern auch Reste ihrer Netze, erschlafft an der Felswand, befestigt an Zapfen, die fast einen Meter weit aus der Schluchtwand ragten. Gegen einen solchen Zapfen musste er gestoßen sein, fest genug, dass das Helmvisier gesplittert war. Einmal mehr dachte er daran, dass Jonathan und er enormes Glück gehabt hatten. Viel mehr Glück als Cordoban.

Aber das konnte sich schnell ändern.

Valdorian wechselte einen stummen Blick mit seinem Sekretär und sah dann wieder zu Fredrik, der das Ambientalmodul – ein fliegendes Haus – in die Höhe steuerte. Er hatte all die Dinge aus seinem Gedächtnis gezerrt, die mit Myrelion in Verbindung standen, dabei einen kleinen, abgelegenen Ort erwähnt, aus dem Jonathan und er angeblich stammten, Soldatenfamilien, deren Traditionen bis zu der Zweiten Dynastie zurückreichten. Aber er bezweifelte, ob er damit jemanden überzeugen konnte, der jene Welt gut kannte. Hatte Fredrik sie durchschaut? Wusste er inzwischen, dass sie keine abgestürzten Soldaten der Allianz waren, sondern zum Konsortium gehörten? Wartete er nur auf eine Gelegenheit, die Behörden Kabäas zu verständigen? Valdorian fragte sich, ob sie versuchen sollten, den Kustoden irgendwie außer Gefecht zu setzen. Fredrik wirkte entspannt, schien nicht mit Gefahr zu rechnen. Aber er war sehr intelligent, und vielleicht täuschte er seine Gelassenheit nur vor. Vielleicht erwartete er einen Angriff und hielt eine der Waffen bereit, die zu ihrer Ausrüstung gehört hatten. Wenn eine Aktion gegen ihn misslang, hatten sie ihre letzte Chance vertan, und deshalb zögerte Valdorian, obgleich er Jonathans Bereitschaft spürte. Hinzu kam die Schwäche in ihm. Derzeit hatte er sich wieder einigermaßen erholt, aber wenn er im entscheidenden Augenblick einen Zusammenbruch erlitt ...

»Wir sind gleich da«, sagte Fredrik und deutete nach draußen. Die Lichtfinger der Scheinwerfer tasteten plötzlich ins

Leere, als das Ambientalmodul aus der Schlucht aufstieg und über den Rand der Felswand hinwegflog. Voraus zeigte sich ein vages Glühen in der Nacht, und zuerst glaubte Valdorian, dass es von weiteren Nestknollen der Kuakah ausging. Seltsame Gebilde zeichneten sich in dem matten Leuchten ab, wie Eisblumen, die nicht an kalten Fensterscheiben wuchsen, sondern aus dem Felsgestein, ohne klare Konturen zu gewinnen.

Fredrik drehte kurz den Kopf und bemerkte Valdorians Blick.

»Die Anomalie«, erklärte er.

Vor ihr, in einem Abstand von etwa dreihundert Metern, gab es einige niedrige Gebäude, offenbar aus Fertigteilen errichtet. Das Ambientalmodul landete beim Haupthaus, das einen Kommunikationsknoten auf dem flachen Dach trug. Fredrik trat erneut an die Kontrollen, und das Summen der Levitatoren verklang.

Kühle empfing sie draußen, und ein leichter Wind, der über die öde Felslandschaft strich. Valdorian sah zum wolkenlosen Himmel hoch, beobachtete das Funkeln der Sterne und dachte an die Angriffsflotte des Konsortiums. War es ihren Resten gelungen, sich zum siebten Planeten zurückzuziehen?

Frederik folgte seinem Blick, während der Wind an seinem zu langen Haar zupfte. »Scheint alles ruhig zu sein dort oben«, sagte er. »Man sieht keine Explosionen mehr. Vielleicht ist der Kampf zu Ende. Kommen Sie. Bestimmt wollen Sie sich sofort bei Ihren Kommandeuren melden.«

Sie gingen zum Eingang des Haupthauses, und davor blieb Valdorian noch einmal stehen und sah zu den glühenden eisblumenartigen Strukturen.

»Wir haben mehrmals Sonden hineingeschickt«, sagte Fredrik. »Nicht eine von ihnen kam zurück. Ich hoffe, die Kantaki beginnen bald mit der Reintegration.«

»Ist sie stabil?«, fragte Valdorian.

»Sofern eine solche Anomalie überhaupt stabil sein kann.

Seit einigen Jahrhunderten wächst sie nicht mehr, wenn Sie das meinen. Es scheint keine Gefahr zu bestehen, dass die Temporalen durch das Etwas dort zurückkehren; andernfalls hätten sich die Kantaki sicher längst darum gekümmert.«

Alter Zorn erwachte in Valdorian, als der Kustode die Kantaki erwähnte.

Und dem Zorn folgte, wie als Strafe, jähe Schwäche. Valdorian taumelte, und etwas in ihm schien die Dunkelheit der Nacht von Kabäa aufzunehmen und zu verdichten, bis sie zu einer Finsternis wurde, in der sich die Gedanken verloren.

Jonathan stützte ihn, und wie aus der Ferne hörte er Fredriks Stimme. »Was ist mit ihm?«

»Mein Waffenbruder ist nur erschöpft und braucht Ruhe. Einige Stunden Schlaf werden ihm helfen, seine Kräfte zu erneuern. Wenn Sie uns in Ihrer Station unterbringen können ... Ich schlage vor, wir setzen uns morgen früh mit unseren Kommandeuren in Verbindung.«

»Wie Sie wünschen.«

Valdorian gewann nur undeutliche Eindrücke vom Inneren des Haupthauses und verwendete die Reste seiner Kraft dazu, Barrieren vor der Schwäche zu errichten. Erneut dachte er an Moribunds Warnung, als er sich von Jonathan durch Räume führen ließ, die ihm viel zu hell erschienen. Irgendwo sank er auf etwas Weiches.

»Wenn er medizinische Hilfe braucht ...« Fredricks Stimme schien kilometerweit entfernt zu sein.

»Nein, er ist nur geschwächt. Einige Stunden Schlaf ...«

Den Rest hörte Valdorian nicht mehr. Er schlief ein und träumte von einem Kantaki, der immer näher kam, obwohl er vor ihm zurückwich, den dreieckigen Kopf senkte und ihn mit Lidias grünblauen Augen ansah.

»Primus?«, flüsterte Jonathan.

Valdorian hob die Lider, und diesmal war das Licht nicht zu hell, ließ angemessenen Platz für Schatten.

»Ich bin im Ambientalmodul gewesen, Primus. Bei unseren Kampfanzügen. Die Waffen fehlen.«

»Er hat sie genommen.« Valdorian setzte sich auf. Das Licht stammte von einem in die Stahlkeramikdecke integrierten Leuchtkörper und reichte gerade aus, damit er Einzelheiten in dem kleinen Raum erkennen konnte, in dem er geschlafen hatte. Ein einfacher Tisch, zwei Stühle, daneben das dunkle Rechteck der offenen Tür. »Ich glaube, er weiß Bescheid. Wo ist er?«

»Keine Ahnung. Ich ...« Jonathan unterbrach sich und lauschte. Einige Sekunden verstrichen, dann hörte es Valdorian ebenfalls: ein Flüstern, so leise, dass sich einzelne Worte nicht unterscheiden ließen. Er deutete zur Tür, stand auf und folgte Jonathan durch den Korridor, stellte dabei erleichtert fest, dass die Schwäche aus ihm verschwunden war.

Das Flüstern wurde allmählich lauter, und Valdorian hielt Jonathan fest, als er einzelne Worte verstand; offenbar sprach Frederik leise hinter einer nahen, geschlossenen Tür.

»... eines steht fest, sie stammen gewiss nicht von Myrelion ...« Stille, und dann: »Ja, sie fielen vom Himmel und hatten großes Glück, dass sie von den Netzen der Kuakah aufgefangen wurden. Klipp hat mich verständigt.«

Wieder folgte Stille, und Valdorian wagte kaum zu atmen.

»Soldaten des Konsortiums, glauben Sie? Vielleicht. Obwohl ... Einer von ihnen kommt mir seltsam vor. Der Ältere. Hat nicht das Flair eines Soldaten, obwohl er behauptet, aus einer alten Soldatenfamilie zu kommen. Ein Subalterner scheint er mir nicht zu sein, eher ein hoher Autarker. Ihn umgibt etwas ... Autoritäres.«

Valdorian hörte seine Befürchtung bestätigt. Ein zu intelligenter Mann. Mit zu viel Gespür.

»Sie schlafen jetzt«, sagte Fredrik leise hinter der geschlossenen Tür. »Ja, ich habe ihre Waffen an mich genommen. Wann können Sie hier sein?«

Drei oder vier Sekunden vergingen.

»So schnell? Umso besser ...«

Valdorian zog Jonathan mit sich, in die Richtung, aus der sie gekommen waren. Sie eilten an dem kleinen Schlafzimmer vorbei, aus dem Licht in den Korridor fiel, hasteten erneut durch Dunkelheit, fanden eine Tür, öffneten sie ...

... und traten in eine Nacht, die langsam einem neuen Tag wich. Epsilon Eridani war noch nicht aufgegangen, aber ihr Schein färbte bereits den Horizont. Noch gewährte die Dunkelheit Schutz vor Entdeckung, aber schon in wenigen Minuten würde es hell genug sein, um weit über das Felsplateau hinwegzusehen.

»Zum Ambientalmodul«, entschied Valdorian.

»Es befindet sich auf der anderen Seite der Station.«

Die Tür, die sie soeben hinter sich geschlossen hatten, schwang wieder auf. Licht fiel in die sterbende Nacht. »Rungard?«, rief Fredrik. »Jonathan? Wo sind Sie?«

Valdorian duckte sich unwillkürlich, aber weit und breit gab es nichts, das Deckung bot.

Der fokussierte Lichtstrahl einer mobilen Lampe strich durch die Finsternis, glitt über die öde Landschaft. Zum Glück kroch er an ihnen vorbei, huschte dann erneut über die Felsebene.

»Fredrik hat nur die Waffen genommen, das hier nicht«, sagte Jonathan. Er griff in die Hosentasche und holte vier Gegenstände hervor, die Valdorian ganz vergessen hatte: seinen Identer, den Privatgaranten, die Schatulle mit dem Zwillingsdiamanten und den Amplifikator. Er griff ganz automatisch danach, steckte sie ein und stellte fest, dass er noch immer die Kleidung trug, die der Kustode ihm gegeben hatte, sogar die Jacke – zum Glück war er zu schwach gewesen, sie abzulegen.

Wind wehte übers viel zu schnell heller werdende Plateau und trug Fredriks Stimme mit sich.

»Ich weiß, dass Sie nicht zu den Truppen der Allianz gehören!«, rief der Kustode. »Wer auch immer Sie sind: Ergeben Sie sich. Ich habe Ihre Waffen. Die Garde ist informiert und schickt einen Shuttle; er wird in wenigen Minuten hier sein.«

Valdorian blickte in die Nacht, die nicht mehr schwarz war, sondern grau, und begriff, dass er seine Entscheidung während der nächsten Sekunden treffen musste. Noch waren die Schatten dicht genug, um sie zu verbergen.

»Eigentlich bleibt uns gar keine Wahl«, sagte er leise.

»Wollen Sie sich ergeben?«, fragte Jonathan.

»Natürlich nicht. Es wäre der sichere Tod für uns. Kommen Sie.«

»Wohin?«

»Nicht zur Schlucht, so viel steht fest.«

Sie liefen los, entfernten sich von den Gebäuden der Überwachungsstation und näherten sich der Anomalie. Das Glühen der Eisblumen-Gebilde verlor sich im heller werdenden Grau des beginnenden Tages, aber dadurch büßten sie nichts von ihrer Seltsamkeit ein und wirkten so fehl am Platz wie ein Eisberg in einer heißen Wüste.

»Achtung«, erklang vor ihnen eine synthetische Stimme. Sie stammte von einer der im Felsboden verankerten Warnbojen, die den Gefahrenbereich markierten. »Sie befinden sich in unmittelbarer Nähe einer noch nicht neutralisierten Anomalie.«

»Haben Sie den Verstand verloren?«, ertönte es hinter ihnen. Valdorian sah kurz zurück – Fredrik stand vor den Gebäuden, in der rechten Hand eine der Waffen, die zur Ausrüstung der Kampfanzüge gehörten. »Kommen Sie zurück!«, rief er.

Etwas fiel heulend vom Himmel, ein Kampfshuttle der Allianz. Auf dem Polster eines flirrenden Levitationsfeldes drehte er sich über der Station, richtete den Bug auf die Anomalie und beschleunigte.

»Los!«, rief Valdorian und lief an der Warnboje vorbei, den sonderbaren, wie kristallen wirkenden Blumen entgegen. Jonathan folgte ihm, blass und mit weit aufgerissenen Augen.

Es fauchte hinter ihnen, und Valdorian warf einen Blick über die Schulter. Der Shuttle feuerte mit einer Plasmakanone auf sie, aber der Strahl erreichte sie nicht, zerfaserte einige Meter hinter ihnen in der Luft und verschwand.

Etwas griff nach Valdorian. Es zerrte mit unvorstellbarer Gewalt an ihm, schien ihn in die Länge zu ziehen, bis er glaubte, mit einem Kreischen zu zerreißen. Die Anomalie saugte ihn an, und er stürzte in sie hinein, verlor sich in einem wilden temporalen Mahlstrom.

Im Transraum
An Bord von Mutter Krirs Schiff
nichtlinear

17

Floyds Welt blieb weit hinter dem Kantaki-Schiff zurück, das noch immer durch das All der nichtlinearen Zeit flog. Goldenes Licht umgab Lidia im Sakrium, und sie blickte hinaus ins Plurial. Zahllose Kugeln schwebten um sie herum, groß und klein, in allen Farben, jede von ihnen ein Universum mit Milliarden von Galaxien und noch viel mehr Welten, auf denen Leben in allen Formen existierte. Es war ein Anblick, wie man ihn sich prächtiger kaum vorstellen konnte, und doch erfüllte er Lidia mit Trauer, denn es waren nicht *ihre* Universen, nicht *ihre* Welten. Sie saß nach wie vor in der nichtlinearen Zeit fest, suchte noch immer nach einem Faden, der zurückführte in den vertrauten Kosmos. Und in die vertraute Zeit. Es hatte kaum einen Sinn, in eine Milchstraße zurückzukehren, die Jahrmillionen vor ihrer Geburt existiert hatte. *Zumindest hätte es für mich keinen Sinn,* dachte Lidia müde. *Bei Mutter Krir sieht die Sache vielleicht anders aus.*

Sie stand auf einer Plattform, aber nur, um etwas Festes unter den Füßen und somit ein vertrautes Gefühl zu haben. Eigentlich spielten solche Dinge im Sakrium keine Rolle. Es war ein transzendentaler »Ort«, an dem die Kantaki meditierten, und Lidia hoffte, von hier aus einen geeigneten Faden zu finden. Sie wusste nicht, seit wann sie sich auf dieser Plattform befand. Mal saß sie, mal stand sie, seit vielen Stunden oder Tagen. Nur selten kehrte ihr Bewusstsein in den realen Körper zurück – der sich im Quartier an Bord des Kantaki-Schiffes befand –, wenn Hunger und Durst verlangten, dass sie etwas aß oder trank. Anschließend setzte sie ihre Suche wieder fort.

Lidia beobachtete die hin und her schwebenden Kugeln, bemerkte an einigen Stellen Flecken, Makel in der Schönheit des Plurials, fühlte sich von ihnen an das dunkle Etwas erinnert, an den Abissalen, der irgendwo dort draußen unterwegs war, Veteran eines uralten Konflikts. Sie schloss die Augen und besann sich einmal mehr auf ihre Gabe, auf jenen zusätzlichen Sinn, der sich manchmal wie ein sanftes Prickeln in ihrem Inneren regte. Sie verglich ihn gelegentlich mit einem Fenster, das sich nie ganz schließen ließ und ihr, wenn es geöffnet war, einen Ausblick gewährte, wie er für gewöhnliche Augen nicht existierte. Durch dieses besondere Fenster schaute sie aufs Fundament des Existierenden, auf die *Bedeutung*, die sich hinter den Elementarteilchen verbarg. Gewissermaßen wurde sie Teil der quantenmechanischen Welt, was zum Teil ihre spezielle Beziehung zur Zeit erklärte. Und die Fäden, die alles miteinander verbanden, waren wie quantenmechanische Verschränkungen, die mehr darstellten als nur *Verbindungen*. Existenzielle Kräfte wirkten sich über sie aus, und mit ihrer Gabe konnte Lidia sie berühren, Ziele erkennen und sich orientieren. Doch die Müdigkeit, die sich immer mehr in ihr ausbreitete, ließ jeden einzelnen Gedanken schwer wie Blei werden. Es kostete sie immer mehr Mühe, sich zu konzentrieren, und die Phasen der Konzentration wurden immer kürzer. Sie spürte die Masse des Kantaki-Schiffes, fast wie ihren eigenen Leib, während es durch den Transraum glitt, mit vielfacher Überlichtgeschwindigkeit in Bezug auf das »normale« Universum und doch recht langsam nach den Maßstäben dieser Hyperdimension. In der Ferne sah und hörte sie ein Echo von Floyds Welt, und um sie herum erstreckte sich die tote Leere eines sterilen Universums. Nur wenige Fäden wanden sich durch das dunkle Nichts, bereit dazu, von Lidia ergriffen und mit dem Schiff verbunden zu werden. Sie berührte sie, vorsichtig und hoffnungsvoll, musste aber erkennen, dass sie keine Rückkehr in die lineare Zeit gestatteten, sondern noch tiefer hineinführten in die Sphäre der nichtlinearen Zeit, wo Jahrtausende wie Sekunden waren und sich eine einzige Sekunde auf die Länge der Ewigkeit dehnen konnte.

Irgendwann wurde sie von etwas berührt.

Lidia öffnete die Augen und stellte fest, dass sie auf der Plattform saß, mit angezogenen Beinen, die Arme um die Knie geschlungen. Neben ihr stand Mutter Krir.

Es klickte, und eine Stimme kam aus dem Linguator am dünnen Hals der Kantaki. Die aus tausenden von kleinen Sehorganen bestehenden multiplen Augen spiegelten das bunte Schimmern der Kosmen des Plurials wider. »Du bist müde, Kind«, sagte Mutter Krir. Sie war dazu übergegangen, Lidia »Kind« zu nennen, was auf eine gewisse Veränderung in ihrer Beziehung hindeutete. »Und deine Körpertemperatur ist zu hoch. Du hast das, was man bei euch Menschen Fieber nennt. Es ist das Fieber der Erschöpfung. Du musst ausruhen.« Mutter Krir zog den dünnen, insektenartigen Arm zurück, mit dem sie die Pilotin an der Stirn berührt hatte.

»Ich kann nicht«, erwiderte Lidia. »Ich muss die Suche fortsetzen und einen geeigneten Faden finden.«

Es klickte erneut.

»Du bist die einzige Pilotin dieses Schiffes, Kind. Du trägst für uns alle Verantwortung.« Lidia glaubte, bei den Worten *für uns alle* eine besondere Betonung zu hören, aber vielleicht lag es auch nur am Linguator. »Das bedeutet, dass du dich schonen musst, damit du uns weiterhin gute Dienste leisten kannst. Komm, ich bringe dich zu einem Ort, an dem du neue Kraft schöpfen kannst.«

Lidia blinzelte und fand sich in ihrem einfachen Quartier an Bord des Kantaki-Schiffes wieder. Mutter Krir stand in der offenen Tür und berührte sie an der heißen Stirn. Sie hatte tatsächlich Fieber und fühlte jähe Schwäche, als sie aufstand.

Die Kantaki stützte sie.

Es klickte. »Wann hast du zum letzten Mal geruht, Diamant?«

»Ich ... ich weiß es nicht.« Lidia wankte zu der Maschine, die sie mit synthetischer Nahrung versorgte, griff nach einem Becher und trank Wasser. Anschließend füllte sie ihn noch einmal und trank erneut.

»Du fühlst dich schuldig, Kind, obwohl dich keine Schuld trifft«, sagte Mutter Krir. »Das ist der erste Fehler. Der zweite besteht in deinem Versuch, für etwas zu sühnen, das keine Sühne erfordert.«

»Ich suche nach dem richtigen Faden ...«

»Ja, und gleichzeitig strafst du dich selbst, indem du keine Nahrung zu dir nimmst, dir keine Ruhe gönnst«, sagte die Kantaki. »Damit bringst du dich in Lebensgefahr. Aber wir brauchen dich, deine Dienste als Pilotin: ich, die Akuhaschi. Und die anderen.«

»Die anderen?«, fragte Lidia erstaunt. »Wer befindet sich sonst noch an Bord?«

Wieder klickte die Kantaki. »Komm, ich zeige es dir.«

Lidia folgte Mutter Krir durch das Schiff und fühlte bei jedem Schritt, wie sehr das Gewicht von Müdigkeit und Erschöpfung auf ihr lastete. Sie fragte sich, ob Mutter Krir Recht hatte, ob sie sich wirklich schuldig fühlte und nach Buße strebte, ob sie den Tod suchte, indem sie auf Schlaf verzichtete. Diese Überlegungen schob Lidia erst beiseite, als ihr klar wurde, dass sie sich in einem Bereich des Schiffes befand, den sie noch nie zuvor betreten hatte. Dieser Teil des dunkles Kolosses, der nach wie vor durch den Transraum glitt, war allein der Kantaki vorbehalten; selbst die Akuhaschi betraten ihn nicht.

Aus einem Reflex heraus ging Lidia langsamer. »Mutter Krir ...«

»Keine Sorge, Diamant. Du bist fast wie eine Tochter für mich, und das bedeutet: Du darfst hier sein, bei den anderen.«

Bei den anderen?, wiederholte Lidia in Gedanken.

Die perspektivischen Verzerrungen waren hier noch stärker als in den anderen Sektionen des Schiffes, aber sie ließ sich trotz ihrer Müdigkeit nicht von ihnen verwirren, sah sich stattdessen um und versuchte, möglichst viele Eindrücke zu sammeln. Überall sah sie Hinweise auf die *Fünf*, die in Leben und Kultur der Kantaki eine so große Rolle spielte, und sie erinnerte sich daran, dass Mutter Krir zu den Großen Fünf zählte, den Oberhäuptern ihres Volkes. In sich verwinkelte Wände mit fünf Kanten. Fünf Muster aus fünf dunkelrot glühenden Kristallen, umgeben von einem schwarzen Pentagon. Gänge mit fünf Abzweigungen, jede von ihnen ein Tunnel, der sich spiralförmig bis in die Unendlichkeit wand und gleichzeitig nach einer Länge von fünf Kantaki-Schritten abknickte. Lidia hatte inzwischen gelernt, sich nicht vom Erscheinungsbild täuschen zu lassen, und deshalb reagierte sie nicht mit Schwindel und Übelkeit.

Schließlich blieb Mutter Krir vor einem fünfeckigen Zugang stehen und hob ein Glied, wodurch die einzelnen Facetten der Tür in die Wand glitten. Lidia sah einen halbdunklen, runden Raum mit gewölbten Wänden, die wie pockennarbig aussahen. Stimmen kamen aus den vielen Mulden und kleinen Löchern, flüsternde Stimmen, die sich zu einer sanften Melodie vereinten, ohne dass eine einzige von ihnen sang. Und in der Mitte dieses Raums, auf stängelartigen Sockeln, lagen fünf Eier. Ihre grauen Hüllen waren semitransparent, und im Inneren, die Körper halb zusammengefaltet, lagen fünf kleine Kantaki. Manchmal bewegten sie sich, wie im Takt zur geflüsterten Melodie.

Lidia fühlte, wie sich ihre Lippen bewegten und ein Lächeln formten. »Mutter Krir ...«, sagte sie. »Ich wusste nicht ...«

»Jetzt weißt du es«, erwiderte die alte Kantaki. »Dies sind meine Kinder. Sie schlafen hier und träumen. Und sie warten auf ihre Geburt. Schlaf mit ihnen. Träum mit ihnen. Schöpfe neue Kraft. Und dann, wenn du dich erholt hast, bringst du *uns alle* in die lineare Zeit zurück.«

Mutter Krir vollführte eine komplexe Bewegung mit mehreren Gliedmaßen, und etwas wuchs aus dem Boden: eine Art Liege, zwischen den Eiern.

Lidia richtete einen fragenden Blick auf die Kantaki.

»Nur zu«, klickte Mutter Krir.

Lidia betrat den runden Raum, trat scheu an den Eiern vorbei und streckte sich auf der Liege aus. Von dort blickte sie zur Tür zurück und sah, wie Mutter Krir ihr noch einmal zuwinkte. Dann schoben sich die Facetten aus der Wand und trennten den Raum vom Korridor.

Lidia hörte das Flüstern, schloss die Augen und war innerhalb weniger Sekunden eingeschlafen.

Sie träumte, wie Mutter Krirs Kinder, von den Großen Kosmischen Zeitaltern.

Am Anfang war der Geist, und der Wunsch des Geistes zu *sein*, schuf Materie als ein Vehikel für sein Wachstum. Der Geist kondensierte zum Plurial, das somit einen Anfang hat, aber kein Ende, und in diesen multiplen Kosmen begann er mit der Ausdehnung. Der Geist durchdrang alles, von außen nach innen, und er begann zu wachsen, von innen nach außen.

Dies war das Erste und kürzeste Kosmische Zeitalter, die Ära der Geburt.

Lidia schlief, umgeben von Mutter Krirs Kindern, aber selbst in ihrem tiefen Schlaf der Erschöpfung begriff sie, dass sie etwas sehr Außergewöhnliches erlebte. Die in den Wänden flüsternden Stimmen, die für ein menschliches Ohr wie Gesang klangen, erzählten den noch ungeborenen Kantaki die Geschichte der Welt, und Lidia hörte sie mit ihrer Gabe. Dadurch bekam sie Einblick in den Kernbereich der Kantaki-Philosophie, in die Grundlagen ihres Sakralen Kodexes. Sie

*rollte sich zur Seite, und die Liege passte sich ihr an, um-
schmiegte sie wie eine zärtliche Hand. Lidia schlief, lauschte
und lernte.*

Wachstum bestimmte das Zweite Kosmische Zeitalter. Der zu
Materie kondensierte Geist entwickelte sich und folgte dabei den Gesetzen der Materie, die in jedem Kosmos des Plurials anders waren. Das Zusammenspiel der elementaren
Kräfte unterlag Variationen, und dadurch bekam die Materie unterschiedliche Strukturen – der Geist experimentierte
mit unterschiedlichen Vehikeln für seine Weiterentwicklung. Das Plurial ist endlos, und deshalb gibt es endlose
Möglichkeiten: dunkle und helle Materie, superdichte und
superleichte, positiv, negativ oder neutral. In jedem Kosmos
des Plurials enthielt die Gleichung der Welt andere Konstanten und Variablen, und dadurch führte die Entwicklung
in andere Richtungen. In manchen Universen kühlte das
primordiale Gas ab, ohne zu Galaxien zu verklumpen. In
anderen dehnten sich Zeit und Raum so schnell aus, dass
die Dichte der Materie immer mehr abnahm, bis sie nicht
mehr ausreichte, um Sterne zu bilden. Oder eine besondere
quantenmechanische Matrix ermöglichte nukleare Reaktionen nur für wenige Sekunden, wodurch verklumpte Materie sofort explodierte.

Der Geist erprobte alle Straßen des Seins, ließ keine Möglichkeit außer Acht und teilte sich bei Abzweigungen, um
jede Alternative zu erkunden. Er suchte nach der Existenz-
form, die sich für sein Ziel am besten eignete: Erkenntnis.

*Lidia seufzte leise im Schlaf, der schon Stunden dauerte
und dabei immer tiefer zu werden schien. Sie vernahm nicht
mehr nur die flüsternden Stimmen in den Wänden, sondern
»hörte« auch die Gedanken der ungeborenen Kantaki. Sie
waren wie das sanfte Plätschern eines Gebirgsbaches: kaltes
klares Wasser, das über abgeschliffene Steine strömte, vorbei
an den letzten Resten des Winterschnees, alles sauber, alles*

rein. Alles jung, zum Wachsen bereit, wie der kondensierte Geist.

Lidia erinnerte sich an etwas, und ihre Augen bewegten sich hinter den gesenkten Lidern. Sie haben es nicht nötig, an Gott zu glauben. Sie wissen, dass Gott existiert. *Diese Worte waren vor langer Zeit geschrieben worden, von einem terranischen Philosophen. Der Geist, der alles durchdringt, der von außen kam, um von innen zu wachsen. Ein zu Materie kondensierter Geist, überall präsent, auch in den Kantaki. Und die Kantaki* wussten *von ihm. Er stand im Zentrum ihrer Kultur. Wenn sie mitten im Transraum meditierten, im Sakrium, hielten sie Zwiesprache mit ihm.*

Die noch formlosen Gedanken der ungeborenen Kantaki sangen ein subliminales Lied mit der Melodie, zu der sich das Flüstern aus den Wänden des Raums vereinte. Und die schlafende Lidia spürte, wie die mentale Distanz schrumpfte, wie sie Aufnahme fand in den Kreis der noch formlosen Bewusstseinssphären. Mutter Krirs Kinder akzeptierten sie als eine von ihnen – sie hätten ihr keine größere Ehre erweisen können.

Das nächste Kosmische Zeitalter, die Dritte Ära, stand im Zeichen der Reife. Während der kondensierte Geist überall im Plurial Myriaden Entwicklungswege beschritt, hatte er sich in manchen Universen für Elementarteilchenstrukturen und physikalische Gesetze entschieden, die bewirkten, dass die Abkühlung des primordialen Plasmas zur Entstehung von Sternen und Galaxien führte. Zeit spielte für den zu Materie gewordenen Geist keine Rolle; eine Sekunde bedeutet ihm ebenso viel und ebenso wenig wie hundert Millionen Jahre. Zeit war nichts weiter als ein Werkzeug, das ihm Erkenntnis gestattete. Er wartete und beobachtete, erlebte und erfuhr.

Und dann bildete sich erstes Leben.

Der Geist begriff sofort, dass er damit einen wichtigen Entwicklungsschritt vollzogen hatte. Das Leben entstand als logische Konsequenz aus bestimmten äußeren Bedingungen, als eine notwendige, unausweichliche Folge von evolutionären Konditionen des Universums. Wenn die Voraussetzungen stimmten, *musste* Leben entstehen: Aus Quantität wurde Qualität – die Materie erreichte ein höheres Organisationsniveau.

Der kondensierte Geist war zu Materie geworden, auf der Suche nach Erkenntnis, und aus der Materie entwickelte sich neuer Geist, als *Funktion* der Materie selbst.

Entwicklung des Lebens und Reife bestimmten das dritte und längste der Großen Kosmischen Zeitalter.

Seit zwei Tagen schlief Lidia, aber inzwischen war es kein Schlaf der Erschöpfung mehr. Der Körper hatte seine Kräfte erneuert, ebenso wie der Geist, doch Letzterer blieb neugierig und Teil der Gemeinschaft der ungeborenen Kantaki und des melodischen Flüsterns. Eine andere Erinnerung erwachte in ihr, und sie hörte Worte aus der Vergangenheit, gesprochen von Feydor: Ich habe Gott gesehen. Ich habe ihn tatsächlich gesehen. Aber ... er sah anders aus, als ich dachte.

Was hatte Feydor damals gesehen, bei der Berührung der fünf Steine mit den Heiligen Worten der Kantaki? Nicht seinen Gott, sondern einen anderen, unerwarteten. War es zu einer Begegnung mit dem Geist gekommen, der alles durchdrang?

Das Vierte Kosmische Zeitalter war die Ära des Verstehens. Leben durchdrang viele Universen so, wie der Geist die Materie durchdrang, und es entwickelte sich schnell. Wo der Geist zuvor Jahrmillionen und Jahrmilliarden auf Ergebnisse gewartet hatte, genügten nun Jahrtausende, Sekundenbruchteile nach den Maßstäben des Plurials. Das Leben erhob sich, kletterte die Leiter der Evolution empor und begann damit, über sich selbst nachzudenken, über den Sinn der eigenen Existenz. Damit wurde es zum perfekten Werkzeug für die Suche nach Erkenntnis. Das Leben stellte Fragen und fand Antworten, aus denen sich neue Fragen ergaben. Die ungeheure Vielfalt der materiellen Entwicklung wiederholte sich bei der biologischen, und wieder wurde jeder mögliche Weg der Evolution beschritten. Das Ergebnis bestand aus immer komplexer werdenden Organismen, die ihrerseits immer komplexere Bewusstseinssysteme hervorbrachten. Je komplizierter diese Systeme, desto komplizierter die Fragen und Antworten. Der Geist, der in jedem Atom des Plurials wohnte, auch in den kalten Kosmen ohne Leben, erlebte eine starke Beschleunigung der Entwicklung, vergleichbar mit der Ausdehnung mancher Universen, die im Laufe der Zeit immer schneller voranschritt, weil es in ihnen eine Kraft gab, die der der Gravitation entgegenwirkte. Die Kraft, die den Kosmos der Erkenntnis immer schneller ausdehnte, hieß Intelligenz.

Das Wachsen führte zu Sternen und Galaxien, die Reife zur Entstehung von Leben. Und die Intelligenz, eine Funktion des Lebens, ermöglichte Verstehen, die Essenz der Vierten Ära. Und das fünfte Große Kosmische Zeitalter ...

»Die Fünfte Ära ist die letzte«, klickte Mutter Krir, als sie durch die Korridore des Schiffes gingen. »Mit ihr schließt sich der Große Kreis: Der Geist, mit dem alles begann, kehrt zu sich selbst zurück, indem die Materie Vergeistigung erfährt. Dieses fünfte Große Kosmische Zeitalter steht nun unmittelbar bevor.«

Lidia ging an der Seite der Kantaki, fühlte sich ausgeruht und frisch. Mehrere Tage hatte sie bei Mutter Krirs ungeborenen Kindern geschlafen und geträumt, nach dem Erwachen eine stärkende Mahlzeit eingenommen und versucht, ihre Gedanken zu ordnen. Sie spürte keine innere Unruhe, hervorgerufen von Dingen, die verarbeitet werden mussten – obwohl es solche Dinge zweifellos gab. Stattdessen fühlte sie sich enorm bereichert.

»Fünf Kinder ...«, sagte sie leise und erwiderte den Gruß einiger Akuhaschi, die ihnen entgegenkamen. Inzwischen befanden sie sich wieder in dem Bereich des Schiffes, der nicht allein Mutter Krir vorbehalten blieb.

»Eines für jede Ära«, klickte die Kantaki. Sie drehte den Kopf und sah aus ihren multiplen Augen auf die Pilotin hinab.

»Bringt ihre Geburt den Wechsel?«, fragte Lidia. »Beginnt damit das Fünfte Zeitalter?«

»O nein.« Das Klicken veränderte sich, und der Linguator machte ein kurzes Lachen daraus. »Meine Kinder und ich sind nicht annähernd so wichtig, dass wir das Ende einer Ära und den Beginn einer anderen bewirken könnten. Das vierte der Großen Kosmischen Zeitalter steht kurz vor der Saturation – darauf deuten die Erfahrungen meines Volkes bei der Meditation im Sakrium hin. Die Fünfte Ära bringt Transzendenz. Es ist die Ära der absoluten Weisheit. Der Geist, mit dem einst alles begann, kehrt zu sich selbst zurück, mit den Antworten auf alle Fragen. Aber sie ist auch die Ära des Letzten Konflikts, und der Geist, der am Anfang stand, muss für ihn bereit sein, denn sonst kann sich der Kreis nicht schließen. Saturation bedeutet nicht Bereitschaft. Der Abissale stellt nach wie vor eine Gefahr dar, und solange er nicht endgültig besiegt ist, muss das Vierte Zeitalter andauern, damit der Geist lernen und sich vorbereiten kann. Wir sind bestrebt, es zu verlängern, und dabei hilft uns der Sakrale Kodex.«

»Der Abissale?«, wiederholte Lidia interessiert.

»In seinem Auftrag kamen die Temporalen. Der Zeitkrieg ist zu Ende; wir und die Feyn haben ihn gewonnen, aber die Temporalen existieren nach wie vor. So auch der Abissale. Die nichtlineare Zeit ist sein Werk, Diamant. Wir schaffen Stabilität, er verursacht Chaos. Wir hüten die Zeit, und er zerreißt sie.«

Sie erreichten den Pilotendom. Mehrere Akuhaschi standen vor den Konsolen an den gewölbten Wänden, und Lidia sah zum Podium mit dem leeren Sessel. Er wartete auf sie. Das Schiff wartete auf sie.

Fünf Stufen führten hinauf, jede von ihnen Symbol für ein Kosmisches Zeitalter. Es gab Metaphern innerhalb von Metaphern, ineinander verschachtelte Sinnbilder, und Lidia *verstand* nun, fühlte sich dadurch als Teil der Ära des Verstehens.

Der kondensierte Geist wohnt auch in mir, dachte sie, und diesem Gedanken folgte eine jähe Erkenntnis. Wenn der Geist, mit dem alles begann, auch in ihr existierte, und wenn er das ganze Plurial durchdrang, so konnte er ihr vielleicht den Weg zeigen.

Sie fühlte Mutter Krirs Blick auf sich ruhen und hob den Kopf, eine stumme Frage in ihrem Gesicht.

Es klickte. »Wie ich sehe, hast du verstanden, Kind«, sagte die weise Kantaki, und das letzte Worte betonte erneut die besondere Beziehung. »Du bist eine gute Pilotin, Diamant. Du hast ausgeruht und neue Kraft geschöpft. Du hast mit meinen Kindern geträumt. Bring uns jetzt zurück in die lineare Zeit.«

Diesmal blieb Mutter Krir im Pilotendom, und Lidia empfand ihre Präsenz als sehr beruhigend. Sie nahm im Sessel Platz, der sich sofort ihrer Körperform anpasste, schob die Hände in die Sensormulden und erfuhr eine Erweiterung ihres Bewusstseins, sanft und gleichzeitig schnell, ohne ruckartige Übergänge. Wieder reagierte jener Teil ihres Selbst, der elektronisches Flüstern und terabytegroße Datenströme so übersetzte, dass Lidia glaubte, Emotionen zu spüren, zu *fühlen.*

Das Schiff, das seit Tagen ohne die steuernden Gedanken eines Piloten durch den Transraum glitt, hatte tatsächlich auf sie gewartet und freute sich über ihre Rückkehr. Lidia glaubte zu spüren, wie ihr Körper sich innerhalb weniger Sekunden ausdehnte, bis er den ganzen Kantaki-Koloss umfasste, und das energetische Brodeln des Triebwerks war der pochende Schlag eines Leben und Kraft spendenden Herzens.

Etwas berührte sie geistig in dieser Welt: Mutter Krir. Die sanften, zärtlichen Gedanken der alten Kantaki weilten in unmittelbarer Nähe und waren wie ein Schild, der alle negativen Empfindungen von Lidia fern hielt. Sie fühlte sich noch immer ein wenig schuldig, weil sie geschlafen hatte, als die Gedanken des sterbenden Floyd sie riefen. Aber sie trug keine Verantwortung für seinen Tod, und *dadurch* waren sie in die nichtlineare Zeit geraten. Ein unglücklicher Zufall, ein tragischer Zwischenfall.

Es gab auch keine Furcht mehr, die ihre Gedanken vergiftete, die zu Hast führte und damit zu Fehlern verleitete. Ruhe breitete sich aus, und Lidia sah ein Bild: eine stille See, silbrig glänzendes Wasser, das bis zum Horizont und darüber hinaus reichte, fast unbewegt; und darüber die helle Scheibe eines Vollmonds. Lidia wusste dieses Bild sofort zu deuten. Sie selbst war das Meer, und das Licht stammte von Mutter Krir.

Du lernst schnell, Kind, und deine Gabe ist groß, ertönte die mentale Stimme der Kantaki. *Du wirst mir noch lange gute Dienste leisten als Pilotin meines Schiffes.* Den Worten folgte eine mentale Geste, ein kurzes geistiges Streicheln.

Mutter Krir, sagte Lidia, der plötzlich etwas einfiel, *warum fliegen Kantaki ihre Schiffe nicht selbst? Warum brauchen sie die Hilfe von Piloten?*

Oh, wir können unsere Schiffe selbst fliegen, und zu Anfang haben wir das auch getan, noch während der Dritten Ära.

Während der Dritten Ära?, wiederholte Lidia erstaunt. *So alt ist Ihr Volk?*

Weißt du, Diamant, die Zeit hat für uns immer eine andere Rolle gespielt als für die übrigen intelligenten Geschöpfe, die das Universum mit uns teilen. Und was bedeutet Alter, wenn man so langlebig ist wie wir? Ja, wir könnten unsere Schiffe selbst fliegen, so wie damals, aber dann hätten wir weniger Gelegenheit zur Meditation im Sakrium, und die Meditation ist unser Leben. Die Piloten helfen uns, dem Geist näher zu sein, der einst zu Materie kondensierte und alles schuf.

Gibt es ihn auch hier, in der nichtlinearen Zeit?

Der Geist ist überall, auch hier, denn die nichtlineare Zeit gehört zum Plurial. Und weil das so ist, weil der Geist auch hier weilt, kann man seine Stimme hören, wenn man weiß, wonach es zu lauschen gilt.

Lidia verstand den Hinweise, konzentrierte sich auf die Sensoren, die ihr ein technisches, physikalisches Bild vom Transraum zeigten, und ihre von der Gabe erweiterten Sinne. Sie horchte in die Hyperdimension, auf der Suche nach einem Flüstern, einem Raunen vielleicht vom Anbeginn allen Seins.

Sie fand etwas, das sie sehr erstaunte.

Immer wieder flog das Schiff an Fäden vorbei, und wenn Lidia die mentalen Hände danach ausstreckte und sie berührte, so vernahm sie etwas, wie die Vibration einer Saite. Sie begriff nun, dass sie diese »Töne« schon vorher gehört – besser gesagt: gefühlt – hatte, ohne sie deuten zu können und ohne ihnen besondere Bedeutung beizumessen. Jetzt aber, nach dem Traum mit Mutter Krirs Kindern, wusste sie: Jeder dieser Töne war Teil der Melodie, zu der sich die flüsternden Stimmen in den Wänden des runden Raums vereint hatten.

Die Fäden, die alles miteinander verbanden, waren wie Saiten eines gewaltigen, über einzelne Kosmen hinausgehenden Musikinstruments. Und der im Plurial lernende, nach Erkenntnis suchende Geist stellte die Finger dar, die an diesen Saiten zupften, einzelne Töne formten und sie zum Lied der Schöpfung zusammenfassten.

Angenehme Aufregung erfasste Lidia, und sie dehnte ihr Selbst aus, weit über den Erfassungsbereich der Sensoren hinaus in den Transraum dieses toten, leeren Universums, in dem es so viele *falsche* Fäden gab, Saiten, deren Töne nicht zur harmonischen Melodie passten. Auch das gehörte zum Plurial des kondensierten Geistes: Entwicklungsfehler, gescheiterte Evolutionen, Bereiche, in denen die Dritte Ära stagnierte, da die Entwicklung von Leben ausblieb, in denen sich Zeit und Raum umkehrten, in sich selbst zurückführten. Dies war Teil des Ganzen, Teil des großartigen Experiments der Schöpfung. Gehörte der Abissale dazu? War er ebenfalls Teil des großen Ganzen? Diente seine spezielle Dissonanz dazu, die Harmonie zu betonen? Er hatte die Temporalen geschickt – zu welchem Zweck? Und wer war die Konziliantin KiTamarani? Fragen, die *jetzt* nicht beantwortet werden konnten ...

Immer schneller berührte Lidia die Fäden dieser toten Welt, und doch blieb sie ohne Hast. Sie war sich ihrer Verantwortung bewusst, gegenüber den Akuhaschi an Bord, gegenüber Mutter Krir und vor allem gegenüber deren ungeborenen Kindern, die der Geschichte von den Großen Kosmischen Zeitaltern lauschten. Sie *musste* das Schiff in die lineare Zeit zurückbringen, und sie begriff auch, dass sie dazu imstande war. Der gemeinsame Traum hatte sie innerlich wachsen lassen und das Fenster, das ihre Gabe für sie darstellte, weiter geöffnet.

Irgendwo in der Ferne erklang ein anderer Ton, rein und sauber, nicht so dissonant wie die anderen. Sie tastete danach, vorsichtig und hoffnungsvoll, und der entsprechende Faden wand sich wie ein kosmischer Aal hin und her, nicht um zu entkommen, sondern um zu ihr zu gelangen, um den Kontakt zu verstärken. Lidia untersuchte ihn aufmerksam, lauschte seinem Echo und wagte es noch nicht, ihn mit dem Schiff zu verbinden. Wenn er sich als falsch herausstellte ... Sie konnte nicht einmal ahnen, wo ein weiterer zielloser Transfer durch die nichtlineare Zeit enden mochte.

Erneut machte sich Mutter Krirs Präsenz bemerkbar; sie weilte noch immer im Pilotendom.

Geduld ist eine Tugend, sagte die Kantaki. *Ebenso wie das Warten auf den richtigen Augenblick. Aber man kann auch zu vorsichtig sein, zu lange zögern. Hab Vertrauen in deine Gabe. Hab Vertrauen zu dir selbst.*

Der Faden fühlte sich richtig an, und er hatte auch den richtigen Ton: ein silberner Klang unter all den Missklängen in diesem leeren Kosmos. Lidia zögerte nicht länger und verband ihn mit dem Schiff, das sofort reagierte. Es wurde schneller, als sich der Faden dehnte und die Richtung wies.

Wir kehren zurück, sagte Mutter Krir, und Lidia empfing das Äquivalent eines zufriedenen Seufzens von ihr. *Wir kehren heim in die lineare Zeit und verlassen die Wüste des Abissalen.*

Lidia spürte es ebenfalls. Es kam zu Erschütterungen, aber sie waren nicht so heftig wie nach Floyds Tod, als das Schiff in die nichtlineare Zeit geraten war. Die Vibrationen kündigten den Wechsel an: Der dunkle Kosmos, das tote Universum, schien das Schiff festhalten zu wollen, und der lebende Gigant, als den Lidia den Kantaki-Koloss wahrnahm, sträubte sich dagegen. Er spannte die Muskeln – das Triebwerk produzierte mehr Energie für den Flug durch den Transraum – und *sprang* nach vorn …

Dimensionen verschoben sich, und für einige subjektive Sekunden verlor Lidia die Orientierung. Ihre Hände blieben in den Sensormulden; der Kontakt zu den Bordsystemen des großen Raumschiffs blieb bestehen. Hinzu kam die beruhigende Präsenz von Mutter Krir, die sie noch immer vor allen negativen Empfindungen schützte. Sie spürte, dass der Faden nach wie vor mit dem Schiff verbunden war, und als sie »die Augen öffnete« – als sie mit den Sensoren ins All blickte –, sah sie ein vertrautes Universum, voller Sterne und Planeten, einen Kosmos voller Leben.

Es klickte. »Wir sind zurück«, sagte Mutter Krir.

Lidia hob die Lider und sah zu den Projektionslinsen an den gewölbten Wänden des Pilotendoms. Sie zeigten im Vordergrund eine zylindrische Raumstation, einen Nexus, und im Hintergrund einen Spiralarm der Milchstraße. Die von den Servi übermittelten Daten identifizierten die Station: der Dohann-Nexus, nicht mehr als siebentausend Lichtjahre von dem Teil der Galaxis entfernt, den Menschen besiedelt hatten. Keine große Entfernung für ein Kantaki-Schiff. Und die von der Raumstation gesendeten Synchronisationsdaten wiesen darauf hin, dass hier, in der linearen Zeit, nicht mehr als einige Tage vergangen waren.

Als Lidia den Kopf hob, sah sie direkt in Mutter Krirs Augen und glaubte, einen warmen Glanz in ihnen zu erkennen. »Ich wusste, dass du eine gute Pilotin bist, Diamant.«

Im Null

Agorax spürte, dass ein entscheidender Moment näher rückte. Wieder ruhte er im Sicherheitsgerüst am Ende des Beobachtungstunnels, durch den man in einen ganz bestimmten Zeitabschnitt des Universums sehen konnte. Summende Mechanismen umgaben ihn, spezielle Geräte aus Äon, die es ihm erlaubten, nicht nur Gedanken und Gefühle durch die Risse im Schild zu schicken, sondern auch einen Teil seines Selbst. Das war nicht ungefährlich, denn wenn er dort draußen in einen temporalen Strudel geriet, von den Zeitmechanikern der Kantaki als Falle geschaffen, büßte er einen Teil seines Bewusstseins ein – von einer solchen mentalen Verletzung würde er sich wahrscheinlich nie erholen. Aber Agorax glaubte, dass die Umstände ein Risiko rechtfertigten.

Zeit – sie tropfte langsam und strömte schnell, jenseits des Null. Hier kroch sie, und dort toste sie wie die Fluten eines Wasserfalls. Agorax beobachtete das alles, ohne in dem Durcheinander den Überblick zu verlieren. Hunderte von restrukturierten Zeitquanten hatten an strategischen Stellen subtile Veränderungen verursacht, die sich wiederum auf das Kausalitätsgespinst auswirkten, was Ereignissen die Tendenz gab, sich in eine bestimmte Richtung zu entwickeln. Als sehr hilfreich hatten sich die beiden kognitiven Diamanten erwiesen. Leider war es nicht gelungen, mehr als nur vagen Einfluss auf die Kantaki-Pilotin auszuüben, aber das andere Werkzeug, der Mann, übertraf alle Erwartungen, die Agorax in ihn gesetzt hatte. Ein derart beeinflussbarer Helfer in der Kantaki-Welt konnte weitere überaus wertvolle Dienste leisten. Vielleicht ließ sich mit ihm eine Möglichkeit finden, den von Kantaki und Feyn errichteten Schild zu neutralisieren, der das Null in einen temporalen Kerker verwandelte.

Komm nach Kabäa, hatten Agorax' Gedanken durch den Diamanten geflüstert, und Valdorian war nach Kabäa gekommen, wo ihn die Ereignistendenz in die Anomalie gebracht hatte.

Damit wurde eine andere Art von Kontakt möglich, fast ein direkter.

Agorax schickte sich an, ein weiteres Stück des Weges zu bauen, der Äon und den Eternen wieder die Zukunft eröffnen sollte. In die reale Welt jenseits des Null konnte er sein Selbstfragment nicht projizieren, wohl aber ins Innere einer temporalen Anomalie.

Möglichkeiten ...

Der Suggestor hob die Hand. Ein Diamant ruhte darin, und während Agorax ihn noch betrachtete, verwandelte er sich in einen kristallenen Keil, in einen Schlüssel.

Ja, Möglichkeiten ...

Ein neues Wahrscheinlichkeitsmuster entstand und bestätigte Agorax in seiner Situationsanalyse. Seine Tentakelfinger betätigten die Schaltelemente der Geräte, mit denen er verbunden war, und ein Teil seines Ichs schwebte fort, langsam erst und dann immer schneller. Wie der Blick eines Observanten glitt es durch einen winzigen Riss im Schild, jagte an den Strudeltrichtern der Fallen vorbei und wand sich in engen Spiralen durch einen temporalen Schacht nach oben in die Zukunft.

Agorax hörte das Heulen des ewigen Sturms im Inneren der Anomalie und gab sich ihm mit dem Wissen hin, davon richtig geleitet zu werden.

Der transferierte Teil seines Selbst erreichte einen Ort und eine Zeit, stand im Inneren eines Tempels auf einem hohen Podium und ... wartete.

Kabäa
März 421 SN · linear

18

Körper und Geist zerrissen, und tausend Fetzen wirbelten durch den temporalen Orkan, der im Zentrum der Anomalie heulte, ohne Anfang und Ende, ein ewiger Sturm, der so lange dauern würde, wie es Zeit gab. Nach zweihundert Millionen Jahren existierte Valdorian nur noch in Form eines auseinander treibenden Quantennebels, aber eine Milliarde Jahre später fanden alle Teile von Körper und Geist wieder zusammen, wie Elementarteilchen, die von Bindungskräften an die »richtigen« Stellen gelenkt wurden. Er öffnete die Augen und sah ...

Das Nichts, nur zwanzig Zentimeter von ihm entfernt: absolute Leere, eine Nulldimension ohne Ausdehnung und ohne Zeit, formloses Grau, das keine eigene Farbe hatte, sondern durch die *Abwesenheit* von Farbe grau wurde. Valdorian streckte die Hand aus, um das Grau zu berühren, zog sie jedoch erschrocken zurück, als die Finger darin verschwanden. Als er die Hand vor die Augen hob, fehlten die Finger noch immer, wuchsen aber langsam nach, ohne dass er etwas fühlte, als kehrten die Finger aus der Vergangenheit zurück.

»Was ist dies für ein Ort?«

Valdorian blickte zur Seite und sah Jonathen einige Meter entfernt stehen, auf einem weißen Etwas, das von zahllosen dünnen, wie Haarrisse wirkenden Linien durchzogen war.

»Es ist kein *Ort*«, sagte Valdorian. »Wir sind nirgendwo und nirgendwann.«

Hinter ihnen ragten jene eisblumenartigen Gebilde empor, die sie auf Kabäa gesehen hatten, und plötzlich wusste Valdorian, woraus sie bestanden: aus *kondensierter* Zeit.

»Leben wir noch?«, fragte Jonathan unsicher. Valdorian hielt die Frage zunächst für absurd, aber als er genauer darüber nachdachte, wurde die Suche nach einer Antwort immer schwerer.

»Ich weiß es nicht«, erwiderte er schließlich. »Ich denke schon.« Er sah sich um. »Vielleicht ist dies eine der Pforten, durch die zu Beginn des Zeitkriegs vor fast zweitausend Jahren die Temporalen kamen.« Vorsichtig setzte er einen Fuß vor den anderen, und als er sich dem Zeitkondensat näherte, fühlte er ein zunehmendes Zerren. Er verharrte und betrachtete die kristallartigen Strukturen. »Wie die Fraktale der La-Kimesch«, sagte er. »Muster, die sich ständig wiederholen, dabei immer kleiner werden, bis hinab in den molekularen und atomaren Bereich.«

Zeit, dachte er fasziniert. *Hier kann man sie tatsächlich berühren.* Hoffnung erwachte in ihm. Die Kantaki wollten ihm nicht helfen, aber vielleicht konnte er sich selbst helfen, hier, im Inneren der Anomalie. Wie? Wenn es ihm gelang, irgendwie kontrollierten Einfluss auf die Zeit zu nehmen ...

Etwas geschah. Ein Flüstern kam aus der Ferne, die angesichts des nahen Nichts gar nicht existieren konnte, schwoll rasch an und wurde zu einem Schrillen, das Jonathan und Valdorian veranlasste, die Hände an die Ohren zu pressen. Risse fraßen sich durch die Eisblumen der kondensierten Zeit, und sie barsten, bildeten einen Regen aus Splittern, die Valdorian durchdrangen, ohne ihn zu berühren. Bewegung entstand in dem Untergrund mit den haarfeinen Linien. Der Rand neigte sich nach oben, der mittlere Bereich – dort, wo die Zeitkondensate sich befunden hatten – wölbte sich nach unten. Valdorian dachte an einen sich schließenden Blütenkelch. Er verlor das Gleichgewicht in einer Umgebung ohne Gravitation oder eine ähnliche Kraft, rutschte und fiel ...

Und fiel ... tausend Jahre lang, oder vielleicht auch zehntausend. Welche Eindrücke auch immer seine Sinne empfingen: Das Gehirn war nicht in der Lage, die ihm unverständlichen Daten zu verarbeiten und umzusetzen. Valdorian sah und hörte nichts, und eine Zeit lang, Sekunden oder Jahrtausende, war er auch dankbar dafür, denn es bedeutete, dass nicht die Gefahr bestand, dem Wahnsinn anheim zu fallen.

Dann schwebte er plötzlich über einem Planeten, gewichtslos wie eine Wolke über einer Welt, die noch kein Mensch betreten hatte, aber nicht ohne Leben war. In den Meeren existierten bereits komplexe Organismen; nach und nach breitete sich die Biosphäre auf den zunächst noch sterilen Kontinenten aus. Neue Lebensformen entstanden, an spezielle Biotope angepasst, unterlagen im Wettbewerb der Evolution und starben wieder aus. Ganze geologische Zeitalter verstrichen innerhalb weniger subjektiver Sekunden, während Valdorian das Geschehen beobachtete, obwohl er gar keine Augen hatte – der Körper befand sich irgendwo im temporalen Labyrinth und wartete dort auf die Rückkehr des Geistes.

Kann ich unter solchen Umständen überhaupt feststellen, ob ich noch lebe oder tot bin?, dachte er und beschloss dann, sich nicht mit solchen Frage zu verwirren, die ohnehin müßig blieben. Das *Gefühl* sagte ihm: Er raste durch einen von Myriaden Zeittunneln im Inneren des Labyrinths, durch einen jener Tunnel, die die Temporalen vielleicht benutzt hatten, um durch die Zeit zu reisen, erst die Welten der Feyn auf der anderen Seite der Milchstraße anzugreifen und dann den Spiralarm, in dem die Menschen und andere Völker zu Hause waren. Der von den Feyn und Kantaki verbesserte Sporn hatte sie schließlich besiegt, nach einem fast tausendjährigen Krieg, aber gewissermaßen als Kollateralschaden waren unzählige Anomalien entstanden, die nach und nach von den Kantaki in die Raum-Zeit reintegriert wurden. Valdorian fragte sich, wie lange er in diesem Labyrinth überleben konnte, *falls* er noch lebte, und ob es irgendwo einen Ausgang gab, eine Möglichkeit, das temporale Chaos zu verlassen und in stabile Raum-Zeit zurückzukehren.

Er sank tiefer, glitt über einen riesigen Ozean hinweg, fühlte sich dabei an den Flug im Kampfanzug erinnert, an den Absturz auf Kabäa. Im Norden entwickelten sich die Kuakah, bauten ihre Nestknollen und lernten, Netze zu spannen und Noadi zu fangen.

Schließlich kamen Menschen.

Kantaki-Schiffe brachten sie ins Epsilon-Eridani-System, tausende, im Lauf der Jahre Millionen. Autarke schufen sich, wie auch auf anderen Welten, eine unabhängige Existenz, aber viele Kolonisten konnten die von den Kantaki verlangten Transportpreise nicht bezahlen und mussten sich verschulden, um auszuwandern. Auf dieses große Arbeitsreservoir griffen die ersten Magnaten zurück, wurden reicher und mächtiger ...

Valdorian kannte die historische Entwicklung natürlich, aber jetzt erlebte er sie im Zeitraffer mit, während er weiterhin durch einen Zeittunnel der Anomalie jagte. Große Unternehmen bezahlten die Passage für Ausreisewillige und banden sie mit Tilgungsverträgen; aus diesen Kolonisten wurden die Subalternen. Die Autarken bewahrten zunächst ihren unabhängigen Status, doch als die großen Wirtschaftskonglomerate der Magnaten entstanden, wurden viele von ihnen ebenfalls zu Subalternen. Anderen gelang es, als Kontraktadministratoren und Delegierte neue Wege einzuschlagen. Die gesellschaftlichen Strukturen veränderten sich, hier deutlich, dort subtil, während die Macht auf den neuen Welten der Menschheit immer in den gleichen Händen ruhte. Aber es war eine relative Macht, die jenseits der planetaren Horizonte sofort an ihre Grenzen stieß, denn im All, im interstellaren Raum, galt der Sakrale Kodex der Kantaki, und völlige Isolation erwartete den, der dagegen verstieß.

Große Städte entstanden auf Kabäa, noch im einundzwanzigsten und zweiundzwanzigsten Jahrhundert der alten Zeitrechnung, urbane Komplexe, die zuerst völlig ohne Rücksicht auf die lokalen Biotope wucherten. Es waren Städte der alten Art, und sie erinnerten ihn an Organismen, die immer nur wuchsen: größer, höher, breiter. Türme ragten gen Himmel, zuerst aus Glas, Metall und Kunststoff, später aus Vorläufern der Stahlkeramik. Nach einigen hundert Jahren kam es zu ersten ökologischen Katastrophen. Luftströmungen änderten sich, und die zyklischen Überflutungen bestimmter Regionen auf der Nordhalbkugel wurden immer stärker. Ein globaler Klimawandel kündigte sich an. Am stärksten betroffen von der Verschlechterung der allgemeinen Lebensbedingungen waren die Subalternen, und während der Ersten Dynastie, im sechsundzwanzigsten und siebenundzwanzigsten Jahrhundert der alten Zeitrechnung, nahm der von ihnen ausgehende politische Druck immer mehr zu. Außerdem wurden die Umweltkatastrophen zu einem Kostenfaktor, der die industriellen Renditen beeinträchtigte. Valdorian ...

... existierte, war seit Jahrmillionen tot und noch nicht geboren, hing im Nichts und wurde unter einem Berg zermalmt. Er versuchte, sich am Raum selbst festzuhalten, als Dunkle Energie die Expansion des Universums auf den Faktor unendlich beschleunigte und alles zerriss, als das Vierte Kosmische Zeitalter auf eine Weise andauerte, die keineswegs den Wünschen der Kantaki entsprach. Diese Erkenntnis vermittelte eine gewisse Zufriedenheit, aber der Rest ...

Etwas knirschte unter seinen Füßen, und er sah, dass er Stiefel trug, die Stiefel eines Kampfanzugs. Das Knirschen stammte von einem trockenen, spröden Boden, der seit vielen Jahren keinen Regen gesehen hatte. Hier und dort glitzerten Objekte, die wie winzige Glassplitter aussahen, aber als Valdorian in die Hocke ging und genauer hinsah, bemerkte er, dass die Kanten der kleinen Fragmente seltsam verschwommen blieben. Er erinnerte sich an die eisblumenartigen Gebilde. Waren dies Splitter kondensierter Zeit?

Rechts und links von ihm pfiff kalter Wind über die Reste von Gebäuden, deren Konstrukteure seit Jahrhunderten tot waren. Die ganze *Welt* schien tot zu sein, umgeben von einem Nichts, das sich wie ... wie ein *Loch* in der Zeit anfühlte. Valdorian fragte sich, woher er dieses instinktive Wissen bezog. Und konnte er sich darauf verlassen, dass es wirklich *Wissen* war? *Vielleicht liege ich irgendwo in einem Krankenbett und halluziniere,* dachte er. Konnte sich ein Halluzinierender der eigenen Halluzinationen bewusst werden? Gab es irgendeine Möglichkeit festzustellen, ob das, was er wahrnahm, tatsächlich existierte?

»Dies ist das Ergebnis«, ertönte eine vertraute Stimme hinter ihm.

Valdorian drehte sich um und sah Jonathan. »Das Ergebnis wovon?«, fragte er, ohne sich darüber zu wundern, dass sie noch immer zusammen waren, dass sie sich hier trafen, genau in *diesem* Augenblick, obwohl das Labyrinth durch die gesamte Zeit reichte.

»Wainosch, Erster Dynast von Kabäa, im Jahr 2521 der alten Zeitrechnung, wenn ich mich recht entsinne.«

»Was war mit ihm?«

»Erinnern Sie sich nicht? An seine Experimente mit der nichtlinearen Zeit?«

Valdorians Blick glitt über die grauen Ruinen unter einem grauen Himmel, und er nickte langsam, als ihm ein Gespräch einfiel, das sein Vater vor mehr als hundert Jahren, Anfang des vierten Jahrhunderts Seit Neubeginn, mit einem wissenschaftlichen Experten geführt hatte. Darin war es um die Möglichkeit gegangen, unbegrenzt große Energiemengen aus der nichtlinearen Zeit abzuleiten. Hovan Aldritt hatte sich damals gegen ein entsprechendes Projekt entschieden, mit Hinweis auf Kabäa.

»Die Kantaki erfuhren irgendwie davon«, sagte er. »Vermutlich spüren sie es, wenn jemand damit beginnt, die Zeit zu manipulieren, ob linear oder nichtlinear. Sie warnten Wainosch und drohten ihm mit der Isolierung des Epsilon-Eridani-Systems: keine interstellaren Flüge mehr, keine Transverbindungen mit anderen Welten. Der Dynast gab nach, obwohl die von seinen Wissenschaftlern entwickelten Hawking-Reaktoren viel versprechend waren. Ich glaube, sie verwendeten künstliche Singularitäten. Man hoffte damals, mit Energie aus der nichtlinearen Zeit eigene überlichtschnelle Raumschiffe bauen zu können. Die Kantaki hätten ihr Monopol verloren.«

»Die technischen Einzelheiten kenne ich nicht«, sagte Jonathan. »Ich weiß nur, dass in dem uns bekannten Universum die Warnung der Kantaki genügte. Die Experimente mit der nichtlinearen Zeit wurden eingestellt. Hier aber gingen sie weiter und führten zur Katastrophe.« Jonathan trat einen Schritt auf Valdorian zu ...

... und plötzlich standen sie in einem Laboratorium, direkt in seinem Herzen, in einem Hawking-Reaktor, und beobachteten, wie eine künstliche Singularität die stabile Struktur der Raum-Zeit zerschmetterte, eine Tür aufriss zur nichtlinearen Zeit ...

Alles splitterte wie Glas, das von einer enormen Druckwelle getroffen wurde. Die Singularität im Zentrum des Hawking-Reaktors war ohne Einfluss auf Valdorian geblieben, aber die explodierende Zeit schleuderte ihn fort, zerriss ihn tausendfach, setzte ihn jedes Mal wieder zusammen, um ihn erneut zu zerreißen. Er starb eine Million Mal in wenigen Sekunden und ...

... raste durch subplanetare Industrieanlagen, in denen Subalterne, Genveränderte und Maschinenservi aller Art arbeiteten. Viele Menschen wohnten auch hier unten, in standardisierten Apartmentzellen, mit Projektoren in den Wänden, die weite, offene Landschaften vorspiegelten ...

... durch neue Städte, vorbei an Gebäuden aus Stahlkeramik, an von Parks durchzogenen Metropolen, an Levitatorvillen ...

Und dann ragte die schwarze Pyramide eines Endzeittempels der Temporalen dort auf, wo sich der größte Park der Hauptstadt Tonkorra erstreckt hatte.

Valdorian stand unter einer wie verkrüppelt und halb abgestorben wirkenden Kabäakiefer, nicht mehr als dreißig Meter von der schwarzen Pyramide entfernt, in einem weiteren Moment statischer Zeit. Menschen gingen an ihm vorbei, in ihrer eigenen Zeit gefangen, schritten sogar *durch* ihn hindurch, ohne ihn zu bemerken.

Neben ihm schnaufte jemand.

Jonathan stand da, das Gesicht so grau wie die Ruinen auf Kabäa nach der Katastrophe. »Ich halte das nicht mehr lange aus«, brachte er hervor und atmete mehrmals tief durch.

Valdorian fragte sich erstaunt, warum er das Zeitlabyrinth besser ertrug als Jonathan. Bot das einen Hinweis? Gab es hier eine Möglichkeit für ihn, den Tod zu besiegen?

Sein Blick kehrte zurück zur schwarzen Pyramide, und er vermutete, dass er Bilder aus dem letzten Abschnitt des Zeitkriegs sah – acht- oder neunhundert Jahre trennten ihn davon. Damals hatten sich die Temporalen nicht mehr nur auf die telepathische Manipulation der Menschen beschränkt, sondern ganz offen die Macht übernommen. Unterstützt von den Renegaten-Kantaki hatten sie damit begonnen, ein interstellares Netz aus Anomalien zu schaffen, deren Zweck unbekannt blieb. Gleichzeitig hatten die Feyn und Kantaki versucht, eine »Sporn« genannte Waffe weiterzuentwickeln, um die Temporalen von den besetzten Welten zu vertreiben und zu zwingen, in die Vergangenheit zurückzukehren.

Menschen betraten die schwarze Pyramide auf der einen Seite und verließen sie auf der anderen. Was in dem Endzeittempel geschah, wusste Valdorian nicht, aber er erinnerte sich daran, dass die Temporalen die Menschheit und alle anderen Völker aufgefordert hatten, sich auf das »Ende der Welt« vorzubereiten, womit sie nicht das Ende eines Planeten, eines Sonnensystems oder einer Galaxis meinten, sondern das Ende des ganzen Universums.

»Wir müssen einen Ausgang finden«, sagte er, während sich Jonathan erholte. Sein Sekretär atmete wieder gleichmäßiger, und etwas Farbe kehrte in sein Gesicht zurück. Valdorian fragte sich, ob sie beide immer die gleichen Bilder sahen; vielleicht war Jonathan im Labyrinth mit ganz anderen Dingen konfrontiert worden.

»Was hält uns fest?«, fragte Jonathan. »Warum sind wir *hier* und nicht woanders? Haben wir irgendeinen Einfluss darauf, wo, wann und was wir sind?«

Er klang wie jemand, der an seinem Verstand zu zweifeln begann.

In der Ferne hörte Valdorian ein Tosen, das nicht von dieser Welt stammte, sondern aus dem Zentrum des Labyrinths kam, von dort, wo der ewige Zeitsturm wie ein hungriges Ungeheuer heulte. Ein einziger Schritt mochte genügen, um zurückzukehren in den Mahlstrom, um erneut durch Epochen und Äonen geschleudert zu werden, dem Zeitsturm ebenso hilflos ausgeliefert wie ein welkes Blatt dem Wind.

Wieder regte sich der Instinkt in ihm und flüsterte ihm Worte zu, die er nicht verstand, sich aber trotzdem zu einer Idee formten.

»Jonathan?«

»Primus?«

»Zum Tempel. Folgen Sie mir.«

Er lief los, und sofort schwoll das Tosen in der Ferne an. Valdorian drehte nicht den Kopf, behielt den Eingang der Pyramide im Auge, aber aus den Augenwinkeln sah er, wie einige hundert Meter entfernt in den Flugkorridoren schwebende Levitatorkapseln einfach verschwanden, ebenso wie die Gebäude unter ihnen. Das farblose Nichts des Labyrinths wogte heran, doch als es die andere Seite der großen, fast dreihundert Meter durchmessenden Pyramide erreichte, nahm es sie nicht etwa in sich auf, sondern glitt wie Nebel an ihren Konturen entlang, ohne die schwarze Masse zu verschlingen.

367

Valdorian lief und versuchte, nicht auf den Widerstand zu achten, auf den seine Bewegungen trafen und der immer größer wurde, je näher er dem Eingang des Tempels kam. Wenige Meter vor der Öffnung musste er sich einer zähen, unsichtbaren Masse entgegenstemmen und um jeden Zentimeter kämpfen. Männer und Frauen gingen durch ihn hindurch, die meisten von ihnen Subalterne, ohne etwas von Valdorian oder dem Zeitsturm des Labyrinths zu bemerken. Er nahm seine ganze Kraft zusammen – das Tosen überlagerte nun alle anderen Geräusche –, schob sich nach vorn, noch einige Zentimeter ... und fiel furch die Öffnung ins Innere der schwarzen Pyramide.

Jonathan prallte neben ihm auf den Boden, der aus einem dunklen, undefinierbaren Material bestand, und kam wie Valdorian sofort wieder auf die Beine. Draußen *floss* das Grau des Labyrinths am Eingang vorbei, ohne ins Innere der Pyramide vorzustoßen.

»Ein Ort außerhalb der Zeit?«, spekulierte Valdorian nachdenklich. Sie folgten den Menschen von Tonkorra, die durch einen breiten Korridor gingen. Nach zwei oder drei Dutzend Metern mündete er in den Hauptraum des Tempels, einen gewaltigen Saal – in ihrem Inneren war die Pyramide weitgehend hohl. Hunderte von Besuchern – nicht nur Menschen, sondern auch einige Horgh, Taruf, Kariha, Mantai und sogar ein Akuhaschi – standen auf verschieden hohen Plattformen, die durch breite Treppen miteinander verbunden waren und ein hohes Podium in der Mitte umgaben, einen altarartigen Sockel, darauf ein Objekt in der Form eines umgekehrten V. Als Valdorian näher kam, sah er, dass es sich bei dem Objekt um eine Art Portal handelte: Die Dunkelheit darin hatte eine andere Textur als die der Wände, und irgendwie gelang es ihr, dunkel zu bleiben und gleichzeitig genug Licht zu emittieren, um es dem menschlichen Auge zu ermöglichen, Einzelheiten im Saal zu erkennen.

Einige der weiter hinten stehenden Anwesenden sprachen miteinander, aber Valdorian hörte keine Stimmen. Völlige Stille herrschte, eine Art von Lautlosigkeit, die immer mehr Gewicht zu bekommen schien, je länger sie dauerte. Er hatte das Gefühl, dass sich sein Körper von ganz allein bewegte, ohne die Befehle des Gehirns abzuwarten, angezogen von etwas, das er spürte, noch bevor die Sinne darauf reagieren konnten. Valdorian ging einfach durch die vor ihm stehenden Personen hindurch, die nichts weiter waren als Schatten einer fernen Vergangenheit, stieg die Treppe des zentralen Podiums empor, näherte sich dem Portal und der Gestalt daneben.

»Primus?«

Valdorian verharrte kurz, was ihm nicht leicht fiel; sein Körper verhielt sich wie Eisen in unmittelbarer Nähe eines starken Magneten.

Jonathan stand einige Stufen weiter unten und starrte aus großen Augen zum Portal und dem Wesen. »Ich ... ich glaube, wir sollten uns besser von dem ... Etwas dort oben fern halten, Primus.«

Es ruft mich, dachte Valdorian. *Aus irgendeinem Grund ruft es mich.* Aber das klang zu dumm, und deshalb sagte er: »Vielleicht finden wir hier eine Möglichkeit, das Labyrinth zu verlassen.«

Er brachte die letzte Treppenstufe hinter sich, betrat das hohe Podium und spürte Kälte, die aus dem Portal kam. Als er direkt davor stand, hörte er ein dumpfes Seufzen, wie das tiefe, langsame Atmen einer riesenhaften, in den Tiefen der Finsternis verborgenen Kreatur. Pupillen schienen aus der Schwärze zu blicken, doch auf den zweiten Blick erkannte Valdorian sie als winzige Öffnungen in der dunklen Substanz, die das Portal füllte.

Ein Zeitportal der Temporalen ...

Die kleinen Öffnungen waren Tunnel, die in die Heimat der rätselhaften Fremden führten, in die ferne Vergangenheit, vielleicht auch in andere Dimensionen. Doch irgendetwas teilte Valdorian mit, dass die Tunnel geschlossen waren, alle bis auf einen, und der führt nicht in die Vergangenheit, sondern in die Zukunft. In *seine* Gegenwart.

Aufregung brannte wie ein Feuer in Valdorian, und er glaubte, eine Bedeutung zu berühren, die weit über die des Augenblicks hinausging.

»Jonathan ...«

»Dies gefällt mir noch weniger als der Zeitsturm, Primus.«

»Begreifen Sie denn nicht, Jonathan? Dies ist das Zentrum der Anomalie: ein Zeitportal. Die Kantaki haben das Labyrinth noch nicht beseitigt, die Anomalie noch nicht in die Raum-Zeit reintegriert, aber das Portal wurde von ihnen unmittelbar nach dem Zeitkrieg isoliert. Sie haben alle Verbindungen unterbrochen, um zu verhindern, dass die Tempoalen Verstärkung aus der Vergangenheit bekommen. Aber einen Tunnel übersahen die Kantaki damals, und der verbindet diese Zeit, die letzte Phase des Tausendjährigen Kriegs, mit unserer Gegenwart. Wir können zurück!«

Der in der Nähe stehende Fremde wandte sich langsam um.

Ein Temporaler!, dachte Valdorian.

Das Wesen war humanoid, und ob es Kleidung trug, blieb Spekulationen überlassen: Die Haut, beziehungsweise die Kleidung, bestand aus silbrig glänzenden Schuppen, die sich gegenseitig überlappten, was bei jeder Bewegung ein leises Knistern bewirkte. An einigen Stellen zeigten sich Verdickungen – Gegenstände, Organe? – unter der Haut oder der Kleidung. Die Arme waren lang, wiesen zwei Gelenke auf und endeten in Händen, die nicht mit Fingern ausgestattet waren, sondern mit kleinen Tentakeln. Auch die Beine waren zweigelenkig, und wo Valdorian Füße oder Schuhe erwartete, sah er dunklen Boden. Er wusste nicht, wie weit er seinen Sinnen trauen durfte. Vielleicht war das, was er sah, ein Symbol: Dieser Temporale saß *hier* fest, seit die Kantaki die Tunnel des Portals geschlossen hatten, bis auf einen.

»Die anderen sind weg, sie sind alle weg«, hauchte Jonathan hinter ihm.

Valdorian drehte kurz den Kopf und stellte fest, dass der große Saal leer war. Die vielen Menschen, die sich eben noch darin aufgehalten hatten, existierten nicht mehr, und das Grau des Labyrinths kroch langsam durch den breiten Korridor, tastete wie sich verdichtender Dunst nach den einzelnen Plattformen und quoll langsam über sie hinweg. Valdorian wandte sich wieder dem Temporalen zu. Auf dem dünnen Hals, der knorrig wirkte wie ein alter Baum und den keine silbernen Schuppen bedeckten, ruhte ein Kopf, der aussah wie eine auf der Spitze stehende Pyramide. Nase und Mund – beziehungsweise das, was Valdorian für Nase und Mund hielt – waren nur zwei schmale Striche, umgeben von seltsamen Faltenmustern. Die großen Augen dominierten und waren so schwarz wie die Wände der Pyramide. Nur ein wenig grauweißer Flaum zeigte sich am Schädel, und die davon unbedeckten Stellen wiesen die gleichen Faltenmuster auf, die Mund und Nase umgaben.

Der Temporale hob die Hand und öffnete sie. Ein Gegenstand ruhte darin.

»Soll ich das nehmen?«, fragte Valdorian unsicher. »Bieten Sie mir das an?«

Das Wesen antwortete nicht, hielt die Hand weiterhin geöffnet.

Valdorian nahm das Objekt aus den Tentakeln und betrachtete es genau: ein kleiner Keil, nicht länger als vier Zentimeter und mit einem Durchmesser von etwa zwei Zentimetern an der dicksten Stelle, halb durchsichtig und silbrig glänzend wie die Schuppen des Temporalen. Der Gegenstand schimmerte wie ... wie der vom kleinen Licht umkreiste Diamant in der Schatulle. Valdorian tastete danach und spürte Wärme.

»Was ist das?«, fragte Valdorian.

Der ewige Orkan der Anomalie machte sich an diesem Ort nicht mit einem Tosen bemerkbar, wohl aber mit einem immer lauter werdenden Flüstern. Valdorian stellte sich vor, wie er erneut durch das Labyrinth gezerrt und dabei zahllose Male zerrissen wurde, und diese Vorstellung ließ ihn schaudern.

371

Jonathan erriet seine Gedanken. »Ich wèiß nicht, ob ich es noch einmal ertrage.«

Valdorian blickte zur Treppe. Das graue Nichts des Labyrinths hatte sie fast erreicht. »Es bleibt nur eines.« Er schloss die Hand um den Keil und trat zum Portal. »Schlimmer als im Labyrinth kann es wohl kaum werden.«

Jonathan zögerte, doch als die ersten Ausläufer des Zeitnebels ihn schon beinahe berührten, schloss er rasch zu Valdorian auf und blieb neben ihm stehen.

»Ich hoffe nur, dass wir das Labyrinth nicht ausgerechnet dort verlassen, wo wir hineingeraten sind.«

»Falls wir es überhaupt verlassen können«, sagte Jonathan.

Dann traten die beiden Männer in die Schwärze des Portals.

Valdorian fiel, aber dieser Sturz war ganz anders als der durchs Labyrinth. Nichts zerrte an ihm; nichts versuchte, ihn zu zerreißen. Er glitt durch einen langen, dunklen Tunnel, mit hoher Geschwindigkeit, aber kontrolliert, gesteuert. An einigen Stellen wurde er mit sanftem Nachdruck abgewiesen – Zugänge zu Tunneln, die in die Vergangenheit führten und mit fernem Licht lockten, ohne Einzelheiten preiszugeben. Einer aber nahm ihn auf, und das ferne Licht in ihm kam näher. Es ...

... explodierte regelrecht um ihn herum, und für eine nicht messbare Zeitspanne schwebte Valdorian in einer Sphäre, die aus tausenden oder gar Millionen von verschiedenen Orten bestand. Er sah sie wie kleine Fenster an den Wänden der Kugel, in deren Inneren er sich befand.

Das Empfinden von Wärme veranlasste ihn, die Hand zu öffnen. Der Keil, den er von dem Temporalen bekommen hatte, glühte und vibrierte. Als er ihn hob, sich seiner Existenz sehr bewusst, bekam das Durcheinander aus Bildern plötzlich einen Sinn, und er erkannte Struktur darin, eine klare, übersichtliche Systematik.

»Jonathan!« Sein Sekretär schwebte dicht bei ihm. »Das Objekt des Temporalen ... Es ist ein Wegweiser, und eine Art

Schlüssel! Ich glaube ... ich glaube, damit kann ich den Ort wählen, an dem wir in unsere Gegenwart zurückkehren.«

Er konzentrierte sich auf ein Bild, von dem er annahm, dass es ihm Tonkorra zeigte, die Hauptstadt von Kabäa. Am Stadtrand lag ein ausgedehnter Raumhafen mit mehreren Springern der Horgh und dem riesigen schwarzen Koloss eines Kantaki-Schiffes. Er bewegte den Keil ...

Das Bild raste auf sie zu, nahm sie beide auf.

Dunkelheit umgab Valdorian. Er sah nichts, spürte aber, dass eine entscheidende Veränderung stattgefunden hatte: Seine Umgebung, wie auch immer sie gestaltet sein mochte, fühlte sich *real* an, fest in normaler Zeit verankert.

»Jonathan?«

»Ich bin hier.«

Valdorian bewegte sich, stieß gegen mehrere Gegenstände, einige von ihnen unangenehm fest, andere weich. Eines der weichen Objekte erwies sich als sein Sekretär.

»Wo sind wir?«

»Keine Ahnung. Vielleicht ...«

Irgendwo summte etwas, ein Piepsen gesellte sich hinzu, dann sagte eine synthetische Stimme: »Es kam zu einer Fehlfunktion. Die Sequenz wird unterbrochen.«

Licht vertrieb die Dunkelheit, mattes Licht aus vertraut wirkenden Miniprojektoren, und Valdorian sah, dass sie sich im Inneren eines Träumertanks befanden. Nur einen knappen Meter entfernt ruhte ein junger Mann auf einem Levitatorkissen, und mehrere Kabel verbanden die Bio-Servi an seinem Körper mit den Steuerungsgeräten des Tanks. Hinzu kamen drei dünne Schläuche, die den Körper mit Nährstoffen versorgten und gegebenenfalls Blase und Darm leerten. Mithilfe der Bio-Servi stimulierte ein komplexer Virtu-Servo das Gehirn des Träumers und schuf eine Pseudorealität, die der Mann auf dem Levitatorkissen nicht von der Wirklichkeit unterscheiden konnte.

Mit dieser Pseudorealität schien etwas nicht in Ordnung

zu sein: Der Träumer hatte die Augen weit aufgerissen, starrte ins Nichts und bebte am ganzen Leib.

Valdorian stellte fest, dass ihre Rückkehr aus dem Zeitlabyrinth mehrere Virtu-Module aus ihren Einfassungen gelöst hatte. Ein Kabelstrang wand sich wie eine Schlange hin und her, und in der offenen Schnittstelle am Ende blitzte es.

Die Luke des Tanks schwang auf, und ein schwammig wirkendes Gesicht sah herein.

»Was ...«

»Entschuldigen Sie«, sagte Jonathan schlicht und schob sich an dem Mann vorbei. Valdorian folgte ihm und blickte in die verblüffte Miene des Mannes. »Ich glaube, hier braucht jemand ihre Hilfe.« Er deutete ins Innere des Tanks, zum Träumer auf dem Levitatorkissen.

»Aber wie ...«, begann der Mann

Jonathan und Valdorian waren bereits an ihm vorbei, eilten über einen Laufsteg aus Synthostahl, passierten Träumertanks, die neben- und übereinander in einem Levitatorgerüst hingen. Der Mann hinter ihnen kletterte in den offenen Tank hinein, als ein Schrei aus dem Inneren kam. Die beiden rannten die nächste Treppe hinunter, dann mit langen Schritten durch den Saal des Anderswelt-Zentrums und nach draußen, hinein in einen Strom von Menschen, Fremdweltlern und Ambientalblasen. Hinein in die Hitze. Valdorian blinzelte im grellen Schein der Sonne und hatte plötzlich das Gefühl, auf einer Bühne zu stehen, im Mittelpunkt der Aufmerksamkeit zahlreicher Zuschauer. Die Normalität, die ihn von einem Augenblick zum anderen umgab, erschien ihm exotischer als so manche Extremwelt der Neuen Menschen. Hunderte, tausende von Passanten und Reisenden waren unterhalb der Flugkorridore unterwegs, in denen Levitatorwagen und Servokapseln wie große Insekten aus Stahlkeramik und Synthomasse dahinsummten. Zu beiden Seiten der breiten, Fußgängern vorbehaltenen Allee ragten Gebäude auf, die teilweise recht gewagt anmutende Muster und Strukturen zeigten, die nur durch den Einsatz von Levitatoren möglich wurden: Winkel dort, wo man gerade Linien erwartete, weite Vorsprünge, die den Eindruck erweckten, jederzeit herabstürzen zu können, ineinander verschlungene Spiralen, schiefe Türme – die Architekten hatten ihrer Phantasie keine Grenzen gesetzt. An vielen Stellen wuchsen große Pflanzen, die meisten von ihnen hohe, Schatten spendende Kabäakiefern, aber auch genmanipulierte Büsche und Sträucher in schillernden Farben. In der Ferne glaubte Valdorian, eine größere Ansammlung von Pflanzen zu erkennen: einen Park. Vielleicht hatte dort gegen Ende des Zeitkriegs die schwarze Pyramide der Temporalen gestanden.

Valdorian und Jonathan ließen sich vom Strom der Menge in Richtung Raumhafen treiben. Niemand schien ihnen besondere Beachtung zu schenken, obwohl sie in ihrer einfachen, nicht einmal richtig passenden Kleidung wie Subalterne aussahen, die in der Umgebung der subplanetaren Industrieanlagen lebten.

»Als wir in der Sphäre waren, habe ich den Raumhafen als Ziel gewählt«, sagte Valdorian halblaut. »Das hat zum Glück funktioniert.« Er suchte in den Taschen von Hemd und Hose, fand aber nur seinen Identer, den Privatgaranten, die Schatulle und den Amplifikator. »Er ist weg. Der Schlüssel, das Objekt, das mir der Temporale gegeben hat ... Es ist weg.«

Ein Schatten glitt über sie und die anderen Fußgänger in ihrer Nähe hinweg, und als Valdorian den Kopf hob, sah er einen orangefarbenen Shuttle der Garde von Kabäa. Er flog so tief, dass man die Silhouetten mehrerer Gardisten hinter den transparenten Flankenschilden erkennen konnte, unterhalb der Flugkorridore des Levitatorverkehrs. In Valdorian versteifte sich etwas, und das Gefühl, auf einer Bühne zu stehen, wie entblößt zu sein, wiederholte sich mit unangenehmer Intensität. Handelte es sich um einen normalen Patrouillenflug des Shuttles? Oder suchten die Gardisten nach jemandem, mithilfe spezieller Servi, deren Sondierungssignale die Menge nach bestimmten individuellen Merkmalen abtasteten? Andererseits: Warum sollte die Garde von Kabäa hier in der Hauptstadt Tonkorra nach zwei mutmaßlichen Soldaten des Konsortiums suchen, die tausende Kilometer entfernt, hoch im Norden, so dumm gewesen waren, ausgerechnet in eine Anomalie zu fliehen?

Ein anderer Gedanke bahnte sich einen Weg in den Fokus von Valdorians Selbst. Sie befanden sich am richtigen Ort, aber konnten sie auch sicher sein, dass sie in die richtige Zeit zurückgekehrt waren?

Der Shuttle flog weiter, was nichts und alles bedeuten konnte; vor dem breiten Tor des ersten Raumhafengebäudes drehte er ab und entfernte sich. Valdorian hielt nach irgendwelchen Hinweisen auf das aktuelle Datum Ausschau.

Zusammen mit Jonathan durchquerte er die Halle; sein Ziel waren die separaten Kom-Nischen, die es in jedem großen Raumhafen gab. Hier befanden sie sich an der Stirnseite der Halle, direkt neben einer Treppe, die von der Dachterrasse herabreichte und zu den Kellergeschossen weiterführte. Auf dem Weg dorthin kamen Valdorian und Jonathan nicht nur an zahlreichen Menschen vorbei, manche von ihnen exotisch gekleidet, sondern auch an noch viel exotischeren Tarufi, Akuhaschi, Ganngan, Kariha, Quinqu, Pintaran und Grekki. In manchen Fällen gingen seltsame Gerüche von ihnen aus. Hier und dort schwebten auf Levitationspolstern die Ambientalblasen von Geschöpfen, die in einer Sauerstoff-Stickstoff-Atmosphäre nicht überleben konnten.

Als sie die Nischen erreichten, spürte Valdorian ein fast schmerzhaftes Zerren zwischen den Schläfen und befürchtete einen neuerlichen Schwächeanfall. Doch unmittelbar darauf erkannte er den Grund für dieses Gefühl: die abgeschwächte Schockwelle eines Sprungschiffes der Horgh, das hoch über Kabäa in den Transit ging. Er schien inzwischen eine besondere Anfälligkeit dafür entwickelt zu haben.

»Sie passen auf«, wies Valdorian seinen Sekretär an und sprach auch diesmal gerade laut genug, dass Jonathan ihn hörte. Eine Sekunde später verschwand der Sekretär, als Valdorian seinen Identer in den Abtaster des Datenservos schob und daraufhin ein milchiges Kraftfeld in der Öffnung der Kom-Nische entstand.

»Bereitschaft«, sagte die synthetische Stimme des Datenservos, und damit war die erste Hürde genommen – das Servosystem des Raumhafens von Tonkorra akzeptierte den Identer als Ausweis und Zahlungsmittel. Ein geringfügiger Betrag war bereits für die Benutzung der Kom-Nische abgebucht.

»Nenn mir das aktuelle Datum«, sagte Valdorian.

»Heute ist der 29. März 421 Seit Neubeginn.«

Erleichterung löste den Rest der Anspannung auf – der Zeitunterschied betrug nur zwei Tage.

Valdorian betrachtete das Bereitschaftssymbol auf dem Bildschirm und überlegte. »Ich wünsche eine Auskunft. Am 6. Januar dieses Jahres verließ ein Kantaki-Schiff den Planeten Guraki mit Ziel Kabäa. Ich möchte wissen, wann es diesen Planeten erreichte, wo es landete und wohin es die Reise von hier aus fortsetzte.«

Das Bereitschaftssymbol glühte weiterhin auf der zweidimensionalen Projektionsfläche, ohne dass etwas geschah. Valdorian wartete einige Sekunden, und seine Unruhe nahm wieder zu.

»Das betreffende Kantaki-Schiff landete am 20. Januar 421 auf dem Raumhafen der Hauptstadt Tonkorra. Einen Tag später startete es mit dem Flugziel Erde.«

Zur Erde, ausgerechnet, dachte Valdorian. »Wann erreichte es die Erde und wohin flog es von dort aus weiter?«

»Entsprechende Informationen stehen nur am Zielraumhafen zur Verfügung. Planet: Erde. Stadt: Rom. Wünschen Sie weitere Auskünfte?«

Ich verliere Lidias Spur, dachte Valdorian. Selbst unter den besten Umständen hätte er es nicht gewagt, zur Erde zu fliegen, zur zentralen Welt der Allianz, und derzeit konnten die Umstände kaum schlechter sein. Aufruhr entstand in ihm.

Die Gefühle entwanden sich seiner Kontrolle, und in ihrem Orkan zerfaserten die Gedanken.

»Wünschen Sie weitere Auskünfte?«, wiederholte die Servostimme.

Valdorian versuchte, Ordnung in seine innere Welt zu bringen. »Gibt es Nachrichten für mich?«, fragte er automatisch – solche Anfragen gehörten zu seiner Routine.

»Eine Dringlichkeitsnachricht für den Inhaber des Identers«, erwiderte der Datenservo. »Bitte geben Sie die Berechtigungssequenz ein.«

Valdorian beugte sich überrascht vor und berührte einige der Schaltflächen vor dem Terminal. Es erstaunte ihn ein wenig, dass ihn Mitteilungen auch hier erreichten, tief im Einflussbereich der Allianz. Doch andererseits ... warum nicht? Von Menschen gezogene Grenzen spielten im Transraum und für die von den Kantaki kontrollierten Kom-Verbindungen keine Rolle.

Das Bereitschaftssymbol verschwand vom Bildschirm, und ein Gesicht erschien.

Benjamins schwammiges, höhnisch lächelndes Gesicht. Diesmal trug er keine Miniaturprojektoren an den Ohrläppchen, sondern funkelnde Rubine, umgeben von pseudorealen Halos. Hinter ihm zeigte sich ein teuer und verschwenderisch eingerichteter Salon.

»Wenn du mich siehst und diese Worte hörst, *lieber Vater*, hast du das Desaster im Epsilon-Eridani-System überlebt.« Er verzichtete ganz bewusst auf das Sie; sein Du klang spöttisch und verächtlich. »Ich muss sagen, du bist ein echter Überlebenskünstler, Vater. Erst das Labyrinth unter dem Gletscher von Guraki, dann der Planetenfresser ... Nun, ich gebe zu, er kam ein wenig zu spät. Ich hätte ihn gern eher eingesetzt, aber alle Konten waren gesperrt; mir standen nicht die notwendigen Mittel zur Verfügung. Ich musste mir erst wieder ökonomischen Bewegungsspielraum verschaffen, und das ist mir inzwischen gelungen, mit der Hilfe von neuen Freunden.«

Valdorian starrte auf das zweidimensionale Bild und spürte, wie sich seine Hände zu Fäusten ballten.

Benjamin beugte sich vor, und in seinen Augen loderten Zorn und Hass. »Du hättest mich auf Guraki erschießen sollen, Vater. Du bist schwach gewesen, ausgerechnet du, der du dich immer für so stark gehalten hast. Ich werde mir nehmen, was mir zusteht, Vater. Du hast mich enterbt und Rion zu deinem Nachfolger erklärt, aber das macht weiter nichts. Meine neuen Freunde sind sehr einflussreich, und sie gewinnen den Krieg, den du begonnen hast. Ich bekomme mein Erbe, aus den Händen deiner Feinde. Na, wie gefällt dir das? Für ihre Hilfe haben sie mich um eine kleine Gegenleistung gebeten, zu der ich gern bereit bin. Ich soll dich ihnen ausliefern. Was mithilfe dieser Mitteilung geschieht, Vater. Sie enthält eine spezielle Kommandosequenz, der alle Kom-Servi des Kommunikationssystems, das diese Nachricht empfängt, auf deine Identität hinweist. Ich nehme an, du bist auf irgendeinem Planeten der Allianz und suchst derzeit nach einer Möglichkeit, ins Territorium des Konsortiums zurückzukehren. Spar dir die Mühe. Wenn du das Ende dieser Aufzeichnung gehört hast, trennen dich nur noch wenige Minuten von der Verhaftung.« Valdorian war wie erstarrt, unfähig zu reagieren. Benjamins wie aufgequollenes Gesicht geriet in Bewegung, als seine Lippen erneut ein höhnisches Lächeln formten, noch breiter als vorher. »Und das ist noch nicht alles, Vater. Ich werde Rions Platz einnehmen. Du hast ihn immer bevorzugt, und dafür habe ich dich gehasst. Rion, der alles besser kann als ich. Rion, an dem ich mir ein Beispiel nehmen sollte. Meine neuen Freunde haben versprochen, mir auch dabei zu helfen. Rions Tage sind gezählt, Vater, und du kannst ihm nicht helfen, ihn nicht einmal warnen.«

Ein Mann trat in den visuellen Erfassungsbereich des Kommunikationsservos, und Valdorian erkannte ihn auf den ersten Blick. Schwarzes Haar, dunkle Augen, in denen es blitzte, das Gesicht schmal, die Züge scharf und markant, die Nase gerade. Auf Orinja hatte er eine jüngere Version dieses Mannes gesehen: Arik Dokkar. Dies war der Vater des jungen Attentäters, der ihm nach dem Leben getrachtet hatte. Enbert Dokkar, Leiter der Allianz.

»Sie haben mir meine Frau und meine drei Söhne genommen, Rungard Avar Valdorian«, sagte Enbert Dokkar eisig. »Jetzt nehme ich Ihnen Ihre Söhne. Benjamin haben Sie bereits verloren; er steht jetzt in Diensten der Allianz. Und bald kommt Rion an die Reihe. Vielleicht verstehen Sie dann, wie es mir nach Dandari ergangen ist.« Er nickte Valdorians Erstgeborenem zu.

Benjamin streckte die Hand aus, um die Aufzeichnung zu beenden. »Leb wohl, Vater.«

Das Bereitschaftssymbol kehrte auf den Bildschirm zurück, und damit auch Valdorians Fähigkeit zu handeln.

»Dringlichkeitsnachricht mit höchster Prioritätsstufe«, sagte er. »Empfänger Rion Val...«

Er unterbrach sich, als das Bereitschaftssymbol vom Bildschirm verschwand. Gleichzeitig leuchtete ein roter Indikator am Privatgaranten auf. Valdorian griff nach dem kleinen Gerät, deaktivierte das Kraftfeld im Zugang der Kom-Nische und ließ es zusammen mit dem Identer in der Tasche verschwinden.

Jonathan stand in unmittelbarer Nähe und wandte sich ihm zu. »Es scheint ein Alarm ausgelöst worden zu sein«, sagte er mit gedämpfter Stimme, damit die in der Nähe stehenden Personen ihn nicht hörten. »Sehen Sie nur, bei den Abfertigungsbereichen ...«

Valdorian blickte in die entsprechende Richtung und sah Bedienstete, die verwundert und auch aufgeregt miteinander sprachen. Einige deuteten verblüfft auf Bildschirme.

»Die Treppe hinunter«, sagte Valdorian und setzte sich sofort in Bewegung. Jonathan stellte seine Anweisung nicht infrage und folgte ihm wie ein Schatten. »Benjamin hat mir eine Nachricht geschickt, ausgestattet mit einer speziellen Kommandosequenz«, erklärte er seinem Sekretär und schilderte den Rest. »Ich muss Rion so schnell wie möglich warnen.«

»Wenn die lokalen Sicherheitskräfte tatsächlich von Ihrer Anwesenheit erfahren haben, riegeln sie vielleicht den Raumhafen ab«, sagte Jonathan. »Dies könnte unsere letzte Chance sein, Kabäa zu verlassen.«

Sie erreichten das Ende der Treppe und eilten durch einen langen Korridor, in dem sich glücklicherweise niemand aufhielt.

Ein akustisches Signal erklang aus verborgenen Lautsprechern. »Achtung, Sicherheitsalarm«, ertönte eine Stimme. »Alle Reisenden werden gebeten, sich unverzüglich zur Kontrollzone A zu begeben.«

Ich hätte den durchtriebenen Mistkerl wirklich erschießen sollen, dachte Valdorian mit kaltem Zorn.

Vor ihnen klackten Stiefel auf dem glatten Korridorboden. Valdorian sah sich nach einem Versteck um, doch bevor er eine Entscheidung treffen konnte, griff Jonathan nach seinem Arm und zog ihn mit sich, zu einer schattigen Ecke, in der es nach Valdorians Meinung nicht annähernd dunkel genug war.

»Hier entdeckt man uns sofort«, flüsterte er erschrocken. »Nur ein Blinder könnte uns übersehen.«

»Bleiben Sie hinter mir stehen«, erwiderte Jonathan ebenso leise. »Nehmen Sie die gleiche Haltung ein wie ich und bewegen sie sich nicht. Verharren Sie in völliger Reglosigkeit.«

Valdorian kam der Aufforderung nach und schloss sogar die Augen, als könnte er dadurch die Schatten verdichten und sich unsichtbar machen.

Die Schritte kamen näher, die eiligen Schritte von drei oder vier Männern, und Valdorian hielt unwillkürlich den Atem an. Stimmen begleiteten das Klacken, aber aufgrund seiner Anspannung konnte er kein einziges Wort verstehen.

Eine subjektive Ewigkeit verstrich, dann flüsterte Jonathan: »Es hat geklappt. Wir können weiter.«

Valdorian sah verblüfft durch einen Korridor, der sich wieder leer in beide Richtungen erstreckte. »Wie stellen Sie das an?«, fragte er.

»Dafür haben wir jetzt keine Zeit.« Jonathan zog ihn zu einer schmalen, nach oben führenden Stiege. »Uns bleiben nur einige wenige Sekunden. Wenn klar wird, dass Sie Benjamins Mitteilung in der Kom-Nische neben der Treppe in Empfang genommen haben, versäumt man es bestimmt nicht, hier nach uns zu suchen.«

Dumpfes Stimmengewirr aus der Richtung, aus der sie gekommen waren, schien Jonathans Worte zu bestätigen. Valdorian folgte seinem Sekretär die Stiege empor, die schon nach wenigen Stufen an einer kleinen Tür aus Synthostahl endete. Jonathan öffnete sie, und die beiden Männer fanden sich am Rand des mehrere Kilometer durchmessenden und in verschiedene Segmente unterteilten Start- und Landeplatzes wieder. Valdorian drehte den Kopf von einer Seite zur anderen. Das einzige Kantaki-Schiff, das sich seinen Blicken darbot, befand sich auf der gegenüberliegenden Seite der weiten Ebene. Angesichts seiner Größe wirkte es täuschend nah, aber es war doch unerreichbar fern. Wenn sie versuchten, es zu Fuß zu erreichen, im hellen Schein von Epsilon Eridani, fielen sie sicher auf.

Unglücklicherweise befanden sich keine Fahrzeuge in der Nähe.

Sie hörten, wie die Stimmen hinter ihnen lauter wurden. Jonathan drückte die Tür vorsichtig zu. »Dorthin«, sagte er und lief los.

Valdorian folgte ihm erneut.

»Das ist ein Sprungschiff der Horgh«, stieß er hervor, als sie den Schatten des Terminalgebäudes verließen.

Nur noch einige Dutzend Meter trennten sie von dem zwiebelförmigen Schiff, da setzte hinter ihnen das Heulen einer Sirene ein. Valdorian durfte der Hitze ebenso wenig Beachtung schenken wie der Schwäche, die sich nun wieder in ihm bemerkbar machte. Er lief noch schneller, ebenso wie

Jonathan, der die Initiative übernommen zu haben schien, wie Valdorian erstaunt feststellte.

Wenige Sekunden später erreichten sie den willkommenen Schatten des Springers. Zwei metallene Dorne, wie aus der Zwiebel wachsende Keime, reichten bis zum Boden. Das etwa hundertfünfzig Meter durchmessende Schiff selbst schwebte auf einem flirrenden Levitationskissen, dessen Energie sich für Valdorian wie statische Elektrizität anfühlte. Sie traten hinter die Dorne und blickten von dort aus zum Terminalgebäude zurück.

Gardisten stürmten mit gezückten Waffen durch die Stahltür, die Jonathan eben geschlossen hatte.

»Uns bleibt keine Wahl«, sagte der Sekretär und trat ins matte Glühen eines aktiven Levitatorlifts. Valdorian zögerte nicht, ließ sich ebenfalls von der Energie erfassen und nach oben tragen, hinter einem der metallenen Dorne und damit vor den Blicken der Gardisten verborgen.

Ein halbdunkler Raum und angenehme Kühle empfingen sie.

»Ich schlage vor, wir verstecken uns hier und warten bis zum Einbruch der Nacht«, sagte Jonathan leise und sah sich um. »Wenn es dunkel geworden ist, finden wir vielleicht Gelegenheit, das Kantaki-Schiff zu erreichen.«

Ein schmaler Korridor schloss sich an den Raum an und führte tiefer in den stählernen Leib des Sprungschiffes. Das leise, unaufdringliche Summen ferner Aggregate begleitete die beiden Männer, als sie langsam einen Fuß vor den anderen setzten und nach einem Ort suchten, der ihnen für die nächsten Stunden als Versteck dienen konnte. Valdorian spürte, wie sich ein Teil der Anspannung auflöste. Wenn die Wächter sie nicht gesehen hatten – und davon ging er aus –, stellten sie keine Gefahr mehr dar: Sie kamen bestimmt nicht auf den Gedanken, ausgerechnet an Bord eines Springers nach ihnen zu suchen. Und wenn sie den Horgh begegneten ... Valdorian tastete nach dem Identer in seiner Tasche. Er konnte bezahlen, und die Horgh ließen nie eine Gelegenheit aus, Geld zu verdienen. Schutz für einige Stunden, mehr nicht. Schutz und Schweigen. Der Preis würde hoch sein, aber das war derzeit die geringste seiner Sorgen.

Metall und unterschiedliche Schattierungen von Grau bestimmten das Innere des Horgh-Schiffes. Verkleidungen zeigten sich nur dort, wo sie aus Sicherheitsgründen oder reiner Zweckmäßigkeit nötig waren. An den anderen Stellen verliefen die Kabelstränge und Rohrleitungen offen über den Wänden, deren Segmente nicht immer korrekt zusammengefügt waren. Indikatoren blinkten. Unverständliche Symbole glühten auf Displays und rotierten langsam in dreidimensionalen Projektionsfeldern. Käferartige Servi krochen hin und her, überprüften die Schnittstellen der Bordsysteme und nahmen Wartungsaufgaben wahr. Das Licht stammte von unterschiedlich breiten und langen Leuchtstreifen, die in unregelmäßigen Abständen über Wände und Decke reichten. Mal strahlten diese Streifen rot und gelb, mal blau und grün. Es gab auch Zwischentöne. Bestimmt signalisierten die verschiedenen Farben etwas, aber ihre Bedeutung blieb Valdorian verborgen. Er erinnerte sich nicht daran, jemals Beschreibungen vom Inneren eines Horgh-Schiffes gelesen zu haben; solche Dinge hatten ihn nie interessiert, denn die Springer eigneten sich nicht für den Transport menschlicher Passagiere, nur für den von Fracht. Er kam sich vor wie in einem riesigen, ineinander verschachtelten und von einer Schutzhülle umgebenen Konstruktionsgerüst, in dem einzelne Bereiche fertig gestellt waren, während an anderen immer noch gearbeitet wurde.

Das allgegenwärtige Summen veränderte sich, und eine Vibration kam hinzu. Jonathan blieb abrupt stehen und erbleichte.

»O nein«, brachte er erschrocken hervor. »Das Schiff startet.«

Ein dumpfes Klacken hinter ihnen wies darauf hin, dass sich das Schott des kleinen Raumes, durch den sie das Schiff betreten hatten – eine Luftschleuse – geschlossen hatte.

Kaltes Entsetzen stieg in Valdorian empor, als er begriff,

was geschah. Das Horgh-Schiff startete und brauchte sicher nicht mehr als ein oder zwei Minuten, um die Atmosphäre des Planeten zu verlassen. Wenn es dann in den Transit ging ... Er hatte die von fernen Springern verursachten Schockwellen als unangenehmes Zerren im Gehirn gespürt und wagte sich kaum vorzustellen, wie groß der Schmerz sein würde, wenn er sich beim Transfer *an Bord* eines Horgh-Schiffes befand.

Das Gefühl der Schwäche wurde stärker, und Valdorian gab ihm aus gutem Grund nach, als er sich auf den Boden des Korridors legte. Jonathan verstand und folgte seinem Beispiel. Die Schockwelle des Transits würde ihnen beiden das Bewusstsein rauben, und wenn sie fielen, drohten Verletzungen, die tödlich sein konnten.

Das Summen wuchs zu einem lauten Grollen an, die Luft schien sich mit Energie zu laden, und dann ...

... sprang das Horgh-Schiff in den interstellaren Transit.

Für einen schrecklichen Sekundenbruchteil hatte Valdorian das Gefühl, dass jede einzelne Zelle seines Gehirns in Flammen aufging, und dann zerfaserte sein Selbst.

Im Transraum
An Bord von Mutter Krirs Schiff
7. Februar 307 SN · linear

19

Lidia nannte den Raum »das Spielzimmer«. Er befand sich fast genau in der Mitte des Schiffes und gehörte zu dem Bereich, der Nichtkantaki normalerweise vorenthalten blieb, aber Lidia genoss inzwischen einen besonderen Status, nicht nur als Pilotin, sondern auch als Person – Mutter Krir sah in ihr fast so etwas wie eine Adoptivtochter. Das Spielzimmer war rund, und seine Wände wiesen nicht die hyperdimensionalen Verschachtelungen auf, die einen großen Teil der Struktur des Kantaki-Schiffes bestimmten; doch auch hier kam es zu Veränderungen, die nicht allein auf einen Wechsel der Perspektive zurückgingen. Abwechselnd bildeten sich Mulden und Buckel, und manchmal wuchsen rankenartige Gebilde aus ihnen hervor. Es hing ganz von den Empfindungen der jungen Kantaki ab.

Lidia spielte mit Mutter Krirs fünf Kindern.

Sie waren vor einem Jahr geschlüpft, alle am gleichen Tag, und hatten noch größere Ähnlichkeit mit Gottesanbeterinnen als ihre Mutter. Im Gegensatz zu Krir wies ihr noch weiches Ektoskelett lavendelblaue Töne auf, und sie teilten auch nicht die ruhige Würde der alten Kantaki.

Sie liebten es über alles, in der Schwerelosigkeit des Spielzimmers hin und her zu sausen, sich von den Wänden abzustoßen und mit kleinen Flügeln zwischen den bunten Kugeln zu navigieren, die aus einer gallertartigen Substanz bestanden und in der Mitte des runden Raums wie in einem langsamen Ballett hin und her glitten. Immer wieder klickten die Stimmen der jungen, nur etwa fünfzig Zentimeter langen Kantaki, doch es drangen keine verständlichen Worte aus dem Lautsprecher des Übersetzungsgeräts, das Lidia jetzt immer bei sich trug. Mutter Krirs Kinder verständigten sich noch mit wortlosen Lauten, die allein emotionale Inhalte vermittelten, von Freude, Fröhlichkeit und Aufregung berichteten.

Lidia zweifelte nicht daran, dass die jungen Kantaki für andere Menschen völlig gleich ausgesehen hätten, aber sie war gleich vom ersten Tag an imstande gewesen, die subtilen Unterschiede zu erkennen. Und auch die Gabe half ihr bei der Bestimmung von Individualität, denn die einzelnen Kinder *fühlten* sich unterschiedlich an: Mru, etwas ernster als die anderen, beim Flugspiel aber ausdauernder als seine Geschwister; Tral, der so gern über Lidias Leib krabbelte und ihre fremdartige Physiologie erforschte; Dror, der besonders elegant zwischen den Kugeln flog und dessen Emanationen Sanftmut vermittelten; Grar, der Lidia gern zwickte und voller Entzücken klickte, wenn sie »Autsch!« rief; und Krinh, der Ästhet – die von seinen Empfindungen und Bewegungen geschaffenen Veränderungen in den Wänden wirkten selbst für Lidias Augen wie Gestalt gewordene Poesie.

Sie stellte sich alle fünf Kinder als männlich vor, obwohl sie wusste, dass sie Neutren waren und erst in einigen Jahren ein klar definiertes Geschlecht bekommen würden – wenn sie alt genug waren, um selbst darüber zu entscheiden.

Lidia schwebte neben einer wie Perlmutt schimmernden Kugel in der Mitte des Spielzimmers und beobachtete, wie sich Tral mit mehreren Gliedmaßen von der Wand abstieß. Erstaunlich schnell kam er näher, ganz offensichtlich mit der Absicht, sich an ihrem Rücken festzuhalten und mit einer neuen Leibesvisitation zu beginnen. Einmal war es ihm gelungen, unter Lidias weiten Umhang zu kriechen, und sie erinnerte sich deutlich daran, wie sehr es gekitzelt hatte. Diesmal beschloss sie, ihm ein Schnippchen zu schlagen.

Vorsichtig stieß sie sich von der Perlmuttkugel ab, verschwand hinter einem smaragdgrünen Ball und zwang Tral, den Kurs zu ändern. Lidia duckte sich zur Seite, und als der kleine Kantaki an ihr vorbeiflog, gab sie ihm einen behutsamen Stoß, der ihn zur Wand fliegen ließ. Tral klickte vergnügt, und seine Flügel surrten, als er in einem weiten Bogen zur Wand flog, sie an einer vorgewölbten Stelle erreichte und sich dort festhielt. Er klickte erneut, und diesmal glaubte Lidia, etwas anderes zu hören und zu fühlen, keine kindliche Ausgelassenheit ... Sie schüttelte verwundert den Kopf, während sie mit den Ohren der Gabe lauschte und zu verstehen versuchte.

Das Licht im Spielzimmer veränderte sich, als Kugeln und Wände die Farben wechselten. Neue Muster entstanden, ohne dass Lidia imstande war, einen Sinn in ihnen zu erkennen. Das Klicken wurde lauter und mehrstimmig: Die anderen Kantaki-Kinder stimmten mit ein, und die von ihnen verursachten Geräusche gewannen eine melodische Qualität, klangen wie ein Lied.

»Leider kann ich nicht mit euch singen«, sagte Lidia und lächelte. »Mein Klicken würde grässlich klingen.«

Mru, Dror, Grar und Krinh krochen über die Wand und näherten sich Tral. Ihre Empfindungen sorgten für immer neue Muster, und das Glühen der Kugeln in der Mitte des Spielzimmers verwandelte sich in ein stroboskopartiges Flackern. Synchron stießen sich die fünf jungen Kantaki von der Wand ab und flogen Lidia entgegen, die zuerst an ein neues Wir-fangen-dich-Spiel dachte und ausweichen wollte. Aber dann spürte sie, dass es diesmal nicht um eines der üblichen Spiele ging.

Das melodische Klicken dauerte an, als Mutter Krirs Kinder Lidia erreichten und sie mit ihren Gliedmaßen auf eine

Weise wie noch nie zuvor berührten: nicht verspielt, sondern zärtlich und auch respektvoll. Grar griff mit seinen vorderen Zangen nach ihrer rechten Hand, doch das erwartete Zwicken blieb aus. Krinh berührte ihre linke Hand, und Mru, Dror und Tral hakten ihre Beine an die der Geschwister. Der Kontakt führte sie alle zusammen, fünf Kantaki-Kinder und eine menschliche Frau.

Die Muster an den Wänden veränderten sich langsamer und verschmolzen miteinander, bildeten eine einheitliche Struktur, zu der auch das langsam pulsierende Licht im runden Raum gehörte. Lidia verstand jetzt die Botschaft, die sie zum Ausdruck brachten. Sie lautete: Harmonie.

Die Kantaki klickten, und Lidia verstand auch ihr Lied. *Wir haben dich lieb,* sangen sie.

Lidia war so gerührt, dass sie sich den Tränen nahe fühlte.

Mehrere Sekunden – oder vielleicht Minuten – vergingen auf diese Weise, geprägt von Harmonie und Liebe. Dann ertönte ein anderes Klicken, und Worte drangen aus dem Lautsprecher eines Linguators.

»Du bist wie eine große Schwester für sie, Diamant.«

Lidia drehte den Kopf und sah Mutter Krir in der offenen Tür des Spielzimmers. Hinter ihr erstreckte sich ein halbdunkler, wie in sich verdreht wirkender Korridor. Aufgeregt stoben die Kinder davon, und mit brummenden Flügeln flogen sie zu ihrer Mutter, krabbelten über deren Beine und kuschelten sich am Unterleib zusammen.

Lidia war noch immer gerührt, und gleichzeitig spürte sie eine sonderbare Trauer. Sie schwebte dem Ausgang entgegen, fühlte dabei den Blick multipler Augen auf sich ruhen. Hinter ihr erlosch langsam das Glühen der Kugeln, und die Wände glätteten sich, wurden dunkel.

Mutter Krir beugte sich vor, bis ihr Kopf mit dem Lidias auf einer Höhe war.

»Du stammst aus dem Volk der Menschen«, klickte sie. »Und du bist jung. Junge Menschen sollten nicht allein sein. Sie brauchen Gesellschaft.«

»Ich fühle mich wohl an Bord Ihres Schiffes«, sagte Lidia sofort, und das stimmte.

»Junge Menschen sind nicht für die Einsamkeit geschaffen. Du solltest einen Partner wählen, jemanden, der dich bei unseren Reisen begleitet.«

Ein Partner, dachte Lidia. *Ein Konfident.* Plötzlich begriff sie den Grund für die vage Trauer, für ihre bittersüße Melancholie. Sie sah in Mutter Krirs Augen, aber ihr Blick reichte viel weiter, durch den Transraum in die nichtlineare Zeit. »Auf Floyds Welt, in der Stadt im schmalen Tal, durch das der Wind fegte ... Dort hatte ich eine Art Vision. In einer der vielen möglichen Welten des Plurials sah ich mich selbst, neben einem Mann, der ... den ich früher gekannt habe, zusammen mit unseren beiden Kindern.« Ein Kloß bildete sich in ihrem Hals, aber sie sprach die Namen trotzdem aus. »Leonard und Francy. So hießen sie. So *heißen* sie. Als mich Ihre Kinder eben berührten ...«

»Ich verstehe«, klickte Mutter Krir. »Meine Kinder haben dich an deine erinnert, die an einem anderen Ort im Plurial aufwachsen. Möchtest du sie noch einmal sehen? Möchtest du wissen, wie es ihnen ergeht?«

»Wir können nicht zu Floyds Welt zurückkehren«, erwiderte Lidia erschrocken. »Sie befindet sich in der nichtlinearen Zeit ...«

»Wir müssen nicht dorthin zurück, um die anderen Kosmen des Plurials zu sehen.«

»Ich habe es vom Sakrium aus versucht«, sagte Lidia. »Aber das Plurial ist so groß ...«

»Es ist wahrhaft unendlich, denn es enthält alles, das gewesen ist, sein wird und existieren kann. Das Sakrium eignet sich für die Meditation, nicht dafür, nach etwas Bestimmtem zu suchen. Dafür gibt es die Linse.«

»Die Linse?«, wiederholte Lidia erstaunt.

»Unsere Wurzeln reichen bis in die Dritte Ära zurück. Damals, als unser Volk noch sehr jung war, als es noch nicht die Gedanken des zu Materie gewordenen Geistes nutzte, um durchs All zu reisen, schuf Neugier die Linse, denn sie erlaubt einen fokussierten Blick ins Plurial.«

Mutter Krir glitt in den Korridor, und Lidia verließ das Spielzimmer, um ihr zu folgen. Hinter ihr schloss sich der Zugang mit einem leisen Summen. Die große Kantaki stakte langsam durch den Gang, und ihre fünf Kinder bildeten ein zufrieden klickendes Anhängsel am Bauch.

»Ändere den Kurs des Schiffes, Diamant«, sagte Mutter Krir. »Bring uns nach Munghar. Du sollst einer der wenigen Menschen sein, die jemals die Ursprungswelt der Kantaki betreten haben.«

»Hörst du mich, Lidia?«, fragte Valdorian leise, und seine Stimme flüsterte durch die Höhle, in der Kristalle stauden-artige Strukturen bildeten. Nur einige wenige Lampen ver-trieben die Dunkelheit, übrig geblieben von damals, als Li-dia und er hierher gekommen waren. Er hob den Blick vom kognitiven Diamanten und ließ den Amplifikator sinken. Deutliche Brandspuren zeigten sich an den Kristallen, her-vorgerufen vor Jahren von einem Hefok, den sein betrunke-nes jüngeres Selbst abgefeuert hatte. Die Xurr-Larve war halb verkohlt.

»Hast du die Larve wirklich für echt gehalten?«, murmelte Valdorian, und diesmal klang das Du halb verächtlich. »Wenn ich daran denke, wie viel Geld es gekostet hat, eine genetisch ›echte‹ Kopie zu schaffen! Die besten Spezialisten haben in meinem Auftrag fast einen Monat lang daran gearbeitet. Wie seltsam, dass du so leichtgläubig gewesen bist, Lidia. Ist es dir nie verdächtig erschienen, dass ausgerechnet ich die siebte Xurr-Larve gefunden habe, noch dazu auf Tintiran, in einem Berg im Meer?«

Er sah sich noch einmal um an dem Ort, wo sie sich zum ersten Mal geliebt hatten. Dann verließ er die Höhle und kehrte nie dorthin zurück.

Munghar · Urirr-System · Kantaki-Welt
Viertausendachthundert Lichtjahre außerhalb
der von Menschen besiedelten galaktischen Regionen
24. Februar 307 SN · linear

»Diese Welt ist alt, älter noch als wir«, klickte Mutter Krir.
»Einst war sie heiß und voller Leben, damals, noch bevor
das Vierte Kosmische Zeitalter begann. Heute ist sie kalt und
stirbt einen langsamen Tod.« Die Kantaki hob eine der vorderen Gliedmaßen und deutete zur roten Sonne empor, die
schwach und fern am Himmel glühte. »Munghar empfängt
heute nur noch halb so viel Licht und Wärme wie vor einigen Millionen Jahren. Urirr – die Hüterin, wie wir die Sonne
unserer Heimatwelt nennen – hat fast ihren ganzen nuklearen Brennstoff verbraucht und schrumpft. Unsere Wissenschaftler sind sich nicht ganz einig darüber, was geschehen
wird, denn offenbar liegt Urirrs Masse genau im Grenzbe-
reich: Entweder kühlt die Sonne weiter ab, bis irgendwann
keine thermonuklearen Reaktionen mehr in ihr stattfinden.
Oder es kommt zu einem Kollaps, der Druck und Temperatur rapide ansteigen lässt, mit dem Ergebnis einer gewaltigen Explosion.«

»Eine Nova«, sagte Lidia. »Das wäre wirklich bedauerlich.
Es würde das Ende von Munghar bedeuten.«

»Ja. Auch mir wäre die erste Möglichkeit lieber, aber die
Entwicklung von Sternen nimmt keine Rücksicht auf unsere
Wünsche. Stell dir vor, Kind: Ein in die Sonne stürzender
Komet könnte mit seiner Masse den Ausschlag geben.«

Eine weite Ebene aus rotbraunem Fels erstreckte sich vor
Lidia, nur matt erhellt von dem glühenden Rubin am Himmel. Sie hatte sich noch an Bord des Schiffes informiert und
daher keine Städte erwartet, aber der Anblick stellte doch
eine Überraschung für sie dar. Das Volk der Kantaki war
Jahrmillionen, vielleicht sogar Jahrmilliarden alt, und etwas
in ihr hatte sich seine Ursprungswelt als altehrwürdiges kul-
turelles Zentrum vorgestellt, als einen Planeten mit Tem-

peln, Pagoden und zahlreichen Meditationsorten. Stattdessen präsentierte sich ihr eine Welt, die auf den ersten Blick betrachtet leer und fast tot wirkte – niedriges, in Felsspalten wachsendes Gestrüpp schien weit und breit das einzige Leben darzustellen. Kantaki-Schiffe standen über die ganze Ebene verstreut, wie schwarze Berge in der rotbraunen Landschaft. Es gab keinen Raumhafen, nur mit rotierenden pseudorealen Kantaki-Symbolen markierte Bereiche, die auf Landeplätze hinwiesen. Und neben jedem dieser Landeplätze gab es eine große Öffnung im Boden.

Mutter Krir näherte sich einer dieser Öffnungen; Mru, Dror, Grar, Krinh und Tral hatten sich erneut an ihren Unterleib geklammert, und Lidia folgte ihr.

»Vor langer Zeit, als Munghar noch voller Leben war, hatten die Vorfahren meines Volkes viele natürliche Feinde an der Oberfläche, und deshalb zogen sie sich ins Innere des Planeten zurück. Dort reiften wir heran, bis wir imstande waren, an die Oberfläche zurückzukehren und uns dort mit geeigneten Werkzeugen zu schützen. Aber viele von uns blieben in den unterirdischen Höhlensystemen; sie waren längst zu unserem natürlichen Lebensraum geworden.«

»Ich habe mich immer gefragt, warum die Kantaki ein halbdunkles Ambiente bevorzugen«, sagte Lidia. »Bei uns Menschen ist die Furcht vor der Finsternis weit verbreitet.«

»Dunkelheit hat für uns Sicherheit bedeutet«, erwiderte Mutter Krir. »Licht hingegen brachte Gefahr. Nun, das alles ist lange, lange her. Aber diese elementaren Erfahrungen prägten unser Empfinden und Verhalten.«

Ein dumpfes Brummen veranlasste Lidia, zur Seite zu sehen. In der Ferne, dort, wo sich am Horizont Himmel und Boden trafen, stieg der dunkle Riese eines Kantaki-Schiffes auf. Es zog keine Transportblase hinter sich her, denn die Kantaki brachten keine Passagiere nach Munghar.

Lidia musste sich beeilen, um mit Mutter Krir Schritt zu halten, die mit ihren langen Beinen schneller vorankam. Nach einigen weiteren Metern, dicht vor der großen Öffnung im Boden, aus der eine warme Brise emporwehte, verharrte die Kantaki.

»Klettere auf meinen Rücken«, klickte Mutter Krir. »Der Weg ist lang, und du würdest bald müde werden.«

Lidia zögerte. Sie brachte der alten Kantaki große Ehrfurcht entgegen, und es erschien ihr respektlos, auf ihren Rücken zu klettern. Mru und die anderen Kinder am Unterleib klickten begeistert.

»Nur zu«, sagte Mutter Krir und bückte sich.

Und so kletterte Lidia auf ihren Rücken, vorsichtig und behutsam, aus Furcht, die Kantaki durch Unachtsamkeit zu verletzen. Sie berührte das vage Fluoreszieren, das jede Bewegung der Kantaki begleitete, und dabei spürte sie ein leichtes Prickeln, das sie nicht an statische Elektrizität denken ließ, sondern an das wohlige Erschauern durch eine zärtliche Berührung. Hinzu kam das Gefühl von Tiefe und Weite, das Lidia aus der Heiligen Sphäre im Transraum kannte. Sie verharrte auf Mutter Krirs Rücken, nicht weit vom ledrigen Hals entfernt, ließ die Beine zu beiden Seiten der Außenschale nach unten baumeln. Mutter Krirs fünf Kinder krabbelten empor, schmiegten sich an die Pilotin und klickten fröhlich.

Wieder spürte Lidia eine Mischung aus Freude und Melancholie. Die alte Kantaki erreichte das Loch im Boden, glitt hinein und folgte dem Verlauf eines langen, an einigen Stellen erstaunlich steil nach unten führenden Tunnels. Vermutlich hatte Mutter Krir ihr nicht nur Erschöpfung ersparen wollen, dachte Lidia, sondern auch das Risiko, an einigen Stellen den Halt zu verlieren und in die Tiefe zu stürzen.

Das rote Glühen der sterbenden Sonne blieb schnell hinter ihnen zurück und wich einem matten Glanz, der dem Fluoreszieren von Mutter Krir ähnelte, aber von den Wänden stammte, von flechtenartigen Gewächsen, die das Felsgestein mit einem dicken Teppich überzogen. An einigen Stellen – meistens dort, wo sich Tunnel kreuzten – drehten sich dreidimensionale Bilder, die Kantaki bei seltsamen Ritualen zeigten, deren Bedeutung Lidia rätselhaft blieb.

»Heute sind unsere subplanetaren Nester von einst Museen und Gedenkstätten«, erklärte Mutter Krir, während sie den Weg agil fortsetzte. »Nur noch wenige Kantaki leben dauernd hier, praktisch nur der Kustos und seine Pfleger. Sie sorgen dafür, dass erhalten bleibt, was erhalten werden muss.« Ihr Klicken veränderte sich ein wenig, als sie hinzufügte: »Dies ist ein wichtiger Ort, denn hier entstand unser Sakraler Kodex. Hier hörten wir zum ersten Mal die Stimme des Geistes, der Materie wurde. Hier wuchs unser Volk und erlebte den Übergang zur Vierten Ära.«

»Ein Ort der Besinnung«, sagte Lidia leise und glaubte zu verstehen.

»Ja«, bestätigte Mutter Krir, während ihre Kinder ein leises Lied anstimmten, das wie Hintergrundmusik klang. »Die alten Nester erinnern uns daran, was wir einst gewesen sind. Ursprung und Herkunft dürfen nicht in Vergessenheit geraten. Wer den Anfang des Weges nicht mehr kennt, verliert das Ziel aus den Augen.«

Als sie tiefer in die Tunnel- und Höhlenstadt gelangten, die Mutter Krir »Nest« nannte, spürte Lidia jene dimensionalen Verzerrungen, die sie von Bord des Kantaki-Schiffes her kannte. Aber sie waren nicht so stark wie dort, machten sich wie ein sanftes Zerren an den Sinnen bemerkbar und schufen ein vages Gefühl der Desorientierung, mit dem Lidia jedoch mühelos fertig wurde.

Unterwegs begegneten sie nur wenigen anderen Kantaki, und sie alle begrüßten Mutter Krir mit Gesten, in denen Lidia großen Respekt erkannte. Immerhin gehörte sie zu den Großen Fünf, die wichtige Entscheidungen für alle Kantaki trafen.

Säulen mit Kantaki-Symbolen, zu Fünfer-Gruppen angeordnet, ragten empor, bestehend aus Obsidian, schwarz wie die Nacht. Die Wände der Höhlen und Grotten wiesen fünfeckige Nischen auf, wie Waben oder Alkoven für Eier, aus denen später Junge schlüpften, nachdem sie wie Mutter Krirs Kinder von den fünf Großen Kosmischen Zeitaltern geträumt hatten. Stege aus Stein spannten sich zwischen ihnen, führten in komplexen Mustern durch die Kavernen, und Lidia drängte sich der Vergleich von Straßen auf. Fast überall glühten die Flechten und bildeten ein natürliches Beleuchtungssystem. Wo sie fehlten, brachten Symbole Botschaften aus fernster Vergangenheit. Manche Wände, Dutzende von Metern hoch, zeigten Piktogramme: Szenen aus dem Kantaki-Leben während der Dritten Ära, Mythen, die Ursprung und Zukunft miteinander verbanden. Technik – von den glühenden Projektionen einmal abgesehen – blieb im Hintergrund. Lidia musste genau Ausschau halten, um die einzelnen Module eines Belüftungssystems zu erkennen, und manchmal bemerkte sie halb im Schatten verborgene Levitatoren und Datenservi.

Die schaukelnden Bewegungen von Mutter Krir bescherten ihr eine angenehme Benommenheit, und nach einer Weile fielen ihr die Augen zu. Im Halbschlaf träumte sie von Kindern – sie wusste nicht, ob es Kantaki oder Menschen waren; sie genoss es nur, sie zu umarmen. Irgendwann blieb Mutter Krir stehen, und dadurch erwachte Lidia. Sie war ganz auf den Rücken der alten Kantaki gesunken, hob den Kopf und sah sofort, dass sie einen besonderen Ort erreicht hatten. Mutter Krir stand im Zugang einer Grotte, deren Wände keine Nischen aufwiesen, von denen aber ebenfalls steinerne Stege ausgingen: Sie wirkten wie Arme, die sich der Höhlenmitte entgegenstreckten und dort ein schwarzes Fünfeck hielten, das ebenfalls aus Obsidian bestand, wie die Säulen mit den Symbolen. In der Grotte fehlten die fluoreszierenden Flechten, aber es war trotzdem nicht dunkel. Mattes Licht drang aus dem Fünfeck.

Es klickte.

»Dies ist höchst ungewöhnlich«, kam es aus dem kleinen Lautsprecher von Lidias Linguator. Vor Mutter Krir stand ein anderer Kantaki, kleiner, die Gliedmaßen graubraun. Lidia hatte Mutter Krir immer für sehr alt gehalten, aber im Vergleich mit dem anderen Kantaki wirkte sie geradezu jung. Er war in eine Aura von Greisenhaftigkeit gehüllt, und die langsamen, bedächtigen Bewegungen seiner Gliedmaßen verstärkten diesen Eindruck. Die beiden multiplen Augen in seinem dreieckigen Kopf wirkten matt.

»Es mag ungewöhnlich sein, Kustos Mror«, erwiderte Mutter Krir. »Aber der Sakrale Kodex verbietet es nicht.«

»Wir haben Fremden nie gestattet, die Pluriallinse zu benutzen«, wandte der uralte Mror ein. Sein Klicken klang rauer.

»Fremde haben nie eine entsprechende Bitte an uns gerichtet, Kustos. Dies ist die Pilotin meines Schiffes. Wir gerieten in die nichtlineare Zeit, und sie hat uns zurückgebracht. Sie schlief bei meinen Kindern und träumte mit ihnen von den Großen Kosmischen Zeitaltern. In einer anderen Welt hat sie Kinder, deren Nähe sie vermisst.« Mutter Krir fügte einige Klicklaute hinzu, mit denen Lidias Linguator nichts anfangen konnte, und daraufhin senkte Mror den Kopf.

»Ich verstehe«, sagte er und wich beiseite. »Natürlich. Die Linse steht zur Verfügung.«

Mutter Krir wankte in die Grotte, und Lidia spürte, wie es kühler wurde – die Temperatur schien hier um mindestens zehn Grad niedriger zu sein als in den übrigen Höhlen. Außerdem offenbarte sich ihr ein ähnliches Empfinden wie in der Sakralen Pagode von Bellavista auf Tintiran: In ihrem Inneren bot die Grotte mehr Platz, als das Volumen eigentlich zulassen sollte. Mit jedem Schritt von Mutter Krir dehnte sich der Raum zwischen den Wänden, während das Fünfeck zwischen den steinernen Stegen – den »Armen« der Grotte – immer mehr anschwoll. Lidia dreht kurz den Kopf. Der Eingang schien kilometerweit entfernt zu sein, und von dem Kustos war nichts mehr zu sehen.

Als Mutter Krir stehen blieb, kletterte Lidia von ihr herunter. Unter dem Fünfeck bemerkte sie etwas, das sie zunächst für einen steinernen Sockel hielt, nicht dunkel, sondern silbergrau, doch als sie näher kam, präsentierte das Objekt immer mehr Ähnlichkeit mit einem Sarkophag. Dieser Eindruck täuschte nicht, wie Mutter Krir kurz darauf bestätigte.

»Mror ist sehr eifersüchtig, wenn es um diesen Ort geht«, erklärte sie das Verhalten des Kustos. »Es widerstrebt ihm sogar, anderen Kantaki Zutritt zu gewähren. Dies ist der heiligste Ort unseres Volkes, Diamant, die Wurzel unserer Kultur. In diesem steinernen Schrein ruhen die fünf Urmütter, auf die alle Ahnenreihen zurückgehen. In ihnen verwandelte sich der Materie gewordene Geist in Intellekt.«

Auf dem Sarkophag sah Lidia die Nachbildungen von Kantaki, aus dem gleichen silbergrauen Material bestehend und umgeben von jeweils fünf konzentrischen Symbolkreisen. Die Statuen standen auf den hinteren Gliedmaßen, und in den vorderen, nach oben gereckten Greifzangen ruhten fünf unterschiedlich große Steine.

»Dies sind die Steine mit den Heiligen Worten der Kantaki. Jeder Stein trägt einhundertelf, und insgesamt sind es fünfhundertfünfundfünfzig, dreimal die eins und dreimal die fünf«, flüsterte Lidia und wiederholte Worte, die sie vor fünfeinhalb Jahren gehört hatte, von Hrrlgrid.

»So lehren es die Akuhaschi die angehenden Piloten«, klickte Mutter Krir. »Dies sind keine Nachbildungen, sondern die echten Steine, die Originale. Sie werden dir helfen, dein anderes Leben zu finden, Diamant. Sie zeigen dir, was gewesen sein könnte. Wähle einen, berühre ihn und öffne die Fenster und Türen deiner Gabe. Dann wirst du *sehen*, so wie in der Pagode.«

Lidia sah zum dreieckigen Kopf der Kantaki auf. *Sie versteht mich besser, als ich mich selbst*, dachte sie. *Was hat sie gesehen, als sie damals den Kern meines Selbst berührte? Und was sieht sie jetzt in mir?*

»Wie haben Sie den Kustos umgestimmt?«, fragte sie. »Ich habe Ihre Worte nicht verstanden.«

Mutter Krir klickte, und es klang nach einem amüsierten Lachen. »Es gibt keinen Linguator, der sie in deine Sprache übertragen könnte. Meine Bemerkung war ebenso unübersetzbar wie die Heiligen Worte der fünf Steine – sie hat nur für Kantaki Sinn und Bedeutung.« Sie wandte sich halb ab, zögerte dann und blickte erneut zu Lidia. »Es ist ein komplexes Konzept, das persönliche Beziehungen mit Ereignissen von Vergangenheit, Gegenwart und Zukunft in Verbindung setzt. Ich habe Mror darauf hingewiesen, dass du mehr für mich bist als ›nur‹ die Pilotin meines Schiffes. Du bist wie eine Tochter, wie ein Geschwister meiner Kinder, und eine Konfidentin in der letzten Phase meines Lebens – du wirst meinen Tod sehen.«

»Mutter Krir ...«

Das amüsierte Klicken wiederholte sich. »Miss den Bedeutungsinhalt meiner Worte nicht mit den Maßstäben deiner Kultur«, mahnte die Kantaki. »Das Ergebnis wäre falsch. Ich war und ich bin«, intonierte sie. »Und irgendwann werde ich gewesen sein. Das ist der Lauf aller Dinge; auf diese Weise mehren wir die Weisheit des Geistes, der alles durchdringt.« Mutter Krir streckte eine vordere Gliedmaße aus und berührte Lidia an der Wange. Dann drehte sie sich um und ging zur Tür, die sie mit einigen wenigen Schritten erreichte, obwohl sie so weit entfernt zu sein schien.

Lidia sah ihr nach, blickte dann zum Fünfeck über ihr, dessen Inhalt nicht Teil der Grotte war. Sie fragte sich, ob eine permanente Verbindung zum Transraum bestand, und eine Sekunde später begriff sie, wie sinnlos es war, nach Erklärungen zu suchen und etwas, das weit über die Grenzen ihrer Wahrnehmung hinausging, allein mit den Werkzeugen zu *begreifen*, die ihr Rationalität und Verstand zur Verfügung stellten. Sie wandte sich den fünf Statuen zu, streckte die Hand aus und berührte den nächsten Stein. Gleichzeitig besann sie sich auf die Gabe und beherzigte Mutter Krirs Rat, öffnete die Türen und Fenster ihres Geistes.

Diesmal kam es nicht zu einer subjektiven Veränderung der Umgebung, wie in der Pagode in Bellavista. Sie blieb in der Grotte, aber ihr Bewusstsein wuchs, schwoll an wie ein

Ballon, in den man Gas pumpte. Ein Teil ihres Selbst sprang ins Fünfeck der Pluriallinse, verließ wie von einem Katapult geschleudert die fesselnden Strukturen dieses Kontinuums und jagte durchs Plurial. Die zweite Hälfte ihres Ichs blieb zurück, berührte weiterhin einen der fünf Steine und blickte zur Linse auf, in der sich Bilder formten. Sie folgten so schnell aufeinander, dass sich keine Einzelheiten erkennen ließen, denn das ausgeschickte Selbstfragment suchte noch in den vielen möglichen Welten nach einer, in der Lidia DiKastro nicht Kantaki-Pilotin geworden war. Sie verharrte im Hier und fiel doch in ein mannigfaltiges Dort, in einen Strudel von Möglichkeiten, die aus vielen Kosmen des Plurials stammten. Erste Bilder entstanden im Nichts zwischen den fünf Ecken der Pluriallinse ...

Lidia stand vor dem Sarkophag, der die sterblichen Überreste der fünf Urmütter der Kantaki enthielt, und gleichzeitig ging sie mit langen Schritten zwischen den Riesen eines alten Waldes, blickte an den Stämmen von Bäumen empor, die mehr als hundert Meter weit dem Himmel entgegen ragten. Den Namen dieses Ortes kannte sie nicht, aber er spielte auch keine Rolle. Viel wichtiger war, dass sie Leonard und Francy in der Nähe wusste.

Sie fand sie kurze Zeit später. Die Abstände zwischen den Baumriesen wurden größer, und der Pfad führte Lidia zu einem See mit kristallklarem Wasser, auf der einen Seite gespeist von einem Wasserfall, dessen Fluten aus einer Höhe von etwa zwanzig Metern über ockergelbe Felsen spritzten. Zwei Kinder planschten in der Nähe des Ufers, unter der diskreten Obhut einer auf Levitationskissen schwebenden Aufsichtsdrohne. Auf einer Decke am Ufer saßen zwei junge Erwachsene, eine Frau und ein Mann, die Schultern aneinander gelehnt, die Arme umeinander geschlungen. Etwas weiter entfernt, in einem freien Bereich zwischen Sträuchern und Büschen, stand ein Levitatorwagen.

Lidia ging weiter und hörte, wie kleine Steine unter ihren Schritten knirschten, während sie sich dem See näherte. Sie war zugegen, in jeder Hinsicht, physisch und psychisch – sie war ein Teil dieser Realität. Aber zur gleichen Zeit befand sie sich außerhalb davon, in der kleinen Grotte einer subplanetaren Höhlenstadt auf Munghar, unter einer vermutlich Jahrmilliarden Jahre alten Linse, die den frühen Kantaki einen Blick ins Plurial gestattet hatte.

Es war ein wunderschöner Ort, friedlich, voller Harmonie. Lidia erinnerte sich vage daran, dass Valdorian einmal einen solchen See erwähnt hatte, eine kleine Idylle auf einer der größeren Inseln des Scharlachroten Meers, im Besitz der Familie Valdorian. Befand sie sich auf Tintiran, auf dem Planeten Tintiran eines parallelen Universums, in dem ihr Lebensweg in eine andere Richtung geführt hatte?

Sie trat so nahe an das Paar heran, dass ihr Schatten auf die Gesichter der beiden Erwachsenen fiel, die davon aber überhaupt nichts bemerkten. Sie wechselten einen liebevollen Blick, sahen dann zu den planschenden Kindern. Lidia erkannte sich selbst im Alter von etwa fünfunddreißig Jahren: Ihr alternatives Selbst trug das schwarze, lockige Haar etwas kürzer, und die Wangen schienen ein wenig voller zu sein, aber der Glanz in den grünblauen Augen hatte sich nicht verändert. Und doch gab es etwas Neues in dem Gesicht, etwas, das die Züge noch weicher und sanfter werden ließ: Glück; tiefe, ruhige Zufriedenheit.

Der Strudel der Möglichkeiten im Inneren der Pluriallinse zerrte an ihr, aber Lidia verharrte, blieb in dieser alternativen Welt. Sie wollte mehr sehen. Valdorian saß neben der anderen Lidia, doch es war nicht der Valdorian, den sie kannte. Im Gesicht *dieses* Valdorian gab es keinen arroganten Hochmut mehr; er hatte dazugelernt, war gereift.

»Bist du der Valdorian, der mir damals einen Ehekontrakt vorgeschlagen hat?«, fragt sie laut, ohne dass ihre Stimme in dieser Welt erklang. *Hätte dies unser Weg sein können?*, fügte sie in Gedanken hinzu. *Ist dies tatsächlich eine der Möglichkeiten, die irgendwo im Plurial Wirklichkeit geworden sind? Oder sehe ich eine idealisierte Pseudorealität, von den Wünschen meines Unterbewusstseins geschaffene Bilder?*

Sie wandte sich den Kindern zu, Leonard und Francy, sechs und drei Jahre alt ... *Woher weiß ich das?*, dachte Lidia verblüfft. Und sie fragte sich, ob alle Lidias, die jemals gelebt hatten, lebten und leben würden, auf irgendeiner Ebene ihres Seins miteinander in Verbindung standen, so wie alle Himmelskörper des ihr vertrauten Universums durch die Fäden des Transraums miteinander verbunden waren. *Wenn das stimmt, so nimmt jede Lidia am Leben jeder anderen Lidia teil.* Diese Vorstellung spendete ihr seltsamen Trost, und mit neuer Ruhe beobachtete sie die beiden Kinder, die sie geboren hatte. Wie in der Vision auf Floyds Welt sah sie sich selbst in den kindlichen Gesichtern wieder, und sie erkannte auch Valdorians Züge. *Wir sind beide vereint, in einem Jungen und einem Mädchen, ein Paar in einem Paar.* Wieder sah sie zur anderen Lidia und erinnerte sich an die letzten Worte ihrer Mutter beim Abschied auf Xandor: *Sei glücklich.* »Sei glücklich«, sagte sie zu ihrem alternativen Selbst und gab dann dem Zerren des Strudels nach.

Dutzende von Bildern wehten ihr entgegen, sowohl dem beobachtenden als auch dem teilhabenden Selbst, Bilder, die ihr verschiedene Szenen aus dem Leben von Leonard und Francy zeigten. Die Kinder wuchsen heran, wurden zu Jugendlichen, die während der Pubertät den ersten großen perspektivischen Wechsel ihres Lebens erfuhren. Geburtstage und andere Feste brachten Freude in eine Familie, in der es keine Schatten zu geben schien. Es kam zu ersten Kontakten mit dem anderen Geschlecht, zu Freude über das Glück in anderen Augen und zu Kummer durch Enttäuschungen, kleine Stolpersteine auf dem Weg des Lebens, die Reife brachten.

Lidia betrachtete die Bilder und nahm alle ihre Einzelheiten wahr, obwohl sie immer schneller durch den Strudel fiel. In jedem Leben gab es solche Szenen; sie stellten nichts Besonderes dar und unterschieden sich nur in den Details.

Aber für Lidia waren sie einzigartig, denn sie sah das Leben ihrer Kinder. Fasziniert beobachtete sie, wie sie selbst Partner wählten und ihrerseits Kinder bekamen. Eine ältere Lidia und ein älterer Valdorian spielten mit ihren Enkeln, so wie sie vor dreißig und mehr Jahren mit ihren eigenen Kindern gespielt hatten.

Aus den einzelnen Bildern wurden flackernde Blitze, und doch blieb Lidia imstande, jedes einzelne von ihnen zu betrachten. Weitere Möglichkeiten präsentierten sich ihr, und diesmal betrafen sie nicht einen möglichen Lebensweg, sondern eine Vielzahl von ihnen. Leonard und Francy fielen einem Unfall zum Opfer. Sie erkrankten und siechten über Jahre dahin. Sie lebten und zerstritten sich, ebenso wie ihre Eltern, die sich gegenseitig die Schuld am Zwist ihrer Kinder gaben. Sie kehrten der Wirklichkeit den Rücken und wurden Teil einer Anderswelt. Leonard verschmolz mit einem Mikronauten-Kollektiv, während sich Francy den Wunsch ihrer Mutter erfüllte und Kantaki-Pilotin wurde. Myriaden von Möglichkeiten umgaben Lidia, wie ein Lichterreigen, wie die Sterne am Nachthimmel eines Planeten irgendwo im galaktischen Kern, und jede einzelne von ihnen gehörte zu einer übergeordneten Metarealität. Jede einzelne von ihnen hatte die gleiche Daseinsberechtigung und war nicht mehr oder minder *wirklich*, im Vergleich mit den anderen. Lidias Kinder *existierten* dort draußen und lebten ihr Leben, auf die eine oder andere Weise.

Schließlich glitt ein Bild in den Vordergrund, schob alle anderen beiseite und dehnte sich, bis es Lidias ganze Wahrnehmung ausfüllte. Sie sah sich selbst, auf der Terrasse einer Villa, von der aus man auf eine Stadt blicken konnte, die ihr vertraut erschien. Jenseits davon rollten die Wellen eines scharlachroten Ozeans an den Strand.

»Tintiran«, sagte Lidia vor der Pluriallinse und auf der Terrasse, neben der anderen Lidia, die sie weder sah noch hörte. »Bellavista.«

Und doch war Bellavista irgendwie anders und nicht genau die Stadt, an die sie sich erinnerte.

Die andere Lidia war etwa sechzig Jahre alt, und graue Strähnen zeigten sich in ihrem schwarzen Haar. Die Schultern unter dem seidenen Kleid, grün und blau wie ihre Augen, neigten sich nach unten. Die dünnen Falten im Gesicht zeugten nicht nur von verlorener Jugend, sondern auch von Trauer. Die Lidia vor der Pluriallinse fragte sich, warum ihr alternatives Selbst offenbar auf eine Resurrektion verzichtet hatte. Trug es die Zeichen des Alters gewissermaßen als Symbol für den Zustand von Herz und Seele?

»Musst du wieder fort?«, fragte die ältere Lidia, als hinter ihr ein älterer Valdorian aus dem Haus kam und zu dem in der Nähe geparkten Levitatorwagen ging.

»Ein wichtiger Termin wartet auf mich«, sagte er. »Ich weiß nicht, wie lange es dauern wird.«

»Heute Abend ... Wir wollten miteinander reden. Wir beide ganz allein.«

»Es tut mir Leid.« Valdorian stieg ein. »Ein anderes Mal.«

Die ältere Lidia sah dem fortfliegenden Levitatorwagen nach. »Das sagst du seit mehr als zehn Jahren ...«

Die jüngere Lidia wusste: Auch in diesem Universum gab es einen Leonard und eine Francy, aber sie waren längst außer Haus. Ihr Sohn arbeitete in der Verwaltung des Konsortiums, das Valdorian als Primus inter Pares leitete; ihre Tochter war zu einer christlichen Fundamentalistin geworden und lebte auf Schanhall. Und Valdorian ... Oh, er war älter und reifer geworden, aber im Lauf der Zeit hatten sich jene negativen Eigenschaften in ihm verstärkt, die ihr schon in der Anfangsphase ihrer Beziehung aufgefallen waren. Andere Personen spielten für ihn kaum eine Rolle; er sah in ihnen nur ein Mittel zum Zweck. »Figuren auf dem Schachbrett«, murmelte die junge Lidia und wusste, wie allein sich ihr alternatives Selbst fühlte. Zu gern hätte sie der älteren Lidia irgendwie Trost gespendet, aber sie blieb auf die Rolle der Beobachterin beschränkt, obwohl sie ebenfalls auf der Terrasse stand.

Und dann begriff sie, warum ihr Bellavista anders erschien. Es gab keine Sakrale Pagode in der Stadt. In diesem

Universum hatte es für sie keine Möglichkeit gegeben, Kantaki-Pilotin zu werden.

Lidia stand vor dem Sarkophag und zog die Hand vom schwarzen Stein zurück, blickte dabei noch immer zur Pluriallinse hoch, die keine Bilder mehr zeigte, nur noch ein fahles graues Glühen. Eine seltsame Melancholie zerrte an ihr, und sie versuchte, ihre Gefühle und Gedanken zu ordnen. Die Kinder in den anderen Welten, Leonard und Francy ... Sie bedeuteten etwas, das ihr im Hier und Heute fehlte. Sie existierten wirklich und waren nicht nur eine Vision. Aber aus dem Blickwinkel der Kantaki-Pilotin namens Lidia betrachtet beschränkten sie sich darauf, eine Möglichkeit zu sein. An diesem Gedanken hielt Lidia fest, denn er erschien ihr sehr wichtig. Sie erinnerte sich daran, einmal mit Valdorian über diese Dinge gesprochen zu haben, und inzwischen war das Konzept ein wenig klarer geworden. Es betraf nicht nur ihr Leben, sondern auch das aller anderen Personen. Es gab tausende von Möglichkeiten – bis man Entscheidungen traf, die andere Dinge ausklammerten. Dadurch entstanden neue Parallelwelten im Plurial, und das individuelle Leben kam einen Schritt voran. Mit jeder einzelnen Entscheidung trat man auf dem Weg des Lebens einen Schritt nach vorn, und aus *Möglichkeit* wurde *gelebte Realität*.

Etwas berührte Lidia an der Schulter, und sie drehte erstaunt den Kopf. Mutter Krir stand hinter ihr.

»Du bist traurig, Diamant«, klickte sie.

»Nein«, erwiderte Lidia ein wenig zu schnell, blickte erneut zur Pluriallinse und hatte noch die Bilder von ihrem Sohn und ihrer Tochter vor Augen. »Nein ...«, wiederholte sie ruhiger und stellte fest, dass es stimmte. Sie war nicht traurig und hatte zu einer neuen inneren Ruhe gefunden, wenn auch noch immer begleitet von Melancholie. »Vor einigen Jahren habe ich eine wichtige Entscheidung treffen müssen, und manchmal frage ich mich, welchen Lebensweg ich beschritten hätte, wenn jene Entscheidung anders ausgefallen wäre.«

»Vielleicht hättest du Kinder«, sagte die alte Kantaki mit dem Verständnis einer Mutter.

»Ja. Aber dann wäre ich nicht Ihre Pilotin geworden. Man *muss* wählen – das Leben zwingt uns alle dazu, früher oder später. Und mir ist jetzt klar, dass man anschließend nicht immer zurücksehen sollte. Es gilt, den Blick nach vorn zu richten und den gewählten Weg zu beschreiten.«

Mutter Krirs dreieckiger Kopf neigte sich über Lidia von einer Seite zur anderen.

»Du solltest nicht allein sein, Kind«, klickte sie. »Du brauchst einen Partner.«

Ein anderes, mehrstimmiges Klicken erklang von der Tür her, und Mutter Krirs Kinder liefen durch die Grotte. Mru, Tral, Dror, Grar und Krinh näherten sich schnell und versuchten, an Lidia emporzuklettern.

»Ich weiß nicht«, erwiderte sie, und ihre Worte galten Mutter Krir. »Vielleicht ... eines Tages. Irgendwann einmal.«

Und dann spielte sie mit den jungen Kantaki.

Im interstellaren Raum
20 Lichtjahre vom
Epsilon-Eridani-System entfernt
März 421 SN · linear

20

Valdorian erwachte aus einem Albtraum und stellte fest, dass die Wirklichkeit noch schlimmer war.

Im Traum hatte sich der Schmerz auf den Kopf beschränkt, auf ein Brennen in jeder einzelnen Zelle. Die Realität erweiterte die Pein auf den ganzen Körper und verwandelte das Brennen in eine Glut, die sich durch Nervenbahnen fraß, durch Muskel und Knochen, die das Blut schäumen ließ. Selbst auf molekularer und atomarer Ebene schien alles in Flammen zu stehen.

»Hören Sie mich, Primus?« Die Stimme war frischer Sauerstoff für das Feuer, das in den Ohren loderte.

»Es geht ihm sehr, sehr schlecht«, zwitscherte eine Stimme, die unmöglich von einem Menschen stammen konnte. »Seine Behandlung kostet viel, viel Geld.«

»Wir bezahlen, keine Sorge.«

Valdorian versuchte, sich zu bewegen, aber etwas hielt ihn fest. Er wäre gern ins Wasser eines kalten Ozeans gesprungen, aber vermutlich hätten nicht einmal die Meere eines großen Planeten genügt, um das Feuer zu löschen, das ihn innerlich verbrannte.

»Primus?«

Irgendwo zischte etwas, und Valdorian spürte, wie sich überaus willkommene Kühle in ihm ausbreitete. Ein Wunder geschah: Das Brennen ließ allmählich nach. Symbolischer

Schnee fiel auf die zornigen Flammen in seinen Zellen, ließ sie kleiner und kleiner werden, bis sie ganz unter dem Weiß verschwanden.

»Dieses Betäubungsmittel wird aus dem Magen der Tiefseequallen von Aquaria gewonnen«, zwitscherte der Nichtmensch. »Es ist sehr, sehr selten und deshalb ...«

»Sehr teuer, ich weiß. Seien Sie unbesorgt. Sie bekommen genug Geld. Vorausgesetzt, Sie erhalten ihn am Leben.«

Das Zwitschern wiederholte sich und klang zufrieden.

Valdorian spürte seltsame Bewegungen, an und *in* sich, und er versuchte, die Augen zu öffnen. Die Lider waren schwer, kamen widerstrebend nach oben ... Er senkte sie wieder, als ihm grelles Licht entgegenflutete, versuchte es dann noch einmal. Diesmal wusste er, was ihn erwartete, und deshalb fiel es ihm leichter, das Gleißen zu ertragen. Es schien sich sogar zu trüben, während die Augen offen blieben und Eindrücke sammelten. Jonathans Gesicht schwebte irgendwo über ihm – Valdorian hatte die Stimme seines Sekretärs bereits erkannt –, begleitet von glühenden Kugeln, die hin und her glitten, alles erleuchteten und keinen Platz für Schatten ließen. Hinzu kamen Dutzende von Leuchtstreifen in unterschiedlichen Farben. Metallregale zogen sich an den teilweise unverkleideten Wänden des Raums entlang, und ihr Inhalt reichte von medizinischen Geräten aller Art über Krüge mit konservierten Gewebeproben, Organen und Kleinlebewesen bis hin zu Behältern mit lebenden Geschöpfen, die gelegentlich zuckten oder langsam pulsierten. Hinzu kamen summende Datenservi und leise knisternde, silbrig glänzende und wie Kristalle aussehende Mikronautenkolonien, bestehend aus hunderttausenden von Nanomaschinen, die darauf warteten, programmiert und eingesetzt zu werden.

»Hören Sie mich jetzt, Primus?«, fragte Jonathan.

Valdorian wollte nicken, aber es gelang ihm nicht. »Ja«, krächzte er.

»Na bitte«, zwitscherte es. »Das Mittel hat gewirkt.«

»Wir haben einen Sprung hinter uns«, sagte Jonathan und kam etwas näher. Inzwischen hatten sich Valdorians Augen einigermaßen an die Helligkeit gewöhnt, und er erkannte Einzelheiten im Gesicht seines Sekretärs. Die Spuren von Schmerz und Erschöpfung zeigten sich darin. Jonathan Fenturs graugrüne Augen hatten einen Teil ihres Glanzes verloren, und Valdorian glaubte, dort Falten zu sehen, wo die Haut zuvor glatt gewesen war. »Zum Glück hat das Sippenoberhaupt dieses Schiffes den Flug unterbrochen, als man uns fand. Ohne eine Behandlung hätten wir die nächsten Transite vermutlich nicht überlebt.«

Aus dem Augenwinkel sah Valdorian huschende Bewegungen: Dreibeinige Geschöpfe eilten erstaunlich flink hin und her, nahmen Geräte aus den Regalen, justierten sie und bedienten die Kontrollen der Datenservi. Horgh. Sie verständigten sich mit leisem Zwitschern, das sich jedoch von der Stimme unterschied, die er gehört hatte. Er versuchte vergeblich, den Kopf zu drehen; sein Blickfeld blieb eingeschränkt.

Dann näherte sich jemand dem Bett.

»Das ist Gijül, Sippenoberhaupt des *Kühnen Reisenden*«, sagte Jonathan.

Valdorians Blick glitt an drei langen, gummiartigen Beinen empor, die zu einem ovalen, knapp einen Meter hohen braunen Zentralleib führten, der ledrig und verschrumpelt wirkte, wie eine halb verfaulte und dann getrocknete Frucht. Drei lange, ebenfalls braune Arme ragten aus diesem Leib und endeten in fünfzehn Zentimeter langen Bündeln aus Greiffäden. Bunte Haarbüschel wuchsen wie Federkämme aus dem zentralen Oval, verziert mit broschenartigen Schmuckstücken. Wie Seide glänzende, halb durchsichtige Tücher umgaben die oberen Teile der Beine und die untere Hälfte des Zentralleibs, in dessen Flanken Valdorian zahlreiche Schnittstellen und biotechnische Module bemerkte. Kleine Ringe aus Gold und Silber klirrten an den Armen, als sich der Horgh dem Etwas näherte, auf dem Valdorian lag und das ihn festhielt. In der oberen Hälfte des Leibs bildete sich das Zerrbild eines menschlichen Gesichts. Eine verschrumpelte Fratze entstand, mit aus den Höhlen tretenden, zu eng beieinander stehenden Augen, einer krummen, schnabelartigen Nase und einem Mund mit spitzen, schiefen Zähnen.

»Das Mittel ist sehr, sehr teuer«, betonte Gijül noch einmal mit einem fast schrillen Zwitschern. In seinen Augen glitzerte Habgier.

»Sie bekommen Ihr Geld«, ächzte Valdorian. »Jonathan, ich kann mich nicht bewegen. Der Identer in meiner Tasche ...«

»Eine Million Transtel«, trillerte das Sippenoberhaupt. Die anderen Horgh im Hintergrund – sie schienen kleiner zu sein, und ihre Federkämme waren nicht ganz so bunt – blieben in ständiger Bewegung, huschten hin und her.

»Ja, Primus.« Jonathan beugte sich vor, und Valdorian spürte eine Berührung, als ihm sein Sekretär den Identer aus der Tasche zog. Irgendetwas kratzte an seinem Bewusstsein, etwas, das sehr wichtig war und seine Aufmerksamkeit verlangte, aber den Nebel der Benommenheit, den das schmerzstillende Mittel geschaffen hatte, nicht durchdringen konnte.

Gijül winkte einen der anderen Horgh herbei, nahm den Identer entgegen und ließ ihn von einem kleinen Abtaster prüfen. Als er die Anzeige des Geräts sah, riss er die Augen auf, und die Habgier leuchtete noch heller in ihnen. »Unbegrenzter Kredit«, zwitscherte er. »Oh, schön, wie schön. Sie brauchen eine zusätzliche Behandlung, wir beginnen sofort damit, sie ist teuer, sehr teuer, aber Sie können ja bezahlen, und an Ihrem Leben liegt Ihnen sicher mehr als an Geld, nicht wahr, den Identer behalte ich am besten, damit ... Nein, nein, geben Sie ihn mir zurück!«

Jonathan hatte ihm den Identer aus den Greiffäden gezogen und steckte ihn ein. Nicht mehr als ein Meter trennte Valdorian von dem Sippenoberhaupt, und er konnte jede Einzelheit in dem fratzenartigen Gesicht erkennen. Etwas darin gab ihm zu verstehen, dass das Gebaren des Horgh eine Maske war, hinter der sich Scharfsinn und maßlose Gewinnsucht verbargen; man durfte Gijül keinesfalls unterschätzen.

»Beginnen Sie mit der Behandlung der Zellschäden«, sagte Jonathan. Er beugte sich über Valdorian. »Eine volle Resurrektion ist hier nicht möglich, Primus, aber ...«

»Wie ... schlimm ist es?«, krächzte Valdorian. Zwar waren die grässlichen Schmerzen fast ganz aus ihm verschwunden, aber er fühlte, wie sich Schwäche in ihm ausbreitete, eine Kraftlosigkeit, die er zu fürchten gelernt hatte.

»Ich bin kein Arzt«, sagte Jonathan, während Gijül die anderen Horgh zu hektischer Aktivität antrieb. Das Zwitschern klang nach einem aufgeregten Vogelschwarm. »Aber um ganz offen zu sein, Primus: Sie sehen schrecklich aus. Offenbar ist es bei Ihnen durch den Sprung zu umfassenden Zellschäden gekommen, und die genetische Destabilisierung hat sich beschleunigt.«

Wie viel Zeit bleibt mir noch?, dachte Valdorian, als maschinelle Medo-Assistenten ihn wie Fliegen umschwirrten und Sensoren auf ihn richteten. Er fühlte erneut eine Berührung, diesmal am linken Unterarm – etwas verband sich mit dem dortigen Bio-Servo. Unmittelbar darauf fühlte er eine der invasiven elektronischen Verbindungen, die er immer verabscheut hatte: Eine Zunge schien durch sein Gehirn zu lecken und dann an der Innenseite des Schädels entlangzustreichen, als ein medizinischer Servo Bio-Daten sammelte.

Gijül erschien wieder in seinem Blickfeld, und die Greiffäden hielten etwas, das nach einer aus zahlreichen Kristallen bestehenden Pyramide aussah. Das Sippenoberhaupt hielt sie über Valdorians Brust, und plötzlich löste sich die Pyramide auf, erweckte den Anschein, sich in herabrieselnden Staub zu verwandeln. »Speziell programmierte Mikronauten«, zwitscherte der Horgh. »Teuer, teuer.«

Valdorian stellte sich vor, wie Millionen von Nanomaschinen, viel kleiner als Zellen, in seinen Körper eindrangen, im

Blut der Adern schwammen, durch Muskel- und Knochengewebe krochen. Es war kein angenehmer Gedanke, obwohl Einsicht in die Notwendigkeit ihn inzwischen dazu bewogen hatte, sich mit solchen Dingen abzufinden.

Erneut regte sich eine vage Erinnerung in ihm und versuchte, aus dem Halbdunkel der Benommenheit zu kriechen und einen bewussten Gedanken zu erreichen. Valdorian erschrak, als er begriff, worum es ging, und ein Teil der Schwäche fiel von ihm ab.

»Jonathan ...«, sagte er mühsam, während er spürte, wie sich die Mikronauten in ihm bewegten: ein Kribbeln, wie von winzigen Käfern, die durch seinen Körper krochen. Hinzu kam die Verbindung mit dem medizinischen Datenservo, die seinem Denken und Empfinden seltsame externe Elemente hinzufügte. »Rion ... Warnen Sie ihn. Stellen Sie eine Transverbindung her und weisen Sie ihn auf die Pläne von Benjamin und Enbert Dokkar hin ...«

Die Schwäche kehrte zurück, wie eine Dunkelheit, die von innen her alles Licht verschlang.

»Transverbindungen sind teuer!«, zwitscherte Gijüls Stimme aus der Ferne.

»Ich kümmere mich darum, Primus.«

»Und ... verständigen Sie Connor. Ein ... Treffpunkt ... so nahe wie möglich ...

Die innere Finsternis dehnte sich aus, und Valdorians Gedanken verloren sich in ihr.

Der Mann verließ den Schatten der hohen Bäume, in deren Wipfeln sanfter Wind seufzte, und trat auf die Wiese. Blumen wuchsen dort, bunte Tupfer im Grün. Nach einigen Schritten blieb der Mann stehen, bückte sich und pflückte eine Blume. Nacheinander zupfte er die Blütenblätter fort und überließ sie dem Wind, der sie forttrug. Der Mann richtete sich auf. Die Blume, die er gepflückt hatte, existierte nicht mehr; ihre Schönheit war für immer verloren. Er hätte sich auch für eine andere Blume entscheiden können, aber seine Wahl war auf diese gefallen. Nachdenklich blickte der Mann auf seine Hände hinab und glaubte, in ihrer Leere eine Bedeutung zu erkennen.

Der Schmerz war wie ein Ungeheuer, das in Valdorian auf der Lauer lag. Wenn er in seiner Wachsamkeit nachließ, wenn er sich ohne die nötige Vorsicht bewegte, so sprang es aus seinem Versteck und bohrte ihm seine Klauen ins Gehirn.

»Ich habe Rion nicht erreichen können, Primus«, sagte Jonathan.

Sie befanden sich in einem Raum an Bord des Horgh-Schiffes, der offenbar für Passagiere bestimmt war, was Valdorian überraschte. Er hatte immer geglaubt, dass die Horgh nur Fracht transportierten. Ihm war nie die Möglichkeit in den Sinn gekommen, dass die Angehörigen anderer Völker im Gegensatz zu Menschen imstande sein mochten, die Schockwellen eines Sprungtransits zu ertragen. Der mehr als zwanzig Meter durchmessende Raum bestand aus zahlreichen mit dem Notwendigsten ausgestatteten Abteilen, deren Wände nur aus einem Stangengeflecht bestanden und mehr oder weniger ungehinderten Blick in die anderen Kammern gewährten. In einigen von ihnen schwebten Ambientalblasen, in ihrem nebligen Inneren Geschöpfe, die besondere Umweltbedingungen brauchten, um zu überleben. In anderen bemerkte Valdorian hibernierende Quinqu, die aussahen wie große, majestätische Falter; ihre langen Flügel wiesen komplexe Muster auf und präsentierten metallisch glänzende Farben. In einer Eckkammer schlief ein golemartiger Ganngan, und einen auffallenden Kontrast dazu bildete der zarte, halbdurchsichtige Grekki, der im Alkoven daneben mit Saugnäpfen an der Decke hin und nur aus dünnen, zerbrechlichen Gelenkstangen zu bestehen schien. Der normalerweise schillernde Glanz seiner Augenknoten hatte sich getrübt. Jenseits des Raums bewegten sich Horgh in anderen, hellen Bereichen des Schiffes, und manchmal ließen sich im allgegenwärtigen Summen und Surren ihre zwitschernden Stimmen vernehmen.

»Aber ich konnte Dr. Connor erreichen«, fügte Jonathan hinzu. »Er wird uns auf Orinja erwarten.«

»Orinja?«, fragte Valdorian. Jener Planet befand sich 87 Lichtjahre tief im Einflussbereich des Konsortiums, hunderte von Lichtjahren von Epsilon Eridani entfernt.

»Die Horgh müssen bestimmte Sprungkorridore benutzen«, erklärte Jonathan. »Ich habe mit Gijül die Koordinaten verglichen. Orinja ist die nächste Welt des Konsortiums, auf der uns gewisse Ressourcen zur Verfügung stehen. Schneller könnten wir nur einige Außenposten erreichen, und dort müssten wir damit rechnen, auf Truppen der Allianz zu stoßen.«

Orinja, dachte Valdorian. *Der Kreis schließt sich.* »Wie viele Sprünge?«

»Vier, Primus.«

Valdorian schnappte nach Luft, und neuerlicher Schmerz stach ihm durch den Kopf, nagte an den Nervenbahnen entlang. »Das überlebe ich nicht.«

»Gijül meinte, er könnte mit bestimmten Medikamenten helfen. Natürlich versäumte er nicht, auf ihren hohen Preis hinzuweisen. Offenbar kommt es ab und zu vor, dass Menschen mit Horgh-Schiffen unterwegs sind – Menschen auf der Flucht, zum Beispiel.« Jonathan zögerte kurz. »Gijül ist die habgierigste Person, der ich je begegnet bin. Er würde sogar seine Mutter verkaufen. Falls er überhaupt eine hat.«

Valdorian sah auf. Aus irgendeinem Grund erstaunte es ihn, diese Worte von seinem Sekretär zu hören. Jonathans Gesicht wirkte nicht mehr ganz so hohlwangig und faltig; etwas Farbe war in die Wangen zurückgekehrt.

»Wann erfolgt der nächste Sprung?«, fragte er und fürchtete die Antwort.

»In etwa vier Stunden. So lange dauert es, die Sprunggeneratoren zu laden.«

Valdorian schauderte heftig, als er sich vorstellte, die

noch nicht ganz überwundenen Qualen vier weitere Male ertragen zu müssen.

»Gijül verlangt zwanzig Millionen Transtel für den Flug nach Orinja«, sagte Jonathan. »Sie sollten jetzt besser schlafen, Primus. Nutzen Sie die Wartezeit, um neue Kraft zu schöpfen. Die Mikronauten haben Ihre gravierendsten Gewebeschäden repariert, aber gegen die genetische Destabilisierung können sie kaum etwas ausrichten. Schlafen Sie. Ich wecke Sie kurz vor dem Sprung, sobald uns Gijül das Medikament gebracht hat.«

Valdorian sank auf die Liege an der nur halb verkleideten Rückwand ihres Abteils und schloss die Augen. Der Schmerz wich etwas weiter zurück, wurde zu einem dumpfen Pochen in dem Dunst aus Müdigkeit, der Valdorians Gedanken aufnahm. Vage Bilder zogen durch konturlose Traumlandschaften, zeigten ihm Lidia, jung und begehrenswert: Sie stand im Nichts und streckte die Arme aus. Er versuchte sie zu erreichen, setzte entschlossen einen Fuß vor den andern, aber irgendetwas hinderte ihn daran, ihr näher zu kommen. Die Entfernung wuchs sogar: Lidia schwebte fort, die Arme immer noch ausgestreckt ...

Das nächste Bild zeigte seinen Vater, Hovan Aldritt Valdorian. Primus inter Pares des Konsortiums, in den Augen Genugtuung darüber, sein Ziel erreicht zu haben. Und dann die blutige Masse, die man aus dem bei Bellavista abgestürzten Levitatorwagen geborgen hatte. Sein Vater, einer Laune des Schicksals zum Opfer gefallen, wie als Beweis für die atheistische Doktrin des *Begrenzten Seins*, der mit dem Mausoleum auf Tintiran ein Monument gesetzt worden war. Die Fragilität des Lebens, wie eine Blume, die man jederzeit pflücken konnte und deren Blütenblätter vom Wind fortgeweht wurden ...

»Primus?« Eine Hand berührte ihn an der Schulter. »Wachen Sie auf, Primus.«

Valdorian hob schwere Lider. Das Licht schien sich ein wenig getrübt zu haben und blendete nicht mehr so wie beim ersten Erwachen. Er erkannte Jonathan und im Eingang des Abteils den dreibeinigen Gijül. Im Hintergrund sah er die Quinqu in ihren Kammern. Einer von ihnen hatte die Hibernation offenbar beendet und schlug langsam mit den Flügeln, wodurch die Muster auf ihnen in Bewegung gerieten. Eine fast hypnotische Wirkung ging davon aus.

»Es gibt Probleme«, sagte Jonathan.

»Ich habe herausgefunden, wer Sie sind«, zwitscherte Gijül. »Rungard Avar Valdorian, Primus inter Pares des Konsortiums. Zwischen Ihnen und der Allianz herrscht Krieg. Ihre Streitmacht hat Kabäa angegriffen und eine vernichtende Niederlage erlitten. Die Truppen der Allianz rücken überall vor und haben schon mehrere Planeten des Konsortiums unter ihre Kontrolle gebracht. Enbert Dokkar sucht Sie und hat eine hohe Belohnung für Ihre Ergreifung versprochen.«

Valdorian setzte sich auf. Nicht nur das Licht hatte sich verändert, auch die akustische Kulisse: Das Summen war angeschwollen und klang schriller. Vielleicht stand der nächste Sprung unmittelbar bevor.

Zwei kleinere Horgh begleiteten Gijül, und ihre Gesichter im oberen Teil des Zentralleibs wirkten nicht ganz so fratzenhaft wie das des Sippenoberhaupts. Sie hielten Waffen in den Greiffäden, eine auf Valdorian gerichtet, die andere auf Jonathan, der seinen Hefok hervorgeholt hatte.

»Hundert Millionen Transtel hat er auf Ihren Kopf ausgesetzt«, fuhr Gijül fort. »Nennen Sie mir einen guten Grund, Sie nicht an Ihren Gegner auszuliefern.« Seine Stimme klang jetzt schärfer, nicht mehr so gekünstelt.

»Wie wär's hiermit?«, erwiderte Jonathan und hob den Hefok.

»Glauben Sie wirklich, mich damit beeindrucken zu können?«, fragte Gijül. »Wir brauchen nur den nächsten Transit abzuwarten. Die Schockwelle raubt Ihnen das Bewusstsein, selbst wenn Sie vorher eine Dosis dieses Mittels bekommen haben ...« Der Horgh hob einen Injektor. »Und dann wäre es ganz leicht, Sie zu entwaffnen und gefangen zu nehmen.«

»Zweihundert«, sagte Valdorian. »Sie bekommen zweihundert Millionen Transtel von mir, wenn Sie uns nach Orinja bringen.«

»Vielleicht sind Ihre Konten bereits gesperrt.«

»Und wenn schon ... Ich kann jederzeit auf einige Geheimfonds zurückgreifen. Geld ist für mich kein Problem.«

Es glitzerte in Gijüls großen, hervorstehenden Augen, und sein verschrumpeltes Gesicht zeigte Listigkeit. »Dreihundert«, zwitscherte er. »Meine Sippe ist groß, sehr groß. Ich muss an viele Kinder und Verwandte denken. Und der *Kühne Reisende* braucht bald ein neues Triebwerk.«

»Einverstanden«, sagte Valdorian. »Mein Sekretär veranlasst die Überweisung, sobald wir Orinja erreicht haben.«

»Ein Vorschuss von hundert Millionen ...«

»Wenn wir Orinja erreichen«, beharrte Valdorian.

Gijül zögerte, und dann schien selbst er zu begreifen, dass man es mit Habgier übertreiben konnte. Mit einem Arm winkte er seinen beiden Begleitern, die sich daraufhin umwandten und fortsprangen.

»Der Transit erfolgt in zehn Minuten«, zwitscherte er und reichte Jonathan den Injektor. »Bereiten Sie sich darauf vor.«

Er stieß sich ebenfalls mit seinen drei Beinen ab, sauste durch den großen Passagierraum und verschwand durch eine Öffnung in der nur teilweise verkleideten Wand.

Jonathan presste den Injektor an Valdorians Arm und betätigte den Auslöser, woraufhin es leise zischte. Dann wiederholte er den Vorgang bei sich selbst.

»Nach dem Sprung ...«, sagte Valdorian und legte sich wieder hin. »Versuchen Sie erneut, Rion zu erreichen. Wir müssen ihn unbedingt warnen.«

»In Ordnung, Primus.« Jonathan streckte sich auf einer anderen Liege aus.

Bevor Valdorian die Augen schloss, sah er noch einmal zu den Quinqu – einer von ihnen schlug nach wie vor mit den Flügeln, die wie auf Hochglanz poliertes Metall glänzten.

Eine neue Art von Benommenheit breitete sich in ihm

aus, wie geistige Melasse, an der Gedanken und Gefühle festklebten und erstarrten. Sie umschloss sein Selbst wie Bernstein ein Insekt, während das Summen des Sprunggenerators immer mehr anschwoll ...

Und dann erfolgte der Transit.

Valdorian krümmte sich auf der Liege zusammen, als erneut Feuer in seinen Neuronen brannte und eine enorme Kraft jede Faser seines Körpers unendlich in die Länge zu ziehen schien.

Eins

»Wie stellen Sie es an?«, fragte Valdorian und blickte dabei in den Passagierraum. Der Ganngan schlief noch immer, und der fragile Grekki im Alkoven daneben hing nach wie vor an der Decke. Aber bei den Quinqu hatte sich etwas verändert. Die hibernierenden Exemplare boten den gleichen Anblick wie zuvor, doch das Geschöpf, das zuvor langsam mit den Flügeln geschlagen hatte, lag jetzt auf dem Boden des Abteils und rührte sich nicht mehr. Niemand kam, um es zu untersuchen; die Horgh schenkten ihm keine Beachtung.

»Wie bitte, Primus?«

»Wie stellen Sie es an?«, wiederholte Valdorian, und sein Blick glitt zu Jonathan, der auf der anderen Liege saß. Sie hatten gerade eine einfache Mahlzeit zu sich genommen, und Valdorian fühlte sich erstaunlich gut, wenn man die Umstände berücksichtigte. Das Mittel, das Gijül ihnen zur Verfügung gestellt hatte, half tatsächlich. »Wie machen Sie sich unsichtbar?«

»Ich werde nicht unsichtbar«, erwiderte Jonathan. »Andere Leute übersehen mich einfach.«

»Aber wie? Welcher Trick steckt dahinter?«

»Oh, es ist kein Trick. Ich bleibe einfach nur ganz still stehen, und wenn ich dann nicht mehr gesehen werden möchte, nimmt mich kaum jemand wahr. Ich weiß nicht, woran es liegt. Entdeckt habe ich es während der Schule.« Jonathan lachte leise – ein ungewöhnliches Geräusch, fand Valdorian. »Wenn mündliche Prüfungen anstanden. Manchmal hatte ich das Gefühl, nicht gut genug vorbereitet zu sein, und dann wünschte ich mir, vom Lehrer übersehen zu werden.«

»Und?«, fragte Valdorian, als sein Sekretär schwieg. »Hat es geklappt?«

»Ja. Zuerst war ich erstaunt – der Lehrer schien mich einfach nicht zu sehen, wenn ich es nicht wollte. Später habe ich mich daran gewöhnt. Es ist eine nützliche Fähigkeit.«

»Das glaube ich Ihnen gern.« Valdorian hörte, wie das Summen aus den Tiefen des Schiffes erneut anzuschwellen begann, als der Sprunggenerator Energie aufnahm. In einigen Stunden war es wieder so weit. Er hoffte, dass sich sein Körper nicht zu schnell an das Medikament gewöhnte und weiterhin vor den schlimmsten Auswirkungen der Schockwellen geschützt blieb.

Er sah seinen Sekretär an, der am kleinen Tisch ihres Abteils saß, neben dem Gerät, das einfache synthetische Speisen produzierte. Jonathan blickte in ein Glas Wasser, das seine Hände langsam hin und her drehten, und er wirkte in Gedanken versunken. Ein grauer Schatten lag auf seinem Gesicht. Auch er litt an den Auswirkungen der Sprünge, trotz der Injektionen.

»Vermutlich ist es etwas Paranormales«, sagte Valdorian. »So wie die Gabe der Kantaki-Piloten.« Die letzten Worte öffneten eine innere Tür, die er sorgfältig geschlossen hatte, und dahinter wehte ein Orkan aus Gefühlen. Er drückte sie erneut ins Schloss, bevor ihn die grässliche Mischung aus Hoffnung, Furcht und Verzweiflung überwältigen konnte. Zuerst mussten die aktuellen Probleme gelöst werden.

»Ich könnte bestimmt kein Kantaki-Schiff durch den Transraum lenken.«

Valdorian musterte seinen Sekretär. Er hatte das Gespräch begonnen, um sich abzulenken, um nicht an die Schmerzen bei den Sprüngen und ihre Auswirkungen auf seine genetische Destabilisierung zu denken. Aber jetzt erwachte Interesse in ihm. Sein Blick nahm Einzelheiten des Mannes auf, der ihm seit vielen Jahren treue Dienste leistete. Einige Resurrektionen ließen den siebenundneunzig Jahre alten Jonathan Fentur wie fünfzig aussehen. Alles an ihm wirkte durchschnittlich, was ihm vermutlich dabei half, nicht aufzufallen, wenn er nicht bemerkt werden wollte. Valdorian begriff plötzlich, dass sein Wissen über Jonathan kaum über diese äußerlichen Dinge hinausging. Er kannte den Mann, der dort nachdenklich am Tisch saß, und er verließ sich auf ihn – und doch war Jonathan für ihn ein Fremder. Zum ersten Mal nahm er ihn jetzt als einen Menschen wahr, als Person, und nicht als eine Art jederzeit einsatzbereites Mehrzweckwerkzeug.

»Jonathan?«

»Ja, Primus?«

»Warum weiß ich kaum etwas über Sie?«

»Nun, äh ...« Jonathan schien in Verlegenheit zu geraten und suchte nach den richtigen Worten. »Sie sind immer mit vielen wichtigen Dingen beschäftigt gewesen ...«

»Woher stammen Sie?«, fragte Valdorian, neugierig geworden.

»Von Akuhan.«

»Das ist eine Akuhaschi-Welt, nicht wahr?«

»Ja. Aber es gibt dort auch einige menschliche Kolonien. Ich habe erst unsere Schule besucht und dann bei den Akuhaschi studiert, den Administratoren der Kantaki. Auch meine Frau stammte von dort.«

»Sie sind verheiratet?«, fragte Valdorian verblüfft.

Jonathans Gesicht zeigte erneut Verlegenheit. »Ich war es. Meine Frau starb vor sieben Jahren. Aus jenem Anlass haben Sie mir zwei Monate Sonderurlaub gegeben.«

Ich habe ihn gekannt, dachte Valdorian betroffen. *Ich habe früher viel mehr über Jonathan gewusst und es einfach vergessen. Weil es mir nicht wichtig erschien.*

»Es tut mir Leid ...«

»Sie brauchen sich nicht zu entschuldigen, Primus. Ich verstehe Sie, wirklich. Sie sind der Primus inter Pares. Zahllose Dinge von großer Tragweite erfordern Ihre Aufmerksamkeit.«

»Haben Sie Kinder?«

»Ihrer Fürsprache verdanke ich, dass mein Sohn Axil und meine Tochter Ivrea gute Stellungen im Verwaltungsapparat des Konsortiums bekommen haben.«

»Meiner Fürsprache ...« *All diese Erinnerungen habe ich wie Ballast abgeworfen, um Platz für Wichtigeres zu schaffen,* dachte Valdorian. *Aber das sind keine wenig benutzten Daten, die man auslagert, um bei Gelegenheit erneut auf sie zuzugreifen. Es handelt sich um Teile meines Lebens, groß oder klein, und ich habe sie einfach weggeworfen. Sie sind fort, begraben unter anderen Erinnerungen, unzugänglich.* Was war er, wenn nicht die Summe aller Erfahrungen und Erlebnisse seines hundertsiebenundvierzig Jahre langen Lebens? Und wenn einige dieser Erfahrungen und Erlebnisse fehlten? Dann war er weniger, als er eigentlich hätte sein können. In gewisser Weise hatte er sich selbst verkrüppelt.

Jonathans Verlegenheit wuchs. »Ja, und dafür stehe ich tief in Ihrer Schuld. Ihnen verdanke ich, dass meine Kinder eine echte Chance im Leben bekamen. Wenn Sie gestatten, Primus ... Wir sollten jetzt wieder schlafen, um Kraft zu schöpfen. Uns stehen noch drei anstrengende Sprünge bevor.«

Valdorian begriff, dass Jonathan ihm einen Ausweg anbot und sich dadurch gleichzeitig weitere Verlegenheit ersparen wollte.

»Einverstanden«, sagte er und streckte sich auf seiner Liege aus. Eine Zeit lang blickte er nach oben, durch eine Lücke in der Decke ins gerüstartige Innere des Horgh-Schiffes. Das leise Summen schwoll an, mit steigender Frequenz: der Countdown zum nächsten Transit. »Rion«, sagte er rasch. »Denken Sie an Rion.«

»Ja, Primus. Nach dem nächsten Sprung sollte es möglich sein, eine Verbindung herzustellen. Ich warne ihn vor Dokkar und Benjamin.«

Zwei

»Rion ist tot, Primus«, sagte Jonathan. »Und Madeleine, die zum Zeitpunkt des Anschlags bei ihm war, wurde schwer verletzt.«

Valdorian fand kaum die Kraft, sich aufzusetzen. Das Summen des Sprunggenerators war zu einem sanften Flüstern in der Ferne geworden, und aus irgendeinem Grund gab es in diesem Teil des Horgh-Schiffes nicht mehr so viel Licht wie vorher. Es reichte gerade aus, um die andere Seite des Passagierraums zu erkennen. Valdorian stellte fest, dass die Flügel des in seinem Abteil zu Boden gesunkenen Quinqu ihren metallischen Glanz verloren hatten.

»Wo?«, brachte er hervor. Wieder zogen Wellen aus stechendem Schmerz durch seinen Leib, wenn auch nicht so stark wie nach dem ersten Sprung.

»Auf Chuambar, Primus.«

»Chuambar ...« Valdorian versuchte sich zu erinnern. So viele Namen, so viele Planeten ... Cordoban hatte immer den Überblick behalten, immer Bescheid gewusst. Aber Cordoban war tot. »Dort befindet sich eines unserer strategischen Zentren, nicht wahr?«

Ein Schatten glitt durchs Halbdunkel: Jonathan. Aber er bewegte sich nicht wie sonst, sondern ungelenk und schwerfällig. Als das Gesicht seines Sekretärs über ihm erschien, sah Valdorian erneut Blässe und tiefe Falten darin. *Die Sprünge bringen uns um,* dachte er. *So wie den Quinqu.* Wenn dieser Gedanke überhaupt von Emotionen begleitet wurde, dann allein von Genugtuung darüber, dass sein Tod eine große Enttäuschung für Gijül sein würde – dann musste er auf die dreihundert Millionen Transtel verzichten.

Valdorian war dankbar für die Taubheit, denn sie bewahrte ihn davor, mit emotionalem Chaos auf Jonathans Mitteilung zu reagieren.

»Ja«, bestätigte Jonathan, hielt den Injektor an Valdorians Arm und betätigte den Auslöser. Es zischte leise. »Offenbar wollte Rion von dort aus die Truppen des Konsortiums koordinieren und die Verteidigung der zentralen Welten vorbereiten. Der Umstand, dass Benjamin ihn dort nach kurzer Zeit lokalisieren und mit einer intelligenten Bombe töten konnte, weist darauf hin, dass er gut vorbereitet ist. Ich vermute, er hat während der letzten Jahre eine geheime Organisation aufgebaut, vielleicht in der Absicht, mit einer Art Putsch Ihren Platz einzunehmen.«

»Ich hätte den verdammten Mistkerl wirklich erschießen sollen, als ich auf Guraki Gelegenheit dazu hatte«, sagte er leise. »Auch wenn er mein eigener Sohn ist.«

»Es gibt niemanden mehr, der die Streitkräfte des Konsortiums führt«, fuhr Jonathan fort. Er kehrte zu seiner Liege zurück, verabreichte sich selbst eine Injektion und nahm dann Platz. »Mit Benjamins Hilfe haben die Truppen der Allianz leichtes Spiel, und Rions Tod macht für sie alles noch leichter. Das Konsortium bricht auseinander, Primus. Das Arkanado-Kartell hat bereits seinen Austritt erklärt, und andere Unternehmen werden folgen.«

»Die Ratten verlassen das sinkende Schiff«, murmelte Valdorian.

»Primus?«

»Schon gut.«

»Es heißt, dass einige Generäle Verhandlungen mit der Allianz begonnen haben. Andere hingegen leisten entschlossenen Widerstand, insbesondere bei und auf den Welten, von denen aus die zentralen Bereiche des Konsortiums erreicht werden können.«

»Ich hätte auf Cordoban hören sollen, nicht wahr?«, fragte Valdorian. Noch immer hinderte ihn die seltsame Leidenschaftslosigkeit an einer direkten emotionalen Reaktion.

»Primus ...«

Valdorian drehte den Kopf und sah nur eine Silhouette seines Sekretärs. Jonathans Gesicht blieb ihm verborgen.

»Ich *hätte* auf ihn hören sollen, stimmt's?«

»Es wäre besser gewesen, den Schlag gegen die Allianz länger und gründlicher vorzubereiten«, räumte Jonathan schließlich ein und sprach so, als bedauerte er diese Worte. »Aber solche Überlegungen sind müßig, Primus. Wir müssen mit der Situation fertig werden, die sich uns darbietet.«

All das, wofür Valdorian – und vor ihm sein Vater – gearbeitet hatte, zerfiel. Die Ruinen eines Lebens – *zweier* Leben – lagen vor ihm. Normalerweise hätte er bestürzt sein müssen, doch die innere Taubheit, die nur seine Gefühle betraf und nicht den Schmerz, schützte ihn vor Schuld und Selbstanklage.

»Es ist alles verloren, nicht wahr?«, fragte er leise und versuchte, es sich vorzustellen: das Konsortium von der Allianz übernommen, der Traum seines Vaters, und auch sein eigener, zerstört. Sein ganzes Leben hatte er diesem Traum – beziehungsweise dessen Fortsetzung – gewidmet, und die Zerstörung des Traums bedeutete auch, dass all die vielen Jahre seines Lebens ihre Bedeutung verloren. Plötzlich gab es nur noch Leere.

»Es kommt darauf an«, erwiderte Jonathan vage. »Wenn wir von Orinja aus einen Arsenalplaneten erreichen können ...«

Valdorian erinnerte sich nicht daran, seinen Sekretär in das von Cordoban entwickelte Geheimprojekt eingeweiht zu haben, aber vermutlich hatte er das betreffende Gespräch ebenso vergessen wie andere Dinge. Teile seines Lebens waren unwiederbringlich verloren. Wie viele?

Er schob diese Frage beiseite und konzentrierte sich auf Jonathans Hinweis. Cordoban war immer bestrebt gewesen, auf alles vorbereitet zu sein und jede Eventualität zu berücksichtigen, selbst die unwahrscheinlichste. Aus diesem Grund hatte er vor vielen Jahren damit begonnen, auf drei ausgewählten Planeten Arsenale anzulegen. Das Projekt war mithilfe spezieller Fonds finanziert worden, um es geheim zu halten: Das Consistorium des Konsortiums hatte ebenso wenig davon erfahren wie andere Firmengruppen. Cordoban hatte von einem verborgenen Trumpf im Kartenspiel der Macht gesprochen – die Arsenale waren für den Notfall bestimmt, wenn alle anderen Mittel versagten.

»Ich frage mich, warum Cordoban ihre Verwendung nicht vor dem Angriff auf Kabäa vorgeschlagen hat«, sagte Valdorian.

»Ich glaube, darauf hat er ganz bewusst verzichtet. Weil er eine Niederlage im Epsilon-Eridani-System in Erwägung zog. Deshalb wollte er das Potenzial der Arsenale noch in der Hinterhand haben.«

Valdorian spürte, wie sich die Wirkung der Injektion in ihm ausbreitete. Neue Benommenheit entstand und bildete einen dichter werdenden mentalen Nebel, in dem sich seine Gedanken verirrten. Aus dem stechenden Schmerz wurde ein unangenehmes dumpfes Pochen.

Die Arsenale ... Auf den entsprechenden Welten lagerten nicht nur Waffen und sonstiges Ausrüstungsmaterial. Wichtiger waren die Schläfer in den subplanetaren Stasissälen. Tausende von gentechnisch veränderten Soldaten, absolut treu, unerschütterlich loyal, jederzeit bereit, in den Kampf zu ziehen und sich zu opfern. Neue Menschen, nicht erschaffen von der zum Konsortium gehörenden Konzerngruppe *New Human Design*, sondern in Laboratorien der Valdorian-Unternehmensgruppe entworfen, geplant und *konstruiert*. Für den Kampf optimierte Menschen, ohne den kulturellen Ballast von Ethik und Moral, ohne die Bürde eines Gewissens.

»Mit den Arsenalen wäre es vielleicht möglich, die wichtigsten Welten des Konsortiums zu halten und andere zurückzuerobern«, fuhr Jonathan fort, und Valdorian fragte sich verwundert, ob sein Sekretär nach Cordobans Tod die Aufgaben des Chefstrategen wahrzunehmen versuchte. »Aber um das zu bewerkstelligen, sind nicht nur kurzfristige Planungen erforderlich, sondern auch mittel- und langfristige.«

Valdorian schrieb es der wachsenden Benommenheit zu, dass er mehrere Sekunden brauchte, um den versteckten Hinweis zu erkennen. Die unausgesprochene Botschaft seines Sekretärs lautete: *Die Schockwellen haben Ihre genetische Destabilisierung enorm beschleunigt. Selbst nach der Behandlung auf Orinja bleibt Ihnen nicht mehr viel Zeit. Wer soll die Pläne entwickeln, wer sie in die Tat umsetzen? Wer soll versuchen, das vom Konsortium zu retten, was noch zu retten ist?* Keine Monate mehr, nur noch Wochen. Vielleicht nur noch Tage. Diese Erkenntnis hatte die ganze Zeit über darauf gewartet, ins Zentrum von Valdorians Überlegungen zu rücken, und dort entfaltete sie sich, beanspruchte Platz und Aufmerksamkeit.

»Wie geht es ihr?«, fragte er mit schwerer Stimme.

»Madeleine? Ein Splitter der Bombe hat sie am Kopf getroffen. Es muss sich noch herausstellen, ob die Hirnschäden reparabel sind.«

Madeleine, in deren Gesicht Valdorian viel zu oft Lidia gesehen hatte ...

»Ich bin müde«, sagte er und legte sich hin, erneut froh über die Taubheit, die ihm die Bürde von Emotionen ersparte. Sein Blick glitt zu Jonathan, zu Jonathans Silhouette, und für einen Moment gewann er den Eindruck, dass sein Sekretär noch etwas sagen wollte. Doch dann überlegte er es sich anders und schwieg.

Drei

Etwas zerrte an der Verbindung zwischen Körper und Geist und versuchte, sie zu zerreißen. Gedanken und Gefühle dehnten sich wie Gummibänder, schnappten zurück und wickelten sich umeinander. Mentale Knäuel entstanden, Knoten im Gewebe der Seele. Valdorian erwachte nicht, aber er schlief auch nicht mehr. Woraus auch immer das Mittel bestand, das Gijül ihnen gegeben hatte: Es bot kaum mehr

Schutz vor den Auswirkungen des Sprungs. Die Schockwelle entzündete neuerliches Feuer in den Nervenbahnen, in jeder einzelnen Zelle, schien gleichzeitig den Geist vom Körper zu lösen. Valdorian glaubte, durch das Horgh-Schiff zu fliegen, ohne von Stahlwänden, Rohrgeflechten und anderen Dingen aufgehalten zu werden. Er raste umher, durch hell erleuchtete Segmente und stockfinstere Bereiche, ohne dass ihn Licht blendete oder die Dunkelheit Einzelheiten vor ihm verbarg. Er spürte, wie die Energie des Sprunggenerators ein Loch in die Struktur der Raum-Zeit riss, brutal und rücksichtslos, wie das Schiff durch die Öffnung glitt und für einen Moment im Nichts verharrte, in einer Sphäre ohne Zeit, um dann ins normale Raum-Zeit-Kontinuum zurückzufallen, Lichtjahre vom Ausgangspunkt entfernt. Valdorians Ich ritt auf den Wogen dieser Energie, während sein Körper litt. Als sie schwächer wurde, wollte er ihr folgen und eins werden mit dem energetischen Flüstern, das sich vom *Kühnen Reisenden* entfernte. Doch die Dynamik des Sprungs zwang sein Selbst, das noch immer mit dem Leib verbunden war, zurück zum und ins Schiff.

Er sah ... den Mann auf der Wiese, wie er sich bückte, um eine Blume zu pflücken, und er rief ihm zu, sie nicht zu berühren, sie blühen und *leben* zu lassen, aber der Mann hörte ihn nicht, und einmal mehr trug der Wind Blütenblätter fort, und mit ihnen Schönheit ...

Er sah die Nester der Horgh, glitzernde Gebilde aus Synthomasse und Metall. Er sah, wie sich große und kleine Horgh von Stangen und schwebenden Plattformen abstießen, sich von ledrigen Flügeln tragen ließen, die zwar nur wenig Auftrieb erzeugten, mit denen man den Flug aber sehr gut steuern konnte. Er sah tausend Dinge und verstand sie, ohne sie zu verstehen, berührte sie, obwohl sein Körper im Passagierraum lag und von innen her verbrannte, sah ohne Augen und hörte ohne Ohren, während sein von der Schockwelle fortgeschleudertes Selbst gar nicht bestrebt war, in den Körper zurückzukehren. Plötzlich fielen ihm Worte ein, die er vor langer Zeit gehört hatte, aus dem Mund von Lidia, obwohl sie nicht von ihr stammten. *Das Leben ist ein Traum, und der Tod bringt Erwachen.* Und wenn es stimmte? Warum dann das Ende fürchten und sich dagegen wehren? Vielleicht gab es tatsächlich etwas *danach.* Und vielleicht ähnelte jenes Etwas seinen derzeitigen Erfahrungen.

Aber Valdorian hatte damals nicht daran geglaubt, und er glaubte auch heute nicht daran. Er war vom *begrenzten Sein* überzeugt, so wie seine achtzehn Vorgänger im Mausoleum von Tintiran. Nein, das stimmte nicht. Er war vom *Sein* überzeugt. Von einem *unbegrenzten* Sein. Davon war er überzeugt *gewesen.* Er hatte sein ganzes Leben so gelebt, als gäbe es keine Grenzen, als wäre er unsterblich. Eine Existenz mit unendlich viel Zeit und damit auch unendlich vielen Möglichkeiten. Jetzt stand er am Rande dieser seiner Existenz, vor dem letzten aller Abgründe, einer tiefen Schlucht, in die er endlos fallen würde, ohne Hoffnung auf Rückkehr. Etwas drückte ihn der Schlucht entgegen, während etwas anderes in ihm versuchte, Einfluss auf Beine und Füße zu nehmen, um in die Richtung zurückzukehren, aus der er kam. Er ...

Vier

... befand sich in einer Welt, die nur noch aus Schmerz bestand. Wieder raste sein Selbst durchs Schiff, einem geistigen Wesen gleich, das versuchte, aus einem materiellen Käfig zu entkommen. Er flog durch die brodelnde Energie, die sich im Sprunggenerator ansammelte und dazu diente, das zarte Gewebe der Raum-Zeit zu zerfetzen, um das Sprungschiff über Lichtjahre hinweg zu transferieren. Er glitt über den stählernen Rumpf des Schiffes, aber Kälte und Vakuum des Alls konnten das Feuer nicht aus ihm vertreiben. Es brannte weiter und hüllte jeden einzelnen Gedanken in glühende Hitze.

Der letzte Abgrund lockte mit kühler Schwärze.

Und doch klammerte sich etwas am Diesseits fest, die Verbissenheit eines Instinkts, von der Evolution programmiert. Die Wurzel von Valdorians Selbst wollte am Leben bleiben, denn sie wusste: Solange sie lebte, gab es noch eine Chance, gab es Licht, während der Abgrund nur Finsternis bot.

Er sah sich selbst, auf einer Liege im Medo-Raum des Horgh-Schiffes, umgeben von summenden und zirpenden Geräten, angeschlossen an Datenservi und fremdartige Apparate. Die Verbindung durch den Bio-Servo fügte seinem Ich erneut ein externes, bohrendes Element hinzu, aber es blieb an der Peripherie des brennenden Bewusstseins, außerhalb der mentalen Flammen, die in Valdorians Innenwelt loderten. Er sah Jonathan, blass und wie ausgemergelt, geschwächt von vier Sprüngen, aber in weitaus besserer Verfassung als er. Sein Gesicht zeigte Sorge, während er mehrere Horgh-Ärzte bei der Arbeit beobachtete. Auch Gijül war zugegen, hüpfte auf der einen Seite des Raums hin und her, eilte gelegentlich zu den Ärzten, stellte ihnen zwitschernd Fragen und setzte dann seine nervösen Sprünge fort – offenbar befürchtete er den Tod seines zahlungskräftigen Passagiers. Valdorian spürte erneut die Arbeit der Mikronauten, noch mehr als vorher, winzige Maschinen, die fleißig Zellschäden reparierten. Aber in vielen Fällen waren sie überfordert, wenn die genetischen und molekularen Strukturen zu große Schäden aufwiesen. Die Uhr des Lebens, von den häufigen Resurrektionen immer wieder zurückgestellt, tickte jetzt schneller und wollte sich nicht erneut anhalten lassen. Sie war ein kalter Wind, der aus dem schwarzen Abgrund emporseufzte und Linderung versprach.

Der an der Kluft stehende Valdorian hob ein Bein zum letzten Schritt, doch dann wankte er und taumelte nach hinten, von einem sonderbaren Sog erfasst. Wieder war es der Instinkt, der für ihn entschied, dem sanften Zerren nachzugeben. Er fiel, dem Körper auf der Liege entgegen, fand zu seiner vorherigen, kompletten Existenz zurück und ...

... hob die Lider.

Aufgeregtes Zwitschern erklang, und darin verlor sich fast Jonathans Stimme. »Primus? Wir haben es überstanden. Der vierte Sprung liegt hinter uns. Wir befinden uns im Orbit von Orinja.«

»Er ist erwacht, erwacht!«, freute sich Gijül und sprang zur Liege. Die fratzenhafte Parodie des menschlichen Gesichts im Zentralleib des Horgh erschien in Valdorians Blickfeld. »Und er wird leben, leben!«

Ein anderer Horgh zwitscherte.

»Der Arzt meint, sein Zustand wird sich gleich stabilisieren.«

»Ich ... verbrenne«, brachte Valdorian hervor. Doch noch während er diese beiden Worte sprach, ließ die unerträgliche Hitze in seinem Inneren nach und wich erneut einer gleichgültigen Kühle, die Emotionen ihre Bedeutung nahm.

»Sie werden leben, leben!«, jubilierte Gijül. Er wandte sich an Jonathan. »Wir haben das Ziel erreicht. Bezahlen Sie. Dreihundert Millionen Transtel, wie vereinbart.«

»Primus?«, fragte Jonathan.

»Ja«, sagte Valdorian mühsam und spürte wieder bleierne Müdigkeit. »Bezahlen Sie ihn. Lassen Sie einen ... Shuttle kommen. Und ...« Er musste seine ganze Kraft zusammennehmen. »Und sprechen Sie mit ... Connor. Er soll Vorbereitungen treffen.«

»Ja, Primus. Schlafen Sie. Ich kümmere mich um alles.«

Valdorian schloss die Augen.

Im Transraum
An Bord von Mutter Krirs Schiff
19. Januar 327 SN · linear

21

»Es ist so weit, Kind«, sagte Mutter Krir. »Bitte begleite mich.«

»Was ist so weit?«, fragte Lidia verschlafen. Ganz automatisch schlug sie die Decke zurück, streifte einen einfachen Umhang über und schlüpfte in die Schuhe, während die große Kantaki in der offenen Tür des Quartiers wartete.

»Es wird Zeit für mich, die Welt der Lebenden zu verlassen.«

Diese Worte sprach Mutter Krir im Korridor, und Lidia war von einem Augenblick zum anderen hellwach. Sie blieb stehen, und Erschrecken löste die letzten Reste von Müdigkeit auf. »O nein!«, brachte sie hervor.

Die Kantaki streckte ein Vorderglied aus und berührte sie an der Wange. »Sieh die Dinge nicht aus dem Blickwinkel eines Menschen«, klickte sie sanft. »Du hast viel über uns gelernt, Kind, das Herz unserer Zivilisation gesehen. Und du kennst auch unsere Philosophie, unsere Perspektive für alles, das existiert. Der Geist wurde Materie, und jetzt ist es an der Zeit, dass diese Materie ...« Die Kantaki deutete auf sich selbst. »... zum Geistigen zurückkehrt.«

»Aber vielleicht irren Sie sich«, platzte es aus Lidia heraus, während sie durch den halbdunklen Korridor schritten. »Vielleicht ist Ihre Zeit noch nicht gekommen ...« Sie suchte nach geeigneten Worten und wusste gleichzeitig, dass sie tatsächlich wie ein Mensch und deshalb falsch reagierte. Für die Kantaki gab es keinen Tod in dem Sinne. Das Ende ihres Lebens bedeutete vielmehr einen Übergang, gewissermaßen eine Rückkehr.

»Jeder von uns weiß, wann es so weit ist.« Mutter Krir stakte würdevoll durch den Korridor, begleitet vom Summen verborgener Aggregate. Türen öffneten sich und gaben den Weg frei in Bereiche des Schiffes, die Lidia selbst nach all den Jahren an Bord noch nie betreten hatte. Sie näherten sich dem Bug des Schiffes, einem Dorn, der von dort aus nach vorn zeigte. »Ich habe lange gelebt, länger als manche und nicht so lange wie andere. Der Geist ruft mich jetzt, damit ich ihm von meinem Leben erzähle.«

»Mutter Krir ...«

Wieder berührte die Kantaki ihre Pilotin, und Lidia spürte nicht nur diesen physischen Kontakt, sondern auch noch etwas anderes: Ein fremdes Selbst, unglaublich komplex, streifte wie zärtlich ihre Gedanken.

»Sei nicht traurig, Diamant. Unsere Wege trennen sich jetzt, aber nicht für immer. Wir begegnen uns bestimmt wieder.«

Doch der Kummer wollte nicht aus Lidia verschwinden und schwebte wie eine düstere Wolke über ihrem Gemüt. In den vergangenen sechsundzwanzig Jahren war Mutter Krir zu einer Säule ihres Lebens geworden, zu einem festen Bestandteil ihrer Existenz als Pilotin.

Sie konnte sich nicht vorstellen, jemals irgendein anderes Schiff zu fliegen oder für einen anderen Kantaki zu navigieren.

»Zwischen uns ist ein besonderes Band gewachsen«, sagte Mutter Krir und schien Lidias Gedanken zu lesen. »Wir sind wie Schwestern im Geiste. Und deshalb musst du mir glauben, wenn ich dir sage: Das Ende meines Lebens sollte kein Anlass für dich sein zu trauern. Sieh die Dinge mit Kantaki-Augen, Kind: Ich gehe jetzt der Erfüllung meiner Existenz entgegen, und das ist ein Grund zur Freude.«

So sehr sich Lidia auch bemühte, Mutter Krirs Standpunkt zu teilen: Etwas schnürte ihr den Hals zu, und sie brachte keinen Ton hervor.

Schließlich erreichten sie eine große, aus fünf Segmenten bestehende Tür, und auf jedem dieser Segmente bemerkte Lidia eine Gruppe aus fünf Symbolen. Inzwischen kannte sie ihre Bedeutung – sie kündeten von den fünf Großen Kosmischen Zeitaltern.

Ein Akuhaschi wartete vor der Tür, wie für ein festliches Ritual gekleidet, und reichte der Kantaki mehrere bunte Stoffbahnen. Mutter Krir nahm sie mit bedächtigen Bewegungen entgegen, befestigte sie hier und dort an Gliedmaßen und Körper. Eine mattere Fluoreszenz als sonst glitt über Hals und Kopf, vermittelte Lidia den Eindruck von Greisenhaftigkeit.

Mutter Krir streckte ein Bein, und diese Geste galt einer kleineren Tür auf der linken Seite. »Der Raum des Abschieds«, klickte sie. »Von dort aus kannst du sehen, wie ich zu meinem letzten Flug aufbreche. Mit deiner Gegenwart erweist du mir eine große Ehre.«

Der Akuhaschi ging, verschwand hinter ihnen in den Schatten des Korridors.

Lidia wollte etwas sagen, vielleicht um Mutter Krir doch noch von ihrem Vorhaben abzubringen, aber ein Kloß im Hals hinderte sie daran.

»Doch bevor ich gehe, Diamant ...« Die Kantaki senkte den dreieckigen Kopf, und ihre multiplen Augen glänzten, als sie Lidia ansah. »Du hast noch einen langen Weg vor dir, und ich möchte dir einen Rat geben. Beschreite ihn nicht allein. Du bist einsam.«

Lidia musste zugeben, dass Mutter Krir Recht hatte. Seit ihre fünf Kinder nicht mehr an Bord waren, fühlte sie sich tatsächlich sehr allein.

»Du brauchst einen Konfidenten, einen *Partner*«, fuhr die Kantaki fort. »Jemanden an deiner Seite. Jemanden, den du lieben kannst und der dich liebt.«

»Ich ... kenne niemanden.« Erinnerungen erwachten in ihr, wie flüsternde Stimmen aus der Vergangenheit.

»Das ist Teil deines Problems«, klickte Mutter Krir. »Als Pilotin meines Schiffes bist du all die Jahre über von anderen Menschen isoliert gewesen, und bei deinen wenigen Aufenthalten auf Planeten und in Raumstationen hast du kaum die Gesellschaft deiner Artgenossen gesucht. Dies ist mein Rat: Kehre heim nach Tintiran und lehre in der Sakralen Pagode von Bellavista. Das wird dir Gelegenheit geben, andere Personen kennen zu lernen. Vielleicht findest du so jemanden, der dein Konfident werden kann. Und nun ...«

Mutter Krir richtete sich wieder auf, streckte ein Glied aus und berührte Lidia zum letzten Mal. »Ich wünsche dir ein langes und erfülltes Leben, Kind.« Mit diesen Worten wandte sie sich der großen Tür zu, deren fünf Segmente in die Wand glitten. Sie betrat den Raum, drehte sich nicht noch einmal um, und der Zugang schloss sich wieder.

Lidia erwachte wie aus einer seltsamen Trance, trat mit einigen raschen Schritten auf die fünf Segmente zu, die ihr jedoch den Weg versperrten.

Dann fiel ihr die letzte Bitte der Kantaki ein, und sie eilte zur kleineren Tür auf der linken Seite, die bereitwillig vor ihr zur Seite glitt. Dahinter erstreckte sich ein kleiner Raum mit zwei transparenten Wänden. Die eine gewährte Ausblick in den Transraum und auf die Transportblase mit den Passagier- und Frachtmodulen, die das Kantaki-Schiff hinter sich her zog. Durch die andere konnte man in den Raum sehen, den Mutter Krir betreten hatte. Lidia trat ganz dicht an diese Wand heran und presste beide Hände ans transparente Metall.

Die alte Kantaki stand wie andächtig in der Mitte des Zimmers. Einige Sekunden lang verharrte sie in Reglosigkeit, richtete sich dann halb auf und bewegte die vorderen Gliedmaßen in einem Muster, dessen Bedeutung Lidia nicht kannte. Sie wandte sich der Wand zu und winkte auf eine fast menschliche Weise. Etwas berührte Lidias Selbst, ein letztes Streicheln der Seele, und sie hob die rechte Hand, winkte ebenfalls.

Pumpen summten leise und saugten die Luft aus dem Raum, in dem die Kantaki auf ihren »letzten Flug« wartete.

»Mutter Krir ...«, hauchte Lidia, und neuerlicher Kummer tastete nach ihrem Herzen, trotz der tröstenden Worte, die die Kantaki zuvor an sie gerichtet hatte.

Es dauerte nicht lange, bis der andere Raum fast ebenso luftleer war wie das All, und daraufhin öffnete sich der Dorn am Bug des Kantaki-Schiffes wie eine Blume. Fünf lange, schalenförmige Elemente klappten auseinander. Lidia beobachtete das Geschehen mit Tränen in den Augen. Sie wusste nicht, wie lange Kantaki im Vakuum überleben konnten, aber bestimmt nicht sehr lange. An Mutter Krirs Rücken bewegte sich etwas: Zwei halbtransparente Membranen kamen aus verborgenen Öffnungen, entrollten sich und wurden zu rudimentären Flügeln, die im luftleeren Transraum natürlich keine Funktion hatten – dieser Akt war Teil eines Rituals.

Die Kantaki ging in die Hocke, blickte noch einmal zur durchsichtigen Wand und stieß sich dann ab, flog mit ausgebreiteten Schwingen in den Transraum hinaus.

Lidia sah ihr nach, bis sich Mutter Krir in der Schwärze verlor, bis selbst das Gefühl ihrer mentalen Präsenz verblasste und sich auflöste. Sekunden reihten sich aneinander, wurden zu Minuten, und die Minuten schienen schneller zu vergehen als sonst, während Lidia weiterhin ins All blickte, zu den Sternen und den sonderbaren Schatten, die sich im Transraum manchmal vor sie schoben, wie die Schwingen von gewaltigen Geschöpfen. Vielleicht gehörte Mutter Krir jetzt zu ihnen.

Irgendwann erklang eine Stimme hinter Lidia.

»Diamant?«

Sie drehte sich um und sah in der offenen Tür den Akuhaschi, der Mutter Krir die bunten Stoffbahnen gebracht hatte.

»Es wird Zeit für Sie, in den Pilotendom zurückzukehren«, sagte der Akuhaschi. »Bringen Sie dieses Schiff zu seinem Ziel.«

Lidia wischte sich Tränen aus den Augen, nickte und verließ den kleinen Beobachtungsraum. Auf dem Weg zum Pilotendom sagte sie: »Sobald sich Gelegenheit bietet, fliegen wir zum Mirlur-System. Mutter Krir hat mir einen Rat gegeben, den ich beherzigen möchte.«

»Wie Sie wünschen, Pilotin.«

Xandor · 16. März 327 SN · linear

Ein langes Leben trägt die Bürde des Todes, dachte Lidia und erinnerte sich damit an Worte, die Floyd einmal an sie gerichtet hatte. Wer lange lebte, sehr lange, musste oft Abschied nehmen von jenen, die das Ende ihres Lebenswegs erreichten. Floyd hatte zu Recht von einer Bürde gesprochen, denn es *war* eine Last. Kummer und Trauer summierten sich, wurden zu einem schweren inneren Gewicht, das man immer mit sich trug und nie ganz abstreifen konnte.

Der See war noch zugefroren, und Schnee bildete eine dünne weiße Decke auf dem Eis, ebenso auf dem Weg, der vom Haus am Hang zum Ufer führte. Er knirschte, als Lidia einen Fuß vor den anderen setzte. Das Bootshaus, in dem ihr Vater damals seinen letzten Roman zu schreiben versucht hatte, existierte nicht mehr. Es war abgerissen und durch ein neues ersetzt worden, durch ein Gebäude aus Synthomasse und Stahlkeramik.

»Die Zeit verstreicht«, murmelte Lidia, und ihr Atem kondensierte in der kalten Luft. Das vergaßen manche Piloten, wenn sie zu lange unterwegs waren. Auch wenn sie außerhalb des Zeitstroms standen: Die Zeit blieb in Bewegung. Und die Dinge veränderten sich. Nichts blieb auf Dauer gleich. Selbst wenn man bei der Rückkehr in die Welt der normalen

Zeit glaubte, eine vertraute Umgebung anzutreffen: Es lebten andere Personen in ihr. Freunde und Verwandte starben, und wenn man neue Freunde fand, so musste man nach einigen Jahrzehnten auch von ihnen Abschied nehmen. Je länger Kantaki-Piloten im Transraum unterwegs waren, desto mehr füllte sich das Universum des gewöhnlichen Zeitstroms mit Fremden.

»Wie bitte?«, fragte die Frau, die an Lidias Seite ging. »Haben Sie etwas gesagt?«

Lidia drehte den Kopf und musterte die Fremde. Sie stammte aus Fernandez, hatte aber ungewöhnlich helle Haut und schulterlanges blondes Haar. Wie hieß sie noch? Es erstaunte Lidia, dass etwas in ihr bereit gewesen war, den Namen der Frau nach nur wenigen Minuten zu vergessen. Penelope dalla Torre. Jung, etwa dreißig. *Aber ich sehe jünger aus als sie*, dachte Lidia. *Obwohl ich inzwischen einundfünfzig bin.*

»Schon gut«, sagte sie. »Ich habe an das alte Bootshaus gedacht.«

»Wir haben es vor acht Jahren durch das neue Gebäude ersetzt«, erklärte Penelope, und ihre Stimme klang dabei fast entschuldigend. »Den kleinen Friedhof haben wir natürlich nicht angerührt«, fügte sie hastig hinzu.

Schnee bedeckte auch den eingezäunten Bereich in der Nähe jenes hohen Felsens, von dem einst Aida in den Tod gestürzt war. Nicht zwei Grabsteine ragten aus dem Weiß, sondern drei. Neben Lidias Schwester und ihrem Vater hatte man nun auch ihre Mutter hier zur letzten Ruhe gebettet. Carmellina Diaz war vor fast zehn Jahren gestorben und auf ihren Wunsch an dieser Stelle beigesetzt worden.

»Ich habe nie eine Nachricht bekommen«, sagte Lidia leise.

»Vielleicht wurde nie eine geschickt«, spekulierte Penelope. In ihrem Gesicht zeigte sich noch immer eine Mischung aus Unbehagen und Betroffenheit. »Es tut mir Leid.«

»Es ist nicht Ihre Schuld.« Lidia blickte auf die drei Gräber hinab und erinnerte sich an Mutter Krirs Worte über den

Tod. Möglicherweise verbarg sich tatsächlich Trost in ihnen. Einige Minuten lang schwieg sie und nahm stumm Abschied von ihrer Mutter. Dann drehte sie sich um und kehrte zurück zum Hauptweg, der am See entlang und zum Haus am Hang führte. Es hatte sich verändert, durch eine Erweiterung an der Seite und einen neuen Anstrich, aber die Veränderung ging tiefer, betraf nicht nur die Bausubstanz, sondern die Atmosphäre, die *Aura* des Hauses. Es war jetzt das Heim einer anderen Familie, und dadurch wurde es fremd.

Kinderstimmen kamen von oben, als die beiden Frauen langsam über den Weg gingen.

»Natürlich werden wir die Gräber auch weiterhin pflegen«, sagte Penelope. Sie schien das Schweigen als Belastung zu empfinden.

Lidia wäre lieber mit sich und ihren Gedanken allein gewesen. »Danke.« Sie seufzte innerlich. »Fühlen Sie sich wohl hier?«

»Es ist ein wenig einsam, aber das hat auch seine Vorteile.« Penelope rang sich ein Lächeln ab.

Lidia sah das Fenster des Zimmers, in dem sie während ihrer Kindheit und Jugend gelebt hatte. Für einige Sekunden zeigte sich dort ein Mädchengesicht, verschwand dann wieder. Penelope bemerkte ihren Blick.

»Das war Alicia, meine Tochter.«

Das etwa acht Jahre alte Mädchen erschien kurz darauf in der Tür, kam zögernd nach draußen und wahrte einen respektvollen Abstand. Es hatte das blonde Haar und die braunen Augen ihrer Mutter. Ein Junge folgte dem Mädchen, einige Jahr älter als seine Schwester, aber immer noch ein Kind. Voller Stolz präsentierte er das etwa zwanzig Zentimeter durchmessende Modell eines Kantaki-Schiffes, ließ es mithilfe einer Fernsteuerung auf einem Levitationskissen emporsteigen und umherfliegen. Schließlich landete es weich im Schnee, und der Junge kam näher, lächelte strahlend.

»Sind Sie wirklich eine Kantaki-Pilotin?«, fragte er mit

einer Mischung aus Ehrfurcht und Neugier, sah dabei auf die fünf Kantaki-Symbole am Kragen von Lidias Mantel.

Sie erwiderte sein Lächeln. »Ja.«

»Eines Tages fliege ich ebenfalls ein Kantaki-Schiff«, sagte der Junge. »Wie das dort, aber natürlich viel größer.«

»Wie heißt du?«

»Leo.«

Lidia erstarrte innerlich. Erinnerungsbilder huschten an ihrem inneren Auge vorbei: auf Floyds Welt, die Visionen von einem anderen Kosmos des Plurials, im dem sie einen Sohn und eine Tochter hatte. Leonard und Francy. Sie hatte sie auch durch die Pluriallinse auf – beziehungsweise in – Munghar gesehen.

»Fühlen Sie sich nicht wohl?«, fragte Penelope besorgt.

Lidia blinzelte, und für einen Augenblick hatte sie das sonderbare Gefühl, dass tausend Jahre vergangen waren. Alicia stand noch immer dicht vor der Tür, voller Respekt, und Leo – dieser andere Leo – sah verwundert zu ihr auf.

»Es ist ... alles in Ordnung«, sagte sie und fröstelte plötzlich. Die Sonne war längst hinter den Bergen versunken; verblassendes Licht und Kälte kündigten die Nacht an. »Ich habe einmal einen anderen Jungen wie dich gekannt. Er hieß Leonard, und als ich deinen Namen hörte ...«

»Ich werde Kantaki-Pilot, wenn ich groß bin«, betonte Leo noch einmal, betätigte die Kontrollen seiner Fernbedienung und startete das kleine Kantaki-Schiff wieder.

»Geht ins Haus«, forderte Penelope ihre Kinder auf. »Es ist kalt.«

Alicia kam der Aufforderung sofort nach, und Leo folgte ihr widerstrebend. In der Tür verharrte er kurz und winkte. Lidia erwiderte den Gruß, und darauf verschwand der Junge im Inneren des Hauses.

Kurz darauf erschienen Bruder und Schwester an einem Fenster im Erdgeschoss.

Penelopes Gesicht zeigte Verstehen, obwohl sie gar nicht verstehen konnte. Sie vermutete etwas, vielleicht eine Tragödie, einen Unglücksfall, und deshalb begegnete sie der Besucherin mit zusätzlicher Anteilnahme.

»Bitte bleiben Sie zum Essen«, sagte die blonde junge Frau. »Mein Mann kehrt bald heim, und wir könnten über diesen Ort sprechen, über das Haus, das einmal Ihrer Familie gehörte. Sie könnten bei uns übernachten. Platz gibt es genug.«

»Das ist sehr freundlich von Ihnen, aber nein, danke.« Lidia ging zum Levitatorwagen, mit dem sie vor dem Haus gelandet war. »Ich kehre jetzt besser nach Fernandez zurück.« Sie stieg ein, doch bevor sie die Luke schließen konnten, trat Penelope näher.

»Wir kümmern uns um die drei Gräber, das verspreche ich Ihnen.«

»Dafür bin ich Ihnen sehr dankbar. Bitte grüßen Sie Ihren Mann von mir. Und umarmen Sie Ihre Kinder für mich.« Lidia klappte die Luke zu, startete das Triebwerk und flog los. Der zugefrorene See, das Haus und Penelope dalla Torre, die einen letzten Gruß winkte, blieben rasch hinter ihr zurück. Es fühlte sich wie eine Flucht an.

Tintiran · 5. September 327 SN · linear

Die beiden Frauen wanderten über den Strand von Bellavista. Eine von ihnen hatte langes feuerrotes Haar, und hier und dort zeigten sich dünne Falten in ihrem Gesicht. Das Haar der anderen war schwarz und lockig, reichte bis auf die Schulten. Grünblaue Augen glänzten in ihrem glatten Gesicht. Die erste Frau schien etwa sechzig zu sein, die zweite wirkte weniger als halb so alt, obwohl sie inzwischen einundfünfzig war.

»Ich liebe diese frühe Stunde«, sagte Rita, während sanfter Wind mit ihrem roten Haar spielte. »Ich komme oft hierher, wenn die Stadt noch schläft. Dann habe ich das Gefühl, den Strand und das Meer ganz für mich allein zu haben.«

Tatsächlich waren sie praktisch allein auf dem breiten Sandstrand. Es gab nur wenige andere frühe Wanderer, die den Sonnenaufgang beobachteten, und sie alle schienen mit sich und dem Scharlachroten Meer allein sein zu wollen. Lidia blickte zurück zur Stadt in der Bucht. Nur wenige Fahrzeuge bewegten sich dort, weit genug entfernt, um das Rauschen der Wellen nicht durch das Brummen von Levitatoren zu stören. Ihr Blick glitt über die Hänge der Hügel, auf der Suche nach einem ganz bestimmten Gebäude. Irgendwo dort oben befand sich die Valdorian-Villa.

»Vermisst du ihn?«, fragte Rita. Sie hatte die subtile Veränderung in Lidias Gesicht bemerkt.

In den vergangenen Monaten war das Band der Freundschaft zwischen ihnen immer fester geworden, und sie hatten längst die Distanz des Sie aufgegeben – Kantaki-Piloten duzten sich. Vor fast drei Jahrzehnten hatte die Betreuerin Rita der Schülerin Lidia dabei geholfen, Kantaki-Pilotin zu werden.

»Sechsundzwanzig Jahre sind vergangen«, sagte Lidia. »Man sollte meinen, dass so viel Zeit genügt, um über gewisse Dinge hinwegzukommen.« Sie erinnerte sich daran, Rita von Valdorian erzählt zu haben, bei einem ihrer langen Gespräche.

»Manche Dinge haben so tiefe Wurzeln in uns, dass sie uns immer begleiten, wohin wir auch gehen und wie lang der Weg auch sein mag. Komm, lass uns dort Platz nehmen.«

Sie kletterten über einige Felsen hinweg, setzten sich auf einen flachen, grauweißen Block und ließen die Beine über seinen Rand baumeln. Zwei Meter unter ihnen platschten kleine Wellen ans steinige Ufer.

Der obere Rand der Sonne Mirlur zeigte sich am fernen Horizont, vom Dunst halb verschleiert.

»Warum bist du nie wieder geflogen?«, fragte Lidia und begriff, dass es ihr eigentlich nur darum ging, das Thema zu wechseln.

»Bei manchen Piloten ist die Gabe stark und konstant, so wie bei dir. Bei anderen ist sie schwächer und unterliegt Veränderungen. Manchmal verschwindet sie ganz.«

»Hast du deine Gabe verloren?«, fragte Lidia. Interesse und Anteilnahme erwachten in ihr.

»Nein.« Rita lächelte sanft, zog die Beine an und schlang die Arme darum. Sie sah übers Meer hinweg zur aufgehenden Sonne. Einige Boote schaukelten auf den Wellen, und ihre weißen Rümpfe reflektierten den Sonnenschein. »Aber sie ist schwächer geworden, schon vor vielen Jahren, und es erfüllt mich nicht mehr mit der gleichen Zufriedenheit, ein Kantaki-Schiff zu fliegen. Dies ist meine Welt.« Sie breitete die Arme aus, als wollte sie Tintiran umarmen. »Hier fühle ich mich wohl.«

Lidia dachte an die vielen Dinge, die sie in den letzten sechsundzwanzig Jahren gesehen hatte, und es gab noch so viel mehr zu entdecken und zu erfahren. »Fehlt dir nicht die ... Weite?«

»Nein. Beim letzten Flug hatte ich das Gefühl, im Pilotendom fehl am Platz zu sein. Ich gewann den Eindruck, mich selbst zu verlieren, und da wusste ich, dass es Zeit für mich wurde, hierher zurückzukehren. Seitdem habe ich Tintiran nicht mehr verlassen.«

Lidia musterte die Frau an ihrer Seite, betrachtete das zarte Muster der Falten in ihrem Gesicht und sah es plötzlich mit anderen Augen. »Hier bist du Teil des gewöhnlichen Zeitstroms. Du hast dich für ein kurzes Leben entschieden.«

»Ja, das stimmt«, bestätigte Rita ruhig. Ihr Blick reichte erneut übers Meer, und ein Lächeln begleitete ihn. »Jede Entscheidung hat ihren Preis, wie du sehr wohl weißt. Man bekommt nie etwas umsonst. Ein langes Leben ist nicht alles. Die Frage lautet: Womit füllt man es? Was stellt man damit an?«

Lidia nickte und verstand, was Rita meinte. Sie erinnerte sich daran, mit Valdorian darüber gesprochen zu haben, mit einem jungen Mann, für den Macht und Reichtum selbstverständlich gewesen waren und der nicht begriffen hatte, was sie in Worte zu kleiden versuchte.

»Hier fühle ich mich wohl«, betonte Rita noch einmal. »Ich ruhe in mir selbst und bin zufrieden. Ich werde nie wieder fliegen, und glaub mir: Deshalb fehlt mir nichts.«

Lidia sah zum Himmel hoch, zu einigen wenigen Wolken, die weit oben dahinzogen. Jenseits davon erstreckte sich die Unendlichkeit, und sie hörte selbst jetzt ihren Ruf, während sie hier auf einem Felsen am Scharlachroten Meer saß. Auch sie hatte einen Preis bezahlt, aber sie glaubte nach wie vor, die richtige Entscheidung getroffen zu haben.

»Für mich ist es unvorstellbar, nicht mehr im All unterwegs zu sein«, sagte Lidia. »Je mehr Planeten ich besuche, desto kleiner werden diese Welten für mich.«

»Das habe ich auch von anderen Piloten gehört.«

»Auf einem Planeten zu bleiben, selbst auf dem schönsten von allen ... Ich würde mich beengt fühlen, wie in einem Käfig gefangen.« Diese Worte berührten etwas in Lidia, etwas, das seit einigen Monaten wuchs, ihr bisher aber noch nicht bewusst geworden war. »Rita ... Ich muss fort. Ich möchte wieder ein Kantaki-Schiff fliegen.«

Rita maß sie mit einem nachdenklichen Blick und schwieg zunächst. Lidia fragte sich, was sie sah.

»Manchmal glaube ich, dass du vor etwas fliehst«, sagte Rita schließlich. »An deiner starken Gabe besteht kein Zweifel – ich sehe ganz deutlich ihr Licht –, und dein Wunsch, ein Kantaki-Schiff zu fliegen, ist durchaus verständlich. Du findest Erfüllung darin. Und doch ...« Rita überlegte. »Mutter Krir hatte bestimmt einen guten Grund dafür, dich hierher zu schicken, meinst du nicht? Vielleicht sah sie in dir etwas, das du selbst nicht sehen kannst.«

»Sie meinte, dass ich einen Partner brauche, jemand, der mich im All begleitet.«

Rita nickte. »Ganz meine Meinung. Im Pilotendom eines Kantaki-Schiffes dürfte die Wahrscheinlichkeit, anderen Menschen zu begegnen, eher gering sein. Daher riet dir Mutter

Krir, in der Sakralen Pagode zu lehren. Der Aufenthalt in Bellavista sollte dir Gelegenheit geben, soziale Kontakt zu knüpfen. Seit sechs Monaten bist du jetzt hier, und mir ist aufgefallen, dass du Gesellschaft scheust. Wenn es so weitergeht, wirst du zur Einzelgängerin. Eines steht fest: Auf diese Weise lernst du nie jemanden kennen, der dein Konfident werden könnte.«

»Ich weiß nicht einmal, ob ich das möchte.«

»Stell dir vor, du lebst tausend Jahre als Kantaki-Pilotin. Und stell dir vor, jede Sekunde dieses langen Lebens allein zu verbringen. Das kann wohl kaum dein Wunsch sein, oder?«

Tintiranische Möwen pfiffen, zogen Kreise am Himmel, legten die Flügel an und stürzten sich herab. Mit einem dumpfen Klatschen verschwanden sie im Wasser und kamen kurze Zeit später wieder zum Vorschein, einige von ihnen mit zappelnder Beute im Schnabel. Die Sonne stieg höher, über die dünne Linie des Horizonts, an der sich Meer und Himmel trafen. Lidia beobachtete die glitzernden Lichtreflexe auf dem roten Wasser und dachte daran, wie allein sie sich während der letzten Jahre gefühlt hatte, seit Mutter Krirs Kinder nicht mehr an Bord des Schiffes waren. Sie dachte an die seltsamen Träume, die immer wieder ihren Schlaf störten, Träume, in denen sie oft Valdorian begegnete und die sie mit Sehnsucht erfüllten. Sie waren nicht so intensiv wie jener Traum, der sie daran gehindert hatte, Floyd zu helfen, aber sie beeinträchtigten doch ihr inneres Gleichgewicht.

»Nein, ich möchte nicht allein bleiben«, sagte sie langsam. »Aber ich weiß nicht, ob dies die richtige Zeit ist, einen Partner zu wählen.«

»Bleib noch etwas länger auf Tintiran«, schlug Rita vor. »Wenigstens einige Monate. Oder hast du Angst, hier im Zeitstrom zu altern?«

Diese Worte brachten ein Lächeln auf Lidias Lippen. Sie sah noch immer wie Mitte zwanzig aus, und einige Monate bewirkten sicher keinen nennenswerten Unterschied.

»Außerdem: Die eine oder andere Falte könnte dir die Aura von Weisheit geben«, fügte Rita hinzu. »Vielleicht lernen deine Schüler dadurch schneller. Und manche Männer finden so etwas sehr reizvoll.« Sie wurde wieder ernst. »Unterweise eine weitere Gruppe. Das wird einige Monate dauern, und vielleicht begegnest du in dieser Zeit jemandem, der dir interessant erscheint. Allerdings musst du mir versprechen, nicht dauernd in der Pagode herumzuhocken. Bellavista ist groß, und es gibt andere Städte auf Tintiran. Stürz dich ins Leben.«

Lidia seufzte leise. »Na schön, einverstanden«, sagte sie, obwohl sie sich nach dem Transraum sehnte, danach, erneut die Ewigkeit zu berühren. »Eine weitere Gruppe. Anschließend verlasse ich Tintiran.«

»Hoffentlich nicht allein.«

Lidia wusste nicht, ob sie wachte oder träumte. Sie saß unter einem sternenbesetzten Himmel, am Ufer des Scharlachroten Meers, ganz allein. Das rhythmische Branden der Wellen war wie eine sanfte Melodie, die sie mit Ruhe erfüllte. Nur einige wenige Lichter leuchteten in der Stadt hinter ihr, in einer Stadt, die sich sonderbar *leer* anfühlte.

»Ich weiß, dass du hier bist«, sagte Lidia, während sie übers Meer blickte, auf dem sich das Licht der Sterne spiegelte.

Ein Mann saß plötzlich neben ihr, hatte die ganze Zeit über neben ihr gesessen.

»Und so sind wir erneut zusammen«, sagte Valdorian.

Lidia sah ihn nicht an. »Wieso träume ich immer wieder von dir?«

»Weil ich dir fehle?«

»Sechsundzwanzig Jahre sind vergangen.«

»Du siehst noch immer so aus wie damals.«

»Sechsundzwanzig Jahre ...«, wiederholte Lidia nachdenklich.

»Du träumst von mir, weil du mich liebst«, sagte der Mann

an ihrer Seite, und seine Stimme bekam dabei einen besonders eindringlichen Klang. »Du liebst mich noch immer, bist aber zu stolz, um deinen Fehler von damals einzugestehen.«

Lidia horchte in sich hinein und fühlte erneut jene Sehnsucht, die sie nicht zur Ruhe kommen ließ. Abrupt stand sie auf und blickte zu den Sternen empor. »Es war *kein* Fehler. Ich habe die richtige Entscheidung getroffen.« *Ich muss fort von hier,* dachte sie.

»Ich muss fort von hier«, murmelte Lidia, als sie durch die Sakrale Pagode von Bellavista eilte. Alles in ihr drängte danach, Tintiran zu verlassen und zu den Sternen zurückzukehren, in den Transraum.

Ein Schatten bewegte sich vor ihr, und sie sah auf. Ein Kantaki kam aus einem der Räume und stakte mit erstaunlicher Eleganz durch den Korridor. Auffallend starke Fluoreszenz begleitete jede Bewegung, und einige der langen Gliedmaßen waren mit Stofffetzen geschmückt, die besonders grelle Farben zeigten. Lidia sah diesen Kantaki zum ersten Mal, glaubte aber, ein jugendliches Flair bei ihm zu erkennen. Das Wesen vor ihr war nicht annähernd so alt wie Mutter Krir.

Sie verneigte sich respektvoll.

Der Kantaki senkte den dreieckigen Kopf mit den beiden multiplen Augen, streckte eine der vorderen Gliedmaßen, berührte Lidia am Arm und ... zwickte sie.

»Au!«, entfuhr es der Pilotin.

Das Klicken des Kantaki klang nach einem Lachen.

Lidia schnappte verblüfft nach Luft. »Grar? Bist *du* das? Ich meine ... sind *Sie* das?«

Der Kantaki klickte. »Endlich sehen wir uns wieder, Diamant!«, kam es aus dem Lautsprecher von Lidias Linguator.

Grar streckte mehrere Gliedmaßen aus, schlang sie um Lidia und drückte sie vorsichtig an sich – er ahmte eine menschliche Umarmung nach. Dann klickte er erneut.

»Ich brauche eine Pilotin für mein Schiff«, sagte er. »Wärst du bereit, für mich zu navigieren?«

Für Lidia kamen diese Worte einem Wink des Schicksals gleich. Die Begegnung mit Mutter Krirs Sohn zeigte ihr, welche Richtung es einzuschlagen galt. *Bitte verzeih mir, Rita,* dachte sie. »Natürlich«, erwiderte sie voller Freude. »Wann brechen wir auf?«

»Wie wär's mit sofort?« Und wieder ertönte das klickende Lachen.

Orinja
1. April 421 SN · linear

22

Valdorian blickte in den pseudorealen Spiegel und sah eine Leiche. Das von Kraftfeldern kanalisierte Wasser einer Dusche strömte auf sie herab.

Der Mann war ihm fremd, bleich und abgezehrt, die faltigen Wangen eingefallen, die grauen Augen trüb und wässrig. Am dürren, nackten Leib zeichneten sich die Knochen unter schlaffer, halb durchsichtiger Haut ab. Die Verfärbungen an einigen Stellen wirkten wie Leichenflecken. Langsam drehte sich die Gestalt im dreidimensionalen Projektionsfeld des Hygieneraums, wiederholte dabei Valdorians Bewegungen.

»Das soll ich sein?«, brachte er hervor, und die Lippen des leichenhaften Mannes bewegten sich synchron. Er schien um mindestens hundert Jahre gealtert zu sein, und eine seltsame, desorientierende Lücke klaffte zwischen dem inneren Bild von sich und dem tatsächlichen äußeren Erscheinungsbild.

Valdorian deaktivierte den pseudorealen Spiegel, ließ sich von warmer Luft trocknen und streifte Kleidung über, eine einfache Kombination aus Hose, Hemd und Jacke. Auf der Ablage lagen sein Identer, den er von Jonathan zurückerhalten hatte, sowie die Schatulle mit dem Diamanten und der Amplifikator. Er zögerte kurz, bevor er die Schatulle öffnete, den Kristall zur Hand nahm und ihn betrachtete im Schein des kleinen Lichts, das ihn umkreiste. Über viele Jahre hinweg hatte er überhaupt nicht mehr an ihn gedacht, nachdem das Band zwischen den beiden Zwillingskristallen so dünn und schwach geworden war, dass er selbst mit dem Amplifikator nichts mehr empfing. Den letzten Versuch, Lidia zu beeinflussen, hatte er kurz vor seiner Heirat mit Madeleine unternommen, ebenso erfolglos wie die anderen. Doch während der letzten Wochen war ihm der Diamant wieder sehr wichtig geworden, vielleicht auch deshalb, weil er ein Symbol darstellte, einen Fokus seiner Hoffnung. Er steckte ihn ein, zusammen mit Identer und Amplifikator ...

Wieder änderten Zeitquanten ihre Struktur, was eine neue Fluktuation bei den Ereignistendenzen bewirkte. Im Null beobachtete Agorax und spürte, dass erneut ein entscheidender Moment näher rückte. Das Echo von Kabäa vibrierte sanft und subtil durch die Wahrscheinlichkeiten, so leise, dass es die Zeitwächter auf Munghar nicht hörten.

... und verließ den Hygieneraum. Reginald Connor wartete in der Bibliothek auf Valdorian. Er stand an einem der ovalen Fenster, die Ausblick gewährten auf die stählerne Schlange der Minenstadt, von der aus die Metallseen von Orinja angezapft wurden. Er drehte sich um, als er das leise Summen hörte, mit dem sich die Tür des Hygieneraums öffnete und schloss.

Valdorian schritt langsam durch die Bibliothek. Vor nur drei Monaten war er von hier aus aufgebrochen, um Lidia zu suchen, doch er hatte das Gefühl, dass Jahre vergangen waren, vielleicht sogar Jahrzehnte. Sein Blick glitt über die vielen Kunstgegenstände, mit denen ein anderer Valdorian – der Primus inter Pares des Konsortiums – den großen Raum ausgestattet hatte. Sie bedeuteten ihm nichts mehr. Was er auch sah – Regale aus Edelholz zwischen Statuen, Nischen, ebenso wie die Regale mit Büchern gefüllt, Gemälde und Skulpturen, Xurr-Artefakte –, nichts *berührte* ihn. Emotionslose Kühle herrschte in seinem Inneren und trennte ihn von allen Dingen, die ihn umgaben. Eine ähnliche Distanz, so erinnerte er sich, hatte er an Bord des Horgh-Schiffes gespürt, mit dem Unterschied, dass sie diesmal nicht von Kraftlosigkeit und Schmerz begleitet wurde.

»Sie fragen nicht, wie es mir geht«, stellte Valdorian fest.

»Ich weiß, wie es Ihnen geht«, erwiderte Connor. »Ich habe Sie behandelt, Dorian.«

Dorian. Es gab nur zwei Personen, die ihn so nannten. Der Name klang wie ein Ruf aus der Vergangenheit.

»Wo ist Jonathan?«

»Er bespricht mit Gord Thalsen die Lage.« Connor hob einen kleinen Kom-Servo. »Ich habe sie bereits verständigt. Sie werden gleich hier sein.«

»Es sieht schlimm aus, nicht wahr?«

Der kleine, dicke Connor holte ein Taschentuch hervor und wischte sich imaginären Schweiß von der Stirn. »Meinen Sie die allgemeine Lage oder Ihre besondere Situation?«

»Wie viele Wochen bleiben mir?« Valdorian verharrte vor einem Fenster, doch als er sein Spiegelbild im der transparenten Stahlkeramik sah, wandte er sich abrupt ab.

Connor schwieg. Anteilnahme erschien in seinem runden Gesicht.

»Sie nehmen doch sonst kein Blatt vor den Mund, Reginald. Seien Sie ganz offen.«

Connor hob das Taschentuch erneut zur Stirn, ließ es dann aber sinken und in der Hosentasche verschwinden. »Ihnen bleiben nur noch einige Tage.«

Diese Worte änderten nichts an der kühlen Ruhe in Valdorian. »Einige Tage?«, fragte er. »Wie ist das möglich. Die Resurrektion ...«

»Resurrektionen können keine Wunder bewirken«, sagte Connor und kam etwas näher. »Die Schockwellen während der Sprünge des Horgh-Schiffes haben die genetische Destabilisierung enorm beschleunigt. Eigentlich können Sie von Glück sagen, überhaupt noch am Leben zu sein.«

»Gijül – das Sippenoberhaupt der Horgh – hat mir ein Mittel gegeben ...«

»Andernfalls wären Sie spätestens nach dem zweiten oder dritten Sprung gestorben. Die Schmerzen müssen schrecklich gewesen sein ...«

Valdorian entsann sich an die Pein, auch an die visionären Erlebnisse, aber die Erinnerungen schienen nicht ihn zu betreffen, sondern einen anderen.

»Mir blieb kein andere Wahl«, sagte er und hörte die eigene Stimme aus der Ferne. »Ich musste fliehen.«

»Ich weiß. Jonathan hat mir alles erzählt. Nun, ich habe eine Maximal-Behandlung durchgeführt, aber die Gewebeschäden sind inzwischen irreparabel.«

»Ich fühle mich recht gut«, sagte Valdorian, wie um Connor zu widersprechen.

»Nein«, entgegnete der Arzt. »Sie fühlen sich nicht *schlecht*. Was Sie einer Arznei verdanken, die auf bestimmte Rezeptoren im Gehirn einwirkt. Ohne dieses Medikament wären Sie ein Häufchen Elend.« Er holte einen Injektor hervor und reichte ihn Valdorian. »Jeweils eine Dosis in Abständen von ungefähr fünf Stunden.«

Valdorian nahm den Injektor entgegen und starrte darauf hinab. »Das ist alles?«

»Es tut mir Leid.«

»Und ... wenn ich Teile meines Körpers durch semibiologische Komponenten ersetzen lasse?«

»Dazu ist es zu spät.«

Eine Tür öffnete sich, und Jonathan kam herein, begleitet von Gord Thalsen, dem Sicherheitchef von Orinja. Valdorians Sekretär schien ebenfalls gealtert zu sein; tiefe Schatten lagen auf seinem Gesicht. Der hagere, kahlköpfige Thalsen wirkte nervös und erschrak, als er Valdorian sah.

»Ich biete keinen besonders erfreulichen Anblick, oder?«

Thalsen wechselte einen Blick mit Jonathan und senkte den Kopf.

»Das Konsortium existiert nicht mehr«, sagte Valdorians

Sekretär. Er deutete zum Schreibtisch in der einen Ecke der Bibliothek. Valdorian trat um den Schreibtisch herum und nahm dahinter Platz.

Die drei anderen blieben vor dem Schreibtisch stehen, Thalsen holte einen kleinen Projektor hervor und schaltete ihn ein. Ein dreidimensionales Bild entstand: der Spiralarm der Galaxis. Unter den verschiedenfarbigen Markierungen fielen zwei große Bereiche sofort auf – der eine blau, das Konsortium, der andere rot, die Allianz. Die blaue Zone erstreckte sich vor allem dort, wo der Spiralarm in den Kern der Milchstraße überging. Der Sicherheitschef von Orinja betätigte die Kontrollen des Projektors, woraufhin sich der rote Bereich veränderte. Dorne wuchsen daraus hervor, bohrten sich in die blaue Zone und bildeten dort Verästelungen.

»Es ist schwer, einen genauen Überblick zu bekommen, denn viele der üblichen Transverbindungen funktionieren nicht mehr«, sagte Thalsen. Er blieb nervös und vermied es, den Blick auf Valdorian zu richten. »Aber wir müssen davon ausgehen, dass die Allianz inzwischen fast hundert der rund sechshundert Sonnensysteme kontrolliert, die zum Konsortium gehörten. Ihre Streitkräfte stoßen nirgends mehr auf nennenswerten Widerstand. Die meisten Ressourcenplaneten und bewohnten Welten versuchen, separate Vereinbarungen mit der Allianz zu treffen. Wenn die Entwicklung so weitergeht wie bisher, wird die Allianz das Konsortium in weniger als einem Monat vollständig übernommen haben.«

»Beziehungsweise das, was vom Konsortium noch übrig ist«, fügte Jonathan hinzu. »Das Arkanado-Kartell und andere Unternehmen haben bereits den Austritt erklärt. Das Consistorium des Konsortiums hat inzwischen getagt und Sie ganz offiziell als Primus inter Pares abgesetzt, Primus.« Das letzte Wort fügte der Sekretär wie als Hinweis darauf hinzu, was er von dieser Entscheidung hielt. »Man hat einen so genannten Koordinator ernannt, der unverzüglich Friedensverhandlungen mit der Allianz führen soll, aber seine Autorität bleibt fraglich. Immer mehr Planeten erklären ihre Unabhängigkeit, um sofort danach Abkommen mit der Allianz zu treffen.«

»Wer ist der Koordinator?«, fragte Valdorian.

»Lukert Turannen von der Konzerngruppe *New Human Design*.«

Valdorian schüttelte den Kopf. »Der Name sagt mir nichts.«

»Vor zwanzig Jahren haben Sie einen Vertrag mit ihm unterzeichnet, der innerhalb des Konsortiums eine enge Zusammenarbeit zwischen NHD und der Valdorian-Unternehmensgruppe vorsah«, sagte Jonathan. »Außerdem: Cordoban hatte ... geschäftlich mit ihm zu tun. Woraus sich ein weiteres Problem ergibt.«

Etwas in Valdorians Innerem kam in Bewegung, aber es konnte nichts an der kühlen Ruhe ändern, die ihn noch immer in der Rolle des Zuschauers verharren ließ, der das Geschehen auf einer Bühne beobachtete, ohne daran beteiligt zu sein. »Die Arsenalplaneten mit den Schläfern«, sagte er.

»Ja«, bestätigte sein Sekretär. »Turannen weiß von ihnen. Und er könnte sie als eine Art Trumpfkarte Enbert Dokkar gegenüber einsetzen. Um das zu verhindern, müssen wir so schnell wie möglich einen Arsenalplaneten erreichen.«

Valdorian begriff, dass sie von Dingen sprachen, die ihn nicht mehr betrafen, weil sie über den Zeitpunkt seines Todes hinausreichten. Vielleicht ging seine an Apathie grenzende innere Ruhe auch darauf zurück und nicht allein auf Connors Medikament. Welchen Sinn hatte es, über Ereignisse nach dem Ende der Welt zu sprechen? Für ihn endete die Welt in einigen wenigen Tagen, und danach *gab es nichts mehr*.

»Wie geht es Madeleine?«, fragte er leise und spürte seine Gedanken dahingleiten, ohne dass er das Bedürfnis verspürte, Einfluss auf sie zu nehmen und sie in eine bestimmte Richtung zu lenken.

»Sie ist ihren Kopfverletzungen erlegen«, erwiderte Jonathan.

Cordoban, Rion, Madeleine – tot. Und tausende andere. *Es ist meine Schuld,* flüsterte eine Stimme in Valdorian. *Ich hätte auf Cordoban hören und mich nicht zu dem Angriff auf Kabäa hinreißen lassen sollen.* Aber das vorwurfsvolle Raunen blieb ohne emotionale Konsequenz.

Lidia ... Sie war irgendwo dort draußen, an Bord eines Kantaki-Schiffes, jung wie vor hundertzwanzig Jahren ...

»Primus?«, fragte Jonathan.

Gord Thalsen räuspterte sich, während über dem Schreibtisch noch immer die dreidimensionale Darstellung des Spiralarms leuchtete. »Er ist nicht mehr der Primus inter Pares.«

Jonathan wandte sich ihm zu. »Was soll das heißen?«

Thalsens Nervosität nahm zu. »Er ist nicht mehr das Oberhaupt des Konsortiums. Man hat ihn offiziell abgesetzt.«

»Und?«

»Es bedeutet, dass er nicht mehr befugt ist, Anweisungen zu erteilen. Ich bin gezwungen, mich an die Direktiven des Koordinators zu halten.«

»Sie wollen sich aus der Affäre ziehen, wie?«, fragte Jonathan, und Valdorian fand, dass die Stimme seines Sekretärs dabei ungewöhnlich scharf klang.

Thalsen seufzte. Es klang müde und auch niedergeschlagen. »Es hätte nicht zu einem Krieg kommen dürfen. Das Ende des Konsortiums ist unabwendbar, und jetzt bleibt uns nichts anderes übrig, als den Schaden zu begrenzen.«

»Mit dem Potenzial der Arsenale könnten wir einen Teil des Konsortiums erhalten und erfolgreich gegen die Allianz verteidigen«, sagte Jonathan. »Wenn es uns gelingt, einen Arsenalplaneten rechtzeitig zu erreichen.«

Valdorian war noch immer ein neutraler Beobachter und bemerkte subtile Veränderungen in Jonathans Haltung. Sein Sekretär bereitete sich auf den Kampf vor.

»Es würde den Krieg nur verlängern, aber nichts an seinem letztendlichen Ergebnis ändern.« Thalsen deaktivierte den Projektor, und der Spiralarm der Galaxis verschwand. »Es käme zu noch mehr Opfern, zu noch mehr Zerstörung. Tut mir Leid.« Er betätigte einen anderen Schalter des Projektors, und daraufhin öffnete sich die Tür der Bibliothek. Vier in leichte graue Kampfanzüge gekleidete Angehörige der Sicherheitsabteilung von Orinja kamen mit schussbereiten Hefoks herein. Thalsen winkte ihnen kurz zu, und sie ließen die Waffen sinken, blieben aber wachsam. »Es tut mir Leid«, wiederholte er. »Ich bin an die Anweisungen des Koordinators gebunden. Lukert Turannen hat die Festnahme von Rungard Avar Valdorian und seine Auslieferung an die Allianz angeordnet. Es ist eine von Enbert Dokkars und Benjamin Valdorians Bedingungen für einen sofortigen Waffenstillstand.«

»Benjamin«, hauchte Valdorian so leise, dass ihn die anderen nicht hörten. Die mentale Bewegung in ihm wurde stärker, und diesmal gelang es ihr, einen Teil der Ruhe aus ihm zu verdrängen.

»Dokkar wird ihn hinrichten lassen«, sagte Jonathan.

»Er stirbt ohnehin«, erwiderte Thalsen. »Sehen Sie ihn an. Er ist dem Tode näher als dem Leben. Wollen Sie sich für jemanden opfern, der in einigen Stunden oder höchstens Tagen tot ist? Ich bedauere dies wirklich, bitte glauben Sie mir, aber wir tragen Verantwortung den Lebenden gegenüber. Vor allem dieser Pflicht müssen wir gerecht werden.«

Sie sprechen so über mich, als wäre ich bereits tot, dachte Valdorian und tastete mit der rechten Hand ganz langsam nach der Schublade des Schreibtischs. Er handelte, ohne zu denken, während der größte Teil seines Selbst beobachtete und zuhörte, noch immer weit von den Ereignissen entfernt.

Benjamin, raunte es in ihm, und dieser Gedanke entzündete ein Feuer, dessen Hitze die Kühle zurückzudrängen begann. Vor dem inneren Auge sah er ihn noch einmal so, wie er ihn auf Guraki gesehen hatte: ängstlich und arrogant, verunsichert und überheblich, das aufgequollene Gesicht von Lastern gezeichnet. *Ich hätte ihn wirklich erschießen sollen,* dachte er und begriff gleichzeitig, dass er dazu vielleicht nicht einmal jetzt imstande gewesen wäre, trotz des wachsenden Zorns.

»Es gilt, weiteres Blutvergießen zu vermeiden«, betonte Gord Thalsen und winkte erneut, woraufhin die vier Wächter näher kamen. Die Läufe ihrer Waffen wiesen noch immer nach unten. »Das ist wichtiger als alles andere.«

Valdorians Finger erreichten die Schublade, ohne dass jemand Verdacht schöpfte. Mit einem leisen, kaum hörbaren Klicken öffnete sie sich. Langsam, ganz langsam zog er sie auf ...

»Schöne Worte«, sagte Jonathan. »Aber Sie wollen vor allem Ihren eigenen Hals retten. *Darum* geht es Ihnen.«

Thalsen schüttelte den Kopf. »Nein. Ich bedauere dies wirklich, aber ich sehe keine andere Möglichkeit, den Krieg sofort zu beenden und vielleicht einen Teil des Konsortiums zu retten.«

»Und Orinja«, fügte Jonathan spöttisch hinzu.

»Ja, und Orinja.«

Valdorian hielt den richtigen Augenblick für gekommen. Er griff in die Schublade und ... fand nichts. Die Waffe, die darin gelegen hatte – sie fehlte.

»Es tut mir Leid«, sagte Thalsen, diesmal zu Valdorian. »Ich kann mir vorstellen, was Sie jetzt empfinden. Sicher sind Sie zu allem bereit – was in Ihrer Situation kaum verwunderlich ist. Wir durften kein Risiko eingehen und haben alle versteckten Waffen aus der Bibliothek entfernt. Bitte kommen Sie jetzt mit. Wir haben einen speziellen Raum für Sie vorbereitet, in dem Sie ...«

»Eine Zelle?«, fragte Valdorian kalt, obgleich der Zorn heißer in ihm brannte. Er spürte, wie die Distanz zu den Ereignissen schrumpfte – die Realität packte ihn und setzte ihn wieder auf die Bühne des Geschehens. Damit einher ging dumpfer, stechender Schmerz, noch beschränkt auf die Peripherie seiner Wahrnehmung.

»Ein Name ist so gut wie jeder andere«, sagte Thalsen. »Sie ...«

Ein leises Piepsen unterbrach ihn. Er holte einen Kom-Servo hervor, blickte aufs Display und betätigte dann erneut die Kontrollen des Projektors. Wieder entstand ein dreidimensionales Bild über dem Schreibtisch, und diesmal zeigte es einen Assistenten in der Uniform des Sicherheitsdienstes von Orinja.

»Ein Kantaki-Schiff ist in die Umlaufbahn von Orinja geschwenkt«, berichtete der sehr besorgt wirkende junge Mann. »Seine Transportblase brachte dies mit.« Das Bild wechselte und präsentierte Aufnahmen, die vermutlich von einem Satelliten stammten. Große Frachtmodule im Inneren der Transportblase öffneten sich, und heraus kamen interplanetare Raumschiffe der Allianz, Kampfeinheiten der Tiger- und Wolf-Klasse.

Thalsen trat einige Schritte vom Schreibtisch zurück, näher zu den vier Bewaffneten, und hob den Kommunikationsservo. »Stellen Sie eine Verbindung her.«

»Sofort«, erklang die Stimme des Assistenten. Die Kampfschiffe der Allianz verschwanden aus dem pseudorealen Projektionsfeld, das einige Sekunden lang nur farbloses Wabern zeigte.

»An die Schiffe der Allianz«, sagte Gord Thalsen laut und deutlich. »Hier spricht der Sicherheitchef von Orinja. Wir ergeben uns. Ich wiederhole: Wir ergeben uns und werden keinen Widerstand leisten. Militärische Aktionen sind nicht notwendig. Im Auftrag des Koordinators Lukert Turannen haben wir den früheren Primus inter Pares des Konsortiums in Gewahrsam genommen und sind zu seiner Auslieferung bereit.«

Jonathan zischte etwas, das Valdorian nicht verstand. Er fühlte, wie die Schmerzen stärker wurden, von der Wahrnehmungsperipherie in Richtung Zentrum vorrückten. Und er spürte das Gewicht des Injektors in der Hosentasche, aber auch ohne Connors medizinischen Rat begriff er, dass er die nächste Injektion so lange wie möglich hinauszögern musste, um dem Tod noch einige Stunden mehr abzutrotzen.

Das Wabern löste sich auf, und Benjamin erschien im Projektionsfeld. Sein Gesicht wirkte noch aufgedunsener, und es zeigten sich keine funkelnden Rubine mehr an den Ohrläppchen, sondern wieder Miniaturprojektoren: Sie projizierten etwa zehn Zentimeter durchmessende Darstellungen der Milchstraße, und einer ihrer Spiralarme war von der Wurzel bis zur Spitze rot.

»Ihr Geschwätz interessiert mich nicht, Thalsen«, sagte Benjamin. »Keine Kompromisse. Das war doch eine deiner Devisen, nicht wahr, Vater? Kannst du mich hören? Wenn nicht ... Dein Sicherheitschef ist bestimmt so freundlich, dir eine Aufzeichnung meiner Worte zu bringen.« Benjamins Blick glitt umher, wie auf der Suche nach seinem Vater. »Keine Kompromisse. Zumindest das habe ich von dir gelernt. Ich weiß, dass du auf Orinja bist. Ein gewisser Horgh namens Gijül war sehr bemüht, mich darauf hinzuweisen. Ein geldgieriger Bursche, findest du nicht? Aber auch nützlich. Er nannte mir nicht nur deinen Aufenthaltsort, sondern teilte mir auch mit, dass es dir sehr schlecht geht. Ich lasse nicht zu, dass du einfach so aus dem Leben scheidest. Nein, *ich* werde dich töten – das bin ich mir und dir schuldig. Diesmal entkommst du mir nicht. Es ist endgültig aus mit dir.«

Benjamin bewegte die rechte Hand, und das formlose Wabern kehrte ins Projektionsfeld zurück.

»Ich glaube, die Allianz ist nicht an meiner Auslieferung interessiert«, sagte Valdorian und sah dabei Thalsen an. »Das bedeutet ein Problem für Sie.«

Ein großer Teil seiner Nervosität war zuvor von dem Sicherheitschef abgefallen, doch jetzt kehrte sie zurück. Er begriff plötzlich, dass er sich in seine sehr schwierige Lage gebracht hatte. »Bitte begleiten Sie mich. Wir ...«

»Befehlen Sie sofort den Einsatz aller Waffensysteme gegen die Schiffe der Allianz«, sagte Valdorian. Er stand auf und schien seinen Worten dadurch mehr Nachdruck zu verleihen. »Vielleicht gelingt es uns, die erste Angriffswelle abzuwehren und Zeit genug zu gewinnen, um den Raumhafen zu erreichen.«

Thalsen schüttelte den Kopf. »Es tut mir Leid, aber ich

kann nicht erlauben, dass Sie Orinja verlassen. Ich werde mich mit Enbert Dokkar in Verbindung setzen und ...«

Der Assistent erschien wieder im Projektionsfeld und wirkte noch besorgter als vorher. »Die Raumschiffe der Allianz nehmen unsere Kommunikations- und Gefechtssatelliten unter Beschuss. Einige von ihnen befinden sich im Anflug auf die Minenstädte und ...« Der junge Mann blickte zur Seite und empfing offenbar eine Meldung. »Die Komplexe Duran und Gorha werden angegriffen ...«

Valdorian trat hinter dem Schreibtisch hervor, was die vier Bewaffneten zum Anlass nahmen, ihre Hefoks auf ihn zu richten. Connor hob sein Taschentuch und wischte sich diesmal echten Schweiß von der Stirn. Jonathans Blick wechselte zwischen den Wächtern und Thalsen; er schien auf eine Chance zu warten. Valdorian warf ihm einen warnenden Blick zu. Die letzten Reste von Distanz verflüchtigten sich, was ihm die Möglichkeit gab, wieder Entscheidungen zu treffen und zu handeln, trotz der Schmerzen und des emotionalen Brodelns unter der Kruste bewusster Gedanken. »Geben Sie die zur Verteidigung notwendigen Anweisungen, Thalsen«, sagte er scharf. »Ihnen bleibt nicht mehr genug Zeit, einen Kontakt mit Dokkar herzustellen. Benjamin hat den Befehl über jene Schiffe, und er wird den ganzen Planeten vernichten, um mich zu erwischen.«

Thalsen war Profi genug, um die Situation richtig zu bewerten und einzusehen, dass ihm keine Wahl blieb. Er hob den Kom-Servo. »Thalsen an alle Sicherheitsstationen von Orinja. Invasionsalarm. Ich wiederhole: Invasionsalarm. Hiermit autorisiere ich globale und lokale Defensivmaßnahmen.«

Valdorian richtete einen demonstrativen Blick auf die vier Wächter. Thalsen nickte ihnen zu, und sie ließen ihre Waffen wieder sinken. Jonathan nutzte die Gelegenheit, trat vor und nahm einem der Männer den Hefok ab. Er richtete ihn auf Thalsen, aber Valdorian schüttelte den Kopf.

»Schon gut, Jonathan«, sagte er. »Das hat jetzt keinen Sinn mehr.«

Der Boden bebte, und ein Grollen kam aus der Ferne, wie von einem Gewitter.

»Status Omega«, ertönte es aus verborgenen Lautsprechern. »Höchste Alarmstufe. Die Integrität der Minenstadt ist bedroht. Status Omega ...«

Valdorian trat zu den ovalen Fenstern, gefolgt von Jonathan und den anderen. Gefechtsshuttles jagten über die stählerne Schlange der Minenstadt hing, und dunkle Punkte lösten sich von ihnen, fielen den Habitaten und Pumpstationen entgegen: intelligente Bomben, die ihr Ziel von allein fanden. Es blitzte mehrmals, und Flammenzungen leckten dem graubraunen Himmel entgegen.

Die Explosionen waren so heftig, dass sie nicht nur die Minenstadt erzittern ließen, sondern die ganze Scholle, auf der sie errichtet worden war.

»Status Omega ...«, ertönte es weiterhin. Irgendwo in der Ferne wies das Heulen einer Sirene darauf hin, dass die heiße, giftige Atmosphäre von Orinja in Habitatsegmente strömte.

Valdorian wandte sich von den Bildern der Zerstörung ab. »Kontrollservo, Priorität Rungard Alvar Valdorian ...« Er fügte eine lange Zahlen- und Buchstabenkombination hinzu und wartete.

Nichts geschah.

»Wir haben Ihren Prioritätskode deaktiviert«, sagte Thalsen in einem entschuldigenden Tonfall.

Wieder grollte es, diesmal nicht so weit entfernt, und gleißendes Licht fiel durch die Fenster der Bibliothek.

Connor sah noch immer nach draußen. »Die Explosionen kommen näher.«

»Sie sollten die Sequenz möglichst schnell reaktivieren, Thalsen«, sagte Valdorian. »Wir brauchen das volle Potenzial der Sicherheitssysteme.«

Gord Thalsen zögerte nur einen Sekundenbruchteil. »Ja, natürlich, Sie haben Recht.« Er betätigte die Kontrollen des Kom-Servos und sprach mehrere zusammenhanglos scheinende Worte.

»Sie haben sich wirklich gut auf meine Entmachtung und Auslieferung vorbereitet«, sagte Valdorian spöttisch.

Diesmal blickte ihm Thalsen in die Augen, und Valdorian sah dort eine Wahrheit, die er auch tief in seinem Inneren wusste. »Ein sinnloser Krieg findet statt. Ich habe ihn nicht begonnen, aber ich wäre vielleicht imstande gewesen, ihn zu beenden. Manchmal erfordert auch der Frieden Opfer.«

Valdorian musterte Thalsen, während die Gefechtsshuttles der Allianz ihre Angriffe auf die Minenstadt fortsetzten. Etwas an dem hageren, kahlköpfigen Mann erinnerte ihn an Byron Gallhorn, den Ersten Bürger von Guraki. Gallhorn hatte an etwas geglaubt, und das galt auch für Thalsen. Dem Handeln und Denken beider Männer lagen gewisse Prinzipien zugrunde, eine Ethik, die Respekt verdiente. *Aber Gallhorn ist tot, ebenso wie alle anderen, die auf Guraki lebten,* erinnerte sich Valdorian.

»Servo, Priorität Rungard Alvar Valdorian«, sagte er noch einmal und wiederholte die Zahlen- und Buchstabenkombination.

Eine Säule geriet in Bewegung – ihr Sockel glitt mit einem leise Summen nach oben.

»Kommen Sie«, sagte Valdorian und deutete auf die schmale, nach unten führende Treppe. Er sah einen der in leichte Kampfanzüge gekleideten Männer an und streckte die Hand aus. Der Mann wechselte einen kurzen Blick mit Thalsen und reichte ihm dann seinen Hefok.

Valdorian steckte die Waffe ein, ging mit langen Schritten zur Treppe und eilte die Stufen hinunter. Schmerz begleitete ihn, war aber noch nicht so stark, dass er seine Fähigkeit zu folgerichtigem Denken beeinträchtigte. In diesen Momenten dachte er auch nicht daran, dass er in einigen Tagen sterben würde.

Noch lebte er, und er wollte sein Leben retten. Um Benjamins Zerstörungswut zu entkommen, musste er Orinja verlassen, was sich nur mit einem Raumschiff bewerkstelligen ließ. Ergo: Es galt, den Raumhafen auf der Hauptscholle zu erreichen, unweit des Verwaltungszentrums – bevor er von den Schiffen der Allianz zerstört wurde.

Der Treppe folgte ein kurzer Gang, der an einem Lift endete, dessen Kabine für acht Personen gerade genug Platz bot.

Ein Sondierungsstrahl tastete Valdorian ab. Er nannte erneut seinen vollen Namen, fügte einen anderen Berechtigungskode hinzu und sagte: »Transferebene.«

»Bestätigung«, ertönte die Stimme des Datenservos, und die Liftkabine setzte sich in Bewegung, sank schnell in die Tiefe.

»Wie weit geht es hinab?«, fragte Thalsen.

»Fast einen Kilometer«, erwiderte Valdorian bereitwillig. »Kennen Sie das ganze Ausmaß des Sicherheitssystems?«

»Ich bin nur mit den primären Stationen vertraut, die man mir bei meinem Amtsantritt gezeigt hat. Für die übrigen Bereiche waren Sondergenehmigungen des Konsortiums erforderlich.«

Valdorian nickte. »Weil ich hier vor Jahren ein logistisches Zentrum eingerichtet habe, das vor Attentaten geschützt werden musste.« Er lächelte kühl. »Sind Sie nicht neugierig gewesen?«

»Ich habe nie versucht, die geschützten Bereiche zu betreten – wenn Sie das meinen. Als Sicherheitschef weiß ich, was automatische Abwehrsysteme anrichten können.«

»Und davon, lieber Thalsen, gibt es hier tatsächlich jede Menge.« Der Schmerz pulsierte heftiger in Valdorians mentalem Kosmos, verwandelte sich in das Äquivalent eines Schwarzen Lochs, das alles um sich herum ansaugte und verschlang. Er klammerte sich innerlich an seiner Entschlossenheit fest und formte aus ihr einen Schild, um sich vor der Stimme des Todes zu schützen.

Wenige Sekunden später wurde die Kabine langsamer. Absorber neutralisierten die Andruckkräfte, und die Tür öffnete sich. Ein langer, mehrere Meter breiter und mindestens hundert Meter langer Korridor erstreckte sich vor dem Lift. Leuchtkörper in der Decke flackerten auf und glühten dann gleichmäßig.

Valdorian verließ die Kabine, und ein weiterer Sondierungsstrahl richtete sich erst auf ihn und dann auch auf seine Begleiter. »Ich rate Ihnen dringend, keine drohende Haltung mir gegenüber einzunehmen«, sagte er und wandte sich der ersten Tür auf der rechten Seite zu. Seine Worte galten Thalsen und den vier Männern aus der Sicherheitsabteilung. »Die automatischen Abwehrsysteme sind darauf programmiert, jede mir drohende Gefahr zu eliminieren.«

Die Tür öffnete sich und gab den Weg frei in einen Ausrüstungsraum. Spinde zogen sich an den Wänden entlang. Valdorian öffnete den ersten von ihnen und wählte einen leichten Kampfanzug, der sich kaum von denen unterschied, die Thalsens Leute trugen. Er zog Hose, Jacke und Hemd aus, behielt nur die Unterwäsche an und begann damit, den Kampfanzug überzustreifen. Die anderen wandten sich halb von ihm ab; den Grund dafür verstand er, als er sein Spiegelbild in der glänzenden Metalltür des Spinds sah: Er bot einen grässlichen Anblick, wirkte wie ein wandelnder Leichnam. »Sie auch, Jonathan und Reginald. Thalsen ... Bedienen Sie sich.« Er vollführte eine einladende Geste in Richtung der Wandschränke.

Hinter dem mentalen Schild staute sich der Schmerz wie Wasser vor einem Damm. Valdorian zog den Injektor aus der Hosentasche, betrachtete ihn kurz und schob ihn in eine Tasche des Kampfanzugs, zusammen mit drei anderen Objekten – eines von ihnen glitzerte, ein anderes sah aus wie ein Kom-Modul. Anschließend nahm er den kleinen Hefok, den er zuvor einem der Wächter abgenommen hatte, zögerte kurz und gab ihn zurück. Er öffnete einen anderen Schrank, der leistungsfähigere Waffen enthielt, nahm zwei davon heraus und warf eine Jonathan zu, der sich unterdessen ebenfalls umgezogen hatte. Die zweite befestigte er am Instrumentengürtel des Kampfanzugs, griff dann nach einer dritten.

»Doktor?«

»Ich bin Arzt, kein Soldat«, sagte Connor. Er hielt einen Kampfanzug hoch, der viel zu lang und zu schmal für ihn war.

»Das dürfte Benjamin und seine Leute nicht davon abhalten, auf Sie zu schießen. Außerdem müssen wir damit rechnen, dass er Killerdrohnen schickt. Jonathan, finden Sie einen einigermaßen passenden Anzug für ihn. Thalsen, Sie und Ihre Leute kommen mit. Wir machen die Transferkapseln startklar.« Er warf die dritte Waffe Connor zu, der sie ungeschickt auffing.

Gord Thalsen trug ebenfalls einen Kampfanzug und hatte auch nicht darauf verzichtet, eine Waffe am Gürtel zu befestigen. Er und seine vier Männer folgten Valdorian in den Korridor und zu einer anderen Tür, die sich ebenso bereitwillig vor dem abgesetzten Primus öffnete wie die erste. Sie führte zu einer Art Bahnsteig. Mehrere eiförmige Kapseln ruhten dort in Bereitschaftsgestellen, die in einer runden, drehbaren Plattform verankert waren. Dahinter zeigten sich dunkle Tunnelöffnungen.

Valdorian trat auf die Plattform vor der ersten Kapsel und berührte ein Sensorfeld an ihrer Außenfläche. Eine Luke schwang auf.

»Es ist überhaupt nichts von der Hitze zu spüren«, sagte Thalsen und sah sich um. »Erstaunlich.«

»Dabei befinden wir uns hier mehrere hundert Meter unter der Scholle«, sagte Valdorian, ging zur nächsten Kapsel und öffnete auch ihre Luke. »Die Temperatur außerhalb dieser Sicherheitssektion beträgt fast tausend Grad. Kraftfelder und spezielle Isolierpolymere schirmen die ganze Anlage ab.«

Ein Grollen kam aus weiter Ferne, wie das Flüstern eines zornigen Titanen. Thalsen blickte besorgt nach oben. »Und wenn die Energieversorgung ausfällt?«

»Jede Sektion ist mit autarken Generatoren ausgestattet.« Valdorian aktivierte die Bordsysteme der ersten Kapsel, dann die der zweiten. »Die Schirmfelder bleiben in jedem Fall stabil. Allerdings könnten Subsysteme der einzelnen Sektionen beeinträchtigt werden.«

Thalsen deutete zu den Tunnelöffnungen. »Wie zum Beispiel das Transfersystem?«

»Es ist nicht auszuschließen.«

Jonathan und Connor trafen ein. Der kleine, korpulente Arzt trug nun einen Kampfanzug, der sich am Bauch spannte, während Ärmel und Beine ein ganzes Stück zu lang waren. Unter anderen, weniger ernsten Umständen hätte er lächerlich gewirkt.

»Eine Kapsel bietet jeweils vier Personen Platz«, sagte Valdorian. »Jonathan, Connor, Thalsen und ich nehmen die erste, Sie die zweite.« Die letzten Worte richtete er an die vier Männer aus der Sicherheitsabteilung. Sie stellten die Anweisung nicht infrage und kletterten sofort in die zweite Kapsel.

Valdorian wartete, bis sein Sekretär, der Arzt und Thalsen eingestiegen waren, setzte sich dann an die Kontrollen und schloss die Luke, woraufhin die Lebenserhaltungssysteme aktiv wurden. Luft strömte aus den Tanks, und die Recycler wurden aktiv.

»Erbitte Kursangabe«, ertönte die Stimme des Datenservos.

»Hauptscholle, Raumhafen. Maximale Geschwindigkeit.« Valdorian lehnte sich in dem schmalen Sitz zurück und versuchte, dem Schmerz hinter der Stirn auch weiterhin keine Beachtung zu schenken. Es fiel ihm immer schwerer, und die Versuchung, sich schon jetzt mit einer weiteren Injektion Erleichterung zu verschaffen, wurde größer. Als sich die Kapsel auf einem Levitationsfeld vom Bereitschaftsgestell löste und einer der dunklen Tunnelöffnungen entgegenschwebte, zeichneten sich im Bugfenster vage Spiegelbilder ab, und erneut sah Valdorian sich selbst, ein leichenhaftes Gesicht. Nur noch einige wenige Tage – falls er Benjamins Angriff auf Orinja überlebte. Und dann ... Das Nichts. Er schauderte innerlich, und alles in ihm sträubte sich dagegen, das eigene Ende zu akzeptieren. Seltsam: Einige wenige Tage konnten ein hundertsiebenundvierzig Jahre langes Leben vollkommen bedeutungslos werden lassen.

Die erste Kapsel glitt in den dunklen Tunnel, und aus ihrem Summen wurde ein dumpfes Brummen, als sie abrupt beschleunigte. Die Insassen spürten davon nichts –

Kompensatoren neutralisierten die Trägheitskräfte. Valdorian vergewisserte sich, dass ihnen die zweite Kapsel folgte, überließ dem Datenservo die Kontrolle über die Bordsysteme und öffnete ein Wandfach. Es enthielt mehrere spezielle Identer, die er einsteckte, außerdem auch einen Infonauten, den er Jonathan reichte.

»Stellen Sie die aktuelle Situation fest«, wies er seinen Sekretär an. »Und versuchen Sie herauszufinden, welche Schiffe sich beim Raumhafen befinden.« Er sah Thalsen an und fügte hinzu: »Sie werden verstehen, dass ich Ihnen ein solches Gerät nicht zur Verfügung stelle. Ich möchte keine weiteren unangenehmen Überraschungen erleben, wenn wir an die Oberfläche zurückkehren.«

»Ich hatte gehofft, Orinja aus dem Konflikt heraushalten zu können«, erwiderte der Sicherheitschef niedergeschlagen. »Vielleicht wäre mir das auch gelungen, wenn ich etwas schneller gehandelt hätte.« Er deutete nach oben. »Jetzt wird all das zerstört, was wir in mehr als hundert Jahren aufgebaut haben.«

»Glauben Sie, es ist meine Schuld?«

»Ich habe den Krieg nicht angefangen«, betonte Thalsen noch einmal.

»Nein, das haben Sie nicht«, erwiderte Valdorian in einem nachdenklichen Ton. »Die entsprechenden Anweisungen stammten von mir. Wir hätten den Krieg gewinnen können, wenn ich bereit gewesen wäre, auf Cordoban zu hören. Mein Fehler brachte ihm den Tod, ihm und vielen anderen.« Aus dem Augenwinkel sah er, wie Connor einen erstaunten Blick mit Jonathan wechselte. An solche selbstkritischen Worte vom Primus inter Pares – selbst vom abgesetzten – war der Arzt nicht gewöhnt. »Aber letztendlich spielt es gar keine Rolle, wer den Krieg beginnt, Thalsen. Es kommt darauf an, wer ihn gewinnt. Der Sieger hat das Recht auf seiner Seite, der Verlierer die ganze Schuld.«

Stille folgte diesen Worten, und als sie unangenehm zu werden begann, räusperte sich Jonathan.

»Mehrere Minenstädte sind bereits vollständig zerstört«, sagte er, sah dabei auf das Display des Infonauten und betätigte die Kontrollen. »Die planetaren Verteidigungssysteme sind aktiv und haben mehrere Gefechtsshuttles der Allianz abgeschossen, aber gegen die Bombardements lässt sich kaum etwas ausrichten. Die Schirmfelder der Habitate und Fabrikbereiche sind nicht für solche Belastungen konzipiert. Erstaunlicherweise haben die Schiffe der Allianz noch nicht versucht, Truppen abzusetzen.«

Valdorian nickte langsam und blickte durchs Bugfenster in den Tunnel, der dunkel blieb. Nur ein leises, kaum hörbares Pfeifen deutete auf die enorm hohe Geschwindigkeit der Kapsel hin. »Benjamin hat gar nicht vor, Orinja für die Allianz zu erobern. Er will den ganzen Planeten vernichten, um mich zu erwischen.« Plötzlich fiel ihm etwas ein. »Haben Sie Zugriff auf die Daten der seismischen Detektoren?«

Jonathan sah vom Display auf. »Ja.«

»Halten Sie nach einer Fusionssignatur Ausschau.«

Der Sekretär verstand sofort, veränderte die Justierungen des Infonauten und zapfte so den Datenfluss anderer Servi in den Minenstädten von Orinja an.

»Positiv«, sagte er wenige Sekunden später. »Es lässt sich tatsächlich eine Fusionssignatur feststellen.«

»Was bedeutet das?«, fragte Connor besorgt.

»Es bedeutet, dass Orinja langsam verbrennt«, antwortete der bleiche Thalsen.

»Darum landen keine Truppen der Allianz«, sagte Valdorian. »Benjamin hat einen Planetenfresser eingesetzt, wie auf Guraki. Die übrigen Angriffe dienen nur zur Ablenkung oder sind reine Zerstörungslust. Wie viel Zeit bleibt uns?«

Jonathan blickte auf das Display des Infonauten. »Weniger als eine Stunde.«

»Einen ganzen Planeten zu zerstören, um einen Mann zu töten ...«, sagte Thalsen fassungslos.

»Benjamin hat vollkommen den Verstand verloren«, kommentierte Reginald Connor, der ganz hinten saß.

»Nein«, sagte Valdorian. »Er ist nicht verrückt. Aber er kennt keine Grenzen. Er hat nie welche gekannt. Für ihn spielt nur das eine Rolle, was *er* will. Alles andere ist unwichtig.« *Unterscheidet er sich da so sehr von dir?*, flüsterte eine kritische innere Stimme.

Plötzlich schnappte Valdorian nach Luft, als jähe Pein wie ein Messer durchs Gehirn schnitt und ein tiefes Loch riss in den mentalen Schild, der den Schmerz bisher zurückgehalten hatte.

»Dorian ...«, begann der Arzt besorgt.

»Wie viele Dosen enthält der Injektor, Reginald?«, brachte Valdorian mühsam hervor. Sein Blickfeld schrumpfte; an der Peripherie wurde alles grau.

»Zehn«, antwortete Connor. »Aber jede weitere Dosis verliert an Wirkung, weil sich die Rezeptoren im Gehirn an die Substanz gewöhnen.«

»Achtung«, ertönte die synthetische Stimme des Datenservos. »Eindringlinge im Sicherheitssystem, Sektionen Vier und Fünf.«

»Ich dachte, die Schiffe der Allianz hätten keine Truppen abgesetzt«, sagte Thalsen erstaunt.

»Identifikation der Eindringlinge«, wies Valdorian den Datenservo an, während er noch mit dem Schmerz rang. Auch diesmal widerstand er der Versuchung, sich eine weitere Injektion zu verabreichen.

»Anorganische Einheiten«, erwiderte die synthetische Stimme. »Drohnen.«

»Als ob der Planetenfresser nicht genug wäre.« Valdorian sah auf die Kontrollen. Bisher funktionierte alles einwandfrei. Noch immer rasten die beiden Transferkapseln mit hoher Geschwindigkeit durch den Tunnel, der Hauptscholle und dem Raumhafen entgegen.

»Ich habe sie jetzt auf dem Schirm«, sagte Jonathan. »Sieben Drohnen. Nein, sechs. Eine ist grade zerstört worden. Die Datenservi melden volle Aktivität aller automatischen Abwehrsysteme.« Der Sekretär zögerte. »Drei weitere

Drohnen sind in die Sicherheitssektion Siebzehn eingedrungen.«

Valdorian begriff sofort, was das bedeutete. »Sie befinden
sich vor und über uns.«

Die Kapsel erzitterte, und das Licht ging aus. Zwei oder
drei Sekunden lang herrschte völlige Finsternis. Dann glühten die Tafeln der Notbeleuchtung, und in ihrem gespensti-
schen Schein sah Valdorian erneut auf die Kontrollen. »Die
Induktionsschienen des Tunnels empfangen keine Energie
mehr.«

Dumpfes Donnern kam aus der Ferne, ließ den Tunnel
und die langsamer werdende Kapsel erzittern.

»Wie weit sind wir noch von der Hauptscholle entfernt?«,
fragte Thalsen.

»Mehr als siebzig Kilometer«, sagte Jonathan und behielt
die Anzeigen des Infonauten im Auge. »Eine der drei Drohnen in Sektor Siebzehn ist zerstört. Die beiden anderen sind
mit starken Schilden ausgerüstet und dringen in die Tiefe
vor. Sie haben ein energetisches Zentrum neutralisiert. Die
autarken Generatoren funktionieren nach wie vor, aber ihre
Energie wird für die Schirmfelder benötigt.«

»Wir sitzen fest«, schloss Thalsen. »Siebzig Kilometer. Und
der Planetenfresser lässt uns weniger als eine Stunde Zeit.«

»Die Überwachungsservi der Hauptscholle haben die von
den seismischen Detektoren ermittelten Daten ausgewertet
und Alarm gegeben«, sagte Jonathan. »Sie ...«

»Status Omega«, ertönte es aus dem Kom-Lautsprecher.
»Es wurde ein Planetenfresser gezündet. Evakuierung aller
Minenstädte ...«

Valdorian deaktivierte die synthetische Stimme des Datenservos. »Wir zünden die Treibsätze. Damit müsste es
möglich sein, die Hauptscholle in zwanzig Minuten zu erreichen.«

»Treibsätze?«, wiederholte Thalsen.

»Die Transferkapseln beziehen ihre Energie von den Induktionsschienen des Tunnels«, erklärte Valdorian, wäh-

rend er die Kontrollen betätigte. »Die Ladung der Batterien reicht für eine Beschleunigung nicht aus. Bei der Entwicklung des Sicherheitssystems ist natürlich ein Energieausfall in Erwägung gezogen worden. Daher die für den Notfall bestimmten chemischen Treibsätze. Jonathan, geben Sie der zweiten Kapsel Bescheid. Sie soll sich verankern und mit dem Bugschild schützen, anschließend ebenfalls ihren Treibsatz zünden und uns in sicherem Abstand folgen. Holen Sie eine Bestätigung ein.«

Valdorian beendete die Vorbereitungen, und sein Finger verharrte über einer ganz bestimmten Taste. Er dachte an die Drohnen fünf- oder sechshundert Meter weiter oben, zwei auf Vernichtung programmierte Maschinen, die aufgrund ihrer starken Schilde in die Tiefe vordringen konnten, dabei ein Abwehrsystem nach dem anderen ausschalteten. Er stellte sich das vom Planetenfresser entfachte atomare Feuer vor, das in Orinjas subplanetaren Metallmeeren brannte und sich anschickte, den ganzen Planeten zu verschlingen. Und er dachte an das Chaos, das an der Oberfläche herrschte, an die abertausenden von Menschen, die die Minenstädte verließen und versuchten, den Raumhafen zu erreichen und sich in Sicherheit zu bringen. Vor dem inneren Auge sah er die Streitmacht der Allianz im Orbit, wie Raubvögel, die auf Opfer warteten. Zweifellos würden die Angreifer interplanetare Schiffe unter Beschuss nehmen, die von Orinja starteten. *Aber sie werden sich hüten, das Feuer auf Kantaki-Schiffe zu eröffnen,* dachte Valdorian. Eine vage Idee ging mit diesem Gedanken einher, und er versuchte sie festzuhalten.

»Die zweite Kapsel bestätigt«, meldete Jonathan.

»Zündung«, sagte Valdorian und drückte die Taste.

Feuer loderte aus dem Heck der ersten Kapsel, als der Treibsatz zündete. Die Flammen leckten durch den Tunnel und trafen auf den Bugschild der zweiten Kapsel, die deshalb nicht zurückgeschleudert wurde, weil sie sich mechanisch an der Tunnelwand verankert hatte.

Die erste Kapsel raste davon.

Auch die Kompensatoren empfingen ihre Energie von den Induktionsschienen, was bedeutete, dass sie jetzt nicht mehr funktionierten. Valdorian wurde tief in den Sessel gepresst, schien plötzlich das Drei- oder Vierfache zu wiegen. Das Atmen fiel ihm schwer, und das Grau schob sich von der Peripherie seines Blickfelds immer weiter nach innen, bildete einen dichter werdenden Nebel vor den Augen. Etwas tief in ihm erschrak, und er wollte den Injektor aus der Tasche holen, aber die Hand war so schwer, dass er sie nicht heben konnte. Ein Ozean aus Schmerz schwappte gegen den geistigen Damm, zerfetzte ihn regelrecht und gischtete durch sein Bewusstsein, ohne irgendwo auf Widerstand zu stoßen. Valdorian ertrank in Pein, und mit jeder verstreichenden Sekunde wuchs das geistige Chaos: Eine Art psychischer Urknall hatte stattgefunden, und der expandierende Kosmos füllte sich mit *allen denkbaren* Gedanken. Valdorian erinnerte sich an Connors Hinweis auf zunehmende geistige Verwirrung – hatte er *dies* damit gemeint? Die Strukturen seiner Gedanken verloren sich in Metastrukturen, die das mentale Universum mit einem weiten Geflecht durchzogen. Bedeutung verlor sich in absoluter Bedeutungslosigkeit.

Dann kam es zu einer zweiten Flut, die einen externen Ursprung hatte und den Schmerz einmal mehr in einen fernen, dunklen Winkel von Valdorians Selbst zurückdrängte. Der graue Nebel vor den Augen löste sich auf, und er sah Jonathan und Reginald Connor, die ihn aus der Kapsel trugen.

»Primus?«, fragte Jonathan. Er hielt den Injektor in der freien Hand. »Geht es wieder?«

»Ich ... ich glaube schon«, erwiderte Valdorian und ließ sich von seinem Sekretär stützen. Sie befanden sich in einem kleinen Raum, am Ende des Transfertunnels, in dessen Öffnung die Kapsel steckte – ihre mechanischen Anker hatten tiefe Furchen in der Tunnelwand hinterlassen. Connor eilte bereits durch den kurzen Korridor zum Lift, während sich Gord Thalsen durch die offene Luke ins Innere der Kapsel beugte. Valdorian nahm den Injektor entgegen und steckte ihn ein. »Was ist passiert?«, fragte er, obwohl er es genau wusste – er war dem Tod erneut um Haaresbreite entkommen.

Jonathan verstand die Frage anders. »Die beiden Drohnen aus Sektor Siebzehn haben die zweite Kapsel erwischt. Sie sind dicht hinter uns.«

Thalsen schloss die Luke und beobachtete, wie sich die Anker der Kapsel lösten. Sofort setzte sie sich in Bewegung und glitt durch den nach unten geneigten Tunnel in die Richtung, aus der sie gekommen waren.

»Ich weiß nicht, ob das die beiden Drohnen aufhält, aber ein Versuch kann nicht schaden.« Thalsen stützte Valdorian auf der anderen Seite, und sie folgten Connor zum Lift.

»Wir sind direkt unter der Hauptscholle«, sagte Jonathan, als sie die Liftkabine betraten. Die Tür glitt zu, und bevor sie sich ganz schloss, sahen sie einen Lichtblitz im Tunnel. Das Donnern einer Explosion folgte dem Gleißen und schüttelte die nach oben gleitende Kabine.

»Diesmal brauchen wir keinen Energieausfall zu befürchten«, sagte Valdorian und atmete erleichtert auf, als die Schwäche aus ihm wich. »Dieser Lift ist mit zwei leistungsstarken Nuklearbatterien ausgestattet.«

»Wie viel Zeit bleibt uns noch?«, fragte Connor und blickte nach oben, als könnte er die Liftkabine dadurch beschleunigen. Schweiß glänzte auf seiner Stirn, aber er machte keine Anstalten, ihn fortzuwischen.

Jonathan sah auf den Infonauten. »In zwanzig Minuten erreicht die vom Planetenfresser ausgelöste Fusion ein kritisches Niveau.«

Wieder donnerte es, und eine weitere Erschütterung erfasste die Liftkabine, noch heftiger als die erste. Valdorian hätte fast das Gleichgewicht verloren. Das Licht flackerte, und das gleichmäßige Summen des Lifts setzte kurz aus.

Jonathan sah aufs Display. »Die Transferkapsel hat die Drohnen nur für kurze Zeit aufgehalten. Sie haben den Liftschacht erreicht.«

Einige endlos lange Sekunden verstrichen, dann hielt die Kabine an. Ihre Tür öffnete sich mit einem leisen Zischen. Connor verließ den Lift als Erster – er *sprang* regelrecht in den Korridor. Jonathan und Valdorian folgten ihm. Thalsen blieb zurück. »Können wir die Sicherheitsvorrichtungen des Lifts so beschädigen, dass die Kabine in die Tiefe stürzt?«, fragte er.

»Das würde zu lange dauern«, erwiderte Valdorian. »Kommen Sie, wir dürfen keine Zeit verlieren.«

Der Korridor endete nach wenigen Metern an einer Metalltür. Wieder wurde ein Sondierer aktiv und tastete Valdorian ab. Nachdem dieser den Öffnungskode genannt hatte, glitten die drei waagerechten Segmente der Tür beiseite; dabei wurden integrierte Hefoks sichtbar. Die vier Männer betraten ein leeres Sicherheitsbüro, und hinter ihnen schloss sich die Tür wieder.

»Zugang blockieren«, sagte Valdorian.

»Bestätigung«, erwiderte eine Servostimme, und es klackte mehrmals.

Schon bei ihrem Eintritt waren mehrere Projektionsfelder an den Wänden aktiv geworden; sie zeigten verschiedene Bereiche des Planeten. Drei Darstellungen stießen auf Valdorians besonderes Interesse. Die erste zeigte zwei silbrig glänzende, metallene Oktopoden, die verblüffend agil und schnell im Liftschacht nach oben kletterten, umhüllt vom dunstigen Flirren individueller Schutzschirme – die beiden Drohnen. Die zweite präsentierte die große Abfertigungshalle des Raumhafens: Tausende von Menschen drängten sich dort zusammen, während Männer und Frauen in den Uniformen des Sicherheitsdienstes von Orinja versuchten, einen Rest von Ordnung zu wahren. Das dritte »Fenster« bot Ausblick auf das weite Start- und Landefeld des Raumhafens der Hauptscholle. Ein schwarzes, asymmetrisches Kantaki-Schiff ragte dort auf, und drei Flüchtlingsströme bewegten sich wie Ameisenkolonnen auf die große Transportblase zu: Dutzende von Containern, Habitatmodulen und Frachtbehältern nahmen die Bewohner von

Orinja auf, um sie fortzubringen von ihrer sterbenden Welt. Valdorian starrte auf den schwarzen Koloss, und jene Idee, die zuvor vage in ihm entstanden war, gewann Konturen.

»Zum Kantaki-Schiff«, sagte er, wandte sich dem Ausgang des Sicherheitsbüros zu und gab einen weiteren Befehl. Sofort öffnete sich die Tür.

Ein fast ohrenbetäubend lautes Stimmengewirr schlug ihm und seinen Begleitern entgegen. Valdorian trat in die Menge furchterfüllter, der Panik naher Menschen und begann damit, sich einen Weg durchs Gedränge zu bahnen, aber nicht in Richtung des Abfertigungsbereichs, wo die drei langen Schlangen zum Kantaki-Schiff ihren Anfang nahmen. Sein Ziel war eine der Türen, vor denen die Angehörigen der Sicherheitsabteilung mit schussbereiten Waffen Wache standen. Man sah den uniformierten Männern und Frauen ihre Nervosität deutlich an. Sie wussten um die Gefahr, die Orinja drohte, und gleichzeitig sahen sie sich auch noch mit einer anderen Bedrohung konfrontiert: Wenn die Menge der Flüchtlinge endgültig in Panik geriet, würde sie alles niedertrampeln, was sich ihr in den Weg stellte.

Valdorians spitze Ellenbogen trafen Männer, Frauen und Kinder. Zornige Stimmen ertönten um ihn herum, aber er achtete nicht darauf, zog seine Waffe und schlug mit dem Kolben zu, wenn jemand nicht schnell genug auswich. Die ersten Sicherheitsbeamten an den Wänden der Raumhafenhalle wurden aufmerksam und hoben ihre Hefoks.

Genau in diesem Augenblick kam eine der beiden Drohnen aus dem Büro, fuhr ihre Teleskopbeine aus und peilte das Ziel an. Valdorian sah sie aus dem Augenwinkel und warf sich zur Seite, zwischen einen Mann und eine ältere Frau, die erschrak, als sie ihn sah – und entsetzt die Augen aufriss, als sie die Drohne bemerkte. Einen Sekundenbruchteil später wurde sie von einem Strahlblitz getroffen und stand plötzlich ohne Kopf da. Sie fiel und verschwand in einem chaotischen Durcheinander, als tausende von Menschen zu fliehen versuchten.

Energiestrahlen zischten und fauchten durch die Halle, als die Sicherheitsbeamten das Feuer erwiderten. Die Entladungen ihrer Waffen flackerten am Schild des Oktopoden, der nun auf langen, metallenen Gliedmaßen durch die Menge stakte, ohne Rücksicht auf die Menschen zu nehmen.

Irgendwie gelang es Valdorian, auf den Beinen zu bleiben und eine der Türen zu erreichen. Der dort stehende Wächter wollte ihn aufhalten, aber zum Glück befand sich Gord Thalsen dicht hinter ihm und winkte den Uniformierten beiseite.

Valdorian riss die Tür auf, als die Drohne erneut feuerte. Jonathan zerrte ihn zur Seite, und die destruktive Energie zischte an ihm vorbei, hinterließ ein Loch in der Tür.

Wenige Sekunden später waren Valdorian, sein Sekretär, Thalsen und der schnaufende Connor draußen. Die auf dem Start- und Landefeld in der Schlange stehenden Flüchtlinge waren unruhig geworden und drängten der Transportblase entgegen, obwohl Uniformierte sie immer wieder aufforderten, Ruhe zu bewahren. Ihre Disziplin erstaunte Valdorian. Sie wussten vom Planetenfresser, aber vielleicht war ihnen nicht klar, dass sich Orinja in nur etwas mehr als einer Viertelstunde in ein Glutmeer verwandeln würde.

Auf der rechten Seite, etwa fünfhundert Meter entfernt, stieg Rauch von den Abwehrstellungen des Raumhafens auf. Gefechtsshuttles der Allianz flogen Einsätze jenseits des Atmosphärenschilds, der den ganzen Raumhafen umgab und Orinjas giftige Gase zurückhielt. Die Generatoren dieses speziellen Schutzschirms waren zum Glück nicht zerstört worden – andernfalls hätte sich dieser Ort in ein Massengrab verwandelt.

»Wie ich es vermutet habe«, sagte Valdorian zufrieden. »Benjamin und seine Freunde wollen nicht riskieren, dass das Kantaki-Schiff beschädigt oder gar zerstört wird.«

Jonathan nickte. »Die Allianz braucht die Schiffe der Kantaki für den Transport ihrer Truppen.«

Valdorian setzte sich wieder in Bewegung, auf den schwarzen Koloss des Kantaki-Schiffes zu. Jonathan folgte ihm stumm, obwohl sein Gesicht kurz Erstaunen zeigte. Connor lief ebenfalls los und schnaufte heftig.

»Ich helfe meinen Leuten bei der Evakuierung«, rief Thalsen nach einigen Metern und eilte nach rechts, den drei Flüchtlingskolonnen entgegen.

»Es bleibt nicht viel Zeit«, erwiderte Valdorian, ohne stehen zu bleiben.

»Ich weiß.« Der kahlköpfige Sicherheitschef von Orinja hob die Hand. »Ich wünsche Ihnen viel Glück.«

Valdorian zögerte kurz und winkte dann ebenfalls.

In der Raumhafenhalle kam es zu einer Explosion.

Grelles Licht blitzte durch die Fenster, deren Scheiben sich unmittelbar darauf in Myriaden Splitter verwandelten, von der Druckwelle nach draußen geschleudert. Flammen loderten; Trümmerstücke rasten wie Geschosse umher. Valdorian wurde von den Beinen gerissen, und einige Sekunden lang konnte er nicht atmen. Dann schnappte er nach Luft, kam wieder auf die Beine und versuchte, die Barriere in seinem Inneren zu stabilisieren, die Schmerz und Schwäche in Schach hielt.

Reginald Connor lag auf dem Boden und rührte sich nicht mehr. Sein Gesicht war zu einer Grimasse erstarrt. Ein scharfkantiges Metallteil ragte aus seiner zerfetzten Brust, und er lag in einer größer werdenden Blutlache.

»Kommen Sie!«, rief Valdorian seinem Sekretär zu und lief erneut los. Nur wenige Dutzend Meter trennten sie noch vom schwarzen Berg des Kantaki-Schiffes.

Die Explosion der Drohne schien wichtige Systeme des Raumhafens beschädigt zu haben. Weit oben gingen wellenförmige Bewegungen durch den Atmosphärenschild, und Strukturlücken entstanden. Wie Nebelschwaden driftete heißes, giftiges Gas durch die Lücken.

»Von hier aus haben wir keinen Zugang zur Transportblase!«, rief Jonathan, als sie sich einem der schwarzen Dorne näherten, auf denen der dunkle Koloss ruhte.

»Ich will auch gar nicht in die Blase«, erwiderte Valdorian.

Er erreichte den Dorn als erster und trat ohne zu zögern in die Öffnung, die er angepeilt hatte. Jonathan gesellte sich ihm hinzu, und unmittelbar darauf senkte sich mattes Licht auf sie herab, hob sie sanft hoch. Wenige Sekunden später standen sie in einem kleinen Raum und beobachteten, wie sich die Öffnung im Boden schloss. Es schwang keine Luke zu – dunkles Metall schien dort zu wachsen, wo eben noch leere Luft gewesen war, und Düsternis umgab die beiden Männer.

»Hier haben wir keine Schockwellen zu befürchten«, sagte Valdorian, der spürte, wie die Schwäche hinter der mühsam errichteten inneren Barriere auf der Lauer lag.

»Wir verstoßen gegen den Sakralen Kodex«, erwiderte Jonathan und trat in einen halbdunklen Korridor. Unmittelbar darauf ächzte er, taumelte und würgte.

Valdorian folgte ihm; dabei hatte er das Gefühl, eine unsichtbare Grenze zu überschreiten, die sich wie eine dünne Membran am Ende des Raums von einer Seite zur anderen spannte und subtilen Widerstand leistete. Dahinter erwartete ihn eine Welt, die ihm verwirrende, völlig unvertraute Strukturen präsentierte. Der Korridor vor Valdorian schien anzuschwellen und länger zu werden, während er gleichzeitig schrumpfte und sich korkenzieherartig drehte. Was bisher fest gewesen war, verwandelte sich in eine breiige Masse, und aus dem Nichts wuchsen *Dinge*, fügten sich Boden und Wänden hinzu. Stangenartige Gebilde ragten aus der Decke, wie metallene Stalaktiten, brachen, lösten sich auf und entstanden an anderer Stelle neu. Es gab mehr als nur drei räumliche Dimensionen, und die nicht darauf vorbereiteten menschlichen Sinne reagierten mit Konfusion. Er erinnerte sich an seinen Aufenthalt an Bord eines anderen Kantaki-Schiffes, vor nur drei Monaten, an eine Bitte um Hilfe, die abgewiesen worden war.

Valdorian gewann den Eindruck, dass sich sein Inneres nach außen stülpte. Er schloss die Augen und versuchte zu vergessen, was er gerade gesehen hatte. Es half, ein wenig.

Aber es blieb das Wissen, dass er sich tatsächlich an einem Ort mit mehr als den gewöhnlichen drei Dimensionen aufhielt, und eine weitere, sehr wichtige Erkenntnis kam hinzu. *Wir befinden uns hier außerhalb des Zeitstroms*. Das bedeutete etwas mehr subjektive Zeit – kostbare Zeit! – für ihn!

»Was machen Sie hier?«, erklang eine scharfe Stimme. »Passagiere sind nicht an Bord des Kantaki-Schiffes zugelassen, nur in der Transportblase.«

Jonathan würgte noch immer – die seltsame Umgebung schien ihn erstaunlicherweise mehr zu belasten als seinen geschwächten, dem Tode geweihten Begleiter. Valdorian öffnete die Augen einen Spalt breit, gerade weit genug, um einen Akuhaschi zu sehen, der vor ihnen in dem *verdrehten* Gang stand. Unbewaffnet.

Er trat auf ihn zu und hob seine Waffe, hielt sie dicht vor das verschrumpelte Gesicht mit den beiden etwa fünfzehn Zentimeter langen vertikalen Augen, so dunkel wie das Kantaki-Schiff. »Bringen Sie uns zum Piloten!«

»Passagiere sind nicht ...«, begann der Akuhaschi, und jäher Zorn quoll in Valdorian empor. Er packte die Gestalt am Kragen ihres Direals, riss sie herum und rammte ihr den Lauf des Hefoks an den Hals. »Sie sollen uns zum Piloten dieses Schiffes bringen! Und zwar sofort! Jonathan ...«

»Es ... es geht schon wieder, Primus.«

»Halten Sie sich an meinem Rücken fest und schließen Sie die Augen.« Und zum Akuhaschi: »Na los, gehen Sie! Und kommen Sie nicht auf dumme Gedanken. Ich bin durchaus bereit, von dieser Waffe Gebrauch zu machen.«

Valdorians freie Hand blieb um den Kragen des Direals geschlossen, als sie hintereinander durch einen Gang wankten, der immer länger zu werden schien. Er wagte es nicht, die Lider ganz zu senken, sich allein auf den Tastsinn zu verlassen, sondern behielt den Akuhaschi im Auge, konzentrierte sich ganz auf ihn und die wilde Entschlossenheit, die seinen ganzen emotionalen Kosmos ausfüllte. Es gab noch eine Chance. Ja, es gab wirklich noch eine Chance!

»Wir verstoßen gegen den Sakralen Kodex«, flüsterte Jonathan hinter ihm und hielt sich am Oberteil von Valdorians Kampfanzug fest. »Sie wissen, was das bedeutet, Primus.«

»Zur Hölle mit dem verdammten Kodex!«, erwiderte Valdorian und dachte erneut an seine Begegnung mit Vater Groh. »Die Folgen können höchstens persönlicher Natur sein und uns beide betreffen, sonst nichts und niemanden«, fügte er hinzu. »Und ich glaube, in meiner derzeitigen Situation habe ich nicht mehr viel zu verlieren.«

Der Akuhaschi machte keinen Versuch, sich zu befreien. Vielleicht befürchtete er, dass Valdorian tatsächlich auf ihn schoss. Wahrscheinlicher aber war, dass er mithilfe seines Direals längst Alarm ausgelöst und alle anderen an Bord auf die Eindringlinge hingewiesen hatte. Und wenn schon. Es kam nur darauf an, dass das Kantaki-Schiff mit dem richtigen Kurs aufbrach; alles andere spielte eine untergeordnete Rolle.

Auf dem Weg zum Piloten kamen sie durch Korridore und Räume, in denen die dimensionalen Verzerrungen noch desorientierender waren als im peripheren Bereich des Schiffes. Valdorian war gezwungen, mehrmals die Augen zu schließen, aber die Furcht, dass ihm der Akuhaschi entwischte und damit seine letzte Chance zerstörte, sorgte dafür, dass er die Lider schon nach wenigen Sekunden wieder hob. Die Barriere ihn ihm bröckelte erneut, das spürte er ganz deutlich, aber noch reichte die Entschlossenheit aus, sie aufrechtzuerhalten. Sie befanden sich außerhalb des Zeitstroms, ja, aber das schützte ihn nicht vor dem Schmerz. Auch *das* war ein Problem, das gelöst werden musste, sobald die genetische Destabilisierung keine Gefahr mehr darstellte ...

Schließlich erreichten sie einen kuppelförmigen Raum mit buckelartigen Konsolen an den gewölbten Wänden. Zwei ebenfalls in Direale gekleidete Akuhaschi standen vor den Kontrollen, ohne auf die Anzeigen zu achten. Valdorian blinzelte und stellte erleichtert fast, dass sie ebenfalls unbe-

waffnet waren. Mehrere dreidimensionale Projektionsbereiche an den Wänden zeigten das All: Der Kantaki-Koloss war
gestartet, seine Transportblase gefüllt mit zahlreichen Passagierkapseln, Habitaten und Frachtmodulen, alle voller
Flüchtlinge von Orinja. Ein Darstellungsbereich zeigte den
Planeten, der zu einer kleinen Sonne geworden war. Wer
sich nicht in die Transportblase hatte retten können, lebte
nicht mehr. Valdorian fragte sich kurz, was mit den Anomalien auf Orinja geschehen war. Hatte das nukleare Feuer sie
zusammen mit dem Planeten zerstört? Oder existierten sie
noch, im Inneren des Glutmeers? Kanalisierten sie das atomare Feuer vielleicht, um es durch die Zeit zu leiten, auch
Vergangenheit und Zukunft brennen zu lassen?

Die interplanetaren Kampfschiffe der Allianz blieben hinter dem schneller werdenden Kantaki-Riesen zurück und
wagten es natürlich nicht, ihn anzugreifen. Eine Aggression
gegen die Kantaki hätte die Allianz in eine unbedeutende
Ansammlung einzelner, nicht mehr miteinander verbunde-
ner Welten verwandelt.

»Wie können Sie es wagen ...«, ertönte eine empörte
menschliche Stimme.

Valdorian ließ den Kragen des Akuhaschi nicht los und
hielt den Hefok weiterhin an seinen Hals gepresst, als er sich
halb umdrehte. Ein Sessel, fast wie eine Liege, stand auf
dem Podium in der Mitte des Raums, und dort hatte sich
eine Frau aufgerichtet, eine junge Frau, kaum mehr als ein
Kind. *Aber vielleicht ist sie hundert oder zweihundert Jahre
alt*, dachte Valdorian. Er zerrte den Akuhaschi noch einige
Schritte mit sich und blieb vor den fünf Stufen des Podiums
stehen. In diesem Raum schienen die dimensionalen Verschiebungen nicht ganz so schlimm zu sein, und er wagte
es, die Augen ein wenig weiter zu öffnen. Jonathan stand in
der Nähe, seine Waffe auf die beiden anderen Akuhaschi an
den Kontrollen gerichtet. Sie hatten ganz offensichtlich von
ihrem Kommen gewusst, ohne zu versuchen, etwas gegen
die Eindringlinge zu unternehmen.

»Sind Sie die Pilotin?«, fragte Valdorian die junge Frau.

»Ich bin Esmeralda, Navigatorin der Kantaki«, lautete die stolze Antwort. »Und Sie haben nichts an Bord dieses Schiffes verloren. Ich werde ...«

Valdorian stieß den Akuhaschi so grob beiseite, dass er das Gleichgewicht verlor und fiel, eilte die fünf Stufen hoch, verharrte neben dem Sessel und richtete seine Waffe auf die junge Frau. »Es heißt, Kantaki-Piloten genießen relative Unsterblichkeit«, sagte er kalt. »Aber ich schätze, eine Entladung dieser Waffe kann Sie töten.«

Esmeralda klappte den Mund auf, um eine zornige Antwort zu geben, doch sie schloss ihn wieder, als sie das leichenhafte Gesicht und das Blitzen in den Augen sah. »Was wollen Sie?«, fragte sie schließlich.

»Wohin auch immer Sie unterwegs sind – ändern Sie den Kurs«, sagte Valdorian. »Bringen Sie uns zu einer anderen Kantaki-Pilotin. Sie heißt ... Diamant.«

Arønnàh
3. Planet des Turma-Systems
Zentraler Sektor des Konsortiums
15. Juli 380 SN · linear

23

Lidia wich inmitten der Menge auf dem Platz zurück, als *er* auf dem Podium erschien, neben den Bürgermeister und die anderen Würdenträger von Sirkand trat. Es war eine instinktive und natürlich unsinnige Reaktion, denn es befanden sich mindestens fünftausend Personen auf dem Platz der ersten Terrasse – für Valdorian musste sie eine anonyme Gestalt unter vielen anderen sein. Und selbst wenn er sie gesehen und erkannt hätte ... Was spielte das für eine Rolle?

Ein Wunsch allein genügte, kombiniert mit einem mentalen Impuls ihrer Gabe, und das kleine schwarze Kantaki-Gerät, das Grar ihr geschenkt hatte, löste sich vom Kragen ihrer Jacke, schwebte vor die Augen, wuchs in die Breite und wurde zu einem elektronischen Teleskop, das ihr die Personen auf dem Festpodium ganz deutlich zeigte. Lidia sah Valdorians große graue Augen so nahe vor sich, als brauchte sie nur die Hand auszustrecken, um sein Gesicht zu berühren. Er war nicht mehr der junge, teilweise recht ungeschickte Mann von damals. Die Aura eines würdevollen Magnaten umgab diesen Valdorian, und etwas in seinem viel reiferen Gesicht wies darauf hin, dass er es gewohnt war, wichtige Entscheidungen zu treffen.

Die Menge spendete ihm höflichen Applaus, und er hob dankend die Arme.

»Ich freue mich, dass ich heute an diesem besonderen Tag bei Ihnen sein kann«, sagte er, und seine volltönende Stimme drang aus mehreren Lautsprechern. »Hiermit eröffne ich offiziell das neue medizinische Zentrum von Sirkand. Möge es dabei helfen, Leiden zu lindern und Krankheiten zu besiegen.«

Wieder erklang Applaus, lauter diesmal und ein wenig enthusiastischer.

Valdorian deutete auf den weißen Gebäudekomplex, der sich hinter ihm erhob, dort, wo die erste Terrasse der Stadt Sirkand in die weite grüne Ebene des Waldes überging. Dutzende von Personen standen auf den flachen Dächern, vermutlich Mediziner und ihre Assistenten. »Das Ernesto Sirkand, dem Gründer der ersten menschlichen Kolonie auf Aronnàh, gewidmete Medo-Zentrum beweist einmal mehr die rasche Entwicklung im Turma-System, seit es sich dem Konsortium angeschlossen hat ...«

Valdorian sprach weiter, aber Lidia achtete nicht auf die Worte, betrachtete durch das Gerät vor ihren Augen sein Gesicht. Valdorian war jetzt einhundertsechs Jahre alt, aber er sah aus wie Ende vierzig, was er sicher einigen Resurrektionen verdankte. Sie hatte gehört, dass er vor allem deshalb hierher gekommen war, um sich in dem neuen Medo-Zentrum einer umfassenden Zellerneuerung zu unterziehen. Alles andere war Beiwerk, eine günstige Gelegenheit, sich in Szene zu sehen. Das hatte er inzwischen gelernt. Im Gesicht dieses älteren, reiferen und erfahreneren Valdorian hielt Lidia nach dem Mann Ausschau, den sie vor neunundsiebzig Jahren auf Tintiran kennen und lieben gelernt hatte – trotz allem. Und sie glaubte, tatsächlich etwas von diesem Mann zu sehen, hinter der Maske, die er nun trug. Sie verglich ihn mit dem anderen Mann, den sie im Plurial gesehen hatte, in einem alternativen Kosmos, Vater von Leonard und Francy, und auch mit dem Bettler, mit dem Gesicht des uralten Greises unter der Kapuze. Eine seltsame Melancholie entstand in ihr, verbunden mit der Frage, ob er sich heute, nach fast acht Jahrzehnten, überhaupt noch an sie erinnerte. Vielleicht war das der Grund, warum sie nicht von ihm gesehen und erkannt werden wollte, warum sie diese Gelegenheit – sie befanden sich zur gleichen Zeit auf dem gleichen Planeten und in der gleichen Stadt – nicht zu einer persönlichen Begegnung nutzte, die vielleicht möglich gewesen wäre. Vielleicht fürchtete sie eine Enttäuschung, wenn sie in jenen großen grauen Augen nicht das Licht des Wiedererkennens und der Freude gesehen hätte. Sie tastete nach dem Diamanten, den sie an einer Halskette trug, unter Jacke und Hemd. Er blieb kühl, reagierte nicht auf die Nähe des kognitiven Zwillingskristalls. Vielleicht trug Valdorian ihn nicht bei sich; möglicherweise hatte er ihn längst weggeworfen oder zerstört.

Das K-Gerät zog sich an den Kragen zurück, ohne dass sich Lidia an eine gedankliche Anweisung erinnerte. Hatte es einen Wunsch registriert, der ihr nicht bewusst geworden war?

Sie seufzte leise, drehte sich um und bahnte sich vorsichtig einen Weg durch die Menge, die erneut klatschte. Am Rande des Platzes bemerkte sie eine leere Kommunikationsnische, betrat sie und machte von einem anderen K-Gerät Gebrauch. Es ähnelte einem der auf allen Menschenwelten gebräuchlichen Identer und verfügte nicht nur über einen autoadaptiven Kommunikationsservo, sondern auch über eine Kreditschnittstelle, die es ihr erlaubte, Zahlungen in – fast – unbegrenzter Höhe vorzunehmen. Die Kantaki verdienten viel mit ihren interstellaren Transporten, und sie entlohnten ihre Piloten sehr großzügig.

Der Abtaster des Nischenservos bestätigte sofort die Authentizität der Karte. »Bereitschaft«, erklang seine synthetische Stimme.

»Informationsanfrage«, sagte Lidia. »Ich möchte biografische Daten über Rungard Avar Valdorian.«

»Bestätigung«, antwortete der Datenservo, und das Display leuchtete auf. Ein Menü mit Optionen erschien, und Lidia entschied sich für eine einfache dreidimensionale Präsentation. Pseudoreale Bilder leuchteten, untermalt von einer neutral klingenden Stimme, die mit einem detaillierten Vortrag begann und Valdorians Lebensweg in allen Einzelheiten schilderte.

Nach einer halben Minute unterbrach Lidia den Datenservo. »Bitte nur die wichtigsten biografischen Daten.«

»Bestätigung.« Ein neuer Vortrag begann, wesentlich knapper als der erste. Lidia erfuhr, wann und wo Rungard Avar Valdorian geboren war – das wusste sie bereits –, und der Datenservo schilderte seinen Aufstieg im Konsortium. Sie hörte zu, während im Hintergrund noch immer Valdorians Stimme aus den Lautsprechern des Platzes drang. Schließlich hörte Lidia etwas, das ihre besondere Aufmerksamkeit weckte. »Am zweiundzwanzigsten Juli 369 SN heiratete Valdorian Madeleine Kinta, Tochter von Christopher Kinta, Präsident der Kinta Enterprises. Aus dieser Ehe ging am vierzehnten Mai 372 SN ein erster Sohn hervor, Benjamin, und vor wenigen Tagen, am dritten Juli dieses Jahres, wurde ein zweiter geboren, Rion.«

Er hat geheiratet, dachte Lidia und deaktivierte das Display, ohne sich den Rest anzuhören. *Vor elf Jahren.* Sie zog die K-Karte aus dem Abtaster und steckte sie ein. *Und er hat zwei Kinder.* Aber sie hießen nicht Leonard und Francy, und eine andere Frau teilte sein Leben mit ihm.

Lidia trat aus der Nische, blieb am Rand des Platzes stehen und sah zum Festpodium, ohne noch einmal das K-Gerät an ihrem Kragen zu benutzen. Valdorian blieb eine winzige Gestalt, so weit entfernt, dass das Gesicht nur ein vager heller Fleck war. Sie horchte in sich hinein, auf der Suche nach einer emotionalen Reaktion. Eifersucht fehlte natürlich; so etwas wäre nach fast achtzig Jahren absurd gewesen. Sie fand vage Trauer darüber, dass sie damals nicht genug Mut aufgebracht hatten, endgültig zueinander zu finden, und außerdem hatte sich das Gefühl der Einsamkeit verstärkt, das sie seit vielen Jahren begleitete, ungeachtet diverser Kontakte und der einen oder anderen Beziehung. Sie fühlte sich allein, trotz der Menschenmenge auf dem Platz, oder vielleicht gerade wegen ihr.

Sie wandte sich ab und ging in Richtung einer der Treppen, die direkt zur nächsten Terrasse von Sirkand führten, ohne den Umweg durch die vielen schmalen, sich hin und her schlängelnden Gassen. Als Lidia die aus graubraunem Felsgestein bestehende Treppe erreichte, verklang Valdorians Stimme weit hinter ihr, und neuerlicher Applaus brandete auf. Sie achtete nicht darauf, neigte den Kopf in den Nacken und blickte nach oben, am weiten Hang des gewaltigen erloschenen Vulkans empor. Bis in die Stratosphäre von Aronnàh reichte der mehr als zwölf Kilometer hohe Kegel, weit über den kritischen Bereich hinaus, in dem Menschen gerade noch ohne Sauerstoffgeräte überleben konnten. Der Krater durchmaß fast neunzig Kilometer, und seine hohen Wände hatten das Innere über Jahrmillionen hinweg vom Rest des Planeten abgeschirmt, mit dem Ergebnis einer separaten Evolution von Flora und Fauna. *Verschiedene Lebenswege*, dachte Lidia nicht ohne eine gewisse Ironie. Bei den anderen dreizehn Riesenvulkanen von Aronnàh, wie dieser erloschen, lag der Fall ähnlich, und deshalb brachten Evolutionsforscher dieser Welt großes Interesse entgegen. Doch bei der breiten Öffentlichkeit war der dritte Planet des Turma-Systems vor allem für zwei Dinge bekannt: für seinen erstklassigen Wein und den riesigen, weitgehend unberührten Urwald, der mehr als fünfundneunzig Prozent der drei Kontinente bedeckte und Entsager von zahlreichen Welten angelockt hatte. Ihre Baumhäuser waren stellenweise zu urbanen Komplexen angewachsen, in einer Höhe von bis zu zweihundert Metern über dem Boden – selbst von der untersten Terrasse Sirkands aus konnte man einige von ihnen sehen. Sie nannten Aronnàh »Waldwelt« und versuchten, in Einklang mit einer Umgebung zu leben, die sie für eine Art Paradies hielten. Manchen gelang es, anderen nicht – auch auf diesem Weg des Lebens gab es Hindernisse und Enttäuschungen.

Der Wein, der Aronnàhs Namen als Erstes auf anderen Planeten bekannt gemacht hatte, wuchs weit oben, auf den Terrassen mit den fruchtbarsten Böden. Der Wein von Aronnàh, so hatte Lidia gehört, zeichnete sich durch ein ganz besonderes, einzigartiges Aroma aus, und hinzu kam seine Farbe: funkelndes Gold, wie eingefangener Sonnenschein. Hunderte von Chemikern in den Diensten von Unternehmensgruppen, die sich auf die Produktion synthetischer Nahrung spezialisiert hatten, arbeiteten seit Jahren an einer Formel, die es ermöglichen sollte, Aronnàh-Wein zu synthetisieren, aber bisher waren ihre Bemühungen ohne Erfolg geblieben, was den Weinbauern von Sirkand und der anderen Vulkanstädte ein hohes Einkommen sicherte.

Ein ganzes Stück weiter oben, zwischen der zweiten und dritten Terrasse, blieb Lidia stehen und blickte erneut empor. Über der letzten urbanen Terrasse von Sirkand, etwa dreihundert Meter weiter oben, begann das Anbaugebiet: Ein grüner Gürtel nach dem anderen zog sich am Hang des gewaltigen Vulkans entlang, hinauf bis zu jenem Bereich, wo die Wolken begannen, weiße Tupfer über dem Grün der Pflanzen und am Graubraun des Felsgesteins. Nach einigen Sekunden drehte sich Lidia um und sah in die Richtung, aus der sie gekommen war. Unten, auf der ersten Terrasse, erstreckte sich der Platz mit dem Podium. Die Menge, die zuvor dort versammelt gewesen war, zerstreute sich, und es stand niemand mehr auf dem Festpodium. Wieder spürte Lidia einen Anflug von Trauer, und sie fragte sich kurz, wo Valdorian jetzt sein mochte. Dann verdrängte sie alle Gedanken an ihn und schloss innerlich die metaphorische Tür, die sie kurz für ihn geöffnet hatte. Sie setzte den Weg nach oben fort und verließ die Treppe, als sie die dritte Terrasse erreichte, vertraute sich dort dem Labyrinth der Gassen an.

Fast sofort wich die Stille einem Durcheinander aus Stimmen und anderen Geräuschen. Viele Touristen waren in den schmalen Passagen unterwegs, sahen sich das Angebot der

Geschäfte und Buden an, bewunderten exotische Waren aller Art und feilschten mit den Verkäufern. Ähnliche Szenen gab es auf vielen von Menschen bewohnten Welten, insbesondere in der Nähe von Raumhäfen, und Lidia wusste, dass dies die »normale« Welt war, mitten im Zeitstrom. Aber nach fast achtzig Jahren war ihr dieser Kosmos, in dem sie wie alle anderen alterte, fremd geworden. Ihm fehlte der Hauch von Erhabenheit, der alles umgab, was die Kantaki betraf, und außerdem erging es Lidia inzwischen wie vielen anderen Piloten: Es bereitete ihr Unbehagen, sich *im* Zeitstrom zu bewegen, denn hier tickte die Uhr des Lebens um ein Vielfaches schneller. Bei den Kantaki hingegen, am Ufer des Zeitstroms, kam jene Uhr fast ganz zum Stillstand. Lidia fühlte sich durch eine unsichtbare Barriere getrennt von den Leuten, die hier bunte Stoffe bewunderten, Früchte aus dem endlosen Wald von Aronnàh probierten und Schmuck kauften, und das verstärkte ihr Gefühl der Einsamkeit. Tief in Gedanken versunken achtete sie kaum auf die respektvollen Blicke der Erwachsenen, die die Kantaki-Symbole an ihrer Kleidung bemerkten, oder die Halbwüchsigen, die im Vorbeigehen so unauffällig wie möglich versuchten, ihre Jacke zu berühren, wenn auch nur mit der Fingerspitze. Hier und dort hieß es, der Kontakt mit einem Kantaki-Piloten brächte Glück und ein langes Leben.

Als sie ihre Aufmerksamkeit schließlich von innen nach außen kehrte, stellte sie fest, dass ihre Beine von ganz allein ein Ziel gewählt hatten. Sie stand am Rand eines mittelgroßen Platzes, unter einigen Bäumen, die angenehmen Schatten spendeten, und auf der gegenüberliegenden Seite sah sie eine Sakrale Pagode, dunkel, auf beiden Seiten von weißen Gebäuden gesäumt. Das Portal lockte, schien sie zu rufen, und Lidia zögerte nicht, überquerte den Platz und trat ein. Leichte dimensionale Verzerrungen teilten ihr mit, dass sie zum Rand des Zeitstroms zurückkehrte, obwohl sie sich nicht an Bord eines Raumschiffs befand, das durch den Transraum flog – dieses Gebäude war integraler Bestandteil des Kantaki-Universums. Sie seufzte leise; es fühlte sich nach einer Heimkehr an.

Sie schritt durch einen kurzen Flur und erreichte ein kleines, schlicht eingerichtetes Kommunikationszentrum. Auf der anderen Seite des Tresens, den einige bunte Zierpflanzen schmückten, saß ein Akuhaschi am Datenservo. Er erkannte Lidia als Kantaki-Pilotin, stand auf und deutete eine respektvolle Verbeugung an. »Kann ich zu Diensten sein?«, fragte er mit tiefer, kehliger Stimme, ohne einen Linguator zu benutzen. Das matte Licht spiegelte sich in seinen dunklen vertikalen Augenschlitzen.

Lidia trat zum Tresen. »Sind irgendwelche Nachrichten für mich eingetroffen?«, fragte sie und reichte dem Akuhaschi ihre K-Karte.

Ein Abtaster nahm die Karte auf, und Lidia beobachtete, wie sich die Anzeige des großen Displays veränderte. Der Akuhaschi schüttelte den Kopf – eine Geste, die er den Menschen abgeschaut hatte. »Es sind keine Mitteilungen für Sie gespeichert, Diamant«, sagte er und gab die Karte zurück.

Lidia nahm sie entgegen und war enttäuscht, obwohl sie wusste, dass es keinen Grund dafür gab. Ihre Eltern waren seit vielen Jahren tot, und es gab keine anderen Familienangehörigen. Wer hätte ihr eine Nachricht schicken sollen? Valdorian? Er *hatte* ihr Mitteilungen geschickt, während der ersten Jahre, aber schon seit vielen Jahren ließ er nichts mehr von sich hören. Lidia träumte auch nicht mehr von ihm, seit mehr als zehn Jahren nicht, und das war eine große Erleichterung für sie. Trotzdem hinderte sie irgendetwas daran, ein inneres Gleichgewicht zu finden.

»Haben Sie sonst noch einen Wunsch?«, fragte der Akuhaschi.

Lidia hob den Kopf und blinzelte verwundert, als sie begriff, dass sie einfach nur wortlos dagestanden hatte. »Nein«, sagte sie und steckte die K-Karte ein. »Das ist alles. Danke.«

Der Akuhaschi verneigte sich erneut, als Lidia am Tresen vorbeiging und das kleine Kommunikationszentrum durch die zweite Tür verließ. Ein halbdunkler Korridor nahm sie auf, und sie setzte den Weg durch die Pagode fort, die im Inneren mehr Platz aufwies, als die äußeren Maße erkennen ließen. An Phänomene dieser Art war Lidia längst gewöhnt.

Sie wusste, dass sie mitten in einer emotionalen Krise steckte, und einer der Gründe dafür war zweifellos das Fehlen eines Partners. Seit fast achtzig Jahren flog sie für die Kantaki durch den Transraum, erst für Mutter Krir und dann für ihren Sohn Grar, ohne einen Konfidenten. Seit acht Jahrzehnten war sie praktisch allein – abgesehen von einigen kurzen Beziehungen, die keine nennenswerten Spuren in ihr hinterlassen hatten. Einmal mehr erinnerte sie sich an Floyds kluge Worte: *Ein langes Leben trägt die Bürde des Todes.* Viele jener Personen, die ihr früher etwas bedeutet hatten, waren inzwischen tot, und dadurch wuchs ihre Distanz zur Welt im Zeitstrom. Sie hatte es versäumt, einen Ausgleich zu schaffen, neue Kontakte zu knüpfen, neue Freundschaften zu schließen, und dadurch war sie immer einsamer geworden. Noch viele, viele Jahre lagen vor ihr, und sie wollte sie nicht auf diese Weise verbringen, in Zwietracht mit sich selbst.

Lidia hörte entfernte Stimmen, noch so leise, dass sie die gesprochenen Worte nicht verstand. Sie zögerte, innerlich hin und her gerissen: Ein Teil von ihr wollte anderen Personen begegnen – Schülern oder Piloten – und mit ihnen reden, doch ein anderer hätte sich lieber zurückgezogen, um allein und ungestört über alles nachzudenken, vielleicht eine Entscheidung zu treffen. Schließlich gab sie sich einen Ruck und ging weiter, in die Richtung, aus der die Stimmen kamen.

Kurz darauf erreichte sie einen großen Aufenthaltsraum, von semitransparenten Zwischenwänden und Blumenarrangements in einzelne Sektionen unterteilt. Indirekte Beleuchtung ließ diffuse Schatten entstehen. In der Mitte des Raums plätscherte Wasser wie Quecksilber in einer glitzernden, ewigen Kaskade, umgeben von dünnen Kristallsäulen, die ständig ihre Farben wechselten. Zwanzig oder mehr Personen hatten sich an diesem Ort eingefunden, die meisten von ihnen Piloten, aber auch einige Schüler, die aufgeregt den Schilderungen erfahrener Navigatoren lauschten. Lidias Blick glitt über sie hinweg zu den gewölbten Wänden, an denen pseudoreale Fenster Ausblick gewährten auf verschiedene Regionen des Planeten; ein Darstellungsbereich war in vierzehn Segmente unterteilt und zeigte Aronnàhs Riesenvulkane. Andere Projektionsfelder präsentierten die Wälder und smaragdgrünen Meere des Planeten. Es waren angenehme, Ruhe schenkende Bilder, und Lidia nahm direkt vor einem Pseudofenster Platz, das mehrere kleine Baumsiedlungen der Waldbewohner zeigte. Sie wirkten erstaunlich stabil, wenn man bedachte, dass sie allein aus den Materialien errichtet worden waren, die der Wald zur Verfügung stellte. Bei Form und Struktur hatten die Entsager ihrer Phantasie freien Lauf gelassen. Lidia bemerkte nicht nur einfache, an Blockhäuser erinnernde Holzhütten, getragen von dicken Ästen, sondern auch wabenartige Gebilde, die mehr an Wespennester erinnerten. Überall gab es Plattformen und Terrassen, hier dem Sonnenschein ausgesetzt, dort im Schatten, und auf einigen von ihnen sah Lidia spärlich bekleidete Personen, jung und alt. Sie konzentrierte sich auf die Gesichter jener Männer, Frauen und Kinder, aber die Einzelheiten blieben ihr verborgen. Das K-Gerät an ihrem Kragen reagierte nicht. Die künstliche Intelligenz, die es steuerte, registrierte zwar Lidias Wunsch, wusste aber auch, dass ein elektronisches Teleskop in diesem Fall nichts nützte.

Ein menschlicher Kellner kam und fragte nach Lidias Wünschen. Sie richtete kurz den Blick auf ihn und bestellte einen Aromatee, sah dann wieder zu den Gestalten auf den Terrassen und Plattformen im Grün der Baumwipfel. Sie versuchte sich vorzustellen, aus welcher Perspektive sie das Leben sahen. Jene Aussteiger hatten der modernen interstellaren Gesellschaft aus freiem Willen den Rücken gekehrt und sich für ein Dasein in einer einfachen, von Natur und nicht von Technik bestimmten Umgebung entschieden. Sie waren nicht so dumm, auf die Vorteile moderner Medizin zu verzichten – kaum jemand von ihnen lehnte es ab, sich im Notfall in Sirkand oder anderen Städten auf Aronnàh behandeln zu lassen –, aber bei ihrem täglichen Leben benutzten sie keine technischen Hilfsmittel, nur das, was ihnen der Wald bot. Nach fast achtzig Jahren als Kantaki-Pilotin fühlte sich Lidia eingeengt, wenn sie sich länger als ein oder zwei Wochen auf dem gleichen Planeten aufhielt, aber diese Menschen hatten beschlossen, ihr *ganzes Leben* auf einer einzigen Welt zu verbringen, noch dazu im Wald. Fanden sie dort Glück? Bereuten manche von ihnen ihre Entscheidung, weil sie nach vielen Jahren feststellten, den falschen Lebensweg gewählt zu haben?

»Jeder muss für sich selbst wählen«, murmelte Lidia und erinnerte sich: Auch diese Worte stammten von Floyd, der ihr immer klüger und weiser erschien, je mehr sie über ihn und die Zeit mit ihm nachdachte. »Du hättest deine Gedanken aufschreiben sollen«, setzte sie den leisen Monolog fort, während ihr Blick noch immer dem Pseudofenster galt. »Vielleicht wärst du so berühmt geworden wie Horan.«

Die bestellte Tasse Tee stand auf dem kleinen Beistelltisch – Lidia hatte gar nicht bemerkt, dass der Kellner das Getränk gebracht hatte.

Sie trank einen Schluck, und als sie den Blick von der Tasse hob, fiel ihr eine Gruppe auf, die sich in einer Ecke des Aufenthaltsraums gebildet hatte. Zehn oder mehr Piloten und Schüler umringten eine junge Frau, die fast wie ein Mädchen aussah. Sie hatte glattes blondes Haar, das ihr gerade bis auf die Schulter reichte, war nicht mager, aber schlank. Ihre Brüste kamen unter der beigefarbenen Hemdjacke kaum zur Geltung, und die Beine steckten in einer braunen Hose. Die Kleidung wies Kantaki-Symbole auf, war aber unauffällig und passte damit gut zu dem Gesamteindruck, den die junge Frau vermittelte. Sie wirkte wie eine Person, die keine große Aufmerksamkeit erregen wollte, weil sie es nicht nötig hatte. Sie leistete sich Bescheidenheit und Zurückhaltung, weil sie wusste, dass sie jederzeit im Mittelpunkt stehen konnte, wann immer das ihrem Wunsch entsprach. Einer der anderen Piloten sprach sie mit Namen an, und daraufhin begriff Lidia, weshalb man ihr so großes Interesse entgegenbrachte. Es handelte sich um die legendäre Esmeralda.

Lidia spürte die Aufregung der Zuhörer, die an Esmeraldas Lippen hingen, als sie mit ruhiger Stimme sprach, gelegentlich einen Schluck vom berühmten goldenen Wein Aronnàhs trank. Kaum hatte sie die Frage eines Piloten beantwortet, beugte sich ein Schüler vor. »Stimmt es, dass Sie ein so genanntes Sprungbrett der Kantaki im intergalaktischen Leerraum zwischen der Milchstraße und Andromeda besucht haben, fast eine Million Lichtjahre entfernt?«

Lidia beobachtete die Gruppe und horchte auf, als sie erfuhr, dass auch Esmeralda ohne einen Partner war. Seit *Jahrhunderten* flog sie Kantaki-Schiffe ohne die Gesellschaft eines Konfidenten durch den Transraum. Lidias Interesse erwachte. Nach kurzem Zögern nahm sie die Tasse und trat zur Gruppe.

»Entschuldigt bitte«, sagte sie, als die anderen Piloten ihre Gespräche unterbrachen und neugierig zu ihr aufsahen. »Ich bin Diamant, seit neunundsiebzig Jahren Pilotin in den Diensten der Kantaki.«

»Diamant ...«, wiederholte jemand. »Du hast Mutter Krirs Schiff geflogen, nicht wahr?«

»Ja.«

Dieser Hinweis veranlasste die anderen Piloten zu respektvollem Nicken.

»Sie war eine der Großen Fünf«, murmelte jemand.

Lidia sah die mädchenhafte Esmeralda an. »Auch ich habe nie einen Partner gewählt.«

Esmeralda stand auf, lächelte und reichte Lidia die Hand. »Freut mich, dich kennen zu lernen, Diamant.«

»Die Freude ist ganz meinerseits«, erwiderte Lidia und ergriff die dargebotene Hand. Der physische Kontakt ließ etwas in ihr prickeln, und erstaunt blickte sie in Esmeraldas blaue Augen. Sie passten nicht zur Gestalt eines Mädchens, das gerade erst zur Frau geworden war. Es waren die Augen eines uralten Individuums, eines Intellekts, der über Jahrhunderte hinweg nicht nur Wissen gesammelt, sondern auch sortiert, analysiert und verarbeitet hatte. Für einen Moment gewann Lidia den Eindruck, einem Datenservo gegenüberzustehen, der auf die Informationen einer enorm großen Datenbank zugreifen konnte, aber sofort begriff sie die Absurdität eines solchen Vergleichs. Dies war ein Mensch, keine Maschine, aber es handelte sich um einen Menschen, der die Ewigkeit nicht nur berührt hatte, sondern zu einem Teil von ihr geworden war.

Esmeraldas Lächeln hingegen wirkte so mädchenhaft wie ihr allgemeines Erscheinungsbild. »Warum sollten sich Frauen wie wir binden?«, fragte sie. Und an die Adresse ihrer Bewunderer gerichtet fügte sie hinzu: »Seht uns an. Wir sind jung. Wir haben unser ganzes Leben noch vor uns.«

Die Piloten und Schüler lachten. Esmeraldas Lächeln wuchs ein wenig in die Breite, wurde aber gleichzeitig subtiler und hintergründiger. Sie setzte sich und forderte Lidia mit einer knappen Geste auf, ebenfalls Platz zu nehmen.

Lidia lehnte sich zurück, beobachtete und hörte zu, während Esmeralda mit bewundernswerter Geduld weitere Fragen beantwortete. Sie erzählte mit großem rhetorischem Geschick und einer erstaunlichen Gelassenheit. Lidia hörte bald nicht mehr die Worte, sondern nur noch den Tonfall, das sanfte Auf und Ab der Stimme, das ihr wie eine Melodie erschien – Balsam für ihre Gedanken und Gefühle.

Irgendwann berührte sie jemand an der Schulter. Ruckartig drehte sie den Kopf und begriff eine halbe Sekunde später, eingenickt zu sein. Sie hatte gar nicht gemerkt, wie müde sie gewesen war.

»Meine Berichte müssen ausgesprochen langweilig gewesen sein«, sagte Esmeralda und lächelte erneut jenes mädchenhafte Lächeln.

»Nein, ich ...«

Die junge Frau – die alte Pilotin – winkte ab. »Schon gut. Ich hab's scherzhaft gemeint. Man gönnt mir eine kleine Atempause.« Sie deutete durch den Aufenthaltsraum. Nur noch zwei andere Personen waren zugegen, saßen dicht neben der Kaskade in der Mitte des Raums und sprachen leise miteinander. »Was hältst du davon, wenn wir sie zur Flucht nutzen? Komm mit, Diamant.«

Kurze Zeit später traten sie durch die Tür der Pagode auf den mittelgroßen Platz. Aus dem Blau des Himmels war ein dunkles Türkis geworden, und erste Lichter brannten in der Stadt Sirkand, begrüßten den Abend. Stimmen kamen aus den Straßen und Gassen, das Klappern von Gläsern, Gelächter, Musik. Lidia fühlte sich von diesen Dingen getrennt, als befände sie sich auf einer anderen Daseinsebene und betrachtete von dort aus eine Realität, die sie nicht direkt betraf.

»Ich habe mehr als nur einige Minuten geschlafen«, sagte sie, als sie zu einem in der Nähe geparkten Levitatorwagen gingen. Er wies Kantaki-Symbole auf. »Der Abend hat bereits begonnen.«

»Offenbar bist du sehr müde gewesen.« Esmeralda blieb am Levitatorwagen stehen und zögerte, gestattete es dem Wind, mit ihrem blonden Haar zu spielen, und sah Lidia an. »Manchmal belastet uns etwas, ohne dass wir uns dessen bewusst sind. Manchmal schleppen wir eine Bürde mit uns herum, ohne davon zu wissen. Und so etwas ermüdet.«

»Esmeralda ...« Ärger stieg in Lidia auf, wie Luftblasen in unbewegtem Wasser. »Ich weiß nicht, mit wem du gesprochen hast, aber eines steht fest: Mir liegt nichts an einem ›therapeutischen Gespräch‹ oder dergleichen. Ich bin nicht *krank*.«

Die junge und doch so alte Esmeralda trat einen Schritt vor, ergriff Lidia an den Schultern und sah ihr tief in die Augen. »Das hat niemand behauptet. Und ich habe mit *niemandem* über dich gesprochen. Weißt du, manchmal spüre ich gewisse Dinge, wenn ich jemanden ansehe oder berühre.

Es lässt sich nicht mit Empathie vergleichen. Es ist … Erfahrung, Diamant. Ich hatte siebenhundert Jahre Zeit, das ganze Spektrum menschlicher Gefühle kennen zu lernen und entsprechende Zeichen zu deuten.« Sie ließ die Schultern los, trat zurück, holte einen Identer hervor und deaktivierte die Verriegelung des Levitatorwagens. Mit einem leisen Surren schwang eine Tür auf. »Niemand zwingt dich zu irgendetwas, Diamant. Ich wollte nur mit dir reden. Und vielleicht, nur vielleicht, könnte ich dir den einen oder anderen Rat geben. Du verlierst ein wenig Zeit, einige Stunden, aber Zeit haben wir genug, nicht wahr? Auch wenn wir uns hier *im* Zeitstrom befinden und der Körper Gelegenheit hat, die Distanz zum geistigen Alter *ein wenig* zu verringern.«

In Esmeraldas Worten erklang eine besondere Art von Frische, die Lidia wie kühlender Wind an einem heißen, schwülen Tag erschien. Sie lächelte, nahm auf dem Beifahrersitz des Levitatorwagens Platz und beobachtete, wie Esmeralda die Kontrollen mit routiniertem Geschick bediente. Der Wagen stieg auf, dem dunkler werdenden Himmel entgegen, an dem sich jetzt erste Sterne zeigten. Unten glänzten die Lichter der Stadt auf den Terrassen am Hang des riesigen Vulkans. Auch im endlosen Wald glühte es hier und dort.

Lidia lehnte sich im Sessel zurück, während der Levitatorwagen an der Flanke des Vulkans emporglitt. Sie empfand eine Ruhe, die sie seit vielen Monaten oder sogar seit Jahren nicht mehr gespürt hatte, und allein das rechtfertigte die Entscheidung, Esmeralda zu begleiten.

»Es heißt, du hättest Mutter Krirs Tod gesehen«, sagte die so jung wirkende Frau an den Kontrollen und blickte durch die transparente Kanzel des Wagens nach draußen.

»Ja, es war sehr traurig.«

»Die Kantaki sehen die Sache anders. Bestimmt hat dich Mutter Krir aufgefordert, nicht traurig zu sein.«

Lidia erinnerte sich, sah vor ihrem inneren Auge noch einmal, wie die uralte Kantaki in den Transraum hinausglitt. »Ja, das stimmt.«

»Mutter Krir hat dir damit eine große Ehre erwiesen«, sagte Esmeralda. »Sie muss etwas Besonderes in dir gesehen haben.«

»Wir standen uns ... sehr nahe. Sie nannte mich nicht mehr Diamant, sondern ›Kind‹. Und sie behandelte mich fast wie eine Tochter. Ich habe mit ihren leiblichen Kindern gespielt, und heute fliege ich das Schiff eines ihrer Söhne.«

»Für die Kantaki ist alles anders«, sagte Esmeralda nachdenklich. »Ich fliege seit siebenhundert Jahren für sie, aber es gibt noch immer viele Dinge, die ich nicht verstehe. Nun, man *muss* nicht alles verstehen – das gehört zu den Dingen, die ein langes Leben lehrt. Und Geduld. Und vieles mehr.« Wieder erschien das mädchenhafte, von Leidenschaft und Übermut kündende Lächeln auf ihren Lippen. »Glaub nur nicht den Leuten, die behaupten, das Leben würde immer langweiliger, je älter man wird – so stellen es sich *junge* Personen vor. Die Wirklichkeit sieht ganz anders aus. Je älter man wird, desto mehr Wunder offenbaren sich. Je mehr Antworten man findet, desto mehr Fragen erwachsen aus ihnen. Wie könnte das Leben langweilig werden in einem Universum, das *unzählige* rätselhafte und herrliche Dinge enthält? Während meiner vielen Reisen habe ich Erstaunliches gesehen, aber es ist nur ein Vorgeschmack auf das, was mich noch erwartet. Wenn ich müde bin und schlafen gehe, freue ich mich aufs Erwachen, denn es bedeutet, dass ein neuer Tag beginnt, voller Entdeckungen und Überraschungen.« Sie drehte den Kopf und sah Lidia an. »Bist *du* für eine Überraschung bereit?«

»Was meinst du?«

Esmeralda deutete nach oben, in Richtung Wolken, die sich an den Vulkanhang schmiegten. »Aufgepasst«, sagte sie und berührte ein Schaltelement.

Lichter glühten in einer der Wolken auf, dann glitt etwas aus ihr hervor, eine asymmetrische Masse, die aus vielen einzelnen Segmenten bestand – sie erweckten den Eindruck, aufs Geratewohl zusammengesetzt zu sein. Es sah nach einem Kantaki-Schiff aus, aber es war kein dunkler Koloss, sondern ein bunter. Das Licht der vielen Lampen am Rumpf brachte Farben in allen Nuancen des Spektrums zum Schillern, und hinzu kamen verspielt wirkende Kringel und Tupfer, wie von Kinderhand gemalt. Lidia lächelte unwillkürlich, als sie das Gebilde sah – es kam einer Substanz gewordenen Beschreibung von Esmeraldas innerem Wesen gleich, nur Farben und keine Schatten.

»Mein bescheidenes Domizil auf beziehungsweise über Aronnàh«, sagte Esmeralda. »Gewissermaßen mein eigenes Kantaki-Schiff. Allerdings wird es nie durch den Transraum fliegen.«

»Ein ... Luftschiff?«, fragte Lidia.

»Ja. Natürlich eine Sonderanfertigung. War ziemlich teuer. Das ist ein weiterer Vorteil eines langen Lebens – man hat Gelegenheit, viel Geld zu verdienen. Und wir Piloten werden gut bezahlt, nicht wahr? Warum sollten wir uns nicht ein wenig Luxus gönnen, dann und wann?« Sie steuerte den Levitatorwagen zum Luftschiff, und Lidia beobachtete, wie sich in einem Segment eine Schleuse öffnete. »Oh, ich weiß, das Ding ist alles andere als aerodynamisch. Aber wozu gibt es Kraftfelder, die sich beliebig strukturieren lassen?«

Eine Minute später befanden sie sich an Bord, und Esmeralda führte Lidia in einen mehr als hundert Meter durchmessenden Salon mit transparenten Wänden. Sie deaktivierte die Scheinwerfer am Rumpf des Luftschiffs, ließ nur die Positionslampen eingeschaltet, und dämpfte auch das Licht im Salon. Das Licht der Sterne und des einen Mondes von Aronnàh fiel durch die Fenster, und es entstand eine Atmosphäre ätherischer Ruhe.

»So gefällt es mir«, sagte Esmeralda und seufzte. »Bitte entschuldige mich. Ich bin gleich wieder da.« Sie verschwand durch eine kleine Tür.

Lidia trat an eine transparente Wand heran und blickte hinaus in die Nacht von Aronnàh. Das Luftschiff stieg jetzt ebenso auf wie zuvor der Levitatorwagen, langsam, mit würdevoller Eleganz, über die Wolken hinweg; der Hang des riesigen Vulkans schien zum Greifen nah. Einmal glaubte sie, die Lichter eines Bergsteigerlagers auf einem kleinen Plateau zu sehen, aber vielleicht war es auch nur der Mondschein auf einigen weißen Gesteinsformationen.

Nach einer Weile wandte sie sich um und ließ ihren Blick durch den Salon schweifen. Kleine bunte Sitzgruppen mit flauschigen Kissen wirkten wie Inseln in einer von großen Pflanzen, skurrilen Möbelstücken, matt glühenden dreidimensionalen Bildern und abstrakten Kunstwerken dominierten Wohnlandschaft. An drei Stellen ruhten Aquarien auf Sockeln, und in ihnen schwammen exotische Fische und andere Geschöpfe, die sich nicht ohne weiteres definieren ließen.

Leise Musik begleitete Esmeraldas Rückkehr in den Salon. Sie war barfuß und trug jetzt einen weiten, bequemen Umhang, ebenfalls mit Kantaki-Symbolen geschmückt. In den Händen hielt sie ein Tablett mit einer Karaffe, zwei Kelchgläsern und einem Teller, auf dem etwas lag, das nach kleinen Gebäckstücken aussah. Sie deutete auf einen kleinen Tisch am Fenster, umringt von besonders großen Kissen, stellte das Tablett dort ab und nahm Platz. »Gefällt es dir?«, fragte sie und vollführte eine Geste, die dem Salon galt.

»Ziemlich bunt«, sagte Lidia. »Aber auch sehr gemütlich. Wer kümmert sich um die Pflanzen und die Fische, wenn du nicht da bist?«

»Dienstbare Geister.« Esmeralda füllte die Gläser. »Einige autonome Servi und Drohnen halten hier alles in Schuss, wenn ich im Transraum unterwegs bin. Sie müssen oft auf meine Gesellschaft verzichten – ich komme nur selten hierher.«

Lidia nahm Platz und nahm ein Glas entgegen. Es enthielt eine giftgrüne Flüssigkeit, die von innen heraus glühte und aussah, als könnte sie jeden Augenblick explodieren. »Was ist das?«

»Eine Spezialität der Feyn. Ich bin bei ihnen gewesen, auf der anderen Seite der Galaxis. Ein interessantes Volk mit einer sehr interessanten Philosophie, bei der sich alles ums Fliegen dreht – viele von ihnen sind mit großen Sonnenseglern unterwegs. Als Pilotin habe ich dort hohen Respekt genossen. Die Feyn bekamen es früher als wir mit den Temporalen zu tun. Zum Glück für uns. Ohne ihre Erfahrung hätten die Kantaki den Zeitkrieg vielleicht verloren.« Esmeralda hob ihr Glas und trank einen Schluck. »Keine Angst, das hier bringt dich nicht um.«

Lidia kam der Aufforderung nach. Die grüne Flüssigkeit schien zunächst eine ölige Konsistenz zu haben, aber sie veränderte sich, kaum berührte sie Zunge und Gaumen, verwandelte sich in etwas, das wie eine Mischung aus süßem Wein und trockenem Sekt erschien. Doch es war nicht nur der Geschmackssinn betroffen. Das Getränk wirkte sich auch auf die anderen Sinne aus. Lidia fühlte sich zärtlich umarmt und glaubte gleichzeitig, eine sanfte Melodie zu hören, die sich mit der leisen Hintergrundmusik zu einem harmonischen Ganzen vereinte. Außerdem veränderte sich die visuelle Wahrnehmung: Alle Gegenstände gewannen an Kontrast, und Esmeraldas blaue Augen glänzten heller als zuvor.

»Ist das eine ... Droge?«, fragte Lidia erschrocken.

Esmeralda lachte kurz und schüttelte den Kopf. »Nein, keine Angst. Die Flüssigkeit wirkt nicht einmal berauschend, nicht im üblichen Sinne. Sie enthält nur einige ganz besondere Wirkstoffe. Sieh nur.« Sie deutete zur transparenten Wand.

Das Luftschiff schwebte gerade über den Kraterrand hinweg, und tief unten glitzerte Mondschein auf dem silbrigen Wasser eines Sees.

»Vierzehn solche Riesenvulkane gibt es auf Aronnàh, und jeder Krater enthält einzigartiges Leben, das sich unabhängig von den übrigen planetaren Biotopen entwickelte«, sagte Esmeralda, trank erneut und setzte ihr Glas dann ab. »Welten innerhalb einer Welt – und das beschreibt einen großen Teil des uns bekannten Seins.« Sie winkte, und in einem Segment der transparenten Wand kam es zu einem Zoom-Effekt – das Luftschiff schien mit hoher Geschwindigkeit in den Krater zu fallen.

Esmeralda hob die Hand wie einen Zauberstab. »Toller Trick, nicht wahr? Sieht fast nach Magie aus.« Sie lächelte einmal mehr ihr besonderes Lächeln. »So manch einen Mann habe ich damit beeindruckt.« Sie zögerte kurz. »Womit wir beim Thema wären, glaube ich.«

Lidia fühlte ihren Blick auf sich ruhen, trank ebenfalls und fühlte, wie es zu einer weiteren sensorischen Explosion kam. »Männer?«, fragte sie langsam.

»Beziehungsweise Partner.« Esmeraldas Stimme blieb leicht, doch in den Worten erklang eine Mischung aus Verständnis, Anteilnahme und Ernst. »Wie gesagt, ich bin keine Empathin, aber ich habe Erfahrung, jede Menge Erfahrung, und daher weiß ich, dass du traurig bist. Man sieht es, wenn man die Zeichen zu deuten versteht.« Sie griff nach einem Gebäckstück und schob es sich in den Mund. »Greif zu«, sagte sie undeutlich und kaute. »Eine weitere Spezialität von einer fernen Welt.«

Lidia probierte ein Stück und hob erstaunt die Brauen. Der Geschmack des Gebäcks erinnerte sie an den Vanillepudding ihrer Mutter; als Kind war sie verrückt danach gewesen. Die Erinnerung an Carmellina Diaz, die allein gestorben war, wurde zu einem Schatten, der sich auf ihr Gesicht legte.

Esmeralda beugte sich kurz vor, berührte ihre Hand und lehnte sich dann an einen Kissenstapel neben der transparenten Wand. Der Mondschein gab ihren Zügen etwas elfenhaft Zartes, und die blauen Augen leuchteten. »Seit neunundsiebzig Jahren fliegst du Kantaki-Schiffe, und das bedeutet für jeden Piloten Zufriedenheit. Und doch bist du traurig. Woraus folgt, dass dir etwas fehlt. Oder jemand. Willst du mir davon erzählen? Manchmal verschafft es Erleichterung, die Dinge in Worte zu fassen. Und glaub mir: Ganz gleich, was du mir erzählst – ich verstehe es. Ich habe dir mehr als sechshundert Jahre voraus.«

Lidia wusste nicht, ob es an dem Getränk lag oder am Gebäck, das nach dem Vanillepudding ihrer Mutter schmeckte, oder an Esmeraldas entwaffnender Freundlichkeit. Sie hielt ihr Glas in beiden Händen, blickte in die giftgrüne Flüssigkeit, die noch immer wie flüssiger Sprengstoff wirkte, und begann zu erzählen. Sie berichtete von Tintiran, von Valdorian und ihren Lebenswegen, die sich voneinander getrennt hatten, von den anderen Männern, mit denen sie eine – meist kurze – Beziehung eingegangen war. Sie wies auch darauf hin, dass sie Valdorian vor wenigen Stunden gesehen hatte, auf dem Festpodium in Sirkand. Reiner Zufall, meinte sie.

»Ich glaube nicht, dass es Zufall war«, sagte Esmeralda. »Unser Unterbewusstsein spielt uns manchmal die seltsamsten Streiche, wie du sicher weißt. Vielleicht wollte es dich an die Entscheidung erinnern, die du damals getroffen hast. Vielleicht wollte es dir etwas zeigen.«

»Was denn?«

»Liebst du ihn noch?«

Die Frage erschien Lidia absurd. »Wie kann man jemanden lieben, mit dem man vor fast achtzig Jahren zum letzten Mal gesprochen hat und der längst eine ganz andere Person geworden ist?«

Esmeralda lachte. Es klang nicht spöttisch, nur amüsiert, und auch weise.

»In meinem langen Leben gab es viele Männer, und mehr als zwanzig von ihnen habe ich wirklich geliebt, jeden einzelnen auf eine andere Weise. Und ich liebe sie noch immer, auch wenn die meisten von ihnen längst tot sind. Liebe vergeht wie Rauch, heißt es manchmal, und das stimmt – wenn man das Feuer ausgehen lässt. Aber wenn man es schürt, oder wenn etwas anderes dafür sorgt, dass es immer weiter brennt? Was dann? Vielleicht liebst du Valdorian noch immer – das kannst nur du allein wissen –, und eine unerfüllte Liebe ist so ziemlich der schwerste Ballast, den man im Leben mit sich tragen kann.« Sie griff nach der Karaffe und füllte die beiden Gläser. Lidia trank und genoss die sonderbare Stimulierung der Sinne, die nichts mit einem Rausch zu tun hatte.

»Aber möglicherweise geht es bei deiner Trauer gar nicht um Valdorian, sondern um etwas ganz anderes«, fuhr Esmeralda fort. »Vielleicht siehst du dich dem gleichen Problem gegenüber, mit dem ich es damals zu tun hatte. Ich nenne es *Adäquatheit*.«

»Was hat es damit auf sich?«, fragte Lidia. Sie sah Esmeralda an, doch aus den Augenwinkeln bemerkte sie, dass das Luftschiff wirklich an Höhe verlor – es handelte sich nicht mehr um einen vom Zoom-Effekt hervorgerufenen Eindruck. Es sank dem See tief unten im fast neunzig Kilometer durchmessenden Vulkankraters entgegen.

»Für uns Kantaki-Piloten ist es schwer, einen geeigneten Partner zu finden, denn wir führen ein besonderes Leben. Aber es wird um so schwerer, je älter man wird, denn die *Distanz* wächst. Das hast du sicher schon gespürt, nicht wahr? Fast alle alten Kantaki-Piloten verbringen den größten Teil ihrer Zeit im Transraum, und wer außer einem Piloten könnte so etwas aushalten? Die Anzahl der als Begleiter und Partner infrage kommenden Personen ist klein, und sie schrumpft weiter, je älter wir werden. Ich bin über siebenhundert Jahre alt. Was soll ich mit einem zwanzig, dreißig, vierzig oder fünfzig Jahre alten Mann anfangen? Oh, ich kann natürlich mit ihm ins Bett springen, und gelegentlich tue ich das auch – und es macht Spaß! Aber irgendwann kommt der Zeitpunkt, an dem man auch mal miteinander reden sollte. Und worüber könnte ich mit so unerfahrenen Personen sprechen? Von praktisch allen Dingen, die mir vertraut sind, haben sie nicht die geringste Ahnung. Solche Gespräche werden schnell langweilig, das versichere ich dir. Und dann dauert es nicht mehr lange, bis auch der Sex langweilig wird, was wiederum bedeutet, dass man die betreffende Person satt hat.«

»Deshalb bist du immer noch allein«, sagte Lidia.

»Ja. Weil ich mich schon früh von einer Illusion befreit habe, die das Denken und Empfinden vieler Menschen bestimmt. Und die vielleicht auch der Grund für deine Trauer ist.«

»Welche Illusion meinst du?«

»Die meisten Leute glauben, dass sich Glück vor allem – oder nur – in einer guten Partnerschaft finden lässt. Ich bin der Beweis dafür, dass das nicht stimmt. Ich *bin* glücklich, glaub mir, und ich bin es seit Jahrhunderten. Ohne einen festen Partner.« Esmeralda lächelte, und dabei schien es in ihrem Gesicht aufzuleuchten. »Wo steht geschrieben, dass man einen Partner braucht, um glücklich zu sein? Wer hat behauptet, dass man allein traurig sein muss? Befrei dich von dieser Vorstellung, Diamant – das ist der Rat, den ich dir gebe. Fürchte dich nicht vor der Einsamkeit. Hab keine Angst davor, im Zeitstrom abseits aller anderen zu stehen. Konzentriere dich auf das, was dich einst wünschen ließ, Kantaki-Pilotin zu werden. Denk an die vielen wunderbaren Dinge im Universum. Sieh die Schönheit, die überall darauf wartet, betrachtet zu werden. Genieß dein Leben, dein langes Leben, in vollen Zügen. Genieß jede einzelne Sekunde davon.«

Esmeraldas Enthusiasmus war ansteckend, und Lidia lächelte ebenfalls.

»Na bitte«, sagte Esmeralda, als sie das Lächeln bemerkte. »Das ist ein guter Anfang. Weißt du, Diamant, es gibt nicht nur zahlreiche Wege des Lebens, sondern auch zahlreiche Wege des Glücks. Nun, ich habe eben von Schönheit gesprochen, und ich möchte dir zeigen, was ich meine.« Sie deutete zur transparenten Wand.

Lidia stellte ihr Glas auf den Tisch. Inzwischen schwebte das Luftschiff dicht über dem See, der das Licht des Mondes und der Sterne reflektierte. Die Kraterwände ragten dunkel auf, eine gewaltige, hohe Barriere, die das lokale Leben vom Rest des Planeten separierte. Hier und dort an den finsteren

Wänden bemerkte Lidia gleichmäßig leuchtende Lichter, und sie vermutete, dass es sich bei ihnen um die Lampen von Forschungsstationen handelte.

»Normalerweise ist privater Flugverkehr über und im Inneren der Vulkankrater untersagt«, sagte Esmeralda und verwandelte sich einmal mehr in ein aufgeregtes Mädchen. »Dadurch soll einer biologischen Kontamination vorgebeugt werden. Zweifellos eine richtige Maßnahme. Nun, zum Glück genießen wir Kantaki-Piloten gewisse Privilegien, und ein Kraftfeld verhindert den Austausch von Lebenskeimen. Kontrolle!«

»Die energetische Barriere ist aktiv, und alle Systeme funktionieren einwandfrei«, ertönte die tiefe, sinnliche Stimme eines Mannes. Esmeralda zwinkerte Lidia zu, die erneut lächelte.

Die Farbe des Sees veränderte sich an mehreren Stellen – der silberne Glanz verwandelte sich hier in ein dunkles Rot und dort in ein sattes Türkis. In anderen Bereichen glühte es orangefarben, violett und gelb.

»Was ist das?«, fragte Lidia. »Ein natürliches Phänomen? Biolumineszenz?«

»Beobachte einfach, was geschieht. Achte nicht nur auf den See, sondern auch auf die Kraterwände.«

Bunte Nebel lösten sich von den dunklen Wänden, so dicht, dass sie das Licht der fernen Lampen schluckten. Wie Schlangen mit Körpern aus Dunst krochen sie herab, bis sie fast den See erreicht hatten, glitten dann über ihn hinweg. Als sie näher kamen, sah Lidia, dass der vermeintliche Nebel aus Myriaden winziger Geschöpfe bestand, und jedes einzelne von ihnen schimmerte in einer individuellen Farbe, die sich nirgends genau so wiederholte.

Esmeralda winkte erneut, und verborgene visuelle Sensoren empfingen ihre Anweisung, leiteten sie weiter. Öffnungen entstanden in der transparenten Wand. Das Luftschiff blieb weiterhin von einem Kraftfeld umgeben, das den Austausch von biologischen Komponenten verhinderte, aber es ließ den Schall passieren, und Lidia hörte ein seltsames Geräusch – es klang nach einem zaghaften Klimpern.

Das Wasser des Sees schien plötzlich zu brodeln und zu kochen, als zahllose Wesen aufstiegen und ebenfalls so bunt schimmerten wie die winzigen Geschöpfe von den Kraterwänden. Einige von ihnen kamen dem Luftschiff so nahe, dass Lidia Einzelheiten erkennen konnte.

Die jeweils nur wenige Zentimeter großen Wesen sahen aus wie mit zwei Flügelpaaren ausgestattete Seepferdchen, und sie schwirrten durcheinander, ohne sich jemals zu berühren, flogen den anderen Geschöpfen entgegen, die von den Kraterwänden stammten und nicht einmal halb so groß waren wie sie. Lidia beobachtete, wie sie sich trafen und dort einen Partner fanden, wo die Farben übereinstimmten.

»Der berühmte Tanz der Taitai«, sagte Esmeralda leise. »Er findet einmal in einem Aronnàh-Jahr statt. Die Weibchen leben im See, die Männchen in Grotten, und in einer Nacht treffen sie sich, um zu tanzen.«

Lidia blickte hinaus in den bunten Reigen und sah kein Durcheinander, sondern ein komplexes Muster, eine Choreographie, von Natur und Evolution geschaffen, so schön wie das Werk eines begnadeten Künstlers. Während sie den Tanz beobachtete, veränderten sich die Geräusche. Aus dem zaghaften Klimpern wurde eine Melodie, die tief in ihr etwas vibrieren ließ.

»Die Symphonie des Lebens und der Erfüllung«, sagte Esmeralda. »Für die Geschöpfe dort draußen ist alles ganz einfach; sie folgen ihrem Instinkt, einem genetischen Programm. Und sieh nur mit welchem Ergebnis. *Uns* stehen ganz andere Möglichkeiten zur Verfügung. Wir können *wählen* zwischen Trauer und Glück, zwischen hässlichen und schönen Dingen. Meine Güte, Diamant, warum sollte sich jemand für Dunkelheit entscheiden, wenn er Licht haben kann?« Sie griff noch einmal nach der Karaffe und füllte die beiden Gläser. »Aber den ersten Schritt müssen wir selbst tun, hier drin«, fügte sie hinzu und klopfte sich an die Stirn. »Wir müssen glücklich sein *wollen*.«

Lidia lächelte noch einmal. »Du hättest Betreuerin werden sollen.«

»O nein, auf keinen Fall. Ich fühle mich als Pilotin viel zu wohl.« Sie hob ihr Glas. »Auf die Zukunft, Diamant. Auf all das Wunderbare im Universum. Auf den nächsten Tag.«

Lidia nahm ihr Glas und stieß mit Esmeralda an. »Auf den nächsten Tag«, sagte sie, und ein Schatten wich von ihrer Seele.

An Bord von Vater Hirls Schiff
2. April 421 SN · linear

24

»Nein, Primus«, sagte Jonathan und wandte sich halb von den beiden Akuhaschi an den Kontrollen ab. Der dritte lag noch auf dem Boden. »Wir müssen zu einem Arsenalplaneten. Nur dann haben wir noch eine Chance.«

Valdorian versuchte, sich auf seine Entschlossenheit zu konzentrieren und der Schwäche, die hinter der inneren Barriere lauerte, keine Beachtung zu schenken. Er begriff, dass er seinem Ziel so nahe war wie nie zuvor, aber der kleinste Fehler, die geringste Unachtsamkeit genügte, um es in unerreichbare Ferne zu rücken.

»Die Arsenale geben *mir* keine Chance mehr«, erwiderte er. Die raue, krächzende Stimme klang fremd, schien einer ganz anderen Person zu gehören. »Im Zeitstrom bleiben mir nur noch einige Stunden, höchstens Tage, aber hier ...«

»Wer sind Sie?«, fragte die so jung wirkende Frau. Sie ruhte im Sessel, die Finger in Sensormulden; das glatte blonde Haar lag wie ein Schleier auf der Kopfstütze. Zorn blitzte in ihren blauen Augen.

Valdorians Waffe zeigte noch immer auf sie. »Es spielt keine Rolle, wer ich bin. Bringen Sie uns zu Diamant.«

Es kam zu einer subtilen Veränderung im Gesicht der Pilotin, und Valdorian sah *Erkennen*, außerdem eine Erinnerung.

»Sie sind Valdorian, nicht wahr?«, fragte die Pilotin, deren

Name Esmeralda lautete. »Diamant hat mir von Ihnen erzählt.«

»Primus ...«, begann Jonathan erneut.

»Seien Sie *still*!«, zischte Valdorian. »Sorgen Sie dafür, dass die Akuhaschi keine Dummheiten machen.« Schmerz glühte in ihm, dazu bereit, erneut zu einem Feuer zu werden, das Gedanken und Gefühle verbrannte. Das Gewicht des Injektors in der Tasche erinnerte ihn daran, dass es die Möglichkeit gab, einen – wenn auch vorübergehenden – Sieg über die Qual zu erringen. Er starrte auf die Pilotin hinab. »Sie kennen Lidia? Sie haben mit ihr gesprochen?«

»Lidia? Lautet so ihr früherer Name? Ich kenne sie nur als Diamant.« Esmeralda löste die Hände aus den Sensormulden und stand auf. »Ja, ich habe mit ihr gesprochen, zum ersten Mal vor einundvierzig Jahren, zum letzten Mal vor zehn. Inzwischen geht es ihr besser.«

»Besser?«, wiederholte Valdorian und versuchte, alles zu verarbeiten.

»Lange Zeit war sie traurig«, sagte Esmeralda und trat vor den Sessel. Nur etwa anderthalb Meter trennten sie von Valdorian. »Ich glaube, sie hat Sie wirklich geliebt.« Sie streckte die Hand aus. »Geben Sie mir die Waffe, Valdorian. Machen Sie diese Sache nicht noch schlimmer, als sie es schon ist. Sie verstoßen gegen den Sakralen Kodex.«

Valdorian sah kurz zu den Projektionsbereichen an den Wänden des Pilotendoms. Das Kantaki-Schiff befand sich noch immer im Takhal-System, und die Flotte der Allianz folgte ihm in einem respektvollen Abstand. In der Ferne glühte Orinja, ein Planet, der im nuklearen Feuer starb.

»Nehmen Sie wieder Platz«, sagte Valdorian und deutete auf den Sitz. »Bringen Sie uns zu Diamant. Sie können bestimmt feststellen, wo sie sich befindet.«

»Ich mag es nicht, wenn man mich bedroht«, sagte Esmeralda ruhig. »Zum letzten Mal geschah das vor etwa dreihundert Jahren. Ein dummer Dieb auf einem dummen Planeten. Er hat es bitter bereut.«

Und sie sprang, agil wie eine Katze.

Valdorian konnte im letzten Augenblick den Reflex unterdrücken, den Auslöser der Waffe zu betätigen – er brauchte die Pilotin und durfte sie auf keinen Fall erschießen. Eine halbe Sekunde später hatte Esmeralda ihn erreicht und riss ihn von den Beinen. Er fiel, rollte die fünf Stufen der Treppe hinunter und hatte dabei genug Geistesgegenwart, die Waffe festzuhalten. Kleine Fäuste trafen ihn, genau an den Stellen, wo sie möglichst großen Schmerz verursachten. Aus den Löchern in der inneren Barriere wurden breite Breschen. Er setzte sich zur Wehr, schlug mit der freien Hand und der Waffe zu, während er die Schwäche durch Zorn zu ersetzen versuchte. Andere Gestalten bewegten sich um ihn herum, unter ihnen Jonathan, und er glaubte zu sehen, wie ein Akuhaschi von einem Strahlblitz getroffen wurde.

Das Gesicht der Pilotin erschien direkt vor Valdorian, und er schlug erneut zu, mit aller Kraft, traf die Nase. Blut spritzte, und die Frau verschwand aus seinem Blickfeld. Er versuchte sich zu orientieren – die dimensionalen Verschiebungen machten ihm noch immer zu schaffen, auch wenn sie hier im Pilotendom nicht so stark waren wie in anderen Bereichen des Schiffes –, und irgendwie gelang es ihm, wieder auf die Beine zu kommen, direkt vor der auf dem Boden liegenden Leiche eines Akuhaschi, dessen schwarze, vertikale Augen nicht mehr glänzten. Eine Hand schien sich ihm in den Mund zu schieben, eine heiße, brennende Hand. Jemand rammte sie ihm durch den Mund in den Leib, und dort griff sie nach seinen Organen, schloss sich erbarmungslos um sie und *zerrte*, versuchte, sie aus dem Körper herauszuziehen. Valdorian wusste nicht, ob er schrie. In dem Chaos aus Agonie gab es nur eine absolute Gewissheit: Wenn er jetzt dem Schmerz nachgab, starb er in einigen wenigen Stunden. Die schwarze Kluft lockte erneut mit Kühle, aber er taumelte fort von ihr, wandte sich dem Lodern zu und rief, verzweifelt, trotzig und herausfordernd: »Ich gebe *nicht* auf!«

Erneut erschien das Gesicht der Pilotin vor ihm, blutver-
schmiert und zornig, und einmal mehr schlug Valdorian danach, aber diesmal ließ sich Esmeralda nicht überraschen.
Sie wich zurück und zischte etwas, das er nicht verstand. Alles war plötzlich so laut, das Pochen des eigenen Herzens
klang wie ein rasendes Donnern, das Fauchen des anderen
Hefoks wie die Warnung einer riesigen Schlange. Er richtete
die eigene Waffe auf Esmeralda, die es jetzt offenbar für
möglich hielt, dass er tatsächlich auf sie schoss, vielleicht
nur, um sie zu verletzen, um sie kampfunfähig zu machen
und anschließend zu zwingen, das Schiff durch den Transraum zu steuern. Eine gute Idee, fand Valdorian, als die Pilotin zur Seite sprang, und ließ den Lauf der Waffe ihren Bewegungen folgen ...

Etwas ragte hinter ihm auf, dunkel und monströs.

Ein Kantaki.

Die Faust, die vergeblich versucht hatte, ihm die Organe
aus dem Leib zu reißen, packte nun sein Gehirn und zer-
quetschte es, zerfetzte alle Gedanken und setzte sie in Flammen. Valdorian beobachtete, wie ein großes, insektenhaftes
Geschöpf durch ein Portal in den Pilotendom stakte, jede
Bewegung von einer seltsamen Fluoreszenz begleitet. Das
Wesen neigte den dreieckigen Kopf und sah ihn aus multiplen Augen an.

Kiefer klickten.

»Ihr verstoßt gegen den Sakralen Kodex«, ertönte eine
Stimme aus der Welt jenseits des Schmerzes. »Ein Akuhaschi wurde bereits getötet, ein weiterer verletzt. Gebt sofort
den Widerstand auf und werft die Waffen weg.«

Das Geschöpf kam näher, und Valdorian, halb wahnsinnig vor Schmerz, schoss.

Die Waffe in seiner Hand schleuderte dem Kantaki töd-
liche Energie entgegen. Der Strahl traf den Kopf und verbrannte ihn innerhalb eines Sekundenbruchteils, flackerte
dann über den Hals zum zentralen Leib und verschmorte
ihn. Das Insektenwesen war bereits tot, als es sich zur Seite

neigte, fiel und an der einen Wand des Pilotendoms zu Boden sank.

Etwas Seltsames geschah: Das Schiff schüttelte sich wie in einem Fieber.

Valdorian keuchte, schnappte nach Luft und sah zur Pilotin, deren Gesicht ungläubiges Entsetzen zeigte – sie sah aus wie eine Priesterin, deren Gott man gerade umgebracht hatte.

»Was haben Sie *getan*?«, brachte sie hervor, und für zwei oder drei Sekunden schien sie noch mehr zu leiden als Valdorian. »*Was haben Sie getan?*« Dann veränderte sich ihr Gesichtsausdruck, und in ihren blauen Augen brannte ein Feuer anderer Art, ein *kaltes* Feuer. Sie straffte die Gestalt und trat Valdorian mit entschlossenen Schritten entgegen, ohne auf die Waffe in seiner Hand zu achten.

Wieder zitterte das Schiff, und an den gewölbten Wänden leuchteten Indikatoren auf. Der dritte, unverletzt gebliebene Akuhaschi wandte sich von seinem verwundeten Artgenossen ab und eilte an den Konsolen vorbei. Mit kehliger Stimme schnatterte er etwas, das unverständlich blieb.

Esmeralda blieb stehen, und ihr Blick huschte zu den Projektionsfeldern. Es gab etwas für sie, das noch wichtiger war als Rache an dem Mann, der den Kantaki getötet hatte: das Schiff.

»Bringen Sie uns ... zu Diamant«, brachte Valdorian hervor und konnte sich kaum mehr auf den Beinen halten. Die innere Barriere existierte praktisch nicht mehr, und jeder einzelne Gedanke, jedes einzelne der vielen mentalen Fragmente, aus denen sein Bewusstsein bestand, stand in Flammen. Er nahm den Hefok in die linke Hand, griff mit der rechten in die Tasche des leichten Kampfanzugs und holte den Injektor hervor, um die Agonie mit dem Mittel einzudämmen, das Reginald Connor für ihn vorbereitet hatte. Er spürte Feuchtigkeit, achtete aber nicht darauf, hielt sich den Injektor an den Hals und betätigte den Auslöser.

Nichts geschah.

Verwirrt starrte er auf das kleine Gerät und brauchte einige Sekunden, um zu erkennen, dass die Kapsel mit dem schmerzstillenden Mittel zerbrochen war, vermutlich beim Sturz die Treppe hinunter. Einige Sekunden lang war die Verzweiflung noch größer als seine Qual, und Esmeralda hätte ihn leicht überwältigen und entwaffnen können. Aber sie achtete gar nicht mehr auf ihn, sprang die Stufen zum Podium hoch, nahm im Sessel Platz und legte die Hände in die Sensormulden.

»Sie haben Hirl getötet, und dadurch hat das Schiff keine Seele mehr«, sagte Esmeralda mit rauer Stimme. »Es könnte sterben, und das wäre auch das Ende der vielen tausend Flüchtlinge in der Transportblase.« Sie lehnte sich zurück und schloss die Augen.

»Ein Raumschiff, das ... stirbt?«, krächzte Valdorian. Es war so absurd wie alles andere, fand er, so absurd wie die Vorstellung, bald nicht mehr zu existieren. Wie konnte die Welt – alles um ihn herum, das ganze Universum – so etwas zulassen?

Er glaubte zu spüren, wie sich der Boden unter ihm von einer Seite zur anderen neigte und dabei immer heftiger zitterte, aber ganz sicher war er nicht. Vielleicht lag es an der Qual, die ihm Halluzinationen bescherte und dafür sorgte, dass er seinen Sinnen nicht mehr trauen konnte. Jonathan stützte ihn, ohne den Akuhaschi aus den Augen zu lassen, der noch immer von einer Konsole zur nächsten eilte. Der Verletzte lag an der Wand, neben einem Projektionsfeld, das in der Ferne den brennenden Planeten Orinja zeigte, und rührte sich nicht mehr. »Ich musste schießen«, sagte Jonathan. »Die Akuhaschi griffen an, als sich die Pilotin auf Sie stürzte, Primus. Mir blieb keine Wahl. Aber Sie ... Sie hätten nicht auf den Kantaki feuern dürfen. Ich fürchte, dass ist der schlimmste denkbare Verstoß gegen den Sakralen Kodex. Die Kantaki begnügen sich bestimmt nicht damit, uns den Transfer durch den Transraum zu verweigern.«

Die Worte blieben ohne konkrete Bedeutung für Valdorian, denn sie bezogen sich auf Dinge, die weit in der Zukunft lagen, in einer Zukunft, die für ihn nur dann existierte, wenn er Lidia erreichte. Durch einen dichter werdenden grauweißen Schleier vor den Augen sah er, wie das Leuchten der Indikatoren an den Wänden des Pilotendoms neue Muster formte. Der unverletzte Akuhaschi setzte seine Wanderung von einer Konsole zur anderen fort, betätigte Kontrollen, sah zum toten Kantaki, zur Pilotin, richtete den Blick dann auf die Projektionsbereiche. Spinnenwebartige Monofaser-Leinen bewegten sich wie die Leiber zitternde Aale, und die an ihnen befestigten, untereinander durch halbtransparente Tunnel verbundenen Passagierkapseln, Frachtmodule, Habitate und Containergruppen schwankten wie in einem trägen Tanz von einer Seite zur anderen – die Stabilität der Transportblase geriet zunehmend in Gefahr, als der Kantaki-Koloss ... starb?

Kann ein Raumschiff ohne Seele sein und sterben?, flüsterte es in Valdorian. Er ließ den nutzlos gewordenen Injektor fallen, fühlte in der anderen Hand das Gewicht der Waffe, mit der er den insektoiden Kantaki erschossen hatte. *Du hast getötet,* wiederholte sich das Raunen in seinem Inneren, ein Wispern, das doch alle externen Geräusche übertönte. *Und nicht zum ersten Mal. Der von dir begonnene Krieg hat bereits Millionen den Tod gebracht. Und vorher waren es deine ökonomischen Entscheidungen, die Existenzen ruinierten und Leben auslöschten.*

Während er diesen Worten lauschte, veränderte sich die mentale Stimme. Sie geriet in Bewegung, verließ Valdorians inneren Kosmos und wurde Teil einer neuen externen Welt.

»Ich bin enttäuscht von dir.«

Valdorian öffnete die Augen – sein Vater stand vor ihm. Hovan Aldritt sah so aus wie kurz vor seinem Unfall vor mehr als hundert Jahren: hager, nur einige wenige graue Strähnen im Haar, der Blick der großen Augen sehr aufmerksam.

»Vater ...«

Valdorian sah sich verwundert um. Er stand auf einem

schmalen Pfad, der durch eine endlose Wüste führte. Die Luft flirrte über dem heißen, graubraunen Sand, und am Himmel loderte eine erbarmungslose Sonne. Er zwinkerte in ihrem grellen Schein; die Hitze schien seine Kraft wie Feuchtigkeit verdunsten zu lassen. Etwas erinnerte ihn an früheren Schmerz, eine prickelnde Schwäche wie nach einer großen Anstrengung.

»Vater ...«, wiederholte er ungläubig und trat Hovan Aldritt einen Schritt entgegen, ohne dass sich die Distanz zwischen ihnen verringerte.

»Hast du wirklich geglaubt, dass Macht und Reichtum alles sind?«

»Ich ... ich bin Ihrem Beispiel gefolgt«, brachte Valdorian hervor. »Ich bin wie Sie zum Primus inter Pares geworden. Und unter meiner Führung wurde das Konsortium zu einem dominierenden Machtfaktor im vom Menschen besiedelten All.«

»Aber jetzt stehst du mit leeren Händen da«, erwiderte sein Vater eisig. »Du hast alles verloren, alles ruiniert. Ich hatte mehr von dir erwartet. Ich hatte von dir erwartet, dass du die *richtigen* Entscheidungen triffst.«

»Ich habe die richtigen Entscheidungen getroffen«, verteidigte sich Valdorian. »Immer.«

»Hattest du ein erfülltes, glückliches Leben?«

Valdorian zögerte und empfand die Hitze als immer unangenehmer. Er schirmte seine Augen mit den Händen ab, um seinen Vater besser zu sehen.

»Na bitte«, sagte Hovan Aldritt, als das Schweigen andauerte.

»Ich habe all das übertroffen, was Sie geleistet haben«, krächzte Valdorian. »Kann ein Vater mehr von seinem Sohn verlangen?«

»Aber du hast nicht aus meinen Fehlern gelernt.«

»Aus Ihren ... Fehlern?«

»Erinnerst du dich an das Schachbrett, das ich dir einmal gezeigt habe?«

Valdorian nickte. »Sie haben mich gefragt, welche Figuren wir darauf sind.«

»Und ich habe dir gesagt, dass wir außerhalb des Schachbretts stehen, die Figuren aufstellen und bewegen.«

»Sie hatten Recht. Das wurde mir einige Jahre später klar.«

»Und wenn das Leben auf dem Schachbrett stattfindet und nicht außerhalb davon?«

Valdorian starrte seinen Vater groß an und suchte in Hovan Aldritts Gesicht nach etwas, das es ihm ermöglichte, diese Begegnung zu verstehen.

»Du hast dein ganzes Leben vergeudet, Sohn«, sagte Hovan Aldritt, und jedes einzelne Wort traf Valdorian mit der Wucht eines Fausthiebs. »Du hättest dich für Lidia entscheiden sollen.«

»Aber Sie ... Sie waren dagegen«, ächzte Valdorian. »Sie haben sich gegen den Ehekontrakt ausgesprochen.«

»Und du bist so dumm gewesen, auf mich zu hören. Was bedeutet ein ungelebtes Leben? Welches Gewicht hat es auf der Waagschale des Universums? Welche Bedeutung hat es im Mikrokosmos der individuellen Existenz? Das kompromisslose Leben, das du führen wolltest ... War es mehr als ein Sein *abseits* des Lebens? Du bist ein Choreograf gewesen, aber hast du am Ballett *teilgenommen*? Hast du *getanzt* auf der Bühne des Lebens?«

»Vater ...« Wieder trat Valdorian einen Schritt nach vorn, und auch diesmal blieb die Distanz zu Hovan Aldritt die gleiche. Mehr als nur einige Meter trennten sie voneinander, begriff er. Zwischen ihnen erstreckte sich die Kluft des Todes.

Die Hitze wurde immer unerträglicher – Valdorian hatte das Gefühl, sich langsam aufzulösen. Das grelle Licht brannte sich ihm durch die Haut, ließ das Blut in den Adern kochen und erinnerte ihn vage an ein anderes Lodern.

»Wie dumm, wie dumm«, fuhr sein Vater fort. »Nun, jetzt bist du hier. Dies ist die letzte Station deines Lebenswegs. Ein Zurück gibt es nicht.«

Valdorian drehte den Kopf und sah nach hinten. Der dunkle Streifen des Pfads verlor sich unmittelbar hinter ihm in der heißen Eintönigkeit der Wüste. Versuchsweise trat er noch einen Schritt nach vorn – sofort schrumpfte der Weg.

Hovan Aldritt wich ein wenig zur Seite, und hinter ihm, am Ende des dunklen Wegs, bemerkte Valdorian eine schwarze Tür, wie ein rechteckiges Loch in der Luft. Angenehme Kühle wehte ihm von dort entgegen, erinnerte ihn an den kalten Wind eines bodenlosen Abgrunds, an dessen Rand er einmal gestanden hatte. An das Wann und Wo entsann er sich nicht.

»Das Ende des Weges«, betonte sein Vater und vollführte eine einladende Geste. »Es wird Zeit für dich, Sohn.«

»Zeit?«, wiederholte Valdorian und lauschte dem Klang dieses Wortes, das irgendwo eine zusätzliche Bedeutung hatte.

»Geh zur Tür und öffne sie.«

Mühsam wandte Valdorian den Blick vom schwarzen Portal ab, widerstand der verlockenden Kühle und sah seinen Vater an, dessen Gesicht so etwas wie vorwurfsvolle Strenge zeigte. »Nein, es ist noch nicht so weit.«

»Willst du den vielen Fehlern deines Lebens einen weiteren hinzufügen?«, fragte Hovan Aldritt.

Valdorian verließ den Pfad und setzte seinen Weg durch die Wüste fort. Heißer Sand gab unter ihm nach und machte jeden Schritt mühevoll. »Es ist noch nicht so weit«, wiederholte er. »Noch habe ich eine Wahl.«

Er entfernte sich vom dunklen Weg und der schwarzen Tür, stapfte tiefer hinein in die Wüste, im grellen Schein einer gnadenlos am Himmel brennenden Sonne.

»Bist du nicht neugierig darauf, wie die letzte Antwort lautet?«, spottete sein Vater. »Willst du nicht wissen, was dich nach dem Tod erwartet?«

Die Luft selbst schien zu kochen, und mit jedem Atemzug sog er Feuer in die Lungen. Valdorian senkte die Lider, um dem Gleißen für einige Sekunden zu entgehen, und als er die Augen wieder öffnete ...

... fand er sich im Pilotendom des Kantaki-Schiffes wieder. Er lag auf einer Art Matratze, dicht neben der gewölbten Wand, zwischen zwei leise summenden Konsolen. Stunden waren vergangen, wusste er, und vage Erinnerungsbilder zogen an seinem inneren Auge vorbei, als er sich umsah. Der lebende Akuhaschi und seine beiden toten Artgenossen waren ebenso verschwunden wie die Leiche des Kantaki. Esmeralda saß – beziehungsweise lag – im Sessel auf dem Podium, aber ihre Hände ruhten außerhalb der Sensormulden. Sie steuerte das Schiff nicht, sondern schlief.

Jonathan saß in der Nähe, halb in sich zusammengesunken, eine Waffe in der schlaffen Hand. Valdorian versuchte, keine Geräusche zu verursachen, als er sich aufrichtete, doch das matratzenartige Etwas unter ihm knarrte leise, und Jonathan schoss ruckartig in die Höhe, hob instinktiv die Waffe ... und ließ sie wieder sinken.

»Oh«, sagte er müde. »Sie sind zu sich gekommen.«

»Wie lange haben Sie Wache gehalten?«, fragte Valdorian und stellte fest, dass seine »Matratze« zu einem improvisierten Lagerplatz auf der einen Seite des Pilotendoms gehörte. Einige Vorräte lagen in der Nähe, für Menschen geeignete Nahrung, daneben kleine kartonartige Behälter mit Wasser. Er nahm einen, hob ihn an die Lippen und trank fast so gierig wie ein Verdurstender. Seine Kehle war vollkommen trocken, und in ihm brannte ein Feuer, das zuvor am Himmel über einer Wüste gelodert hatte. Das Gesicht von Hovan Aldritt schwebte ihm entgegen, schwoll immer mehr an und zerfaserte dann, verlor sich im Halbdunkel zwischen den Konsolen. Valdorian trank erneut, und als er den Behälter sinken ließ, bemerkte er ein kantiges Gebilde, fünf oder sechs Meter entfernt: ein Wandschirm, dahinter eine Toilette, ebenso improvisiert wie das Lager. Er hatte sich dort übergeben, entsann er sich. Die undeutlichen Erinnerungsbilder zeigten ihm Akuhaschi, die auf Esmeraldas Anweisung hin Dinge brachten – Matratzen, Decken, Proviant – und Leichen forttrugen. Dort, wo der Kantaki gelegen hatte, zeigten sich matt fluoreszierende Flecken auf dem Boden.

»Ich weiß es nicht genau«, sagte Jonathan. »Seit einigen Stunden. Geht es Ihnen besser?«

Der Schmerz brannte nach wie vor in Valdorian, und ohne das Sedativ des Injektors gab es keine Möglichkeit, ihm zu entkommen. Er sah sich mit einer ganz besonderen Ironie des Schicksals konfrontiert: Hier an Bord des Kantaki-Schiffes befand er sich außerhalb des Zeitstroms, was bedeutete, dass er nicht alterte – die genetische Destabilisierung wirkte sich an diesem Ort nicht aus. Aber sein Zustand verbesserte sich keineswegs. Im Schmerz gefangen, bis in alle Ewigkeit – entsprach das nicht der Definition der Hölle?

»Kaum«, sagte er, trank erneut und sah zur immer noch schlafenden Esmeralda. Er erinnerte sich daran, darauf bestanden zu haben, im Pilotendom des Schiffes zu bleiben – er hatte es abgelehnt, Quartier in einem anderen Bereich des Raumschiffs zu beziehen, aus Furcht davor, die Kontrolle über die Situation zu verlieren. »Was ist mit dem Schiff?«

Jonathan wandte sich halb von der Konsole ab und deutete an den gewölbten Wänden empor. Mehrere Projektionsfelder zeigten einen Spiralarm der Milchstraße, und Valdorian glaubte, die scheinbare Bewegung von Sternen zu erkennen – die Geschwindigkeit des Schiffes musste enorm hoch sein.

»Der Pilotin ist es gelungen, nach dem Tod des Kantaki alle Systeme des Schiffes zu stabilisieren. Die Transportblase blieb im Orbit eines Grekki-Planeten zurück, um dort später von einem anderen Kantaki-Schiff übernommen zu werden. Während der Instabilitätsphase gingen mehrere Passgierkapseln verloren.« Jonathan seufzte leise. »Weitere Todesopfer«, fügte er hinzu. »Nun, derzeit fliegen wir durch einen so genannten Prioritätskorridor in Richtung eines Kommunikationsknotens. Das ist ein besonderer Punkt im Kom-Netz der Kantaki, der es ihnen erlaubt, allen Schiffen Nachrichten zu übermitteln, ganz gleich, wo sie sich befinden.«

»Woher wissen Sie das?« Valdorian stand vorsichtig auf und wankte zu seinem Sekretär, begleitet von Schmerz und Schwäche.

»Esmeralda hat es mir erklärt.«

Jonathans Gesicht hatte sich halb im Schatten befunden, und als Valdorian näher kam, sah er die Müdigkeit darin. Und noch etwas anderes, hinter der Erschöpfung. Trostlosigkeit? Traurige Resignation?

Valdorians Blick glitt kurz zur schlafenden Pilotin. »Sie hat mit Ihnen gesprochen?«

»Sie wies mehrmals darauf hin, dass das Schiff fast gestorben wäre, was auch immer das bedeutet«, erwiderte Jonathan. »Vom Kommunikationsknoten aus will sie Diamant benachrichtigen. Damit Sie Ihre Strafe erfahren, wie sie meinte.«

Valdorian hörte die letzten Worte gar nicht. Wilde Hoffnung verdrängte sie und konzentrierte sich allein darauf, dass er endlich zu Lidia unterwegs war. Er sah zu den Projektionsfeldern hoch, und Jonathan folgte seinem Blick.

»Werde ich jemals Axil und Ivrea wiedersehen?«, fragte der Sekretär leise.

»Was?«

»Meine Kinder. Werde ich sie jemals wiedersehen?«

Valdorian versuchte, sich an die Namen zu erinnern, aber sie gehörten zu den vielen Dingen, die jede Bedeutung für ihn verloren hatten. Nur eines war noch wichtig: Er musste Lidia erreichen.

»Wenn wir dieses Schiff verlassen, wo auch immer ...«, fuhr Jonathan fort. »Dann sitzen wir fest. Kein Kantaki wird uns jemals wieder eine interstellare Passage gestatten. Nach den Maßstäben des Sakralen Kodexes haben wir das schlimmste denkbare Verbrechen begangen. Wer weiß, was die Kantaki gegen uns unternehmen werden.« Er deutete nach oben. »Man könnte den Flug für sehr faszinierend halten, wenn unsere Lage nicht so hoffnungslos wäre.«

»Schlafen Sie!«, sagte Valdorian, schärfer als beabsichtigt. »Legen Sie sich hin. Ich halte jetzt Wache.«

Jonathan schwieg, als er zu den Matratzen ging und sich auf einer von ihnen ausstreckte. Wenige Sekunden später war er bereits eingeschlafen.

Valdorians innere Qual komprimierte seine mentale Welt und wirkte wie ein Filter, der Wichtiges von Bedeutungslosem trennte. Die Namen von Jonathans Kindern zählten zu den vielen *unwichtigen* Dingen, die aus dem Licht von Valdorians Aufmerksamkeit ins Dunkel des Vergessens glitten. Das Ende der Welt drohte, das Ende *seiner* Welt, und daneben verblasste alles andere. Dumpfes Summen kam aus den Tiefen des Kantaki-Schiffes, einer ganz besonderen Stimme gleich, die immer vorwurfsvoller und anklagender flüsterte, je länger er ihr lauschte. Nach einigen Minuten presste er sich beide Hände an die Ohren – in der einen hielt er noch den Hefok; am liebsten hätte er laut geschrien. Aber irgendetwas hinderte ihn daran, vielleicht die Furcht, sich mit einem solchen Schrei dem Wahnsinn auszuliefern, vor dem Connor ihn gewarnt hatte, vor drei Monaten. *Nur drei Monate sind vergangen,* dachte Valdorian, während das Schiff um ihn herum raunte und mit einem Vielfachen der Lichtgeschwindigkeit durch den Transraum raste. Es schienen Jahre zu sein, und noch mehr, eine Ewigkeit. Rungard Avar Valdorian, Primus inter Pares des Konsortiums, der mächtigste Mann im von Menschen besiedelten All, noch voller Pläne für die Zukunft – und kaum dreizehn Wochen später war jener Mann ein menschliches Wrack, ein Greis, der aussah wie eine wandelnde Leiche und im Zeitstrom nur noch wenige Stunden gelebt hätte. Der Tod wartete auf ihn, lockte mit Kühle und der letzten Antwort, die ihm auch sein Vater versprochen hatte. Die schwarze Tür ... In der Erinnerung sah er sie erneut, hinter seinem Vater, der ihm vorwarf, sein Leben vergeudet zu haben ...

»Sie wird geschlossen bleiben«, hauchte Valdorian, hob den Kopf, öffnete die Augen – und sah Esmeralda, die vor ihm stand, mit seinem Hefok in der Hand.

»Ich sollte Sie auf der Stelle erschießen«, sagte die Pilotin kalt. »Und Sie ebenfalls«, fügte sie mit einem Blick auf Jonathan hinzu. »Weg mit der Waffe, *sofort*.«

Valdorian hörte ein Klacken, drehte den Kopf und sah, dass Jonathan seinen Hefok fallen gelassen hatte. *Ich muss eingeschlafen sein*, dachte er.

Esmeralda schien seine Gedanken zu erraten. »Nein, Sie sind nicht eingeschlafen«, sagte sie und berührte ein kleines schwarzes Gerät an ihrem Hals. Ein Wandsegment glitt beiseite, und mehrere Akuhaschi eilten in den Pilotendom. »Ich weiß nicht, wo Sie waren, aber *hier* gewiss nicht. Sie befanden sich an einem ganz anderen Ort.« Sie kam näher, und Valdorian hielt sich an der nahen Konsole fest, als die Beine unter ihm nachzugeben drohten. Die Schwäche war wie ein großes Loch in seinem Inneren, in das alles zu stürzen drohte.

»Sie haben Hirl erschossen und dem Schiff die Seele genommen«, sagte Esmeralda, und ihre Stimme war dabei so kalt wie Eis. »Sie haben einen Kantaki getötet, ein mehrere tausend Jahre altes Geschöpf, dessen Weisheit nun für immer verloren ist. Hirl war nicht vorbereitet auf seinen Tod, und deshalb konnte sein Selbst nicht zurückkehren zum Geist, um ihm von seinem Leben zu erzählen. Allein dafür haben Sie es zweifellos verdient zu sterben.« Sie hob die Waffe, und nur wenige Zentimeter trennten den Lauf von Valdorians Stirn. Er sah ihr in die blauen Augen, die viel älter waren als das Gesicht, zu dem sie gehörten, viel, viel älter, und dort erkannte er nicht etwa Hass, sondern tiefe Trauer.

Die Pilotin ließ den Hefok sinken und wich einen Schritt zurück. »Aber Sie sind dem Tod ohnehin näher als dem Leben«, fuhr sie fort. »Und deshalb wäre es *keine* angemessene Strafe, Sie zu erschießen. Nein, ich bringe Sie zu Diamant. *Das* soll Ihre Strafe sein.«

Valdorian konnte es kaum fassen. Hoffnung, Verzweiflung, dann neue Hoffnung, völlig unerwartet – dieses Wechselbad der Gefühle zehrte an seinen Kräften. »Danke«, brachte er hervor.

»Sie ahnen nicht, *wofür* Sie mir danken.« Esmeralda wandte sich halb ab, strich ihr blondes Haar zurück und deutete zu den Projektionsfeldern. »Das seelenlose Schiff folgt dem richtigen Faden. Bald erreichen wir den nächsten Kommunikationsknoten, und von dort aus kann ich Diamant eine Nachricht übermitteln.«

Valdorian gab sich tiefer Erleichterung hin – es wurde doch noch alles gut. Er beobachtete, wie die Akuhaschi die Kontrollen an verschiedenen Konsolen betätigten. Einer von ihnen hatte Jonathans Waffe genommen, hielt sie unschlüssig in der Hand und schien auf eine Anweisung der Pilotin zu warten. Andere begannen damit, die einzelnen Teile des improvisierten Lagers fortzutragen.

»Können Sie sie nicht mit einer Transverbindung erreichen?«, fragte Valdorian.

Zuerst glaubte er, dass Esmeralda ihm nicht antworten wollte. Stumm sah sie zu den Projektionsbereichen auf und schien dort nach etwas zu suchen – nach der Seele des Schiffes? Dann senkte sie den Kopf und sagte: »Transverbindungen lassen sich nur herstellen, wenn man weiß, wo sich das Ziel befindet. Ich habe nicht die geringste Ahnung, wo Diamant derzeit unterwegs ist.«

Der Name störte Valdorian. »Lidia«, sagte er mit rauer Stimme. »Sie heißt Lidia.«

»Oh, da irren Sie sich.« Esmeralda begegnete seinem Blick. »Sie *war* einmal Lidia, vor langer Zeit, aber jetzt heißt und ist sie Diamant. Sie werden bald verstehen, was das bedeutet.«

Sie winkte zwei Akuhaschi zu sich und gab einem von ihnen die Waffe, die sie Valdorian abgenommen hatte. »Ich lasse Sie zu einem Quartier an Bord bringen und gebe Ihnen Bescheid, sobald ich mich mit Diamant in Verbindung gesetzt habe.«

Valdorian folgte den beiden Akuhaschi einige Schritte weit, blieb dann noch einmal stehen und sah zur Pilotin zurück. Perspektivische Verzerrungen beeinträchtigten seine visuelle

Wahrnehmung, brachten Desorientierung und Schwindel. In anderen Bereichen des Kantaki-Schiffes, so wusste er, würde es noch schlimmer sein.

»Sind wir Ihre Gefangenen?«, fragte er die Pilotin.

»Spielt es eine Rolle für Sie, wie die Antwort auf diese Frage lautet? Ich habe bereits darauf hingewiesen, dass ich Sie zu Diamant bringen werde. Genügt Ihnen das nicht?«

Erneut blickte Valdorian in die blauen Augen, die ihn über eine viele Jahrhunderte breite Kluft hinweg anzusehen schienen, und diesmal erkannte er nicht nur Kälte und Trauer in ihnen, sondern auch Entschlossenheit. »Doch, es genügt mir«, sagte er, und zusammen mit Jonathan und den beiden Akuhaschi verließ er den Pilotendom.

Noch immer brannte die Sonne am wolkenlosen Himmel, so unbarmherzig und gnadenlos wie zuvor, und an der gleichen Stelle. Sie schien nicht zu beabsichtigen, zum Horizont zu wandern und sich dahinter zu verbergen.

Valdorian blieb in der heißen Einöde stehen, beschattete die Augen mit der Hand und sah zu einer dunklen Linie vor dem nächsten Höhenzug. Bäume! Eine Oase. Oder vielleicht das Ende der Wüste. Er lachte, trotz der Hitze und trotz der Schmerzen, die nie aus ihm wichen, mal stärker und mal schwächer waren. »Na bitte!«, rief er. »Ich habe die richtige Entscheidung getroffen. Es gibt eine Alternative zur schwarzen Tür.«

Er ging schneller über den heißen Sand, in den er bei jedem Schritt tiefer einsank. Bäume, Schatten, Kühle, eine Möglichkeit, der Hitze zu entkommen, auszuruhen, neue Kraft zu schöpfen, nachzudenken und Pläne zu schmieden. Irgendwo fand ein Krieg statt, wusste er, ein Krieg, den er selbst begonnen hatte. Irgendwo suchte ihn sein Erzfeind, dazu entschlossen, sich an ihm zu rächen. Aber auch er suchte jemanden, nicht wahr? Er überlegte, während er stapfte, aber der Name wollte ihm nicht einfallen. Seltsam. Vermutlich lag es an der Hitze, die ihn langsam ausdörrte und jeden einzelnen Gedanken zu verbrennen schien. Wenn er Gelegenheit bekam, unter den Bäumen im Schatten zu sitzen, so dauerte es bestimmt nicht lange, bis er sich wieder erinnerte.

Schließlich erreichte er die Bäume, und unter ihrem Blätterdach erwartete ihn herrliche Frische. Der Schmerz zog sich zurück, in eine halb verborgene Ecke seines Selbst, verschwand aber nicht, beobachtete und wartete, um bei der ersten Gelegenheit zurückzukehren. Valdorian wankte weiter, als er ein Plätschern hörte, das seinen Durst zu verdoppeln schien. Eine Quelle sprudelte in der Nähe, und ihr Wasser sammelte sich in einem Tümpel zwischen braungrauen Felsen. Er bückte sich, schöpfte mit den Händen, trank und schloss voller Genuss die Augen. Als er sie wieder öffnete, stand er erneut auf dem Wüstenpfad, direkt vor seinem Vater, hinter dem die schwarze Tür wartete.

»Ein Fehler nach dem anderen«, sagte Hovan Aldritt und schüttelte den Kopf. »Du hast nie gelernt und bist auch jetzt nicht bereit zu lernen.«

»Bringen Sie mich zur Oase zurück!«, stieß Valdorian hervor. »Ich hatte gerade die Quelle erreicht und einen ersten Schluck getrunken.«

Sein Vater schüttelte erneut den Kopf. »Ich habe dich nicht hierher geholt. Du bist von ganz allein zurückgekehrt. Sieh nur.« Und er deutete auf die Fußspuren im Sand: Sie führten fort vom Weg, aber nur etwa fünfzehn Meter weit, beschrieben dann einen Bogen, der zum Pfad durch die endlose Wüste führte.

»Nein«, ächzte Valdorian. »Das kann nicht sein. Ich habe Bäume gesehen, die Bäume einer Oase, im Schatten war es herrlich kühl, und die Quelle, das Wasser ...«

»Du bist immer nur hier gewesen«, behauptete Hovan Aldritt. »Auf dem Weg und für kurze Zeit daneben. Die letzte Strecke, die letzte Etappe, und es gibt nur noch ein Ziel ...« Er drehte sich halb um und deutete zur Tür. »Dort erwarten dich echte Kühle und Linderung, Sohn. Und die letzte Antwort. Das hast du doch nicht vergessen, oder? Es ist an der Zeit.«

»Nein.« Diesmal schüttelte Valdorian den Kopf. »Nein. Es gibt noch eine andere Möglichkeit. Wenn die Zeit anhält, bleibt die Tür geschlossen. Und wenn sie *rückwärts* läuft ...«

»Du hast dein Leben vergeudet und Alter und Tod oft genug betrogen«, sagte Hovan Aldritt streng. »Jetzt musst du den Preis dafür bezahlen.«

Valdorian blinzelte, und aus dem Gesicht seines Vaters wurde das der Pilotin Esmeralda. Sie stand neben der einfachen Liege, auf der er ruhte, in einem Quartier, das sich in mehr als nur drei räumlichen Dimensionen zu erstrecken schien.

»Ich habe Diamant benachrichtigt«, sagte sie, mit der gleichen traurigen Kälte in der Stimme wie im Pilotendom. »Wir haben einen Treffpunkt vereinbart und sind unterwegs. In sieben Stunden können Sie ihr gegenübertreten.«

Tintiran
2. April 421 SN · linear

25

»Krieg«, sagte Lidia. »Und wir machen uns mitschuldig.«

»Wir ziehen nicht in den Kampf«, erwiderte Grar.

Die beiden so unterschiedlichen Geschöpfe, Mensch und Kantaki, blickten zu den Projektionslinsen des Pilotendoms empor. Sie zeigten einen Planeten, den Lidia sehr gut kannte: Tintiran. In hohen Umlaufbahnen blitzte es immer wieder, als angreifende Schiffe Abwehrsatelliten unter Beschuss nahmen und zerstörten. Gefechtsplattformen des Konsortiums erwiderten das Feuer; destruktive Energie gleißte im All.

»Einige der Schiffe, die Tintiran und Xandor angreifen, haben wir hierher gebracht«, sagte Lidia. »Sie befanden sich in der Transportblase dieses Schiffes.«

Grar bewegte sich, und fluoreszierendes Glühen wanderte über seine Gliedmaßen, an denen hier und dort bunte Stoffstreifen hingen. Der Blick seiner multiplen Augen glitt zur Pilotin. Er klickte. »Ich verstehe deinen Kummer, Diamant. Du bist hier zu Hause, wie es bei deinem Volk heißt. Was uns Kantaki betrifft ... Wir bieten unsere Dienste an, wie seit Jahrtausenden. Wir bringen all jene durch den Transraum, die dafür den Preis bezahlen können und wollen, den wir verlangen – das ist seit Urzeiten die Basis unserer Ökonomie. Wer nicht gegen den Sakralen Kodex verstößt, hat ein Recht auf eine Passage.«

»Selbst wenn er dem Ziel Tod und Zerstörung bringt?«

»Selbst dann. Wir stehen abseits solcher Dinge, Diamant. Wir maßen uns nicht an, zu urteilen und zu verurteilen. Wir folgen unserem eigenen Weg.«

»Wenn ihr euch weigern würdet, Soldaten und militärisches Gerät zu transportieren, könnten solche Kriege überhaupt nicht stattfinden.«

Grar streckte ein Vorderglied aus und berührte Diamant an der Schulter, ohne sie zu zwicken. »Du siehst die Dinge erneut aus der menschlichen Perspektive. Nach all den Jahren. Denk an die Großen Kosmischen Zeitalter. Welche Rolle spielen diese Ereignisse im Zyklus des Werdens und Vergehens, Diamant?«

»Wenn man es so sieht, kann einem alles gleichgültig sein«, sagte Lidia scharf und gab ihrem Zorn nach. »Ihr Kantaki *könntet* etwas tun.«

Grar klickte. »O ja, das könnten wir. Aber damit verstießen wir gegen unsere Grundsätze. Wir sind wir. Wir sind die Kantaki. Wir mischen uns nicht ein. Wir beobachten und lernen, wir sammeln Erfahrungen und Wissen, um all das dem Geist zu bringen, der Materie wurde.« Er klopfte gegen seinen Zentralleib, um seine Worte zu unterstreichen – es klackte dumpf. »Auch zu *dieser* Materie. Nun, hältst du an deiner Absicht fest, Tintiran zu besuchen? Oder setzen wir den Flug fort?«

Lidia blickte erneut zu den Linsen. Sie waren dem dritten Planeten des Mirlur-Systems näher gekommen, und die dunklen Punkte der Angreifer wirkten wie ein Insektenschwarm, der über eine Welt herfiel. Die Akuhaschi an den Konsolen sammelten Daten, die detailliert Auskunft über das Geschehen gaben, aber Lidia gewann auch so den Eindruck, dass die Kampfhandlungen rasch nachließen. Wer auch immer für die Verteidigung des Planeten verantwortlich war: Offenbar wusste er, dass es keinen Sinn hatte, weiter Widerstand zu leisten.

Lidia spürte, wie sich eine sonderbare Unruhe in ihr verdichtete. Seit Tagen zitterte etwas in ihr, ohne dass sie einen Grund dafür erkennen konnte.

»Ich möchte bleiben«, sagte sie fast trotzig. »Ich möchte bleiben und Bellavista besuchen.«

»Es könnte gefährlich sein«, gab Grar zu bedenken. »Selbst für eine Kantaki-Pilotin.«

»Und wenn schon.« Lidia hielt an dem Trotz fest. Es fühlte sich *gut* an, trotzig zu sein; dadurch fiel es ihr leichter, mit Zorn und Enttäuschung fertig zu werden. »Ich habe die Ausstellung auf drei anderen Planeten versäumt. Sie kam vor vier Wochen nach Tintiran und zieht bald weiter. Ich möchte sie mir *hier* ansehen.«

Grar musterte sie, und der Blick seiner multiplen Augen nahm nicht nur das auf, was ihr Gesicht zeigte. Er verstand, so wie auch Mutter Krir immer verstanden hatte. »Nun gut. Dann bring uns zum Planeten.«

Lidia lehnte sich im Pilotensessel zurück und legte die Hände in die Sensormulden. Sofort spürte sie den Körper des Schiffes, wie eine Erweiterung ihres eigenen Leibs. Grars Schiff war nicht so groß wie das seiner Mutter – Kantaki-Schiffe wuchsen im Lauf der Zeit; man fügte ihnen immer mehr Segmente hinzu, je älter ihre Besitzer wurden –, aber der Kontakt mit ihm vermittelte ihr ein ähnliches Gefühl. Sie bündelte die Energie der Reaktoren und verwandelte sie in Bewegung: Das schwarze Kantaki-Schiff, seine Transportblase leer, glitt dem dritten Planeten des Mirlur-Systems entgegen, und die Kampfeinheiten der Allianz wichen ihm respektvoll aus. Niemand stellte das Recht des Kantaki-Raumers infrage, in die Umlaufbahn von Tintiran zu schwenken und dann mit dem Landeanflug zu beginnen. Während Lidia das Schiff steuerte, blickte sie immer wieder zu den Projektionsfeldern und stellte erleichtert fest, dass es über dem Planeten nicht mehr gleißte. Hoffnung erwachte in ihr. Die Allianz übernahm Tintiran, daran ließ sich nichts ändern, aber vielleicht blieben der Planet und seine Bewohner von den grässlichsten Folgen des Krieges verschont.

529

Wenige Minuten später setzte das Schiff auf, sanft wie eine Feder, und Lidia verließ den Pilotendom, um eine Welt zu betreten, die sie für ihre Heimat hielt, obgleich sie nicht auf dem dritten Planeten des Mirlur-Systems geboren war, sondern auf dem vierten, auf Xandor.

Auf dem Weg zum Museum mit der Xurr-Ausstellung wanderte Lidia durch eine ihr fremd gewordene Stadt. Sie hatte Bellavista zum letzten Mal vor einigen Jahren besucht, aber es lag nicht etwa an der verstrichenen Zeit. Die Stadt wirkte so vertraut wie damals, doch die *Atmosphäre* war anders. Sie bemerkte nur vereinzelte Personen auf der Uferpromenade, und niemand von ihnen sah übers Scharlachrote Meer. Die Blicke der wenigen Passanten galten vielmehr den Soldaten, die hier und dort Straßensperren errichtet hatten, schwere Waffen schussbereit in den Händen hielten und teilweise mit sehr bedrohlich wirkenden Kampfkorsetts ausgestattet waren. Zwar schien die Sonne, aber Düsternis hatte sich auf die bunte, strahlende Stadt herabgesenkt.

Nirgends sah Lidia ein lächelndes Gesicht.

Die meisten Läden waren geschlossen, und manche Inhaber hatten ihre Geschäfte sogar mit metallenen Blenden geschützt. Brandspuren an Wänden und die Wracks einiger Levitatorwagen deuteten darauf hin, dass in Bellavista zumindest einige kurze Kämpfe stattgefunden hatten. Nirgends lagen Leichen, und zumindest dafür war Lidia dankbar. Der Rest aber erfüllte sie mit Erbitterung, und deshalb reagierte sie ziemlich scharf, als ein Allianz-Soldat ihr den Weg versperrte. Es war ein junger Mann, etwa fünfundzwanzig, und er trug einen dunkelblauen Kampfanzug. Der Lauf seines Hefoks zeigte nach unten, aber Entschlossenheit prägte sein Gesicht, als er Lidia entgegentrat und die Hand hob.

»Bleiben Sie stehen und weisen Sie sich aus.«

Lidia bedachte ihn mit einem durchdringenden Blick und deutete auf die Kantaki-Symbole an ihrer Hemdjacke. »Dies

ist Ausweis genug, junger Mann. Geben Sie den Weg frei.«
Sie stand an einem Kontrollpunkt. Ein mobiler Generator erzeugte ein Kraftfeld, das über die Straße und den Gehsteig bis zur Strandpromenade reichte. Zwei weitere Soldaten standen beim Generator, ihre Waffen bereit. Einer von ihnen schien älter zu sein, vielleicht ein Offizier.

»Jeder kann ein Hemd mit solchen Symbolen tragen«, sagte der Soldat.

Lidia stemmte die Hände an die Hüften. »Ich bin nicht *jeder*, sondern Pilotin in den Diensten der Kantaki«, zischte sie. »Seit hundertzwanzig Jahren. Wenn Sie nicht unverzüglich den Weg freigeben, werde ich den Eigner meines Schiffes darauf hinweisen, dass ich belästigt wurde, was auf einen Verstoß gegen den Sakralen Kodex hinausläuft. Dann riskieren Sie und Ihre Truppe ...« – sie sprach dieses Wort mit Absicht sehr verächtlich aus – »... für immer im Mirlur-System festzusitzen, weil kein Kantaki Ihnen eine interstellare Passage gewähren wird. Habe ich mich klar genug ausgedrückt? *Weg mit der Waffe!*«

Entschlossenheit, verletzter Stolz und Unsicherheit rangen im Gesicht des jungen Mannes miteinander. Der ältere Soldat wandte sich vom Generator ab, kam näher, schob seine Waffe demonstrativ ins Gürtelhalfter und schickte den jungen Mann mit einem knappen Wink fort. »Bitte entschuldigen Sie«, sagte er. »Wir sind bemüht, den Bürgern von Tintiran so wenig Unannehmlichkeiten wie möglich zu bereiten.«

»Wie nett von ihnen«, erwiderte Lidia spöttisch. »Sie hätten ihnen überhaupt keine Unannehmlichkeiten bereitet, wenn Sie gar nicht erst hierher gekommen wären.«

»Man hat uns hierher *geschickt*«, sagte der Mann ruhig. »Es war nicht unsere Entscheidung. Wir folgen nur unseren Anweisungen.« Er winkte erneut, und der zum Generator zurückgekehrte junge Soldat betätigte Kontrollen. Eine Strukturlücke bildete sich in der energetischen Barriere, und Lidia sah, dass auf der anderen Seite der Absperrung zwei

Fahrzeuge durchsucht wurden. Der Offizier – Lidia wusste die Rangabzeichen an seinem Kampfanzug nicht zu deuten, aber Alter und Verhalten deuteten auf einen Offizier hin – bemerkte ihren Blick. »Die planetare Verwaltung hat Tintirans Übernahme durch die Allianz offiziell akzeptiert, aber leider haben einige Bewohner dieses Planeten beschlossen, aktiven Widerstand zu leisten. Was uns zu präventiven Maßnahmen zwingt. Dafür bitten wir um Verständnis.«

Lidia sah ihm zornig in die Augen. »Sie haben auch noch die Unverschämtheit, um Verständnis zu bitten? Sie sind hier *unerwünscht*! Sie haben einem friedlichen Planeten Krieg gebracht, und dafür bitten Sie um Verständnis?«

Der Offizier wich ihrem Blick nicht aus. »Sie sind Kantaki-Pilotin. Niemand sagt *Ihnen*, was Sie zu tun und zu lassen haben. Sie sind frei, freier als die meisten Menschen. Ich hingegen gehöre zu den Streitkräften der Allianz. Ich habe einen Befehl erhalten, und den muss ich ausführen, ob mir das gefällt oder nicht. *Dafür* bitte ich Sie um Verständnis.«

Zorn brodelte in Lidia, als sie sich abrupt von dem Offizier abwandte und durch die Strukturlücke trat. Der Mann hatte Recht, das wusste sie, er *war* ein Befehlsempfänger, aber das bedeutete keineswegs, dass nicht auch ihn ein Teil der Verantwortung traf. Während sie den Weg durch die sonderbar leer wirkende Stadt fortsetzte und weitere Kontrollpunkte passierte – man hielt sie nicht noch einmal an; vielleicht hatte der Offizier die anderen Soldaten davon informiert, dass eine ziemlich schlecht gelaunte Kantaki-Pilotin in Bellavista unterwegs war –, dachte sie über ihre emotionalen Reaktionen auf das aktuelle Geschehen nach und gelangte zu dem Schluss, dass es dafür mehrere Gründe gab. Ja, es ärgerte sie, dass die Kantaki nichts gegen den Krieg unternahmen, dass sie ihn sogar *ermöglichten,* so wie andere interstellare Konflikte in der Vergangenheit. Es ärgerte sie auch, dass Tintiran seine Freiheit verlor – obwohl sie sich eingestehen musste, dass es letztendlich für die Bürger kaum eine Rolle spielte, ob der Planet zum Konsortium gehörte oder zur Allianz. Doch der dritte und wichtigste Grund für ihren Zorn hieß *Veränderung*.

Je länger sie abseits des Zeitstroms weilte und sich ihre Jugend bewahrte, je mehr objektive Zeit verstrich, desto mehr veränderte sich die Welt, in die sie gelegentlich zurückkehrte. Und der zwischen den beiden größten Machtblöcken im vom Menschen besiedelten All stattfindende Krieg beschleunigte eine Veränderung, die ohnehin stattfand. Früher war es ein langsamer schleichender Prozess gewesen. Vertraute Personen starben, und andere, unvertraute, nahmen ihren Platz ein. Städte wuchsen oder schrumpften, gewannen oder verloren an Bedeutung, entwickelten sich wie lebende Organismen. Alte Gebäude wichen neuen. Industrie-Anlagen verdrängten Wälder, passten Aussehen und Struktur ganzer Kontinente ihren Erfordernissen an. Auf allen Ebenen fand eine unaufhaltsame Evolution statt, die immer mehr Distanz zwischen Lidia und der Realität des Zeitstroms schuf. Das wusste sie, und daran hatte sie sich im Lauf der Jahre gewöhnt. Sie war auch imstande, wie die so lebensfreudige und optimistische Esmeralda Positives in diesen langsamen, stetigen Veränderungen zu sehen, denn sie ermöglichten selbst dort neue Entdeckungen, wo man bereits alles entdeckt hatte. Aber der Krieg führte auf hunderten von Welten zu drastischen Umwälzungen und ließ eine ganz neue Bühne für das interstellare Geschehen entstehen. Das war der Hauptgrund für Lidias Zorn. Sie wollte sich nicht fremd fühlen auf den ihr bekannten Welten, erst recht nicht auf Tintiran.

Fast ohne sich dessen bewusst zu sein, schritt sie durch den Eingang des Museums, das sie damals, während des Studiums, so oft besucht hatte, auch zusammen mit Valdorian. Aus irgendeinem Grund war es nicht geschlossen wie die Läden, aber es überraschte Lidia nicht, keine anderen Besucher anzutreffen. Derzeit regierte Angst in Bellavista, auf ganz Tintiran, und wer sah sich unter solchen Umständen irgendwelche Ausstellungen in einem Museum an?

»Zum Beispiel eine Kantaki-Pilotin wie du«, sagte Lidia

halblaut. Sie zögerte im Eingangsbereich und fragte sich, ob sie zum Raumhaufen und zu Grars Schiff zurückkehren sollte. Eigentlich war sie nicht wegen der Ausstellung gelandet, begriff sie jetzt, sondern mit der irrigen Hoffnung, einen Unterschied zu bewirken, Tintiran irgendwie vor dem Krieg und damit vor einschneidenden Veränderungen bewahren zu können. Aber dazu reichte ihr Einfluss bei weitem nicht aus. Sie seufzte und fühlte, wie der Zorn aus ihr wich. Übrig blieben Kummer und auch Resignation. »Da ich schon einmal hier bin ...«, murmelte sie und betrat den Ausstellungssaal.

Eine kugelförmige Informationsdrohne schwebte ihr entgegen. »Guten Tag, verehrte Besucherin«, erklang eine melodische Stimme. »Wünschen Sie eine Führung?«

Lidia zögerte kurz und stellte fest, dass sie sich ein wenig Gesellschaft wünschte, selbst wenn es nur die einer Drohne war.

»Ja«, sagte sie.

»Sind Sie mit den Xurr vertraut?«

»Einigermaßen«, erwiderte Lidia und wusste, dass sie untertrieb. Sie hatte sich immer für die Xurr interessiert und jede Möglichkeit genutzt, mehr über sie zu erfahren. Ganz deutlich erinnerte sie sich an das Labyrinth auf Guraki – und an die Nachricht, dass ein Planetenfresser jene Welt zerstört hatte. Eines der schmerzlichsten Opfer des Krieges. »Ich weiß, dass sie vor hunderttausend Jahren aus dem galaktischen Kern kamen, auf der Flucht vor den Toukwan ...«

Das Summen der Informationsdrohne veränderte sich. »Dieser Begriff ist nicht in meiner Datenbank enthalten«, ertönte die synthetische Stimme. »Wenn Sie über neue Informationen verfügen, so wenden Sie sich bitte an den Direktor des Museums ...«

Die restlichen Worte verloren sich in einer Art mentalem Hintergrundrauschen. Lidia war inzwischen an die Vitrine mit dem ersten Ausstellungsstück herangetreten, einem Artefakt aus mumifiziertem Gewebe und metallenen Schaltelementen. Es stammte von Corhin, einem abgelegenen Planeten, auf dem eine weitere Xurr-Kolonie entdeckt worden war, nicht von dem vor Jahren verstorben Hofener – sein Tod erinnerte Lidia daran, wie schnell der Zeitstrom floss –, sondern von einem seiner Schüler, Angar Ruthman. Sie erinnerte sich plötzlich an Floyds Welt in der nichtlinearen Zeit, an die Begegnung mit dem Schatten und zwei ganz besondere Bücher. Eines hatte sie gelesen, den Roman »Die Türme des Irgendwo« von ihrem Vater Roald DiKastro. Das andere stammte von Kulmar Hofener und hieß »Der Exodus der Xurr«. Sie hatte es nur kurz in den Händen gehalten und einige wenige Passagen überflogen. Zwei Bücher, geschrieben nicht in diesem Kosmos, sondern in irgendeinem Paralleluniversum des Plurials.

»Wie konnte ich das vergessen?«, murmelte Lidia und starrte auf das Artefakt, ohne es zu sehen, hörte auch nicht mehr die Stimme der Informationsdrohne. Die Erinnerung an das Buch jenes Hofeners, dem in einem anderen Universum die Übersetzung der Xurr-Hieroglyphen gelungen war, hatte in einer fernen, dunklen Ecke ihres Selbst geruht, wie ausgesondert von einem speziellen Mechanismus, der *mögliche* Dinge aus der nichtlinearen Zeit von den *realen* Dingen der linearen Existenz trennte. Sie bedauerte plötzlich, jene beiden Bücher nicht mitgenommen zu haben – ein Roman zu Ehren ihres Vaters und ein wissenschaftliches Werk, das die Xurr-Forschung enorm vorangebracht hätte, allen damit verbundenen Paradoxa zum Trotz. Einige Sekunden lang gab sie sich einem Zorn hin, der ihrem jüngeren Selbst galt und noch heftiger war als der Zorn auf den Krieg.

»Nein«, sagte Lidia, als sie schließlich aus der Starre erwachte. »Ich habe keine neuen Daten.« Sie ging weiter, während die dahinschwebende Drohne ihren Vortrag fortsetzte. Einige Artefakte, so erfuhr sie, waren vor Jahrtausenden einmal Bestandteile eines semiorganischen Datenservos gewesen, und in einem pseudorealen Elaborat äußerte Ruthman seine Theorien und Vermutungen dazu. Ein junger Mann, stellte Lidia fest, das Gesicht ernst, die Augen groß, voller Leidenschaft und Engagement, jemand, der für und mit der Xurr-Archäologie lebte. Auf Corrin hatte man eine bemerkenswert große Stadt der Xurr entdeckt, unter einer dicken Schicht aus Sedimenten, und Ruthman brachte die Hoffnung zum Ausdruck, dort Antworten auf viele Fragen über jenes uralte Volk zu finden, das vor zehntausend Jahren plötzlich verschwunden war. Lidia stellte sich organische Raumschiffe vor, die ebenso schnell flogen wie Kantaki-Schiffe, Raumschiffe, die ihre Ziele erreichten, ohne dass man sie im Transraum mit Fäden verbinden musste, die keine Löcher in die Struktur der Raum-Zeit rissen, so wie die Sprunggeneratoren der Horgh. Eine dritte Möglichkeit, interstellare Entfernungen zu überwinden – und sie war mit den Xurr verschwunden, vor zehn Jahrtausenden.

Lidia ging von einer Vitrine zur anderen, von einem Saal zum nächsten, in einem Museum, in dem sich außer ihr niemand sonst aufhielt, begleitet von einer Informationsdrohne, die einen gespeicherten Vortrag nach dem anderen hielt. Sie betrachtete als Kunstobjekte klassifizierte Gegenstände, manche von ihnen ausgestattet mit den verschnörkelten Symbolen, deren Bedeutung Hofener in einem anderen Universum entschlüsselt hatte. Sie fragte sich, wer die Toukwan gewesen sein mochten, jene mysteriösen Feinde, vor denen die Xurr aus dem galaktischen Zentrum geflohen waren – falls der andere Hofener Recht hatte. In *diesem* Universum hatten die Archäologen noch keinen Hinweis auf »die Fehlgeleiteten« gefunden. Waren sie zusammen mit den Xurr verschwunden, ihnen vielleicht gefolgt, wohin auch immer? Konnten sie irgendwann einmal zurückkehren? Und was würde dann geschehen? Gab es vielleicht einen Zusammenhang mit dem Abissalen?

»Ist noch immer keine Übersetzung der Xurr-Symbole gelungen?«, fragte Lidia im letzten Ausstellungssaal, obwohl sie die Antwort bereits kannte.

»Nein«, erwiderte die Drohne. »Allerdings wird derzeit

versucht, einzelne Symbolgruppen mit bestimmten Objekten zu assoziieren, wobei die Forscher statistische Maßstäbe anlegen ...«

Je öfter man gewisse Symbole an gewissen Gegenständen fand, umso höher war die Wahrscheinlichkeit, einen Bedeutungszusammenhang herstellen zu können – das behaupteten jedenfalls die archäologischen Statisten. Lidia blieb skeptisch, allein auf der Grundlage der Überlegung, dass nicht alle Objekte über die Jahrtausende hinweg gleich gut erhalten blieben. Die Forscher befassten sich nicht mit einem repräsentativen Querschnitt von Artefakten, sondern mit einer von Zeit, Erosion, Verwitterung und Zerfall vorgenommenen Auswahl, bei der die Instrumente der Statistik ihrer Meinung nach nur begrenzt zum Einsatz kommen konnten.

»Ich brauche dich nicht mehr«, sagte Lidia schließlich, und die kleine Drohne schwirrte fort. Sie hätte das Museum durch den Ausgang des letzten Saals verlassen können, aber stattdessen kehrte sie auf dem Weg zurück, den sie gekommen war. Ihr Blick glitt noch einmal über die vielen Ausstellungsstücke und pseudorealen Bilder der Fundstellen auf Corhin, und sie stellte sich vor, welche Rolle jene Objekte einmal im Leben der Xurr gespielt hatten. Erneut sah sie das Bild von Angar Ruthmann und murmelte: »Diesen Weg hätte ich ebenfalls beschreiten können, wenn ich damals mein Studium fortgesetzt hätte und nicht Kantaki-Pilotin geworden wäre.« Sie lauschte der sonderbaren Stille im Museum, schien auf eine Antwort zu warten, die natürlich nicht kam. »Aber dann wäre ich heute echte hundertfünfundvierzig Jahre alt oder vielleicht tot. Und es gibt noch so viel zu sehen, so viel zu entdecken, so viel zu bestaunen.« Diese Worte hatten nichts von ihrer einstigen Bedeutung verloren, waren inzwischen aber zu einer Art Mantra geworden, das Lidia an die Perspektive erinnerte, aus der sie die Welt, das Universum, sehen sollte.

Schließlich trat sie nach draußen, in den Sonnenschein, der so gar nicht zur leeren Stadt und den militärischen

Patrouillen passen wollte. Er glitzerte auf dem Scharlachroten Meer, und Lidia dachte an einen anderen Ozean, ans Meer der Zeit, in dem auch der Krieg zwischen Konsortium und Allianz nur ein kleiner Tropfen war. Sie selbst stand an seinem Ufer, so wie sie auch am Ufer des Zeitstroms stand, dazu imstande, alles zu sehen, den ganzen Ozean, oder auch seine einzelnen Tropfen, jeden von ihnen. Die letzten Reste ihres Zorns auf Dummheit, Machtgier, Gewalt und Zerstörung lösten sich auf, und deren Platz nahm vager Kummer ein, der sich gut kontrollieren ließ. Kummer angesichts von Ereignissen, die Leid brachten und die sie nicht beeinflussen konnte, so sehr sie es sich auch wünschte. Lidia fand zu der Ruhe zurück, die sie sich während der letzten Jahre angeeignet hatte. Am Rand der Straße, nicht weit von einigen Soldaten der Allianz entfernt, die sie respektvoll beobachteten, hob sie ein imaginäres Glas. »Auf die Zukunft«, sagte sie halblaut. »Auf all das Wunderbare im Universum. Auf den nächsten Tag.«

Lidia ging an den Soldaten vorbei, die sie ansahen, als wäre sie nicht ganz richtig im Kopf, überlegte dabei, ob sie der Sakralen Pagode einen Besuch abstatten sollte, entschied sich aber dagegen. Plötzlich wollte sie so schnell wie möglich zum Schiff zurück und eine Welt verlassen, die nicht mehr ihre Heimat war, schon seit vielen Jahren nicht mehr. Ihr wahres Zuhause, so begriff sie, befand sich dort draußen im All, im Transraum.

Als sie sich der Uferpromenade näherte, summte das K-Gerät an ihrer Halskette. Sie berührte es kurz.

»Ich höre.«

Es klickte, und Lidia identifizierte das Geräusch sofort: Grar. »Bitte komm zurück«, ertönte es aus dem Lautsprecher des integrierten Linguators. »Wir haben eine Prioritätsmitteilung bekommen. Von Esmeralda.«

»Von Esmeralda?«, wiederholte Lidia erstaunt. Priorätsmitteilungen wurden nur dann von Kantaki-Schiffen übermittelt, wenn es um sehr wichtige Dinge ging.

»Vater Hirl, der Kantaki ihres Schiffes, wurde erschossen.«
Lidia blieb stehen. »*Was?*«

»Von Rungard Avar Valdorian, dem abgesetzten Primus inter Pares des Konsortiums«, klickte Grar. »Und er will sich unbedingt mit dir treffen.«

»Ich bin auf dem Weg zum Raumhafen«, sagte Lidia, setzte sich wieder in Bewegung und lief mit langen Schritten.

Die Unruhe kehrte in sie zurück, zitterte stärker als zuvor.

Im Null

Gedanken und Gefühle flüsterten aus der Vergangenheit. Agorax wartete.

Mirror
4. Mond des Ringplaneten Nurando
Peripherer Sektor der Entente
3. April 421 SN · linear

26

»Dies ist eine Art Schleuse«, sagte Valdorian und deutete auf eine aus fünf Segmenten bestehende Tür. Die mittlere Sektion wies ein Fenster auf, durch das man nicht ins All, sondern auf eine *Landschaft* blicken konnte. »Ich dachte, Sie brächten uns in den Pilotendom.«

»Sie werden das Schiff jetzt verlassen«, erwiderte Esmeralda kühl. Sie trug keine Waffe, ebenso wenig wie die beiden Akuhaschi, die sie begleiteten. Sie brauchte auch keine. Valdorian war viel zu schwach, konnte sich kaum mehr auf den Beinen halten, und Jonathan allein stellte keine Gefahr dar. Er wirkte ebenfalls geschwächt, blass und in sich gekehrt.

»O nein, auf keinen Fall«, brachte Valdorian hervor und wandte sich dem Eingang des Raums zu. Esmeralda versperrte ihm den Weg und wich nicht einen Millimeter zur Seite.

»Sie werden das Schiff jetzt verlassen«, wiederholte die Pilotin. »Diamant wartet dort draußen auf Sie.« Sie berührte ein Schaltelement an der nahe Wand, und die fünf Segmente der Tür glitten beiseite. Kühle Luft strömte in den Raum, durch einen automatisch aktivierten energetischen Biofilter. Valdorian blickte hinaus und bemerkte ein sonderbares Glitzern am Himmel. Doch seine Aufmerksamkeit galt vor allem einem anderen Kantaki-Schiff, jenem Schiff, das Lidia flog.

Falls Esmeralda die Wahrheit gesagt hatte. Aus trüben, blutunterlaufenen Augen richtete er einen skeptischen Blick auf sie.

»Ich bin davon ausgegangen, dass wir uns an Bord dieses Schiffes treffen«, sagte er und hörte seine Stimme als ein kaum verständliches Krächzen. »Dort draußen befinde ich mich wieder im Zeitstrom, und mir bleiben nur noch wenige Stunden.«

»Ihr Problem«, entgegnete Esmeralda ungerührt und deutete zur Tür. »Gehen Sie jetzt.«

Valdorian setzte sich in Bewegung, wankte zur Tür und verharrte dort. Das Glitzern am Himmel stammte von den breiten, bunt schillernden Ringen eines Gasriesen, der das Licht einer gelbroten Sonne reflektierte. Das gleiche Licht spiegelte sich auf seltsamen Kristallgebilden wider, die, so weit der Blick reichte, aus dem Boden ragten und komplexe geometrische Strukturen bildeten. Sie wirkten wie ein gewaltiges Kunstwerk, oder wie ein Irrgarten, dazu erschaffen, selbst den Wagemutigsten und Ausdauerndsten verzweifeln zu lassen. »Was ist dies für eine Welt?«, fragte er. Irgendetwas ließ ihn zögern, obwohl das ersehnte Treffen mit Lidia nun unmittelbar bevorstand. Es war nicht nur die Furcht vor der Rückkehr in den Zeitstrom, die ihn zurückhielt, sondern auch die Erkenntnis, dass die letzte und wichtigste Entscheidung seines Lebens unmittelbar bevorstand.

»Sie sind auf Mirror, dem dritten Mond des Ringplaneten Nurando«, antwortete Esmeralda. »Nicht die nächste Welt, aber der kürzeste Faden. Es hätte nicht wenige Stunden, sondern Tage gedauert, irgendein anderes Ziel zu erreichen. Nun, eigentlich ist dieser Treffpunkt ganz angemessen. Die Kristalle werden Ihnen alle Ihre Gesichter zeigen, und Diamant wird Sie so sehen, wie Sie wirklich sind. Eine angemessene Strafe für Sie.«

Strafe?, dachte Valdorian. *Wie dumm.*

»Vor vierhundert Jahren habe ich hier einen ganzen Monat verbracht«, fügte Esmeralda hinzu. »Um den Stimmen der Kristalle zu lauschen. Man kann sie hören, wenn man aufmerksam genug ist. Die Kristalle leben und manchmal erzählen sie interessante Geschichten.« Sie winkte. »Hinaus mit Ihnen.«

Valdorian trat durch die Tür und wurde sofort von einem Kraftfeld erfasst, das ihn nach unten trug und sanft auf dem Boden absetzte. Jonathan landete wenige Sekunden später neben ihm.

Der von bunten Wolkenbändern umhüllte Riesenplanet mit den schimmernden Ringen hing am Himmel, ein Titan, der den Eindruck erweckte, die Welt mit den Kristallen jederzeit zerschmettern zu können. Leichter Wind wehte durch das Tal, in dem die beiden Kantaki-Schiffe gelandet waren, trug ein sonderbares Wispern und Raunen mit sich.

Valdorian war in den Zeitstrom zurückgekehrt und spürte, wie die Uhr des Lebens – und des nahen Todes – wieder zu ticken begann, schneller als jemals zuvor, wie um die Zeit aufzuholen, die sie an Bord des Kantaki-Schiffes verloren hatte. Der Schmerz brannte heißer, und die Schwäche ließ ihn schwanken.

»Lidia ...?«, krächzte er und hielt vergeblich nach ihr Ausschau. Sie stand nicht bei ihrem Schiff, und er sah sie auch nicht zwischen den Kristallen.

»Es war von Anfang an ein Fehler«, murmelte Jonathan.

Valdorian drehte den Kopf, sah aber nicht seinen Sekretär, sondern das strenge, vorwurfsvolle Gesicht von Hovan Aldritt, und hinter ihm die schwarze Tür, die er öffnen sollte. »Nein!«, stieß er hervor. »Es war kein Fehler. Lidia ist meine einzige Chance.«

Und er taumelte los, den Kristallen entgegen, die auch zwischen den beiden großen, dunklen Raumschiffen glänzten. In ihm tickte die Uhr, dem Tod entgegen, schnell, viel zu schnell; sie zerteilte nicht nur die Zeit in kleine Partikel, sondern auch Valdorians Kraft, zerstückelte sie wie die Gegenwart, unerbittlich, erbarmungslos. Für dieses Ticken spielte es keine Rolle, wer oder was er war, es löste den Boden unter seinen Füßen auf, und wenn der Rest verschwand, würde er fallen, nicht in die Zukunft, sondern in den finsteren Abgrund, den er schon einmal gesehen hatte, vom Rand der Klippe aus ...

Valdorian taumelte, schnappte nach Luft und hielt sich an einem der aufragenden Kristalle fest, der sich als angenehm warm erwies. Er keuchte und versuchte, ruhig zu atmen, nicht der Schwäche nachzugeben. Vermutlich enthielt die Luft dieses Planeten – dieses Mondes – weniger Sauerstoff, als er brauchte. Jetzt zu ersticken, unmittelbar vor der Begegnung mit Lidia ... Welche Ironie des Schicksals wäre das!

»Dorian?«, ertönte eine melodische Stimme, wie ein Ruf aus der Vergangenheit. »Ich bin hier, Dorian.«

Valdorian sah auf. Jonathan stand einige Dutzend Meter entfernt, unter Esmeraldas Kantaki-Schiff, das wie ein Berg über ihm aufragte. Durch eine Lücke zwischen den Kristallformationen sah er zum anderen, kleineren Schiff, und dort zeigte sich noch immer niemand.

»Ich bin hier, inmitten der Kristalle, Dorian«, ertönte die Stimme erneut. »Ich warte auf Sie.«

Valdorian wankte vorwärts und spürte, wie auch die Luft wärmer wurde. Er konzentrierte sich darauf, ruhig und gleichmäßig zu atmen, ohne der Stimme Beachtung zu schenken, die ihn zu Eile aufforderte und immer wieder an das unentwegte, grausame Ticken der Uhr erinnerte.

»Wo bist du?«, ächzte er.

»Ganz in der Nähe, Dorian«, kam die Antwort aus den Kristallformationen.

Valdorian blieb stehen und lauschte, versuchte festzustellen, aus welcher Richtung die Worte kamen. Das seltsame Wispern und Raunen wurde lauter, klang nach zahllosen trockenen Blättern, von Windböen bewegt. Einige schreckliche Sekunden lang fragte sich Valdorian, ob er halluzinierte, ob all das, was er zu sehen und hören glaubte, nichts weiter war als die Ausgeburt eines sterbenden Gehirns. Er blieb stehen, stützte sich erneut an einem Kristall ab, der leicht zu vibrieren schien.. Nach Lidia hielt er auch diesmal vergeblich Ausschau, obgleich er zu *spüren* glaubte, dass sie in der Nähe war, aber er sah etwas anderes: sich selbst.

Die bunten Kristalle um ihn herum, ihre geneigten, verwinkelten, facettierten Flächen, zeigten sein Gesicht. Zuerst vermutete Valdorian, dass es sich um Spiegelbilder handelte, aber dann sah er, dass einige der Gesichter seinen Bewegungen nicht folgten, und außerdem gab es erhebliche Unterschiede hinsichtlich Mimik und Alter. Manche Gesichter waren jung, herrlich jung, und er erinnert sich vage daran, einmal ein solches Gesicht gesehen zu haben, beim Blick in den Spiegel, vor vielen, vielen Jahren. Die Lippen des jungen Valdorian bewegten sich, und in dem aus allen Richtungen kommenden Flüstern zeichneten sich Worte ab, gesprochene und *gedachte* Worte, die Auskunft gaben darüber, was damals sein Denken und Fühlen bestimmt hatte. Es waren keine Erinnerungen an Dinge, die er gesagt oder über die er nachgedacht hatte, sondern vielmehr verbale Extrakte wichtiger Augenblicke und bestimmter Phasen seines Lebens. Dutzende, hunderte von Valdorians sprachen aus der Vergangenheit zu ihm, erzählten ihm von einem Leben, das er teilweise vergessen hatte, von Ereignissen, die ihm jetzt nichts mehr bedeuteten: sein Aufstieg im Konsortium; Intrigen gegen wirtschaftliche Konkurrenten; sorgfältig geplante Anschläge, um Rivalen einzuschüchtern und zu eliminieren; eiserne Härte und Strenge, unerschütterliche Entschlossenheit. Unter seiner Führung war das Konsortium zum größten Machtfaktor im vom Menschen besiedelten All geworden, und darauf konnte er sicher stolz sein, oder? Allerdings ... jetzt existierte das Konsortium nicht mehr. Er hatte alles verloren, mit einem einzigen Fehler, oder waren es mehrere? Ein Leben voller Fehler ... Davon hatte sein Vater gesprochen, vor der schwarzen Tür ...

»Schluss damit«, brachte Valdorian mühsam hervor und schüttelte den Kopf, ohne dass auch nur eines der vielen Gesichter diese Bewegung wiederholte. Er sah auch die alten, hohlwangig und eingefallen, die Haut schlaff und farblos, leichenhafte Gesichter, vom Tod gezeichnet. Diese zeigten nicht nur sein wahres Alter, jedes einzelne seiner hundertsiebenundvierzig Jahre, sondern auch eine *Verderbtheit,* die ihn erschreckte und abstieß. Irgendetwas in jenen alten Gesichtern kündete von Fäulnis, von einer Verwesung, die schon vor vielen Jahren begonnen hatte, damals, als er noch jung gewesen war und voller Pläne für die Zukunft.

»Das bin ich nicht«, stöhnte Valdorian und schüttelte erneut den Kopf. Er wankte weiter, vorbei an den Kristallen, wie auf der Flucht vor den Bildern, die überall auf ihn warteten.

Und dann zeigten die Kristalle nicht mehr nur sein Gesicht, jung und alt, unschuldig und naiv, leichenhaft und verfallen, sondern auch noch ein anderes, das er gut kannte. Eine junge Frau, die aussah wie Ende zwanzig, in Wirklichkeit aber nur zwei Jahre jünger war als er selbst, das schulterlange Haar lockig und schwarz, die Augen grün und blau, wie eine Mischung aus Smaragd und Lapislazuli. Vor hundertzwanzig Jahren hatte sich diese Frau gegen ihn entschieden und beschlossen, Kantaki-Pilotin zu werden, und seitdem war sie nur um wenige Jahre gealtert, denn meistens bewegte sie sich außerhalb des gewöhnlichen Zeitstroms. Lidia hatte sich ihre Jugend bewahrt, das Leben, nach dem sich Valdorian so sehr sehnte. Und wohin er auch sah, welches Lidia-Gesicht er auch betrachtete: Keines zeigte Verfall, nicht einmal einen Schatten davon, nur glatte Reinheit.

Er wandte sich einem von ihnen zu, streckte die Hände aus – und berührte einen Kristall. Ein Bild, nur ein Bild, nicht die echte, lebendige Lidia.

»Wo bist du?«, fragte Valdorian erneut. »Warum treibst du ein solches Spiel mit mir?«

»Ich habe nie mit Ihnen gespielt, Dorian, damals nicht und heute ebenso wenig.«

Kamen diese Worte wirklich von Lidia, oder stammten sie von einer der vielen flüsternden Stimmen, die ihn zu verspotten schienen? Es fiel Valdorian immer schwerer, die

Wirklichkeit vom Möglichen zu unterscheiden. Mühsam wankte er weiter und ließ sich dabei von seinem Gefühl leiten – er spürte Lidia in der Nähe.

»Diese Kristalle sind lebende Geschöpfe«, sagte Lidia irgendwo in der Nähe. »Hat Esmeralda Ihnen davon erzählt? Sie war hier, vor etwa vierhundert Jahren, und verbrachte einen ganzen Monat auf Mirror, obwohl sie normalerweise nie so lange im Zeitstrom bleibt. Irgendwie gelingt es den Kristallen, tief in uns zu blicken, bis in den Kern unseres Selbst, und sie zeigen das, was sie dort sehen.«

Valdorian lauschte der Stimme, die noch immer so melodisch klang wie damals, während der Spaziergänge auf der Strandpromenade von Bellavista.

»Sie zeigen uns so, wie wir wirklich sind, ohne die Masken, die viele von uns tragen«, fuhr Lidia fort. »Was zeigen sie Ihnen, Dorian?«

Und dann sah er sie.

Vor Valdorian teilten sich Kristallformationen, und als er um ein wie verschnörkelt wirkendes Säulengebilde trat, sah er kein Gesicht, sondern eine ganze Gestalt. Eine junge Frau, vital und schön. Der einzige wesentliche Unterschied zu der Lidia von damals war die Kleidung: Sie trug eine ockerfarbene Kombination aus Hemdjacke und Hose, schlicht und unauffällig, sah man von den Kantaki-Symbolen ab, die überall Aufmerksamkeit geweckt hätten und jeden Beobachter auf ihren Status hinwiesen. Die großen grünblauen Augen glänzten so wundervoll wie damals, und Valdorian glaubte, den Duft ihres schwarzen Haars wahrzunehmen, obwohl ihn noch einige Meter von ihr trennten.

»Lidia ...«

»Was zeigen Ihnen die Kristalle?«, fragte sie ruhig.

Valdorian hörte die Frage, achtete aber nicht auf sie. »Endlich habe ich dich gefunden, gerade noch rechtzeitig ...« Er trat näher.

»Was zeigen Ihnen die Kristalle, Dorian?«, fragte Lidia zum dritten Mal.

»Sie zeigen mir etwas, das ich nicht sehen will!«, erwiderte Valdorian mit einer Schärfe, die ihn selbst überraschte. Warum stellte sie ihm eine so dumme Frage? *Verstand* sie denn nicht?

Er blieb vor ihr stehen, so nahe, dass seine ausgestreckte Hand sie hätte berühren können, und als er ihr Gesicht aus der Nähe sah, bemerkte er etwas darin, das nicht zu der Lidia von damals gehörte: Erfahrung, die Weisheit eines langen Lebens, außerdem eine innere Ruhe, um die er sie beneidete.

»Warum wollten Sie sich mit mir treffen?«, fragte Lidia.

Auch diese Worte verwirrten Valdorian. Es war doch alles so *offensichtlich*. Doch als er Antwort zu geben versuchte, als er nach den tausend Dingen griff, die alles erklärten, fand er ... nichts. Nur Leere. Stumm sah er sie an, während Verzweiflung und Zorn in ihm wuchsen.

»Ich sterbe«, sagte er schließlich. »Nur du kannst mir helfen.«

Lidia musterte ihn und schien ebenso wie die Kristalle bis in sein Innerstes sehen zu können. »Sie sind damals ein Egoist gewesen, Dorian, und Sie sind es auch heute noch«, sagte sie. Es war kein Vorwurf – ihr Tonfall veränderte sich nicht. Sie nannte eine Tatsache, sprach von etwas, das keine andere Meinung erlaubte. »Immer denken Sie in erster Linie an sich selbst. So sind Sie aufgewachsen, und auf diese Weise geht nun Ihr Leben zu Ende.«

Nein!, heulte es in Valdorian, aber er bemühte sich, ebenso ruhig zu sprechen wie Lidia. »Ich habe damals angeboten, dir jeden Wunsch zu erfüllen. Ist das etwa egoistisch?«

»Mein größter Wunsch bestand darin, die Unendlichkeit zu berühren, die Ewigkeit ... Erinnern Sie sich? Sie haben alles versucht, um zu verhindern, dass dieser Wunsch in Erfüllung ging. Sie wollten mich für sich, und was *ich* wollte, interessierte Sie kaum.«

»Das stimmt nicht«, erwiderte Valdorian, obwohl die Worte schrecklich wahr klangen. Das Flüstern und Raunen um ihn herum ließ nach. Stille senkte sich herab, und in dieser Stille wurde das Ticken der Uhr des Lebens zu einem dröhnenden Donnern. Er hob die Hände, presste sie an die Schläfen und schloss für ein oder zwei Sekunden die Augen. Als er sie wieder öffnete, hatte sich Lidias Gesichtsausdruck geändert. Mitgefühl zeigte sich in ihren Zügen und ließ ihn hoffen. »Bitte Lidia ... Ich habe damals einen Fehler gemacht. Ich hätte mit dir kommen sollen. Wir haben uns geliebt, weißt du noch? Und jetzt ... können wir ... zusammen sein ...« Wie hohl es klang. Wie dumm und absurd. Es waren nicht die richtigen Worte, das wusste Valdorian, aber er fand keine anderen, so sehr er auch suchte.

»Hundertzwanzig Jahre sind vergangen«, sagte Lidia. Das Mitgefühl blieb in ihrem Gesicht, aber es zeigte sich keine Liebe darin. Wie konnte eine junge Frau eine wandelnde Leiche lieben? »Wir sind nicht mehr die Personen von damals. Wir entwickeln und verändern uns. Dorian ... selbst in diesem Moment verlässt Sie Ihr Egoismus nicht. Sie wollen mich benutzen, um zu überleben. Sie hoffen, mit meiner Hilfe dem Tod zu entkommen.«

»Nein«, brachte Valdorian hervor. »Nein, ich ...« Schwäche hinderte ihn daran, den begonnenen Satz zu beenden. Er taumelte zur Seite, stieß gegen einen Kristall und hielt sich dort fest. Sein Blick glitt zu Lidia, aber er sah nicht nur sie, sondern auch eine Wüste, über der eine gnadenlose Sonne gleißte, einen dunklen Weg und eine schwarze Tür, vor ihr ein Mann, der wartete, auf *ihn* wartete.

»Sie haben hunderten von Welten den Krieg gebracht«, sagte Lidia. »Und als ob das noch nicht genug wäre: Sie haben gegen den Sakralen Kodex verstoßen und *einen Kantaki getötet*. Wie können Sie unter solchen Umständen Hilfe von mir erwarten?«

Ihre Stimme wurde leiser, obgleich sie sich nicht bewegt hatte. Trotzdem schien die Entfernung zwischen ihnen zuzunehmen.

»Die Kantaki haben sich geweigert, mir zu helfen«, brachte Valdorian hervor. »Ich habe mit einem von ihnen gesprochen und ihn gebeten, mich zu einer ... Zeitschleife zu bringen. Sie kennen sich aus damit, mit der Zeit. *Rekursive* Zeit.« Er fragte sich, woher er diesen Begriff kannte. »Es wäre ganz einfach für ihn gewesen, mir mit rekursiver Zeit zu helfen.«

»Dann hätte der Kantaki, mit dem Sie gesprochen haben, gegen den Sakralen Kodex verstoßen, und das ...

»Der Sakrale Kodex ist Unsinn!«, zischte Valdorian. »Er dient nur dazu, das Monopol und die Vormachtstellung der Kantaki zu sichern. Ihre ganze Philosophie ist nichts weiter als ein Mittel zum Zweck!« Er erinnerte sich daran, ein ähnliches Gespräch mit Lidia geführt zu haben, vor langer, langer Zeit.

»Sie ahnen nicht, wie sehr Sie sich irren, Dorian«, sagte Lidia, und diesmal schien ihre Stimme einer ganz anderen Person zu gehören. »Der Sakrale Kodex gewährleistet die Stabilität des Universums. Wer gegen ihn verstößt, wer gar die Zeit manipuliert, hilft dem Abissalen. Die Kantaki sind die Hüter ...«

»Die Kantaki sind ein verdammter Haufen egoistischer Insekten!«, keifte Valdorian. »Sie denken nur an sich selbst und die Sicherung ihres Monopols. *Darum* geht es ihnen, um nichts anderes. Und wer es wagt, gegen sie aufzubegehren, den isolieren sie! *Sie lassen mich sterben, obgleich sie mir Zeit für ein neues Leben geben könnten!* Lidia, du *musst* mir helfen«, sagte Valdorian voller Verzweiflung. Er wusste, dass es erneut die falschen Worte waren, aber vielleicht *gab* es die richtigen gar nicht, zumindest nicht für ihn. »Wenn du mir nicht hilfst ...«

»Was dann?«

»Dann sterbe ich«, ächzte Valdorian. »Du kannst mich doch nicht einfach so sterben lassen!«

»Selbst wenn ich wollte, Dorian ... Ich kann Ihnen nicht helfen. Sie haben Vater Hirl getötet – kein Kantaki wäre bereit, Sie an Bord eines ihrer Schiffe zu dulden. Esmeralda nimmt Sie gewiss nicht wieder auf, und Grar würde es auf keinen Fall erlauben, dass ich Sie an Bord seines Schiffes bringe. Und ganz abgesehen davon: Erwarten Sie von mir, dass ich für Sie die Zeit manipuliere und damit gegen den Sakralen Kodex verstoße?«

Dunkelheit fraß an Valdorians Gedanken, triumphierende Finsternis, sog das Leben aus ihm heraus. Aber irgendwo flüsterte auch etwas, und dieses Flüstern schien ihm Kraft zu geben. Er griff in die Tasche, holte den Diamanten hervor, stieß sich von der Kristallwand ab und wankte zu Lidia.

»Hast du dies vergessen? Hast du vergessen, was einst zwischen uns gewesen ist?«

Ein Licht schimmerte im Inneren des Diamanten, wurde immer heller. Lidia schnappte verblüfft nach Luft, taumelte und hob die Hand zu einem Leuchten, das unter ihrem Kragen hervorkroch.

Valdorian begriff, dass er noch eine letzte Möglichkeit hatte. Er riss den Amplifikator aus der Tasche, hob ihn ans Ohr und versuchte, sich zu konzentrieren.

Lidia taumelte erneut und presste beide Hände an ihre Schläfen. »Was ...«

»Du hast mich damals geliebt, und du liebst mich noch immer«, brachte Valdorian hervor. Das Flüstern, das seltsame Raunen, wurde stärker, gab ihm aber nicht mehr Kraft. »Nimm mich mit, Lidia. Hilf mir ...«

Lidia schien sich kaum mehr auf den Beinen halten zu können. Die Farbe wich aus ihrem Gesicht, und Schweiß glänzte auf der Stirn. Mit der einen Hand zog sie eine Halskette unter dem Kragen hervor, und daraufhin wurde der Ursprung des Leuchtens sichtbar: Es kam von ihrem Diamanten, der die empathischen Signale des Zwillingskristalls empfing.

»Sie ...«, ächzte Lidia. »*Sie* stecken dahinter. All die Träume, die mich jahrelang nicht zur Ruhe kommen ließen. Die Unruhe ...« Plötzlich zeigten sich Entsetzen und Entrüstung in ihrem Gesicht. Sie starrte Valdorian fassungslos an. »*Sie* tragen die Verantwortung. Und ich habe mich so lange schuldig gefühlt ... *Sie* haben mich in einem Traum festgehalten, als Floyd um Hilfe rief. Durch *Ihre* Schuld sind wir damals in die nichtlineare Zeit geraten. Die vielen Passagiere, die dabei starben ...«

Valdorians Hände zitterten so heftig, dass der Amplifikator seinen Fingern entglitt und zu Boden fiel. Lidia nutzte die Gelegenheit, riss sich die Kette vom Hals, holte aus und warf sie so weit wie möglich fort.

»Wie kannst du es wagen zu leben, während ich sterbe?«, zischte Valdorian, voller Zorn auf ein Universum, das sich nicht um ihn scherte. Er hätte dem Kosmos selbst die Faust ins Gesicht geschmettert, wenn ihm das möglich gewesen wäre.

Der Zorn schwand, als nicht mehr genug Kraft für ihn übrig blieb, und Valdorian sank auf die Knie, nicht um zu flehen, sondern weil er sich nicht mehr auf den Beinen halten konnte. Das Atmen fiel ihm schwer, und sein Oberkörper schwankte wie ein Baum im Wind von einer Seite zur anderen. »Lidia ...«, stöhnte er, als sich sein Bewusstsein immer mehr in Dunkelheit verlor. Er hob den Kopf, doch die Finsternis schien auch außerhalb von ihm zu existieren. Lidia wurde zu einem Schatten.

»Lidia ...« Er streckte ihr die Hand entgegen ...

... ein weiterer Atemzug, mühsam und schwer ...

... ein Atemzug, der seine Lungen mit heißer Luft füllte. Valdorian stand auf einem dunklen Pfad in der Wüste, vor seinem Vater, der ihn nicht mehr streng ansah, sondern lächelte.

»Ich wusste, dass du kommen würdest«, sagte er. »Es wird Zeit für dich, Sohn. Geh zur Tür und öffne sie.«

Er wich beiseite, gab den Weg frei zur schwarzen Tür. Diesmal zögerte Valdorian nicht, und er hielt sich auch nicht mit dem Versuch auf, Widerstand zu leisten. Er setzte einen Fuß vor den anderen und ging zur Tür, die ihn mit angenehmer Kühle empfing. Vor ihr verharrte er, sah noch einmal zu seinem Vater, der ihm zunickte, und öffnete dann die schwarze Pforte.

Hinter ihr erwartete ihn nicht die letzte Antwort, sondern ...

Epilog

Lidia blickte auf den Mann hinab, mit dem sie einmal viel verbunden hatte und der zu einem Fremden geworden war. Ein Greis lag dort zwischen den Kristallen, reglos, ausgezehrt, ein *toter* Greis. Die Reste eines Mannes, der versucht hatte, mithilfe der empathischen Brücken zwischen zwei kognitiven Kristallen ihre Gefühle zu manipulieren.

»Er hat einen *Kantaki* getötet«, sagte Esmeralda, die sich Lidia genähert hatte, unbemerkt. Wind zupfte wie sanft an ihrem glatten blonden Haar.

»Er hat sich selbst getötet, schon als junger Mann«, erwiderte Lidia. »Was überlebte, war ein Schatten seines Vaters. Er hat nie verstanden, bis zum Ende nicht. Vielleicht hat er es nicht einmal versucht.«

Trauer erfüllte Lidia, trotz allem. Vielleicht war mit Valdorian auch etwas in ihr gestorben, ein letzter Rest der alten Lidia, der sich irgendwo in der Kantaki-Pilotin namens Diamant versteckt hatte. Sie glaubte zu spüren, wie sich die letzte Verbindung zu ihrem alten Selbst auflöste.

»Ich würde ihn gern mitnehmen, um ihn auf Tintiran zu bestatten, im Mausoleum seiner Familie.«

»Das wird Grar nicht zulassen«, sagte Esmeralda sofort.

»Ich weiß.«

Eine Gestalt wankte näher, ohne auf ihre vielen unterschiedlichen Spiegelbilder in den Kristallen zu achten.

»Ist er tot?«, fragte Jonathan.

»Ja«, sagte Lidia.

Jonathan starrte auf Valdorian hinab. »Und jetzt?«, fragte er so verwundert, als könnte er sich einen Kosmos ohne Valdorian kaum vorstellen. »Was geschieht jetzt?«

Esmeralda richtete einen strengen Blick auf ihn. »Sie haben ebenfalls gegen den Sakralen Kodex verstoßen, wenn auch nicht in dem Maß wie Valdorian. Sie hier zurückzulassen, würde den Tod für Sie bedeuten. Deshalb biete ich Ihnen dies an: Ich warte eine halbe Stunde. Wenn Sie vor Ablauf dieser Frist zu dem Schiff zurückkehren, das ich fliege und seine Kantaki-Seele verloren hat, bringe ich Sie zum nächsten bewohnten Planeten. Dort können Sie den Rest Ihres Lebens verbringen – Sie werden nie wieder in einem Kantaki-Schiff oder in dessen Transportblase unterwegs sein.« Sie wandte sich von Jonathan ab. »Diamant?«

Lidias Blick galt noch immer Valdorian. »Es ... fühlt sich nicht richtig an, ihn hier zurückzulassen.«

»Ich werde den Mörder von Vater Hirl nicht an Bord seines Schiffes aufnehmen«, sagte Esmeralda mit sehr fest klingender Stimme. »Und von Grar darfst du in dieser Hinsicht kein Verständnis erwarten. Eine halbe Stunde«, fügte sie an Jonathan gerichtet hinzu und ging fort, zu ihrem Schiff.

Lidia sah noch einmal auf den Toten hinab, drehte sich dann ebenfalls um und schritt an den Kristallen vorbei, deren Flüstern sie nicht hörte. *Ich hoffe, deine Seele findet Frieden, Dorian,* dachte sie und kehrte an Bord ihres Schiffes zurück.

Grar erwartete sie im Pilotendom, und seine Emanationen kündeten von Anteilnahme.

»Bring uns fort von hier, Diamant«, klickte er. »Bring uns in den Transraum und lass uns im Sakrium gemeinsam meditieren.«

Lidia nahm im Pilotensessel Platz, legte ihre Hände in die Sensormulden, fühlte das Schiff und ließ es dann aufsteigen.

Esmeralda blickte zu den Projektionsfeldern an den gewölbten Wänden und beobachtete die Kristalle.

»Ist er noch immer dort?«

»Die Augen des Schiffes können den betreffenden Bereich nicht wahrnehmen«, erwiderte einer der Akuhaschi an den Konsolen.

Ein Zittern berührte die Hyperstruktur des Schiffes, und Esmeralda beugte sich im Pilotensessel vor.

»Was war das?«

»Temporale Energie«, antwortete der Akuhaschi, der auch zuvor gesprochen hatte. »Vielleicht gibt es auf diesem Mond eine Anomalie. Ohne Vater Hirl lässt sich das nicht mit Gewissheit feststellen.«

»Die halbe Stunde ist um.«

»Ja.«

Dennoch zögerte Esmeralda, und einige Sekunden lang fragte sie sich, warum Jonathan nicht zum Schiff zurückgekehrt war. Weshalb sollte er beschließen, Valdorian in den Tod zu folgen?

Aber die Antwort auf diese Frage betraf nicht sie.

Sie schloss die Augen, wurde zum Schiff und ließ den vierten Mond des Ringplaneten Nurando unter sich zurück.

Jonathan stand allein zwischen den flüsternden Kristallen und beobachtete, wie erst das eine Kantaki-Schiff aufstieg und dann auch das andere. Etwas hatte ihn festgehalten und daran gehindert, sich zu bewegen, aber jetzt gab es ihn wieder frei.

Er bückte sich, drehte Valdorian langsam auf den Rücken ...

... ein vertraut wirkendes Glühen. Valdorian stand in der dunklen Tür, hinter ihm das Leben und vor ihm der Tod. Er hob die Hand und bemerkte darin den Diamanten.

Sein Glühen veränderte sich, und damit auch die Struktur des Zwillingskristalls. Ein halb durchsichtiger, silbrig glänzender Keil wurde daraus, etwa vier Zentimeter lang; an der dicksten Stelle hatte er einen Durchmesser von zwei Zentimetern.

Das Objekt, das ihm der Temporale in der schwarzen Pyramide auf Kabäa gegeben hatte. Ein Schlüssel zur Zeit.

Die Temporalen, der Feind aus dem Zeitkrieg. Aber sie boten Hilfe an ...

Die Kantaki. Es war alles ihre Schuld. Vor hundertzwanzig Jahren hatten sie ihm Lidia genommen, und dann, als er ihre Hilfe brauchte, weigerten sie sich, ihm das zu geben, was er am dringendsten benötigte: Zeit.

Valdorian glitt durch einen Tunnel auf der dünnen Trennlinie zwischen Leben und Tod, im Inneren eines zeitlosen Moments. Das Feuer des Zorns erfüllte ihn, heißer als jemals zuvor, und er schloss die Finger fest um den Keil, fürchtete plötzlich nichts mehr, als ihn zu verlieren.

Er fand sich in einer Kugel wieder, deren Innenwände aus zahlreichen einzelnen Bildern bestanden, und jedes von ihnen präsentierte einen ganz bestimmten Ort in Raum und Zeit.

Wärme ging von dem Keil aus, aber Valdorian öffnete die Hand nicht. Das Glühen durchdrang die Finger.

Die Kantaki maßten sich an, andere zu bestrafen. Gab es jemanden, der *sie* bestrafen konnte?

Ich lebe noch!

Und er befand sich an einem sehr speziellen Punkt der Raum-Zeit.

Ein ganz bestimmtes Bild weckte seine Aufmerksamkeit, und aus der Wärme des Keils wurde Hitze, die ihn zwang, die Hand zu öffnen. Das Glühen wuchs in die Länge, verwandelte sich in einen Finger aus Licht, der durch die Kugel tastete, ein Bild traf und es heranholte.

Valdorian fiel ...

... und landete an einer anderen Stelle in der Raum-Zeit. Er befand sich an Bord eines Shuttles, geflogen von einem Mann, den er sehr gut kannte und der zu diesem Zeitpunkt noch lebte. Fenster aus transparenter Stahlkeramik gewährten Ausblick auf einen marsartigen Wüstenplaneten mit

charakteristischen violetten Verfärbungen im Äquatorialbereich: Milliarden von kleinen Kollektorkäfern bildeten dort
hunderte von Kilometern lange Teppiche, die das Licht der
Sonne aufnahmen. Ahaidon, fünfter Planet im Coptor-Sys-
tem. Kampfschiffe und Gefechtsshuttles der Tiger- und Wolf-
Klasse schwebten in einem hohen Orbit, warteten darauf,
von Containern und Frachtmodulen aufgenommen zu werden. In wenigen Tagen sollten sie die Allianz angreifen, das
Epsilon-Eridani-System. Der Mann an den Kontrollen ...

»Keine Bewegung.« Er hatte sich im Sessel umgedreht und
richtete eine Waffe auf Valdorian, der in der Tür des Cock-
pits stand.

»Ich bin's, Cordoban.«

Der Mann, den sonst nichts erschüttern konnte, blinzelte
verblüfft. »Sind *Sie* das, Primus?«

»Hören Sie gut zu, ich weiß nicht, wie viel Zeit mir
bleibt.« Valdorian lachte leise und humorlos, als er vortrat,
ins Licht der Displays. Cordobans Waffe blieb auf ihn gerichtet. »Zeit ...«

»Sie sehen schrecklich aus«, sagte Cordoban offen und
misstrauisch. »Was ist mit Ihnen passiert? Und wie kommen
Sie hierher?«

»Es würde zu lange dauern, Ihnen alles zu erklären«, sagte Valdorian. »Ich versichere Ihnen, dass ich es wirklich bin.
Wer außer mir weiß vom Projekt Doppel-M und davon, dass
Sie vor zwei Jahren auf Kerberos gewesen sind, um alles in
die Wege zu leiten? Wer außer mir weiß, dass ich Sie im Januar mit einer verschlüsselten Mitteilung aufgefordert habe,
das Projekt einzustellen, weil ich nach dem Gespräch mit
Vater Groh auf Orinja fürchtete, die Kantaki könnten etwas
davon erfahren haben?«

»Aber ...«

»Hören Sie mir zu, Cordoban«, sagte Valdorian und sprach
schneller, als er ein Zerren spürte. »Geben Sie die Anweisung, das Projekt Doppel-M fortzusetzen. Alles soll weitergehen, wie ursprünglich geplant.«

»Aber wenn die Kantaki etwas davon erfahren haben ...«
Cordoban ließ die Waffe ganz langsam sinken.

»Sie wissen nichts, das garantiere ich ihnen.« *Ich hoffe, dass sie nichts wissen,* dachte Valdorian. »Geben Sie die Anweisung, *bevor* wir mit unserer Streitmacht zum Epsilon-Eridani-System aufbrechen.« Nachher wäre es zu spät, denn Cordoban war über Kabäa gestorben – oder würde dort sterben. »Und sprechen Sie mich *nicht* darauf an, das ist sehr wichtig«, fügte er hinzu, obwohl er sich daran erinnerte, dass Cordoban unmittelbar vor seinem Tod den seltsamen »Besuch« erwähnt hatte. Aber ohne diesen letzten Hinweis hätte er vielleicht dem Valdorian seiner Zeit noch vor dem Flug nach Kabäa die eine oder andere Frage gestellt.

Cordoban nickte.

Die Kantaki, die an allem schuld waren – sie würden für das Unrecht büßen, das sie ihm angetan hatten. Sie würden einen hohen Preis dafür bezahlen. Das Projekt Doppel-M, der Metamorph ...

»Es ist von größter Bedeutung, dass Sie diese Anweisungen beachten«, betonte Valdorian. Das Zerren wurde immer stärker. »Kann ich mich auf Sie verlassen?«

Cordoban nickte erneut.

»Gut. Ich muss jetzt ... fort ...«

Das sonderbare Zerren ging von dem Keil des Temporalen aus, riss ihn zurück in die Sphäre mit den Wänden aus Bildern, und von dort aus ...

... zur Tür zwischen Leben und Tod. Diesmal stand nicht sein Vater hinter ihm, auf der hellen Seite, sondern Jonathan.

Sein Sekretär riss die Augen auf. »Sie *leben*?« Dann bemerkte er das Objekt in Valdorians Hand. »Aber ... Sie haben den Keil auf Kabäa verloren.«

»Er hat auf mich gewartet, in der Zeit, auf diesen Augenblick.« Der Moment dehnte sich, eine Nichtzeit zwischen den Sekunden, gestohlene Zeit – *woher* gestohlen, das wusste Valdorian nicht.

Das Zerren wiederholte sich, und bevor Valdorian ihm nachgab, griff er nach Jonathans Arm und zog ihn mit sich durch die Tür, nicht in die Schwärze dahinter, nicht in den Tod, sondern ins Heulen des ewigen Sturms, der in den Anomalien der Temporalen toste.

Glossar

Abissale So nennen die Kantaki den Omnivor, eine Realität fressende Entität, die seit dem Beginn von Zeit und Raum das Universum durchzieht und die nichtlineare Zeit geschaffen hat.

Agorax Ein Temporaler. Nimmt die Aufgaben eines Suggestors wahr.

Ahaidon Fünfter Planet des Coptor-Systems, Heimat der Kollektorkäfer, die im Äquatorialbereich hunderte von Kilometern lange Teppiche bilden.

Aidon Eine Wasserwelt wie Aquaria, im Pirros-System. Von Neuen Menschen bewohnt. In seinen Ringen befinden sich die Aidon-Werften.

Akuha Die Sprache der Akuhaschi.

Akuhan Eine Welt der Akuhaschi. Jonathan Fentur stammt von dort.

Akuhaschi Bedienstete der Kantaki. Es heißt, dass sie in einer fast symbiotischen Beziehung mit ihnen leben. Treten wie Mittler zwischen den Kantaki und allen anderen Völkern auf.

Allianz Erbitterter Gegner des Konsortiums, bestehend aus hunderten von einzelnen Unternehmensgruppen und Konzernen, geleitet von Enbert Dokkar, der bei einem Sabotageanschlag des Konsortiums fast seine ganze Familie verlor.

Ambientalblasen Notwendig für Geschöpfe, die nicht in einer Sauerstoff-Stickstoff-Atmosphäre überleben können; schweben für gewöhnlich auf Levitatorpolstern.

Ambientalfeld Kraftfeld mit speziellen ambientalen Bedingungen im Inneren.

Anderswelten Virtuelle Realitäten.

Aquaria Planet, in dessen Meeren Tiefseequallen leben, aus deren Mägen ein seltenes Betäubungsmittel gewonnen wird.

Aquawagen Fahrzeug, das man auf Tintiran für die Fahrt auf Meeren verwendet.

Archoxia 150 Lichtjahre vom Mirlur-System (Tintiran) entfernter Planet, Ziel des ersten Kantaki-Fluges von Lidia.

Ares Ein Planet rot wie der Mars, über ihm eine Orbitalstation des Konsortiums.

Arkanado-Kartell Mit dieser Firmengruppe hat Valdorian im Jahr 390 SN erfolgreiche Verhandlungen geführt und sie dem Konsortium eingegliedert, das damit zur stärksten Wirtschaftsmacht im vom Menschen besiedelten All wurde.

Aronnàh 3. Planet des Turma-Systems, mit einem Mond. Auf dieser Welt unterzieht sich Valdorian im Juli 380 SN einer Resurrektion. Hauptstadt: Sirkand (nach dem Gründer der ersten menschlichen Kolonie auf dem Planeten, Ernesto Sirkand). Auf Aronnàh gibt es insgesamt vierzehn erloschene Riesenvulkane.

Arsenalplaneten Insgesamt drei; geheimes Projekt von Cordoban. Auf ihnen lagern Waffen, Ausrüstungsmaterial und vor allem »Schläfer« in subplanetaren Stasissälen: tausende von gentechnisch veränderten Soldaten, absolut treu, unerschütterlich loyal, jederzeit bereit, sich im Kampf zu opfern.

Autarke Stehen in der gesellschaftlichen Hierarchie der meisten Menschenwelten über den Subalternen. Ihre Vorfahren konnten die Passage zu den ersten Außenwelt-Kolonien selbst bezahlen und sich dort eine unabhängige Existenz aufbauen. Während des vierten und fünften Jahrhunderts SN wird diese Bezeichnung vor allem für Personen verwendet, die keiner abhängigen Arbeit nachgehen.

Burna Planet im Qirell-System, das zur Allianz gehört. Im Jahr 2740 der alten Zeitrechnung wird dort während ausgedehnter Kampfhandlungen ein Schiff der Kantaki zerstört. Die Kantaki belegen das Qirell-System mit einem Bann: Während der nächsten zweihundert Jahre werden ihre Schiffe es nicht mehr anfliegen. Für die dortigen drei bewohnten Welten bedeutet das vollständige Isolation.

Chuambar Auf diesem Planeten findet ein folgenschwerer Anschlag statt.

Connor, Dr. Reginald Valdorians Leibarzt.

Consistorium des Konsortiums Im Consistorium, einem »Rat« vergleichbar, sitzen Vertreter aller Unternehmensgruppen und wählen den Primus inter Pares, den Leiter des Konsortiums.

Cora Lidias Mitschülerin bei der Pilotenausbildung in Bellavista (Tintiran). Gehört zu den Neuen Menschen.

Cordoban Stratege des Konsortiums, noch kühler und skrupelloser als Valdorian.

Corhin Abgelegener Planet, auf dem die letzte Xurr-Kolonie entdeckt wurde (421 SN, entdeckt von einem Schüler Hofeners, Angar Ruthman).

Culcar-System Peripherer Sektor des Konsortiums, logistisches und administratives Zentrum für den Randbereich. Industriezentrum u. a. für den Bau von interplanetaren Raumschiffen.

Dalla Torre, Penelope Wohnt in dem Haus auf Xandor, in dem einst Lidias Eltern lebten.

Dandari Planetoid im Kintau-System, mit einem logistischen Zentrum der Allianz; wurde von einer Einsatzgruppe des Konsortiums vernichtet. Dabei starben Arik Dokkars Mutter und seine beiden Brüder.

Datenservo Hochleistungscomputer.

Davass, Korinna Leiterin des Touristenzentrums im Labyrinth von Guraki.

DiKastro, Lidia geboren 276 SN auf Xandor, 4. Planet des Mirlur-Systems, Tochter der beiden Nonkonformisten Roald DiKastro (Schriftsteller) und Carmellina Diaz (Pianistin); lässt sich zur Kantaki-Pilotin ausbilden.

Direal Interface-Anzug der Akuhashi.

Dohann-Nexus Knapp siebentausend Lichtjahre von dem Sektor der Galaxis entfernt, den Menschen besiedelt haben.

Dokkar, Arik zweiter Sohn von Enbert Dokkar, des Leiters der Allianz.

Dokkar, Enbert Leiter der Allianz und Erzfeind Valdorians.

Dror Eines von Mutter Krirs fünf Kindern.

Entsager Extreme Nonkonformisten, die der modernen menschlichen Gesellschaft den Rücken kehren. Manche von ihnen werden zu Träumern, die einen großen Teil ihres Lebens in Anderswelten verbringen. Andere versuchen, ein einfaches Leben zu führen, weitgehend ohne Technik und so nahe wie möglich an der Natur.

Erde Wird von der Allianz kontrolliert.

Erster Bürger Gewähltes Oberhaupt von Guraki, mit einem Bürgermeister vergleichbar.

Esmeralda Kantaki-Pilotin. Sieht aus wie eine junge Frau, fliegt aber schon seit siebenhundert Jahren für die Kantaki und zählt zu den ältesten Kantaki-Piloten überhaupt.

Eterne So nennen sich die Temporalen.

Fentur, Jonathan Persönlicher Sekretär von Valdorian, Mädchen für alles, absolut zuverlässig.

Feydor Lidias Mitschüler bei der Pilotenausbildung in Bellavista (Tintiran).

Feyn Die Feyn leben auf der anderen Seite der Galaxis. Sie wurden früher als die Menschheit von den Temporalen angegriffen, verbünden sich beim tausendjährigen Zeitkrieg mit den Kantaki und erringen schließlich den Sieg über den Feind aus der Vergangenheit.

Floyd Blinder Kantaki-Pilot.

Gallhorn, Byron Im Jahr 421 SN Erster Bürger von Guraki.

Ganngan Extraterrestrische intelligente Spezies, golemartig.

Genveränderte Genetisch veränderte Menschen, oft an spezielle Tätigkeiten angepasst. Man verwendet diesen Begriff auch für die Neuen Menschen, die Extremwelten besiedelt haben.

Gijül Ein Horgh, Oberhaupt einer Sippe.

Grar Eines von Mutter Krirs fünf Kindern.

Grekki Extraterrestrische intelligente Spezies.

Großzyklus Zeiteinheit der Kantaki, entspricht etwa hundert Standardjahren.

Guraki Planet, auf dem man die ersten Ruinen der Xurr fand, besiedelt im Jahr 109 SN, im Desmendora-System, 22 Lichtjahre außerhalb des Einflussbereichs des Konsortiums. Hier hat man die ersten Ruinen der Xurr gefunden.

Hendriks Cordobans Vorgänger; 395 SN einem Anschlag zum Opfer gefallen. Täter unbekannt.

Hirl Vater Hirl, der Kantaki, dessen Schiff Esmeralda fliegt.

Hofener, Kulmar Archäologe, der auf dem Planeten Guraki die ersten Ruinen der Xurr fand.

Horan Umstrittener denebianischer Philosoph (gestorben 324 SN); schrieb *Reflexionen* und *Die Farben der Welt*.

Horgh Spezies, die ebenfalls eine Technik für überlichtschnelle Raumfahrt entwickelt hat; verwendet so genannte »Sprungschiffe«, die jedoch geistige Schockwellen verursachen, die bei Menschen zu Wahnsinn und Tod führen können. Die Horgh sind an gewisse interstellare Routen gebunden, an so genannte Sprungkorridore.

Hrrlgrid Lidias Akuhaschi-Lehrer in der Sakralen Pagode von Bellavista.

Identer Wird zur Identifikation und auch für Zahlungen verwendet, mit einer Kreditkarte vergleichbar.

Infonaut Mini-Datenservo.

InterLingua   Die von den meisten Menschen gesprochene Sprache.

Jefferson, Joffrey   Verwalter des Raumhafens von Gateway, von seinen Freunden Joffy genannt.

Kabäa   Eine der Zentralwelten der Allianz, vierter Planet im System Epsilon Eridani, 10,8 Lichtjahre vom Sol-System und der Erde entfernt. Hauptadt Tonkorra. Etwa zwei Milliarden Bewohner. Eine Welt mit hoher industrieller Kapazität, aber auch großen Naturschutzgebieten.

Kampfkorsett   Eine maschinelle Vorrichtung, die das Kampfpotenzial einer Person beträchtlich erhöht. Sieht aus wie ein spinnenartiges Ungetüm aus Metall und Synthomasse: ein Schalensitz, umgeben von Motoren, kompakten Generatoren, Akkumulatoren, speziellen Servo-, Waffen- und Sensorsystemen, Greifarmen und sechs Teleskopbeinen, die kontrollierte Bewegungen in jedem Gelände ermöglichen. Zum Kampfkorsett gehört auch ein Levitator.

Kantaki   Dieses insektoide Volk betreibt überlichtschnelle Raumfahrt, braucht aber Piloten, die mit der »Gabe« ausgestattet sind, um die »Fäden« zu finden, die alle Dinge im Universum miteinander verbinden. Das hyperdimensionale Gewirr dieser Fäden verändert sich ständig, ist nie gleich beschaffen. Die Kantaki haben einen »Sakralen Kodex«, der ihre Existenz bestimmt und den alle achten müssen. Sie leben teilweise in einer anderen Dimension und außerhalb des Zeitstroms, was ihren Piloten relative Unsterblichkeit gibt. Für ihre Dienste, die sie anderen Völkern anbieten, verlangen sie manchmal recht sonderbare Bezahlung. Passagiere und Fracht werden im Inneren von »Transportblasen« befördert.

Kantaki-Nexus   Zylindrische Raumstationen der Kantaki innerhalb und außerhalb der Galaxis. Sie dienen unter anderem zur Wartung von Kantaki-Schiffen.

Kerberos   Planet im Hades-System, gehört zum Konsortium. Es gibt dort eine Niederlassung von *New Human Design*, in der vor allem Grundlagenforschung betrieben wird. Kerberos ist bekannt für seine zahlreichen Rauschgifte. Nominelles Regierungsoberhaupt von Kerberos ist der Autokrat.

K-Geräte   Von den Kantaki konzipierte Geräte, ausgestattet mit künstlicher Intelligenz.

Kinta, Madeleine   Tochter von Christopher Kinta, dem Präsidenten der *Kinta Enterprises*, einer wichtigen Unternehmensgruppe der Hegemonie, geboren 342 SN, Ehefrau Valdorians seit 369 SN (zwei Kinder: Benjamin 372 SN, Rion 380 SN), Scheidung 398 SN.

K-Karte Sie ähnelt einem der auf allen Menschenwelten gebräuchlichen Identer und verfügt nicht nur über einen autoadaptiven Kommunikationsservo, sondern auch über eine Kreditschnittstelle, die es erlaubt, Zahlungen vorzunehmen.

Konfident Jeder Kantaki-Pilot kann einen solchen Begleiter für alle Reisen wählen.

Konrur Planet, auf dem es ein ausgezeichnetes Institut für die Behandlung von körperlichem und geistigem Zerfall gibt.

Konsortium Umfasst im Jahr 421 SN nahezu sechshundert Sonnensysteme mit zweitausend Ressourcen-Planeten und siebenhundertneunzehn bewohnten Welten, verwaltet von siebenundachtzig Großkonzernen, die ihrerseits aus tausenden von einzelnen Unternehmen bestehen.

Krir, Mutter Eine der »Großen Fünf«. Bei den Großen Fünf handelt es sich um das Kantaki-Äquivalent eines Regierungsgremiums. Sie hüten den Sakralen Kodex, mit dessen Hilfe sie das Universum zu schützen versuchen und der von allen Kantaki geachtet wird. Lidia ist die Pilotin von Mutter Krirs Schiff.

Ksid Planet der Taruf. Die beiden kognitiven Diamanten stammen von dort.

Kuakah Ureinwohner von Kabäa.

Kühner Reisender Mit diesem Horgh-Schiff ist der habgierige, durchtriebene Gijül unterwegs.

Kurkarah Hochschwerkraftwelt im Aural-System. 5-fache Gravitation der Erde. Im Jahre 2630 der alten Zeitrechnung von genveränderten Neuen Menschen besiedelt.

Labyrinth Berühmte Xurr-Anlage auf Guraki, von Hofener entdeckt.

La-Kimesch Dieses Volk entwickelte sich vor vielen Jahrmillionen zu einer galaktischen Hochkultur, stand mit den Kantaki in einer partnerschaftlichen Beziehung und teilte mit ihnen den Glauben an den zu Materie kondensierten Geist und die fünf Großen Kosmischen Zeitalter. Vor 22 Millionen Jahren starben die La-Kimesch aus, und über fünfzigtausend von ihnen besiedelte Planeten blieben leer zurück.

Leonard und Francy Die beiden Kinder von Lidia und Valdorian in einem Paralleluniversum.

Levitatorwagen Flug-Vehikel für den Individualverkehr.

Lineare und nichtlineare Zeit Mit »linearer Zeit« bezeichnen die Kantaki den gewöhnlichen Zeitstrom und das normale Kausalitätsuniversum. Wenn ein Pilot nicht aufpasst, kann er in die »nichtlineare Zeit« geraten, in ein Labyrinth aus Paralleluniversen, aus dem man nur schwer wieder herausfindet.

Magnaten Stehen in der gesellschaftlichen Hierarchie der meisten Menschenwelten an höchster Stelle. Magnaten leiten die großen interstellaren Wirtschaftskonglomerate, üben auch politische Macht aus.

Mikronauten Maschinen im Nanobereich.

Mirror 4. Mond des Ringplaneten Nuranda, peripherer Sektor der Entente.

Moribund Chefarzt des Krankenhauses von Gateway.

Mroh Vater Mroh, der Kantaki des Schiffes der Gordt-Zwillinge (Mitschüler von Lidia), starb in der nichtlinearen Zeit. Joan und Juri flogen das Schiff viele Jahre ohne Kantaki, bis die Rückkehr in die lineare Zeit gelang.

Mror, Kustos Kantaki-Kustos auf Munghar.

Mru Eines von Mutter Krirs fünf Kindern.

Munghar Kantaki-Welt, 4800 Lichtjahre außerhalb der von Menschen besiedelten galaktischen Regionen, Ursprungswelt der Kantaki mit der Sonne Urirr (»die Hüterin«).

Myrelion Planet der Allianz. Valdorian behauptet auf Kabäa, von dort zu stammen.

Myrk Auf diesem Planeten zündet eine spezielle Einsatzgruppe im Jahr 2680 der alten Zeitrechnung mehrere Fusionsbomben, womit die Erste Dynastie zu Ende geht.

New Human Design Konzerngruppe des Konsortiums, auf genetische Manipulationen spezialisiert.

Noadi Ein auf Kabäa zyklisch auftretender Schwarm kleiner Fluginsekten.

Nonkonformisten Menschen, die bestimmten Traditionen skeptisch gegenüberstehen und versuchen, nach eigenen Vorstellungen zu leben.

Orinja 2. Planet des Takhal-Systems, 87 Lichtjahre tief im Einflussbereich des Konsortiums, mit Metallseen unter der heißen Oberfläche. Minenstädte existieren dort seit 314 SN.

Pergamon Ein Säkularer der Temporalen, Mitglied des Zirkels der Sieben.

Pilotendom Der Raum an Bord eines Kantaki-Schiffes, von dem aus der Pilot das Schiff durch den Transraum steuert.

Pirros-System In diesem Sonnensystem im zentralen Sektor des Konsortiums befinden sich die Aidon-Werften.

Prioritätskorridor Kantaki-Schiffe fliegen durch einen solchen P-Korridor, wenn sie zu einem Kommunikationsknoten wollen, von dem aus sie allen anderen Schiffen Nachrichten übermitteln können.

Prioritätsmitteilungen Werden von Kontaki-Schiffen von Kommunikationsknoten aus übermittelt, wenn es um sehr wichtige Dinge geht.

Privatgarant Ein Gerät, das Privatsphäre garantiert, einem Störsender vergleichbar.

Quinqu Extraterrestrische intelligente Spezies.

Resurrektion Genetische Behandlung, die den gesamten Körper verjüngt, auch »Revitalisierung« genannt.

Rita Betreuerin der Pilotenschüler in Bellavista (Tintiran).

Ruthman, Angar Ein Schüler Hofeners, Xurr-Forscher.

Sakrale Pagode der Kantaki Lidia besucht im Juli 301 die Sakrale Pagode der Kantaki in Bellavista, um sich dort auf die Gabe prüfen zu lassen.

Sakrium Teil des Transraums, in dem die Kantaki meditieren.

Säkulare Unsterbliche Temporale. Es gibt nur sieben von ihnen.

Schanhall Ein hauptsächlich von christlichen Fundamentalisten bewohnter Planeten, der zum lockeren Bund der spiritualistischen Welten gehört. Ursprünglich vom »Erleuchteten« und seinen Anhängern besiedelt, die im Jahr 2075 der alten Zeitrechnung aus dem Sol-System fliehen und auf ein Kantaki-Schiff stoßen. Feydor stammt von dort.

Scharlachrotes Meer Äquatorialmeer auf Tintiran.

Souveräne Stehen in der gesellschaftlichen Hierarchie der meisten Menschenwelten über den Subalternen und Autarken, aber unter den Magnaten. Es handelt sich um frühere Autarke, denen es gelang, mittelgroße Unternehmen aufzubauen.

Sprungbretter Die Kantaki nutzen solche Einrichtungen im Leerraum zwischen den Galaxien.

Standardjahre Generalisierter Zeitbegriff, bezieht sich auf das Jahr der Erde.

Status Omega Höchster Sicherheitsalarm.

Status Sigma Mittlerer Sicherheitsalarm.

Subalterne Nachkommen der menschlichen Kolonisten, deren finanzielle Mittel nicht ausreichten, um sich auf anderen Planeten eine unabhängige Existenz zu schaffen. Sie mussten sich Geld leihen (auch für die Passage in der Transportblase eines Kantaki-Schiffes) und sich vertraglich verpflichten, die Schulden abzuarbeiten. Dadurch blieben die meisten von ihnen an bestimmte Wirtschaftsgruppen gebunden. Nur wenige Subalterne schaffen es, in der gesellschaftlichen Hierarchie aufzusteigen.

Tanner, Reweren Sicherheitschef von Tuthula.

Taruf Extraterrestrische Spezies.

Thalsen, Gord Sicherheitschef von Orinja.

Tiger-Klasse Kampfschiffe, langgestreckte Ovale, fast hundert Meter lang.

Tintiran 3. Planet des Mirlur-Systems, zentraler Sektor des Konsortiums. Auf diesem Planeten hat Valdorian Lidia kennen gelernt. Tintiran ist nicht nur eine beliebte Urlaubswelt, sondern auch Sitz der Akademie der Wissenschaften und schönen Künste. Hauptstadt: Bellavista.

Toukwan Gefahr, vor der die Xurr vor hunderttausend Jahren aus ihrer Heimat, dem Zentrum der Milchstraße, flohen. Übersetzt bedeutet der Begriff so viel wie »die Fehlgeleiteten«.

Tral Eines von Mutter Krirs fünf Kindern.

Transraum Eine Art »Hyperraum«, durch den die Kantaki-Schiffe fliegen.

Transstellarer Kredit (Transtel) Währung nicht nur im Konsortium, sondern auch in den anderen Regionen des von Menschen besiedelten Alls.

Transverbindung Kom-Verbindung über interplanetare oder auch interstellare Entfernungen, von den Kantaki kontrolliert.

Träumer Nonkonformisten, die einen großen Teil ihrer Zeit in Anderswelten verbringen.

Turannen, Lukert Oberhaupt der Konzerngruppe *New Human Design*.

Tuthula 9. Mond des Gasriesen Prominent im Culcar-System.

Tylea Planet der Mantai, mit einer menschlichen Kolonie. Floyd hat diese Welt während der Eppche des Chaos nach dem Zeitkrieg besucht.

Umkah Zielplanet von Mutter Krirs Schiff, als Floyd stirbt.

Valdorian, Benjamin Valdorians Ältester, geboren 372 SN.

Valdorian, Hovan Aldritt Valdorians Vater, geboren 240 SN, gestorben 315 SN, durch einen Unfall; wurde 310 SN zum Primus inter Pares des Konsortiums.

Valdorian, Rion Valdorians jüngster Sohn, geboren 380 SN.

Valdorian, Rungard Avar Geboren 274 SN, Primus (übliche Anrede; offizieller Titel: »Primus inter Pares«, Erster unter Gleichen) des Konsortiums.

Wainosch   Erster Dynast von Kabäa. Führte im Jahr 2521 der alten Zeitrechnung Experimente mit der nichtlinearen Zeit durch.

Wolf-Klasse   Gefechtsshuttles, keilförmig, zwanzig Meter lang.

Xandor   4. Planet des Mirlur-Systems; Hauptstadt: Fernandez.

Xurr   Legendäre, offenbar ausgestorbene Spezies, die hier und dort Ruinen hinterlassen hat. Die Xurr kamen vor hunderttausend Jahren aus dem galaktischen Kern und verschwanden vor etwa zehntausend Jahren.

Yawa   Planet im Vhlor-System mit extremen Temperaturunterschieden; im Jahr 2677 der alten Zeitrechnung von Neuen Menschen besiedelt.

Chronologie

KURZE GESCHICHTE DER KANTAKI

Die insektoiden Kantaki entwickelten sich vor vielen Millionen Jahren auf dem Planeten Munghar im Urirr-System, viertausendachthundert Lichtjahre außerhalb der von Menschen besiedelten galaktischen Regionen. An der Oberfläche ihrer Welt hatten sie viele natürliche Feinde, deshalb zogen sie sich in subplanetare Höhlensysteme zurück. Schon in einem frühen Stadium ihrer Entwicklung entstand die Philosophie der fünf Großen Kosmischen Zeitalter.

1. Die Ära der Geburt.
2. Die Ära des Wachstums.
3. Die Ära der Reife.
4. Die Ära des Verstehens.
5. Die Ära der Vergeistigung, mit der sich der Zyklus schließt: Der Materie gewordene Geist kehrt zur Sphäre des Geistigen zurück.

Die Kantaki wissen um eine unheilvolle Kraft, die das Universum seit seiner Entstehung durchzieht, von ihnen »der Abissale« genannt. Sie wissen auch, dass sich der Geist, der einst Materie wurde, im fünften und letzten Zeitalter in einem alles entscheidenden Konflikt gegen den Abissalen durchsetzen muss, damit sich der Zyklus schließen kann. Sie glauben, dass der Geist noch nicht für diesen Konflikt bereit ist, und deshalb versuchen sie, das vierte Zeitalter zu verlängern, indem sie ihren Einfluss als stabilisierenden Faktor geltend machen und über die Zeit wachen.

Die Konstruktion der Pluriallinse im Inneren von Munghar erlaubte es den Kantaki, ins Plurial zu sehen, eine Sphäre mit Myriaden von

Universen. Damit beschleunigte sich die technische und biologische Evolution der Kantaki in eine Hyperdimension, die sich jenseits der uns vertrauten drei räumlichen Dimensionen und auch abseits des normalen Zeitstroms erstreckt. Ihre Raumschiffe bestehen aus vielen einzelnen Segmenten und existieren teilweise in der Hyperdimension. Sie nutzen den Transraum, eine Zwischendimension, die nicht nur überlichtschnelle Geschwindigkeiten erlaubt. Der Transraum ermöglicht den Kantaki auch die Meditation im so genannten Sakrium, einem Ort, der sie dem Geist, der einst Materie wurde, näher bringt.

Als die Raumschiffe der Kantaki auf andere Zivilisationen stießen, stellte sich heraus, dass keine der anderen intelligenten Spezies eine überlichtschnelle Raumfahrt entwickelt hatte. (Später sollte es zwei Ausnahmen geben, die jedoch kaum etwas am Monopol der Kantaki änderten: die Xurr und die Horgh). Sie boten ihre Schiffe als interstellare Transportmittel an und richteten einen Konversionsfonds ein, der zur neuen Grundlage ihrer Ökonomie wurde. Fortan ließen sie sich für den Transport von Waren und Personen bezahlen und verlangten die Achtung ihres Sakralen Kodexes. Wer sich nicht daran hielt, wurde von den Kantaki isoliert, ohne eine Möglichkeit, andere Sonnensysteme zu erreichen oder mit ihnen zu kommunizieren. Der komplexe und Wandlungen unterworfene Sakrale Kodex verbot ausdrücklich Experimente mit der Zeit, denn in der Vergangenheit lauert ein mächtiger, unheimlicher Gegner: die Temporalen, Helfer des Abissalen.

Wichtige Ereignisse in der jüngeren Geschichte der Kantaki:

1. Vor 20 Millionen Jahren entwickelte sich bei den Kantaki eine kleine Gruppe von Ungläubigen. Die Renegaten, wie sie von ihren Artgenossen genannt wurden, leugneten nicht die Existenz des Geistes, der Materie geworden war, um zu lernen und am Ende der Fünften Ära wieder Geist zu werden. Aber sie hielten die Keime des Abissalen für den Versuch jenes Geistes, das Fünfte Kosmische Zeitalter einzuleiten, das Ende des Universums herbeizuführen und die Fesseln des Materiellen abzustreifen. Die Renegaten wurden als Häretiker aus der Gemeinschaft der Kantaki verstoßen und brachen mit ihren Schiffen in Richtung Milchstraßenkern auf.

2. Vor 3,8 Millionen Jahren eskalierte der Erste Konflikt der Konzepte. Einige einflussreiche Kantaki waren der Ansicht, dass der Sakrale Kodex geändert werden müsse, um eine aktive Teilnahme der Kantaki am Geschehen in der Milchstraße und anderen Galaxien zu ermöglichen. Die Mehrheit der Kantaki beschloss, am äonenalten Sakralen Kodex festzuhalten, und diese Entscheidung führte zum Schisma.

Unter der Führung von Mutter Krorah, einer der Großen Fünf ihrer Zeit, brach ein Teil des Kantaki-Volkes auf, um die Milchstraße für immer zu verlassen. Bei den Zurückbleibenden galten sie als Abtrünnige, doch die Exilanten waren fest davon überzeugt, den richtigen Weg zu beschreiten. Sie kehrten ihrer Heimat den Rücken, und man hörte nie wieder etwas von ihnen.

3. Der Zweite Konflikt der Konzepte begann vor 2,5 Millionen Jahren, als die Weltenschiffe der Doghon sowohl den Andromedanebel als auch die Milchstraße erreichten, und er betraf nicht nur die Kantaki, sondern auch viele andere Völker. Die außerordentlich hoch entwickelten Doghon waren seit vielen Millionen Jahren im Universum unterwegs und wollten als Missionare allen intelligenten Völker ihre Art von Einsicht und Erkenntnis bringen. Sie sahen in sich selbst eine überlegene Spezies und schreckten nicht davor zurück, anderen ihre Philosophie aufzuzwingen. Die Doghon hatten es vor allem auf die Kantaki abgesehen – für sie die erste echte Herausforderung seit dem Aufbruch ihrer Weltenschiffe. Die unbewaffneten Kantaki mussten sich zurückziehen und ihre überlichtschnellen Raumflüge auf ein Minimum reduzieren. Dadurch waren die besiedelten Sonnensysteme vieler Völker plötzlich ohne Verbindung untereinander. Die Kantaki versuchten, die von ihnen bewohnten Planeten vor den Doghon geheim zu halten. Diese suchten nun vor allem nach Völkern, die noch an ihre Ursprungsplaneten gebunden waren und sich auf einer vergleichsweise primitiven Entwicklungsstufe befanden – bei ihnen brachten sie die Saat ihrer Religion aus. Sie besuchten auch die Erde. Mithilfe der Xurr, die nun zum ersten Mal die Bühne des galaktischen Geschehens betraten, gelang es den Kantaki schließlich, die Doghon zu vertreiben. Aber der Zweite Konflikt der Konzepte hinterließ Spuren in der Gesellschaft der Kantaki – immer wieder wurden Stimmen laut, die eine Änderung des Sakralen Kodexes verlangten, um unmittelbare Eingriffe in die interstellaren Ereignisse zu ermöglichen.

4. Vor neunhunderttausend Jahren erfuhren die Kantaki von einer dunklen Macht, die sich im Zentrum der Milchstraße ausdehnte. Flüchtlinge berichteten von ihr, auch von den Toukwan, den »Fehlgeleiteten«, und die Kantaki versuchten vergeblich, Kontakt mit dem Konziliat aufzunehmen, das auch mithilfe der Pluriallinse nicht zu erreichen war. Sie ahnten, dass große Veränderungen bevorstanden, sahen darin ein Zeichen dafür, dass das Vierte Kosmische Zeitalter zu Ende geht und bald die Fünfte und letzte Ära beginnt. Doch die Kantaki glaubten, dass der Materie gewordene Geist noch nicht bereit ist für

den Konflikt mit dem Abissalen im letzten kosmischen Zeitalter, und deshalb begannen sie damit, ihren interstellaren und intergalaktischen Einfluss mit dem Ziel, das Vierte Kosmische Zeitalter zu verlängern, geltend zu machen.

DIE MENSCHHEIT

Phase 1: Nationalstaaten der Erde

2021:   Gemeinsam mit Russland richtet die Europäische Union die erste permanent bewohnte Mondstation ein. Nicht nur die technologische Rivalität zu den Vereinigten Staaten von Amerika wächst. In politischer Hinsicht wird das erweiterte Europa immer mehr zu einem Gegengewicht zu den USA, die nach den Kriegen im Nahen, Mittleren und Fernen Osten sowie in Mittel- und Südamerika zunehmend unter innen- und außenpolitischen Druck geraten. Angesichts der immensen amerikanischen Militärausgaben droht eine Wirtschaftskrise von globalem Ausmaß.

2022–2027:   Die europäisch-russische Mondstation wird ausgebaut und entwickelt sich immer mehr zu einer Kolonie, die lokale Rohstoffe verarbeitet und mit industrieller Produktion beginnt.

2026:   Eine bemannte Mars-Mission der Amerikaner scheitert noch auf dem Weg zum Roten Planeten. Das mit einem modernen Ionenantrieb ausgestattete Raumschiff mit sieben Astronauten an Bord gerät in den hochenergetischen Teilchenstrom eines Sonnensturms. Die Aktivität der Sonne nimmt weiter zu.

2027:   China richtet eine eigene, permanent bewohnte Mondbasis ein.

2036:   Die zweite bemannte amerikanische Mars-Mission erreicht den Roten Planeten. Durch einen Unfall kommt es zu einer biologischen Kontamination des Mars-Ambiente durch terrestrische Mikroben.

2050:   Das »Jahr des Wandels« auf der Erde. Ein gewaltiger Börsencrash, nicht zuletzt durch das enorme amerikanische Staatsdefizit verursacht, vernichtet die Ersparnisse von Millionen Menschen. Die Folge sind nicht nur ein globaler

Wirtschaftkollaps mit Massenarbeitslosigkeit, sondern auch wachsende Unzufriedenheit. In den vom US-Einfluss dominierten südamerikanischen Staaten kommt es zu Aufständen; die Situation eskaliert, und in Südamerika zerbricht die Staatsgewalt. Es kommt zu einer neuen Terrorwelle, und die USA nehmen dies zum Anlass, die »Amerikanische Hegemonie« zu proklamieren. In der Europäischen Union, ebenfalls von der Wirtschaftskrise heimgesucht, mehren sich antiamerikanische Stimmen, aber man setzt nach wie vor auf Zusammenarbeit.

Mitte des Jahres kommt es in Rio de Janeiro zu einem verheerenden Bombenanschlag, dem insgesamt fast zehntausend Menschen zum Opfer fallen. Unter den Toten befinden sich auch die beiden Söhne von Jonas Jacob Hudson – der »Erleuchtete« genannt –, eines charismatischen Sektenführers. Von der öffentlichen Propaganda bestärkt, sieht Hudson islamisch-fundamentalistische Terroristen hinter dem Anschlag und beginnt mit einer beispiellosen Hetzkampagne gegen alles Moslemische.

2052: Die wirtschaftliche Lage auf der Erde entspannt sich allmählich. Aus der europäisch-russischen Mondbasis ist eine Stadt mit fast zehntausend Einwohnern geworden. Probleme mit Strahlung und Mikrometeoriten führen zur Entwicklung erster energetischer Schirmfelder, die auch weiteren Flügen zum Mars und in die Außenbereiche des Sonnensystems zugute kommen. Hudson setzt seine Hetzkampagne fort, und die von ihm geführten christlichen Fundamentalisten, die »Neuen Illuminaten«, gewinnen in der westlichen Welt immer mehr Einfluss.

2054: Die Entwicklung des »Levitators« befreit von den Fesseln der Gravitation. Die Raumfahrt wird erheblich einfacher und billiger.

2055: Verbessertes Ionentriebwerk. Flüge zum Mond dauern nur noch wenige Stunden, zum Mars einige Tage und zu den äußeren Planeten Wochen. Kompensatoren lösen das Problem des Trägheitsmoments.

2056: Erste permanent bewohnte Station auf dem Mars, unter der Ägide der UN, faktisch aber verwaltet von der Amerikanischen Hegemonie. Zu den Bewohnern der Station zählen auch Anhänger des Erleuchteten.

2057:	Erkundungsflüge zu den äußeren Planeten. Nach der öko-logischen Katastrophe auf dem Mars ist man vorsichtiger geworden, und der Jupitermond Europa wird zur Sensa-tion. Unter dem mehrere Kilometer dicken Eispanzer, in einem hunderte von Kilometern tiefen Ozean aus Wasser, findet man das erste extraterrestrische Leben.
2059:	In Höhlen auf den Saturnmonden Dione, Mimas und Te-thys werden Hinterlassenschaften der La-Kimesch gefun-den.
2060:	Auch auf den Uranus-Monden Miranda und Ariel finden Expeditionen Relikte der La-Kimesch, die offenbar das Sol-System vor vielen Millionen Jahren mehrmals besucht und hier vielleicht sogar eine Kolonie gegründet haben.
2072:	Der Erleuchtete und seine Neuen Illuminaten führen einen von langer Hand vorbereiteten Plan durch. Mit einem einfa-chen Raumschiff brechen sie vom Mars zum Asteroiden-gürtel auf und lenken »Gottes Hammer« in Richtung Erde, einen kleinen Asteroiden, der den Mittleren Osten treffen und damit die Zentren des Islam auslöschen soll. Nach zwölf Monaten wird er sein Ziel erreichen.
2073:	Auf der Erde werden Maßnahmen zur Neutralisierung des Asteroiden ergriffen, und gleichzeitig kommt es zur Zwei-ten Großen Völkerwanderung. Wer dazu imstande ist, ver-lässt die gefährdeten Regionen. Millionen brechen auf und fliehen aus dem Nahen und Mittleren Osten. Die westliche Welt und auch die Staaten im Fernen Osten werden von Flüchtlingen überschwemmt.
2073:	Es gelingt nicht, »Gottes Hammer« von seiner Bahn abzu-lenken, und der Versuch, ihn zu zerstören, lässt den Astero-iden in mehrere Teile zerbrechen. Aus der von den Neuen Illuminaten für die islamische Welt geplanten Katastrophe wird ein globales Desaster, das aber vor allem die Amerika-nische Hegemonie in Mitleidenschaft zieht.
2075:	Der untergetauchte Erleuchtete flieht mit mehr als tausend Anhängern von der Erde. Ein umgebautes Langstrecken-schiff, für die Erforschung der äußeren Planeten bestimmt, soll ihnen als Generationenschiff dienen und sie zu den Ster-nen bringen, »Gott entgegen«. Zwischen den Umlaufbahnen von Neptun und Pluto begegnen die Flüchtlinge einem Kan-taki-Schiff, dem fünften, das im Verlauf der letzten dreitau-

send Jahre einen Abstecher ins Sol-System gemacht hat, auf der Suche nach zahlungskräftigen Passagieren. Mutter Rrirk, Eignerin des Schiffes, nimmt die Flüchtlinge auf und bringt sie in ihrer Transportblase zu einem extrasolaren Planeten, der den Namen Schanhall bekommt und später, von christlichen Fundamentalisten bewohnt, zum lockeren Bund der spiritualistischen Welten gehören wird.

Phase 2: Die große Expansion

2074: Nach den Einschlägen der Meteoritenfragmente bildet sich der »Bund der Laizistischen Nationen«, in denen Staat und Religion strikt voneinander getrennt sind. Der Kontakt mit den Kantaki bedeutet eine schwere Krise für die traditionellen Religionen und bietet gleichzeitig die Möglichkeit, das irdische Chaos zu verlassen. Doch in den meisten Fällen verlangen die Kantaki hohe Preise für den Transport von Passagieren und Fracht, die sich nicht jeder leisten kann. Pioniere brechen auf – einige wenige unabhängig, die meisten in den Diensten finanzkräftiger Auftraggeber –, lassen sich von Kantaki-Schiffen zu fremden Sonnensystemen bringen, brechen dort mit interplanetaren Schiffen auf und suchen nach Welten, die sich für die Besiedlung eignen. Innerhalb von nur dreißig Jahren werden mehr als zweihundert extrasolare Planeten besiedelt, darunter Kabäa im Epsilon-Eridani-System sowie Tintiran und Xandor im Mirlur-System. Die Auswanderung wird zu einem enormen Geschäft, und es entstehen neue Abhängigkeiten: Wer die Erde verlassen will und nicht genug Geld hat, verpflichtet sich mit Arbeitsverträgen, die Schulden auf den Kolonien abzuarbeiten. Den Regierungen des BdLN gelingt es kaum mehr, die politische, soziale und wirtschaftliche Kontrolle über die Ereignisse auf der Erde und auf den vielen Kolonialplaneten zu behalten.

2080–2200: Ende des zweiundzwanzigsten Jahrhunderts gibt es über siebenhundert von Menschen besiedelte Planeten, einige von ihnen mehr als fünftausend Lichtjahre entfernt. Die Bevölkerung der Erde ist von acht Milliarden auf etwas mehr als zwei Milliarden geschrumpft. Es bestehen Kontakte zu weiteren extraterrestrischen Intelligenzen, unter ihnen die Akuhaschi, Taruf, Horgh, Ganngan, Kariha, Quinqu, Grekki und Pintaran. Die Horgh bieten eine Alternative zu den Kantaki-Schiffen. Mit ihren Sprungschiffen können ebenfalls interstellare Entfernungen überbrückt werden, aber die dabei entstehenden Schockwellen sind für Menschen schier unerträglich. Es scheitern alle Versuche, eine eigene überlichtschnelle Raumfahrttechnik zu entwickeln und dadurch von den Kantaki und Horgh unabhängig zu werden.

Auf der Erde entsteht eine multikulturelle globale Gesellschaft. Politische Kontrolle über ferne Kolonien lässt sich kaum bewerkstelligen, zumal auf den Kolonialwelten längst überwunden geglaubte Gesellschaftsstrukturen entstehen: auf der einen Seite die »Autarken«, die ihre Emigration selbst finanziert haben und auch finanzkräftig genug sind, sich eine neue Existenz zu schaffen; auf der anderen die »Subalternen«, die sich vertraglich verpflichtet haben, ihre Schulden abzuarbeiten.

Ein Personenkreis steht außerhalb dieser Struktur: die Kantaki-Piloten. Wie sich herausstellt, verfügen auch gewisse Menschen über die besondere Gabe, die für die Navigation im Transraum nötig ist, und die Kantaki nehmen sie bereitwillig in ihre Dienste. Kantaki-Piloten genießen hohes Ansehen und gelten als unantastbar.

Auf vielen Welten findet man Hinterlassenschaften der La-Kimesch, und die Xenoarchäologen fragen sich, warum ihre galaktische Hochkultur vor etwa zweiundzwanzig Millionen Jahren ein so plötzliches Ende fand.

Phase 3: Konsolidierung

2201–2500: Auf vielen Kolonialwelten kommt es zu einem wirtschaftlichen Aufschwung ohnegleichen, denn Rohstoffe stehen praktisch unbegrenzt zur Verfügung und können durch moderne Technik mit nur geringen Kosten weiterverarbeitet werden. Außerdem gibt es einen riesigen, sich ständig ausweitenden Markt. Gesetzliche Hindernisse für ein ungehemmtes ökonomisches Wachstum mit allen seinen Konsequenzen gibt es nicht mehr. Aus Dutzenden und hunderten von Firmengruppen bestehende Wirtschaftskonglomerate bestimmen weitgehend das Geschehen auf den von Menschen besiedelten Welten.

Die Gentechnik macht große Fortschritte und verlängert die durchschnittliche Lebenserwartung der Menschen. Erste »Resurrektionen« werden möglich, genetische Revitalisierungen, die den Körper verjüngen, die Gen-Struktur aber auch destabilisieren. Resurrektionen sind sehr teuer und bleiben den Subalternen verwehrt. Bei den Autarken bewirken sie eine soziale Differenzierung, denn nicht alle von ihnen können sich solche Behandlungen leisten. Eine Resurrektion bleibt in den meisten Fällen den »Magnaten« vorbehalten, den Oberhäuptern von Konzernen und Firmengruppen, und den Angehörigen des neuen interstellaren Finanzadels. Darüber hinaus ermöglicht die Weiterentwicklung der Gentechnik »Neue Menschen«, die an besondere Umweltbedingungen angepasst sind und so für normale Menschen lebensfeindliche Welten besiedeln können.

2212: Die Allianz bildet sich aus anfänglich vierzehn Konzerngruppen. Zentralwelt: die Erde. Aber schon bald verliert die Erde an politisch-wirtschaftlicher Bedeutung, und praktisch alle wichtigen Entscheidungen der Allianz werden im nur gut zehn Lichtjahre entfernten Epsilon-Eridani-System getroffen, auf Kabäa.

2227: Das Konsortium entsteht als Gegenpol zur Allianz. Unter anderem gehören ihm die Valdorian-Unternehmensgruppe und der auf Gentechnik spezialisierte Konzern *New Human Design* an.

2280: Hegemonie und Entente entstehen. Die letzten Reste der alten Nationalstaaten verschwinden, auf der Erde ebenso wie auf den Kolonien.

2292: Die Kongregation wird gegründet.

2311: Die von christlichen Fundamentalisten und anderen religiösen Extremisten bewohnten Welten, unter ihnen Schanhall, schließen sich zum lockeren Bund der spiritualistischen Kolonien zusammen.

2314–2330: Weitere Welten werden besiedelt; es entstehen der Islamische Bund, der Anarchische Block, Träumerwelten (deren Bewohner virtuelle Anderswelten der Wirklichkeit vorziehen) und die Separaten Planeten mit planwirtschaftlich-sozialistischen Wirtschaftssystemen.

2401–2430: Es kommt zur ersten großen Emigration der Entsager, die versuchen, zu den wesentlichen Dingen des Lebens zurückzukehren und mit möglichst wenig Technik auszukommen. Innerhalb von dreißig Jahren besiedeln sie mehr als zwanzig Planeten. Einige von ihnen lassen sich, ungeachtet aller damit verbundenen Gefahren, an Bord von Horgh-Schiffen ins Zentrum der Milchstraße bringen, aus dem einst die Xurr kamen, in der Hoffnung, jene Geschöpfe zu finden, die Organisches mit Anorganischem verbanden.

2429: Eine besondere Gruppe der Entsager, die »Kinder des Glücks«, schlagen einen extremen Weg ein. Sie entsagen nicht nur dem modernen Leben, sondern auch der Gegenwart. Sie brechen mit einem großen Habitatschiff, der »Zeitarche« auf, das im Verlauf von mehreren Jahren bis fast auf Lichtgeschwindigkeit beschleunigt wird, sodass sich Dilatationseffekte bemerkbar machen.

2458: Das »Jahr der Rückkehrer«. Von den Entsagern, die vor mehr als dreißig Jahren mit Horgh-Schiffen in Richtung galaktisches Zentrum aufbrachen, kehren sieben zurück. Mit einem Horgh-Frachter treffen sie auf Kabäa ein und erwecken den Eindruck, durch die Schockwellen der Sprungschiffe wahnsinnig geworden zu sein. Während der Behandlung in einer Spezialklinik berichten sie immer wieder von schrecklichen Ereignissen im galaktischen Kern, insbesondere bei den »Schwarzen Tunneln« und den »Elf Toren«. In den Schilderungen der Rückkehrer spielt der »Weltenhaufen« eine große Rolle, und sie erwähnen Geschöpfe namens Toukwan, die angeblich die Xurr vor hunderttausend Jahren zur Flucht veranlassten.

2477: Der Planet Aquaria wird besiedelt, und in seinen Ozeanen findet man intelligente Medusen. Aus den Mägen ihrer nicht mit Intelligenz begabten fernen Verwandten, der Tiefseequallen, wird ein seltenes Betäubungsmittel gewonnen, das es Menschen erlauben kann, die Schockwellen von Sprungschiffen der Horgh zu ertragen.

(2489): Auf der anderen Seite der Milchstraße werden die Feyn von Feinden aus der Vergangenheit angegriffen, den »Temporalen«.

Phase 4: Die Dynastien

2501–2680: Die Erste Dynastie

Es entstehen diktatorische Systeme, ökonomische Dynastien, und ihre Oberhäupter, die Dynasten, üben eine weitaus direktere und offensichtlichere Kontrolle aus als zuvor die Magnaten.

(2521): Die Feyn erringen einen entscheidenden Sieg über die Temporalen und schließen die Zeitportale, durch die ihre Gegner in die Gegenwart gelangen konnten.

(2533): Die Kantaki Mutter Krir wird zu einer der Großen Fünf.

(2641): Auf der anderen Seite der Milchstraße öffnen die Feyn eines der vor hundertzwanzig Jahren geschlossenen Zeitportale und schicken eine Expedition in die Vergangenheit, in die Zeit der besiegten Invasoren. Das ist ein großer Fehler, wie sich später herausstellen wird.

2681–3010: Die Zweite Dynastie

Nach dem Fall der Ersten Dynastie übernehmen die Magnaten direkt die Macht und verwenden dabei auch militärische Mittel, da der Transport von Waffen und Truppen nicht wie gefürchtet gegen den Sakralen Kodex der Kantaki verstößt. Die Magnaten werden zu den neuen Dynasten, deren Herrschaft sich diesmal nicht auf einzelne Planeten beziehungsweise ein Sonnensystem beschränkt.

(2717): Die von den Feyn in die Vergangenheit geschickte Expedition kehrt mit vielen Jahren Verspätung zurück, angeblich aufgrund eines fehlerhaften Zeitsprungs. Was noch niemand weiß: In ihrer Mitte befinden sich einige getarnte Temporale, die damit beauftragt sind, die geschlossenen Zeitportale wieder zu öffnen.

(2774): Getarnte Temporale, zusammen mit der Expedition der Feyn zurückgekehrt, brechen mit Schiffen der Kantaki und der Horgh auf. Auf fernen Welten öffnen sie erste versteckte Zeitportale, durch die Zeitkrieger in die Gegenwart gelangen können und erste Vorbereitungen für den Transfer der Haupttruppen und der Zeitflotte treffen.

(2809): Zeitschiffe beginnen damit, neue Portale zu anderen Welten zu bringen. Die Temporalen bereiten sich auf einen groß angelegten Schlag gegen die Feyn vor.

(2855):	Auf der anderen Seite der Milchstraße haben die Temporalen Stützpunkte auf strategisch wichtigen Planeten eingerichtet und beginnen mit dem Angriff auf die Feyn.
(2871):	Die Feyn und ihre Verbündeten erleiden im Kampf gegen die Temporalen eine Niederlage nach der anderen und müssen immer mehr der von ihnen besiedelten Welten aufgeben. Sie beginnen mit der Organisation der Drei Großen Barrieren, die die Zentralregion ihres Reiches schützen sollen.
(2903):	Die Drei Großen Barrieren der Feyn sind fertiggestellt und geben den Verteidigern neue Hoffnung. Es scheint doch noch eine Möglichkeit zu geben, den Temporalen zu widerstehen. Die zentralen Welten nehmen viele Flüchtlinge auf.
(2951):	Getarnte Zeitschiffe durchdringen die Erste Große Barriere und öffnen sie für die Zeitflotte.
(2964):	Die Feyn arbeiten mit Hochdruck an der Entwicklung einer wirkungsvollen Waffe gegen die Temporalen, während sich die Zweite Große Barriere immer stärkeren Angriffen ausgesetzt sieht.
(3006):	Es gelingt den Temporalen, auch die Zweite Große Barriere zu durchbrechen. Nur noch eine Verteidigungslinie trennt sie von den zentralen Welten der Feyn.
(3008):	Die Feyn arbeiten noch immer an der Entwicklung des »Sporns«, jener Waffe, die die Temporalen zurücktreiben soll. Der letzte Ansturm des Feindes auf die Dritte Große Barriere beginnt. Dahinter breitet sich Furcht auf dem »Dutzend« aus, den zwölf zentralen Welten der Feyn.
3010:	Die Menschheit hat über achttausend Planeten besiedelt, und mehr als hundert von ihnen sind Extremwelten, auf denen genveränderte Neue Menschen Kolonien gegründet haben. Über zwanzigtausend Planeten werden als so genannte Ressourcenwelten genutzt. Es gibt einundzwanzig Wirtschaftskonglomerate; die größten unter ihnen sind Allianz, Konsortium, Hegemonie, Koalition, Entente und Kongregation. Die Zweite Dynastie hat den Höhepunkt ihrer Macht erreicht, als der Zeitkrieg beginnt, später auch Tausendjähriger Krieg genannt.

Phase 5: Der Zeitkrieg (3011 – ca. 4000)

3011: Auf Klinta wird ein Zeitportal entdeckt und unabsichtlich aktiviert.

(3011): Die Temporalen durchdringen die Dritte Große Barriere und beginnen mit dem Angriff auf das Dutzend, aber die Feyn haben den Sporn im letzten Augenblick fertig gestellt und setzen ihn gegen die Invasoren ein. Die Temporalen werden jedoch nicht wie erwartet in die Vergangenheit verbannt. Stattdessen öffnet sich ein Tunnel durch Raum und Zeit, ein Transferkanal, der zur anderen Seite der Milchstraße führt.

3011: Erste Temporale kommen durch das Portal und werden von Untergrundkämpfern für zurückgekehrte La-Kimesch gehalten.

3025: Mithilfe telepathischer Manipulationen übernehmen die Temporalen unbemerkt die Macht auf Dutzenden von Menschenwelten.

3030: Es gelingt den Temporalen, weitere Zeittore zu öffnen. Mehr von ihnen kommen aus der Vergangenheit und beginnen mit dem Bau eines Hyperportals.

(3041): Auf der anderen Seite der Milchstraße schließen die Feyn die Zeitportale. Sie wissen, dass ihr Sporn nicht so funktioniert hat, wie es vorgesehen war, und sie beginnen mit einer vorsichtigen Suche nach den verschwundenen Temporalen.

3055: Das Hyperportal geht seiner Fertigstellung entgegen, und die Aktivitäten der Temporalen nehmen zu.

(3056): Die Feyn finden heraus, dass ihr Sporn den Gegner aus der Vergangenheit durch einen Transferkanal zur anderen Seite der Milchstraße transferiert hat. Sie setzen sich mit den Kantaki in Verbindung und bitten sie um Hilfe.

3056: Wie sich herausstellt, können Personen mit der Pilotengabe getarnte Temporale erkennen. Dadurch werden die Kantaki-Piloten und die Sakralen Pagoden der Kantaki auf den Welten der Menschen und der anderen Völker zu primären Zielen der Fremden. Sie greifen mit variablen Zeitzonen an, versetzen Kantaki-Piloten in Vergangenheit und Zukunft oder sogar in die nichtlineare Zeit.

3057: Eine Delegation der Feyn erreicht den von Menschen bewohnten Spiralarm der Milchstraße. Wie alle anderen –

abgesehen von den Horgh – sind sie gezwungen, Kantaki-Schiffe zu benutzen, um interstellare Entfernungen zurückzulegen. Sie erkennen sofort, was es mit den fremden Besuchern auf sich hat, und warnen vor der großen Gefahr. Als sie von dem Hyperportal erfahren, machen sie sich sofort auf die Suche danach, denn sie wissen: Wenn es den Temporalen gelingt, es fertig zu stellen und zu aktivieren, können sie damit die Zeitkerker in der Vergangenheit öffnen und ihre gesamte Streitmacht durch einen temporalen Korridor transferieren.

Ein Kantaki-Schiff mit Feyn an Bord findet das Hyperportal, aber es gerät in eine Zeitfalle, die es Jahrmilliarden in die Vergangenheit schleudert, wodurch es zu einer Konfrontation mit dem Realität fressenden Omnivor kommt, dem Abissalen der Kantaki.

Die Temporalen aktivieren das Hyperportal und öffnen die Zeitkerker. Kurz darauf trifft die erste Flotte aus der Vergangenheit ein; sie besteht aus Kantaki-Schiffen – Nachkommen der vor zwanzig Millionen Jahren ausgestoßenen und zum Milchstraßenkern aufgebrochenen Renegaten-Kantaki haben sich mit den Temporalen verbündet.

3060: Die Temporalen lassen ihre Maske fallen und ergreifen dort, wo sie bereits Stützpunkte haben, ganz offen die Macht: im Qirell-System, im Anarchischen Bund, auf den Separaten Welten und auf einigen Planeten der spiritualistischen Kolonien.

3060–3200: Auf den anderen von Menschen besiedelten Welten findet eine schleichende Invasion statt. Es verkehren kaum mehr »normale« Kantaki-Schiffe, denn sie werden von den Renegaten sofort angegriffen.

Dutzende von Welten brechen die Kontakte zu anderen Planeten komplett ab, in der Hoffnung, auf diese Weise einer Unterwanderung durch Temporale zu entgehen.

3201–3500: Mehrere Versuche, die Macht der Temporalen zu brechen und sie von besetzten Planeten zu vertreiben, sind gescheitert. Sie haben nicht nur die Welten der Menschen übernommen, sondern auch die vieler anderer Völker.

Die Feyn und Kantaki schließen den Ehernen Pakt, um der von den Temporalen und den Renegaten-Kantaki ausgehenden Gefahr zu begegnen. Eine neue Version des Sporns wird eingesetzt, erzielt jedoch nicht die gewünschte Wirkung. Im Gegenteil: In und außerhalb von Planetensystemen entstehen Zeitanomalien, für die Temporalen unproblematisch, für alle anderen eine große Bedrohung. Ähnliche Anomalien entstehen auf Welten, deren Bewohner sich gegen die Besatzer zur Wehr setzen: Zeitschläuche durch Vergangenheit und Zukunft, Tore zu temporalen Labyrinthen.

Die Magnaten und Autarken versuchen, sich mit den neuen Machthabern zu arrangieren, müssen aber schon bald erkennen, dass eine Koexistenz mit den Temporalen nicht möglich ist.

3501–3800: Mithilfe der Renegaten beginnen die Temporalen, die Sonnensysteme der von Kantaki bewohnten Planeten in ein komplexes Netzwerk aus Zeitanomalien einzuspinnen, das zahlreiche Wege in die nichtlineare Zeit des Plurials enthält. Ähnliche Netzwerke entstehen auch in anderen Teilen des Spiralarms und bilden eine Metastruktur, deren Zweck zunächst rätselhaft bleibt.

Auf den besetzten Welten entsteht eine gut organisierte Widerstandsbewegung, in der die »Patrioten«, Genveränderte mit der Pilotengabe, die wichtigste Rolle spielen. Die Patrioten sind vor telepathischer Manipulation der Temporalen geschützt, können sowohl den Gegner als auch seine vielen Zeitfallen erkennen. Darüber hinaus sind diese speziellen Neuen Menschen imstande, die beim Sprung der Horgh-Schiffe entstehenden Schockwellen zu ertragen, ohne sofort den Verstand zu verlieren oder zu sterben.

Eine geheime Delegation der Patrioten bricht an Bord eines Horgh-Schiffes zu einem Nexus auf, um dort mit den Kantaki und Feyn ein gemeinsames Projekt zu planen.

3801–4000: Die Kantaki schützen ihre Heimatwelt Munghar und andere von ihnen bewohnte Planeten mit einem multidimensionalen Schild, der für die Renegaten ebenso undurchdringlich ist wie für die Temporalen. Sie haben die interstellare Raumfahrt auf ein Minimum reduziert, und ihre Schiffe bleiben unbewaffnet, wie es ihre Philosophie verlangt. Aber sie sind jetzt ebenfalls mit multidimensionalen Schilden geschützt, und es gelingt ihnen, einige wenige Flugkorridore durch die Anomalien-Netze offen zu halten.

Eine Expedition, zum großen Teil aus Neuen Menschen bestehend, bricht 3840 in die Vergangenheit auf, kehrt aber nicht zurück; man geht von ihrem Scheitern aus.

Auf den von ihnen besetzten Welten beginnen die Temporalen mit einem strengeren Regiment. Lokale Philosophien und Religionen werden verboten, und an ihre Stelle tritt die Endzeitlehre. Die Menschen und anderen Völker werden aufgefordert, sich auf das bevorstehende »Ende der Welt« vorzubereiten, darauf, dass der Materie gewordene Geist wieder Geist wird, mit all dem Wissen, dass er während der Fünf Kosmischen Zeitalter gesammelt hat.

Im Jahr 3936, fast hundert Jahre nach dem Aufbruch der Expedition in die Vergangenheit, kehren zwei Überlebende zurück, lediglich um einige Jahrzehnte gealtert. Sie berichten nicht nur von einem Zeitlabyrinth, in dem sie sich verirrten und das alle anderen Expeditionsteilnehmern das Leben kostete, sondern auch von den Plänen der Temporalen. Mit der Metastruktur ihrer Anomalien-Netze wollen sie einen Schwarzen Tunnel durch Zeit und Raum schaffen, die im Milchstraßenzentrum gelähmten Keime des Omnivors, »Splitter Gottes« genannt, zusammenführen und das ganze Universum kollabieren lassen – was das Ende des Fünften Kosmischen Zeitalters bedeuten würde.

Aber die beiden Überlebenden bringen nicht nur diese Schreckensnachricht, sondern auch eine wichtige Information, die es Feyn und Kantaki ermöglicht, den Sporn zu verbessern. Im Jahr 3999, kurz vor Fertigstellung der Metastruktur, die den Schwarzen Tunnel öffnen soll, ist der neue Sporn einsatzbereit und wird aktiviert. Der von ihm entfesselte Zeitsturm schleudert die Temporalen zwar in die Vergangenheit zurück, aber das Gefüge der Raum-Zeit bricht an vielen Stellen auf. Die Anomalien-Netze zerreißen, und es beginnt die Epoche des Chaos.

3909: Die Kantaki-Pilotin Esmeralda ist bei den Feyn auf der anderen Seite der Milchstraße.

Phase 6: Die Epoche des Chaos (ca. 4000–?)

Die Länge der Epoche des Chaos variiert von Planet zu Planet, und zwar aufgrund ausgedehnter temporaler Diskontinuitäten. Die außerhalb des gewöhnlichen Zeitstroms lebenden Kantaki versuchen vergeblich, einen Kontakt mit dem Konziliat herzustellen, und so beginnen sie allein mit der »Reparatur des Kontinuums«.

Auf den Menschenwelten beginnt die »Restauration«. Zwar hat mit dem Beginn des Zeitkriegs ein langer wirtschaftlicher Niedergang begonnen, aber die grundlegenden ökonomischen Strukturen sind erhalten geblieben. Die Magnaten und hochrangigen Autarken beginnen damit, sich selbst einen Teil des Sieges über die Temporalen zuzuschreiben. Es finden Neugründungen der alten Wirtschaftskonglomerate statt. Zwar schließen sich einige zusätzliche Planeten dem Anarchischen Bund und den Separaten Welten an, und außerdem gibt es jetzt die Konföderation der Neuen Menschen; aber die Magnaten verstehen es, ihre alte Macht zurückzugewinnen. Allerdings versuchen sie diesmal, im Hintergrund zu bleiben, tarnen ihren wahren Einfluss durch pseudodemokratische Institutionen.

Die an vielen Stellen gebrochene Raum-Zeit erschwert die Rückkehr zur Normalität. Immer wieder kommt es zu bizarren, gefährlichen Paradoxa, im Weltall ebenso wie auf Planeten. Die Reparatur des Kontinuums durch die Kantaki und begabte Neue Menschen dauert an, aber die Schäden sind so groß, dass sie sich zunächst auf die dringendsten Dinge konzentrieren müssen. Anomalien, die sich nicht sofort in die Raum-Zeit reintegrieren lassen, werden gekennzeichnet und isoliert.

4121 ca.: Der Pilot Floyd fliegt zum ersten Mal ein Kantaki-Schiff durch den Transraum.

Phase 7: Die neue Zeitrechnung

Seit 1 SN: Nach dem temporalen Chaos und der Beseitigung der größten Raum-Zeit-Anomalien einigen sich die Menschenwelten auf eine neue Zeitrechnung, die mit dem Jahr 1 »Seit Neubeginn« anfängt.

Für die großen Wirtschaftskonglomerate beginnt erneut eine Phase des Wachstums; dabei gewinnen zwei immer mehr an Macht: Allianz und Konsortium. Während der ersten etwa zweihundertfünfzig Jahre nach dem Zeitkrieg bleibt die wirtschaftliche Expansion weitgehend ohne militärische Aktivität, aber dann eskalieren die alten Rivalitäten, und aus Wettbewerb wird zunehmend Konfrontation. Als besonders aggressiv erweist sich dabei das Konsortium.

109 SN:	Der Planet Guraki im Desmendora-System wird besiedelt. Dort entdeckt man die ersten Ruinen der Xurr.
240 SN:	Hovan Aldritt Valdorian wird geboren.
269 SN:	Feydor wird auf Schanhall geboren.
274 SN:	Rungard Avar Valdorian wird geboren.
276 SN:	Lidia DiKastro wird geboren.
301 SN:	Lidia besucht die Sakrale Pagode der Kantaki in Bellavista auf Tintiran, um ihre Gabe prüfen zu lassen.
303 SN:	Hannibal Petricks, Vorsitzender der Aidon-Werften, ist Primus inter Pares des Konsortiums.
307 SN:	Rungard Avar Valdorian nimmt immer mehr Einfluss auf die Geschicke der Valdorian-Unternehmensgruppe. Die Übernahme einiger anderer Unternehmen geht auf ihn zurück.
310 SN:	Hovan Aldritt Valdorian wird zum Primus inter Pares des Konsortiums.
314 SN:	Auf Orinja im Takhal-System entstehen die ersten Minenstädte.
315 SN:	Hovan Aldritt Valdorian kommt durch einen Unfall ums Leben.
324 SN:	Der denebianische Philosoph Horan stirbt.
324 SN:	Kerberos im Hades-System wird besiedelt.
324 SN:	Jonathan Fentur wird geboren.
342 SN:	Madeleine Kinta wird geboren.
357 SN:	Cordoban wird geboren.
369 SN:	Rungard Avar Valdorian heiratet Madeleine Kinta
372 SN:	Benjamin Valdorian wird geboren.
380 SN:	Rion Valdorian wird geboren.
390 SN:	Valdorian führt erfolgreiche Verhandlungen mit dem Arkanado-Kartell und gliedert es in das Konsortium ein, das da-

durch zur stärksten Wirtschaftsmacht im von Menschen besiedelten All wird.

394 SN: Valdorian plant eine ökonomische Offensive gegen die Welten des so genannten Bundes der neuen Freiheit.

395 SN: Hendriks, Cordobans Vorgänger, fällt einem Anschlag zum Opfer.

395 SN: Cordoban wird neuer Chefstratege des Konsortiums.

398 SN: Die Ehe von Rungard Avar Valdorian und Madeleine Kinta wird geschieden.

401 SN: Eine enge Zusammenarbeit zwischen *New Human Design* und der Valdorian-Unternehmensgruppe entsteht. Cordoban plant die Arsenalplaneten.

414 SN: Jonathan Fenturs Frau stirbt.

419 SN: Cordoban trifft mit den Plänen für das Projekt Doppel-M auf Kerberos ein. Die Arbeit am Metamorph beginnt.

420 SN: Eine Einsatzgruppe des Konsortiums vernichtet den Planetoiden Dandari im Hartman-Sektor. Dabei kommen Enbert Dokkars Frau und zwei seiner Söhne ums Lebens.

421 SN: Es kommt zum direkten Konflikt zwischen der Allianz und dem Konsortium. Valdorian sieht seinen Tod nahe und macht sich auf die Suche nach Lidia.

Andreas Brandhorst

Ein gigantisches Sternenreich, das sich in inneren Konflikten aufreibt und zu zerfallen droht. Eine außerirdische Zivilisation, die einen geheimnisvollen Plan verfolgt. Eine junge Raumschiffpilotin, die auf einem abgelegenen Planeten das größte Rätsel der Menschheitsgeschichte zu lösen versucht...

»*Andreas Brandhorst hat eine Space Opera geschrieben, wie man sie sich nur wünschen kann!*« **Wolfgang Hohlbein**

Mehr Informationen unter: www.kantaki.de

978-3-453-87901-0   978-3-453-52009-7

Dan Simmons

Dies ist die Geschichte des Philosophie-Professors Thomas Hockenberry, der nach seinem Tod im Auftrag der griechischen Götter vom sagenumwobenen Trojanischen Krieg berichtet. Es ist die Geschichte eines Ereignisses, das die Welt für immer verändert hat. Und es ist die Geschichte unserer Zukunft…

»Dan Simmons schreibt wie ein Gott! Ich kann kaum sagen, wie sehr ich ihn beneide.« **Stephen King**

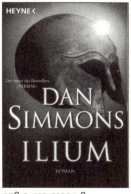

978-3-453-52354-8

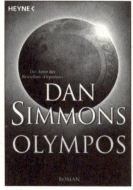

978-3-453-52123-0

Alastair Reynolds
Unendlichkeit

Vor einer Million Jahren ereignete sich in den Tiefen des Alls eine furchtbare Katastophe, die das Volk der Amarantin komplett auslöschte. Bei Ausgrabungen auf dem Planeten Resurgam stößt der brillante Wissenschaftler Dan Sylveste auf die uralten Artefakte dieses außerirdischen Volkes. Nun will er die Wahrheit über den Untergang der Amarantin erfahren – doch er ahnt nicht, welch übermächtigem Gegner er sich durch seine Nachforschungen in den Weg stellt...

»Eine atemberaubende neue Space Opera, die den besten Werken von Peter F. Hamilton und Stephen Baxter in nichts nachsteht.« *Interzone*

978-3-453-52186-5